돈의 여왕

돈의 여왕 3

초판 1쇄 펴낸 날 | 2018년 12월 21일

지은이 | 카루목
펴낸이 | 서경석

편집책임 | 조윤희 **편집** | 이예진 **디자인** | 고성희
마케팅 | 서기원 **경영지원** | 서지혜, 이문영

임프린트 | (MUSE)
주소 | 경기도 부천시 부일로 483번길 40 서경B/D 3F (우) 14640
전화 | 032-656-4452 **팩스** | 032-656-4453
이메일 | roramce@naver.com **블로그** | bolg.naver.com/roramce
홈페이지 | http://www.chungeoram.com

발 행 처 | 도서출판 청어람
출판등록 | 1999년 5월 31일 제387-1999-000006호
어람번호 | 제11-0097호

ⓒ 카루목, 2018

ISBN 979-11-04-91863-6   04810
ISBN 979-11-04-91860-5   (SET)

도서출판 청어람은 언제나 여러분의 소중한 작품 투고와 도서 출간 기획 등 다양한 제안을 기다리고 있습니다. chungeorambook@daum.net

돈의 여왕

카루목 장편소설

MUSE

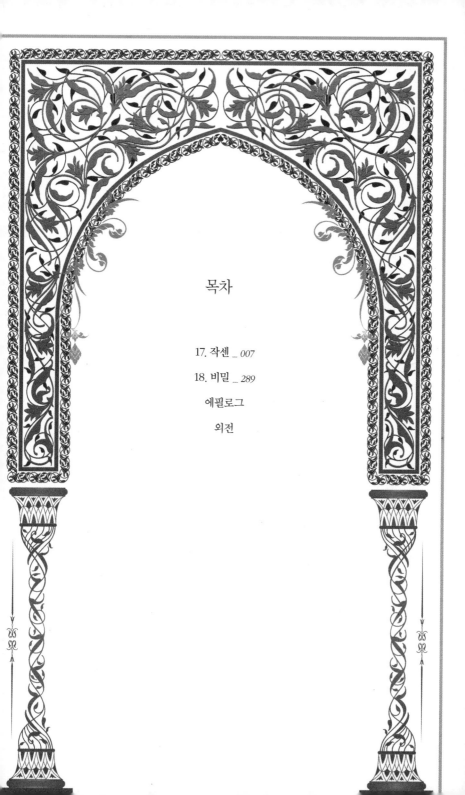

목차

17

작센

혼 왕국과 카로틴 제국 사이엔 큰 황무지가 있다. 길면 1달, 짧으면 일주일 정도를 걸어야 뚫을 수 있는 땅이다. 과거 농경 시대, 농사 짓기에 적합하다지 않다는 이유로 버림받은 땅은 수백 년이 지난 지금도 무인 지역으로 남았다. 사람들은 비옥한 옥토에 근거지를 잡고 마을을 이루었다.

큰 마을이 도시로 합쳐지고, 나라가 생길 때에도 황무지는 그대로였다. 혼 왕국과 카로틴 제국이 국경을 정하면서 황무지를 중립 지역으로 선포했다. 황무지는 앞으로도 버려져 있을 터였다.

인간이 없는 땅은 인간이 아닌 자들이 차지했다. 척박한 땅에서만 자라는 식물들과 맹수들에 정체를 알 수 없는 괴수까지 있었다.

황무지는 위험한 곳이었다. 보통 사람은 황무지를 빠져나갈 줄 모른다. 괴수와 맞서 싸울 힘도 없어 사람들은 황무지를 꺼렸다. 그러나 타국으로 넘어가야 할 이유는 존재했다. 여행자. 군인. 심부름꾼. 상인. 귀족. 저마다 다른 목적을 가진 사람들은 황무지를 건너고 싶어 했다.

이들을 위해 국경 마을엔 특수 직업이 생겼다. 길잡이였다. 그들은 황무지를 빨리 횡단할 수 있는 길을 안내해 주는 대신 안내료를 받았다.

연화는 황무지 안내만 10년 넘게 해보았다는 남자를 고용했다. 남자는 돈주머니를 쥐어주자마자 가장 빠르고 안전한 길로 안내하겠다며 거듭 약속했다.

검문소 통과는 순조롭게 이루어졌다.

상단이 통과할 때는 상단의 사람들 모두와 물건들을 검사한다. 오래 걸려야 당연한 일은, 연화가 신분패를 건네주자 생략되었다.

"셀리스티나 오클레앙이예요."

병사는 신분패를 받아들고는 연화의 얼굴을 흘끔 보았다. 그러더니 한마디만 했다.

"통과."

사람들이 어리벙벙한 눈으로 눈을 깜빡였다. 병사는 문을 가리켰다. 나가란 의미였다.

사람들은 서로를 쳐다보았다. 미심쩍은 눈빛을 교환했다. 이렇게 쉽게 나갈 수 있다니. 믿기지 않았다. 그때 병사가 한 곳을 가리켰다.

빵가게 옆 의자에 앉아 샌드위치를 먹는 병사가 보였다. 사람들이 이해했다. 원래 검문소의 군인은 둘이었고, 지금은 식사 시간이었다. 남아 있는 군인은 연화의 뒤를 봐주기로 말을 맞춘 이였다. 지금 빠져나가면 귀찮은 절차를 피할 수 있기에 상단 사람들은 빠른 걸음으로 검문소를 지나갔다.

돈의 여왕

검문소 뒤에 깃발을 꽂은 국경 초소가 보였다. 초소 뒤엔 나무로 만든 방책선이 있었다. 방책선은 황무지와 카로틴을 갈라놓았다. 그중 한 군데는 구멍이 뚫려 있었고, 그 앞에 보초 둘이 막고 있었다.

보초 둘은 따분한 얼굴로 길을 열어주었다.

사람과 마차가 딸린 행렬은 느렸다. 모든 행렬이 방책선 밖으로 나왔을 때, 보초 둘이 뚫린 구멍을 막듯이 서자, 새삼 황무지가 버림받은 땅이라는 것이 자각됐다. 사람들의 얼굴이 굳어졌다. 긴장으로 심호흡을 하는 사람도 있었다.

활발한 건 길잡이뿐이었다.

"반갑습니다! 제 이름은 아휘! 여러분을 안내할 길잡이예요. 황무지만 수백 번 왔다 갔다 해서 제집과 같으니까, 저만 따라오시면 여러분은 안전해요!"

사람들은 마차와 말을 타고 이동했다. 연화와 카를, 지아는 맨 앞 칸 마차에, 그 뒤엔 상단 사람들이 탄 마차가 줄줄 이어졌다. 맨 끝에서 따라오는 마차는 짐마차였다. 용병들은 행렬을 감싸듯 이동했다. 용병들이 탄 말들이 다그닥 소리를 내며 천천히 움직였다.

"그러니 걱정 마세요. 게다가 우리는 마차를 타고 이동 중이고, 몸 좋은 형님들이 지켜주고 있으니 큰일이 날 염려는 절대 없죠."

길잡이는 맨 앞 칸 마차의 마부석에 앉았다. 그는 마부에게 이런저런 지시를 내리다가도 잠깐씩 마차 안을 돌아보며, 연화 일행이 얼마나 운이 좋으며, 자신이 얼마나 뛰어난 길잡이인지를 장황하게 설명했다. 허풍과 농담으로 버무려진 말은 영양가가 없었다.

연화는 창밖을 바라보며 멍을 때렸다. 카를은 그런 그녀를 구경했다. 길잡이의 말에 귀를 기울이는 사람은 지아뿐이었다.

"어떤 큰일인데요?"

"글쎄요, 어쩌면…… 이 세상과의 작별……?"

길잡이의 목소리가 음험해졌다.

"황무지엔 이름 모를 괴수들이 사니까요. 사자나 곰 같은 녀석들은 그 녀석들에 비하면 애들 장난이죠. 그러니 최대한 빨리, 사람이 많이 지나가는 길로 가야 안전해요."

지아는 소름이 돋아난 팔을 문질렀다. 그녀가 억지로 웃음을 터뜨렸다.

"별…… 황당한 농담을 다…… 호호."

지아가 입을 가렸던 손을 떼며 연화와 카를에게 눈짓했다.

"어이가 없어서. 원. 그렇지 않아요?"

연화가 천천히 고개를 돌렸다. 그녀의 입술은 꾹 다물려 있었다.

"……."

침묵하는 연화는 낯설었다. 그녀는 상품을 도둑맞았을 때도 대책이 있다며 생긋 웃어 보이며, 그 누구보다 활발하게 움직였다. 그런 사람과 침울함이라니. 어울리지 않았다.

"저어…… 아가씨?"

지아가 연화를 조심스레 살폈다. 누구보다 씩씩하게 웃어줄 줄 알았는데. 힘없는 미소를 대충 흘린다. 목소리엔 힘이 없었다.

"……미안해요. 제겐 농담으로 안 들려서요."

연화는 다시 창문으로 고개를 돌렸다. 마차 안에 침묵이 감돌았다.

지아는 열심히 팔을 문질렀다. 다시 떠오른 소름은 가라앉지 않았다.

마차 안엔 어색한 기류가 감돌았다. 지아는 괜히 풀이 죽어 마차 바닥을 바라봤다. 마차가 덜컹이는 소리가 크게 들렸다.

"그래도 괴수가 어디 흔한가요. 그리고 제가 괴수들이 안 나오는 길로 가려 노력 중이니까. 너무 걱정 마셔요."

길잡이는 분위기를 띄운답시고 한 마디를 덧붙였지만, 별로 도움이 되지 못했다. 연화는 여전히 창문에서 눈을 돌리지 않았고, 카를은 연화의 기분에만 신경 썼다. 지아는 멍하니 앉아 있다 눈을 감았다.

마차는 조용히 굴러갔다. 곧 밤이 되어 마차는 정차했다. 상단 사람들이 천막을 세우기 위해 분주히 움직였다. 세워진 천막은 모두 다섯 개였다. 두 개는 상단 사람들이, 두 개는 용병들이 썼다. 가장 작은 천막은 연화와 지아의 것이었다. 카를은 혼자 마차에서 자기로 했다.

식사는 싸구려 육포였다. 끈기로 씹어 삼켜야 먹을 수 있었다. 맛은 없었지만, 사람들은 차분히 뜯어먹었다. 일부 상단 사람들이 인상을 찡그렸다. 고급 여관들만 지나쳐 오면서 높아진 입맛이 육포를 거부했다. 용병들은 지극히 당연하다는 얼굴로 육포를 해치웠다.

식사 뒤엔 휴식이었다. 상단은 다음 날 아침에 떠난다. 밤의 황무지는 이동하기에 적합하지 않다.

사람들이 천막과 좀 떨어진 공터에 모닥불을 피웠다. 내일을 위해 술은 허락되지 않았다. 그래도 분위기는 나쁘지 않았다. 불을 쬐며 재미있는 이야기를 나눴다. 가장 말을 많이 한 사람은 길잡이였다. 그는 말재간이 좋았다.

연화는 작은 천막 앞에 앉았다. 상단 사람들과는 많이 친해졌지만, 용병들과는 아직 거리감이 있었다. 그녀가 권위주의자가 아니라는 사실은 중요하지 않았다. 어쨌든 그녀는 귀족이었다. 연화는 자신 때문에 사람들이 어색해할까 싶어 자리를 피했다.

연화의 옆엔 카를뿐이었다. 카를은 북적한 것이 싫다며 연화 옆에 앉았다. 뻔한 핑계였다. 사실은 혼자 있는 연화가 걱정돼서 떠나지 못하는 것이다.

연화는 피식 웃었다. 저는 현실과 카를 중 하나를 택해야 할 순간이 올 때마다 카를의 손을 놓는 사람이다. 못난 데다 글러 먹기까지 했다. 카를과 더 친해지기 전 그를 잘라내야 한다고 생각하면서도, 그가 다가올 때마다 '나중에'란 유예를 붙이고 그의 호의를 받아들이니. 이런 사람이 무어가 좋다고 그러는 건지 모르겠다.

손등을 덮는 온기를 느꼈다. 카를의 손이었다. 연화는 옆을 바라보았다. 카를이 불을 붉히며 우물쭈물했다.

"손…… 시리신 것 같아서."

이 남자는 가끔 귀엽다. 연화는 카를에게 붙잡히지 않은 손으로 그의 뺨을 쓸었다.

"카를. 손잡고 싶으면 그렇다고 말하면 돼요."

"……그렇군요."

카를이 연화의 손을 뒤집었다. 연화는 기꺼이 그의 손을 잡았다. 저녁 바람은 싸늘했지만 그의 손은 뜨거웠다. 카를의 열망만큼이나.

두 사람은 가만히 손만 잡고 있었다. 다른 행동은 하지 않았다. 그런데도 왠지 민망했다.

연화는 고개를 들어 하늘을 바라봤다. 까만색 도화지 같은 밤에, 수천 개의 별이 찍혔다. 서울의 밤에선 볼 수 없는 정경이었다.

"별, 예쁘네요."

이 세계의 환경은 깨끗하다. 크고 화려한 도시에선 별을 보기 힘들지만, 외곽으로 빠지면 별을 볼 수 있었다. 요 며칠간 그런 마을들을 몇 개나 거쳐 왔다. 새삼 하늘을 보며 감탄하는 것은, 바빴기 때문이다. 할 일이 없는 밤은 오랜만이었다.

연화는 밤하늘의 별을 하나씩 이어보았다. 원래 세계에선 별자리 외우는 시험도 봤었는데. 막상 별을 보니 뭐가 뭔지 알 수 없었다. 이 세계의 별은 원래 세계의 별과는 다른 모양으로 놓여 있어서 그런 걸지도 모르겠다.

연화는 가만히 있다 보니 졸려서 크게 눈을 깜빡이는데, 카를이 말했다.

"아가씨가 더 아름답습니다."

"어머, 부끄러워라."

연화가 웃음을 터뜨렸다. 예상 못한 공격이었다. 텀이 좀 길었던 터라 타격이 더 컸다. 그녀가 카를을 올려다봤다.

"아부 같은 건 안 할 줄 알았는데요."

"듣기 좋으십니까?"

"……조금요."

이 얼굴이 홍연화의 얼굴이었다면. 나는 많이 기뻤겠지.

연화는 별을 보던 시선을 내렸다. 카를과 맞잡은 손이 보였다. 굵고 강직한 카를의 손 때문인지는 모르겠지만, 셀리나의 손은 매우 여려 보였다. 절대로 제 것이 아니었다.

카를이 미묘한 얼굴을 했다. 그가 조심스레 연화를 살폈다.

"많이 좋아하시는 말은 어떤 겁니까."

"음……."

연화는 잠깐 고민했다. 홍연화 때의 기억을 샅샅이 뒤졌다.

아부꾼들에게 갖은 찬사와 칭찬을 들었다. 그들의 말이 참신하다고 생각한 적은 있지만, 기뻤던 적은 없었다. 가슴이 뛰고, 눈물이 왈칵 쏟아져 나올 것 같은 벅찬 감정을 준 말들은 단순하지만 솔직한 진심이 담긴 말들이었다.

"열심히 했다?"

카를이 눈을 크게 떴다. 연화는 잔잔한 웃음을 머금었다.

"내가 누구고, 어디서 왔고, 무슨 일을 하고 있는 것과 상관없이. 내가 최선을 다하면 들을 수 있는 말이잖아요."

"그 말은 별로 하고 싶지 않습니다만."

"왜요? 제가 가장 좋아하는 말이라구요."

연화가 아하하 웃었다.

"아가씨께서는 늘 열심이시니까요."

누가 보든 말든, 성과가 있건 없건. 모든 일에 최선을 다하고 열정을 쏟아붓는다.

연화는 홍연화로 되돌아가기 위해 열성을 다했다. 그 일들이 카를 눈에는 그렇게 보였나 보다.

"하지만 이렇게 말하시면 싫어하시겠죠."

"설마요."

연화는 무릎을 모으고 앉았다. 카를과 잡은 손은 그대로였다. 그의 손은 어떤 바람에도 식지 않았다.

"진심으로 저를 위하는 말이라는 거 알고 있어요. 어떻게 그런 말을 싫어할 수 있겠어요."

연화는 맞잡지 않은 손으로 카를의 머리를 흩뜨렸다. 카를은 눈을 감고 연화의 손길을 받아들였다.

⚜

말이 씨가 된다.

무심코 내뱉었던 말이 현실이 된다는 뜻이다. 말을 늘 조심하라는 의미를 가진 속담은, 이 세계에서도 통용되는 모양이다.

"황무지엔 이름 모를 괴수들이 사니까요."

길잡이가 스쳐 지나가듯 했던 말이다. 많은 사람들은 농담으로 웃어넘겼지만 이 말은 기어이 현실이 되었다.

밤이었다. 모닥불 앞에서 수다를 떨던 사람들이 피로를 호소하며 흩어졌다.

지금 모닥불 앞에 앉아 있는 사람은 불침번인 용병이었다. 그는 시간을 죽이며 하품을 했다. 그러다 이따금 장작을 집어넣었다. 타닥 소리를 내며 커지는 불을 구경하면서 심심함을 달랬다.

따분함이 끝나간다. 용병은 모닥불 옆의 모래시계를 바라보았다. 모래가 거의 다 떨어졌다. 다음 불침번이 나올 차례였다. 다음 불침번은 상인이었다.

부스럭거리는 소리가 들리자 용병은 눈을 크게 떴다. 상인 막사가 젖혀졌다. 텁수룩한 수염을 턱에 골고루 붙인 남자가 보였다. 모닥불에서 그와 대화를 나눈 적이 있었다. 그는 몹시 유쾌한 남자였다. 조금 게으르긴 했지만 그래서 인간미가 있었다. 용병은 그의 이름을 알았다.

"크렌!"

크렌은 뒤를 돌아보지 않았다. 용병이 고개를 갸웃했다. 야밤에 깨어 있는 사람은 그와 저 둘뿐이었다. 듣지 못했을 리가 없다.

"여어……?"

용병은 크렌의 어깨를 손으로 짚었다. 그래도 반응이 없었다. 용병은 크렌을 살폈다. 그의 시선은 먼 허공에 고정되어 있다. 입은 떡 하니 벌어졌다.

용병은 그의 눈앞에 손을 흔들어 보았다. 선 채로 자는 건 아니겠지. 그러나 반응은 없었다. 용병은 그의 등을 쿡쿡 찔렀다.

"왜 그래?"

갑자기 크렌이 한 손을 들었다. 무언가를 가리켰다.

"이, 이상한 거. 이상한 게 나타났……!"

"잠 덜 깼냐? 물 줄까?"

"필요 없어! 헛소리하지 말고 들어. 저쪽에 괴수가 있어! 엄청난 놈이 있다고!"

"괴수는 무슨. 그런 거 없…….."

용병이 피식 웃었다. 길잡이만큼은 아니지만 그도 황무지를 많이 오갔었다. 괴수니 마수니. 다 겁쟁이들이 지어낸 이야기일 뿐이다. 길잡이들은 그 두려움에 빨대를 꽂아 먹는 사람들이었다.

그런 것에 불과했다. 그런 거라고 생각했었다.

"크르르릉. 크워어어어."

"……어야 하는데."

무엇인지 알 수 없는 것이 서 있었다. 곰의 서너 배는 되어 보이는 것이 천천히 걸어왔다. 걸어올 때마다 쿵쿵 소리와 함께 땅이 울렸다. 털로 뒤덮인 것이 울부짖었다.

두 사람은 몇 초간 얼어 있다가 정신을 차렸다. 누가 먼저랄 것도 없이 비명을 질렀다.

"우와악!"

"으아아악!"

용병은 모닥불로 달려갔다. 혼자서 저놈을 상대할 수는 없다.

돈의 여왕

그는 종을 들었다. 종엔 확장 마법이 걸려 있었다. 만약의 사태가 생길 시 모두를 깨우기 위함이었다. 그는 종을 미친 듯이 흔들었다.

크렌은 쪼그만 막사로 달려가 천막을 확 젖혔다.

지아와 연화가 단잠에 빠져 있었다. 젖혀진 천 사이로 찬바람이 들어오자 두 사람이 추워하며 몸을 웅크렸다. 크렌은 쯧 혀를 찼다. 바로 일어날 것 같지 않았다.

크렌은 일단 연화에게 다가갔다. 지아에겐 미안하지만, 상단을 이끄는 총책임자는 그녀였다. 크렌은 연화의 어깨를 잡고 흔들었다.

"단주님, 어서 피하……!"

말이 끝나기도 전에 어깻죽지가 화끈해졌다. 크렌은 연화 쪽으로 고꾸라졌다.

"윽!"

"크렌……?"

연화가 눈을 비비면서 일어났다. 전신을 짓누르는 감각이 익숙지 않았다. 그녀는 한참 버둥거린 끝에 크렌에게서 벗어났다. 옷매무새를 바로 하고 고개를 들었다.

잠에서 깼다고 생각했을 때 천막이 확 젖어졌다. 아니, 부서졌다.

"크오오오! 으으으오!"

"……!"

괴수가 있었다. 얼굴은 사자와 비슷한데, 몸뚱이는 곰이었다. 괴수는 막사를 멀리 걷어차곤 쿵쿵 걸어왔다. 괴수의 노란 눈이 연화를 내려다봤다.

심장이 덜컥 내려앉는다. 연화는 헉 소리를 내며 뒤로 넘어져 주위를 둘러보았다. 그사이 지아가 깼는지 눈을 끔뻑였다. 그녀는 아직 상황 파악이 안 된 모양이었다. 멍하니 괴수를 보고만 있었다.

크렌은 연화가 밀친 자리에 엎어져 끙끙거리고 있었다. 그의 어깨가 붉게 젖어 있었다. 발톱 자국이 보였다.

함성소리가 들렸다. 용병들이 오고 있었다. 연화는 거리를 쟀다. 그들이 오려면 멀었다. 반면 괴수의 발은 코앞에 있었다.

연화는 다리에 힘을 주었다. 이전에도 황무지에 떨어졌었고, 그때도 괴수를 봤다. 그러나 그때의 괴수는 지금만큼 크지 않았다. 그래서 덤벼들 수 있었다.

하지만 지금은 아니었다. 일단 피해야 했다.

"앗……!"

다리가 시큰거려 발목을 만져 보니 삐었다. 괴수를 피해 도망가기에 적합한 조건은 아니었다.

연화는 품에 손을 넣었다. 지아도 크렌도 무기를 가지고 있지 않았다. 연화의 무기는 단검 하나뿐이다.

연화는 단검을 감고 있던 천을 풀었다. 가능성이 낮은 도박이라도, 안 하는 것보다는 낫다.

연화는 괴수의 발바닥을 노리고 깊숙이 단검을 꽂아 넣었다.

"캬악! 캬하아아아악!"

괴수가 괴성을 질렀다. 발바닥에 박힌 것을 털어내려고 발을 움직였다. 연화는 허공으로 내동댕이치기 전에 단검을 빼내자, 괴수는 캬캬 몸부림을 쳤다.

연화는 멀쩡한 다리를 노렸다. 이번엔 발등을 찍었다 빠르게 뽑고 물러섰다. 괴수가 버둥대다 뒤로 넘어졌다.

'생각보다 약해……!'

연화는 단검을 잡은 손에 힘을 주었다. 최악의 상황이라 생각했는데, 승산이 있었다. 괴수가 누워 있는 지금이 심장을 노릴 수 있는 적기였다. 연화는 욱신거리는 다리를 끌고 기듯이 걸었다. 목표지점까지 왔다. 단검을 든 손을 높이 치켜들었다.

괴수의 손이 멀쩡하다는 사실을 간과했다. 괴수가 연화를 움켜쥐었다. 괴수가 두 발로 거뜬히 섰다. 잠깐 사이 발의 아픔을 잊은 모양이다.

"헉……!"

당황함은 순식간이었다. 연화는 단검으로 괴수의 손을 여기저기 찔러댔다. 괴수의 손에 힘이 풀렸다. 연화는 바닥에 떨어지듯 착지했다.

"웃!"

다리가 삔 것치고는 안정적으로 착지했다. 연화는 쓰러지듯 앉았다. 이 상태로 달아나는 것은 무리였다. 연화는 위를 올려다봤다. 괴수가 재차 손을 뻗었다. 뒤는 부서진 잔해 부스러기로 막혔고, 앞은 괴수다. 구원자는 없었다.

"크으으으! 크오오오오!"

괴수가 울부짖었다. 자신에게 상처를 낸 인간을 죽이기 위해 덤벼들었다. 연화는 손에 힘을 주었다. 괴수가 덤벼들면 일단 찔러볼 생각이었다. 그러나 손은 비어 있었다.

연화는 위를 올려다봤다. 괴수의 손등 위에 쇠붙이가 박혀 있었다. 단검이었다. 회수할 방법은 없었다.

'끝인가.'

연화는 허탈한 한숨을 내쉬었다. 청소 도구함에 갇혔을 때와, 홍진수의 창고에 갇혔을 때 느꼈던 절망이 찾아왔다. 저란 존재가 이 세상에서 완전히 사라질 것 같고, 어떤 방법으로도 이 상황을 벗어날 수 없을 것 같았다. 늪과 닮은 감정이 그녀의 발목을 잡았다.

이런 일을 예상하긴 했다. 홍연화는 자신이 가진 것을 빼앗으려는 자들을 경계해야 했고, 셀리나는 자신을 죽이려는 것들로부터 자신을 지켜야 했다. 사방은 적이다.

예상과 다른 점이 있다면, 세 번째 끝이 생각보다 빨리 찾아왔다는 것이다.

연화는 눈을 감았다. 셀리나의 몸이 으스러지는 장면 따위, 보고 싶지 않았다. 그러나 찾아와야 할 고통은 없었다. 크릉거리던 괴수의 소리가 멎었다.

연화는 눈을 떴다. 괴수의 복부로 쇠붙이가 튀어나왔다. 누구의 검일까 라는 의문을 표할 새도 없었다. 검이 괴수의 몸을 가로로 쭉 찢어 반 토막 냈다.

괴수는 고통을 표현하지도 못하고 죽었다. 사체가 제 쪽으로 쏟아지려 하자 연화가 본능적으로 한 팔을 들어 머리를 막는데, 괴수의 몸이 옆으로 치워졌다.

눈앞에 카를이 손을 내밀며 서 있었다. 연화는 그를 멍하니 올려다봤다.

"괜찮으십니까?"

카를이 물었다. 연화는 아무 말도 하지 못했다.

카를이 느리게 걸어와 연화의 뺨을 쓸었다. 그의 손가락에 물기가 묻어났다.

"그…… 어…… 저는…….."

연화는 목이 꽉 메어 말을 끝마칠 수 없었다. 언제 울음이 터졌는지는 모르겠다. 얼굴이 눈물바다였다. 목에서 끅끅대는 소리가 들렸다. 어디선가 물이 내밀어졌다. 상단 사람인가 보다 하고 연

화는 아무 생각 없이 물을 받아 마셨다. 목구멍으로 액체가 넘어
가자 감정이 가라앉았다.

"많이 아프십니까?"

카를은 재차 연화를 살폈다. 연화는 손등으로 눈가를 문질렀
다. 다 식어 미지근한 액체가 손등에 묻어났다. 카를은 한 번 더
연화의 뺨을 쓸었다. 연화는 그의 손을 붙들었다.

"전 괜찮아요."

카를이 불신의 눈으로 바라봤다.

"그냥 많이 놀라서…… 그래서 그런가 봐요."

연화는 하하 웃었다. 울음 섞인 웃음은 저가 듣기에도 많이 이
상했다.

"아까 정말로 죽는 줄 알았거든요. 꼭 그런 줄만 알았어요."

말을 뱉는 것만으로도 오싹해졌다. 전신을 잠식했던 죽음의 공
포가 아직 완전히 가시지 않아 연화는 몸을 바르르 떨었다. 카를
이 겉옷을 벗어서 둘러주었다.

"죄송합니다. 더 빨리 오지 못해서."

"카를은 늦지 않았어요. 때맞춰 와준 덕분에 살았는걸요."

울음은 이제 멎었다. 무력함은 사라졌다. 어쨌든 살았다는 생
기가 몸에 차오르기 시작했다.

연화는 천천히 일어섰다. 아무렇지 않은 척 걷고 싶었지만, 그
러기엔 다리가 너무 아팠다. 카를의 보폭은 너무 컸다. 카를은 연
화를 흘끔 보곤 속도를 늦추었다.

"다리를 저시는 것 같은데……."

"삔 거예요. 의심스러우면 만져 봐도 돼요. 뼈가 부러지진 않았
어요."

"속상합니다. 제가 더 빨랐으면, 이런 일이 없었을 텐데."

"이건 괴수와는 상관없는 상처예요. 제가 넘어져서 다친거라구요."

"사유가 뭐든 다친 건 다친 겁니다."

카를이 긴 한숨을 내쉬었다.

"왜 그렇게 자책해요? 괴수가 나타날 줄은 아무도 몰랐잖아요? 게다가 죽은 사람은 아무도 없어요. 얼마나 다행인가요. 물론 천막이 부서지긴 했지만…… 여분용 천막을 하나 펼치면 돼요. 그러면 모든 게 해결되죠."

카를은 말없이 연화의 다리를 바라봤다. 연화는 괜히 민망해졌다. 대단한 중상도 아닌 것을, 카를은 계속 신경 쓴다. 한편으론 고마워 연화는 부러 발랄한 척 이런저런 말을 늘어놓았다. 그러나 한 번 침체된 카를의 기분은 나아질 줄을 몰랐다.

그사이 사람들이 짐마차에서 여분용 천막을 꺼냈다. 천막은 바로 만들어졌다. 모두 잽싸게 움직인 결과였다. 한밤중의 괴수 소동으로 깼던 사람들이 하나둘 다시 잘 채비를 했다. 아까처럼 괴수가 찾아올 수 있었기에, 불침번 수를 늘렸다.

크렌은 마차에 눕혔다. 사람들이 그의 어깨에 남은 상흔을 보고 혀를 찼다. 흉이 남을지도 모른다고 수군댔지만, 크렌은 혼자 싱글벙글했다. 재미있는 이야깃거리 소재가 생겼다며 좋아했다.

"전 잠 다 깼어요."

지아는 밤을 새우기로 했다. 흔 왕국까지는 거리가 있었고, 그동안 부단주가 할 일은 없었다. 이동은 마차로 했고, 식사는 당번이 챙겨주었다.

"정 졸리면 마차 안에서 자죠, 뭐."

지아가 아하하 어색한 웃음을 흘렸다. 그녀는 용병들이 어색하다면서 모닥불과 멀리 떨어져 앉았다. 다시 보니 크렌이 누운 마차와 다섯 걸음 정도 떨어진 곳이었다. 연화는 모른 척 걸음을 옮겼다.

연화가 천막 안으로 들어서자 카를이 따라왔다. 천막 가운데에 놓인 침낭을 펴고 주변을 둘러보니, 천막을 편 사람들이 안에 이것저것을 가져다 놓은 것이 보였다. 약과 붕대, 한구석엔 술도 있었다.

연화는 치마를 조금 걷었다. 염좌엔 얼음찜질이 좋은데, 이 세계에서 얼음을 구하기는 어려웠다. 하여 연화는 붕대를 쥐고 발목이 고정되게 부목을 댔다. 처치가 끝난 뒤엔 치마를 내렸다. 마지막으로 뒤를 돌아봤다.

카를이 연화를 등지고 앉아 있다. 잠깐 사이 연화를 돌아보았는지 귀가 약간 붉어졌다. 연화가 쿡쿡 웃었다. 손가락으로 그의 등을 콕콕 찔렀다.

"카를."

카를은 움찔했지만 뒤를 돌지는 않았다. 연화는 그의 등을 간질였다.

"저 좀 봐요."

카를이 소스라치게 놀라며 뒤를 돌았다. 연화는 멀쩡한 다리부터 땅에 디뎠다. 천천히 걸어보았다. 시큰한 고통이 없어진 건 아니었지만, 자연스럽게 걸을 수 있었다.

"저 멀쩡해요."

카를이 손을 내뻗었다. 그가 가까워진다 생각한 순간, 답삭 끌어 안겼다. 그의 가슴에 얼굴이 파묻혔다. 연화는 킥킥 웃었다.

"그거 알아요? 카를은 가끔 어린애 같아요."

"당신은 어른 같습니다."

"몰랐죠? 전 사실 스물두 살이에요."

"당신이 하는 말은 전혀 농담 같지 않습니다."

"하지만 농담이라고 생각했죠?"

카를은 대꾸하지 않았다. 대신 등을 끌어안고 있던 팔의 힘이 약해졌다. 연화는 카를에게서 떨어져 구석에 있던 술을 집어 들었다. 마땅한 약이 없으니, 진통제 대신 마시고 자란 의미로 가져다 놓은 모양이다. 연화는 마개를 따서 카를의 손에 병을 쥐어주었다.

"좀 마셔요. 나도 그랬지만, 카를도 많이 놀란 것 같으니까."

카를이 어리벙벙한 얼굴로 술과 연화를 쳐다보았다. 연화는 혀를 내밀었다.

"참고로, 한 방울이라도 남기면 제가 먹을 거예요."

카를은 기어이 한 병을 다 마시고 취해 버렸다. 마개를 딸 때 느껴진 술 냄새가 심상치 않더라니, 독한 술이 맞긴 한 모양이었다.

카를의 술버릇은 별거 없었다. 한계치에 다다를 때까지 퍼마신 뒤 잠이 든다.

연화는 카를을 침낭 위에 대충 눕혔다. 건장한 성인을 침낭 안에 집어넣는 건 무리라 대신 담요를 구해 카를의 몸 위에 덮었다. 카를은 웅얼거렸지만 깨지는 않았다. 연화는 담요 위를 토닥거려 준 뒤 천막 밖으로 나왔다.

싸늘한 공기가 어깨 위를 스쳐 지나갔다. 연화는 천천히 걸었다. 몇 사람들이 그녀를 발견하고 미묘한 죄책감을 담고서 본다. 모두 하고 싶은 말을 목 끝까지 채워놓았으면서 아무 말도 하지 않았다. 반응을 하는 건 지아뿐이었다.

"저, 그 기사님은……."

지아가 눈을 뒤룩 굴리며 조심스럽게 운을 뗐다. 하지만 눈은 연화의 다리에 닿아 있다.

미안한 일이 생기면 사과를 한다. 상식이다. 하지만 너무 미안한 일이 생기면 쉬이 말문을 트지 못하는 사람도 있다.

연화는 아무것도 모르는 척 웃었다.

"자요, 안에서."

"그렇군요."

연화는 지아 쪽으로 걸어갔다. 보폭을 느리게 하자, 비교적 자연스럽게 걸을 수 있었다.

지아는 자신이 깔고 앉았던 담요를 넓게 펴서 연화가 앉을 자리를 마련해 주었다.

"고마워요."

"아…… 아니에요."

지아는 민망해하면서 고개를 돌렸다. 연화는 무릎을 모으고 앉았다. 사방이 조용해졌다. 밤벌레가 우는 소리와 장작이 타들어 가는 소리가 선명하게 들렸다.

연화는 별을 쳐다보았다. 조금 피곤했지만 견딜 만했다. '카를이 나오면 자러 가야지.' 했던, 첫 다짐은 어느새 밤을 새도 괜찮겠다는 쪽으로 바뀌었다.

연화는 무심코 발을 흔들었다가 발끝에 닿는 온기에 흠칫하여 옆을 보았다. 지아의 손이 연화의 발 위 어정쩡한 허공 위에 체류 중이었다. 그녀의 손아래에 붕대가 감긴 발이 있었다. 그녀가 연화와 눈이 마주치자마자 손을 거뒀다.

지아가 흠흠 헛기침을 했다. 그녀는 곧 어색함을 덜기 위해 딴 말을 건넸다.

"실례가 되지 않는다면, 두 분 무슨 사이이신지 물어도……."

"아주 각별한 사이예요."

연화는 이번에도 순순히 대꾸해 주었다. 지아는 미심쩍은 얼굴을 했다. 그게 뭔지 감이 안 잡힌다는 듯이.

연화는 무릎을 쭉 폈다. 치마가 정강이까지 말려 올라가면서 다친 발이 잘 보였다.

"전에 우리는 이 황무지를 둘이서 건넜었어요."

지아가 손으로 입가를 가렸다.

"어머, 어쩌다가요?"

"일행과 떨어졌거든요."

정확히는 버려진 거지만. 연화는 자세한 부연 설명을 하지 않기로 했다.

지아가 미심쩍어했다. 황무지를 어린아이와 성인 남성 둘이서 돌파하다니. 확실히 믿기 어려운 이야기다.

연화는 눈을 지그시 감았다 떴다. 몇 달 전의 일이 새록새록 떠올랐다.

"뭐…… 나름 재미있었어요."

낯선 세계에 떨어지자마자 가장 먼저 당한 일이 버려지는 거였지만, 그 뒤는 나름 괜찮았다.

카를을 만났고, 바로 테일러를 만났다. 세 사람과 재미있는 추억을 쌓으며 황무지를 건넜다. 그렇다고 마냥 좋기만 한 날들은 아니었다. 사실 힘들었다. 카로틴 국경 마을에 도착했을 때는 세 사람 다 거지꼴이 되어 있을 정도였다. 그래도 한 번쯤은 시도해 볼 만한 경험이었다.

지아가 뭔가 알았다며 감탄사를 뱉었다.

"그때도 마수를 만나셨었나요?"

"그랬죠."

연화는 고개를 끄덕였다.

연화가 혼자 황무지에 남겨져 있을 때 놈을 만났다. 놈은 연화도 단번에 해치울 수 있을 만큼 약했다. 그래서 그걸 위협이라고 생각한 적은 없었다. 하지만 지아는 다르게 생각했던 모양이었다.

"……아, 그래서……."

"그런 얼굴 할 필요 없어요. 그때도, 지금도 전 살아남았으니까."

지아가 중얼거리다 말고 헉 소리를 내며 입을 틀어막았다. 그녀가 연화의 눈치를 봤다. 연화는 하하 웃었다.

"그것도 아주 멋진 방식으로 말이죠."

홍연화로 되돌아가야 한다는 목적만 없다면, 셀리나로 사는 것도 나쁘지는 않을 것이다. 거기다 오클레앙 영애란 귀족 신분이 있고 카이스턴 공작이란 뒷배가 있다. 미래에 황제가 될 가능성이 농후한 황녀는 한배를 타자고 권유 중이다.

당첨될 게 확실한 복권을 다발로 쥐고 다니는 거나 다름없다.

'그러나 내게는 무의미한 것들이지.'

이 세계에서 무언가를 성취해도 기쁘지 않았다. 이곳이 소설 속의 세계이며, 책을 덮고 종이를 넘기면 사라지는 잔상이란 생각을 지울 수 없었다. 연화는 이곳에서 꿈과 희망을 놓을 수 없었다.

'돌아가야 해.'

이곳은 내 세계가 아니다. 몇 번이나 내렸던 결론을 한 번 더 내렸다. 연화는 주먹 쥔 손을 아래로 내렸다. 문득 자박 발소리를 들었다. 이제 발자국 소리만 들어도 알 수 있는 사람이 왔다. 연화는 뒤를 돌아보지 않고 말했다.

"카를. 왜 나왔어요?"

카를이 연화의 양어깨에 손을 얹었다. 그가 고개를 숙였다.

"아가씨가 없어서."

연화는 눈을 크게 떴다.

"그래서…… 아까…… 그놈의 손에 돌아가신 게 아닐까 겁이 났습니다. 내가 놈을 죽였던 게 환상이고, 실제로는 나만 살았던 게 아닌가…… 내가 봤던 모든 게 환상인 게 아닐까. 나만 살아남은 지옥 속에 내동댕이쳐진 게 아닐까 싶어서……."

두려움에 젖은 목소리였다. 카를의 숨이 가팔랐다. 악몽을 꾸다 나왔나 보다.

연화는 끌 혀를 찼다. 연화가 이 세계에 온 지 꽤 된 것 같은데. 그의 증세는 언제 나아질는지 모르겠다. 연화는 천천히 일어섰다. 카를의 손을 어깨에서 덜어낸 뒤, 뒤돌아섰다.

슬쩍 올려다본 카를의 눈이 붉었다. 연화는 그의 눈가를 쓸어 주면서 웃었다.

"설마요. 전 아주 팔팔한걸요."

카를이 연화를 따라 웃었다. 하지만 그의 시선이 불안정했다.

"네, 그런 것 같습니다."

연화는 혀를 찼다. 카를의 손을 끌어당겨 잡았다. 뒤돌아서기 전 지아를 돌아보았다. 그녀가 아리송한 얼굴을 했다. 연화는 지아에게 손을 흔들었다. 그녀에게 이상해 보일지도 모른다는 염려보단 카를에 대한 걱정이 먼저였다.

"아무래도 기사님은 제가 있어야 주무실 것 같네요. 그럼 지아, 내일 봐요."

"네, 알겠습…… 그런데 두 분 설마 같이 주무시게요?"

지아가 미묘한 시선으로 두 사람을 훑었다.

"괜찮아요. 황무지에선 둘이서 잘 잤어요."

연화는 씩 웃으며 카를의 손을 잡았다. 카를은 당황했지만 연화가 눈빛을 보내자 고개를 끄덕였다.

"아니, 그래도. 어…… 저기……."

지아가 머뭇거렸다. 연화는 카를의 손을 이끌고 천막으로 걸어 갔다. 펄럭. 천막이 펼쳐졌다 닫혔다. 지아처럼 여러 사람이 천막을 바라보았다. 그러나 감히 입을 떼는 사람은 없었다.

곧 고요한 밤이 찾아왔다.

눈을 뜨기 전부터 기분이 나빴다. 모든 것이 잘못된 것 같고 앞으로 하는 일 무엇도 성공하지 못할 것 같은 우울감이 몸을 짓눌렀다.

'하지만 일어나야 하지.'

연화는 눈을 떴다. 눕기 전엔 분명 천막이었다. 그러나 지금은 건물 안이었다.

연화는 그냥저냥 한 침대에 누워 있었다. 연화는 이불을 발로 밀어 떨어뜨렸다. 푹신한 것을 밟으면서 주위를 둘러보았다. 테이블 하나에 의자 하나. 옷가지가 걸려 있는 행거. 얼굴보다 조금 큰 창문. 비스듬히 들어오는 햇빛. 민무늬 흰 벽지와 낡은 카펫이 깔린 바닥.

삭막한 방이었다. 연화는 이런 방을 본 적이 없었다.

분명 처음 보는 방인데 낯설지 않았다. 이전에도 이런 느낌을 받은 적이 있었다.

보지 않았지만 본 것 같고, 겪지 않았지만 겪었다.

'셀리나의 기억.'

깨닫는 순간 이해가 갔다. 아까의 우울함은 셀리나의 것이었다.

풍경은 달랐지만, 다른 것은 전과 같았다. 연화는 누가 말해주지 않았음에도 셀리나의 기억이란 걸 눈치챘다. 그녀가 겪는 것을 생생하게 볼 수 있었으며, 그녀가 느꼈던 좌절과 절망을 맛볼 수 있었다. 그녀는 관객이었는데도 그랬다.

간단한 행동도 할 수 있었다. 고개를 돌리거나 눈을 감는 것 정도는 가능했다. 그러나 결정적인 순간들은 변하지 않았다.

연화는 과거의 일들을 겪어야 했다. 연화는 몸서리를 쳤다. 하나같이 좋지 않은 경험들이었다.

이번엔 건물 안이었고, 셀리나는 구멍 하나 안 난 옷을 입고 있었다. 전보다 시작이 좋았다. 하지만 안심하진 않았다.

더러운 오물을 끼얹은 듯한 기분은 나아질 기미를 보이지 않았으니까.

'그나저나 여긴 어디야.'

연화는 툴툴거렸다. 대답하는 목소리가 있었다.

"내 방이야."

'네 방?'

"어머니가 살아계실 때는 내 방이 있었어."

소녀는 자조했다.

"오늘 돌아가실 거지만."

셀리나의 목소리였다. 연화는 그렇구나 고개를 끄덕이다 멈칫했다.

'잠깐. 것보다 너, 날 알아?'

연화는 셀리나의 몸을 뒤집어쓰고 있지만, 진짜 셀리나와 만난 적은 없었다.

셀리나가 어깨를 으쓱였다.

"뭐, 어때. 꿈인데."

'그거 말 되네.'

그래. 셀리나의 말대로였다. 이건 꿈이었다. 마음대로 깨어날 수 없다는 단점이 있긴 하지만. 깨고 나면 찜찜한 기분에 아침을 물리고, 그날 오후엔 꿈을 꿨었는지조차도 가물가물해지는. 그런 것에 불과했다.

셀리나는 문을 열었다. 낡은 문은 소리 없이 잘 열렸다. 셀리나는 복도를 조용히 걸었다.

벽 중간중간 화병과 장식품들이 보였다. 벽지엔 가턴 남작가의 문장이 가끔씩 등장했다. 독사일 게 분명한 뱀이 세 걸음 간격으로 벽에 붙어 있었다.

연화는 흠칫했으나 셀리나는 덤덤했다. 그녀는 어떤 것에도 관심을 보이지 않았다. 익숙한 듯 걷고 또 걸었다. 모퉁이를 돌아 나오는 계단을 내려가는 모습에 혼란은 없었다.

문득 발소리를 들었다. 전방에서 남자가 걸어왔다. 셀리나의 걸음이 느려졌다. 남자 또한 셀리나를 발견한 듯 눈썹을 까딱했다.

연화는 남자를 찬찬히 뜯어보았다. 나이는 40대 중반. 인상은 전체적으로 삭막했다. 그는 가슴에 문장 모양 브로치를 달고 있었다.

가문의 문장은 특별한 것이다. 아무나 사용할 수 있는 게 아니다.

가문의 일원임에 분명한, 셀리나를 알고 있는 중년 남성.

지금이 셀리나의 과거라는 점을 감안하자, 남자의 정체를 알
수 있었다.

'카턴 남작인가. 그런데……'

셀리나와 하나도 안 닮았다.

남자는 무뚝뚝이 말했다.

"인사도 없이 어딜 가느냐."

"어머니를 뵈러 가요."

잠깐의 정적이 있었다.

"……어머니라. 뭐, 그렇군."

남작이 미묘한 얼굴로 고개를 끄덕였다.

남작이 셀리나를 지나쳐 갔고 셀리나는 다시 걸었다.

문이 나타났다. 셀리나의 방문과 달리 부서진 곳 하나 없이 멀
쩡했다. 셀리나는 노크 없이 바로 문을 열었다.

문을 열자마자 먼저 넓은 창이 보였고, 창 앞에 테이블이 있었
다. 테이블 위엔 꽃병이 있었다. 꽃은 싱싱했다. 방금 꽂은 것 같
았다.

방의 주인은 방에서 가장 큰 가구 위에 누워 있었다. 침대였다.

침대엔 흰 캐노피가 둘러져 있었고, 그 위에 해골 같은 여자가
누워 숨을 쉬었다.

여자의 숨소리는 거칠었다. 별로 좋은 몰골은 아니었지만, 셀
리나는 여자에게 다가가 손을 잡았다. 순간 따뜻하고도 몽글한
감정이 연화에게까지 밀려 들어왔다. 셀리나가 느낀 감정이었다.
셀리나가 이런 감정을 느낄 사람은 드물다.

'이 여자는 셀리나의 어머니.'

연화는 여자를 보았다. 셀리나의 어머니가 엄청난 미인일 거라
추측할 때가 있었다. 하지만 여자에게선 아름다운 자태를 찾아볼

수 없었다. 이 여자가 오늘 죽을 사람이어서 그런지, 아니면 원래 미녀가 아니었는지는 모른다.

여자가 손을 내뻗었다. 그녀가 셀리나의 뺨을 쓸었다.

"우리 아가씨 왔구나."

"알아보시겠어요?"

"못 알아볼 리가 없지."

여자가 웃었다.

"언제 보아도 예쁘고, 귀하고, 눈에 넣어도 안 아픈 내······."

여자가 잠시 말을 멈췄다. 그녀가 손을 내렸다. 셀리나는 떨어지는 그녀의 손을 움켜잡았다.

"셀리나."

셀리나는 고개를 끄덕였다. 정답을 맞혔다는 듯이. 두 사람은 한참 동안 그렇게 있었다.

닫힌 창문에 바람이 몰아쳤다. 바람이 창문을 뒤흔들고 떠났다. 여자는 추운 듯 몸을 웅크렸다. 셀리나는 문이 잠긴 걸 확인한 뒤 다시 침대로 돌아왔다.

"특별한 일은 없었니?"

"글쎄요. 별로······."

셀리나는 고개를 저었다.

셀리나는 남작가에서 가장 인기 없는 사람이었다. 사용인들도 그녀를 무시했다. 남작은 그녀가 어떻게 살든 관심이 없는 듯했다.

남작의 두 자식은 여자가 죽으면 셀리나는 쫓겨날 거라며 으름장을 놓았다. 무서운 말도 계속 듣다 보니 별것 아닌 것처럼 느껴졌다. 다행히 아직은 남작이 건재했다. 두 꼬맹이들이 어떻게 말하든, 남작이 살아 있을 때까지는 셀리나도 괜찮을 터였다.

셀리나는 간단한 진실만을 입에 올렸다. 이것이 그녀가 해줄 수 있는 최선이었다.

"남작님을 만났어요."

"그래. 방금 들렀다 가셨지."

여자가 콜록거렸다. 셀리나는 물을 찾아 두리번거렸다. 여자는 됐다며 손을 내젓고는 방구석에서 가장 방치된 서랍장을 가리켰다. 서랍 위엔 먼지가 쌓여 있었다.

셀리나의 방과 달리 이 여자의 방엔 사용인이 드나든다. 그런데 이 가구는 지저분했다. 여자가 의도적으로 가구를 손대지 못하게 한 것이다.

셀리나는 가구 앞에 섰다. 맨 위 서랍장 고리를 잡았다. 그러나 잠겨 있었다.

"이곳에 약이 있나요? 열쇠는 어디 있나요?"

"세 번째 서랍을 열어보렴. 잠겨 있지 않을 거야."

셀리나는 허리를 숙였다. 맨 아래 서랍장이 쑥 열렸다. 안에 주머니가 들어 있었다.

'보석 주머니.'

황무지에 떨어졌을 때부터 지금까지. 연화에게 많은 도움을 준 물건이 나왔다. 보석은 휴대하기도 좋고, 현금화하기도 쉬웠다.

셀리나가 얼떨떨한 얼굴로 여자를 바라보았다.

"열어보렴."

"이게…… 뭔가요?"

셀리나가 보석을 보고 멈칫했다. 여자는 힘없는 기침을 몇 번 했다.

"네 것이란다. 좀 더 일찍 주었어야 했는데…… 그러지 못했어."

"어머니."

"가지고, 가렴."

셀리나의 눈이 크게 뜨였다. 여자는 재차 반복해서 말했다.

"이곳을 떠나렴."

"하지만 어머니."

"들으렴, 셀리나."

여자가 손을 까딱했다. 셀리나는 쪼르르 달려가 여자의 발치에 쪼그려 앉아선 여자의 손을 움켜쥐었다.

"나는 내 의지로 이곳에 왔어. 처음은 돈 때문이었지. 그래, 그 남자가 빚을 갚아준다고 했으니까. 내 처지에 그보다 더 좋은 조건의 남자는 없었어. 돈 때문에 한 결혼…… 솔직히 수치스러웠다. 하지만 그는 내게 충실했었어. 정말로 나를 사랑해 주었지. 셀리나, 내 인생의 봄은 괜찮았어. 지금은 모든 것이 꽁꽁 얼어붙어 죽어가는 겨울이지만, 정말로 봄은 괜찮았어. 충분히 화사했지."

여자가 바스러질 것 같은 미소를 지었다.

"하지만 네 봄은 아직 오지도 않았잖니."

여자가 셀리나의 뺨을 쓸어주었다. 셀리나는 말없이 손길을 받았다.

잠시 뒤 셀리나가 자리에서 일어났다. 그녀는 품에 보석 주머니를 넣고 방을 나섰다. 여자는 아직 살아 있었지만 호흡이 심상치 않았다. 곧 죽을 사람이라는 감이 왔다.

'그럼 이제 떠나는 거?'

연화는 답을 알고 있다. 셀리나는 떠나지 않았다. 카틴 남작가와 자신을 묶어주는 끈이 사라졌는데도 남아 있었다. 아무 곳에서 돈 걱정 없이 정착할 수 있는 여건이 마련되었는데도 그랬다.

"아니."

연화는 그 이유가 궁금했다. 어머니도, 카턴 남작도 죽은 후의 셀리나의 미래는 형편없었다. 셀리나 역시 알고 있을 터였다.

'어째서? 여기 남아 있는다고 좋은 꼴 나진 않는다고. 혹시 미련 때문에 그래? 여기 있는 사람 누구에게 정이라도 들었어?'

"정이라니. 그럴 리가."

명백한 조소였다. 어린아이가 짓는 것치곤 지나치게 냉랭하다.

"나는 스스로 나갈 수 없어."

'왜? 돈 있겠다, 다리 멀쩡하겠다. 뭐가 문제야?'

"문제가 아니라, 답을 알고 있는 거야. 발버둥 쳐도 소용없을 거야. 이번 생은 그러라고 주어진 거니까."

뉘앙스가 미묘했다. 연화가 중얼거렸다.

'이번 생은······?'

고개가 기울어졌다. 순간 눈이 팍 떠졌다.

연화는 눈을 깜빡였다. 허름한 방도, 남작도, 여자도 온데간데 없었다. 꿈에서 깼다는 것을 알면서 연화는 괜히 주위를 두리번 거렸다. 그러다 카를과 눈이 마주쳤다.

"악몽을 꾸셨습니까?"

카를이 물을 따라주었다. 그의 뒤로 빈 술병이 쓰러져 있는 게 보였다. 연화가 술병에 시선을 주자 카를이 술병을 발로 차서 밀어버렸다. 하여간 쓸데없는 과보호다. 연화는 쯧 혀를 차고 물컵을 받아 마셨다. 반쯤 먹다 말고 옆에 내려놓았다. 입안이 영 텁텁했다.

"······또 이상한 꿈을 꿨어요."

"악몽은 아니고요?"

분명, 악몽은 아니었다. 행복한 과거가 아니긴 하지만, 한 사람이 살아온 일생을 악몽으로 치부할 수는 없었다. 그렇게 가벼운 것이 아니었다.

"그건 아닌 것 같네요."

이렇게 셀리나의 과거를 두 번씩이나 보게 되었지만, 두 번 다 왜 이 과거를 보게 되었는지 알 수 없는 건 매한가지였다. 연화는 깊은 심호흡을 했다. 고민해 봤자 알 수 없는 문제에 깊이 매달리지 않기로 했다.

연화는 침낭을 대충 정리하고 다음으론 옷차림을 점검했다. 자고 일어난 것치곤 말끔한 편이었다. 연화는 치맛단을 대충 털곤 천막 밖으로 나왔다.

상단은 날이 밝는 대로 바로 출발하기로 했으므로 모두들 대충 아침을 먹고 마차와 말에 올랐다.

밤사이 크렌은 상태가 좋아졌는지 씩씩하게 굴었다. 지아는 한결 가벼워진 안색으로 마차에 올랐으나 눈 밑이 거뭇했다. 밤을 새운 모양이다. 지아는 마차가 출발하자마자 곯아떨어졌다. 어제 신나게 수다를 떨던 길잡이는 오늘따라 조용했다.

연화는 깨어 있었다. 한번 온 길을 마차로 훑었다. 황무지는 대체로 척박한 땅이지만, 아주 드물게 훌륭한 경관이 끼어 있는 장소가 있었다. 그 잠깐 사이 깨어 있는 자의 영광을 터득하는 건 상당히 즐거운 일이었다.

상단은 별일 없이 황무지를 건너갔다. 이후 몇 번의 야영과 밤이 있었지만, 괴수를 만나는 일은 없었다. 길잡이는 다시 수다스러워졌다.

연화는 창문에서 몸을 틀었다. 며칠 내내 한 자세로 있었더니 몸이 뒤틀리는 것 같았다. 그녀는 마부석 쪽을 두드렸다.

"얼마나 왔죠?"

"거의 다 왔습니다, 아가씨."

말수가 적은 마부가 우직하게 대꾸했다.

연화는 창문 밖으로 고개를 내밀었다. 마차 안에서 지나가는 풍경을 보는 것만으로는 전방을 확인하기 어렵다. 전방에 목책이 있었다. 혼 왕국을 상징하는 검은 사자 깃발이 높이 꽂혀 바람에 휘날렸다.

국경선이었다.

❀

연화 일행은 적지 않은 시간 동안 황무지를 걸어 혼 왕국에 도착했다. 식량은 넉넉하게 챙겼고 역할 분담도 뚜렷했기에 황무지를 횡단하는 데 큰 불편함은 없었다. 그래도 인적 없는 황무지에 있는 것과, 사람이 사는 마을에 있는 것은 질적으로 상당한 차이가 있었다. 불에 갓 구워낸 음식을 먹고, 뽀송한 여관방 시트에 눕는 것은 황무지에선 누릴 수 없는 사치였다.

사람들은 민가를 보자마자 히죽 입꼬리를 올렸다. 휘파람을 불기도 했다. 그러나 그 표정은 얼마 안 가 일그러졌다. 나중엔 웃는 사람이 없었다.

"불쾌하네요."

평소 불평불만을 잘 하지 않는 지아마저도 입술을 일그러뜨렸다.

국경 마을 대부분은 여행자들의 주머니에서 나오는 돈으로 유지됐다. 한데 이곳 마을 사람들은 연화 일행을 신기한 듯 바라보고만 있었다. 가까이 와서 말을 거는 건 아니었다. 자신의 집에서 머리만 내밀고 구경했다. 그중 연화와 지아를 보는 시선은 노골적이었다. 지아가 못 참겠다며 뒤로 물러나자, 크렌이 검을 뽑아 허공을 칼질을 해댔다.

"확 눈알 뽑아버린다!"

사람들의 머리가 집 안으로 들어갔다. 창문에 커튼을 치는 집도 있었다.

"시선이 느껴집니다. 계속 쳐다보는 것 같습니다."

카를의 목소리는 덤덤해서, 오히려 더 오싹하게 들렸다. 지아가 양팔을 감싸 쥐었다.

"너무 조용해요. 기분 나빠."

관광이 발달된 마을에 도착하면 으레 나오는 호객꾼도 없었다. 개미도 이 마을은 피해 다닐 것 같다는 생각이 들 만큼, 마을 전체가 축 가라앉은 느낌이었다. 혼자 잘 타오르는 태양은 마을의 모든 것을 말려 죽이는 학살자처럼 보였다.

"어서 오슈."

마을은 작지 않았는데 여관은 두 개뿐이었다. 연화는 아래층에 식당이 있는 여관을 잡았다. 문 옆 흔들의자에서 담배를 피우고 있던 주인은 도넛 모양 연기를 뱉었다.

"묵고 갈 건감?"

사람들을 훑는 눈엔 일말의 기대감도 없었다. 여행자들은 이 마을에 들르긴 해도 숙박은 하지 않는 모양이다. 도착하자마자 불쾌한 시선을 주는 마을이다. 이런 곳에서 하루씩이나 낭비하려는 여행자는 잘 없겠지.

"그래요."

하지만 연화는 이곳에서 할 일이 있었다. 황녀가 말한 대장장이가 이곳에 있기 때문이다.

뒤에서 아, 으아 같은 영 좋지 않은 목소리가 튀어나왔다. 크렌이 허리를 숙여 연화의 귀에 속삭였다.

"제가 생각하기에 그건 좀 별로 좋은 생각이⋯⋯."

"왜요? 다들 피곤하잖아요."

연화는 눈을 느리게 깜빡이며 입꼬리를 끌어 올렸다. 다른 사람들을 지칭하긴 했지만 사실은 자신이 가장 피곤하다는 듯이. 어린 셀리나의 몸뚱이는 이럴 때 참 쓸모가 있었다. 크렌은 '그렇죠'라 중얼거리며 뒷머리를 긁적였다.

여관은 오래 손님을 받지 않은 것치고는 관리가 잘 되어 있었다. 입을 내밀고서 올라갔던 상단 사람들 일부는 이불에 파묻혀 낮잠이 들었고, 그렇지 않은 나머지도 술이나 간식 같은 주전부리를 입에 대며 수다를 떨었다. 귀곡 산장 같았던 여관이 조금은 복닥복닥해졌다.

연화는 카를만 데리고 여관을 나왔다. 상단은 지아 하나만으로도 사람들을 통솔 가능했다.

연화는 여관과 좀 떨어진 곳에서 품에서 종이를 꺼냈다. 황녀와 협력하고 있다는 대장간은 특이한 마크를 가지고 있었다. 머리에 수건을 두른 이리가 망치질을 하는 모양새였다.

'특이하면 뭐 해. 못 찾겠는데.'

오는 길에도 발견하지 못했던 마크는 몇 시간을 할애해 길을 돌아다녀도 도통 보이지가 않았다.

"혹시 이렇게 된 마크를 보신 적이 있으신가요?"

"이 마을에서 가장 큰 대장간이라는데."

"어느 쪽으로 가면 나오는지만 알려주시면 사례할게요."

대장간을 찾는 건 되도록 조용히 하고 싶었지만, 이 마을에 하루 더 머무를 수는 없었다. 그래서 연화는 아무 가게에 들러 불쑥 물어보았다.

"몰라."

"이런 거 없어."

"망했나 보지."

사람들은 비슷한 반응을 보였다. 눈을 크게 뜨고서 조금 머뭇 거렸다가, 이윽고 고개를 저었다. 일부는 아예 대꾸도 해주지 않고 내쫓았다.

"다른 마을과 착각하신 게 아닐까 싶습니다만."

카를이 연화의 눈치를 보며 말했다.

"아뇨, 이곳이 맞아요."

그들은 대답하기 전에 어딘가를 살폈고, 일부는 말을 길게 늘 였다. 마크를 보자 인상부터 굳어버리는 자도 있었다. 과민한 태 도가 답을 알려주었다. 그들은 이 마크를, 대장간을 알고 있다.

"알면서도 거짓말을 하는 이유가 분명 있겠죠. 뭘까요?"

마을에서 유명한 대장간이라면 분명 명소일 거고, 관광 상품으 로 엮기도 좋을 텐데.

"감이 안 좋습니다."

카를이 연화의 어깨를 아프지 않게 잡았다.

"일단 돌아가시지요."

시간을 많이 지체하긴 했다. 연화는 건물 너머로 떨어지고 있 는 해를 보곤 고개를 끄덕였다.

오랜 시간을 지체해 놓고 불쑥 들어오면 분명 외출의 이유를 묻는 사람이 있을 것이다. 상단 사람들은 여전히 연화를 어려워 하고 있지만, 그래도 말 한 번 붙이지 못할 정도는 아니었기 때문 에. 연화는 걸어가면서 봐둔 빵집에 들러 빵을 가득 샀다. 양손 가득 빵을 든 두 사람은 가게 하나를 턴 사람 같았다.

"많이 늦었구마잉."

입구에선 빡빡머리의 남자 한 명이 두 사람을 맞았다. 연화가 빙긋 웃어주자 그는 입을 한 번 벙긋하더니 뒤로 물러섰다. 빡빡머리 남자 다음엔 지아가 다가와 연화의 짐을 뺏어 들었다.

"이건 뭐예요?"

"빵이다!"

"뭐? 빵이라구?"

크렌이 언제 다가왔는지는 모르겠다. 그가 카를의 손에 있는 것을 뺏어 들며 외쳤다. 사람들이 먹던 저녁이나 수다 따위를 내팽개치고 다가왔다.

"조금 사 왔어요."

"조금이 아닌데요, 단주님."

지아가 아연해했다. 연화는 혀를 배죽 내밀고 그냥 웃었다. 사람들은 빵을 분배한다고 바빠졌다. 두 사람이 외출한 이유를 묻는 사람은 없었다.

식사에 빵까지 배부르게 먹은 사람들은 하나둘씩 방으로 들어갔다. 여관이 크지 않았기에 모두 다른 사람과 함께 방을 써야 했다. 연화도 예외는 아니었다.

연화의 성별을 감안해 룸메이트는 지아가 되었다. 카를은 연화의 옆방을 고집해서, 옆방에서 빡빡머리 사내와 함께 잠들게 됐다.

"좋은 밤 되시길."

물주가 연화라는 것을 알아서인지, 혹은 다른 이유가 있어서인지는 모르겠다. 여관 주인은 연화를 방까지 데려다주었다. 문을 닫기 전 요사하게 끌어올린 입꼬리가 오래 남았다. 연화는 그가 사라진 뒤에도 한참 문을 노려보았다. 덕분에 늦게 잠들었다.

"……?"

그러다 중간에 깼다. 창문으로 새파란 새벽빛이 비쳐 올 때, 고양이 걸음 걷듯 야금야금 들어오는 사내가 있었다. 야심한 시각에 여자 방을 노려 들어오다니, 불순한 동기를 가졌다는 생각밖에 안 들었다. 연화는 단검 손잡이를 꽉 쥐고서 날을 감싼 헝겊을 벗겼다. 눈만 돌려 확인해 보니 지아는 아직 자고 있다.

남자와 완전히 시선이 맞닿기 전 연화는 눈을 감았다. 남자가 연화의 얼굴 앞에 대고 손을 흔들었다. 그는 별안간 연화가 덮고 있던 이불을 확 들추었다.

남자가 연화의 허리에 팔을 집어넣고 들쳐 업으려 했다. 연화는 그의 뒷목을 잡고서 무릎으로 복부를 차올렸다. 셀리나의 작은 신장 덕에 명치를 제대로 가격할 수 있었다.

남자가 크엑 소리를 내며 비틀거렸다. 연화는 오른손에 쥔 단검을 그의 목젖 가까이에 들이대면서 남자의 얼굴을 살폈다.

여관 주인이었다.

여관 주인은 칼날을 보곤 움찔했지만, 이내 피식 웃곤 지아 쪽을 가리켰다. 왼쪽 이마에서 뺨까지 직선으로 내리그은 검상을 가진 사내가 지아의 목에 검을 들이댔다. 언제부터였는지는 모르겠지만, 창문 밖에 밧줄이 매여 있었다.

"두 명이었……!"

말을 끝내기도 전에 뒤통수를 확 달구는 충격이 있었다. 연화는 윽 소리도 못 내고 바닥에 엎어졌다.

셋이었다.

얼마나 제대로 얻어맞았는지 눈을 뜨는 것도 힘겨웠다. 연화는 단검을 쥔 손을 꼼지락거렸다.

남자가 셋이다. 이런 일을 한두 번 해본 게 아닌 듯한 남자가 셋. 연화 혼자서는 이길 수가 없다. 게다가 무엇 때문인지 지아는 일어나지도 않고 있었다. 설령 다시 일어나 그들과 싸운다 해도, 그들이 지아를 또다시 인질로 잡으면 발이 묶여 버린다. 끝이다.

흐려졌다 맑아지길 몇 차례 반복하는 시야 끝에, 여관 주인의 바짓자락이 밟혔다. 길게 질질 끌려 바닥의 먼지도 조금 붙어 있는 바지는, 특이하게도 체크무늬였다. 이곳에서 쉬이 보기 힘든 문양이다.

'카를을 믿는 수밖에.'

바짓단을 조금 잘라 침대 아래 바닥에 숨겼다. 카를이 눈치채 준다면 분명 찾으러 올 거다. 그 외엔 지금 할 수 있는 일이 없었다.

손끝부터 느리게 힘이 풀리기 시작했다. 이제 한계였다. 연화는 눈을 감았다.

"단주님, 저희 어떡해요?"

다음 날 눈을 떴을 때, 놀랍지 않게도 여관 침대 위가 아니었다. 연화는 누운 채로 고개만 돌려 주위를 살폈다.

앞은 쇠창살로 가로막혔고, 쇠창살 끝엔 열쇠로 여는 잠금장치가 박혀 있었으며, 그것은 밖에서만 잠글 수 있었다. 창문 하나 없는 곳이었지만 공간은 밝았다. 쇠창살 앞에 놓인 마법 등이 환한 빛을 쏘아대고 있었으니까.

연화는 지아의 무릎에서 머리를 떼고 똑바로 앉았다. 건너편 쇠창살도 이쪽과 사정이 비슷했다. 다들 이렇게 납치된 것이려나.

남자도 있었지만 극소수였다. 대부분은 여성과 아이들로, 저항

할 힘이 미력하거나 아예 없는 사람들이었다.

"나쁜 놈들이네."

나쁨에도 정도를 매길 수 있다면, 이들의 나쁨은 최상이었다.

"맞아요. 사람이 잠든 사이 이런 짓이나 하고."

지아가 주먹으로 누군가를 때리는 시늉을 했다.

"지아, 내가 얼굴을 봤는데 우리를 납치한 사람 중 한 명이 여관 주인이었어요."

"네에? 아니…… 돈은 다 받아놓고…… 그게 무슨……."

지아가 어깨를 들썩이며 하, 하 바람 빠지는 소리를 뱉었다. 그것도 잠시 숨을 깊이 들이마시더니 목에 힘을 빡 주고 외쳤다.

"크렌! 어디서 자고 있어, 망할 곰 자식!"

"안심해요. 여기 납치된 건 우리밖에 없으니."

연화는 지아의 어깨를 다독였다. 지아와 연화를 뺀 상단 사람들은 모두 한 덩치 하는 사람들이었다. 그중 크렌은 덩치가 가장 큰 사내였다. 절대 이런 곳에 끌고 왔을 리 없다.

지아는 멍하니 입을 벌렸다가, 어깨를 좁히고서 쪼그려 앉았다. 미간에 주름을 잡더니 이런 말을 중얼거렸다.

"저 맛없어요! 잡아먹을 거면 크렌 쪽이 훨씬 살이 많고 맛있을 것 같지 않아요?"

지아의 목소리가 갈라졌다. 진짜로 억울하다고 생각하는지 눈가엔 눈물도 맺혔다. 연화는 어깨를 부들거리며 입을 막았다. 평소 진지한 지아의 성격상 저 말은 아마 진심이겠지. 알기에 더 웃겼다.

"저어, 잡아먹는 게 아니라…… 팔리실 거예요."

가느다란 미성이 끼어들었다. 연화가 입가에서 손을 뗐고, 지아가 눈을 동그랗게 뜨며 몸을 틀었다.

"판다구요?"

"경매에…… 근처에 노예 경매장이 있거든요."

"과연."

상황이 명확해졌다. 약한 사람들만 골라 납치한 건 완전히 제압하기 위해서였다. 노예는 예쁘고 어릴수록 비싼 값을 받으니 어린아이, 특히 어린 여자아이가 압도적으로 많이 있는 게 더욱 이해가 갔다.

"그런데 그놈들, 간이 배 밖에 나왔나 봐요. 귀족을 납치해서 팔 생각을 다 하다니. 아니, 그냥 미친 걸까요?"

"그냥 제 신분을 몰라서 한 행동이겠죠."

연화는 검문소를 통과할 때 빼고는 신분패를 내민 적이 없었다. 크렌과 지아를 비롯한 사람들은 연화를 '단주님'이라고 불렀다. 돈 많은 어린애라 생각해도 귀족이라고는 생각 못 했을지도 모른다. 일부 특수한 경우를 제외하고, 귀족들은 상인이 되려 하지 않으니까.

"일단 좀 기다리죠."

놈들이 뺏었는지 버렸는지 단검이 없었다. 지아는 무기를 들고 다니는 사람이 아니니, 그녀에게 뭔가를 기대하기는 어려웠다. 그 외의 나머지 사람들에게도 마찬가지였고.

연화는 팔베개를 하고 누웠다. 구조도 파악이 안 되는 공간에서 탈출 시도를 하는 건 미친 짓이다. 칠이 벗겨진 천장을 보니 좀 우울해져서 눈을 감는데, 누군가가 무릎걸음으로 다가왔다. 미성의 주인이었다. 가까이서 보니 셀리나와 나이가 엇비슷해 보였다.

"할 말이라도 있나요?"

연화는 누운 채로 뚱하니 뱉었다. 소녀가 두 손을 가슴 앞에서 모으고선 배시시 웃었다.

"그냥…… 당신도 귀족일 줄은 몰라서요."

"'당신'도?"

미묘한 뉘앙스였다. 연화가 눈썹을 까딱하자, 소녀가 아차 하며 입을 가렸다.

"그, 다른 뜻으로 한 말은 아니에요. 그냥 신기해서……."

"무엇이 신기한가요?"

"저 말고 다른 귀족 영애를 본 게 처음이라서요."

처음이라고? 왜? 혼 왕국에도 귀족 영애들이 있고, 사교 모임이 있지 않던가.

"전 몸이 약했어요. 온종일 침대에 누워 천장 무늬를 보는 게 제가 하는 일의 전부였을 정도로요. 나이를 먹으면서 걸어 다닐 수 있을 정도는 되었지만…… 데뷔탕트를 치러야 할 나이인데, 몸이 이래서 아직 그것도 못하고 있어요."

소녀가 소매를 살짝 걷었다. 햇볕을 한 번도 받지 않았는지, 하얗다 못해 파란 팔은 막대기처럼 말랐다. 이 세계의 영애들은 특별한 일이 없으면 열여섯에 데뷔탕트를 치른다. 그러니 저 소녀의 나이는 아마도…….

"열여섯 살이라구요?"

"아뇨, 열일곱이에요."

12살 셀리나도 상태가 심각하구나 했는데, 그녀보다 더 마른 사람을 만나게 될 줄이야. 연화는 벌떡 일어나 소녀의 손목을 잡았다. 소녀는 잠깐 놀라긴 했지만 손을 빼지는 않았다.

셀리나와 소녀의 손을 나란히 놓고 보니, 더욱 비교가 됐다. 반면 뼈대 자체는 소녀와 별다를 게 없긴 했지만, 색깔만큼은 달랐다. 셀리나는 적당히 보기 좋은 살색이었고, 소녀의 피부는 시체만큼 희게 질려 있었다.

셀리나가 마른 이유는 못 먹어서였다. 카턴 상단에서 마구잡이로 굴려지면서도 잔병치레는 하지 않았으니, 의외로 건강 체질일지도 모른다.

어쨌든 이 소녀와 같은 처지는 아니었다. 연화는 혀를 내둘렀다.

로아넨 영애는 가공의 인물이었지만, 이 소녀는 실체가 있는 진짜였다.

거의 몇 주 병원에 있었던 재민도 답답해 죽는다며 진저리를 쳤었는데, 어린 시절 대부분을 방 안에서 보낸 소녀는 밖에 나가는 것을 일생의 과업으로 삼았겠지. 걸어 다닐 수 있게 되자마자 밖을 나와 발 닿는 대로 걸었을 거다. 그러다 여기 붙들려 왔겠지.

그렇다 해도, 좀 이상했다. 일단 귀족 영애니 집에서 사람을 붙여놓았을 텐데.

"여긴 어쩌다 잡혔어요?"

소녀가 옅게 웃으며 시선을 아래로 떨어뜨렸다.

"잠깐 산책을 하다가 길을 잃어서……."

"그러다 누가 뒤통수를 내려쳤고, 눈을 떴더니 여기였나요?"

가만히 듣고 있던 지아가 끼어들었다. 소녀는 맹수를 만난 짐승처럼 몸을 움츠렸다. 맑은 갈색 눈으로 지아를 확인하곤 멋쩍게 웃었다.

"아뇨. 뒤통수는 안 맞았어요."

"그럼 제 발로 여기를?"

"아마 약일 거예요. 과일 주스를 대접받은 다음 눈을 떴더니 여기였거든요."

연화는 자신이 단검을 꺼내고, 소리를 지르고, 뒤통수가 깨지는 와중에도 자고 있던 지아가 떠올랐다.

연화는 여관의 음식을 먹지 않았다. 작은 몸은 빵 두어 개를 먹는 것만으로도 빵빵하게 배가 잘 찼으니까. 하지만 지아는 여관에서 점심과 저녁을 해결했고, 카를도 출출하다는 이유로 고기를 몇 점 먹었다. 여관 주인이 약을 썼다면, 그 오밤중의 소란이 일어나는 동안 연화만 제정신이었던 게 이해가 갔다.

"어쨌든, 여기서 팔리면 아무에게나 도움을 요청해요."

오랫동안 잘 관리한 티가 나는 머리카락이나, 생채기 하나 없이 매끈한 손은 그녀의 신분을 증명했다.

"그것 때문에…… 나갈 수 없을 거예요."

소녀가 양 무릎을 감싸 안았다. 지아가 엑 소리를 내며 되물었다.

"귀족을 납치해 노예로 파는 건 중죄니까요. 사람들은 죄를 덮기 위해 절 끝까지 잡아둘 거예요. 그리고 아마 당신에게도 그렇게 하겠죠."

이곳에서 나갈 수 없다니. 좋을 게 하나도 없는 이야기였다. 차라리 팔리는 쪽이 더 낫다. 노예 경매장은 외부에 오픈된 공간일 테니까. 하지만 이곳은 위치도 모르는 밀실이다. 누가 여기를 어떻게 알고 찾아올까.

연화는 머리카락 사이에 손을 넣고 쥐어뜯으려다 멈췄다. 이건 셀리나의 머리카락이었다.

이곳에서 나갈 수 없다면, 이곳을 파악해 나가는 게 유일한 방법이라면 그리하리라. 연화는 창살 너머 복도를 바라보며 주먹을 쥐었다.

분명 방법이 있을 것이다. 무슨 방법이…….

⚜

술에 빵까지 든든하게 챙겨 먹은 사람들은 오후까지 잠들 용의가 있었다. 어린 단주는 막 혼에 도착한 만큼 출발은 늦게 할 것이라 했으니까. 부단주도 동의했었다. 그러나 그들은 붉은 해가 뒤통수를 내민 지 얼마 안 된 이른 시각 눈을 떴다. 자의는 절대 아니었다.

"없군."

카를은 보이는 방마다 문을 열고 닫기를 반복했다. 열 때는 손잡이가 돌아가는 소리도 나지 않을 만큼 조용히 열더니, 안에 찾는 것이 없다는 것을 확인한 뒤엔 문을 발로 걷어차 닫았다. 문이 바르르 떨리고 경첩이 당장 떨어져 나갈 것처럼 달각거렸다. 사람들은 아직 붉은 기가 남은 눈을 손으로 비비면서 일어났다.

"뭔데?"

"빵 찾나?"

"어제 다 먹었잖아?"

덩치 큰 사내가 머리를 벅벅 긁으며 크게 하품을 했다. 몸을 비틀며 기지개를 하는 몸짓 곳곳에 떨쳐 내지 못한 피곤이 묻어 있었다.

조금 눈치가 빠른 사람이 이변을 눈치챘다.

"단주님은?"

"응? 그러고 보니⋯⋯."

연화는 일찍 일어나고 늦게 잠드는 사람의 표본이었다. 그들은 연화가 잠을 자는 모습을 거의 본 적이 없었다. 카를 또한 그녀를 따라 일찍 일어나는 편이었다. 상단 사람들은 평소보다 조금 일찍 일어날 때마다 두 사람이 보폭을 맞춰 걷거나, 작게 대화를 나누는 모습을 보곤 했다.

카를은 상단 사람 중 연화와만 붙어 다녔다. 본인이 그녀 외엔 누구에게도 관심이 없다는 티를 냈기도 했고, 크고 중압적인 느낌을 풍기는 카를에게 감히 말을 못 거는 사람이 많아서이기도 했다.

카를은 처연한 눈매에 잘 뻗은 콧날과 갸름한 턱선을 가진 미남이었다. 물론 웃을 때만 그 매력이 돋보였고, 무표정하게 팔짱을 끼거나 어딘가를 노려보고 있을 때에는 눈썹이 휙 올라가서 마냥 사납게만 보였다.

그런 사람이 온 방을 돌아다니며 찾는 것은 당연히 상단주일 것이다.

눈치 빠른 사람들이 연화가 잠들었던 방문을 열어보았다. 침대보는 깨끗이 펴져 있고, 연화의 짐은 가져왔던 모양새 그대로 놓여 있었다. 지아가 누웠던 침대 또한 마찬가지였다. 다만 사람이 없을 뿐이었다.

"지아는?"

"두 사람이 같이 갔을 리가 없는데."

더벅머리 남자가 턱을 긁적였다. 연화는 지아를 부단주로 임명했다. 자신이 없을 시 그녀가 단주의 권한을 행사할 수 있게 했다. 두 사람은 동시에 자리를 비우지 않았다.

"화장실은 확인했어?"

"민망하게 그걸 어떻게 확인하냐, 짜샤."

더벅머리가 콧수염을 기른 남자의 뒤통수를 때렸다.

"뭐가 민망한데? 밖에서 부르기만 하면 되잖아? 뭘 생각했기에 민망해하고 지랄…… 악! 또 왜 때려!"

콧수염은 등짝을 몇 대 더 얻어맞은 뒤 1층의 화장실로 걸어갔다.

입으로야, 사람이 화장실 가는 건 너무나 당연한 거라고 나불거렸지만 막상 '숙녀용'이라 적힌 화장실 문 앞에 서자 볼이 뜨거워졌다. 남자는 공연히 문 앞을 종종걸음을 치며 돌아다니다가, 이곳저곳에서 모이는 시선에 결국 큼 헛기침을 하곤 문을 두드렸다. 그러나 안에서 아무 반응이 없어서, 축축한 손을 바지춤에 문지르고 안에 들어갔다 왔다.

크지 않은 화장실 안을 배회하고 온 남자를 수많은 눈빛이 맞이했다. 그는 근엄하게 서서 고개를 저었다.

"없던데?"

그사이 카를은 모든 사람들을 깨우고 1층으로 내려왔다. 그의 뒤로 쩌억 손 하나가 들어갈 듯 크게 하품하며 내려오는 사람들과, 짜증을 토로하는 목소리가 섞였다. 카를은 쿵쾅쿵쾅 계단을 아무렇게나 밟다가, 마지막 계단 몇 개는 건너뛰었다.

"손님, 그러다 저희 계단 부러집…… 학?"

여관 주인은 카를에게 훈계하다가 멱살이 잡혔다. 카를보다 머리 두어 개 정도 작은 남자는, 카를이 손에 조금 힘을 주는 것만으로도 허공에 붕 떠올랐다. 여관 주인은 숨쉬기 불편한 상황을 해소하기 위해 발버둥을 치면서 힘줄이 두둑 튀어나온 카를의 손을 붙들었다.

"왜 이러십."

"아가씨는?"

여관 주인이 눈을 크게 뜨고 카를을 보았다. 그의 눈동자가 한 바퀴 헛돌았다.

"밖에, 외출을……!"

"거짓말하지 마라."

어제 셀리나는 말했다. 머뭇거리거나, 공연히 시선을 피하는 행동은 대표적인 거짓말의 전조 증상이라고. 물론 카를이 그것 하나만 믿고 여관 주인을 잡는 건 아니었다. 증거도 있었다.

카를은 여관 주인의 다리를 걷어찼다. 본인은 모르는 것 같지만, 그의 바짓단 길이는 짝짝이었다. 짧은 쪽 단은 침대 아래에서 발견되었고, 카를은 그것을 주워 주머니 안에 넣고 왔다.

여관 주인의 바지를 보자 확실해졌다. 그건 일종의 사인이었다. 이 사람이 범인이라는.

"왜 확정하십니까? 흐윽, 젠장! 난 억울하다구요! 마을 사람들에게 다 물어보쇼! 다 내가 결백하다고 할걸!"

"바깥에 있는 놈들도 모두 한패란 말이군. 좋은 의견 잘 들었다."

"아니, 이보쇼! 왜 사람 말을 그 따위로……."

여관 주인이 항변하던 모양새 그대로 바닥에 엎어졌다. 마룻바닥이 크게 삐걱거렸고 여관주인은 어이쿠 소리를 내며 바닥을 짚었다. 카를은 여관 주인이 일어서기 전 다리를 걸어 넘어뜨렸다. 여관 주인이 제대로 넘어지며 코를 박았다. 부들 어깨를 떨며 일어선 여관 주인이 쌍코피가 난 제 코를 들이밀기 전, 카를이 주머니 속 원단을 집어 들었다.

"만약 거짓이라면, 내가 쓸데없는 억측을 하는 거라면 제대로 사과하지."

여관 주인이 코피를 막던 손을 축 늘어뜨렸다. 익숙한 원단을 보곤 제 바짓단을 돌아보았다. 입술을 깨물고서 낭패라는 표정을 짓는 걸, 카를은 똑똑히 지켜보았다.

"물론 그럴 일은 없을 것 같지만."

파란 눈동자가 미묘한 빛을 발했다.

얼음 창고에 갇혔다면 이런 기분일까. 여관 주인은 어깨를 움츠린 채로 굳었다.

⚜

"제 이름은 에리카에요. 에리카 스트로이트."

병약한 미소녀인 줄만 알았던 소녀는 생각보다 더 활발하고 수다스러웠다. 물론 행동이 그렇다는 것일 뿐, 핏기없이 파란 입술이나 묘하게 보랏빛이 감도는 손톱 등은 그대로였다.

"당신은 12살이라구요?"

"네."

연화가 고개를 끄덕이자, 소녀는 모아둔 무릎에 이마를 대며 한숨을 뱉었다.

"이래서야, 오라버니가 허약하다고 했던 말을 반박할 수가 없겠네요. 12살 영애와 비슷하다니. 사교계에 나가지 말라던 말이 이제 이해가 되네요. 그런 자리에 나가는 순간, 전 스트로이트 가의 수치가 되겠죠."

"설마 그렇겠어요. 혹 그런 취급을 하는 사람을 만나거든 발로 발등을 까버려요."

비록 없는 사람이긴 하지만, 알려진 상태로 치면 '로아넨 영애'의 상태가 몇 배는 더 안 좋았다. 하지만 그녀는 테일러의 약혼녀였기에 씹고 뜯고 맛보는 사교계의 입담에서 배제되었다.

사교계는 본래 그런 곳이었다. 천사의 조각상보다 더 아름다운 미모를 가져도 신분이 별로면 질겅질겅 씹히고, 마귀의 심성을 가졌어도 권력이 막강하면 떠받든다.

"당신은 상냥하네요."

"아무렴 영애를 이길 수 있을까요."

에리카는 오래 갇혀 있었던 만큼 많은 것을 알고 있었다. 사람들을 납치해 인신매매를 하는 사람들의 신상부터, 그들이 이런 일을 하는 동기와 사정까지 전부 다.

연화는 성악설보단 성선설을 믿는 사람이었다. 세상에 악인으로 태어나 악행만 저지르고 세상을 뜨는 사람은 없고, 악인에게도 사정이 있긴 할 거다. 하지만 그게 뭐 어떻단 말인가? 같은 사정을 가진 사람이라고 모두 같은 행동을 하지는 않는다. 사람이 지성체라 불리는 건 옳은 것과 그렇지 않은 것을 구분할 수 있기 때문이다. 어떻게 살지 결정하는 것은 개개인의 선택이었다.

'그리고 선택엔 언제나 대가가 따르지.'

범죄를 선택했다면 따라오는 것은 당연히 형벌이다.

"전 나가서 이곳 영주에게 연락하겠어요."

"당신은 똑 부러지네요. 저도 그렇게 단호해야 건강해질까요?"

"어쩌면요. 반면 영애는 병도 인세에 필요하니 내쫓을 수 없다고 받아들이고 있는 것 같네요."

"방금 제 오라버니랑 완전 똑같이 말하셨어요."

에리카가 아하하 웃다가 마른기침을 했다.

"어쨌든 전 나갈 거예요. 영애께서 이곳 사람들을 가엽게 여기셔서 조금 더 남아 있기로 결정하셨다면 그리 알고 있을게요."

"아니, 그 정도는 아니에요."

에리카가 황급히 덧붙였다.

"정말요?"

에리카는 이곳의 지리도 얼추 알고 있었다. 이곳을 나가려면 그녀의 도움이 필요하다. 다른 사람이라면 설득의 말을 부어 차근차근 끌어들였겠지만, 연화는 부러 시큰둥하게 굴었다.

에리카는 순수하다. 오랫동안 사랑받으며 자란, 온실 속의 화

작센   57

초라는 말이 딱 들어맞는 사람이다. 지성은 있기에 악과 더러운 것을 알지만, 그것에 어떻게 대응하고 맞서 싸우는지는 모른다.

악을 이기 위해서는 필연적으로 악을 품어야 한다. 상대를 이기려면 비겁한 술수도 기꺼이 사용해야 한다. 에리카는 어디까지 행동할 수 있을까. 열여섯은 머리가 충분히 굵고 생각이 자란 상태니, 많이 바뀌긴 힘들 것이다.

"물론이죠. 오라버니께서 많이 기다리고 계실 거예요. 한센도 걱정하고 있을 거고요. 어쩌면 오라버니에게 혼났을지도. 가까운 곳에 간다고 떼어놨었거든요."

에리카가 말을 하다 말고 눈시울을 붉혔다. 연화는 흐응, 한껏 못마땅한 소리를 내면서 팔장을 꼈다.

"나가고 싶은 이유는 그게 다인가요?"

"어음…… 아, 유모 눈이 팅팅 부었을지도 몰라요. 매사에 걱정이 많은 분이라."

"그리고요?"

연화는 팔짱을 풀지 않았다. 에리카는 연화를 흘끔 봤다가, 푸우 한숨을 내쉬며 고개를 숙였다.

"제 세계가 워낙 편협해서, 더 이상의 사람은 못 찾겠네요. 말했지만 전 아파서 거의 방에만 있었어요."

"정말요?"

"정말로요."

에리카가 단언했다. 연화는 목 안으로 웃었다.

"아닐 텐데요."

"뭐가요?"

"한 명 더 있잖아요."

연화는 검지로 에리카를 콕 짚었다.

"바로 여기에."

에리카가 고개를 들었다. 토끼처럼 번뜩 뜨인 눈이 귀여웠다.

"영애에게 다른 사람들이 어떤 존재인지는 충분히 알았으니, 이제 영애의 이야기를 듣고 싶어요. 영애는 왜 나가고 싶어요? 집으로 돌아가면 이곳에 있을 때처럼 갇혀 지내게 될 텐데요. 인간관계도 아까 영애가 말한 소수의 몇 명으로 좁혀질 거구요."

"물론 그렇겠죠. 집으로 돌아가면 아마 한동안 그 방에서……."

에리카의 목소리가 쪼그라들었다. 목소리와 같이 숙여지던 고개가 갑자기 번뜩 들렸다.

"그래도 돌아가고 싶어요. 오라버니가 보고 싶고, 조셉도, 유모도, 창가에 놓인 화분도 보고 싶어요. 누우면 푹 들어가는 침대에 누워서 실컷 뒹굴거리고 싶고, 이불에서 나는 햇볕 냄새도 맡아보고 싶고, 유모가 해주는 바깥 이야기도 듣고 싶어요. 드물긴 하지만 한센이 오라버니 몰래 디저트를 만들어 가져오는데, 그것도 먹고 싶어요. 달콤하고 찐득한 초콜릿이 들어간 걸 떠먹으면서 이렇게 말할 거예요. 아, 맛있다."

마지막 순간 에리카는 눈을 감고 있었다. 꼴딱 넘어가는 침이 무척 솔직하게 들렸다.

"확실히 이곳에 있으면 그럴 수 없겠네요."

"하나도 이룰 수 없죠."

울려고 했던 자욱이 그대로 남은 채로, 에리카가 웃었다.

우리는 타인의 삶에 맞춰주는 사람을 보고 '착하다'고 한다. 부모는 아이가 자신의 말을 잘 들으면 착하다고 하고, 선생은 말썽을 피우지 않는 아이에게 착하다고 한다. 에리카는 좁은 공간에서 다른 사람들을 맞춰주며 살았다. 그래서 그녀는 착한 사람이었다.

그것이 나쁘다는 것은 아니다. 이곳에서 탈출하는 데 도움이 되지 않을 뿐이다.

타인의 욕망과 사정만을 지나치게 생각하는 사람은, 주체적으로 움직이기 힘들다. 에리카는 결정적인 순간 납치범들의 사정을 떠올리며 망설이게 될지도 모른다. 연화가 에리카에게 스스로의 욕망을 자각시킨 건 이 때문이었다. 욕망의 방향과 목표가 뚜렷하면 사람은 쉬이 꺾이지 않는다.

에리카가 작전에 제대로 참여해 주면 좋긴 했다. 그러나 그녀는 연기엔 별 재능이 없어 보였다. 하는 생각이 얼굴에 다 보인다는 게 그 증거였다.

'엇박자만 안 얹으면 돼.'

어차피 작전의 주체는 연화였고, 도와줄 사람은 지아로 충분했다.

"그럼 영애는 이곳의 구조를 설명해 주세요."

"좋아요. 우리가 있는 창살은 중간에서 살짝 오른쪽에 치우쳐져 있는데……."

바닥엔 흙먼지가 잔뜩 묻은 모포가 깔려 있었다. 그것을 걷어 내자 그냥 흙바닥이 나왔다. 에리카는 손가락으로 바닥을 긁어 이곳의 구조를 설명했다.

사람들은 여덟 군데의 창살 안에 가둬져 있었다. 좌우로는 두 개씩, 상하로는 네 줄로 구분되어 있다. 연화가 갇힌 창살 안의 사람이 스무 명 정도고 다른 창살 안에 있는 사람도 그쯤 되는 걸 보니, 대략 백사십 명 정도가 이곳에 갇혀 있는 모양이다.

"출구는 저기 쇠창살 옆이에요. 검은 천으로 가려진 게 보이죠?"

"검은 천 너머는 본 적이 없나요?"

"캄캄해서…… 게다가 너무 멀어서요. 하지만 저곳을 나간 사람들의 발소리를 보아 계단이 있는 것 같았어요."

"올라가는 것 같았나요, 내려가는 것 같았나요?"

"그건 잘 모르겠어요."

그래도 밖에 뭔가 있다는 것을 알았다는 것 자체가 연화에게는 수확이었다.

"사람들은 몇 명 들어오죠?"

"매번 달라요. 하지만 대체로 새벽에 가장 많이 들어와요."

"새벽요?"

"납치한 사람을 데려다놓고, 밖에서 잠그거든요."

"그 틈을 타 탈출하려는 사람은 없었나요?"

"있었어요, 하지만……."

에리카가 양어깨를 붙들고서 고개를 저었다. 굳이 묻지 않아도 탈출 시도를 한 사람이 어떻게 되었는지는 알겠다. 에리카의 입술은 아까보다 더 핏기가 빠졌다.

"괜찮아요. 이번은 다를 거예요."

홍연화도 그랬지만 셀리나일 때도 남을 위로하는 건 매우 어색했다. 차라리 협상을 한다면 모를까. 그래도 필요한 일이니 했다. 연화는 손바닥으로 웅크린 등 위를 덮고 작게 토닥였다.

"그 사람은 에리카처럼 많은 정보를 쥐고 있지도 않았잖아요. 제대로 된 탈출 계획을 세우지 않아서 그렇게 된 거예요. 그러니 우리와는 달라요."

에리카가 연화와 눈을 마주하고서 빠르게 눈을 깜빡였다. 그녀의 고개가 연화 쪽으로 천천히 기울어졌다.

"염병하네."

찬물을 쫙 끼얹는 목소리였다. 에리카가 다시 고개를 제자리로 돌렸고, 연화는 소리의 근원지인 뒤쪽을 돌아보았다. 대체로 듣는 쪽이었던 지아는 벌떡 일어서기까지 했다.

말을 한 사람은 삼십대 중반 정도로 보이는 여자였다. 비틀린 미소를 짓는 입 사이로 보이는 이빨 몇 개가 부러지고 빠져 있었고, 왼눈엔 시퍼런 멍이 들었다. 여자는 지아의 노려봄에 조금 움찔했지만, 이내 어깨를 쭉 펴고 키들키들 웃었다.

"별 같잖은 소리를 다 듣겠네. 이봐, 허연 나으리. 당신은 귀족이라서 우리 같은 것들은 안중에도 없는 모양이지만 나도 이 방에 당신만큼 오래 있었어! 당신 같은 생각을 하는 사람도 질리도록 많이 봤다고! 그리고 그들이 어떻게 됐지? 이 모양 이 꼴이 됐지! 쥐어터지고, 깨지고, 망가지고!"

에리카는 뭐라 말하려는 듯 입을 뻐끔거렸지만 끝내 아무 말도 하지 못했다. 여자는 숨을 크게 들이쉬었다. 에리카가 흘려 버린 용기가 그녀에게 빨려 들어가는 것 같았다. 여자는 길게 뻗은 손으로 에리카와 연화를 짚었다.

"그러니까 어차피 너희들도 실."

"시끄럽네요."

연화는 앉은 채로 불퉁 입술을 내밀었다. 앉으나 일어서나 여자보단 키가 작을 것이기에 움직이지 않았다. 하지만 오히려 이 행동이 여자를 자극시켰다. 움직이지 않고서 말만으로 상대를 움직일 수 있는 건 귀족들의 특권이었다. 여자가 얼굴을 붉히며 감정 섞인 단어들을 두서없이 뱉었다.

"뭐, 뭐야. 귀족이라고 유세 떠는 거야? 그래봤자 여기서 그게 무슨 상관인데? 예쁜 옷 좋은 음식이 주어지기라도 하는 줄 알아? 어차피 여기 있는 한 너희도 우리랑 똑같잖아!"

연화는 유세를 떤 적이 없다. 귀족이라 말한 적은 있지만, 그걸로 정치질을 하거나 누군가를 부려먹은 적은 더더욱 없다. 가만히 있는데 혼자 봉창을 두드리는 이유는 무엇일까. 연화는 눈으로 여자를 쓱 훑어 내렸다.

많이 살필 필요는 없었다. 낡고 해진 옷과 군데군데 박힌 수선의 흔적들. 평민 중에서도 찢어지게 가난한 사람이겠지. 아무래도 이유 없는 적의의 정체는 열등감인 모양이다. 자신이 누리지 못하고, 갖지 못한 것을 남은 쉽게 가진 것에 대한 분노와 짜증.

그녀가 제 계획이 필요한 사람이라면 모를까. 대놓고 어깃장을 놓고 방해하려는 티를 내는 사람을 끌어안을 이유는 없었다. 연화는 여자를 흘겨봐 준 뒤 다시 고개를 내렸다.

"제대로 된 논거를 가지고 하는 말이 아니라면 그냥 입을 다물어주었으면 좋겠네요. 제 귀는 그런 말을 들으라고 열려 있는 것이 아니니."

"이, 이게 똑똑한 척 유세 떠는 게 아니면……!"

여자가 확 목청을 높이기 전, 지아가 먼저 소리쳤다.

"단주님께서 시끄럽다잖아요. 아, 정말. 조용히 좀 해요. 말 좀 듣게! 당신이야 여기 천년만년 박혀 있고 싶겠지만 난 아니니까!"

단전 아래 숨겨진 힘을 꺼내듯 우렁찬 목소리였다. 여자는 하려던 말을 완전히 잊어버렸고, 저들끼리 다른 이야기를 하던 사람들도 일제히 입을 다물었다. 지아는 과업을 마치고 다시 자리에 앉았다. 양반다리를 하고 사뭇 비장한 척 앉더니, 연화와 눈이 마주치자마자 배시시 웃었다.

"저 잘했죠?"

연화는 눈만 뻐끔거렸다. 대답은 엉뚱한 사람이 했다. 에리카가 천천히 엄지를 치켜들었다. 지아는 입가를 가린 손안에 웃음을 쏟아냈다.

여자는 연화 쪽을 잠시 노려보긴 했지만 결국은 다시 앉았다. 그러기 전 노골적으로 흥 소리를 내긴 했지만 알 바는 아니었다.

이후엔 방해꾼이 없었다. 연화는 에리카에게 몇 가지를 더 물었다. 건물의 구조나 이곳을 오가는 사람들과 관련된 것이었다. 정보를 모은 뒤엔 전략을 짰다.

작전 시간은 새벽. 납치범들이 사람들을 잡아넣기 위해 잠깐 창살 문을 여는 때를 노리기로 했다. 지아가 납치범들의 시야를 끄는 동안, 연화는 납치범에게서 열쇠나 무기 혹은 둘 다를 강탈하기로 했다. 문을 열어주기만 하면 협조하겠다는 사람들은 수도 없이 많았다.

짜봤자 무의미한 전략이 될 줄은 나중에 알았다.

"네가 재미있는 재주를 부리려 한다던데?"

시비를 걸었던 여자가, 저녁 식사를 가지고 온 납치범에게 작전을 모두 일러 버린 거다. 이럴 때 다 함께 모르는 척이라도 하면 시치미 뗄 수 있을 텐데. 이곳 사람들은 포커페이스를 몰라도 너무 몰랐다. 식사로 받은 돌 빵이 여기저기서 떨어졌고, 일부는 입을 허 벌리고 이쪽을 보기도 했다. 에리카는 납빛으로 창살에 매달렸다.

"그…… 그건 아니."

"맞아요."

연화는 에리카를 창살에서 떼어내 제 뒤로 밀었다. 에리카가 입을 허 벌리고서 연화를 보았다. 그녀가 연화의 뒤에서 어쩌려고 그러냐고 속삭였다.

어쩌려고 그러긴, 깽판을 칠 생각이지.

연화는 부러 밝게 웃었다. 시치미 뗄 수 없다면 속전속결로 가는 수밖에 없다. 게다가 무엇 때문인지 남자는 혼자였다. 그가 아무런 방비를 하지 않은 지금, 작전을 시행하는 게 나을지도 모른다.

"누가 이런 곳에서 평생 살고 싶겠어요? 바닥은 차갑고 이불은 아예 없고. 게다가 화장실이라고 있는 건 저기 구석에 놓인 더러운 오물통 하나뿐."

"귀족 나부랭이랑 친해졌다고 같이 꼴값 떠는 거냐? 앙?"

남자가 손을 들어 올렸다. 정말로 순수하게 사실을 말했는데 저런 반응이라니. 오웬 과인가.

어쨌든 별로 맞긴 싫었기에 연화는 뒤로 세 발자국 물러섰다. 남자의 손은 허공을 휘젓고 창살을 때렸다. 손에 힘을 얼마나 넣었는지 창살이 크게 흔들렸다. 남자는 제 손목을 움켜쥐며 악악거렸다. 연화는 물러선 자세에서 고개만 절레절레 저었다.

"느리네요."

"너, 이……."

"왜요? 설마 철창 한 번 더 때리려구요? 본업이 인신매매인 건 알았지만 부업으로 자해를 하는 줄은 몰랐네요."

이번엔 아까와 똑같이 고개를 저으면서 혀도 차주었다. 남자의 얼굴이 목부터 붉게 달아올랐다.

"왜 화를 내요? 설마 제가 여기를 지상낙원이라 칭할 줄 알았어요? 당신이 봐도 그건 좀 아닌 것 같지 않아요? 혹시 사람 팔면서 양심도 같이 팔았어요? 아니다, 애초에 이런 일 하려면 양심이 좀 많이 없어야 하겠네요. 그래서 남아 있는 양심은 어느 정도예요? 제 발톱의 때보단 많아요?"

"안 닥쳐?"

"사실 당신 발톱 때와 비교해 보면 어떠냐고 묻고 싶은데…… 당신 발 안 씻었죠? 여기까지 발냄새 나요."

연화가 코를 쥐며 또 물러섰다. 남자가 후읍 숨을 크게 들이켰다 내뱉었다.

"야!"

흥분 세포가 발달한 것과 달리 학습 능력은 떨어진 모양이다. 남자는 또 철장을 쳤다가 아구구 소리를 내며 제 손을 부여잡았다. 그것도 몇 초, 한 손으로 철장을 잡고 다른 손을 철장 사이에 집어넣으며 휘적거렸다.

"너 이리 안 와!"

"제가 미쳤다고 거길 가겠어요? 맞아 터질 게 뻔한데."

꼭 맞아봐야 아픈 걸 아는 건 아니잖아요? 연화는 웃는 낯을 유지하고서 말끝을 발랄하게 올렸다. 몇 사람이 공포를 누그러뜨리고 어깨를 움찔 떨며 픽 웃었다. 남자의 이마에 돋은 혈관이 터질 것처럼 부풀었다. 그가 괴성을 내지르며 연화를 잡기 위해 버둥거렸다.

"대체 어쩌려고 이래요?"

에리카는 연화를 뒤로 잡아 뺐다. 그녀가 연화의 어깨를 쥐고서 또 속삭였다. 연화는 제 어깨에 올라온 손을 셀리나의 작은 손으로 덮었다.

"작전, 벌써 기억 안 나나 봐요?"

"하지만 그건 지아 씨가…… 게다가 아픈 척을 하기로……!"

한 명의 고발자로 작전이 다 알려졌는데 그걸 어떻게 그대로 사용하나. 당연히 플랜 B로 가야지. 순진한 데다 어리숙하기까지 한 아가씨다.

연화는 에리카에게서 빠르게 떨어졌다. 검지로 오른쪽 눈 밑을 당기면서 혀를 살짝 내밀었다.

"그렇게 팔이 짧아서 한 대라도 때릴 수 있겠어요? 정말 하나도 안 무서워 죽겠네."

거기에 결정타까지.

격하게 숨이 오르락내리락하는 남자의 정수리 위로 뚜껑이 열리는 듯한 환상이 보였다. 그가 허우적거리던 팔을 빼곤 자물쇠를 잡았다. 창살 문에 걸려 사람들을 못 나가게 하던 장치였다.

"내가 못 들어갈 줄 알고!"

열쇠 뭉치는 남자의 허리춤에 있었다. 친절하게도 다른 일곱 개의 창살의 열쇠도 함께 있었다. 남자는 열쇠를 쑤시듯 자물쇠 구멍에 넣었다. 격하게 돌린 끝에 문이 열렸고, 남자가 창살 아래쪽에 침을 뱉으며 문을 열었다.

문이 빠르게 열리면서 연결된 창살들이 함께 흔들렸다. 남자가 들어오자 사람들이 문 반대쪽 창살에 몰렸다. 바닥에 아예 주저앉아 버리는 사람도 있었다.

"쪼그만 게 쫑알쫑알 시끄럽…… 엇?"

연화 하나만 보며 걸어오던 남자는 문 옆에 서 있던 지아를 발견하지 못했다. 지아는 발을 살짝 들어 올리는 것으로 남자를 넘어뜨렸다. 거구의 덩치가 모포에 쓰러지며 흙먼지가 부웅 일었다.

"아, 더러워라."

지아가 날리는 먼지를 손 부채질로 쫓아냈다. 그러다 연화를 보곤 눈을 접어 올려 웃었다.

"이번엔 저 칭찬해 주실 거죠?"

"물론이죠. 잘했어요, 지아."

"헤헷."

지아가 '쑥스러워' 포즈를 취하는 사이 남자가 턱을 문지르며 일어나려 했다.

쿵-

"억!"

그러나 연화가 남자의 뒤통수를 걷어찼기에, 그는 넘어진 자세 그대로 바닥에 머리를 박았다. 모포는 완충 효과가 없는 모양이었다. 머리가 바닥에 부딪치는 소리가 꽤 적나라해서, 남자가 쓰러지는 걸 보고 내심 고소해했던 사람들이 인상을 찡그렸다.

연화는 혹여 남자가 또 일어날세라 뒤통수를 밟았다. 그사이 지아가 남자의 허리춤에서 장검 하나와 열쇠 꾸러미를 건져 냈다.

혹시 상의 안쪽에 뭔가 숨기고 있는 게 있나 싶어 연화는 남자의 옆구리를 걷어차 그를 똑바로 눕게 했다. 하지만 수고한 것과 다르게 소득은 없었다. 나온 건 다 먹은 사탕 포장지가 전부였다.

"아무래도 이게 다인 것 같네요. 시시하게."

지아가 틱틱거렸다.

"장검 쓸 줄 알아요?"

"당연히 못 쓰죠."

이 세계는 여성에게 '호신술'은커녕 '운동'도 권하지 않았다. 그래도 연화는 옅은 기대감을 가지고 주위를 둘러봤다. 연화의 시선이 닿는 족족 사람들이 고개를 돌리는 기적이 일어났다.

셀리나의 단신으로 장검은 조금 힘들지만, 상황이 이렇다면 어쩔 수 없다. 연화는 검집을 뽑아 던지고 검날을 바라봤다. 그리 좋은 칼은 아닌지 검 군데군데 녹이 슬어 있다. 그래도 무기로서의 기능은 남아 있었다.

검날 끝으로 누워 있는 남자의 목을 겨누었다. 남자는 눈을 부릅뜨며 일어나려 했지만, 연화가 검 끝으로 목을 찌르는 시늉을 하자 얌전해졌다.

"그럼 영웅이 되고 싶으신 분?"

서로 시선을 주고받으며 무언의 대화를 하는 와중에, 셀리나보다 조금 작은 소년이 튀어나왔다.

"우리 누나 내놔!"

신발에 묻힌 흙이 남자의 얼굴에 그대로 찍혔다. 소년이 작은 주먹으로 남자를 몇 대 때리다, 그냥 걷어차는 쪽으로 노선을 바꿨다. 짙은 회색의 옷감에 발자국이 연달아 찍혔다.

"우리 엄니는 어디 팔아먹었는겨!"

"팔아먹을 거면 지 자식새끼로 끝내야지! 왜 남까지 끌어들여서!"

"개자식, 용암불에 천년을 지져도 시원찮을 놈!"

몸을 작대기처럼 꼿꼿이 세우고서 눈치 보던 모습이 거짓말 같았다. 한 명이 달려들자 나머지가 우르르 뛰어들었다. 남자는 이리 걷어차이고 저리 얻어맞았다.

지아는 열쇠 꾸러미로 바로 옆 창살을 열었다. 사람들이 뛰어나오며 한탄과 안도를 쏟아냈다.

이변은 맞은편 문과 가까운 창살을 열고 있을 때 일어났다. 시커먼 천이 훅 젖히면서 담배 연기와 바깥바람이 밀려 들어왔다.

"뭔 지랄이야?"

거구의 사내가 들어왔다. 연화는 그의 얼굴에 난 검상을 노려보았다. 지아의 목에 검을 댄 놈이 저놈이었다. 어둠 속에서 봤을 때는 몰랐는데, 밝은 곳에서 보니 절로 몸이 움츠려질 정도로 컸다. 별 행동 없이 걷기만 하는데도 땅이 쿵쿵 울렸다.

문을 열기 위해 여러 열쇠를 돌려 끼우던 지아가 남자와 눈이 맞닿자마자 굳었다. 손에서 열쇠가 툭 떨어졌다. 남자는 열쇠 꾸러미를 발로 차버리곤 지아의 목에 검을 댔다.

"아……."

"지아!"

연화가 달려들었을 때, 남자는 고개만 돌려 연화를 확인했다. 무표정하던 입가에 설핏 웃음이 돌았다.

"이 여자를 죽이고 싶나."

연화가 남자를 기억해 냈듯, 그 또한 연화를 기억해 냈다. 연화는 움직일 수 없게 되었다. 하지만 검을 놓고 모든 것을 포기할 수도 없어서, 그녀는 어중간한 거리에서 남자를 노려보았다.

"이쪽만 신경 쓰고 있으면 안 될 텐데."

남자가 턱을 젖혔다. 연화의 뒤쪽이었다.

뒤를 돌아보기도 전에 검을 쥔 손에 붙들렸다. 단단하고 굳은 남성의 손. 연화는 숨을 급하게 집어삼키며 뒤를 돌아보았다. 창살 안에서 얻어맞고 있던 남자가 어느새 뒤에 붙어 있었다.

마법 등만 있던 복도로 열 명의 남자들이 더 들어왔다. 무기를 빼들고서, 창살 밖으로 나온 사람들을 위협하듯 재차 안에 가두었다. 다시 자물쇠가 채워지는 소리는 비명보다 더 끔찍했다.

에리카가 그랬다. 옆 마을에 새로 조성된 볼거리 때문에 여행자가 줄어들어 수입이 적어진 마을 사람들이 범죄에 손을 댔다고. 하지만 전부가 그런 건 아니란 말도 덧붙여서, 작은 마을에 공범이 얼마나 많겠나 싶었다. 하지만 막상 보니 생각보다 협력자가 너무 많았다.

기회가 닿는 대로 바로 튀었어야 했는데. 응징과 친절에 시간을 너무 많이 쏟았다. 연화는 입안 여린 살을 물었다. 상황은 좋지 않았다. 지아와 연화를 제외한 모든 사람들은 다시 갇혔다. 게다가 지아는 잡힌 상황.

연화는 남자의 손을 베어보려 했지만, 시도를 하기 전에 목이 붙잡혔다. 허공에 대롱 매달린 채로 목이 졸렸다.

"재주는 다 부렸냐, 꼬맹아?"

"큭……!"

이 상황을 벗어나고 싶다는 욕망, 어떻게든 공기 한 줌을 목구멍 안으로 집어넣고 싶은 갈망이 거세게 일어났다. 연화는 남자의 손을 떼어내려 움직였지만, 나중엔 남자의 손을 꼭 쥐고서 가만히 매달려 있었다.

시야가 흐려지고 사물이 어그러졌다. 모든 것이 사라지고 끝날지도 모른다는 생각이 들 때 거짓말처럼 몸이 아래로 떨어졌다.

"커억, 헉!"

누군가가 쓰러지는 소리, 무언가를 부수고 망가뜨리는 파열음이 연달아 들렸다.

"이 새끼들 다 죽었어!"

"나와 나와 나와! 다 나와!"

"저놈들은 어디서 나온 거야?"

"이런 미친."

연화는 목을 쥐고서 눈을 깜빡였다. 검은 천이 아예 찢겨지고, 익숙한 얼굴들이 튀어나왔다. 상단 사람들이 무기를 들고 들어왔다. 무력에 익숙한 사람들이 아니었기에, 검을 든 손이나 자세가 영 어색했다. 한데도 납치범들이 어물거렸다. 그중 두엇이 얻어맞았고 분위기가 반전되었다.

카를은 연화의 목을 쥐고 있던 남자만 걷어차고, 나머지는 다른 사람들에게 맡겨두었다. 카를은 긴 장신을 접어 연화와 눈높이를 맞추었다. 연화는 연달은 기침으로 시큼한 목을 가다듬었다. 하지만 다 갈라진 목에서 나온 목소리는 제가 듣기에도 형편없었다.

"……카를."

"괜찮으십니까."

바스러질 듯한 미소, 하지만 탄탄한 몸을 가진 카를이 있었다. 연화는 앉은 채로 고개를 끄덕이고선 그의 다리에 제 몸을 기댔다.

아주 잠시만, 아주 잠깐만, 이 안도를 누리고 싶었다.

✤

조금 앉아서 눈을 붙인다는 게 깜빡 잠이 든 모양이었다. 연화는 몸이 들린 채로 어딘가로 이동하고 있었다. 하지만 불안정하다는 생각보단 미묘한 안도감이 먼저 찾아오는 것은 이 탄탄한 팔의 주인을 알고 있어서일 터다.

"카를."

연화는 눈을 떴다. 해가 다 진 하늘은 분명 어두웠지만 그녀의 주변은 밝았다. 횃불을 든 사람들이 보였고, 은색 철갑옷을 입은 자들이 어디선가 꾸역꾸역 밀려와 주위를 둘러쌌다.

"여기 어디에요?"

"밖입니다. 막 나왔습니다."

연화는 카를의 목에 팔을 두르고서 뒤를 돌아봤다. 외양 자체는 평범한 일반 민가 한 채였다. 하지만 뻥 열린 민가엔 아래로 내려가는 계단만 있고 세간살이는 없었다.

내가 저 아래에 있었구나. 연화는 계단 아래에서 희미하게 올라오는 불빛들을 보며 눈을 느리게 감았다 떴다. 안도감, 해방감, 거기에 기묘한 호기심과 혼돈이 한 가지 색으로 뒤섞였다.

연화의 마음만큼이나 아래도 혼돈인 모양이었다. 말소리와 사물이 망가지는 소리가 뭉뚱그려져 올라왔다.

"모두 함께 왔나요?"

눈을 감기 전 상단 사람들을 본 기억이 있는 연화가 말했다.

"예."

카를은 대꾸하면서 연화의 뺨을 한 손으로 쓸어내렸다.

"좀 더 주무셨으면 했습니다만."

"괜찮아요."

"얼굴이 뜨겁습니다. 돌아가면 의사를 불러야겠습니다."

"어디로 돌아갈 건데요?"

설마 여관으로? 연화가 살짝 웃으며 덧붙이자, 카를이 얼굴을 바로 굳혔다.

"영주의 저택으로 갑니다."

"영주의……?"

그러고 보니 주위를 둘러싸고 있는 건 병사들이었다. 대열의 모양이 삐뚤삐뚤하고, 창을 손 쥔이 어설픈 걸 보면 훈련도는 낮은 것 같긴 했지만. 가난해서 마을 사람들이 범죄에 가담했다는 곳에, 개인 사병을 만들 재력이 있는 사람이 있을 리 없으니, 영지의 치안대가 맞긴 한 모양이다.

"그런데 카를, 여기 영주와 아는 사이였어요? 치안대는 그렇다 치고 방까지 내어주다니."

"아마 아가씨와도 면식이 있는 사이일 겁니다."

"저랑요?"

카로틴 귀족들도 다 알지 못한 내가 혼 왕국의 귀족과 무슨 면식이 있다고. 연화가 헤 입을 벌리고 있을 때였다.

병사들 사이에 약간의 소란이 일었다. 포위진영 일부가 흐트러졌고, 만들어진 구멍 사이로 누군가가 걸어 나왔다. 병사들이 그쪽을 보곤 일제히 머리를 숙였다.

남자는 똑바로 연화가 있는 곳으로 걸어왔다. 누군가가 햇불로 그의 얼굴을 비추었다. 연화는 그의 얼굴을 보고 입술을 즈려 물었다. 남자는 연화 앞에서 설핏 웃었다.

"당신이 왜 여기에⋯⋯."

오랜만에 보는 얼굴이지만, 잊지 않았다. 그의 이름은 작센. 카로틴에 연화가 막 도착했을 당시, 연화에게 시비를 걸었던 사람이었다.

"저는 제국인이 아니니까요."

작센은 깔끔히 대답했다.

"아니라구요?"

"제대로 인사하죠. 제 이름은 작센 스트로이트. 이곳의 영주이자⋯⋯."

작센이 중간에 말을 끊었다. 그가 눈을 잠깐 둥그렇게 떴다가, 잔잔한 미소를 머금는다. 시선의 방향은 연화의 뒤에 닿아 있다.

"오라버니!"

계단을 올라온 에리카가 작센에게 달려갔다. 작센은 한 팔을 벌려 에리카를 안았다. 연화는 그 다음 말에 완전히 얼어붙었다.

"저 아이의 오라비 되는 사람입니다."

'이리의 대장간'의 주인 할버트는 다른 방에 별도로 수감되어 있었다. 마을 사람들이 범죄를 모의할 때 영주에게 신고하겠다고 엄포를 놓았기 때문이었다.

할버트는 오랜 시간 지하에 갇혀 있었지만, 타고난 체력이 뛰어났기 때문에 구출된 지 이틀도 지나지 않아 회복했다. 이틀 뒤엔 연화도 가볍게 앓은 감기를 떨쳐내서, 그를 만나기로 했다.

"대장간 찾으시는 거죠?"

"그…… 제가 안내해도 괜찮은 건가요?"

"비켜, 영감탱이. 내 차례야."

연화는 눈에 띄지 않는 차림이었다. 흰 튜닉 원피스에, 같은 색의 큰 모자를 푹 눌러썼다. 카를 또한 청남색 계열의 무난한 옷을 입었다. 하지만 두 사람이 번화가 입구에 들어서자 사람들이 둘을 둘러쌌다.

마을이 가난한 것과 달리, 범죄에 가담한 사람은 정말로 일부였다. 누군가는 할버트처럼 대놓고 항의를 했다. 하지만 할버트가 지하의 감옥에 갇힌 걸 보고 조용히 입을 다물었다. 떠나는 사람도 있었으나, 그것도 이사 비용이 마련되어야 가능한 것이다. 떠날 힘은 없지만, 범죄에 손을 들이고 싶지 않은 사람들은 머리를 맞대고 다른 방법을 찾아냈다.

범죄의 목표가 되는 여성이나 아이가 마을에 들어오면 노골적으로 노려보아 마을에서 나가게 하는 것. 욕을 하거나 물건을 내던지는 등 과민 반응을 해 힌트를 주면 할버트 꼴이 날까 싶어 그건 하지 못했다고 한다. 그러나 이제 그러지 않아도 된다. 연화가 와서 문제가 해결되었으니까. 그들은 연화가 대장간을 찾으며 이리저리 돌아다니는 것을 기억해 내고 모였다.

오해가 풀렸고 이유도 알았다지만, 연화는 그들이 저를 오묘한 눈으로 보던 기억을 지울 수는 없었다. 연화는 떨떠름한 감정을 감추듯, 옅은 웃음을 지었다.

"감사합니다. 하지만 제가 갈 수 있어요."

"쪼꼬만 아가씨가 아주 똑 부러지는구마잉! 하지만 그렇게 먼 거리도 아닌디. 같이 가믄 안 되는 거여?"

순박한 인상을 가진 중년 남성이 연화와 눈높이를 맞추고서 묻는다.

연화는 옅게 한숨을 쉬었다.

"대장간까지만이에요."

이곳의 대장장이가 카로틴의 황녀와 협력 관계라는 건 비밀이었다. 대장간에서 나온 물건이 어디로 가는지는 아무도 알아선안 된다. 이곳의 영주도 예외는 아니었다.

"그려!"

남성은 흔쾌히 고개를 끄덕였다. 남자와 함께 따라왔던 남은둘도 방긋 웃으며 동의했다.

한 명은 길잡이가 된다고 연화 앞에 섰고, 나머지는 연화의 옆에 붙었다. 카를은 그들을 노려보면서 한 발자국 뒤에서 바짝 따라왔다.

"혹시 딸기 좋아하나? 조금 따왔는데."

"수도 아가씨들은 햇볕 가리개라는 걸 쓴다던디. 그런 건 안 필요혀?"

딸기가 담긴 바구니와 양산이 내밀어졌다. 그리 값비싼 것은 아니지만, 이 마을 사람들에겐 이것도 큰 자산일 터였다.

"괜찮습니다. 게다가 그리 먼 거리도 아닌데요."

그래서 연화는 웃는 낯으로 거절했다. 유해 보이는 인상 아래엔 귀한 자들만 얻을 수 있는 벽이 있었다. 사람들은 어물거리다물건을 쑥 내렸다. 그래, 이런 게 눈에 찰 사람은 아니겠지.

"다 왔으."

지척이라고 알고 있긴 했었지만 정말로 금방이었다. 골목 입구에 그토록 찾던 마크가 달린 깃발이 바람이 흔드는 대로 휘날렸다. 이전에 와봤던 길인데도 찾지 못하고 돌아갔던 것은, 전엔 저깃발이 없었기 때문이다.

할버트는 다른 마을에서도 종종 찾아올 정도로 실력 있는 대장장이라서, 범죄자들은 그가 가둬졌다는 사실을 외부인에게 숨기기 위해 깃발도 함께 숨겼다. 대장간은 규모가 커서 없애는 건 불가능했기에, 그냥 문에 큰 판자 두 개를 'X'자로 못질해 막아놓았다.

대장간은 문을 제외하곤 제대로 굴러갈 때와 비슷한 모양새로 있었다. 돈 되는 무기는 죄다 도둑맞았지만, 철강석이나 거푸집 등은 그대로 남아 있었다. 할버트가 몸이 회복되자마자 대장간을 열 수 있었던 이유였다.

입구에서부터 훅 대장간 특유의 열기가 느껴졌다. 연화가 조금 움찔하자 안내하던 남성은 귀여운 토끼를 보듯 푸흐흐 웃곤 먼저 안으로 들어갔다.

"어이, 할버트. 혹시 자나?"

"안 잔다, 멍청아. 근데 네놈이 여긴 웬일이냐. 또 호미 부러뜨렸냐?"

안에서 망치질 소리가 뚝 끊겼다. 대신 갈갈하고 육중한 목소리가 들렸다.

"누가 들음 나가 만날 호미 부수는 줄 알겠다? 망헐 놈."

"뭘 아닌 척 시치미를…… 아니, 이게 누구야."

할버트가 목에 두른 수건으로 이마를 닦다 연화를 발견했다. 크게 뜨인 눈으로 연화를 살피다 흰 이를 비죽 드러내며 웃었다.

할버트는 키가 2m쯤 되어 보였다. 피부는 불에 구운 듯 검붉은 빛이었다. 아래엔 긴 바지를 입고 있었지만, 위는 흰 민소매 티를 입고 있었다. 그래서 팔에 잡힌 근육이 잘 보였다. 척 봐도 힘깨나 쓰게 생긴 사내가 몸을 반으로 접고 연화와 눈높이를 맞추었다.

"아가씨 이야기는 많이 들었지. 반가우이. 난 할버트 마산. 이름 발음이 어려우면 그냥 아저씨라고 해도 돼."

할버트가 손을 내밀었다. 튼 살과 흉이 여기저기 잡힌, 노동의 흔적이 남은 손. 연화는 기꺼이 손을 맞잡았다.

"이름은 부르라고 있는 것이니, 이름을 사용할게요. 할버트 씨라고 부르면 될까요?"

할버트는 처음 봤을 때처럼 눈을 크게 떴다가 몸을 숙이며 푸하핫 웃었다.

"귀족 아가씨라고 들었는데. 깐깐하지도 까탈스럽지도 않구만! 생각했던 것보다 좀 딱딱하긴 하지만. 내 이름은 할버트가 맞으니 그리 불러도 된다네."

"네, 할버트 씨."

"이거, 임자한테도 들어본 적 없는 격식체라 영 낯 간지럽구만."

할버트가 뒷목을 벅벅 긁었다. 그러다 아직 남아 있는 마을 사람들에게 훠이 손짓을 했다.

"네놈들은 이제 나가. 손님도 아니잖어."

"야박한……! 어차피 네놈 땀내 배는 곳에 오래 있을 생각은 없었어!"

"우린 이만 가지만, 아가씨에게 몹쓸 짓 하면 영주님께 혼나, 할버트."

"쓸데없는 소리 말고 썩 꺼져 부려."

할버트는 사람들 등을 한 번씩 쳐 내쫓았다. 할버트와 이야기를 하려면 그들이 나가는 쪽이 좋았기에 연화는 가만히 있었다. 사람들이 한 마디씩 투덜거림을 뱉고 사라지자 대장간엔 할버트와 연하, 카를 셋만 남게 되었다.

할버트는 대장간을 쓱 둘러보았다. 등받이 없는 의자를 여러 개 들고 왔다. 연화와 카를에게 의자를 권한 뒤 자신도 앉았다.

"어쨌든 손님이 왔으니 뭘 줄까. 사내놈에겐 맥주 걸치고 가라고 했는데…… 아가씨에게 그건 좀 그렇겠지?"

"절대 안 됩니다."

카를이 바로 눈을 부릅떴다.

"으메, 이 양반 무섭구만. 한데 맥주가 아니면 물밖에 없는디. 그건 모양새가 좀 빠지지 않어?"

"아무것도 없어도 괜찮아요."

연화는 품에 챙겨 넣고 왔던 종이를 꺼냈다. 황녀에게서 부하로, 그녀의 부하에게서 연화에게 온 종이는 드디어 목적지를 찾아갔다.

"전 이것 때문에 왔으니까요."

종이에 있는 건 황금부엉이. 카로틴을 상징하는 문양이다. 그 것만 전해주면 나머지는 대장장이가 알아서 한다고 했었다. 할버트는 한참 종이를 바라보았다. 그가 쓰게 웃곤 종이를 제 품 안에 구겨 넣었다.

"혼 왕국 사람이 아니란 건 들었지."

"언제까지 가능할까요?"

"재고가 없어서 다시 시작해야 혀. 재료도 좀 사 와야 허고. 그 래도 그리 오래는 안 걸릴 거여. 조수가 손이 좀 빨라서."

조수가 있다는 말과 달리, 대장간에 있는 건 할버트 혼자였다. 혹 어딘가에 숨어 있나 싶어 카를에게 눈짓했지만, 그도 고개를 저었다.

"그분은 어디 계시는데요?"

"쉬고 있으."

할버트는 입을 비죽 내밀곤 바닥을 발로 쓱 밀었다.

"나랑 같이 골방에서 썩어가고 있었으니께."

할버트와 그의 대장간을 이 마을에서 없는 것으로 만들려면 조수도 치워야 했다. 당연한 수순이었다.

"젊은 놈이. 나약해 빠져선."

연화는 겨우 하루 붙잡혀 있었지만, 나온 뒤엔 하루 동안 열 때문에 고생했다. 할버트는 연화보다 더 오래 붙잡혀 있었다. 그의 조수처럼 아직은 누워 있어야 했다.

오랫동안 좁고 어두운 곳에 갇혀 있었으면 육체도 정신도 타격이 있기 마련이다. 하지만 할버트는 너무 멀쩡했다. 어디 놀러갔다 돌아온 사람을 같았다. 그건 그가 신체적으로도 그렇고 정신적으로도 꽤나 강하다는 것을 증명했다.

"그것과 관련해 궁금한 게 있어요, 할버트 씨."

"으따, 두 번 들어도 낯간지럽네. 그래서 뭐가 궁금혀?"

할버트가 머쓱 웃었다.

"마을 사람들이 아무리 많았다지만…… 제대로 힘을 쓰는 사람은 몇 없었어요. 저도 상대할 수 있을 정도로요."

누군가가 자신의 발을 걸어 넘어뜨렸으면, 벌떡 일어나 방비해야 했다. 그러지 못하면 검을 뽑아 누군가가 자신에게 접근하는 걸 막아야 했다. 하지만 납치범은 그러지 않았다. 그는 엎어진 채로 연화에게 뒤통수를 내주었다.

얼굴에 검상이 있는 사내는 덩치가 크고, 개중에선 검을 좀 쓸 줄 알았다. 하지만 그뿐이었다. 카를과 상단 사람들이 몰려오자 그는 몇 합 겨루지도 못하고 검을 놓쳤다. 일대 다수를 경험한 적이 없을뿐더러, 체력도 그리 튼튼하지 않았다.

그런 자들이 할버트를 잡아 가뒀다? 말이 안 된다. 쪽수로 협박해 갇혔다 해도 체력으로 밀어붙이면 할버트가 질까? 모두 이기는 게 불가능하다 해도, 달음박질로 따돌리는 건 가능했을 것이다.

이 생각에 확신을 준 건 크렌의 말이었다.

할버트와 그의 조수를 가둔 골방도 철장으로 가로막혀 있었다. 연화가 강탈한 열쇠엔 할버트 철창의 열쇠가 없었다. 사람들이 우왕좌왕하며 범죄자들의 허리를 뒤적거릴 때, 할버트는 양손으로 철장을 잡아당겨 틈을 만들었다고 한다. 크렌 말로는 별로 힘들이는 기색도 아니었단다.

이틀 전 할 수 있었던 일이면 당연히 처음 갇힐 때도 할 수 있었을 것이다. 그러나 할버트는 하지 않았다. 그가 자의로 갇혀 있었다는 뜻이다.

"할버트 씨는 일부러 잡혀 계신 거였죠?"

"그리 말하니 좀 쑥스럽구먼."

할버트가 허허 웃었다.

"마산 부인께서도 이 일을 쑥스럽게 생각하실까요?"

"뭐, 뭐여. 설마 임자한테도 말했으?"

할버트의 얼굴에서 웃음기가 싹 가셨다. 구부정하게 앉았던 허리를 꼿꼿이 펴고선 황급히 물었다.

"아직요."

할버트는 뒤통수에 손을 집어넣고 숱 많은 정수리를 벅벅 긁었다. 연화에게 고정되었던 시선이 잠깐 먼 곳, 대장간 문 너머를 바라보았다. 그가 푸흐 바람 빠지는 소리를 내며 다시 몸을 구부정하게 굽혔다.

"아니라고 할 순 없겠지. 그래, 일부러 잡혀 있었던 것 맞아."

"대장간 일이 너무 힘들어서는 아니겠죠."

"설마."

할버트는 과하게 손사래를 쳤다.

"그냥, 그놈들이 불쌍혀서."

"누구…… 설마 범죄자들 말인가요?"

"오해 말어. 그놈들이 잘했다는 소린 아니니까. 나쁜 짓을 했으믄 벌을 받어야지."

그건 우리 집 네 살 꼬맹이도 아는 거여. 할버트는 잇몸이 드러나도록 웃으며 덧붙였다. 그러다가 갑자기 술이 땡긴다며 대장간 구석에 놓은 오크통에서 맥주를 담아 왔다.

· "자랑은 아니지만, 나야 꾸준히 찾아주는 외부 손님이 있으니 동그라미는 좀 돼. 하지만 그놈들은 아니었단 말여. 여행자가 끊기면 그걸로 끝! 동그라미가 없잖혀."

실제로 범죄자들은 여관 주인이나 식당 주인 등, 여행자가 있어야 유지되는 일을 하는 사람들이었다.

"알고 있었지만 해줄 수 있는 일이 없었으. 십시일반 보태는 것도 한두 번이지. 막말로 자기 집 놔두고 여관에서 몇 밤이나 자겠어?"

"뭐, 그렇죠."

"그놈들 사정은 알고 있었으. 한 마을에서 먹고사는데 그걸 모르겠는가. 그래도 반대했으. 그른 일이니께. 사람의 탈을 쓰고 하면 안 되는 일이니께."

할버트는 크게 숨을 들이켰다 내뱉었다. 그리곤 컵 가득 부어 놓았던 맥주를 단숨에 비워냈다.

"하지만 내는, 사실 그네들과 사정이 다르니 그리 말할 수 있지 않나 싶어. 자식 배 곯게 한 적도 없고, 목구멍에 넣을 빵 구하려고 구걸하러 나선 적도 없으. 그래서 그렇게 고고한 척 잘난 척 입바른 소리 던질 수 있었던 것일지도 몰러."

할버트는 빈 잔을 잠깐 주시하다가 오크통으로 걸어갔다. 다시 채운 맥주잔을 단숨에 비워내고 '크으' 탄성과 함께 입가에 묻은 맥주거품을 닦았다. 그렇게 두어 잔 선 자리에서 맥주를 비우더니, 아예 오크통 앞에 앉아서 맥주를 마셨다.

"아무리 좋게 생각해도 결국은 타인인걸요. 완전히 이해하고 공감하는 건 어렵다고 생각해요."

"……그렇겠지."

할버트는 느리게 수긍했다. 빈 맥주잔을 바닥 아무 곳에 내려놓는 얼굴이 조금 붉었다.

"그냥 가방끈 좀 긴 아가씨라고만 생각했다만. 지금은 산전수전 다 겪은 노인네 같네 그려."

할버트는 연화를 쓱 훑다가, 혼자서 결론을 내렸다.

"하긴 상단주라고 했지. 그런 자리에 올라 있으니 보통 사람과 다르겠지."

이제 술을 마시지 않을 것 같던 할버트가 다시 오크통을 땄다. 한 잔을 비워내던 그가 카를을 보고 멋쩍게 웃었다. 한 잔 하겠냐고 물었지만 바로 거부당했다. 그는 카를 몫까지 먹는 것처럼 두 잔을 연거푸 마셨다.

"사실 그것과 관련해 할 말이 있는디……."

"하세요."

"이 마을에서 참 안 좋은 일 당한 거 아는디…… 그래서 이런 말 하는 게 좀 염치는 없지만 말이여."

할버트가 처음으로 연화의 시선을 피했다. 더 이상 맥주는 마시지 않았지만 잔을 든 손을 괜히 올렸다 내리길 반복했다.

"한 명이라도 써주면 안 될까? 봉급 짜고 막일하는 거라도 다

들 괜찮다고 하던디."

묘하게 긴장된 낯의 사람들. 연화를 보자마자 잘해주려고 안달
나 있던 행동들이 떠올랐다. 그러나 그들은 대장장이가 손을 내
젓자 쉬이 자리를 피해주었다.

"이미 말이 다 되어 있었군요."

판단을 마친 자홍빛 홍채가 선명히 빛을 발했다. 할버트는 긴
장하여 침을 꼴깍 삼켰다. 소녀는 제게 꼬박꼬박 존댓말을 하고,
평민이라고 내리깔지 않았다. 예의를 지키고 있는 태도는 아까와
똑같았지만, 소녀의 주위로 찬바람이 부는 것 같았다.

보자마자 언성을 높이고, 하대를 하고, 잔소리를 퍼붓는 귀족
놈들은 수도 없이 만났다. 그들의 비위를 맞춰주고 원하는 만큼
굽실대는 건 쉬운 일이었다. 하지만 자신만의 기준을 정해놓고 거
기에 맞춰 움직이는 소녀는 어떻게 대해야 할지 알 수 없었다.

할버트는 괜히 이마를 문질렀다. 잘못 말했나, 하는 드문 후회
도 올라왔다.

"기분 나쁘게 생각하지는 말어. 그냥 한번 해보는 소리니께. 되
면 좋고, 아니면 말고. 다들 그렇게 생각하고 있으니까 부담도 갖
지 말고."

"그래요."

연화는 그제야 맑게 웃었다. 할버트는 잠시 참았던 숨을 내뱉
고 같이 웃었다. 이유 모를 안도감이 찾아왔다. 그러고 보니 들어
줄 듯 안 들어줄 듯 구는 건 영주도 마찬가지였더랬다.

할버트는 곤란했던 기억을 애써 지우기 위해 더 환하게 웃었다.

⚜

"어서 오십시오. 주인님께서 기다리고 계십니다."

대장간에서 나오니 에리카와 약속한 시간이 되었다. 연화는 영주의 저택으로 향했다. 오클레앙 저택과 달리 스트로이트 가의 저택은 검은빛 일색이었다. 규모도 한결 작았다. 그래도 구색을 맞추려는 듯 입구엔 화려한 조각상이, 갤러리엔 이름을 한 번쯤 들어봤을 법한 예술가의 미술품이 걸려 있었다.

연화가 입구에 들어서자 집사가 기다렸다는 듯 맞이했다. 에리카와 연화는 개별 약속을 잡았다. 집사의 '주인님'과는 무관했다.

"뭔가 착오가 있으신 것 같은데요."

"예, 에리카 아가씨와 약속을 잡으셨지요. 하지만 주인님께서도 시간이 되시어 함께 만찬을 나누시기로 했습니다."

집사는 웃는 낯으로 덧붙였다. 가슴을 짚은 손은 한 치도 흐트러지지 않았다.

이상한 상황이다. 비유를 들자면, 친구네 집에서 간단히 라면을 먹고 가기로 했는데 갑자기 친구 부모님이 난입해 함께 식사를 하게 된 상황과 비슷하달까.

차라리 친구 부모님이면 낫지. 상대는 작센이다. 연화더러 하녀니 시녀니 운운했던 그 무례한 남자.

연화는 '싫다'를 입 끝까지 끄집어 올렸다가, 여우처럼 눈을 휘고서 기다리는 집사를 보고 다시 집어넣었다. 일단은 예의 바르게, 연화는 입가를 가리고서 탄성을 뱉어냈다.

"어머, 영주님과 식사를 할 수 있게 되다니. 만고에 더없을 영광이네요."

"주인님께서도 그리 생각하실 겁니다. 어서 드시지요."

집사가 허리를 숙였다 펴곤 안으로 걸어갔다.

저택이 작은 만큼 식당까지도 금방이었다. 집사는 문을 한껏 열어주었고, 연화는 모자를 벗어 하인에게 넘겼다. 세팅 된 식기 앞에 앉아 있던 에리카가 문 열리는 소리에 반색하며 손을 흔들었다. 작센은 에리카에게 잠깐 눈짓을 주었다가, 크흠, 근엄한 척 굴었다.

"영애에게 내 얼굴은 달갑지 않다는 것을 압니다. 하나 사람으로서 해야 할 말이 있기에 실례를 무릅쓰고 이 자리에 앉았습니다."

연화는 작센이 무슨 말을 할지 알 것 같았다. 그녀는 선 채로 고개만 까딱했다.

"하세요."

작센이 앉은 자리에서 일어났다. 연화와 눈을 맞추는가 싶더니 허리를 깊숙이 숙였다.

"에리카를, 내 동생을 구해주어 참으로 고맙습니다."

"……."

"저 아이가 사라진 시간 동안 어찌나 가슴을 졸이고 있었는지 모릅니다. 어디로 갔는지, 살아는 있는지, 살아 있다면 식사는 제때 먹는지, 아프진 않은지 무엇 하나 알 수가 없었습니다. 매일 초조한 마음으로 걱정하며 시간을 보냈었습니다. 제가 무언가를 잘못해서 산 채로 지옥에 들어간 것 같다고 생각했었습니다."

"오라버니……."

에리카의 눈가에 눈물이 맺혔다. 에리카가 비틀비틀 걸어와 작센의 허리를 꼭 끌어안았다. 그의 등에 얼굴을 대고서 방울방울 눈물을 떨구어냈다.

"죄송해요. 정말 죄송해요, 오라버니."

"아니다. 네가 돌아왔으니 됐다. 이리 무사한 걸 확인했으니 다 되었어."

작센은 에리카의 뺨을 쥐고서 검지로 그녀의 눈물을 닦아냈다. 연화는 무표정으로 일관했고, 카를은 괜히 딴 곳을 바라보았다. 하지만 이곳의 고용인들에겐 퍽이나 감동스러운 장면이었는지 사람들이 여기저기서 손수건을 꺼내거나 소매로 눈가를 닦았다.

작센은 제 붉어진 눈가를 조금 문지른 뒤, 목을 가다듬었다. 하지만 그의 목소리는 울음과 흥분으로 조금 매어 있었다.

"하면 이제 정찬을……."

"말할 때를 놓쳐 지금 말하게 되네요. 아실지 모르지만, 이 인사를 받아야 할 사람은 제가 아니에요."

연화가 카를을 눈짓했다. 연화는 잡혀간 채로 탈출 시도를 했지만 실패했다. 카를이 나타나지 않았다면, 그가 영주에게 연락을 하지 않았다면 아직도 그곳에 갇혀 있을지도 모르는 일이다. 작센은 떨떠름해했다.

"하지만 그는 영애의 기사이니, 그 주인 되는 영애께 감사를 드리는 것은 지극히 당연한 일이라 생각됩니다만."

"영주님께서 신분제를 엄격히 따지는 분이라면 강요는 하지 않겠습니다. 하나, 카를이 저와 스트로이트 영애의 목숨을 구한 건 맞으니 그에게도 작게나마 보상을 해주셨으면 해요."

연화는 단 세 개뿐인 의자를 훑다, 제 몫으로 된 의자의 등걸이 부분을 붙잡았다.

"이를테면 의자 같은."

의미는 충분히 전달되었다. 집사가 알아서 의자를 하나 더 가져왔고, 하인들이 연화와 멀리 떨어져 있지 않은 자리에 그릇과 수저 등을 세팅했다.

카를은 작센만큼이나 오묘한 얼굴로 의자에 앉았다. 하지만 일단 착석하자마자 능숙히 식기를 사용했다. 포크와 나이프를 이용하는 손은 고아했고, 와인을 따라달라며 능숙히 하인을 불렀다. 누가 봐도 예법에 익숙한 사람이었다.

작센은 식사를 하다 말고 몇 번 고개를 들어 카를을 쳐다보았고, 에리카는 공연히 볼을 붉혔다. 카를은 입은 옷만 평민이지, 얼굴이나 행동은 영락없는 귀공자였다.

"그럼 이만 실례하겠습니다."

작센은 식사 시간 내내 어딘가 뒤틀린 표정으로 몸을 배배 꼬더니, 정찬을 마치자마자 벌떡 일어섰다. 식후 디저트는 손도 대지 않았다. 에리카는 몇 번 그를 잡는 시늉을 하다가 끝내 포기했다. 그녀는 고개를 저으며 다시 자리에 앉았다. 케이크를 푹 찌르는 손은 단조로웠지만, 피식 웃는 소리는 분명 체념이었다.

"오라버니가 좀 보수적이긴 하죠."

평민과 겸상은커녕 말 한마디 섞는 것도 질색하는 사람들은 카로틴에 널렸다. 카를이 기사인 척 입 다물고 있으면 호기심을 보이는 귀족은 없었다.

에리카는 두 손을 모으고서 배시시 웃었다. 반짝이는 눈 아래에 살짝 홍조가 돋아 있었다.

"어쨌든 전 감사 인사를 하고 싶어요. 카를…… 이라고, 저도 불러도 되나요?"

"예."

"아까 보니 예법이 꽤 익숙하신 듯한데, 정말 귀족은 아니신가요?"

"아닙니다."

"아깝네요."

에리카는 나지막이 한숨을 내뱉었다. 하지만 그뿐으로, 카를에게 더 말을 걸지는 않았다.

"한데 스트로이트 영애. 이번에 잡혀간 사람들 말고도 마을에 생계가 곤궁한 사람들이 많다고 들었는데……."

"에리카라고 불러요. 우리 조금은 친해지지 않았나요? 아, 그리고 저도 셀리스티나라고 해도 되나요?"

"물론이죠."

연화는 환하게 웃었다.

"고마워요. 그리고 셀리스티나 양이 무슨 말을 하려는지 알아요. 저도 갇혀서 들은 게 있으니까요. 하지만 영지는 작고, 할 수 있는 일은 없는걸요. 고용인을 늘려도 한계가 있고요. 이런 말 창피하지만, 저희도 그리 사정이 좋지는 않아요."

그건 에리카가 입은 옷만 봐도 알 수 있다. 레이스를 풍성하게 부풀린 드레스는 멀리서 보면 큰 문제가 없어 보이지만, 가까이서 보면 원단의 질이 낮음을 알 수 있다.

게다가 붙어 있는 보석 또한 하질인 데다 수도 작다. 연화는 먼 길을 떠나야 하기에 부러 옷을 화려하지 않고 단순한 디자인으로 맞추어 들고 왔지만, 원단을 귀한 것으로 썼다. 당장 시장에 두 사람의 옷을 내다 팔면 연화의 옷이 더 비싸게 거래될 것이다.

연화는 에리카의 옷에서 자연스럽게 시선을 올렸다. 조각낸 케이크를 입에 물었다. 케이크는 에리카의 입맛에 맞춘 듯 미치도록 달았다.

"하지만 원래는 여행객이 많이 오가는 부흥가였다면서요?"

"이젠 다 옛말이죠."

"그래도 한 번 흥했던 곳이잖아요. 가망성은 있다고 생각하는데요."

"무슨 말을 하고 싶으신 건지 모르겠어요."

"간단하게, 제가 이 마을에 투자를 할까 하구요."

"투자…… 요?"

에리카가 말꼬리를 올렸고, 뒤에서 가만히 이야기를 경청하고 있던 집사는 귀를 세웠다. 연화는 남은 케이크 조각을 한 번에 포크에 푹 찍어 입으로 가져갔다.

"저는 돈이 아주 많거든요. 게다가 일도 많아서 혼과 카로틴을 많이 오갈 예정이에요. 마침 혼에 저희 상단의 지부가 필요한데, 이 마을엔 일손이 많으니 잘된 일이죠."

이건 귀엽게 웃는 에리카를 보아서만은 아니었다. 대장장이의 말이 결정적인 계기였지만, 실천에 옮기기로 한 건 머릿속으로 계산기를 잔뜩 두드려 보았기 때문이다.

"사람들을 고용하겠다구요?"

"물론 범죄에 가담하지 않은 사람들로만요."

"그건 당연하죠. 하지만…… 그래도, 너무 무리하는 거 아닌가요? 가망성이 있다곤 하지만, 안 될 수도 있는 거고. 적지 않은 돈이 허공으로 사라질 수도 있다구요."

여린 목소리만 낼 줄 알았는데, 목에 힘주어 말할 줄도 아는 사람이었다. 연화는 차를 느긋하게 입안에 머금었다. 온기가 남아 있는 찻잔을 양손으로 감싸 쥐면서 팔랑 속눈썹을 올려 에리카를 보았다.

"그건 충고인가요?"

"걱정이죠. 전 셀리스티나가 손해를 입지 않으면 좋겠거든요."

"상인은 손해 보는 장사는 하지 않아요."

에리카는 잠깐 멈칫했다가, 작은 주먹을 꼭 말아 쥐었다.

"하지만 망할 수 있단 말이에요."

"정말로 손해는 아니에요. 영주님께서 제 투자 제의를 받아들이는 대신, 제가 내야 하는 세금을 몇 년간 감면해 주신다면야."

상인이 투자를 하면, 영주는 자신의 권한으로 세금을 깎아준
다. 가난한 영지를 꾸리는 영주들이 많이 사용하는 꼼수였다. 에
리카에게 말하지는 않았지만, 이 지역은 다른 곳보다 상대적으로
땅값도 쌌다. 세금 감면에 저렴한 임대료라니.

연화가 황녀의 아래에 있으면, 언젠가는 또 혼 왕국에 올 일이
생길 것이다. 그때마다 여관을 통째로 빌리는 것보단, 언제든지
이용할 수 있는 지부가 남아 있는 게 좋았다. 좋은 조건으로 지부
를 만들어놓을 수 있으니 연화에게도 분명 손해는 아니었다.

연화는 오묘한 미소를 지으며 찻잔을 다시 입가에 가져다 댔
다.

"그나저나 차향은 참 좋네요."

✤

"오라버니라면 당연히 해주실 거예요."

연화는 세금 감면이 되길 원하긴 했지만, 에리카에게 그걸 들
어달라고 한 건 아니었다. 에리카 앞에서 한 건 일종의 브리핑이
자 생각 정리였다. 이렇게 할 것이다, 같은. 하지만 에리카는 바로
일어나서 작센을 찾았다. 부른 배를 안고 서류를 만지던 작센은
갑자기 들이닥친 에리카를 맞아야 했다.

작센은 에리카를 목에 대롱 달고선 집사를 보며 인상을 우그러
뜨렸다. '네가 잘 막았어야지' 따위의 얼굴은 연화를 보자마자 아
예 구겨졌다. 에리카는 그때가 되어서야 작센의 목에서 떨어져 나
왔다.

"오라버니, 오라버니! 할 말이 있어요. 정말 중요한 일이에요. 꼭 들어주셔야 해요."

그리고 20분 뒤. 아직 후식으로 부른 배가 꺼지지 않은 연화는 작센과 마주 앉았다. 작센은 코에 걸친 안경을 탁 소리 나게 내려놓았다. 잠깐 사이 연화를 보는 눈은 피로에 절어 있었지만 집사를 시켜 서류를 가져오게 하는 일이나, 인장을 찍는 손은 바지런히 움직였다.

최종 서명을 할 때 보니 작센의 입꼬리가 옅게 올라가 있었다. 이런 마을에 상단의 투자를 받을 줄은 몰랐을 거다. 성격이 어쨌든 그도 영주긴 한 모양이었다.

그리고…….

"거 좀 똑바로 잡아보슈! 간판이 기울어졌잖아!"

"내는 똑바로 잡고 있응께 어서 못질이나 혀."

"크아, 답답해서 돌아가시겠네. 물 어딨어? 이모, 여기 물 한 잔!"

"네가 떠다 먹어! 얻다 대고 심부름질이야?"

이곳에 지부를 세우겠다는 말은 하루 만에 마을 전체로 퍼졌다. 말하지 않았는데도 뚝딱 나무와 못 같은, 건물 세우는 데 필요한 부자재가 배달되었고, 사람을 뽑겠다는 말을 하지 않았는데도 여기저기 사람이 몰려들어 건물을 짓기 시작했다.

연화는 영주의 저택 2층 손님방에서 그 모든 광경을 보고 있었다. 뭔가를 두드리고 자르는 소리는 차를 마시면서 들을 것은 아니었다. 하지만 감독관이 없는데도 저 알아서 뚝딱 일을 해내고 있는 사람들을 본 건 처음이라서, 연화는 경이로운 눈으로 건물이 세워지는 장면을 구경했다.

'저 속도대로라면 일주일 안에 될지도 모르겠는걸.'

이곳에 만들 '지부'는 사무소가 아니라 여관과 창고의 역할도 해내야 했다. 그렇기에 상단이 없을 동안 지부를 관리할 사람도 필요했다. 지부의 규모가 적지 않은 만큼 최소 세 사람의 일자리가 생길 것이다. 주춧돌과 기둥이 세워지고 대강의 형태가 잡힐수록 망치질 소리는 더욱 격해졌다.

연화는 식은 찻물을 홀짝거리면서 종이를 펴들었다.

작센에게서 얻어낸 마을의 지도였다. 번화가와 민가의 위치가 대강 표시된 지도는 만들어진 지 꽤 오래된 것이라, 연화는 지도 위에 새로 선을 그려 잘못된 부분을 수정했다. 그리고 휘갈기듯 별을 그렸다. 그곳에 지부가 세워진다. 지금은 양옆으로 적잖은 공간이 뻥 비어 있지만, 곧 채워 넣을 생각이었다.

오클레앙 상단에서 운영하는 가게로.

지부는 세운다고 다가 아니었다. 내부에서 수익도 거두어야 했다. 그래서 아직 인지도가 없는, 오클레앙 상단의 지명도를 올려줘야 한다.

수익은 당연히 중계무역에서 얻는 차익이다. 연화는 카로틴에서 적지 않은 양의 장신구를 가지고 왔다. 꾸준히 그리고 반복적으로 상인들을 지부로 보내어 괜찮은 가격에 장신구를 팔면, 입소문도 나고 고정 수입이 생길 것이다.

'하지만 처음부터 그런 걸 바랄 수는 없지.'

사람들을 끌어오려면 홍보를 해야 했다. 그러나 이 세계에 티비를 비롯한 언론 매체가 있을 리 없다.

전전긍긍하던 것과 달리, 연화는 방법을 쉽게 얻었다.

"좋은 일 한담서? 역시 내 안목은 틀리지 않았으."

저녁 먹기 전, 애매한 시간에 할버트가 찾아왔다. 그는 연화를 보자마자 엄지를 치켜들었다.

"그런데 뭘 고민하고 있당가. 듣자하니 저녁도 안 먹고 여기 틀어박혀 있었담서."

"그냥…… 주 품목이 보석인데 어떻게 팔까 싶어서요. 혼 귀족들이 많이 모이는 번화가로 갈까 생각도 하고 있어요."

"아아, 그거라면 걱정 말어."

할버트가 휘파람을 불었다.

"부하 놈 중에 한가한 놈 하나만 보내면 돼. 보석이랑 함께. 나머지는 나가 다 알아서 할 테니."

"뭘 하시려구요?"

"설마 떼먹으려고 달라고 하겠으? 팔아주려고 그런다."

판다고? 어떻게? 연화가 멍청히 눈을 껌뻑이자, 할버트가 손바닥으로 제 가슴을 팡팡 쳤다.

"내는 인기 많다. 혼 귀족 놈들이 검 한 자루만 만들어주이소 지긋지긋하게 굴 만큼. 의뢰한 놈들은 따로 있는데, 파는 내가 찾아가서 돈 받아야 허서 좀 귀찮지믄…… 어쨌든 내는 아는 귀족 많다. 카로틴에서 상인이 왔다면 눈 뒤집히는 놈도 많이 알고 있으니 걱정 마라."

할버트가 워낙 자신만만하게 말해서, 연화는 크렌에게 보석 한 보따리를 쥐어주었다. 크렌은 불신이 뚝뚝 묻어나는 얼굴로 할버트를 보다가, 그가 제 등을 내려치자 마지못해 따라갔다. 하지만 올 때는 완전히 다른 얼굴이었다.

"다 팔았어요, 단주님. 완전히, 싹, 다."

제가 지금 꿈을 꾸고 있는 건가요? 크렌의 목소리는 미력했고, 정말로 자다 일어난 사람 같았다. 할버트는 그의 어깨를 잡으며 크하하 웃었다.

"봐라, 내는 한다면 하는 놈이다. 사나이는 이래야재."

❧

종이를 빠르게 넘기던 샤먼의 손이 굳었다. 샤먼은 '마이너스 20만 골드'라는 경이로운 적자가 기록된 장부를 노려보았다. 곧 힘줄이 선 팔이 종이를 와그작 구겼고, 종이는 찌그러진 공 모양이 되어 막사 바깥으로 날아갔다.

"어떻게 만날 적자야! 왜! 뭐 때문에!"

샤먼은 공부 꽤나 했을 것 같은 느낌을 풍기는 미남이었다. 하지만 그가 목이 다 갈라지도록 소리를 지르고 있는 데다, 근래엔 잠을 못 자서 눈엔 벌겋게 핏발이 서 있었다. 지금의 샤먼은 멋있다고 하기보단 섬뜩했다.

어쩌다 보니 상단주와 단둘이 남게 된 기사는 조용히 고개를 조아렸다. 내가 어제 신께 기도를 드리지 않아서 이런 벌을 받는 것인가…….

"네놈이라도 대답해 봐라! 왜! 하나도! 아무도 사지 않는 건지!"

샤먼이 지난달 장부를 구긴 것을 던졌다. 종이 뭉치는 기사의 정수리를 맞혔다. 솔직히 타격은 없었다. 종이에 맞는다고 얼마나 아프겠는가. 기분이 나쁠 뿐이지. 기사는 씰룩이는 입술을 감추기 위해 고개를 아래로 숙였다.

카틴 상단은 혼 왕국에서 괜찮은 지명도를 쌓았다. 하지만 카로틴에 넘어오고 업종을 의류로 바꾸면서, 카틴 상단은 내리막길을 걷기 시작했다. 뜸하게라도 팔리던 의류는 엘렌이 사교장에서 실수를 하면서 완전히 팔리지 않게 되었다. 플러스는 마이너스로 바뀌어갔고, 빚에 이자가 불어나면서 상황은 악화되고 있었다.

혼 왕국에 있을 때는 이렇지 않았다.

혼 왕국에 있을 때는…….

기사는 중얼거리던 것을 멈추고 번뜩 고개를 들었다.

"보석입니다!"

"뭐?"

"보석을 파는 게 어떻겠냐는 말입니다. 혼 왕국에 있을 때는 한 번도 적자를 본 적이 없었잖습니까."

"지금, 나보고 예전에 했던 일을 하란 말이냐?"

샤먼의 미간이 구부러지며 화산을 만들었다. 샤먼이 혼 왕국에서의 입지를 버리고 카로틴으로 온 것은, 아버지의 후광을 벗고 온전히 제 힘으로 새로 시작하기 위해서였다.

잘못 건드렸다. 기사는 바닥을 기어가는 개미를 보는 척 고개를 숙이는 와중에도, 흘끔 샤먼을 살폈다. 분명 화를 내겠지. 그렇다면 종이공에 몇 번 더 맞을지도. 나름 긴장하고 있었지만 샤먼은 종이를 구기지 않았다.

"하나 아주 그른 생각은 아니군."

샤먼은 나른하게 풀린 목소리로 다리를 꼬았다. 그건 그가 매우 만족스러워하고 있다는 뜻이었다. 기사는 주먹을 슬며시 쥐고서 올라오는 흥분과 희열에 몸을 떨었다. 제대로 인정받았다! 이제 그는 더 이상 돌머리 기사가 아니었다. 더 이상 종이에 맞을 일도, 식량이나 축내는 밥통이란 말을 들을 일도 없으리라!

"주인님, 레리트 샬롱에서 온 것입니다."

기쁨은 오래가지 않았다. 샤먼은 집사가 내민 종이를 낚아챘다.

"3만 골드?"

엘렌은 장부나 상단의 사정에 그리 관심이 없었다. 그녀는 상단이 부유할 때 그랬듯 막대한 양의 사치품을 사들였다.

"이건 또 뭐야!"

샤먼의 얼굴이 목 끝에서 머리끝까지 붉게 달아올랐다. 목청이 찢어질 듯 내지르는 고함 소리는 폭탄이 터지는 소리 같았다.

기사는 선 채로 한숨을 쉬었다. 다행히 두 번째 종이공의 피해자는 집사였다.

"……해서, 신은 혼 왕국의 제의를 받아들이는 게 좋을 것 같사옵니다."

"그리하라."

"감읍하옵니다."

카로틴의 중심에 있는 황성, 회의실에선 특별한 날이 없으면 정무 회의가 열렸다. 오늘은 혼 왕국의 사신을 맞은 지 이틀이 되는 날이었고, 그들의 제의에 관해 논의가 열렸다.

황제는 상석, 황금 부엉이가 양옆으로 붙은 의자에 앉아 있었다. 그는 제 품보다 큰 붉은 옷을 두르듯 입었고 금관을 썼다. 그는 의자를 장악할 듯 팔을 넓게 벌리고 앉아서 사방을 부리부리한 눈으로 쏘아보았다.

황제는 근래 볼살이 홀쭉하게 빠지고 눈가에 주름이 졌다. 나이가 들었다는 증거는 황제의 인상을 날카롭고 노련하게 만들어 주었다. 대신들은 기꺼이 황제의 앞에서 머리를 숙이고 권좌에 도전하지 않았다.

"다음엔 수로와 관련된 것이옵니다. 위 제국은 우기와 건기가 뚜렷해 우기엔 물이 많고, 건기엔 늘 물이 부족했사옵니다. 이를 해결하기 위해서는 필연적으로 물을 비축하는 곳이 필요하옵니다."

"불가합니다, 폐하."

황태자는 가슴 부근에 손을 얹고 나섰다.

"강을 깎고 변형하는 데엔 적지 않은 비용이 듭니다. 또한 지금은 농번기. 이런 때에 대규모 공사를 하는 건 옳지 않습니다."

그러나 놀라울 만큼 아무도 관심을 주지 않았다.

황태자는 눈썹을 한 번 까딱하면서 주위를 두리번거렸다. 황제는 입을 꾹 다물고서 다른 대신을 보고 있고, 대신들은 황태자 쪽은 보지도 않고 저들끼리 이리저리 눈을 맞추었다. 그러기도 한참, 그중 한 명이 육중한 분위기를 깨기 위해 앞으로 나왔다.

"신은 물 비축은 필연적으로 필요하다 사료됩니다. 필요한 인력은 돈을 주고 백성들을 고용하면, 불만이 크게 줄어들 것입니다."

"나쁘지 않군."

황태자의 의견은 씹어 먹듯 넘겼던 황제가 턱을 쓰다듬으며 몸을 앞으로 수그렸다.

"필요한 자금은 어디서 마련할 생각이지? 세수를 더 걷을 건가?"

"수로가 필요한 영지는 많이 있습니다. 영주에게 세를 조금 더 걷는 대신 수로 공사를 한다고 하면 그들도 불만이 없을 것이옵니다."

"하나 그것으로 모든 비용이 충당되지는 않을 터."

"모자란 비용은 국고에서 충당하면 됩니다. 그리 많은 비용이 필요하진 않을 겁니다."

"그런가."

"아닙니다!"

황태자가 또 나섰다.

"생각해 보십시오. 수로가 필요한 곳은 상업구가 발달되지 않은, 수입이 적은 영지들일 것입니다. 그런 곳에서 세수가 걷혀봤자 얼마나 걷히겠습니까? 많은 돈을 국고로 지출해야 할 것입니다."

대신을 보고 있던 황제가 이례적으로 황태자에게 시선을 주었다.

드디어 아바마마께서, 나에게!

황태자의 어깨가 흥분으로 부들부들 떨렸다. 그러나 황제는 아주 잠깐 지나가는 새를 구경한 사람처럼 시선을 바로 거두었다. 사심 없이 뚝 떨어지는 시선은 다시 대신에게 박혔다.

"다시 고하라."

"예, 폐하. 사실 많은 돈을 국고로 지출할 가능성도 생각하고 있습니다. 하나 그렇다 할지라도 이는 꼭 필요한 공사라 생각합니다. 저장된 물이 있으면 건기에 으레 찾아오는 가뭄을 방지할 수 있고, 탈수로 힘들어하는 신민(臣民)들을 구할 수도 있을 것이옵니다."

"그렇군."

황제는 턱을 손으로 받친 채로 대꾸했다.

"하면 그와 관련된 계획을……."

"왜 소자의 말은 들을 생각도 안 하시는 겁니까!"

꼭꼭 눌러 담았던 감정이 터졌다. 황태자의 가슴이 급격히 오르내리면서 분노가 섞인 숨을 뱉어냈다. 꽉 쥔 황태자의 주먹은 당장 무언가를 부술 듯 혈관이 두둑 피어올라 있으나, 사리 분별을 할 줄 아는 이성이 간신히 그의 손을 저지하고 있었다.

황태자의 눈 아래는 붉게 달아올랐고, 눈가엔 분한 결정체가 물방울의 형태로 고였다.

"소자는 폐하의 첫 번째 자식입니다!"

"그러한가?"

단어 끝에 감정이 후둑후둑 떨어지는 황태자와 달리 황제의 목소리는 실로 무심했다. 지나가다 발견한 똥을 보며 '저것이 개똥이었더냐' 말하는 목소리도 저것보다는 생기 있을 터였다.

대신들은 몸을 웅크리고서 두 부자를 바라보았다. 웨이휠 황태자는 적법한 황손이었다. 감히 부정하다 손가락질할 수도 없다. 황태자는 반박하기 어려울 만큼 황제를 빼다 박았으니까.

황제는 황태자보단 2황자를, 2황자보단 2황자를 낳은 전 황후를 좋아했다. 그러나 현 황후의 세력에 밀려 웨이휠을 황태자로 책봉해야 했다. 이 길고 재미없는 비극이 시작된 건 그 때문이었다.

한 번 황태자로 책봉을 하면 큰 실책이 없는 한 황제가 되는 것이 제국의 관례였다. 그래서 황후도 황제의 분노를 정면으로 받으면서 제 아들을 황태자로 만들었다. 그 바람에 제 세력이 많이 깎였고, 황태자가 장성한 지금 황후의 세력은 거의 없다시피 했다. 황태자는 오로지 제 야망으로 꼿꼿이 버티고 있었다. 황제의 모진 눈길을 받으며 견디어냈다.

하지만 황태자도 사람이었다. 아비의 사랑을 바라는 자식이었다. 그런데 어찌하여 황제는 카를로스 하나만을 바라보고 목을 매는가. 그의 재능만을 고귀한 것이라고 치고, 그를 찾는 데에 온 시간을 쏟는가. 왜 자신에게는, 그의 곁에서 토막 난 시선이나마 얻으려 안달하는 제게는 작은 관심 하나 보여주지 않는가.

삐뚤어진 황태자의 심장이 서걱거렸다. 제 것이 될 수 없는 애정을 탐하나 끝내 충족하지 못하기에 목이 자꾸 마르고 속이 바짝 타올랐다.

황태자는 비죽 입꼬리를 올렸다. 자신이 바라고 또 바랄수록 황제는 더 냉정해질 것이다. 너무나 잘 알고 있었다. 황제는 그것을 알기에 자식인 그에게 이토록 더 냉담하게 구는 것이다.

"소자는 포기하지 않을 것입니다."

황제가 바라는 것은 하나였다. 그의 어미가 탐한 욕망의 결정체이자, 황제가 되기 위해선 필연적으로 쟁취해야 하는, 그리고 그가 사랑하는 자식에게 꼭 쥐어주고 싶은 황태자의 자리. 그 자리를 웨이훨에게서 빼앗아 카를로스에게 주고 싶은 것이다. 그렇다면 끝까지 버티리라. 발이 뭉개져 무릎이 바닥에 닿고, 조각난 심장이 완전히 말라 인간의 감정을 담아낼 수 없게 망가진다 할지라도 끝까지 버티리라.

"훌륭한 오기예요, 오라버니."

웨이훨은 집념이 남은 눈으로 뒤를 돌아보았다. 언제부터인지 모르나, 정해진 시간 동안은 외부인을 받아들이면 안 되는 회의실 문이 활짝 열려 있었다. 황제의 유일무이한 딸, 아이리스 황녀가 카펫을 느긋이 밟으며 들어왔다.

황녀는 긴 머리를 하나로 올려 묶었고, 검은색 일색 레이스 없는 실내 드레스를 입었다. 살아 움직이는 보석처럼 화려하게 꾸미고 다녔던 사교계의 모습과는 달랐다. 단순하지만 절대 천박하지 않고, 편해 보이지만 기품을 잃지 않았다.

황녀는 웨이훨의 옆이자 황제의 상석 바로 아래에서 걸음을 멈췄다. 그녀는 드레스 양옆을 잡고 무릎을 가볍게 굽히는 대신 가슴에 손을 얹고 한쪽 무릎을 바닥에 댔다.

"폐하의 첫 번째 여식 아이리스 카로틴은 폐하께 충을 다할 준비가 되었습니다."

황녀는 눈을 내린 채로 황제의 말을 기다렸다. 황제는 입을 열지 않았다. 대신 황태자가 황녀와 황제 앞에 끼어들어 불편함을 쏘아 올렸다.

"이게 무슨 짓이냐?"

"무슨 짓이라니요."

황태자에게 대꾸하는 황녀의 목소리는 맑았다.

"말했듯 저는 폐하의 자식입니다. 저는 제 의사에 따라 자율적으로 회의실에 참석해 제 의견을 말할 수 있지요."

"그건……."

웨이휠은 말문이 막혀 입만 뻐끔거렸다.

말이야 맞는 말이었다. 카로틴의 초대 여제는 적장자가 아니라 능력 있는 자식이 황제가 되길 원했다. 그래서 계승권이 있는 황족이 원하면 언제고 회의실 문을 열어주었다. 좋은 후계자가 누구인지 분별할 수 있을 뿐만 아니라, 효과적인 아이디어를 많이 얻을 수도 있어서 여제 뒤를 이은 황제들도 이 방식을 이어갔다.

하지만 이 전통은 점차 변질되었다. 황족이 회의에 참석한다는 것이 '황좌에 관심이 있다'는 의미가 되었다. 정치에 관심이 있는 황족들은 제 지혜를 열심히 뽐내 황제에게 선택받으려 했다. 권력 암투에서 빠지고 싶은 황족들이 회의실 근처엔 얼씬도 하지 않으면서 이 의미는 점점 굳어갔다.

하지만 기본 원칙은 카로틴 법전에 담겨 있었다. 원칙대로 간다면 아이리스 황녀에게도 자격은 있었다. 하지만 웨이휠은 카를로스의 존재는 경계해도 황녀는 안중에도 두지 않았다.

"하지만 너는……."

카로틴 초대 여제를 제외하고 여성이 보위를 차지한 일은 없었기 때문에.

"오라버니의 이견이 폐하의 의중 앞에서 얼마나 중요할까요?"

가볍게 내뱉어진 말이지만 현 상황을 정확히 찌르고 있었다. 황태자는 얼굴을 급격히 굳히며 황녀를 노려보았다. 황녀는 저를 할퀼 듯 쏘아보는 눈알은 아랑곳하지 않았다. 올곧은 시선의 방향은 황제만을 담았다.

"허한다."

"감읍하옵니다."

"아바마마!"

짧은 허락 뒤에 엇갈리는 희비의 말이 쏟아졌다. 황태자는 입을 크게 벌리고서 황제를 보다가, 이내 시선의 방향을 틀었다. 황녀는 구부렸던 무릎을 세우곤 카펫 옆 대신들의 앞에 섰다. 아이리스도 황족이었기에 그녀의 자리는 황태자의 바로 옆자리였다.

회의실 문밖에서 돌아가는 상황을 보고 있던 시종은 빠르게 문을 닫았다. 외부와 내부가 분리되었다. 대신들은 빠르게 안건을 정리했다. 아까 일어난 소동은 싹 잊은 듯 다음 안건을 올렸다.

"무슨 생각을 하는 건지 모르겠군."

황태자는 황녀에게 들릴 만큼만 작게 목소리를 낮추었다. 황녀는 큭 웃었다.

"제가 두렵나요?"

"내가? 하!"

황태자는 고까움이 담긴 코웃음을 쳤다. 감정을 자제하지 못해 큰 소리가 났고, 도중에 말이 끊긴 대신이 그를 돌아보았다. 황태자는 어색히 시선을 돌렸다. 그는 대신이 말을 마칠 때까지 기다렸다가, 다시 속삭이는 톤으로 목소리를 낮췄다.

"그럴 리가. 나는 카로틴의 적법한 황태자다. 카를로스도 아니고, 너 따위에게 이 자리를 뺏길쏘냐."

하나 적의는 감추지 못했다. 그르렁거리는 듯도 한 어조는 사냥감을 뺏기지 않으려는 짐승 같았다. 아닌 척하지만 황태자는 황녀를 신경 쓰고 있었다. 황제가 그에게 사감을 마구 드러내면서 그를 무시하며 입지를 좁히려 하는 지금, 황녀는 황좌에 도전하는 새로운 야망을 드러냈다.

이제까지 웨이휠의 세력들은 그가 황태자가 되지 않을지도 모른다는 불안에 몸을 움츠리면서도, 그를 끊임없이 지원해 왔다. 카를로스가 죽었는지 살았는지 알 수 없는 지금, 황제의 사감이 어떻든 현 황태자인 웨이휠이 황제가 되는 게 확정된 사실로 보였기 때문이다.

하지만 황녀라는 새로운 선택지가 주어지고, 황제가 웨이휠에게 관심을 주지 않는 상황이 이어지면 웨이휠의 세력권은 어떻게 될까. 분명 동요하는 자가 있을 것이다.

비록 황제의 사랑을 얻지 못했다 하나 황태자인 그가 이런 간단한 생각도 해내지 못했을 리 없다. 황녀는 기꺼이 쏟아지는 적대감을 끌어안았다. 그가 불안해하는 크기가 곧 자신이 얻게 될 보상의 크기였다.

황녀는 눈썹을 반달로 휘었다.

"그거 좀 아쉽네요. 전 오라버니께서 절 두려워하셨으면 하거든요."

황태자의 동공이 흔들렸다. 황녀는 웃는 낯을 유지했다.

"왜냐하면 이제부터 오라버니의 것을 하나씩 뺏어올 예정이라서요."

대신들은 황제가 황태자를 무시하는 이유를, 카를로스를 좋아하기 때문이라고만 생각했다. 하지만 더 근원적인 이유가 있었다.

시작은 웨이휠의 모친부터였다.

웨이휠의 모친은 권력욕으로 똘똘 뭉친 사람이었다. 그녀가 후궁으로 들어가기 전 이미 황제는 다른 여인을 사랑했고, 그녀에게 황후의 관을 넘겨주었다. 황제의 사랑을 머금은 여인은 꽃같이 피어났고, 황제는 그 모습에 더욱 홀딱 취했다. 두 사람의 세계는 완벽했다.

누군가가 끼어들지 전까지는.

웨이휠의 친모 셀린은 황제를 짝사랑했다. 그녀는 아버지를 조르고 어른 끝에 황제의 후궁이 될 수 있었다. 황제는 그녀를 안지 않으려 했지만, 정권 초기 불안정한 권력을 지탱해 주는 게 셀린의 아버지였기에 그녀를 마냥 방치할 수는 없었다.

그렇게 셀린은 원하던 아이를 가졌고, 황제는 바로 셀린에게서 눈을 떼버렸다. 황제는 사랑하는 여인과 아이를 낳으며 행복하게 사는 삶을 원했다. 비록 셀린이란 이물질이 끼었고, 그녀 사이와 원치 않는 아들까지 낳게 되었지만 마음만큼은 오로지 사랑하는 여인에게만 주기로 마음먹었다.

셀린은 권력욕만큼 독점욕도 강했다. 황제를 제게 얽어매려 했지만 황후가 제게 도움이 되지 않자, 권력을 이용해 황제를 압박하기 시작했다. 사건은 황후가 자결을 하고, 셀린이 황후가 되면서 마무리되었다.

셀린은 원하는 자리를 얻었지만, 권력 다툼을 하면서 황제의 심기를 많이 건드린 상태였다. 황제는 그녀를 쳐다보지 않았다. 셀린은 아들을 황태자로 만들었다는 것에서 만족하고 물러섰다. 그렇게 세월이 흘렀다. 앙금은 더욱 깊어져 골이 되었다.

그나마 황제의 앙금은 황후에서 시작된 것이라, 황태자는 만회할 기회가 있었다. 그러나 그 기회를 걷어차다 못해 난도질한 것은 그였다. 황제가 사랑하는 아들을 죽여 끝내 황제의 심장에 비수를 박은 건 웨이훨의 과실이었다.

웨이훨은 정면을 보고 있었다. 하지만 목줄기로 식은땀이 흘러내렸다.

황태자는 황제에게 사랑받지 못한 자신의 과거를 불행하게 여기느라, 한 명의 원수가 조용히 칼을 갈고서 기다리고 있었다는 것을 몰랐다.

전 황후와 카를로스 황자, 두 사람의 죽음에 분노하는 사람은 한 명 더 있었다.

황녀는 슬며시 주먹을 쥐었다.

황성은 카로틴 수도 중심부에 있었고, 회의실은 황성 본궁에 있지만 내밀한 대화가 오가는 만큼 나름의 폐쇄성을 갖추고 있었다. 내부에서 오가는 대화는 법이 되기도 하고 중요한 협약이 되기도 했기에, 안에서 이루어지는 대화는 외부에 비밀이었다. 하지만 테일러는 자신의 저택에 편히 앉아 문서화 된 서류를 읽는 것으로 회의실 일을 파악할 수 있었다.

"재미있군."

긴 손가락이 잘 정리된 종이를 휘적휘적 넘겼다. 가십거리는 한때 소비하기 좋은 먹잇감이지만, 오래 즐길 것은 못 된다. 테일러는 종이를 반듯이 모아 책상 위에 내려놓았다.

"그럴 때가 됐긴 하지만."

황녀는 너무 오래 참았다. 여성이고, 자신은 여제가 아니며, 사람들은 여제를 원하지 않을 거라는 고정관념에 갇혀서.

물론 카로틴에 그런 고정관념을 가진 사람은 황녀 외에도 많다. 누군가는 그녀의 도전에 딴지를 걸고 반문을 제기하겠지. 제 생각을 진리로 삼고 황녀의 발목을 잡아 끌어내리려 들 것이다. 황녀는 넘어질지도 모르고, 일어설 수 없을 만큼 다칠지도 모른다.

'하나 그 정도로 무너질 사람이라면 손을 내밀지도 않았다.'

상대가 황자고 황녀임을 떠나서, 누군가를 황제로 만드는 데엔 막대한 자금이 필요하다. 테일러는 많은 사람들이 이미 준비되었다 말하는 기반인 황태자가 아니라, 황녀에게 줄을 대고 자금을 집어넣었다.

카이스턴 가는 적지 않을 세월 동안 권력과 부를 축적하며 굴러온 가문이라 황녀가 황제가 되지 못한다 해도 멸문하지는 않을 것이다. 하지만 가세가 조금 수그러들고 체면이 조금 찌그러들긴 할 거다.

손실을 감수하면서 황녀의 손을 들어준 건, 그녀가 야망을 솔직하게 인정했기 때문이다. 그녀는 성군이 될 수는 없을지 몰라도 실정을 하지는 않을 것이다. 테일러는 그것으로 만족했다.

"언제는 황녀를 믿지는 않는다고 하셨잖습니까?"

슬며시 들어온 디온이 고개를 갸웃거렸다. 테일러는 앉은 채로 심드렁히 고개를 올렸다.

"물론 믿지 않는다. 인간으로서는."

황녀는 속에 무엇을 담고 있는지 알 수 없는 사람이다. 그래서 테일러는 그녀의 앞에서 일 초도 긴장을 놓지 않는다. 방심하는 순간, 그녀가 놓은 덫이 제 발밑에서 아가리를 벌리고 있을 테니까.

"하지만 속내가 훤히 보이는 군주보다야, 약은 군주를 모시는 게 낫겠지."

모시는 입장에서 재미도 있고.

"주인님께선 황녀가 황제가 될 수 있다고 생각합니까?"

"아주 높은 확률로."

웨이휠은 황제의 재목이 아니었다. 기본 지식은 있지만 머리를 굴릴 줄 몰랐다. 그는 처세나 사교 면에서 심하게 뒤떨어졌다. 박학다식하지 않은 군주도 나라를 다스릴 수 있다. 그러나 정치를 못하는 군주는 오래가지 못한다. 반면 그런 면에서 황녀는 자질이 차고 넘쳤다.

"네. 확실히 오싹한 분이긴 하던데요."

디온이 입술을 파르르 떨었다. 그는 테일러가 읽은 종이를 구겨 벽난로에 집어넣었다. 종이는 빠르게 재가 되어 사라졌다. 디온은 손 부채질로 탄내를 쫓아냈다.

벽난로에 종이의 흔적이 남지 않게 된 뒤에는 빠르게 흔들었던 손으로 창문을 닫았다. 내부와 외부가 완전히 분리된 걸 확인했음에도 디온은 속삭였다.

"그래서 말인데, 벌써 들킬 것 같습니다."

테일러가 황성의 일을 제 손바닥 보듯 알 수 있는 건, 연락망이 있기 때문이었다. 일부는 색출되었지만 그래도 아직 본궁에 다섯, 황녀궁에 둘이 남아 있다.

본궁의 주인인 황제는 제 아들 찾는 것에 정신이 팔려 다른 일엔 관심이 없는 건 같지만, 황녀는 자신의 사람을 관리하는 일에 신경을 쏟았다. 어제 한 명이 꼬리가 밟혀서 나갔다. 황녀는 배후가 테일러라는 것을 알고 있기에 일을 크게 문제 삼진 않았지만, 제 정보를 밖으로 내보내고 있는 사람이 가까이에 있다는 게 좋은 일은 아니라서 찾아내는 족족 내쫓았다.

1달 사이 넷이 출궁당했다. 남은 둘은 언제 또 들킬지 모른다.

디온이 목울대를 꿀럭였다. 이토록 빠르고 조용히 첩자를 잡아내는 사람은 처음 봤다.

"나간 만큼 채워 넣으면 돼. 황녀궁엔 늘 일손이 부족하니까."

테일러는 다리를 꼬고 비스듬히 앉았다.

"그건 뭐 그렇습니다만……."

디온은 턱을 긁적였다. 사실 고민할 이유가 없는 문제긴 했다. 카이스턴 가 아래엔 비밀리에 키워진 정보원이 득실거렸다. 그들의 신분을 조작하고 황궁 시녀로 들이미는 건 쉬운 일이다.

"정보원이 필요하면 아래에서 더 뽑아서…… 뭐지?"

누군가 문을 세 번 두드렸다. 문 닫힌 집무실에선 은밀한 대화가 오갈 때가 많았기 때문에, 디온은 들어오기 전 노크를 필수 지침으로 삼았다. 테일러는 꼬았던 다리를 내리고 몸을 똑바로 세웠다. 디온은 문만 열어 밖에 선 하인과 몇 마디 대화를 나눈 뒤, 상황을 축약해 전달했다.

"손님이 왔답니다."

"별로 만나보고 싶지 않다만."

황녀는 제 일을 하느라 바쁘고, 셀리나는 혼 왕국에서 돌아오려면 아직 멀었다. 정보원들은 멀리서 조사한 문건만 보고서로 만들어 온다. 그러니 이때에 테일러의 저택을 찾아오는 사람은 한 부류뿐이었다.

테일러는 팔짱을 끼고서 의자 등받이에 몸을 쭉 기댔다.

"잡상인 아니면 잔챙이겠지. 어느 쪽도 만나고 싶지 않으니 내쫓아."

테일러는 저에게 필요 없다 싶은 생각이 들면 '만사 귀찮아' 증세를 보였다.

디온은 나가다 말고 고개를 빼꼼 내밀고 물었다.

"소금 뿌릴까요?"

"아깝게 뭐 그딴 걸. 흙으로 대체해."

과연 지당한 말이었다. 디온은 깊숙이 허리를 숙였다.

"예."

⚜

카이스턴 저 밖에 서 있는 건 샤먼이었다.

카이스턴 공작이 카로틴 귀족 중 제일 부유하다더니, 그 말이 틀리진 않는 모양이었다. 황량한 부지에 서 있는 저택은 황성만큼이나 영롱하고 화려했다. 소왕국의 성이라 해도 믿을 정도의 엄청난 규모였다.

샤먼은 마차에서 내렸고, 입구에 있던 하인이 그들의 명단을 받아갔다. 하인은 고압적이지 않았다. 샤먼과 기사의 얼굴을 확인하는 것도 형식적인 절차를 따른다는 느낌이 들었다.

하인은 샤먼의 이름을 적어 저택 안으로 들어갔다. 샤먼은 목을 빼고서 기다렸다. 카이스턴 저택 부지는 넓었고, 저택은 상당히 컸다. 테일러를 만나러 허락을 받으려면 상당히 시간이 걸릴 것이었다. 샤먼은 느긋이 기다렸지만 대가는 흙 세례였다.

"주인님께서 만나 뵙지 않겠다고 하셨답니다."

나이나 싱긋 웃는 모습이나 소년을 연상시키는 남성은 집사복을 입고 있었다. 저택에서 꽤 높은 지위인 듯 그의 뒤엔 사용인들 여럿이 주렁주렁 달려 있었다.

싱글 웃으며 정중히 말했을 뿐인 남성에게서, 샤먼은 비웃음을 읽었다. 그가 큰 키로 샤먼을 내려다보고 있기 때문인지, 아니면 여우처럼 살짝 올라간 눈꼬리 때문인지, 말투가 간들거려서인지는 모르겠지만.

샤먼은 미간에 주름을 잔뜩 만들고서 옷을 털어냈다. 비취색 귀한 비단을 써 만든 옷은 얼룩을 허락하지 않았다. 샤먼이 털어내는 대로 흙은 바닥으로 후두둑 떨어졌다.

샤먼의 입가가 바르르 떨렸다. 혼에선 누구도 그를 홀대하지 않았다. 그는 부자였고 남작 위를 가진 귀족인 데다 상위 귀족과도 연이 있었다. 그래서 이런 홀대가 낯설었다.

엘렌이 모욕을 당했다는 보고를 듣긴 했지만, 어디까지나 간접적인 것이었다. 샤먼은 그녀의 감정에 공감하지도 그 상황을 온전히 이해하지도 않았다.

샤먼은 남성을 노려보았다. 뭔가 대응을 해야 하는데 무슨 말을 해야 할지 알 수 없었다. 주먹은 어찌 쥐긴 했지만 이걸 내뻗어야 할지 아니면 조용히 내려야 할지도 알 수 없었다.

남성은 마른 체구였지만 몸 선을 이루는 체구가 제법 다부진 게 몸을 꽤나 쓰는 듯했다. 그런 자에게 덤벼들어서 이길 수 있을까? 괜히 얻어터져서 망신살만 뻗치는 게 아닐까?

"이 무례한 놈들! 이분이 뉘신 줄 아느냐!"

"몰라. 하지만 우리 주인이 누구인지는 알지."

뒤에 서 있던 기사가 대신 앞으로 나섰다가 더한 모욕만 받았다. 기사가 목울대를 꿀렁거리며 죽일 듯 남자를 노려보았으나, 그뿐이었다. 위협하는 척 검 손잡이에 손을 올리는 시늉도 하지 못했다.

어쨌든 상대는 대 카이스턴 가의 식솔인. 경솔한 행동 하나가 어떻게 이어질지 아무도 장담할 수 없다.

"이만 가지."

샤먼은 팽 몸을 돌렸다. 뒤를 따르던 기사는 주인이 얌전히 몸을 돌린 것에 안도하면서도, 생색은 내기 위해 '운 좋은 줄 알아라, 네 이놈들' 따위의 대사와 침을 뱉었다. 남성은 그러냐 어깨를 으쓱이곤 저택 안으로 들어가 버렸다.

샤먼이 타고 온 마차는 저택 정문과 조금 떨어진 구석에 세워져 있었다. 마부는 샤먼이 저택에 들어가지도 않는 것을 오묘한 눈으로 바라봤다가, 기사가 샤먼을 눈짓하자 시선을 돌렸다.

샤먼의 얼굴은 시뻘겠고 땅을 짓뭉개듯 걸어오는 모양새가 심상찮지 않았다. 숨을 그러모아서 모조리 콧김으로 뿜는 듯 거친 숨소리가 났다.

"당장 출발해라."

샤먼의 목소리는 낮았다. 하지만 그게 감정을 갈무리해서가 아니라 진짜로 화가 난 상태임을 안 마부는 헐레벌떡 채찍을 잡았다.

히히히힝!

말들은 혹 또 다가올지 모를 채찍을 피해 달음박질을 했다. 튀어나가듯 출발하는 마차 안은 적막했다. 샤먼은 마차 등받이에 앉아 얼굴을 감쌌다.

테일러 카이스턴. 카이스턴 공작이 엉덩이가 무거운 인사인 건 잘 알고 있었다. 웬만한 초대장은 꼭꼭 씹어 먹고, 영지 시찰도 뜸하게 하는 그는 하루 대부분을 자신의 저택에서 보냈다. 이리 쏘다니고 저리 도는 귀족들과 달리 동태를 파악하는 데 수고를 들이지 않아도 되니 그건 편했다. 하지만 황족이 만나자 하는 것도 저가 내키지 않으면 뭉그적거리더란 소문이 도는 만큼 은발 머리 끄트머리 쉬이 내보이지 않을 줄은 알았다.

그렇다 해도! 저택 안에 들여보내지도 않고 문전박대라니! 제까짓 게 얼마나 대단하다고! 아니, 대단한 인사는 맞지만, 그래도 제게는 그러면 안 되는 거 아닌가! 제 숨통을 이리 꽉 조이고서 모른 척 성안에 들어앉아만 있으면 안 되는 것 아닌가?

샤면은 숨을 크게 들이쉬었다 내뱉었다. 그러나 감정은 옅어지지 않고 도리어 진해졌다. 이마에 혈관이 두둑 튀어나오고 손에 퍼런 힘줄이 솟았다. 그는 무릎 위 원단을 주먹으로 꽉 그러쥐면서 원흉의 이름을 뱉었다.

"빌어먹을 셀리나."

이게 다 그 계집애 때문이었다. 은발 머리 공작 옆에 척 붙어서 알랑거릴 줄 아는 영악한 아이 하나가 벌인 일이었다.

셀리나는 자그마치 12년을 카턴 가에 있었다. 분명 무언가 들은 게 있으니 이렇게 잘, 상단의 숨통을 조일 줄 아는 것이다. 아니, 그런 게 분명했다.

셀리나는 엘렌과의 사감을 크게 부풀려 그녀를 사교계에서 고립시켰다. 셀리나는 테일러 옆에 붙어 있었고, 귀족들은 테일러의 눈치를 살피느라 카턴 상단을 가까이하길 꺼렸다. 그래, 여기까진 좋다. 카로틴 귀족들을 등 돌리게 한 건 엘렌 그 어리석은 아이의 잘못이니까. 셀리나가 아니라 셀리스티나가 된 꼬맹이를 카턴 상단의 노예처럼 대했으니, 그건 큰 결례였다.

하나 그 뒤에 보란 듯 상단을 만들어 혼 왕국 귀족들에게 카로틴 보석을 시가보다 훨씬 싼 값에 매도한 것은 분명 고의였다.

혼과 카로틴 사이를 오가며 중계무역을 하던 건 카턴 남작이 자주 하던 일이었다. 셀리나는 그 시절을 기억하고 있는 게 분명했다. 분명, 카로틴 보석을 자주 사주던 귀족들을 모두 기억하는 것이다. 그게 아니라면, 카턴 상단의 물건이라면 무엇이든 사주던 귀족들이 더 싼 매입처를 찾았다며 단번에 등을 돌린 일을 어떻게 설명할까.

생각해 보면 셀리나의 어미도 카턴 남작 옆에서 살랑거려 첩 자리를 얻을 줄 아는 머리가 있었다. 귀족들에게 남작의 첩 자리는 하찮고 큰 의미 없는 것이지만, 평민 여성에겐 신분 상승의 기회였다. 카턴 남작 눈에 잘 들어보려는 여인이 어디 한둘이었나. 하지만 그 자리를 얻은 건 한 여인뿐이었다.

그리 대단치도 않은 미모로 오랫동안 남작의 사랑을 받았다. 셀리나는 제 어미가 카턴 남작 곁에서 어떻게 살아남았는지를 본 사람이었다. 분명 자라면서 보고 배운 것이 있을 것이다. 피가 이어지지 않았더라도 모녀는 모녀인 모양이다.

명의뿐이긴 하나 상단의 주인을 카이스턴 공작으로 두는 약은 잔머리도 그렇게 얻은 것이리라. 혼 왕국에서도 공작의 이름은 유명하니, 귀족들과 좋은 협상을 끌어낼 때 써먹을 수 있고 또, 중계무역으로 먹고사는 상인들의 입을 카이스턴이란 이름으로 다물게 할 수도 있었다.

샤먼은 마음 같아선 셀리나의 멱살을 잡아 거꾸러뜨리고 싶다. 하지만 카턴 상단이 연일 적자의 신기록을 세우고 있는 지금, 상단을 혼 왕국까지 이동시킬 수 없었다. 그러려면 또 막대한 돈이 드니까.

다행히 방법이 있었다. 가만히 기다리기만 하면 된다. 셀리나는 카로틴의 귀족이 되었다. 혼 왕국에 눌러앉지 않을 것이고 머지않아 카로틴으로 돌아올 것이다.

"상단을 감시해야겠어."

그때가 되면…… 그때는 꼭.

샤먼은 주먹을 꽉 움켜쥐었다.

✤

　지부가 세워지는 동안 할버트는 보석 매입을 도왔다. 그가 어찌나 잘 움직이는지 일주일 연속 보석을 완판하는 기적이 일어났다.

　그동안 할버트 곁에는 크렌 한 명이 붙어 짐꾼 노릇을 했다. 그는 돌아올 때마다 땀에 절어 있었다. 할버트의 빠르고 쉼 없는 보폭에 맞춰 종일 걸어야 했기 때문이다.

　돌아올 때는 늘 야심한 밤이었다. 크렌은 씻지도 않고 곯아떨어졌다가 새벽 해와 함께 출발했다. 상단 내에 게으름뱅이로 정평이 나 있는 크렌이 바지런히 움직이자 나도 뭔가 하는 게 아니냐며 상단 사람들에게 묘한 기합이 들어갔다.

　"이제 알아서도 잘들 할 거여."

　그리고 일주일 뒤. 할버트는 오가는 길은 크렌이 알아서 익혔을 것이라는 말과 함께 이 일에서 손을 뗐다. 할버트가 연화의 일을 돕는 일주일 동안, 조수는 혼자서 검을 만들어냈다.

　조수는 다른 마을에 정착해 대장간을 만들 정도의 실력자였지만, 할버트에 비하면 완성도 면에서 조금 뒤떨어졌다. 연화는 할버트의 검이 필요했기에 그가 제 일을 되찾는 걸 내심 환영했다.

　아침마다 크렌을 끄집어내는 할버트는 사라졌다. 사람들은 이제 크렌이 해가 배꼽에 뜰 때까지 늦잠을 자다 느린 걸음을 끌고 식당에 내려올 거라 말했다. 하지만 크렌은 할버트 씨가 깨웠던 그 시간에 혼자 행장을 꾸려 밖으로 나왔다.

　그때 연화는 거의 다 지어가는 지부 앞을 돌고 있었다. 이른 시간인 만큼 거리는 조용했고, 공연히 말을 걸어 성가시게 하는 사람도 없었다. 그러다 크렌이 혼자 준비를 해서 나가는 걸 발견했고, 좀 신기해서 붙들었다.

"힘들지 않나요?"

"아니요, 저는 오히려 즐겁습니다."

"즐겁다구요?"

연화가 아리송한 얼굴로 되물었다.

"저는 이때까지 제가 쓸모없는 인간이라고 생각해 왔습니다. 용병 일을 해도 상단 일을 해도 저보다 잘하는 사람은 많았으니까요. 무엇도 잘 해내지 못한다는 생각이 들자 아무것도 하기 싫었습니다. 해봤자 어차피 나보다 잘하는 사람은 많고, 그들 발치도 따라가지 못한다는 걸 확인하고 싶지 않았습니다."

"그런데요?"

"그런데 할버트 씨가 그랬습니다. 누구나 행복해지고 싶어 하고, 잘 되길 바라고, 최고가 되고 싶어 한다고. 하지만 당장 그것을 이룬 사람은 없다고도요."

"내는 동네에 호미 잘 만드는 영감헌테 망치질 배운다고 아래에서 물만 3년간 길었다. 영감 고집 꺾고 겨우 망치 잡는 법을 배웠지만 검은커녕 숟가락 하나 제대로 완성하지 못하는 엉터리 조수가 나였다. 내가 당장 이름 날리는 놈이 되지 못했다고, 영감보다 실력이 떨어진다고, 내는 재능이 없는 것 같다고 다 포기했으믄 여기까지 오지도 못했다. 내일은 숟가락을 제대로 만들어야겠다, 기포를 없애는 방법이 무얼까, 망치를 힘 있게 치는 방법은 또 무얼까 생각허믄서 하루를 보냈다. 그런 시간이 쌓여서 1달이, 1년이, 10년이 되니 내는 검 장인 할버트가 되어 있었다. 나가 처음부터 '이리의 대장간'을 세워야겠다, 귀족 놈들이 찾아오는 그런 대단헌 놈이 되어야겠다 생각했으

믄 그 영감 밑에 들어가지도, 숟가락이라도 제대로 만들겠다고
고민허지도 않었다."

스트로이트 영지에서 상업 도시 레이칼까지는 거리가 상당했
다. 할버트는 지루함을 덜기 위해 이런저런 이야기를 늘어놓았다.
그는 마초적인 외모의 소유자답게 성격도 털털했다. 한 가지 일을
오래해서 이름을 남긴 사람이 그러듯, 나름 자부심도 갖추었다.
하지만 과하게 허세를 부리거나 으스대지 않았다.

할버트와 함께하는 시간은 유익했고, 비록 힘들었지만 견딜 만
했다. 게다가 큰 지혜도 얻었으니, 고생한 가치가 있었다.

"오늘 팔기로 한 보석을 모두 팔아치우고, 동료가 놀아도 열심
히 일하고, 내일은 어떤 말씨로 말해야 거절을 덜 당할지 고민합
니다. 진짜 판매의 달인은 할버트 씨고, 그보다 더 잘하는 사람도
많겠지만 저는 어제 하루만큼은 훌륭하게 살았습니다. 그렇기에
저는 충분히 잘난 인간이고, 오늘은 더 잘난 인간이 되기 위해 움
직이려 합니다. 오늘 밤이 되면 제가 얼마나 더 잘난 인간이 되어
있을지 기대가 됩니다. 그래서 저는 매우 즐겁습니다."

크렌은 정말로 즐거운 듯 환히 웃었다.

하루하루 성취하는 삶의 기쁨.

자신의 자리를 지키는 데 안달하던 연화에겐 이해할 수 없는
기쁨이었다. 하지만 크렌이 잘하고 있는데 괜히 엇박자를 놓을 이
유는 없었다.

연화는 크렌을 놓아주었고, 그는 혼자 떠났다.

아침이 되어 뒤늦게 크렌의 부재를 발견한 상단 사람들은 식당
에 도란도란 모여 앉았다.

연화는 에리카의 초대를 받아 저택에서 지내고 있었지만, 상단

사람들은 그렇지 않았다. 그들에게 방을 내주기엔 저택 규모가 너무 작았다. 그렇다고 가난한 마을 사람들의 손을 빌릴 수도 노릇이다.

그래서 다들 지부가 설립되기 전까지만 주인 없는 여관에서 숙식 중이었다. 방이나 화장실은 청소를 하며 사용했지만, 수면제가 들어 있는지 아닌지 알 수 없는 식재료들로 요리해 먹는 건 꺼림칙했기에 모두 가까운 식당에서 끼니를 해결했다.

계산은 모두 연화가 했다. 연화는 저택에 머물면서도 틈틈이 식당을 찾아와 돈을 지불했다. 뚝 끊긴 여행자 때문에 폐업을 고민했던 식당은, 먹성 좋은 손님들을 맞아 제2의 번성기를 누렸다. 해고했던 종업원도 다시 고용했다.

빨간 앞치마를 두른 종업원이 주문서를 걷어가고 얼마 안 있어 더운 내가 훅 끼치는 음식들이 만들어졌다. 종업원은 쪼르르 걸어와 나무 식탁 위에 음식들을 가득 올려놓았다.

조금 짜거나 덜 익어도 손님들은 음식을 해치운다. 게다가 상단주라는 소녀는 팁까지 두둑이 얹어 값을 치르니 이보다 더 좋은 손님은 없었다.

"맛있게 드세요!"

멀어져 가는 종업원에겐 더벅머리 혼자만 손을 흔들어주었다. 짧은 머리를 그러모아 꽁지로 묶은 남자가 고기를 푹 썰어 입에 집어넣었다.

콧수염을 기른 남성은 괜히 빈자리를 노려보았다. 4인이 앉을 수 있는 탁자에 평소라면 하품을 쩍쩍하는 크렌이 자리했을 터다. 그에게 잠 좀 깨라며 타박하는 게 일상이었는데. 며칠 사이 역전된 상황이 영 어색했다.

"새 사람이 되어부렸네."

"근데 우리도 뭔가 해야 하는 거 아냐?"

"단주님께선 부지가 세워질 때까지는 쉬어도 된다고 했지만……
게으름뱅이 크렌보다 뒤처질 수는 없지!"

콧수염이 외쳤고, 세 사람은 전투적인 식사를 마쳤다. 입가에
묻은 소스를 훔치며 여관으로 돌아가다 연화를 만난 세 사람은
짠 것처럼 발걸음을 멈췄다.

빨리 일거리나 받자 싶었는데, 연화는 그들을 보지 않았다. 조
금 더 주위를 살피자 서너 걸음 떨어진 곳에서 말고삐를 쥐고 흥
정하는 마부꾼이 보였다. 제대로 된 품삯만 흥정하면 어디든 가
는 사람이었다.

더벅머리가 쓱 눈썹을 올렸다.

"어디, 가십니까?"

"아, 별관에 잠시 다녀올까 하구요."

연화는 부드럽게 눈을 휘었다. 자라면 꽤나 훌륭한 미인이 되
겠구나, 라는 생각이 절로 들 정도로 예쁘장한 소녀가 웃자 주위
가 환해지는 환상이 보였다. 세 사람은 헤 입을 벌린 채 멍하니
있다 조금 늦게 연화의 말을 이해했다.

"별관이요? 또 어디를 사셨습니까?"

뚝딱 나온 돈으로 크렌의 빚을 갚아준 것은 물론, 여관을 통째
로 잡는 것이나, 지부로 쓸 땅을 사는 등 막대한 돈을 들이는 행
위를 하면서 소녀는 조금도 힘들이지 않았다.

들숨에 재물을 얻고 날숨에 소비를 하는 사람 같았다. 씀씀이
가 그 정도가 되려면 어중간한 부자는 절대 아닐 거다. 사람들은
소녀가 건물이 아니라 이 영지를 통째로 샀다고 해도 그렇구나 소
리를 뱉을 수 있을 정도로 그녀의 재력에 길들여져 있었다.

연화는 고개를 갸우뚱했다가, 맑은 웃음을 터뜨렸다.

"제가 산 건 아니지만, 제 소유로 있는 건물이니 한번 둘러보고 싶거든요."

"소유…… 혹시 누군가에게 선물받은 겁니까?"

"아뇨. 물려받은 거예요. 유산 중 하나랄까요."

가주가 죽고 10년 사이 묻혀지다시피 했던 오클레앙 가는 반짝 귀환한 소녀로 인해 화려하게 부활했다. 어리지만 똑똑하고 아름다운 소녀에 대한 미담은 황성에서부터 시작해 사교계를 거쳐 수도 전역으로, 수도 전역에서 지방 소도시로 퍼져나갔다.

당사자는 소문에 반응하지 않았다. 하지만 상단 사람들도 귀는 있어서 소녀의 부모가 어떻게 되었는지는 알았다.

"그렇…… 군요."

더벅머리가 벅벅 뒤통수를 긁었다.

"그런 게 이 근처에 있을 줄은 몰랐습니다."

"지척에 있는 건 아니에요. 제대로 위치를 잡자면…… 다음 마을과 마을의 사이? 정말로 쉬시려고 만든 것이라 인적이 없는 언덕 위에 지으셨거든요."

"마부가 언덕까지 올라가지 않을 텐데…… 걸어서 올라가시려면 고생 좀 할 겁니다."

"어쩔 수 없죠."

"하여간 귀족놈들 취향 괴팍한 건……."

웅얼거리는 더벅머리의 팔을 꽁지머리가 슬쩍 꼬집었다. 더벅머리가 붉은 자욱이 올라오는 팔을 쓱쓱 문지르며 뒤를 확 노려보았다.

"아, 왜!"

"거, 말 좀……."

더벅머리가 자신이 했던 말을 곱씹다가 사색이 되어 연화를 살폈다. 연화는 웃는 얼굴을 여전히 유지하고 있었지만, 카를은 그녀 뒤에서 팔짱을 끼고서 삐딱히 그를 주시했다.

아이고, 이 방정맞은 입이 사고를 치긴 쳤구나. 더벅머리가 주먹으로 제 머리를 툭 쳐 둔탁한 소리를 만들었다.

"그, 어, 단주님, 제 말은 그것이 아니고……."

"괜찮아요, 그런데……."

동그란 눈이 세 사람을 차례로 훑었다. 별 뜻 없이 하는 것이겠지만, 세 사람은 괜히 몸을 움츠렸다. 잘못한 게 있는 더벅머리 사내는 딸꾹질을 했다.

소녀는 분명 가느다랗고 여린 체구를 가지고 있건만, 그들은 오히려 자신들이 소녀를 올려다보고 있는 듯한 기분을 느꼈다. 땅이 불룩 솟아오르지도 않았고, 소녀가 갑자기 어른이 되지 않았는데 왜 이런 기분이 드는 것일까. 날 때부터 사람을 지배하도록 태어난 귀족은 원래 다 저런 것일까?

"제가 마부와 흥정을 한 경험이 손에 꼽을 정도로 적어요. 그래서 지금 좀 곤란한 상황이에요."

"돈이 없어서요?"

콧수염이 설마 하면서 소녀를 바라봤다. 어쩐지 돈을 펑펑 쓰더라니. 벌써 떨어진 것일까.

"아뇨. 아무래도 바가지가 쓰인 것 같아서."

연화는 여상히 덧붙였다. 세 사람의 고개가 엥 소리를 내며 마부에게로 돌아갔다. 부자 손님을 잡은 오늘을 자축하고 있던 마부의 입술이 퍼렇게 죽어갔다.

마부는 장정 셋에 바로 기가 죽었다. 거만하게 쳐들었던 턱은 천천히 내려가 가슴께에 닿을 듯 푹 숙여졌다. 연화는 세 배나 내려간 가격에 흡족해했다.

"듣자하니 돈도 많으신 분 같은데. 기부 좀 한다고 생각하면 어디가 덧납니까요?"

마부는 입을 툭 내밀었다. 그 짧은 시간 연화가 돈을 떼먹힐 뻔했다는 소식은 마을 전체에 퍼졌다. 마을 자체가 크지 않으니 가능한 일이기도 했다.

지하에서 풀려난 이후, 다시 생업에 종사하게 된 리온 부인은 마부를 보자마자 귀부터 잡아당겼다.

"이 망할 늙다리가. 감히 누구한테 수작이야, 수작이!"

"아, 아퍼!"

마부는 리온 부인에게서 화닥닥 떨어졌다. 붉어진 귀를 벅벅 문지르면서도, 연화를 보는 눈엔 미력한 원망이 남아 있다.

"나 같은 놈도 손님이 뚝 끊겼다고! 벌 수 있을 때 많이 벌어야지! 일확천금을 누리는 게 뭐가 나빠!"

"말씀하셨듯, 돈 몇 푼 더 드리는 건 어렵지 않아요."

마부가 바로 의기양양해져서 어깨를 폈다.

"거봐!"

"하지만 저는 여러분들이 정직해지셨으면 좋겠어요. 깨끗한 마을로 소문이 나서 여행자들이 많이 오길 바라요. 그 덕에 이 마을에 투자를 한 제 자금이 회수되기도 바라구요."

연화가 마을에 어마어마한 거금을 넣었다는 걸 모르는 사람은 없었다. 영주님이 귀한 벌크산 양주를 땄다더라, 는 희극적인 소문이 들려올 정도니 말 다했다.

마부는 꿍알대지도 못하고 입을 일자로 다물었다. 리온 부인은 마부의 귀를 한 차례 더 잡아당겼다.

마부는 30분 뒤에야 느릿하게 출발했다. 과거 관광도시로 활약한 전적이 있는 곳답게 도로는 말끔히 닦여 있었다. 순탄하게 굴러가던 마차 바퀴는 마을을 빠져나오자마자 조금씩 덜컹거렸다.

마차가 언덕길을 오르는 순간 참을 수 없을 정도로 속이 울렁거렸다. 연화는 우읍 소리를 내며 입가를 손으로 감쌌다. 꿀렁이던 감각은 10여 분 뒤에 사라졌다. 연화는 입가를 막은 채로 하늘을 바라보았다. 노랗게 물들어가던 하늘이 느리게 제 색을 되찾았다.

"데려다주는 건 여기까집니다."

오클레앙 별장은 언덕의 정점 꼭대기 위에 세워져 있었다. 마부가 멈춘 곳에서부터 별장이 있는 곳까지는 가파른 오르막길이었다. 오르막길 끝에 작게 집 형체가 보였다.

언덕이라더니, 이건 그냥 산이었다. 만만찮은 거리를 걸어가야 한다는 현실에 연화는 절로 입이 삐뚤어졌다. 하지만 저 살인적인 급경사를 마차로 오르는 것보단 나았다. 연화는 조용히 마차에서 내렸다.

"허억, 헉, 흐억……."

언덕 아래에서 별장까지 오르는 동안 적잖은 시간이 소요되었다. 몇 번 카를이 업히겠냐며 몸을 수그렸고, 연화는 고개를 젓고 묵묵히 걸었다.

그런 짓을 몇 번 반복한 끝에 두 사람은 언덕 정상, 별장 앞에 설 수 있었다. 심장이 튀어나갈 듯 거세게 맥박질을 해댔다. 연화는 숨을 뱉으며 양 무릎에 손을 짚었다.

어정쩡하게 서서 아래를 내려다보니 타고 온 마차 끄트머리만 간신히 보였다. 연화는 가져온 물을 목구멍 안에 쏟아부으며 뒤를 돌아보았다.

"하하, 미친……."

별장은 생각보다 컸다. 오클레앙 저택의 절반 정도? 이런 언덕에 건물을 지을 생각을 한 게 누구인지 모르겠다.

"일단 들어가죠."

"조심하는 게 좋겠습니다."

카를이 입구를 보며 혀를 찼다. 나무로 만들어진 별장은 군데군데 썩어 있었고, 떨어져 나간 부분도 있었다.

카를은 느리게 문손잡이를 잡았다. 당기는 순간 경첩이 둔탁한 소리를 내며 부러졌다.

"엇……?"

들어오자마자 문짝을 부순 사람이 된 카를은 몇 초간 정적 속에 멈춰 있었다. 그는 어색하게 눈을 굴려 제 손에 들린 문짝과 문이 사라진 별장을 바라보더니, 조용히 별장 벽에 문을 기대듯 걸쳐 놓았다.

"오래된 별장이니 어쩔 수 없죠."

연화는 쿡쿡 웃은 뒤 안으로 들어갔다가 또 읍 소리를 내며 입을 틀어막았다. 오클레앙 저택은 막힌 공기의 냄새와 먼지의 냄새만 났었다. 이런 썩은 내, 비린내는 조금도 없었다.

"오래 머물 곳은 아닌 것 같습니다."

"……동감이에요."

하지만 기껏 왔는데 안 둘러보고 돌아갈 수는 없는 노릇이다. 연화는 보이는 방부터 하나씩 살펴보았다. 천장의 조명은 죄다 깨져 있고 사물들은 조금만 힘을 줘 건드려도 쉽게 바스러졌다.

오클레앙 별장은 이렇지 않았다. 지저분하긴 했지만 견딜 수 있을 정도는 되었다. 오클레앙 가주가 죽은 채로 십여 년간 방치된 건 똑같은데 상태가 달라도 너무 달랐다.

'아니, 어쩌면 이쪽이 더 정상일지도.'

외양도 내부도 달라진 것 없이 먼지만 쌓인 채 유지되어 있던 저택. 그건 누군가가 보이지 않는 곳에서 저택을 관리하고 있었기 때문일 것이다.

'이를테면 조셉이라든가.'

조셉은 저택과 멀지 않은 곳에 직장을 잡고서 셀리스티나를 기다렸다. 그녀가 제 권한을 찾아, 새 주인으로서 오클레앙 가를 일으키길 고대하면서. 혼자서 크고 넓은 저택을 관리하기는 힘드니 시급한 수리가 필요한 곳에만 손을 대고, 나머지는 거의 그대로 보존하고 있었을 것이다.

그토록 맹목적이고 일관적인 마음을 유지하려면 당연히 버팀목이 있을 터. 연화는 그게 오클레앙 저택 비밀 통로에서 발견된 초상화가 아닐까 생각했다. 오랫동안 모셔온 주인의 얼굴이 그려진 통로를 거닐고, 액자에 붙은 먼지를 걷어내면서 마음을 잡고, 잡고, 또 잡았겠지.

"위험합니다."

"아……?"

앞으로 내디디려는 몸이 뒤로 끌어당겨졌다. 탄탄한 팔이 연화의 오른쪽 뒤에서 들어와 왼쪽 어깨를 두르듯 그러쥐었다. 연화가 눈을 크게 뜨고 뒤를 돌아볼 때, 쿠궁 소리와 함께 천장을 받치고 있던 기둥 서너 개가 떨어졌다. 그리고 날리는 흙먼지.

카를은 조금 뒤 연화를 놓아주었지만, 그녀는 충격으로 쉬이 발을 떼지 못했다. 카를이 막아주지 않았다면 딴생각에 팔려 머리 위에 뭐가 떨어지는지도 몰랐을 거다.

연화는 하얗게 질린 입술을 잘근잘근 씹으면서 나무들을 바라보았다.

"아가씨?"

"괜찮아요."

연화는 제 어깨를 잡은 카를의 손을 떼어냈다. 각목들을 걷어 차고 앞으로 나아가자, 카를이 뒤따라왔다.

"이런 위험을 감수하고 걸어가야 할 정도로 이곳에 대단한 것이 있을 것 같진 않습니다만."

"네, 어쩌면 저는 헛걸음을 한 것일지도 모르죠."

오클레앙 별장은 낡았다. 이런 곳에 들어와 무언가를 확인하겠다고 쑤시고 다니는 사람은 연화 외엔 아무도 없을 거다. 쌓인 먼지는 연화의 족적대로 뻥뻥 구멍이 뚫렸다.

"하지만, 그렇다 할지라도 제 눈으로 확인하고 싶어요. 있다면 있는 것을, 없다면 없는 현실을 있는 그대로 온전하게요."

연화가 오클레앙 저택에 온 이유는 하나, 증거를 없애기 위해서 였다. 셀리나가 셀리스티나가 아니라는 증거를.

사람들은 셀리스티나를 모른다. 어느 날 변고로 부모를 잃은, 어린 여자아이라고만 알고 있다. 셀리스티나는 혼 왕국에 위치한 오클레앙 별장에서 태어나, 유년기 대부분을 그곳에서 자랐다고 알려져 있다. 엘렌이든 셀리나든 인장만 들면 사람들이 껌벅 속 아주는 이유다.

하지만 이 상태가 언제까지 이어질 수 있을까. 언제가 되었든 의문을 가지는 사람이 생길 것이다. 오클레앙 가의 가산이 높아 가고, 연화가 지지하는 황녀가 권력의 기반을 잡고, 그 권력의 콩고물이 오클레앙 가와 연화에게 떨어진다면 분명 누군가가 그녀의 약점을 끄집어내기 위해 움직일 것이다.

오클레앙 영애의 이름은 카로틴에 들어서면서 시작되니, 그녀의 과거를 캐고 싶은 사람은 당연히 오클레앙 별장으로 올 것이다. 별장은 진짜 오클레앙 영애가 태어난 곳이다. 그녀와 관련된 뭔가가 남아 있을지도 모른다. 출생기록 같은 서류이든, 단순한 물건이든 간에.

연화는 뭐가 남아 있든 제게 유리한 쪽으로 끌어오거나 조작할 수 있는 것이 아니면 없애 버리려고 왔다.

진짜 오클레앙 영애가 인장을 사용할 수 없는 상태란 판단이 섰기에 한 생각이기도 했다. 그녀가 멀쩡히 있다면 작중의 엘렌이 거리낌 없이 인장을 사용할 수 없었을 거다.

인장은 신분패만큼 중요한 물건이다. 가주의 영향력과 권한을 의미할 뿐만 아니라, 가문의 일을 처리하고 중요한 의사를 표할 때도 사용된다. 그래서 특별한 경우가 아니면 가주만 손에 쥘 수 있다.

그런 것을, 작중의 엘렌은 얼굴 하나만 가리고 마음껏 사용했다. 그녀도 귀족이니 사칭하다 들키면 어떻게 되는지는 알았을 터. 하지만 그녀의 행보엔 두려움이 없었다. 자신의 사칭이 절대 들키지 않을 거란 믿음이 있었던 거다.

진짜 오클레앙 영애는 죽었거나, 자신이 누구인지 모르고 있을 것이다.

어쨌든 연화는 셀리나의 거죽을 쓰고 이 세계에서 편하게 살아가야 했다. 오클레앙 영애로서의 신분을 제대로 확립해야 했다. 그렇기에 연화는 물러설 수 없었다. 무엇이 이곳에 남겨져 있는지 제대로, 낱낱이 확인해야 했다. 나중에 시간을 내 또 이 언덕을 기어오르고 싶지도 않았고.

"제 성질머리가 본디 그러한 것을 어쩌겠어요. 확실하지 않은 것을 보아 넘기지 못하니, 두 눈으로 똑똑히 확인하고 넘기는 수밖에."

연화는 정면을 똑바로 직시했다. 정면에서 살짝 왼쪽으로 치우쳐진 방과 그 옆방만 들르면 별관의 1층은 모두 둘러본 거나 다름없다. 연화는 코를 씰룩였다. 문 앞에만 서도 역겨운 냄새가 나는 곳이라 들어가길 저어했던 방이다.

연화는 숨을 크게 들이쉬었다 내쉬었다. 무언가 대단하거나 엄청나게 끔찍한 것을 발견하더라도 놀라지 않으리라. 단단히 각오를 했지만 역시 안으로 들어가는 건 꺼려졌다.

이름 모를 꺼림칙함은 손잡이에도 붙어 있었다. 연화는 열린 문 안으로 발을 들여놓았고.

"……!"

바로 얼어붙었다.

"이건……."

연화의 뒤를 따라오던 카를도 몸을 빳빳이 세웠다.

방의 모든 벽은 물론 여남은 가구에 갈색 얼룩이 져 있었다. 온 벽에 사방팔방 더럽게 튄 채 말라붙은 액체는 틀림없이 피였다. 별장 문을 들어서기 전부터 나던 악취의 정체가 이것이었다. 시체 수습은 참사의 최초 발견자 카턴 남작이 했다던데, 시체는 확실히 치우긴 했는지 뼛조각 하나도 보이지 않았다. 하지만 벽에 흉측하게 붙은 핏자국만으로도 몇 명이, 어디에 죽어 있었을지 짐작이 됐다.

방 안은 서재였다. 방 정면에 보이는 책장과 책상 등으로 추측할 수 있었다. 책상 위엔 종이 한 장 없이 먼지만 쌓여 있었다. 책장엔 먼지와 피를 뒤집어 쓴 책들이 그대로 방치되어 있었다. 큰 의미가 있어 보이는 책은 없어서, 연화는 모두 내버려 두었다.

그 다음 방은 응접실이었다. 서재가 에피타이저였다면 응접실은 메인 디시였다. 서재보다 더 많은 핏자국이 튀어 있었다. 역한 정도는 더했지만, 그리 두렵다는 생각은 들지 않았다. 그새 적응을 했기 때문일까. 연화가 성큼 들어가자 카를이 뒤따라왔다.

탁자와 의자가 뒤집어져 있고 소파가 사라져 있는 것을 빼면 오클레앙 저택의 응접실과 구조가 비슷했다. 심지어 액자가 걸려 있는 것도 똑같았다.

"이곳에도 있을까요?"

별장의 응접실에도 큰 그림이 하나 걸려 있었다. 의자에 혼자 그려진 백조는 액자 밖 사람과 눈을 마주치지 않고 혼자 먼 곳을 보았다. 카를이 액자 양옆을 잡고 옆으로 젖혔다.

"……있군요."

"일관성 있어서 좋네요."

연화는 쿡쿡 웃으며 통로 안으로 발을 들여놓았다. 통로 안엔 핏자국도 거북한 냄새도 없었다. 통로는 들어갈수록 넓어졌다. 허리를 숙이고 어정쩡하게 걸었던 카를도 나중엔 몸을 똑바로 폈다.

사박, 발끝에 종이가 밟혔다. 연화는 종이를 집어 들었다. 금년도 예산 계획.

떨어진 것은 어떤 보고서의 표지였다. 연화는 종이 뒷장이 백지인 것을 확인하곤 종이를 다시 바닥에 내던졌다.

그사이 카를은 마법 등의 스위치를 찾아냈다. 팍, 하는 무언가가 퍼져 나가는 소리와 함께 천장에 걸린 마법 등이 빛을 발했다. 연화는 눈을 설핏 찡그렸다가, 빛에 적응된 뒤 고개를 올렸다.

오클레앙 저택 비밀 통로엔 역대 가주와 배우자들의 초상화가 있었다. 하지만 별장 비밀 통로에 있는 것은 서류들이었다. 연화가 밟은 종이는 새발의 피였다.

어느 기업의 자료실에 들어간 것처럼 카를의 키만 한 책장이 통로 양옆으로 빈틈없이 꽉꽉 들어차 있었으며, 모든 책장 위에 서류들이 차곡차곡 정리되어 있었다.

오클레앙 전 백작은 이 별장에 몇 달씩이나 머물렀다고 했다. 조셉 말로는 휴양 차는 절대 아니었고, 정기적으로 혼에서 하는 일이 있었다고 했다. 그리고 그 '일'의 흔적이 이곳에 있었다. 10년 전의 비밀이었고, 셀리스티나가 가져야 할 유산이었다.

왼쪽 책장엔 혼에서 얻은 정보들이 있었다. 길거리에서 얻은 하질 정보부터, 혼 귀족들이 팔아넘긴 꽤 은밀한 정보까지 차례대로 정리되었다. 오른쪽 책장에 있는 건 돈과 관련된 것들이었다. 정보를 넘긴 귀족들에게 돈을 얼마나 주었고, 혼에서 활동하는 첩자들을 굴리는 데 돈이 얼마나 드는가 등은 물론, 단순히 별장에서 먹고사는 데 필요한 돈이 얼마인지 계산한 장부도 있었다.

종이들은 모두 깔끔히 정리되어 있었지만 세월의 흐름을 비껴가지 못했기에, 무엇을 들어도 먼지가 풀풀 날렸다. 연화는 잔기침을 하면서 오른쪽 맨 끝 책장 앞에 섰다.

혹 셀리나가 셀리스티나의 대역이라거나, 진짜 오클레앙 영애가 어떻다거나 하는 정보가 있을지 모른다는 의혹은 서류 맨 윗장을 뒤집으며 사라졌다. 그곳에 있는 것도 돈과 관련된 서류였다.

채권자가 오클레앙 전 백작인 빚 문서였다.

혼에 푼 돈이 어찌나 많은지 두루두루 많이도 적어놓았다. 연화는 일단 서류를 덮어두었다. 당장 이 돈을 못 받는다고 무너질 만큼 오클레앙 가의 형편이 끔찍한 건 아니었다. 나중에 혼 귀족들에게 도움을 받을 때 그들의 힘을 빌리는 구실로 사용할 수 있을지도 모르고. 연화는 일단 서류들을 그대로 덮어놓았다.

"후……."

볼만한 것은 다 본 것 같다. 연화는 참았던 숨을 몰아쉬었다. 먼지 때문에 가급적 호흡을 하기 싫었지만, 사람이 살기 위해 산소가 꼭 필요한 것이라 어쩔 수 없이 숨을 들이켰다. 종이가 몇 장 바닥에 떨어지고 흩어졌다.

연화는 허리를 숙여 종이 몇 장을 집어내다, 책장 바닥에 끼어 있던 종이를 하나 발견했다. 종이가 찢어지지 않게 살살 힘을 주어 당기자 맨 앞 장에 '카턴 남작'이란 글씨가 보였다. 연화는 검지로 먼지를 쓱 밀어내고 앞장을 넘겼다.

이 종이도 빚 문서였다. 카턴 남작은 무려 50만 골드를 오클레앙 전 백작에게 빚졌다. 빚을 갚기로 한 날짜는 12년 전 변고가 일어나기 1달 전이다.

물론 카턴 전 남작은 빚을 갚지 않았고, 오클레앙 전 백작은 죽었다. 그의 변고를 최초로 확인한 사람은 카턴 전 남작이다. 구리다 못해 역한 냄새가 올라오는 정황이었다. 깊이 생각하지 않아도 퍼즐이 알아서 자리를 맞춰 들어갔다.

카턴 남작은 범행을 저질렀거나, 혹은 범행을 사주했다. 그런 뒤 시치미를 뚝 떼고 카로틴에 연락해 조사관을 불렀다. 그는 조사관이 오는 데까진 시간이 걸리니 그동안 자신이 범인으로 몰릴 수 있는 증거를 모두 정리했다. 그래서 아무도 그가 범인이라는 걸 몰랐다. 그러나 그는 비밀 통로의 존재를 몰랐기에 정황증거는 이곳에 남아버렸다.

카턴 남작은 오클레앙의 모든 것을 빼앗았다. 심지어 인장까지도.

'하지만 어떻게……?'

연화는, 인장을 제 호주머니에 쓱 집어넣고 그런 건 발견하지 못했다고 말하는 남자를 떠올려 보았다. 누구나 쉽게 할 수 있는 짓이지만, 우매한 짓이다.

조사관들 앞에서 카턴 남작이 인장을 도둑맞았다고 하면, 인장은 그의 것이 되긴 할 것이다. 하지만 인장이 가진 실효성은 모두 사라진다. 조사관들이 인장을 도둑맞은 것으로 기록하면, 인장은 단순한 도장이 될 뿐 실효성이 사라질 것이다.

그렇다면 인장도 가지고, 인장에 딸린 권한도 지키는 방법은 뭘까?

그건 생각보다 간단하다. 바로 오클레앙 백작의 유일한 혈육이 살아 있다고 보고하는 것이다. 물론 입으로 보고한다고 조사관들이 순순히 인장을 포기할 리 없다. 카턴 남작은 아이를 보여주어서 조사관들을 납득시켰다.

'그렇다면……'

변고가 일어났을 당시 오클레앙 영애는 살아 있었다.

카턴 전 남작은 인장을 빼돌린 뒤 오클레앙 영애를 어떻게 했을까. 인장의 소유권을 확실히 하기 위해서 죽였을 가능성이 크다.

'혹은……'

죽이지 않고 키웠을 가능성도 있다. 이 경우 인장을 완전히 뺏기 위해 아이에게 본인의 신분을 가르쳐 주지 않았을 것이다.

연화는 눈을 감았다가, 픽 웃으면서 두 번째 가능성을 흘려보냈다. 피를 나눈 친자식에게도 무심했던 카턴 남작이다. 제 손으로 죽인 채권자의 자식을 데려와 키우는 자비를 발휘했을 것 같지는 않았다.

"아가씨……?"

한 자리에 가만히 서 있는 연화가 이상했는지 카를이 목을 길게 빼고서 느리게 다가왔다. 어깨를 짚고 조심스레 돌리는 손은 늘 그렇듯 상냥했다.

"뭔가 건지셨습니까?"

"그렇다고 봐야겠죠?"

별로 알고 싶지 않은 지식도 어쨌든 터득이긴 했기에, 연화는 조금 고개를 끄덕였다.

"가져가실 겁니까?"

"별로요. 내키진 않네요."

이 서류는 카턴 전 남작이 오클레앙 전 백작을 죽였음을 알려 주는 중요한 단서다. 이것이 외부에 알려지면 카턴 남작가는 조사를 받을 것이다. 그러나 셀리나가 카턴 상단의 짐꾼 노예로 학대 받은 과거가 까발려질 가능성도 있었다. 자살골이 될 수도 있다.

연화는 종이를 책장에 꽂았다 다시 집어 들기를 반복했다. 들고 가는 건 미친 짓이지만, 놓고 가자니 찝찝했다. 이때까지는 운이 좋아서 누구도 오클레앙 별장의 숨겨진 비밀 통로의 위치를 몰랐지만, 언제까지고 그런 요행을 바랄 수는 없는 일이다. 언젠가는 누군가가 이곳에 들어올 테고 이 서류를 집으리라. 그리고 셀리나의 신분은 허망하게 발각될 것이다.

연화는 종이를 세게 움켜쥐었다. 나중에 '그리 했어야 했다'고 생각하며 두고두고 후회하는 건 사양이었다.

연화는 종이를 꼬깃꼬깃 접어 주머니에 욱여넣었다. 종이는 바스락거리며 원래의 형태를 되찾으려 하다 이내 포기하고 잠잠해졌다.

연화는 종이가 들어간 주머니 위를 쓱쓱 문질렀다. 카를은 언제나와 같은 눈으로 그녀의 뒤에 서 있었다. 그가 손을 내밀었고, 잡은 손에서 언제나와 같은 온기가 느껴졌다.

자신은 비열하고 치사한 데다 이기적이기까지 한 못된 인간인데, 카를은 늘 한결같다. 그 괴리감이 서걱하게 마음 한구석을 찔러와, 연화는 괜히 입을 열었다.

"카를, 만약 내가⋯⋯."

하지만 연화가 차마 끝마무리를 하지 못하는 이유는, 이런 자신이라도 타인의 손이 필요하기 때문이다. 카를이든 그 누구든, 붙잡고 싶기 때문이었다.

카를은 느리게 눈을 깜빡였다. 그가 천천히 입꼬리를 휘며 끌어올리며 허리를 숙였다. 눈이 마주치는 순간, 무언가가 공유되었다는 느낌이 들었다. 감정 깊숙한 곳이 이어진 끝이 맞닿는 낯설고도 기이한 감각.

"누구였든, 어디에 있든, 무엇을 하든 아가씨는 아가씨입니다."

옅은 미소가 점점 짙어진다. 카를이 셀리나의 손 높이까지 허리를 깊숙이 숙였다. 작은 손에 살짝 내려앉았다 떨어지는 카를으로 입술이, 그 미지근한 체온이 손등 한가운데에서 바깥으로 확 퍼져 나갔다.

"그리고 저는 그런 당신의 곁에 서 있습니다."

카를은 웃으며 다시 허리를 폈다.

"이제 돌아가죠. 해가 지겠습니다."

카를이 먼저 몸을 돌렸다. 연화는 느리게 그를 따라갔다.

밖은 아직 맑았다.

날짜는 차근차근 지나갔다.

연화가 오클레앙 별장을 다녀온 이후 보름의 시간이 흘렀다. 지부는 다 만들어져 이미 사용 중이었고, 할버트는 닷새 안으로 약속한 물량을 맞출 수 있다고 말을 전해왔다.

마을 사람들은 몰랐지만, 상단 사람들은 할버트가 만드는 무기의 80%가 연화가 주문한 검이라는 것을 알게 되었다. 그가 연일 연화를 찾아와 상황을 보고했기에, 말이 센 것이다.

"그렇게 많은 검이 어디에 필요한 거죠?"

지아는 검을 사는 이유를 궁금해했다. 연화는 그냥 방실 웃는 것으로 대답을 회피했다. 상단과 황녀를 엮고 싶지 않았고, 그들을 위험한 일에 끌어들이고 싶지 않았다.

다른 사람들은 호기심을 내비치지 않았다. 연화가 상단주이니, 검을 수입해서 되팔 거라 생각하는 모양이다. 카로틴에서 싸 가지고 왔던 보석들처럼 말이다.

"들키믄 모가지가 덜컹! 이렇게 될 텐디……."

다른 상단 사람들이 신경 쓰는 건 검이 수출금지품목이란 것, 하나뿐이다.

할버트는 올 때마다 검문관을 잘 통과하는 방법이랍시고 이런저런 말들을 늘어놓았다.

"검수하는 놈들은 다 맹탕이야. 조심할 거 없으."

그렇게 시간은 차곡차곡 쌓이고, 쌓인 시간은 새 시간 앞에서 밀려났다. 연화는 떠날 준비를 했다. 가져온 보석을 팔아치운 만큼 개인 짐이 늘었기에 짐은 처음보다 많았다.

입은 옷가지를 쑤시듯 가방 아래에 밀어 넣고 안 입은 옷들을 그 위에 얹는데 노크 소리가 났다. 연화 옆에서 지부와 관련된 서류를 검토하고 있던 지아가 고개를 반짝 들었다.

"혹시 카를 씨인가요?"

"그건 아닌 것 같네요."

카를이라기엔 보폭의 폭이 좁고 무게감이 없었다.

"안녕하세요, 영애. 제가 방해한 건 아니죠?"

나타난 것은 에리카였다. 납치되어 돌아온 이후 자신의 감옥에 들어간, 여리고 약한 공주님. 희고 낭창한 다리엔 여전히 힘이 없었지만, 슬며시 올라간 입꼬리나 볼엔 발그레한 홍조가 돌아 제법 생기가 있었다.

"그런 건 아닌데…… 설마 혼자 왔어요?"

저택에서 사무실까지는 절대 근거리가 아니다.

목을 길게 빼고 주위를 두리번거렸지만 멀쩡한 귀족 영애도 한 명씩은 꼭 붙이고 다니는 호위가 없었다. 몇 초 뒤 한 남성의 보폭이 들려왔지만, 그건 카를의 것이었다. 연화는 카를에게 에리카를 눈짓한 뒤 문밖을 눈짓했다. 카를과 연화는 눈빛만으로 의사가 통하는 일이 종종 있었다. 카를이 굳은 얼굴로 고개를 저었다.

"혼자 오신 것 같습니다."

"뭐야, 설마…… 몰래 나왔어요?"

지아가 눈을 동그랗게 떴다.

"그럴 리가요. 일찍 오겠다고 다짐까지 했는걸요."

에리카의 볼에 흩뿌려진 홍조가 더욱 짙어졌다. 그녀는 사람들의 보살핌을 받고 자란 사람답지 않게, 자신에게 주어지는 호의에 민감하게 반응했다.

"누구한테요? 창문한테? 아니면 사자 조각상?"

"당연히 사람한테죠. 무슨 영문 모를 소리를 하시는지 모르겠네요. 창문에 조각상이라니…… 말을 할 줄 모르는 사물과 어떻게 대화를 해요?"

에리카가 입가에 손을 대고 쿡쿡 웃었다. 연화는 서류를 제쳤다. 테이블 빈 공간에 양 팔꿈치를 대고서 몸을 앞으로 수그렸다.

"허락은 영주님께 맡은 건가요?"

"잠깐 다녀오는 건 괜찮대요."

에리카가 흰 이를 드러내며 웃었다. 셀리나는 이목구비가 뚜렷하고 얼굴선이 잘 살아 있는, 화려한 미형이었다. 반면 에리카는 청순하고 유약한 인상이었다. 에리카가 가만히 무표정으로 입매를 흩뜨리고 있으면 시무룩한 얼굴이 된다.

연화는 어렵지 않게 저택 일을 상상할 수 있었다. 집무실에서 정신없이 서류를 처리하고 있던 작센이 느닷없이 들이닥친 동생을 맞는다. 에리카는 이제 자신도 많이 건강해졌고, 마을의 범죄 사건도 해결했으니 괜찮지 않냐고 작센을 조른다.

작센은 별로 내키지 않아 했지만, 옅은 한숨을 내쉰 뒤 잠깐이면 좋다고 조건부 허락을 내린다. 그리고 에리카는 자신에게 누군가가 붙기도 전에 재빨리 저택을 나와 이곳까지 달음박질한다. 훤히 그려지는 정경에 괜히 제 목덜미가 싸하게 식는 듯했다.

"에리카 양이 그렇다면 그런 거겠죠. 그래서 무슨 일인가요?"

"대단한 건 아니고……."

또렷한 박자로 노크했던 것과 달리 에리카의 말끝이 조금 흐려졌다. 그녀는 바닥을 보았다가, 다시 고개를 올리며 흐릿하게 웃었다.

"작별 인사를 해야 하나 싶어서요."

내가 에리카에게 떠난다는 말을 한 적이 있었던가? 연화가 눈썹을 치켜세웠다. 자신은 한 적이 없다. 그녀는 지아와 카를을 쳐다보았지만, 그들도 차례대로 고개를 저었다.

"지부에서 일하는 마을 사람들도 제법 일이 손에 익었다고 하고, 영애가 데리고 온 사람들은 모두 짐을 쌌다고 해서…… 그래서, 곧 이별이겠구나 생각했어요."

"아쉽나요?"

"어떻게 안 아쉽겠어요. 왔던 사람이 떠나는데."

에리카가 한숨을 뱉었다. 가녀린 어깨가 들썩이며 감정의 자락을 내보였다. 연화는 저도 모르게 손을 뻗을 뻔했다. 다행히 에리카가 먼저 맑게 웃으며 살짝 눈가에 고였던 것을 닦아내서, 연화의 감정이 그녀에게 닿는 일은 없었다.

"하지만 괜찮아요. 스트로이트 영지는 유능한 사람이 묶여 있기엔 너무나 하찮고…… 척박한 곳이니까."

"영애는 이별이 익숙하군요."

"하지만 어쩔 수 없는걸요."

에리카는 이별을 슬퍼하지만, 서운해하진 않는다. 이별이란 단어에 그녀가 붙이는 감정은 체념과 포기였다.

에리카는 약하다. 몸뿐만 아니라 정신까지 유약해서, 납치된 지 몇 달이 지나도록 탈출 시도 한번 하지 않고 조용히 붙들려 있었다. 그곳에서도 '범죄자들도 뭔가 사정이 있었을 거야' 내지 '다른 사람들이 걱정할 텐데' 같은 타인 중심적이고 여린 생각들을 했다.

하지만 에리카도 상처를 받으면 아파하는 인간이었다. 이별에 무뎌지기 위해 그녀가 선택한 방법은 '받아들임'이었나 보다.

슬픔에 적응하는 사람은 에리카 말고도 있을 것이다. 연화가 이 세계를 떠나면 카를은 분명 슬퍼하긴 할 거다. 하지만 그 슬픔 또한 계속되지 않을 것이다. 그는 연화가 아닌 새로운 인연을 만들게 될 것이고, 그 옆에서 시간을 보낼 것이다. 카를이 자신의 주군에게서 거부당한 아픔을 잊기 위해 연화를 선택했듯이, 또 그렇게.

이상한 장면이 아닌데도, 연화는 카를이 혼자 남겨져서 적응하는 모습을 떠올리기 힘들었다. 혼자 남은 에리카가 슬픔을 지우는 모습은 쉽게 상상해 버렸으면서. 이건 카를에게 익숙해진 제 이기심이 마음 언저리를 꽉 붙잡고 있기 때문일까, 아니면 단순히 피곤해서 그런 것일까.

"영애도 사실 이곳에 정이 많이 들었나 봐요. 그렇죠?"

연화가 뱉은 긴 한숨에, 에리카가 눈을 휘었다.

"네, 그런 것 같네요."

이 낯선 세계에 떨어져 돌아가는 것만 최우선으로 생각했던 이기적인 연화의 마음 한구석에 카를이 한 발자국, 또 한 발자국 다가와 자신의 자리를 만들었다. 이곳에서 카를을 몇 번이나 불렀고, 몇 번이나 생각했는지는 셀 수도 없다.

위험한 순간에 카를을 떠올리는 건 연화에게 당연한 일이 되었고, 문득 뒤를 돌아보았을 때 그와 눈이 마주치는 건 일상이 되었다. 그래도 아직 자신은 홍연화로서의 현실이 더 중요하다고 말한다. 제 기억은 셀리나란 이름보다, 연화라는 이름을 더 친숙하게 받아들였다. 그러니 아직 이 세계는 일상이 아니었다.

아직은.

'빨리 돌아가야겠어.'

이 세계에 남아 있는 시간이 걸어지고, 남겨둔 것이 많아질수록, 저 세계에 돌아갔을 때 그리워하는 것도 많아질 것이다. 그리 되고 싶지 않아서, 홍연화라는 이름은 마음에만 꾹 담아놓고서 카를에게도 가르쳐 주지 않았다.

연화는 셀리나라는, 자신의 이름이 아닌 낯선 단어를 들을 때마다 이곳이 다른 세계라는 것을 자각했다. 하지만 셀리나라는 이름이 자신의 것인 양 많이 익숙해지긴 했다.

연화는 입술을 길게 늘였다가, 끝을 살짝 올렸다. 그렇다면 떠나면 그만이었다. 어떻게든 방법을 찾아, 어디로든, 얼마든지.

"네. 가능하다면 내일 바로 떠날 예정이에요."

연화는 다짐과 같은 한마디를 뱉었고.

"인사를 하러 오길 잘했네요. 그럼 오늘이 이곳에서 마지막 하루일 텐데, 마지막으로 차를 한 잔 대접할 수 있을까요?"

에리카는 눈을 완전히 접으며 웃었다.

출구를 알 수 없게 뒤섞인 연화의 머릿속과 달리, 사심 없는 요청이 내밀어졌다. 연화는 기꺼이 고개를 까닥였다.

"물론이지요."

맑은 약초향이 집무실을 떠돌았다. 디온은 테일러의 앞에 차를 따라놓고 뒷짐을 졌다. 테일러는 X자를 친 서류 위에 컵을 올려놓았다. 뜨거운 김을 뱉는 컵 표면에 송골 맺혔던 물방울들이 컵 아래에 고여 둥그런 자국을 만들었다.

테일러는 물 자국을 보고 인상을 찡그렸다. 그는 물 자국 옆에 컵을 내려놓았다. 그사이 컵 표면에 새로 맺힌 물방울들이 또 흘러내려 새로운 물 자국을 만들었다.

테일러는 다부진 몸에 건강 체질이었다. 기본 체력도 좋아서 마음만 먹으면 꼴딱 밤을 새우는 것도 가능했다. 하지만 그건 자신이 원하는 일을 할 때의 이야기다.

활자 크기에 맞춰 눈을 가늘게 뜨고서 서류 아랫단에 콩콩 도장을 찍어주고 있노라면, 절로 허리가 뒤틀리고 목이 뒤로 꺾였다. 테일러는 전형적인 육체파였다. 검을 들고 달리고, 휘두르고, 베면서 문제를 직접 해결하는 쪽이 적성에 맞았다. 하지만 공작이란 자리는 그에게, 앉아서 해결하는 종이 더미를 안겨주었다.

테일러는 정해진 시간마다 휴식시간을 가졌다. 그리고 지금은 점심과 저녁 사이 정해진 티타임이었다. 귀부인들처럼 디저트를 곁들이지도, 누군가를 불러 소담한 대화를 나누지도 않는다. 그냥 잠시 일과 멀어질 뿐이었다.

테일러는 이 휴식 시간을 덤덤하게 보냈다. 하지만 오늘 이례적이게도, 입꼬리가 슬며시 올라가 있었다. 디온은 이례적인 반응을 눈치챘다.

"좋으십니까?"

"싫을 이유가 없지."

나른하게 풀린 입가는 끝내 입꼬리를 내려놓지 않았다. 테일러의 기분을 상, 중, 하의 재미없는 격식표로 나누면 지금은 중상쯤 되었다. 디온은 빈 찻잔에 자신의 차도 따라서 입가에 가져다 댔다. 테일러의 기분이 좋아 보이니 저지르는 만용이었다.

"그 어린 영애가 오는 게 어지간히 좋으신 모양입니다?"

테일러는 눈썹을 조금 세우긴 했지만, 이내 아무 말도 하지 않았다. 디온은 히히 웃었다.

"뭐가 그리 마음에 드셨습니까? 절세미인 황녀도 까신 분께서 어린애가 마음에 드셨을 것 같지는 않은데…… 아니면 설마 이게 세간에서 말하는 키잡…… 아얏!"

테일러가 디온의 입술을 살짝 꼬집었다. 디온이 뒤로 펄쩍 물러섰다.

"못하는 말이 없군."

"아니면 뭔데요? 설마…… 그 나이에 애 아빠 되겠다는 건 아니죠?"

어린 영애와 성인 남성이 일회성이 아닌 지속적인 만남을 가지고 있었다. 한쪽은 사교계에 번개처럼 떨어진 오클레앙 영애고,

다른 한쪽은 본래부터 거물이었던 테일러 카이스턴 공작이다.

두 사람 사이에선 입을 꾹 다물고 있던 사람들이, 영애가 카로틴을 떠나고 테일러가 다시 사교계에 발길을 끊자 그 둘을 화두의 중심으로 삼았다.

테일러는 필요에 의해 관계를 맺었고, 아군이라도 이해관계가 맞지 않으면 칼같이 끊어냈다. 그런 그가 득보다 실이 많아 보이는 관계를 유지하고 있다는 점에서 사람들은 열을 내며 의견을 주고받았고, 크게 두 가지 설이 굳혀졌다.

첫 번째는 테일러가 영애에게 반했다는 설이다. 테일러의 약혼녀는 몸이 약해 결혼할 상대가 못 되니, 건강하고 예쁜 다른 영애에게 눈이 돌아갔다는 거. 하지만 두 사람 사이에 성적인 접촉이 전혀 없는데, 이 이유는 오클레앙 영애는 너무 어리기 때문이다. 그러니 기사 서임을 받은 자로서 테일러는 소녀가 성숙해질 때까지 기다리고 있을 것이라는 가설이다.

두 번째 설은 테일러가 영애를 양녀로 들이려 한다는 것이다. 처음엔 황녀의 세력권을 구축하기 위해 영애를 이용했지만 생각보다 수완이 좋고 쓸 만하니 제대로 된 인재로 활용하기 위해 성인이 될 때까지 아래에 넣고 키울 마음이 생겼다는 것이다.

둘 다 테일러가 오클레앙 영애에겐 관대하고, 그녀에게 다가오는 사람이 누구든 기를 쓰고 경계해서 나온 말이었다. 테일러가 평소처럼 필요에 의한 관계를 만들고, 그 외의 사람들에겐 눈길도 주지 않았다면, 사람들은 그의 곁에 누가 붙어 있든 관심도 없었을 것이다.

그 무심한 벽을 뚫은 사람이 있으니 어떻게 한 건지 궁금하고, 자신과 그 사람의 차이가 무엇인지 비교하고 고민하다 보니 소문이 쌓여 사교계 전체에 떠도는 것이다. 다행히 테일러의 가신들은 사교계를 돌아다니고 있었고, 그들 덕분에 소문의 수위는 한계를 넘지 않고 어중간한 선을 지키고 있었다. 그렇지 않았더라면 별 해괴망측한 소문이 나돌 뻔했다.

"다른 놈들이 어떻게 찧고 까불든 상관없어."

그리고 소문에 무심할 뿐이지 귀가 없는 건 아니었던 테일러는 눈썹만 쓱 올렸다. 그는 다 마신 찻잔을 또 종이 위에 내려놓았다.

"네. 저도 소문엔 관심이 없습니다. 제가 궁금한 건 사실이죠! 그래서 주인님께선 어떻게 하실 겁니까? 정말로 뭔가…… 마음이 있으셔서 그런 겁니까?"

"어지간히 진실에 집착하는군. 그렇게 듣고 싶나?"

"이 각박한 세상에 진실만큼 세상을 판가름하기 좋은 잣대가 또 어디 있겠습니까?"

디온이 씩 웃었다.

디온은 테일러와 나이가 엇비슷했다. 테일러는 디온의 일 처리 속도와 방식이 마음에 들어 곁에 두었다. 곁에 둔 시간은 그리 길지 않았지만, 꼭 붙어 다니다 보니 사고방식이 꽤 비슷해졌다. 가끔은 그가 집사가 아니라 자신의 영혼을 떼어 만든 키메라 같은 것이 아닐까 하는 착각이 들 때도 있었다. 진실을 중시하고 사실관계를 캐내는데 집중했던 건 테일러였다. 그래서 많은 양의 정보를 정확하게 처리하는 디온을 신뢰했다.

그러니 디온이 애매모호한 소문보단 확실한 진실을 요구하는 것은 당연한 것일지도 모른다. 하지만 자신의 입을 바라보며 묘한 기대감으로 반짝이는 눈을 보자니 '그럴 수도'라는 무감한 감정보단 짜증과 피곤이 몰려왔다.

테일러에게 소녀는 '진실 캐기'라고 말했다. 영주관에서 애매한

두 개의 이야기를 집어치우고 제대로 말하라 윽박지르는 자신에게 그리 말했다. 입은 웃었지만 묘한 날이 서 있었다. 집요하게 구는 자신에 소녀도 이런 감정을 느꼈겠지.

순간 테일러의 입에서 피식 웃음이 터져 나왔다. 후에 사과를 했든 반성을 했든, 그때 소녀를 귀찮게 굴던 자신이 디온을 상대로 귀찮아해서는 안 되는 것이었다.

디온이 진실에 매달리는 것은…….

"내가 한 행동의 결과일 뿐인데."

"에? 뭐가요?"

디온이 영문을 몰라 하며 목소리 끝을 올렸다.

"아무것도 아니다."

"그나저나 아까 했던 말이나 합시다. 그래서 대체 무슨 사이인데요? 설마 지금 아무 사이도 아니라고 발뺌한 건 아니겠죠? 그런 말로 넘길 때는 지났…… 읍!"

테일러는 디온의 입을 손바닥으로 막았다. 이해는 해도 디온의 수다는 계속 듣기 어려웠다. 머릿속에 들어온 디온의 목소리가 작은 자갈돌처럼 이곳저곳을 돌아다녔다.

"필요하니까 곁에 둘 뿐이다. 그 외엔 없어."

"그런 것치곤 꽤 많이 신경 쓰고 계신 것 같습니다만?"

디온이 히죽거렸다. 그가 야살스러운 눈으로 테일러를 훑었다. 반면 테일러의 목소리는 고저 없이 평온했다.

"많이 필요하니까."

"많이 필요하니까, 많이 신경 쓴다는 겁니까? 그래도 이해가 안 되는데요."

"간단한 예시를 들자면, 네놈이 이렇게 기어오르는 걸 봐주는 것과 같은 원리지."

"헐."

디온은 입을 벌렸다가 슬금슬금 이마 쪽으로 올라가는 테일러의 눈썹을 보곤 턱을 원위치 시켰다.

"어쨌든 슬슬 준비를 해야 맞겠군."

테일러는 컵 자국이 남은 종이를 구겨 버린 뒤 컵은 디온이 들고 있는 쟁반 위에 올려놓았다. 디온은 자신의 컵도 쟁반 위에 올리고, 조금 흐트러진 집사복 상의를 잡아당겨 열을 맞추었다.

그사이 테일러는 집무실 책상에 앉아 펜을 집어 들었다. 그가 본격적인 집중에 들어가기 전 디온이 물었다.

"마중하러 가실 겁니까?"

"아니, 준비하는 건 장례식이다."

디온은 망연한 눈으로 제 주인을 바라보았다. 장례식이라니, 누가 죽었다는 말은 들은 적이 없었다. 그렇다면 저건 혹시 살인 예고인가?

"슬슬 마무리할 때가 되었으니까."

테일러가 막 날인한 서류를 뒤집었다. 종이가 펄럭이면서 잔바람이 일었다. 서류에 붙은 로아넨 남작가의 문양이 펄럭였다 사라졌다.

'아슬아슬했지.'

연화는 안도의 한숨을 내쉬었다. 어느새 혼 왕국을 나갈 때가 다가왔다.

이 세계엔 세관이 없다. 수출입 물품에 대한 관세를 매기는 건 국경 검문소의 일이다. 그래서 혼 왕국을 들어가는 건 쉬웠다. 오클레앙 가의 인장을 보여주고, 상단 사람들과 관련된 서류를 넘기면 된다.

검문관들은 연화 일행이 상단인 것만 확인하고 통과시켜 주었다. 가지고 있는 짐 대부분이 보석이어서인 것도 있었다. 하지만 혼 왕국을 나갈 때는 문제가 됐다. 사람이 아니라, 물건 때문이었다.

혼 왕국은 무기 수출을 금하는 나라였다. 혼 왕국은 대륙에서 가장 예리하고 강도 높은 검을 만들었다. 특히 할버트는 뛰어난 무기 장인이었다. 혼 왕실은 뛰어난 무기와, 그 기술이 타국에 넘어가는 것을 염려했다. 그래서 할버트의 검은 수출금지품목이었다.

그리고 황녀는 엄청난 양의 검을 가지고 올 것을 명했다.

검은 구긴다고 구겨지지 않고, 가린다고 뾰족한 형체가 가려지지 않는다. 숨길 방법이 없었다.

연화는 급한 대로 마차 안 수납공간에 무기를 실었다. 원래는 짐이나 옷가지 등을 싣는 곳이었다. 그리 비밀스러운 공간은 아니었다.

들킬 줄 알면서도 물건을 넣은 이유는, 만약의 사태를 대비한 해결책을 가지고 있어서였다.

"돈으로는 안 되는 게 없지."

할버트는 검문관들에게 돈을 조금 찔러주면 쉽게 국경을 통과할 수 있을 거라고 했다.

검문소는 국경의 끝에 있다. 중앙에서 가장 먼 곳이다. 이곳이 썩었다 한들 중앙은 관심이 없다.

"하지만 여기에도 예외가 있지."

모든 검문관이 썩지는 않았다. 드물지만 원리 원칙을 중시하는 자도 있다.

"그 자만 조심하면 될 거야."

할버트는 요지의 검문관 이야기를 해주었다. 연화는 열심히 받아 적었다. 연화가 성실히 경청하자 사내는 물어보지 않은 정보까지 덧붙였다. 자신의 말을 열성적으로 듣는 사람을 싫어할 자는 없다. 하지만 가는 날이 장날이라고, 연화가 검문소에 도착했을 때는 문제의 그 검문관이 혼자 나와 있었다.

연화는 검문관의 이름표를 훑었다. 조슈아. 입술 사이로 서너 번 뱉었던 이름이 눈앞에 있었다. 상단 사람들이 불안한 눈빛을 교환했다. 그들 역시 연화가 무엇을 하고 있는지 알고 있었다. 어떻게든 되겠지, 하는 낙관론은 들키면 잣 된다는 조마조마함으로 바뀌었다.

"물건을 꺼내보시겠습니까?"

조슈아 검문관이 마차 안 수납공간을 가리켰다. 연화는 수납장 바깥쪽에 옷가지를 비롯한 생필품들을 쑤셔 넣어 놓았다. 수납장을 열면 검이 보이지 않는다. 하지만 안쪽 깊숙이 손을 넣으면 검이 잡힐 터였다.

사람들이 헉 숨을 들이켰다. 연화가 상행의 목적 중 하나가 '밀수'임을 밝혔을 때, 상단 사람들은 거리낌 없이 받아들였다. 밀수는 돈맛을 아는 상인들이 가끔 시도하는 짓이었다. 불법이긴 했지만 먼 나라 이야기는 아니었다.

그러나 누구도 이런 사태를 예상하지 못했다. 만약의 일이 일어나면 검문관의 뒤통수를 노리겠다던 크렌은 땀을 뻘뻘 흘리며 검문관 옆에 어색히 섰다. 그가 검문관 머리통을 쳐다봤다가 연화를 보았다.

연화는 입모양으로 말했다.

'그거 하지 마요.'

크렌이 안도의 표정과 함께 뒤로 내뺐다. 내뱉은 말이 있어서 나서긴 했지만, 내심 말려주길 바랐던 모양이다. 지아가 한심하단 얼굴로 크렌을 보며 혀를 찼다.

크렌은 민망해했지만, 이번엔 연화라는 좋은 핑곗거리가 있었다. 그는 연화를 열심히 눈짓했다. 그러다 지아에게 등짝을 얻어맞았다.

조슈아는 사람들이 뭘 하고 있건 상관하지 않았다. 사무적인 얼굴로 허리를 숙였다. 그가 연화가 열어준 마차칸 아래를 살폈다. 사무실에서 종이와 펜만 잡은 듯한 손가락이 짐들을 밖으로 끌어내렸다. 이제 안으로 손을 뻗기만 하면 수출금지품목들이 손끝에 걸릴 터였다.

사람들이 더는 못 보겠다며 눈을 감았다. 고개를 돌리는 자도 있었다. 찰나의 순간, 끼어드는 목소리가 있었다.

"잠깐."

스트로이트의 영주, 작센이었다.

스트로이트는 혼 왕국 국경에 위치한 변방 영지 중 한 곳이다. 혼 왕국 귀족은 친왕파와 귀족파로 갈려졌다. 귀족파에 속하는 귀족들은 왕실의 주요 외직을 맡지 못했다. 그들은 한직을 점거하면서 자신들의 명맥을 이어갔다.

스트로이트 가는 선황제 때 귀족들의 이권 다툼에서 발을 뺐다. 그들은 귀족파에 속하지는 않았지만 친왕파에 들지도 못했다.

실세가 되지는 못했지만 미움을 받지도 못한 그들은 한직 중에서는 괜찮은 구역을 맡았다. 바로 국경 검문소였다. 검문소에선 타국의 귀족을 접선할 기회가 많다. 인맥이 쌓임은 물론, 정보에도 밝아진다. 게다가 검문소에서 일어나면 안 되는 일을 눈감아 주는 대가로 부수입을 얻을 수 있었다.

부정을 저지른다고 위에서 징계받을 일도 잘 없다. 고명하신 귀족들은 저들끼리 치고받고 싸우느라 말단 귀족이 어떻게 사는지는 관심 없었다. 덕분에 스트로이트 가는 국경 마을을 자신들의 세상으로 만들 수 있었다. 혼 왕국의 왕은 뮤리얼이지만, 스트로이트 영지에선 스트로이트 자작이 왕이었다.

어쨌든 작센이 왔기 때문에 조슈아는 일단 하던 일을 멈추었다. 그의 앞에서 공손히 두 손을 모으며 물러섰다.

"내가 하지요."

작센이 느물느물하게 웃었다. 스트로이트 가의 후계자가 몸소 검문소 일을 하겠다는데 조슈아가 말릴 수는 없었다. 조슈아는 그의 뒤에 섰다. 옆에서 관망하려는 걸 작센이 손으로 물렸다.

작센은 마차 안쪽을 살폈다. 안에서 시퍼런 검을 무더기로 발견했는데도 그는 평온히 이런 말을 뱉었다.

"별건 없군요."

멀뚱히 서 있는 사람들이 뒤늦게 상황을 이해했다. 그들이 하하 웃었다.

작센은 조슈아가 끄집어냈던 짐들을 다시 넣었다. 이후 다른 마차들의 검문도 끝냈다. 마지막으론 혼 왕국에 들어왔을 때와 인

원이 같은지를 확인했다. 이제 떠날 준비가 되었다. 연화는 검문
소 밖으로 나섰다. 병사들이 황무지로 가는 철책을 치워 주었다.

작센은 연화 일행을 배웅하겠다며 따라왔다. 그녀가 마차에 타
기 전, 그가 한쪽 눈을 찡긋했다.

"빚은, 이걸로 완전히 갚은 겁니다."

연화가 고개를 갸웃했다.

"에리카를 구해주고, 영지에 투자금을 준 것 말입니다."

에리카를 구해주고자 움직인 적 없다. 제가 살려고 움직였을
뿐. 영지에 지부를 세운 것도 다른 곳에 짓는 것보단 그게 이득이
라 했을 뿐이다. 스트로이트 남매는 어쩌다 이득을 얻은 수혜자
였다. 그런데도 그들은 연화의 도움을 자신들의 빚으로 지워두었
다.

하지만 어쨌든 그들 덕분에 일이 잘 풀리긴 했기에 연화는 호의
를 받아들였다.

"그런가…… 뭐, 그래도 고마워요."

연화가 웃었다. 작센은 연화를 마차까지 에스코트해 주었다.
그가 마차 문을 손수 열어주었다.

"그럼 이제 가시죠."

"다시는 못 만날 것처럼 말씀하시네요."

작센이 한눈을 추어올렸다.

"또 올 겁니까?"

"글쎄요. 왜 묻죠?"

"당신이 오면…… 아마, 에리카는 좋아할 테니까요."

연화는 후후 웃었다. 셀리나보다 나이가 많은 소녀이면서, 에리
카는 셀리나의 동생처럼 굴었다. 어쩌면 그녀의 순수함이 셀리나
속 연화를 꿰뚫어 본 것일지도 모르겠다.

에리카, 에리카 스트로이트.

연화는 그녀의 이름을 굴려 발음해 보았다. 연화도 그녀가 싫지는 않았다. 무엇보다 그녀는 셀리나를 연상시켰다.

셀리나가 제대로 된 부모 아래에서 자랐으면 저런 성격을 지니지 않았을까. 연화는 에리카와 있는 내내 드문드문 그런 생각을 하곤 했다.

연화는 다시 눈을 떴다. 어쩐지 못마땅해 보이는 작센이 있었다. 연화가 쿡쿡 웃었다.

"당신은 아니란 소리군요."

"돌려 말해도 다 알아들으시다니. 놀랍습니다."

"제가 좀 대단해서요."

연화는 어깨를 으쓱하곤 마차에 올라탔다. 이 세계에서나, 원래 세계에서나 남의 악의를 기가 막히게 잘 잡아낸다. 이유는 단순하다. 홍연화만큼이나 셀리나도 수많은 악의에 익숙하기 때문이다.

작센은 처음 만났을 때부터 연화를 싫어했다. 테일러의 하녀냐고 물었고, 테일러가 그녀에게 베푸는 친절을 자비나 적선 정도로 비하했다.

연화는 아무런 장비 없이 황무지를 거쳐 왔다. 국경 마을에서 작센을 마주쳤을 때는 상거지 꼴이었다. 작센이 오해할 여지는 있었지만 오클레앙 영애로 나타난 뒤에도 작센의 태도는 크게 달라지지 않았다. 그건 그가 연화에게 감정이 있었다는 소리다.

연화는 작센이 자신을 좋아하지 않는다는 걸 알지만, 이유는 몰랐다. 가끔 아무 이유 없이 적의를 드러내는 사람이 있다. 작센이 그 경우에 속한다고 생각했다.

하지만 에리카를 언급하는 작센의 모습을 보자 다른 가정이 생겨났다.

'어쩌면 질투였을지도 몰라.'

에리카는 약하다. 혼자서는 집 밖을 나가본 적이 없고, 매일 꾸준히 챙겨 먹는 약이 있다. 주치의는 매일 에리카가 오래 살지 못할 거란 말을 뱉는다.

반면 셀리나는 건강하다. 넘어지면 걱정해 줄 부모는 없겠지만, 그녀는 혼자서 훌훌 털어나 다시 걸을 수 있는 털털함을 가지고 있다. 혼 왕국에 온 것도 상단주가 되어 많은 사람들을 이끌고 온 것이다.

연화는 소리 나게 마차 문을 닫았다. 바깥에 남겨진 작센이 콧잔등을 찡그렸다. 이 또한 아는 척을 해줄 필요는 없었다. 그는 툴툴대며 검문소로 돌아갔다.

황무지를 넘어갈 때는 별일이 없었다. 오는 길에 괴수를 만난 게 꿈같을 정도였다. 마차는 평온한 길을 달려 카로틴에 도착했다. 이후로는 일사천리였다. 지방 검문소까지 뿌리내린 테일러와 황녀의 힘은 연화가 쉬이 카로틴에 들어오는 데 도움을 주었다.

그리고…….

"아이루반입니다."

수도 근저 상업지구, 아이루반에 도착했다.

마부가 목적지를 알렸고, 연화는 마차에서 내렸다. 시골길 같던 흙바닥이 매끈한 도로로 바뀌어 있었다. 끝없이 이어질 것 같던 숲은 번화가가 되었다. 호객하는 아이가 목청껏 소리치는 게 들렸고, 길거리 음식의 냄새도 흘러 들어왔다.

돈의 여왕

"여기서는 뭘 할 건가요?"

연화가 내리자 지아도 따라 내렸다. 연이은 마차 무리도 줄줄이 멈췄다. 연화의 바로 뒤 마차에 타고 있던 크렌이 성큼 걸어와 두 사람 사이에 끼었다.

"분명 뭐 대단한 일을 하려고 선 거겠지요?"

"글쎄요. 어쩌면 그리 대단한 것은 아닐지도……."

연화가 말을 흐렸다. 그녀는 황녀의 요구를 들어줘야 하기에 일반 상단들이 하는 것과 반대로 움직였다. 하지만 이 상단을 일회성으로 쓰고 버리는 소모품이 아니라 지속적으로 관리해 언제든 사용할 수 있게 만들고 싶었기에, 연화는 제대로 일을 하기로 했다. 그 시초는 본부를 세우는 것으로 잡기로 했다.

"이건 다들 하는 일이니까요."

"저는 못 했습니다만……."

전 상단주 크렌이 입을 툭 내밀었다. 지아가 그건 당신이 무능해서지 않냐고 툭 쏘아 올렸다. 크렌이 거기에 또 무어라 한마디를 얹으면서 두 사람이 툭닥거렸다.

가벼운 싸움이나 언쟁은 두 사람 사이에 간간히 있어왔던 것이었다. 상단 사람들은 오랜만에 본다며 그냥 픽 웃었다. 연화도 중재하는 대신 손뼉을 쳐 두 사람의 이목을 제 쪽으로 끌어냈다.

"어쨌든 크게 대단한 일은 아니에요. 혼에서 우리가 했던 일을 생각해 봐요. 그보다 좀 더 규모 크게 같은 일을 벌인다고 생각하면 쉽지 않아요?"

"물론 말은 쉽게 들리지만……."

크렌이 목을 쭉 빼고 주위를 쓱 훑었다.

"사방이 상가로 꽉 차 있는 이런 곳에 빈 부지가 있을지가 의문인데요."

"누가 부지를 새로 마련한다고 했나요?"

연화는 입가에 손을 올리며 가볍게 웃었다.

"그럼 있는 건물을 살 생각입니까?"

"당연하죠. 그편이 더 빠르고 쉽잖아요."

스트로이트 영지에서 빈 부지에 지부를 세웠던 건 적합한 건물이 없었기 때문이다. 하지만 아이루반은 큰 도시답게 빈 땅이 없는 대신 건물들이 많았다. 하지만 그 모든 건물들이 제대로 사용될 가능성은 지극히 낮았다.

아이루반도 사람이 사는 동네이기 때문에 민가가 존재했다. 번쩍이는 마법 등이 어느 순간 뚝 끊겼고, 왁자한 소음이 멀어졌다. 잘 닦인 도로가 울퉁불퉁 돌이 대충 박힌 길로 바뀌었을 때 연화는 걸음을 멈추고 주위를 돌아보았다.

아직 이곳은 번화가였고, 민가가 나오려면 멀었다. 하지만 아까의 거리와 달리 돌아다니는 사람의 수가 눈에 띄게 적었다.

"이곳이라면 확실히…… 건물을 팔고자 하는 사람이 있을지도 모르겠군요."

크렌이 턱 아래를 짚으며 고개를 끄덕였다.

"그런데 이곳에 본부를 세우면 우리도 타격을 받는 거 아닙니까?"

콧수염이 반문했다. 주위를 둘러보며 어떤 건물이 좋을까 살피던 지아나, 지고 오던 짐을 아래로 늘어뜨려 고쳐 쥔 사람이나, 수군거리며 연화에게 들리지 않을 정도로 작은 대화를 나누던 사람들이 모두 행동을 멈췄다. 콧수염은 사람들의 시선이 모이자 조금 움찔했지만, 이내 별거냐 싶은 얼굴이 되어 어깨를 폈다.

"스트로이트에서는 대장장이 영감이 도와줬지만, 이곳에서 그런 요행을 바라긴 어려울 겁니다. 이 거리의 터줏대감들을 중심으로 상가가 형성되어 있고, 귀족들이 그들과 결탁해 상품을 구입하고 있잖습니까."

축약하면 여기는 레드오션이란 뜻이다.

몇 사람이 눈을 둥그렇게 떴고, 누군가는 '그런가' 류의 말을 뱉었다. 얕은 소란이 점차 깊어졌다. 카를은 누군가 입을 떼는 족족 노려보았고, 지아는 그를 막으려는 것처럼 앞에 서서 손을 휘저었다.

"하지만 여기에도 뭔가 방법이 있을⋯⋯."

"맞는 말이에요."

"단주님!"

지아가 손을 어정쩡히 들고서 눈을 휙 올렸다. 하지만 정말로, 그녀가 애쓰지 않아도 상관없었다.

"이곳에 본부를 세운 건 수익을 내기 위해서가 아니라, 상징적인 의미를 갖기 위해서니까요. 이곳에서 혼에서 가져온 물품을 판매할 거긴 하지만 그뿐. 유의미한 수입을 내지 않아도 괜찮아요. 이곳에서는 '이런 상단도 있다' 정도의 이미지만 유지된다면 아무래도 좋아요."

왜냐하면 이곳에 지부를 세우는 건 귀족들을 상대로 자금을 받아 황녀에게 주기 위해서니까. 일반적인 상단이 취하는 영리적인 목적, 수입을 내야 한다는 압박감에서 상당히 자유로웠다.

"두어 달 뒤엔 또 다른 지부를 다른 도시에 세울 거예요. 수도와도 국경과도 그리 가깝지 않은 중간지역 도시 중 한 곳이에요. 진짜 수익은 그곳에서 낼 거예요."

"그렇다면 그곳에 먼저 건물을 건설하는 게 나을 듯싶습니다만⋯⋯."

콧수염이 한마디를 얹었다. 옆에서 팔짱을 끼고서 곰곰이 생각에 빠졌던 지아가 불현듯 시선을 내려 연화와 눈을 맞추었다.

"이전부터 늘 했던 생각인데…… 이 상단, 돈 때문에 운영하는 건 아니죠?"

술렁이던 소음이 뚝 멎었다. 지아는 머릿속에 쌓여 있던 의문을 긁어 끄집어냈다. 그건 어리지만 유능한 새 단주를 볼 때부터 꾸준히 쌓여왔던 것들이었다.

"중계무역은 분명 돈이 되는 일이에요. 하지만 그건 꼭 저희 상단을 사지 않아도 가능한 일이었어요. 상단을 사더라도 크렌의 빚을 대신 갚을 이유도 없었죠. 단주님의 돈과 인맥 영향력을 생각해보면 상단을 아예 만들어 마음대로 움직이는 게 실효성 있고 경제적일 텐데……."

연화는 지아에게 부단주 자리를 준 만큼 그녀를 착실하게 활용하고 부려먹었다. 지아는 대체로 바빴고, 그래서 주어진 단서들을 짜 맞출 시간이 없었다. 하지만 지금이라면 달랐다. 무엇보다 지금은 그녀가 아무렇게나 내뱉은 말을 들어줄 사람도 있었고, 모든 말을 들은 뒤 그런지 아닌지 확인해 줄 단주도 함께 있었다.

"그러지 않으셨어요. 그건 딱 한 가지, 시간을 줄이기 위해서였겠죠? 상단을 만들고 사람을 모으는 데 드는 시간이요. 단주님께선 당장 상단이 필요한 이유가 있으셨던 거예요. 그렇죠?"

지아의 목소리에 점점 힘이 들어갔다. 그럴지도 몰라, 라는 어중간한 생각은 그럴 거라는 확정형으로 바뀌었다. 지아는 생각이 맞춰지는 대로 바로 말을 뱉어내다가, 문득 나온 결론까지 도출해내곤 숨을 몰아쉬었다.

어린 소녀가 상단주로 움직여야 했던 이유. 그건 소녀의 신분과 관련이 있을 것이다. 카로틴 내에서는 필요한 행정절차를 씹어 먹고 일사천리로 빠르게 움직이는 것을 보면 그녀의 뒤에 있는 누군가가 힘을 써주는 게 분명했다.

겨우 백작 영애란 신분으로 그런 일이 가능하지는 않겠지. 그렇다면 대체 얼마나 대단한 뒷배를 가지고 있는 걸까.

지아는 입술을 일자로 다물었다. 최소 공작, 어쩌면 황족일 수도 있었다. 그런 사람들과 관련된 일을, 감히 제가 물어도 되는 것인가? 아니, 묻는다고 알 수는 있는 것일까?

지아의 동공이 흔들렸다. 생각해 보면 상단을 처음 샀을 때부터 지금까지 한 번도 그녀에게 제대로 된 이유를 들은 적이 한 번도 없었다.

이유가 없어서는 아닐 것이다. 아니, 오히려 그녀는 명백히 목적 지향적으로 움직이고 있었다. 제대로 된 이유를 여러 사람에게 설명하지 않고 작은 머리통 안에 혼자 담고 있었을 뿐이었다.

"그래요."

깨끗하지만, 단호히 선을 긋는 목소리가 지아의 상념을 끊어놓았다. 지아는 작은 손을 모아 뒷짐을 쥐는 모양새를 열심히 쫓았다.

연화는 사람들 사이를 둥그렇게 돌더니 다시 원점, 지아의 앞에서 멈췄다.

"저는 필요하기에 상단을 사들였고, 제 자금을 들였어요. 상인 여러분이 움직이는 동기는 돈이죠? 하지만 저는 '필요성'에 의해 움직였어요. 혼 왕국에 지부를 세운 건 혼 왕국에서 해야 할 일이 있기 때문이고, 이곳에 본부를 세우는 것도 '필요'하기 때문이에요."

연화는 살짝 까치발을 들었다. 지아의 앞에서 몸을 반 바퀴 돌려 나머지 사람들과 마주했다. 당혹스럽고, 혼란스러운 눈들과 하나씩 시선을 맞추었다.

"지금 할 수 있는 말은 이뿐이라, 이것만으로 절 믿고 따라주셨으면 하는데…… 그럴 수는 없나요?"

더벅머리가 어, 하고 잠깐 어물거리더니 벅벅 제 머리를 긁었다.

"아니요. 저는 단주님을 믿습니다."

"제가 상단을 말아먹을 수도 있는데요?"

"물론 망할 수도 있겠지요. 하지만."

더벅머리가 별안간 픽 웃었다.

"적어도 굶지는 않겠죠. 돈을 빌려놓고 안 갚아서 저희를 괴롭힐 이유도 없을 테고."

더벅머리가 웃는 얼굴을 유지하며 고개를 돌렸다. 그의 시선 닿는 곳에 있던 누군가가 흡 숨을 들이쉬며 어깨를 과도하게 부풀렸다. 그는 크렌이었다.

"아니, 왜 그딴 말을 하면서 날 봐?"

"찔리라고."

"이 자식이?"

크렌이 화난 척 말끝을 올렸다. 하지만 그뿐이었다. 그는 괜히 먼 곳을 보며 휘파람을 불었다. 지아는 한심하다는 듯 혀를 끌 차고는 그에게서 두어 발자국 멀어졌다. 크렌이 거기에 억울하게 반응하고 사람들이 한마디씩 과거의 편린을 얹으면서 거리가 소란스러워졌다.

그 소동에서 연화는 벗어났다. 그녀에게 같은 질문을 던지는 사람은 없었다. 연화는 유유자적한 걸음을 옮겼다.

그들이 연화가 몇 년째 적자를 기록한 여관을 하나 샀다는 걸 사람들이 알게 된 건 그로부터 1시간 정도가 지난 뒤였다.

여관은 전체적으로 엉망이었다.

전 주인은 손님이 떨어지자 가장 먼저 인건비를 줄이기 위해 사람을 하나둘 자르기 시작했다. 네 사람이 감당하던 청소를 혼자 하는 건 불가능했다. 벽의 사면이 먼지로 뒤덮이기 시작했고, 매일 수고스럽게 빨던 침구류가 몇 달간 방치되기 시작했다. 손님은 자꾸자꾸 떨어져만 갔다.

그래도 여관 주인이 전 요리사 출신이라 1층 식당의 매출은 유지되었다. 여관 주인은 계속되는 적자를 해결하기 위해 음식의 가격을 올리다가, 여기에도 한계가 있자 식재료의 품질을 낮춰 이득을 취하고자 했다.

음식을 잘 몰라도 입맛은 있는 손님들이 여관 식당을 기피하기 시작했다. 사용되지 않는 식재료는 썩은 내가 날 때까지 방치되었다가 이따금씩 여관 식당에 앉는 손님들의 식탁 위에 올라갔다. 나중엔 여남은 손님도 아예 떨어져 아무도 오지 않는 곳이 되었다. 여관 주인은 자포자기의 심정으로 여관을 방치하면서 시간을 죽이다 시세보다 조금 비싼 값을 제시하는 연화를 만났다.

반반한 외양이나 옷차림은 틀림없는 귀족이었다. 그는 연화가 여관 실정을 둘러보기 전 빠르게 여관을 팔아치우고 떠났다. 나중에 제정신이 든 그녀가 여관을 환불해 달라고 하지 않기 위해서.

연화는 방을 하나씩 구경하다 마주친 창문을 죄다 열었다. 청소는 물론이고 환기조차 제대로 되지 않은 방에선 퀴퀴한 냄새가 감돌았다. 연화를 따라 여관방과 식재료 담긴 창고까지 훑어본 크렌은 쓴웃음을 머금었다.

"장사 안 되는 여관을 순이익만으로 굴리면 이 모양이 되나 봅니다."

스트로이트에서 머물렀던 여관은 상태가 좋았다. 청결을 유지했던 비결이 인신매매였다는 점에서 소름이 끼치긴 하지만, 발밑으로 바퀴벌레가 지나가도 이상하지 않을 여관을 보고 있는 것도 불쾌하긴 매한가지였다.

여관을 청소하는 데 꼬박 이틀이 걸렸다. 외부 인력을 고용해 일궈낸 쾌거였다. 연화는 그중 일부를 고용해 청소를 맡겼다. 지아는 연화가 결재한 서류가 제대로 굴러가는지 검토했고, 카를은 연화와 지아가 쓸 집무실을 확인했다.

"순이익이 아예 나지 않으면 이 여관을 굴리는 데에 문제가 생기겠지요?"

크렌은 제 몸통만 한 봇짐을 어깨에 둘러멨다. 안에 혼 왕국에서 사 온 향수를 비롯한 상품이 들어 있었다.

"그래서 돗자리 장수가 될 생각인가요?"

"어차피 이 거리엔 이런 물건을 사줄 생각이 없잖습니까."

크렌은 혼자 나가지 않았다. 의욕 많은 사람 몇과, 크렌에게 뒤처지기 싫은 사람 몇이 그를 따라나섰다.

연화는 조금 조용해진 여관에서 손님을 맞았다. 물건을 사겠다는 사람은 아니었다. 황녀에게 자금을 전달하려는 귀족들이 거금을 '상단 투자금'으로 포장해 들고 왔다. 연화는 1층 식당 바로 위 2층 가장 큰 방에서 그들을 맞았다.

"2만 골드 잘 받았습니다."

그들은 대체로 말이 없었다. 정말로 상단의 가능성을 보고 투자하는 것이 아니었으니까. 빠르게 돈만 주고 가는 부류가 대부분이었다. 하지만 간단한 질문을 하면 받아주기도 했다.

"황녀 전하께선 잘 지내시나요?"

"평소와 같으시지."

턱수염을 길게 기른 중년 귀족이 고저 없이 말한 뒤 연화를 쓱 훑었다.

"안부를 전해주길 바란다면 그리하겠다."

"그럼 부탁드릴게요."

연화는 고개를 까딱했다. 남자는 그것으로 볼일을 다하였다는 듯 빠르게 방을 나갔다.

지아는 아무 말도 하지 않았다. 처음엔 귀족이 끝없이 찾아와 돈을 내놓는다는 것에 눈을 부릅뜨거나, 무슨 일인가 고개를 갸웃하곤 했다. 하지만 연화가 덤덤히 받아들이자 차츰 적응하기 시작했다.

물론 딱 한 명의 손님은 예외였다.

"잘 있었나."

못 본 사이 은발 머리가 더 자란 테일러가 소파에 앉더니 등을 쭉 기대고 팔베개를 했다. 들어올 때는 아르망 백작이란 요상한 직위를 댔지만, 그가 카이스턴 공작이란 것은 지아도 알았다.

이제까지 찾아온 귀족 중엔 지아도 여러 번 이름 들어본 거물들이 제법 있었다. 하나 그들과 카이스턴 공작은 또 하늘과 땅만큼의 격차가 있었다. 지아는 파랗게 붙은 입술을 떨어뜨리지 못했다.

지아는 불안에 찬 눈으로 연화가 테일러를 쫓았다. 철벽의 얼음 공작으로 소문난 테일러의 눈매가 부드럽게 누그러지는 섯이나, 소녀가 자신들을 대할 때와 다를 바 없이 공작을 마주하는 것을 보는 건 몇 번을 봐도 어색했다.

"못 지낼 이유가 없죠."

연화는 방싯 웃으며 걸어와 테일러 맞은편 소파에 앉았다. 테일러는 연화를 보더니 미묘하게 입꼬리를 끌어올렸다.

"못 본 사이 좀 자란 것 같군."

"그랬나요? 몰랐는데."

연화는 어리둥절해하며 제 정수리를 짚었다. 그러고 보니 카를의 허리 아래에 닿던 머리 높이가 조금 높아진 것도 같았다.

"하지만 그럴 수도 있겠네요. 저는 한참 성장기니까."

"그런가…… 그렇다면, 일단은 축하를 해야겠군."

"제 키가 자랐는데 왜 테일러 씨가 축하를 해요?"

"자란다는 건 좋은 일이 아닌가?"

테일러가 너무나 당연하다는 듯 반문해서 연화는 되레 말문이 막혔다.

아이는 자란다. 원하든 원치 않든 키가 크고 몸집이 커지고 머리가 굵어진다. 셀리나도 예외는 아니다. 카틴 상단에서야 영양부족 상태였기에 또래 아이들보다 훨씬 마르고 연약한 상태로 방치되었지만 이제는 다르다.

"당연한 일은, 축하하면 안 되는 건가?"

셀리나가 황무지에서 죽었다면, 혹은 아직 카틴 상단의 노예로 일하고 있었다면 그녀는 자라지 못했을 것이다. 누군가에게 당연한 일은 그녀에겐 당연하지 않은 일이었다.

테일러가 잔잔한 미소를 머금었다. 그는 반 농담으로 한 말이지만, 연화는 평소처럼 농담을 얹어 그의 말을 넘길 수가 없었다.

"물론 그렇지는 않죠."

"그러니 받아."

테일러가 소매에서 천 뭉치를 꺼냈다. 돌돌 말려 있는 것을 펴니 안에서 반지가 나타났다. 자수정으로 깎은 제비꽃 장식이 달려 있는 반지.

세공도는 훌륭했지만, 셀리나가 끼고 다니기엔 장식이 커 좀 부담스러웠다. 그러고 보니 이 남자는 전에 장미 반지를 주었었다. 다소 촌스러워 보이기까지 하는 이런 반지가 이 남자의 취향인 걸까? 그렇다 하더라도 별로 받고 싶지 않았다. 연화는 반지를 천에 휘감긴 째로 내밀었다.

"이건 싫은데요."

"비싼 거다."

"······돈이 취향을 바꾸진 않는다구요."

테일러는 뭐가 불만인지 모르겠다는 눈으로 연화를 보았다. 그는 좌우로 한 번씩 목을 꺾다가, 이내 반지를 다시 집어넣었다.

"그렇다면 다른 놈들이 하던 것처럼 하지. 얼마면 되지?"

"우와, 재벌남 대사······."

연화가 잠깐 질린 얼굴을 했다. 그가 주는 돈도 다른 귀족들이 그러했듯 황녀의 정치자금으로 사용하라고 넣는 것임을 알지만, 고압적으로 눈썹을 까딱하며 저런 말을 하는 테일러를 보자 저 말이 먼저 튀어나왔다.

테일러는 처음 듣는 단어에 기민하게 반응했다. 턱을 손으로 받치고서 눈썹을 들어 올렸다.

"재벌남이 뭐지? 좋은 건가?"

"테일러 씨 같은 사람에게 쓰는 말이죠."

"그렇다면 아주 좋은 말인가 보군."

테일러는 알아서 결론을 내리곤 흡족해했다.

"뭐, 그렇죠. 그래서 얼마 줄 거예요?"

"그건 너에게 달렸지."

이건 또 뭔 소리. 연화가 눈을 치켜뜨자, 테일러가 다리를 꼬며 느긋하게 웃었다. 연화는 피곤한 눈으로 고개를 저었다.

"어차피 내 돈도 아닌데 무슨. 그냥 적당히 주시죠."

"아주 시정잡배 쫓듯이 하는군. 바쁜가?"

"테일러 씨 다음으로 두어 사람이 더 올 예정이라면 믿으시겠어요?"

황녀의 힘인지 아니면 귀족들 사이에 무슨 네트워크라도 있는지는 모르겠지만, 연화가 아이루반에 도착하고 얼마 안 있어 귀족들이 하나둘씩 찾아오더니, 근래엔 하루에 서넛씩 귀족들을 만나고 있었다.

만나봤자 돈 받고 이름 확인하면 끝나는 일에 왜 신경을 쓰느냐면, 귀족들은 서로 마주치는 걸 싫어했기 때문이다. 명목상 오클레앙 상단의 투자금으로 들어가는 돈인데도 가명 혹은 차명으로 주는 자도 있었다. 아직 황녀의 기반이 잡히진 않았기에 그런 것이다.

연화는 그들이 원하는 대로 서로 마주치지 않게 해주었다. 정해진 시간대를 맞춰 그들은 정해진 때에 왔다 가면 되지만 연화는 자리를 지켜야 했다.

중간중간 비는 시간 남아 있는 업무가 있다면 다행이지만, 할 일이 없을 때에도 가만히 앉아서 시간을 때워야 하니 그게 곤혹이었다.

테일러는 흐물흐물 웃으며 팔베개를 그대로 유지한 채로 몸을 옆으로 뉘었다. 머리가 왼쪽 소파 팔걸이에, 무릎은 오른쪽 소파 등걸이에 닿았다. 소파는 테일러의 장신을 다 담아내지 못했다. 그래서 무릎 아래는 소파 밖으로 삐죽 튀어나왔다. 구두를 신은 발이 허공에 들렸다.

"잘됐군."

"뭐가…… 설마 지금 여기서 자려는 거예요?"

연화가 경악성을 뱉었다. 테일러는 누운 채로 말했다. 그 잠깐 사이 테일러의 목소리는 조금 낮아져 있었다.

"누가 오면 내 이름을 팔아. 그러면 웬만한 놈들은 물러갈 거다."

"아, 예, 물론 그렇겠죠."

누가 테일러와 대적을 하려고 하겠나. 연화는 건성으로 대꾸했다.

"혹 그 일로 성가시게 하는 놈이 있거든 말해."

"왜요? 자수정 반지라도 쥐여 주게요?"

"그런 걸 왜 줘. 아깝게."

잠에 취해 있으면서도 의사 표시는 분명히 하는 게 좀 웃겼다. 연화는 큭큭 소리 내어 웃었다. 그사이 테일러는 완전히 꿈나라의 경계선을 밟았다.

연화는 가볍게 코를 고는 테일러를 보곤 서류를 잡았다. 테일러는 모르는 것 같지만, 다음 손님이 오려면 족히 2시간은 남았다. 그가 소파에 시간을 보낸다 한들 1시간도 안 있어 그의 충직한 부하 디온이 쳐들어와 그를 데려갈 테니, 그가 있는다고 연화의 일거리가 주는 일은 없었다.

카를은 테일러가 마음에 안 드는지 공연히 테일러가 잠든 소파 근처를 돌아다녔다. 테일러가 방 안에 들어왔을 때도 은근히 노려보았지만, 금방 나갈 것이라 생각해 참고 있었다. 하지만 생각보다 길어진 테일러의 체류에 짜증을 비죽비죽 쏟아냈다.

급기야 테일러가 잠든 소파 뒤에 서선 소파 아래 틈새에 발을 끼워 넣었다.

"깨울까요?"

카를이 발에 힘을 주는 것만으로 소파는 엎어지고 테일러는 바닥으로 구를 것이다. 당연히 테일러는 떨어진 충격으로 깨다 못해 벌떡 일어나겠지. 카를의 목적은 달성하겠지만, 그 뒤가 문제다. 연화는 그가 카이스틴 공작이라는 사실을 잊지 않았다. 연화는 혀를 차며 그를 만류했다.

"아뇨, 그냥 내버려 둬요."

"그럼 얼굴에 손수건이라도."

카를이 오클레앙의 백조가 새겨진 손수건을 넓게 펼쳐 테일러의 얼굴에 가져다 댔다. 지아는 흡, 숨을 들이켜더니 고개를 푹 숙였다. 그녀의 어깨가 잘게 떨렸다.

"아직 안 죽었잖아요."

"그럼 콧구멍이라도."

"싫어하는 거 알겠는데, 그냥 내버려 둬요."

설마 테일러가 천년만년 여기서 자고 있겠냐. 때가 때면 어련히 갈 것이다. 연화는 종이를 집어 들었다가, 아까 그 자리에 뾰로통히 서서 테일러를 내려다보고 있는 카를을 발견했다.

"다리 아프지 않아요? 이리 와요."

"예."

한 발자국, 두 발자국 연화에게 걸어오면서 비뚤어졌던 카를의 입매가 평평해지더니 조금씩 위로 올라갔다. 카를은 연화와 두 발자국을 남겨두고 멈췄다. 고개를 살짝 숙여 연화를 담는 카를의 입매는 환히 올라가 있었다.

카를은 연화를 맹목적으로 따르고 있었다. 연화는 셀리나가 가지고 있던 보석을 풀어 그에게 주었다가, 그가 기사단장이 되고 난 뒤부터는 돈을 지불했다.

연화는 모든 기사들에게 평균적인 임금의 1.5배를 지불했고 카를도 예외는 아니었다. 기사단장은 모든 기사들의 위에 서 있는 만큼, 다른 기사들이 받는 금액의 두 배가 넘는 돈을 받았다.

하나 물질적인 보상은 정신적인 보상을 따라오지 못한다. 특히 카를은 물질적인 면에 크게 집착하지 않는 사람이었다. 그가 바라는 것은 그보다 더 간단하고 쉬운 것이었다. 교감이나 대화 같은 것들. 외로움을 타지 않는 사람이 어디 있겠냐마는, 카를은 그 정도가 유독 심했다. 그는 딱딱한 인상 탓에 사람을 쉬이 사귀지 못했다. 그래서 더욱 연화와의 관계에 매달리고 집착했다.

관계의 시작이 카를로 이루어졌다고 해도, 그를 곁에 두기로 한 것은 최종적으로 연화의 의지였다. 그러니 연화는 그를 어떤 식으로든 책임져야 했다. 적어도 이 세계에서, 그의 도움을 받고 있는 동안에는 말이다.

"여기 앉아봐요."

연화는 카를의 손을 살짝 잡아당겼다. 그리 큰 힘을 주지 않았음에도 카를은 순순히 끌려와 연화가 가리킨, 그녀의 옆 빈 공간에 앉았다.

"공작님 코 고는 소리가 거슬려요?"

연화와 맞잡은 손을 꿈지럭거리며 신기한 듯 바라보고 있던 카를이 뒤늦게 고개를 들어 대답했다.

"예."

"그럼 이렇게 하면요?"

연화가 카를의 손을 놓자, 카를이 불안한 눈으로 그녀의 손가락을 쫓았다.

연화는 카를의 손가락을 쭉 펴 일자로 만들었다. 두 손을 차례대로 카를의 귓가에 얹었다. 스스로 귀를 막은 사람이 된 카를은 고개를 갸우뚱하며 가만히 있다가, 그가 스륵 입가를 끌어올렸다.

장난기 넘치는 얼굴. 기분이 좀 풀렸나 생각해서 방심하고 있었는데, 카를에게 제 손이 잡혔다. 연화가 눈을 동그랗게 떴다. 카를은 연화의 손을 잡아당겨 연화가 그러했듯 제 귀 위에 얹었다.

 손바닥 아래에 카를의 귀가 꼬옥 눌리는 것이 느껴졌다. 카를은 연화가 손을 빼지 못하도록 그 위에 제 손을 얹고는 큭큭 웃었다.

 "이제 완전히 안 들립니다."

 "정말요?"

 연화가 입을 살짝 벌려 작게 속삭였다.

 "예."

 "제 목소리는 테일러 씨의 코골이보다 작았는데요."

 "제가 좋아하는 소리는 잘 들립니다."

 그게 뭐람. 연화가 웃음을 터뜨렸다. 결국 방음 효과는 전혀 없었던 것이다.

 연화가 손을 빼려고 하는데, 카를이 손을 놓아주지 않았다. 아니, 외려 손가락 사이에 제 손을 얽어 깍지를 꼈다. 아프진 않았지만 완전히 붙들려서 손을 움직일 수 없었다.

 "카를."

 "뺨을 맞아도 좋고, 발로 걷어차여도 좋습니다. 그러니……."

 카를이 앉은 채로 고개를 숙였다. 파란 눈동자가 자신과 다른 색으로 빛이 나는 자홍색 눈동자를 온전히 담았다.

 "이렇게…… 잠시만, 아주 잠시만……."

 간절하고, 애달프고, 조르는 듯한 목소리. 카를은 연화에게 무언가를 조르거나 요구한 적이 없었다. 이번이 처음이었다. 연화는 얼어붙은 듯 가만히 있었다.

 지아는 웃음을 참고 있던 입매를 내렸다. 시간은 그리 많이 흐르지 않았는데 분위기가 반전되어 버렸다.

일자로 된 긴 의자에 무릎을 붙이고 앉은 남자와 소녀. 남자는 소녀의 손에 대한 독점욕을 발휘 중이었고, 소녀는 손을 빼앗긴 채로 침묵했다. 두 사람은 쌍무적 계약 관계였다. 돈과 충성을 맞교환해야 했다. 귀족 영애와 기사의 관계가 응당 그렇지 않던가. 하지만 두 사람 사이에 흐르는 감정은 그렇게 단순한 류의 것이 아니었다. 그렇다고 불건전한 류의 것이냐면 그건 또 아니었다.

남자는 소녀에게 다가가다가도 자제하고, 제 감정도 꾹 눌러 담았다. 멀어지다가 소녀가 제 눈앞에서 날아갈까 봐 또 초조해했다. 관계는 남자로 인해 유지되는 것 같아 보이지만, 그렇다고 소녀도 남자를 의무적으로 데리고 다니고 다니는 것 같진 않았다.

원하고, 바라는 감정은 소녀에게도 있었다. 하지만 그걸 드러내기 싫어서 그와 거리를 두고 있었다. 하지만 또 남자를 완전히 놓지는 못해서, 남자가 멀어지려 하면 손을 내밀어 버리고, 그랬다가 후회하고, 그러다 또 내밀기를 반복한다. 초조함이 만들어낸 감정은 긴박하고 혼란스러웠다.

두 사람이 만들어낸 감정이 견고한 벽이 되어 지아와 그들 사이에 놓여 있는 듯했다. 그 안은 성이었고, 그들의 세계였다. 지아는 그곳에 발을 들이는 것을 허락받지 못한 외부인이었다.

깨뜨리면 안 될 것 같다는 느낌은 지아만 받는 것은 아닌 모양이다. 손님이 왔음을 알리려고 들어온 사람이 책상 쪽을 보곤 몸을 빳빳이 굳혔다. 황급히 시선을 아래로 떨구는 그의 얼굴에 발그레한 홍조가 돌아 있었다.

"저, 저어……."

그러나 작고 힘없는 소리에도 벽은 무너져 내렸다. 카를은 손에서 힘을 풀었고, 연화는 잡혔던 손을 당겨 제 무릎 위에 놓았다.

그녀가 눈썹을 쓱 올리며 물었다.

"무슨 일인가요?"

"손님이 찾아오셨습니다."

당혹감이 묻어난 목소리는 컸다. 테일러가 귀찮은 소리를 내며 몸을 뒤척이다 일어났다. 그가 소음의 진원지를 노려보았다. 공격적인 노려봄을 받은 사람이 찔끔 옆으로 피했다. 큰 덩치에 가려져 있던 남자가 모습을 드러냈다. 연화는 어벙한 눈을 했다.

그는 샤먼이었다.

"내 이름을 팔아도 된다고 했는데……."

"됐다니까요."

자다 깬 게 어지간히 짜증 났는지 테일러는 한참 소파 위에서 뭉그적거렸다. 연화는 그의 등을 두드려 깨웠다. 무거운 짐을 많이 쥔 과거를 담은 셀리나답게 그녀의 손은 제법 매운 편이었다. 하지만 근육으로 꽉 다부진 몸을 가진 성인 남성에겐 타격감이 없을 텐데. 테일러는 몸을 새우처럼 말고 꿈틀거렸다가 벌떡 일어나 앉았다. 그가 입을 툭 내밀고선 샤먼을 턱짓했다.

"겨우 저런 놈과 대화하려고 날 내쫓겠다고?"

"이제 돌아가실 시간도 되시지 않았나요?"

연화가 테일러의 저택에 손님으로 머물렀던 때에도 그의 얼굴을 쉬이 보기 힘들었을 정도로 그는 바쁘고 또 바빴다. 디온이 테일러의 겨드랑이 아래에 팔을 집어넣고 그를 일으키려 한다는 게 그 증거였다.

"거 틀린 말 하나 없이 옳은 소리구만…… 어서 일어나요!"

샤먼은 길거리 모래알처럼 생각해도 일거리는 중히 여기는 테일러는 결국 혀를 얕게 차곤 일어섰다. 하지만 바로 가진 않았다.

선 채로 고개를 삐딱하게 기울여 샤먼을 노려보았다.

죽이려고 노려보는 건 아니었고, 그냥 졸음이 묻은 짜증과 귀찮음이 섞인 '성가심'에 가까웠다. 그래도 눈매가 올라간 테일러는 제법 무서워서 샤먼이 움찔 뒤로 물러섰다.

"이자는 너의 적이 아닌가?"

"달가운 사람이 아닌 건 맞죠."

부처님 가운데 토막도 아니고, 셀리나의 과거를 알고 있는 연화가 샤먼에게 호의를 품을 리 없었다. 경계하고 적의를 품어야 맞았다. 그러나 굳이 샤먼을 내쫓지 않은 것은, 그가 손님의 형식을 갖추고 들어왔기 때문이다. 뒤에 카를이 버티고 있고, 밖에 휴식을 취하는 상단 사람들이 남아 있기에 부릴 수 있는 만용이었다.

반면 샤먼은 호위도 무기도 없이 무방비하게 왔다. 속으로 무슨 생각을 하든 일단 지금은 '대화'를 하러 온 사람이었다. 그렇다면 한 번 정도는 무슨 말을 뱉을지 들어주리라.

"하지만 제가 잘 할 수 있어요."

테일러는 크게 어깨를 들썩이며 콧바람을 뿜어냈다. 흥, 여남은 못마땅함을 그러모았다. 그러다 디온이 서너 번 재촉하자 그는 한숨과 함께 일어섰다. 그러나 그의 걸음이 향한 곳은 문이 아니라 책상 쪽이었다.

책상 바로 앞에 멈춘 테일러가 책상 끝을 잡고 고개를 숙였다. 책상과 연화의 머리 바로 위까지 시커먼 그림자가 졌다. 그가 만든 그늘은 서늘했지만, 음침하진 않았다.

"너는 어려."

테일러는 눈만 아래로 내려 연화를 보았다. 그가 긴 한숨을 내뱉었다.

"제가 어리석어 보이나요?"

"네가 머리를 잘 굴리는 것과 상관없어. 그 몸뚱이가 여리고 약한 건 사실이니."

"그래서 제가 미덥지 않다는 건가요?"

연화가 고개를 올려 테일러의 눈동자 가운데 동공을 직시했다. 테일러가 입매를 사르르 풀었다. 크고 굵은 손이 정수리 위 머리칼을 가볍게 흩뜨리고 떨어졌다.

"그냥, 좀 걱정스럽다는 것일 뿐이야."

"괜한 걱정이네요."

연화가 고개를 돌려 아직 옆에 앉아 있는 카를을 눈짓했다. 카를이 연화와 마주치는 순간 실낱같은 미소를 지었다가, 테일러를 보곤 미간에 주름을 만들며 고개를 돌렸다.

"제가 저자와 독대라도 할 줄 아셨나요?"

"그래, 잠깐 어리석은 착각을 한 건 나뿐이군."

테일러와 카를은 여전히 서로를 싫어했다. 하지만 완전히 적대하느냐 하면 그건 또 아니었다.

정말로 싫어했다면 한자리에 있는 것도 견디지 못했을 거다. 죽기 살기로 덤벼들어 결판을 낼 수도 있었고, 아예 모르는 척 외면을 할 수도 있었다. 테일러나 카를이나 '호'는 드러내지 않아도 '불호'는 숨기지 못하는 사람들이니까. 하지만 두 사람은 으르렁대면서도 선을 지켰다.

그리고 아주 가끔은, 서로의 존재를 인정하고 납득하는 듯한 모습을 보일 때도 있었다. 바로 지금이 그랬다.

테일러가 카를을 보곤 알 만하다며 고개를 끄덕였다. 무어라 시비의 말을 던질 것 같던 카를은 덤덤했다.

테일러가 나가자 디온도 덩달아 나갔다. 샤먼은 미적미적 걸어와 테일러가 누워 있던 소파에 앉았다. 샤먼을 손님이랍시고 데려왔던 남자는 어색히 서서 눈을 굴렸다.

'적'이니 '달갑지 않은 사람' 같은 단어만 들어도 샤먼이 환영받는 손님이 아니라는 걸 알 수 있었다. 그는 떠나는 테일러를 보면서 입안의 살을 깨물었다.

남자는 샤먼이 불청객이라는 것을 아는 것만큼 카이스턴 공작이 거물이라는 것도 알기에 이 상황이 당혹스러웠다. 혹 자신 때문에 이런 일이 벌어진 게 아닐까. 그는 샤먼 옆에서 괜히 손톱을 잘근 씹다가, 연화가 샤먼 맞은편 소파에 앉자 다리를 질질 끌 듯 다가왔다.

"제가 괜한 짓을 한 거라면……."

"아니에요. 괜찮으니 자리 좀 비켜주세요."

연화는 남자가 괜히 차를 가져다준다고 비척거리는 것을 쫓아냈다. 그는 고개를 끄덕이면서도 나가는 마지막 순간까지 샤먼을 흘끔댔다. 그의 뒤통수를 지아가 누르고서 함께 퇴장했다.

큰 방에 세 사람만 남게 되면서 조용해졌다. 문 쪽의 소란을 모른 척 외면하며 집무실을 구경하던 샤먼은 고개를 연화에게로 돌렸다. 일자로 편안히 앉아 있던 다리를 꼬아 올려 비딱한 자세를 만들었다.

"참으로 충성심 깊은 부하들을 두셨군."

"그래서 부러우세요?"

비틀린 대답에 정중히 대꾸해 줄 필요성을 느끼지 못했다. 연화는 턱을 손으로 받치고서 잠시 고민하는 척 뜸을 들였다가, 비린 웃음을 뱉었다.

"하긴, 당연히 부러우시겠네요. 카턴의 사람들은 당신의 말에 절대복종만 할 줄 아는 꼭두각시 인형이잖아요."

"건방지게 주인의 심기를 헤아리는 척하며 신경을 거스르는 것보다야 낫지."

샤먼은 맞받아치긴 했지만, 승리한 자의 얼굴은 아니었다. 웃는 얼굴 한구석에 찜찜함이 묻어나 있었다. 연화는 등받이에 몸을 기대고 편히 앉았다.

"그래서 무슨 용건이에요?"

"본론을 바로 말하길 원하나?"

"솔직히, 우리가 반가워서 만나는 사이는 아니지 않나요?"

연화가 팔짱을 꼈다. 샤먼은 미간을 좁히고 낮게 중얼거렸다. 거친 억양을 보아 욕이겠지. 카를이 검 손잡이에 손을 올리려는 걸 겨우 막았다. 적어도 본론은 듣고 내쫓아야 하지 않겠는가.

"그래서 본론은?"

샤먼은 아무 대답 없이 입술을 씰룩였다. 그의 목울대가 단어들을 담았다 놓길 반복하는지 쉼 없이 꿀렁거렸다. 그러다 결국 단어를 삼키는 걸 택했는지 움직임이 멈췄다.

대신 목 언저리부터 천천히 붉은 물이 들어와 샤먼의 얼굴을 집어삼켰다. 그가 어깨를 들썩이며 격하게 숨을 내쉬었다. 펜만 잡았던 가느다란 손도 주먹을 쥐자 힘줄이 돋아났다.

연화는 샤먼이 분노하고 있다는 걸 알지만 솔직히 와닿지는 않았다. 그가 무슨 자격으로, 왜, 자신 앞에서 이런단 말인가? 두 사람 중 먼저 주먹을 내뻗고 선제공격을 날릴 수 있는 사람은 셀리나였다.

현재의 셀리나가 아니라 과거의 셀리나를 알고 있는 샤먼이, 자신의 과오를 잊고 뻔뻔스레 나오는 게 우습기도 하고 어이없기도 했다.

"뭐죠?"

연화는 샤먼을 흘겨보았다.

"내가 찾아온 이유를 모르나?"

목울대에서 그르렁거리는 소리가 들리는 것 같다는 착각이 들 정도로, 샤먼은 분노에 흠뻑 취해 있었다.

"테일러 카이스턴."

씹어 발기듯 테일러의 이름을 뱉는 샤먼의 눈이 번들거렸다.

"그 재수 없는 흰 머리 공작. 그놈이 네 뒷배겠지? 아니라곤 발뺌하지 마. 이 상단의 주인이 그놈이란 걸 알고 있으니까."

테일러는 명의만 빌려준 것이었다. 그것도 임시로, 몇 년만. 하지만 셀리나가 그 명의를 가지고 호가호위하지 못할 이유도 없다.

연화는 하, 짧게 웃으며 눈썹을 들어 올렸다.

"알면서도 이리 행패를 부리는 이유가 궁금하네요. 이국의 남작은 제국의 공작 앞에서 벌레만도 못한 존재일 텐데. 혹시 남작 밟히는 게 취미인가요?"

"역시 네 짓이었군. 네가 그러했어! 네가!"

샤먼이 일어나서 삿대질을 했다. 목울대가 갈라지며 듣기 싫은 쇳소리가 튀어나왔다. 연화는 눈살을 조금 찌푸렸다가, 다시 슬쩍 입꼬리를 올렸다.

연화는 앉은 채로 또 턱을 짚었다.

"한데 제가 아직 뭘 한 기억은 없거든요."

샤먼이 한층 비틀린 미소를 지었다. 여전히 짜증이 나 있지만, 얼굴을 붉게 물들였던 분노는 좀 빠졌다.

"안 했다고……?"

하지만 이내 숨을 크게 들이켜면서 눈에 힘을 주었다. 샤먼의 머리가 다시 붉어졌고, 이번엔 이마에 혈관까지 솟아올랐다.

"아니, 너는 분명히 했어."

"추상적으로 말고 제대로 말해줄래요? 제가 관심법을 배우지 못해서."

"이 건방진…… 좋다!"

샤먼이 부들부들 떨다가 다시 소파에 앉았다.

"네가 혼에서 보석을 팔았다는 말은 들었다. 모두 카로틴에서 가져온 보석이라더군."

"그런데요?"

"지금 '그런데요'라고 했나? 하! 뻔뻔하기 짝이 없군."

샤먼이 또 벌떡 일어나려 했다가, 긴 심호흡을 하며 다시 의자에 앉았다. 그는 소파 앞 낮은 사각 테이블 구석에 놓인 물컵을 잡았다가, 안에 아무것도 없다는 것을 확인하곤 신경질적으로 내려놓으면서 눈은 연화에게 고정했다.

"저는 하자가 있는 물건을 팔지도 않았고, 잘못된 경로로 귀족들과 접촉하지도 않았어요. 모든 과정은 합법적이었죠. 당신에게 그런 비난을 들어야 할 이유는 없어요."

샤먼은 경로 이야기가 나오자 와락 인상을 구기며 주먹을 쥐었다. 연화가 말을 끝내자마자 탁자를 세게 내려쳤다. 빈약한 덩치로 내려쳤지만 제 손이 붉게 달아오를 정도로 힘을 실었기에 소리는 제법 컸다.

연화는 눈살을 찌푸리고서 고개를 숙였다. 샤먼의 손을 걱정해서는 아니었고, 이 방 안에서 두 번째로 마음에 드는 가구가 망가졌을까 신경이 쓰였을 뿐이었다. 다행히 가구는 금 하나 가지 않고 멀쩡했다.

"경로가 잘못될 리가 없지! 그건 아버님께서 평생을 거쳐 뚫어온 길이었으니!"

샤먼은 목에 힘을 꽉 주어 외쳤다. 그건 확고한 믿음이 있는 자만이 낼 수 있는 목소리였다. 하지만 샤먼의 믿음에 동조할 수 없는 연화는 고개를 비스듬히 기울였다.

"카틴 전 남작이 여기서 왜 나오는 거죠?"

"낯이 제법 두껍구나! 네 뻔뻔스러움을 알고 있었지만, 이 정도일 줄이야! 나와 내 아버님이 사용했던 경로로 카로틴에서 보석을 사들이고, 귀족들을 접촉했으면서! 잘도!"

"하……?"

이건 또 무슨. 연화는 황당함을 숨기지 않고 그대로 내뱉었다. 샤먼이 또 삿대질을 하려고 들었던 손을 슬그머니 내렸다.

"뭐냐. 그 표정은. 반박이라도 하고 싶은 거냐?"

"반박이 아니라 정정이겠죠."

"정정?"

샤먼이 눈썹을 휙 올렸다. 그러다 픽 조소를 쏟아냈다.

"웃기는 소리. 그 많은 보석을 매입한 것과, 혼의 귀족들과 쉬이 접촉해 보석을 넘긴 것까지! 카틴 상단의 이름을 빌리지 않고서는 쉬이 해낼 수 없는 것들일 텐데, 어찌 네가……."

"정정해야 할 게 너무 많지만, 그래도 하나씩 해보자면. 첫 번째로 제가 보석을 매입한 건 카로틴의 보석상들에게였어요. 장부는 여기 있으니 알아서 살펴보시고."

연화는 책상 뒤에 있는 책장에서 장부를 찾아내 던졌다. 숫자로 빽빽 채워진 종이 뭉치가 샤먼 앞 탁자에 안착했다. 검은 가죽 표지가 멋대로 넘어가며 내지를 드러내 보였다.

샤먼은 눈을 가늘게 뜨고서 연화를 살피다, 펼쳐진 페이지부터 거꾸로 장부를 넘겼다. 날짜와 상인의 이름과 금액과 보석의 성량까지. 나무랄 데 없이 꼼꼼한 장부는 지아가 쓴 것이었다. 샤먼은 할 말을 잃고 장부를 내려다보았다.

"다음, 두 번째로 제가 보석을 판매할 수 있었던 건 대장장이의 도움을 받았기 때문이에요."

"대장장이? 고작 그런 자를 통해 귀족들과 접촉할 수 있다니, 궤변……."

"그게 사실인데, 믿지 않겠다면 할 말은 없어요. 그리고 세 번째."

솔직히 연화는 샤먼이 이런 일을 자신을 의심하는 것 자체가 어이없었다. 이 다음으로 할 말을 생각하면 더욱 그랬다.

"카턴 전 남작이 살아 있었을 때나, 죽었을 때나 저는 상단의 일이 어떻게 돌아가는지 몰랐어요. 그건 당신이 더 잘 알고 있을 텐데요."

카턴 전 남작과 함께 혼 귀족들을 만나고 상품을 전달하고 돈을 받던 건 샤먼이었다. 연화는 그들 무리에 끼지도 못했다. 전 남작이 원하지 않았고, 샤먼이 불편해했으니까. 샤먼은 잠깐 멈칫했지만, 뱉었던 말들을 다시 수습하지 않았다. 대신 입꼬리를 더욱 비틀어 올려 비아냥거리는 얼굴을 만들었다.

"뻔하지. 카턴의 이름을 팔아 귀족들을 만나고 다녔겠지! 아닌가?"

"인장도 가지고 있지 않은 꼬맹이가 어떻게 카턴 상단의 일원이라 사칭할 수 있죠?"

그게 가능했다면 세상 사람의 절반은 자신이 황제라고 우기고 다녔을 거다. 조금만 생각해도 알 수 있는 일을 우기다니. 어이없고 한심했다. 연화는 혀를 찬 뒤 고개를 저었다. 쓸데없는 시간을 소모해서 한심하고 바보 같은 대화를 들었다. 나는 또, 셀리나의 과거와 관련된 것인가 해서 테일러까지 내보냈건만.

연화는 책장에서 몸을 돌렸다. 작은 종을 집어 드는 연화를 샤먼이 눈으로 좇았다. 스스로도 멍청한 소리를 했다는 것을 알기에 그녀를 따라 일어서기 어려웠다.

딸랑.

방에 맑은 종소리가 울렸다. 오클레앙 저택엔 벽에 종이 달려 있어서, 당기면 종이 연결된 방에서 하녀가 올라왔다. 하지만 처음부터 여관용으로 지어진 이 건물에 그런 시설이 있을 리 없었다.

그래서 이 방엔 그냥 종이 있었다. 핸드벨 같은, 손잡이가 달린 종이. 사용법은 똑같다. 종을 울리면 사람이 들어온다. 그뿐이다.

샤먼은 상인이었지만 귀족이기도 했다. 말을 하지 않아도 종의 의미를 눈치챘다. 그가 쏩 소리를 내며 눈썹 사이 공간을 좁혔다.

"뭐냐?"

"뭐겠어요?"

문이 열리고 상단 사람 둘이 들어왔다. 문 옆엔 지아가 입을 틀어막고 서 있었다. 얇은 나무문은 방음 효과가 별로 없었다. 또렷한 적의가 담긴 눈이 샤먼의 뒤통수를 뚫을 듯 바라보았다. 지아에게 뭔가 들었는지, 아니면 직접 들었는지 다른 두 사람의 표정도 썩 좋지는 않았다.

연화는 일단 두 사람에게 손짓했다.

"당연히 배웅이죠. 정중하게 모셔 드려요."

"어디로 말입니까?"

턱수염이 연화가 가끔 그랬듯 고개를 갸웃했고, 옆에 선 남자는 턱에 손을 짚고서 진중한 척 중얼거렸다.

"아직 창고는 공사 중이던디……."

그들은 연화가 보석을 도둑맞았을 때 창고를 이용했던 것을 기억하고 있었다. 연하는 하하 웃었다.

"무슨 소리 하시는 거예요? 당연히 입구까지죠."

"듣자 하니 형씨가 말을 참 어처구니없게 하더니만."

"그게 다잖아요?"

물건을 훔치지도 않았고, 때리지도 않았고, 협박도 안 했다. 할 생각을 품고 왔을지는 모르지만, 어쨌든 아직은 안 했다.

연화는 어깨를 으쓱인 뒤 손을 내저었다. 턱수염은 턱을 긁적이 다가 결국은 샤먼의 한쪽 팔을 잡고 옆에 선 남자에게 눈짓했다. 그는 푸욱 긴 한숨을 내뱉은 뒤 샤먼의 다른 팔을 잡고 일으켰다.

샤먼은 뒤로 질질 끌려가기 전, 어깨를 들썩여 두 남자에게서 제 팔을 빼냈다.

"이 뻔뻔한 것! 나는 절대 가만히 있지 않을 것이다! 네 뻔뻔함 을 알리고, 그 후안무치한 얼굴에 꼭."

"마음대로."

연화는 샤먼의 말을 끊고 손을 내저었다. 다음 귀족이 오기까 지 10분밖에 남지 않았다. 샤먼은 이를 아득바득 갈다가, 두 남 자가 다시 제 팔을 잡으려 하자 흥 소리를 내며 홱 몸을 돌렸다. 그가 쿵쾅쿵쾅 계단을 내려가는 소리가 멀리까지 들렸다.

지아는 샤먼이 사라진 방향으로 소금을 뿌리곤 문을 닫았다. 연화는 책상 위에서 종이를 집어 들었다. 지아는 책상 옆에 서선 연화를 힐끔거렸다. 걸어올 때는 잔뜩 말을 품고 있는 얼굴이었는 데, 막상 앞에 서니 말이 안 나오는 모양이다.

저런 얼굴을 한 사람 옆에서 연화도 집중하긴 어려웠다. 그녀는 보고 있던 서류를 뒤집어엎었다.

"꽤 묘한 눈을 하고 있네요."

"아까 그 남자…… 말이에요."

"카턴 남작 말이죠."

연화가 말을 받아주며 고개를 끄덕이자, 지아가 입을 헤 벌렸다.

"작위가 있는 사람이었어요? 그런데 말투가 그렇게……."

"귀족이라고 다 고상하게 말하는 건 아니에요."

사람이라고 다 좋지 않듯이.

"아, 그건 아는데…… 그냥, 이국의 귀족이라는 사람이 단주님께 그렇게 말을 하는 게 좀 이상해서…… 꼭 무슨 깡패처럼. 아, 이런 말은 하면 안 되는 건가요?"

"안 보이는 데서는 나라님 욕도 한다는데요, 뭐. 그리고 깡패라…… 크게 틀린 말도 아닌데요."

"그런데 대체 무슨 관계인 거예요? 들어올 때부터 나갈 때까지 아주 단주님을 못 잡아먹어서 난리던데. 그리고 단주님도…… 좋아한다기보다는 오히려 싫어하시는 듯한……."

"딱 지아가 판단한 그 관계예요."

샤먼과 셀리나의 관계는 복잡하다. 이미 알아버린 사람은 어쩔 수 없지만, 지아가 모른다면 모르는 대로 그냥 두고 싶었다. 연화는 다시 서류를 팔랑 뒤집고 펜을 잡았다.

"어쨌든 전 그자에겐 볼일이 없으니 아래에도 말 제대로 전해 주세요."

"알았어요. 소금 꼭 들고 있으라고 해야겠네요."

지아가 주먹을 살짝 쥐며 웃었다. 과장스러운 행동은 연화의 기분을 띄워주기 위해서였다. 연화는 모르는 척 따라 웃었다.

❦

귀족은 특별한 신분이었다. 혼 왕국의 전체 백성 중 단 5%만

가질 수 있는 이 특별한 이름패 뒤론 '우아함'과 '고상함'이란 단어가 붙어 다녔다.

귀족들은 지배계층이었다. 그렇기에 그들은 나머지 95%의 피지배계층 위에 군림했다. 그들은 평민이 하는 굿은일들을 미천하다 경시하며, 평민과 자신들을 구별할 수 있는 활동들을 만들었다.

각종 사교 모임이나 귀족만 참석할 수 있는 대회나 행사가 그런 것들이었다. 귀족들은 이름 있는 마담에게서 맞춘 옷을 날마다 바꿔 입으며, 자신들만의 고고한 성안을 거닐며 웃고 떠들었다.

사람들 안에 알려진 일반적인 귀족의 이미지는 이러했다. 하지만 모든 귀족이 이렇게 사는 건 아니었다. 영지가 없고 가난한 데다, 능력까지 없는 귀족의 삶은 비루하기 짝이 없었다.

평민이라면 돈 되는 아무 일자리나 얻어서 취업을 할 텐데, 가난해도 귀족이면 체면을 챙겨야 하기에 그러지 못했다. 고용하는 입장에서도 상대가 귀족이면 험한 일을 시키기 꺼려졌다.

샤먼의 아버지, 카턴 전 남작이 바로 그런 귀족이었다. 그가 태어나기 전부터 기울던 가세는, 그에게 남작 위란 허울 좋은 작위만 넘겨주었다. 카턴 전 남작은 귀족이었으나 평민들과 한마을에서 나고 자랐다. 그래서 귀족의 허례허식보다는 일반 평민들이 가지는 합리적인 사고관을 지니게 되었다.

귀족이란 작위를 가지고 있음에도 상단을 차리고, 상인들 틈에 섞여 장사를 배우고, 장부를 공부하고, 상행 경험을 쌓았던 것은 이 때문이었다. 그는 돈을 버는 방법에 악착같이 집착했고, 얻을 수 있다면 얼마든지 고개를 납작 숙였다. 조롱도 당하고, 모욕도 받았다.

하지만 카턴 전 남작은 자신이 바라던 바를 이루어냈다. 그는 가문의 이름을 딴 '카턴 상단'을 만들었으며, 상류사회에 합류한 귀족들과 엇비슷한 돈을 벌었다.

기반이 잡힌 다음, 카턴 전 남작은 큰 저택을 지었다. 번듯한 귀족들이라면 응당 가지고 있는 대저택을. 그런 다음엔 하녀와 하인들을, 다음엔 집사를, 그리고 기사까지 고용해 귀족의 모양새를 갖추었다. 그는 상인으로 성공했으나 자신이 귀족임을 잊지 않았다.

샤먼과 엘렌이 태어난 건 카턴 전 남작이 상인으로 성공한 뒤였다. 그들은 아버지가 겪었던 가난함을 몰랐다. 돈 많은 귀족의 아이들처럼 귀하게 자랐다. 손만 까딱하면 의사를 파악해 수발을 드는 사용인의 존재는 지극히 당연한 것이었다.

카턴 전 남작은 자식들을 아끼는 아비였다. 그는 어쩔 수 없이 상인이 되었고, 그래서 받는 조롱이 자식들에게까지 이어지지 않길 원했다. 그래서 거금을 들여 가정교사를 붙였다. 일반적인 교양이나 예법은 시간과 돈만 있으면 얼마든지 익힐 수 있는 것이었다. 하지만 그 이상은 되지 않았다.

카턴 전 남작은 긴 한숨을 내쉬며 고개를 저었다. 한 번은 샤먼 앞에서 이런 말을 했다.

"너희들은 나를 닮았다. 당연하겠지만."

그건 단순히 샤먼과 엘렌이 자신의 자식이란 뜻이 아니었다. 돈이 없고 재능이 없어 상인이 된 자신의 처지를 한탄하고, 자신이 밟았던 길을 따라가야 하는 두 자식에 대한 염려였다.

직설적으로 말하면, 샤먼이 학문에는 재능이 없다는 뜻이다.

샤먼은 이 말을 당연히 받아들였다. 그는 책을 읽는 것은 좋아했지만, 당장 어디에 써먹어야 하는지 도통 알 수가 없는 학문에 시간을 보내는 걸 무의미한 일이라 여겼다. 반면 상단의 일을 배우는 건 매우 합리적인 데다. 일을 끝마치고 나면 돈이 제 손에 주어졌다. 샤먼은 그게 훨씬 보람차고 바람직한 일로 여겨졌다.

또, 샤먼은 아버지의 아들인 게 자랑스러웠다. 카틴 상단의 후계자로 자라는 것이 좋았다.

……셀리나의 존재를 알기 전까진 그랬다.

"어쩔 수 없었다."

젊었을 때의 카틴 남작은 야망을 품에 안고 있었다. 자신이 무엇이든 될 수 있고, 뭐든지 할 수 있다 믿는 남자는 세상에 두려울 것이 없었다.

세상이 팍팍해도 자신이 들어갈 좁은 통로 하나는 있을 것이라 여겼고, 많은 사람들이 치졸하게 살아남는 걸 보면서도 자신만은 그리 늙지 않을 거라고 몇 번이고 다짐했다. 그러나 세상이 그에게만 인자할 리 없고, 세월이 그만 비껴갈 리도 없었다.

서른을 넘고, 마흔을 넘어 쉰이 되어가는 그의 머리는 허옇게 셌고, 날렵했던 몸도 둔탁해져 조금만 걸어도 숨이 가빴다. 어느 순간 이마에 깊이 팬 골은 사라지지 않았다. 눈가에 잡힌 주름은 갈수록 더욱 깊어져만 갔다.

카틴 전 남작은 젊은 날 많은 것을 이루었으나, 이루지 못하기도 했다. 결국, 살아남기 위해 손에 피를 묻히고, 탐욕에 스스로를 내던졌고, 자신이 한 일이 옳다 우기는, 젊은 날 그가 경멸했던 자들과 똑같이 초라하게 늙었다.

"너도 나를 이해하는 날이 올 것이다."

샤먼은 웃기는 소리라고 생각했다. 어떻게 사람을 죽이고, 그 재산을 온전히 빼돌리려 한 행위를 이해할 수 있단 말인가. 천지가 개벽해도 범죄 행위를 용납할 수는 없을 것이다.

샤먼이 이해하지 않자, 그의 아버지는 결국 자신처럼 될 날이 올 거라는 말을 남겼다. 참으로 추악한 저주였다. 그래놓고 후회가 되었는지 셀리나에게 모든 것을 돌려주라는 말을 남겼다. 이름을 돌려주고, 인장을 돌려주고, 지위를 돌려주고, 재산을 돌려놓으라고. 샤먼은 그와 같은 결말을 내고 싶지 않았다. 그래서 아버지와 연관된 모든 것을 싹싹 털어냈다.

혼 왕국을 떠났고, 보석 장사를 접고 옷을 집어 들었으며, 혼에 남겨둔 저택을 팔아버리고 카로틴에 크고 넓은 저택을 새로 지었다. 모든 것을 새로 시작하고 싶었으니까. 하지만 그걸로 자신은 온전히 달라질 수 있었을까? 저주처럼 제 발끝에 붙어버린 죄의 꼬리를 떼어낼 수 있을까? 샤먼은 수염을 깎아 반들거리는 제 턱을 쓰다듬어 보다가, 허리를 굽혀 거울 속 자신의 모습을 바라보았다.

샤먼은 아직 젊었다. 이마는 반듯해 주름 하나 없고 수염이 반듯이 깎인 턱선도 매끈했다. 하지만 어린 날 총기 있게 빛나던 눈은 이제 없었다. 둔탁한 푸른 눈은 아버지와 비슷했고, 최근 주체 못 한 흥분을 발사한 얼굴은 웃음을 잃었기에 칙칙했다.

거울 속 사내는 아버지가 아니었으나, 곧 그리될 사람이었다. 수단에 절절매고, 돈 한 푼이라도 더 제 주머니에 집어넣기 위해 안달하며, 그러기 위해 어떤 더러운 물에도 손을 담글 수 있는 사람이었다. 하나 이 모든 것은 '어쩔 수 없어서'였다. 당장 저택의 관리비에, 사용인들의 고용비만 해도 돈이 얼마던가.

샤먼의 아버지였다면 모든 것을 그러쥐는 대신, 생존에 필요한 최소한의 돈만 지출하면 되는 생활을 선택했을 것이다. 그러나 샤먼은 사용인들 없이 모든 것을 제 손으로 하는 생활을 할 줄 몰랐다. 현재를 유지하기 위해 전전긍긍했고, 그러다 보니 남은 선택지가 몇 없었다.

머리가 좋다면 그 머리를 써먹을 수 있을 것이고, 수완이 좋다면 장사로 돈을 벌기 좋을 것이다. 그러나 샤먼의 머리는 어중간했고, 수완은 없었다. 그는 아버지가 이미 뚫어놓은 길을 따라가기만 하면 되는 편한 방법만 알았다. 아버지에 대한 사감이 남은 것과 별개로, 그는 그리 살 수밖에 없는 인간이었다. 그러지 않기 위해 발버둥을 치고, 살기 위해 없는 방법을 쥐어짜다 보니 샤먼의 손에도 아버지 못잖은 피가 묻었다.

이 모든 것은 돈 때문이었다. 하찮고 의미 없지만 살아가는 데 꼭 필요해서 떼어낼 수 없는 삶의 재화, 역겨운 물건. 그것이 부족하게 된 건 셀리나 때문이었다. 그녀가 제 아버지가 지은 죄의 흔적을 밟고 올라와, 그 끝에 선 자신의 숨통을 조이고 있기 때문이었다.

발버둥 치고, 벗어나려 발악했지만. 그가 아버지의 아들이라는 건, 원수의 자식이란 건 변하지 않았다. 셀리나가 결국 제 이름을 찾고 자신의 자리에 돌아갔듯이, 그건 머리가 아니라 뼈에 새겨진 운명이었다. 그야말로 '어쩔 수 없는 것'이었다.

샤먼이 셀리나에게 꺼림칙함이 들듯이, 셀리나도 샤먼만 보면 복수심이 치밀어 오르는 게 분명했다. 그러니 이러는 것이다.

일순, 셀리나가 자신은 카턴 상단이 어떻게 굴러가는지 몰랐다고 항변했던 모습이 떠올랐다. 말 자체는 타당했다. 카턴 남작은 셀리나를 자식으로 생각하지 않았다. 늘 두려운 듯 멀찍이 피해 다녔다. 당연히 제대로 키우지 않았다. 남작 사후엔 엘렌이 셀리나가 눈에 띄는 게 싫다며 짐꾼 노예들의 숙소에 집어넣었다.

셀리나는 상단의 중요한 일은 전혀 모르고 자랐다. 그러니 셀리나가 이룬 업적은 모두 스스로의 머리로 해낸 것이었다. 카턴 일가나 상단과는 무관할 것이다. 머리 한구석은 그리 외쳤지만, 이내 그 목소리는 다른 생각에 파묻혀 스러졌다.

'그럼 이 내가 그 꼬맹이보다 못하단 말인가?'

걸어 다닐 수 있을 때부터 글을 배우고, 서너 살이 되었을 때는 명망 높은 가정교사에게 교육을 받고, 10살이 넘어서는 아버지를 따라 상단 일을 익히며 장사를 배웠다. 그런 제가, 샤먼 카턴이, 짐 드는 법만 배운 셀리나에게 진다니. 생각만으로도 머리에 열이 오르고 이가 갈렸다.

노예 셀리나를 알았던 샤먼이 셀리나를 오클레앙 영애라 부를 수 있어도 그녀를 제 아래로 둘 수 있었던 근원이자 최후의 자존심은, 유년 시절에 있었다. 저는 모든 것을 누리면서 귀족답게 자랐으나 셀리나는 그러지 못했다. 그러니 쌓인 지식의 깊이와 활용력이 다를 것이다, 그리 믿었다. 그랬었다.

그게 사실이 아님을 인정하는 건 샤먼에게 죽기보다 어려운 일이었다. 자신이 멸시했던 하찮고 작은 아이가 사실은 자신보다 더 대단했었노라고, 제 존재는 그보다 못한 것이었노라고 받아들이는 순간, 자신의 존재는 벌레보다 더 하찮은 것이 되어 바스러질 것 같았으니까. 바닥으로 떨어진 자신을 감당할 용기가, 그에겐 없었다.

그러니 이건 다 셀리나가 간악한 술수로 농간을 부리고 있는 것에 불과하다. 저보다 못난 아이가 제 머리 위에 서는 것을 정당화

하려면 노력과 실력을 후려쳐야 했기에, 샤먼은 그리하였다.

그러자 정당한 칼이 제 손에 쥐어졌다. 다른 사람들은 연약한 저 외양에 홀려 본질을 모르고 있으나, 샤먼만은 달랐다. 사특한 마음으로 사람들을 지옥으로 슬금슬금 밀어 넣는 셀리나의 본질을 제대로 볼 줄 아는 몇 안되는 사람이었다.

아, 그래서.

샤먼은 내달리는 생각에서 오는 전율에 몸을 바르르 떨었다.

셀리나를 볼 때마다 꺼림칙했던 건 그녀가 아버지가 남긴 죄의 산물이어서가 아니었다. 이 세상에서 그녀가 없어져야 하는 존재이기에, 그녀를 단죄하는 것이 자신의 사명이기에 그랬던 것이다. 그러니 셀리나를 없애고, 자신과, 그녀에게 홀리고 있는 이 세상을 구하리라. 그리하면 카턴 상단의 자금줄도 뚫려 상황이 나아질 것이고, 제 마음을 찝찝하게 만드는 근원도 사라질 것이다. 그러다 보면 어느 순간 저를 문전박대했던 카이스턴 공작이 제 앞에 고개를 숙이고 사과하는 날이 오겠지. 어린 계집애 하나에게 홀려 자신이 실례되는 행동을 했다고 말이다.

상단의 부채가 쌓여가고, 엘렌이 사교계에서 외면당하고 있는 지금, 남은 길은 이뿐이었다. 샤먼은 바로 시행에 옮기기로 했다. 아는 귀족을 찾아다니며 사정해 급한 부채를 틀어막고, 땅과 저택을 팔아 목돈을 마련했다. 그걸로 암살 길드를 찾아갔다. 돈만 주면 황제도 죽여준다는 놈들이니, 당연히 유약한 소녀를 죽여달라는 의뢰도 받아들였다.

그리고 1달. 샤먼은 목돈을 나눠 암살 길드에 넣었다. 그러나 셀리나는 죽지 않았다. 아니, 죽지 않았다 뿐이랴. 평소보다 더 팔팔 날뛰어 제 목을 조르는 것 같았다.

참으로 독했다. 밟아도 살고, 뿌리를 뽑아도 다시 자라나는 잡초 같기도 했다.

왜 죽지 않는 건가. 혹시 제가 넣은 돈이 부족해서 싸구려 암살자를 쓰고 있는 것일까? 그래서 죽으라는 셀리나는 안 죽고 암살자만 죽어 나가고 있는 건가?

샤먼은 현 실태를 냉엄히 꾸짖기로 했다. 역시, 하찮고 미천한 것들은 말로 해서는 안 된다. 그는 빈 종이에 약간의 욕과 제 용건을 적고, 돈을 조금 더 싸서 보냈다. 그러나 돈은 그대로 돌아왔다. 돈을 안 받고 의뢰를 받아줄 건가 싶었는데, 그날 밤 암살 길드 우두머리 놈이 샤먼의 침실에 기어 들어와 이렇게 말했다.

"우리 길드는 이 일에서 손을 떼겠소."

완수할 때까지 돈을 안 받겠다고 해도 모자랄 판에 이게 무슨. 샤먼의 눈썹이 불룩 솟았다. 그래도 큰소리를 내지 않는 건 바깥에 혹 들릴까 싶어서였다.

"미쳤군. 손에 힘만 주어도 목이 부러져 죽을 어린애도 못 죽인 주제에…… 뭐? 손을 떼겠다고? 누구 마음대로?"

"이 일을 맡은 부하 중에 살아 돌아온 놈은 한 명도 없었소."

"그건 네가 약해 빠진 놈을 보냈기 때문이 아닌가? 그러니 내가 준 돈으로 실력 있는 놈을 고용해서…… 아니면 혹시 돈이 부족한가? 그래서 이러는 건가? 그럼 얼마나……."

샤먼이 서랍 깊숙한 곳에서 금괴를 꺼냈다. 최후의 사단으로 남겨놓은 비상금 같은 돈이었지만, 사람 하나를 죽이는 데 혈안이 된 그의 눈엔 뵈는 게 없었다.

우두머리는 고개만 저었다. 금괴엔 손도 대지 않았다.

"죽은 놈 중엔 내가 십 년을 가르쳤던 자도 있었소. 실력으로 따지면 나를 능가하는 놈이었지."

"그렇다면 네놈의 실력도 별것 없겠구나!"

반쯤 도발하듯 외친 것이었다. 우두머리의 자존심을 자극하면 그가 직접 나서서 일을 해결할지 모른다는 생각이 들어서였다. 그러나 우두머리는 덤덤히 반응했다.

"그럴지도 모르오. 그래서 이 돈을 돌려주러 왔소."

우두머리가 품에 손을 집어넣었다. 쩔그렁 소리가 나더니, 금화가 잔뜩 담긴 주머니가 안에서 나왔다.

숨만 쉬어도 빚이 쌓이는 카턴 상단 실정상, 받아두면 큰 도움이 될 돈이었다. 당장 내일 찾아와 돈을 달라 드러눕는 빚쟁이를 돌아가게 할 수 있는 돈이기도 했다. 그러나 샤먼은 돈주머니를 들어 바닥에 내동댕이쳤다. 금화 수십 개가 주머니 입구로 튀어올라 사방에 흩어졌다.

"이런 것, 필요 없다! 당장 가서 그 계집애를……."

"내가 안 한다고 하지 않았나?"

우두머리가 눈을 치떴다. 어두운 방 안에서, 우두머리가 들어오자마자 존대를 하고 고개를 조아렸기에 샤먼은 그를 제 아래로 보고 있었다. 하지만 갑자기 존대를 집어치우고 살기를 피워 올리는 걸 보자 새삼 그의 덩치가 크고, 인상이 위압적이라는 것을 알게 되었다.

짙은 눈썹 아래 자리 잡은 눈은 어둠 속에서 맹렬히 빛났다. 산에서 무기 없이 맹수를 만난 기분이었다. 샤먼은 입도 벙긋하지 못하고 굳었고, 우두머리는 그런 샤먼의 상태를 눈치챘다. 그가 큭 목 안으로 웃었다.

"정 죽이고 싶으면 네가 하든가."

돈을 받지 않았다면, 그들의 관계는 성립이 되지 않는다. 우두머리는 주머니를 회수하지 않고 돌아갔다. 샤먼은 그날 새벽이 될 때까지 잠들지 못하고 굳었다. 두려움과 공포로 굳었던 몸은 아침 햇살에 감싸이자 포근하게 녹아내렸다.

오냐, 네놈들에게 이 내가 더 매달릴 줄 아느냐. 돈만 준다면 이런 일, 흔쾌히 해주겠다는 놈이 세상에 천지로 널렸을 텐데! 샤먼은 동이 트자마자 다른 암살 길드에 연락을 했다. 샤먼은 의기양양해하며 기다렸으나, 길드들에서 돌아오는 대답은 모두 거절이었다.

"받지 않겠다."
"거, 안에 대단한 실력자가 있다는 것 같던데. 여튼 난 안 해."
"우리는 개죽음을 자처하는 사람들이 아니오만."

틀림없이 그 우두머리 놈이 뭔 짓을 한 것이다. 그렇지 않고서야 짠 듯이 같은 행동을 할 리가 없었다. 샤먼은 이를 꽉 물었다. 책상을 세게 내려치자, 쌓여 있던 서류가 후두둑 바닥에 떨어졌다.

마음 같아선 놈의 멱살을 잡고 싶었다. 야만스러운 덩치를 바닥에 거꾸러뜨리고, 재수 없는 눈깔을 잘근잘근 밟으면서 가르쳐주길 원했다. 자신이 귀족이고, 놈이 저보다 아래라는 것을. 하지만 뇌까지 근육으로 이루어져 있을 것처럼 우락부락하게 생긴 사내가 저를 내려다보면서 씩 웃었던 지난 새벽을 생각하자 오금이 떨려서 놈을 찾아갈 수가 없었다.

아니, 왜 재수 없는 놈을 찾아가야 할까. 샤먼은 자꾸 좁아지려는 어깨를 부러 넓게 폈다. 응징의 상대는 그런 우락부락한 놈이 아니라 셀리나인데. 죽여도 죽지 않는 끈질긴 계집애. 어쨌든 암살 길드에서 의뢰를 거절했으니, 암살은 할 수 없게 되었다. 그렇다면 남은 건 독살이었다.

셀리나의 곁엔 많은 부하들이 있었다. 그중 한 명 정도는 돈을 밝히거나, 윗사람에게 오만불손한 마음을 품은 자가 있으리라. 돈이 많은 사람에겐 자연히 많은 사람이 꼬인다. 돈이 적을 때는 혼자 하던 일거리를, 사람을 고용해서 나누려 하기 때문이다. 한두 명 정도면 직접 관리할 수 있지만, 사람이 많아지고 업무가 나누어질수록 그러기 힘들어진다. 큰 집단일수록, 내부에 불만을 품은 사람이 한 명쯤은 있을 것이라고 생각한 샤먼은 셀리나와 말 한 번 섞지 않았을 것 같은 부하들과 접촉해 보았다.

그중 가장 눈에 띈 건 크렌이란 자였다. 셀리나가 상단을 사들이기 전의 상단주였다고 한다. 돈 많은 꼬맹이가 자신의 상단을 사들여 이리저리 휘두르는 것에 반감이 분명 있을 터라 그리 생각했지만, 크렌은 되레 샤먼이 자신과 접촉하려 했다는 사실을 셀리나에게 알려 버렸고, 상단 사람들이 경계를 강화했다.

나중엔 돈을 아무리 풀어도 꼬여 나오는 사람이 없었다.

"독한 놈들."

어쩜 제 주인과 똑같이 재수가 없는지. 샤먼은 쾅쾅 책상을 내려쳤다. 기가 막힌 만큼 분했다. 억하심정도 들었다.

어리고 작고 보잘것없는 소녀를 죽이는 게 왜 이렇게 힘든가. 가느다랗게 마른 팔다리는 양손으로 잡고 부러뜨리기만 해도 쉽게 바스러질 것 같았고, 희고 가는 목도 조르면 금방 툭 꺾일 것 같은데. 생각해 보니, 그런 아이를 죽이는 데 돈을 쓸 이유도 없어 보였다. 샤먼은 제 손을 내려다보았다. 사내치고는 작고 마른 손이다. 햇볕 없는 곳에서 오랫동안 서류를 만졌기에 색은 희었고, 고생다운 고생을 한 적이 없었기에 굳은살도 없다. 그의 손은 조금 큰 여자 손 같았다. 하지만 호신용으로 검을 배운 적은 있었다.

'그러고 보니 전에는⋯⋯.'

잠깐 샤먼의 머릿속에 마차에서의 난투가 떠올랐다. 셀리나에게 검을 휘둘렀을 때, 그녀는 샤먼의 검을 뺏어 저가 휘두른 적이 있었다. 정말로 자신이 셀리나를 이길 수 있을까? 피어오른 의문이 검을 어깨에 메는 샤먼의 손을 붙들었다. 샤먼은 신발 끈을 고쳐 묶으며 잡생각들을 좇아냈다. 단단히 굳은 입매가 정적인 선을 그렸다. 의지를 담은 눈은 살기로 번뜩였다.

'그때는 방심했던 것뿐이다. 지금은 달라.'

그때 샤먼은 셀리나를 죽이러 간 게 아니었다. 잠깐의 경고를 하러 갔을 뿐이다. 그래서 진심으로 다하지 않았다. 그러니 이번엔 다른 결과를 낼 수 있을 것이다. 셀리나를, 지저분한 죄의 망령을, 저의 목을 옥죄는 원흉을 단죄할 수 있을 것이다.

샤먼은 등 뒤로 손을 돌려 자신이 검을 제대로 메고 있는지 확인한 다음엔 검은 두건을 뒤집어써 머리카락을 가리고, 검은 천으로 눈을 제외한 얼굴의 나머지 부분을 가렸다. 혹 천이 허술하게 묶였을까 봐 세 번 같은 자리에 매듭을 지었다.

샤먼은 사람을 직접 죽인 적이 한 번도 없었다. 사실, 누군가를 죽이고 싶다는 마음도 이번에 처음 품은 것이었다. 한데 왜일까. 마음은 오히려 평온하고 차분했다. 당연히 해야 하는 일을 하러 가는 것처럼 덤덤한 기분이 들었다.

아니, 어쩌면 이건 당연한 일이 맞을지도 몰랐다. 셀리나를 죽여야 샤먼 자신이 살아남을 수 있으니. 셀리나는 아이루반 여관에 아직 머무르고 있었다. 샤먼이 움직인 때는 새벽, 빈 거리에 달만 둥둥 떠 사물을 푸르스름하게 물들이는 야심한 시각이었다. 빈 거리에 샤먼의 발소리만 크게 울리는데, 그게 그렇게 거슬릴 수가 없었다. 샤먼은 걷던 중간 몇 번이나 뒤를 돌아보았다.

모든 건물은 불이 꺼져 있었다. 길 한가운데엔 낮에 무엇을 했는지 모를 개 한 마리가 몸을 말고 자고 있었다. 아니, 비단 개뿐일까. 도시 전체가 깊은 잠에 빠져 있었다. 누구도 샤먼을 보지 않았고 보지 못할 텐데도 그는 자꾸만 뒤를 돌아보았다.

아무도 없다는 사실에 안심하면서도 또 문득 치밀어 오르는 불안감에 뒤를 돌고, 그러다 또 걷는 일이 반복됐다. 그러다 셀리나가 있는 건물에 도착했다. 이전에 와본 건물이라, 새삼 다른 곳과 헷갈릴 이유도 없었다. 샤먼은 3층 높이의 크지 않은 여관 문 앞에서 잠시 심호흡을 했다.

여관 앞은 조용했다. 개미 한 마리 기어 다니는 것도 들릴 정도로 고요한 적막이 들렸다. 깨어 있는 사람이 없는 게 분명했다. 이제 여관 안으로 들어가, 셀리나의 방을 찾아, 선잠에 빠져 있을 그 작은 머리통 위에서 검을 뽑아들고 내려치기만 하면 된다.

셀리나는 꿈속을 거닐다 저세상에 떨어질 터다. 샤먼은 피 묻은 검을 한 번 털고는, 창문을 넘어 달아날 것이다. 모든 일은 셀리나가 자신에게 무슨 일이 일어나는지 파악하지 못할 정도로 짧은 시간 안에 끝나리라. 이 새벽에 창문을 돌아다니며 바깥을 구경할 자도 없을 테니 누구도 샤먼이 이곳까지 왔다 갔다는 것을 모를 것이다.

샤먼은 검 손잡이를 잡았다. 이제 시작이다. 그는 작게 뇌까리면서 검을 뽑았다. 문은 당연히 잠겨 있을 테니 건드리지 않기로 했다. 어느 쪽 창문으로 들어가면 좋을까. 샤먼이 창들의 높이와 크기를 가늠할 때, 누군가가 그의 옆에서 말했다.

"드디어 나오셨군."

샤먼은 너무 놀라 검을 떨어뜨릴 뻔했다. 가까스로 고쳐 쥐고서 소리가 들린 쪽으로 검을 내밀어 엉거주춤 방어했다.

여관과 다른 건물 사이, 작은 통로에서 남자가 걸어 나왔다. 암살 길드 우두머리만큼은 아니지만, 제법 탄탄한 몸을 가진 사내였다. 사내도 샤먼처럼 허리에 검을 차고 있었다. 그러나 뽑지는 않았다. 사내는 샤먼의 얼굴을 보고서 눈썹을 까딱했다.

사내가 샤먼을 알아본 것처럼 샤먼도 그를 알아보았다. 흔치 않은 검고 긴 머리카락을 늘어뜨리고, 샤먼이 무슨 말을 할 때마다 부리한 눈으로 그를 노려보던 남자. 그는 셀리나 뒤에 서 있던 호위기사였다. 샤먼이 입을 벌려 비명 같은 단말마를 뱉어냈다. 그의 이름은 몰랐지만, 얼굴은 분명 알고 있었다.

"너는……."

"나를 알고 있나? 아니, 당연히 알고 있겠군."

사내가 한쪽 입꼬리만 끌어올려 웃더니, 뒤에서 무언가를 끄집어내 샤먼의 앞에 던졌다. 철퍼덕 소리를 내며 엎어진 것은 뒤통수가 깨진 사람이었다. 그 위로 차곡차곡, 벽돌 쌓듯이 사내가 뒤에서 사람들을 끄집어내 쌓았다. 모두 미동도 하지 않고, 소리도 내지 않는다.

샤먼의 뒤는 뻥 뚫려 있었다. 달아나려면 얼마든지 달음박질을 할 수 있었다. 한데 다리는 돌이 된 듯 움직여지지 않았다. 샤먼은 헉, 헉, 밭은 숨을 몰아쉬었다. 순간 말하는 법을 잊은 사람이 된 것 같았다.

사내는 샤먼을 비웃었다. 그가 한 발로 쌓인 것을 걷어찼다. 사람 더미가 샤먼 쪽으로 와르르 쏟아졌다.

피 냄새와 썩은 냄새가 확 끼쳤다. 샤먼은 본능적으로 읍 소리를 내며 호흡기를 막았지만 이미 맡은 냄새가 사라지는 건 아니었다. 냄새를 피해 비틀거리다가 발끝에 나뭇등걸 같은 것이 닿았다. 근처에 나무도 없는데 이게 웬. 샤먼은 눈을 내렸다. 그가 밟은 건 나무가 아니라 사람이었다. 아니, 죽은 지 얼마나 지났는지 알 수 없는 시체였다.

"허억!"

샤먼은 뒤로 넘어지면서 엉덩방아를 찧었다. 제대로 넘어져서 엉덩이가 얼얼했고, 뒤로 짚은 손바닥이 까져 피가 흘렀지만, 그곳에 신경을 쓸 수 없었다. 그는 눈을 크게 뜨고서 시체에 시선을 고정했다. 구더기가 시체의 살을 파먹고 있는 게 잘 보였다. 보고 싶지 않았지만, 눈이 떨어지지 않았다.

"왜 놀라지? 이 버러지들을 보낸 게 네놈일 텐데."

사내는 피식 웃었다. 샤먼은 겨우 눈을 올려 사내를 보았다. 사내는 피 한 점 묻지 않은 단정한 얼굴이었는데도, 샤먼은 그에게서 피비린내를 맡았다. 달빛보다 더 시퍼런 빛을 발하는 눈동자가 살인자의 것이라고 생각하자 괜한 소름까지 돋았다.

"네가 다 죽였나?"

"하면 아가씨께서 이런 것들의 뒤처리를 손수 하셨을 것 같나?"

사내는 시체 중 하나의 머리 위에 발을 올리고 잘근잘근 밟았다. 뚜둑, 뭔가 부서지는 소리가 들리더니 시커멓고 역한 냄새가 나는 물이 줄줄 시체 옆으로 샜다. 샤먼은 힉 소리만 겨우 내면서 그 광경을 지켜보았다.

시체의 머리가 완전히 납작해져 땅에 눌어붙는다고 생각했을 때, 사내가 다리를 뗐다. 지저분해진 신발을 시체의 상의 자락에 쓱쓱 문질러 닦더니, 그 발로 샤먼을 걷어찼다.

"꽤나 성가시더군. 특히 이놈은 더. 아끼는 부하였겠지?"

샤먼은 넘어진 채로 고개만 돌려 시체를 보았다. 문득 길드의 우두머리라는 놈이 지껄였던 말이 떠올랐다. 자신이 10년 동안 아끼던 제자가 죽었다고. 샤먼은 셀리나를 죽이라고 돈만 주었지, 누가 셀리나를 죽이러 가는지 얼굴을 확인하지 않았다. 그래서 이놈이 그놈인지 알 수가 없었다.

분명한 것은 이 시체들이 모두 암살자들이란 것이다. 하지만 달도 소리를 내지 않고 숨죽이는 지금, 그 사실을 아는 것은 샤먼 하나뿐이다. 그것이 무엇을 의미하는가? 사내의 퍼런 눈과 샤먼의 기죽은 눈이 또 맞닿았다. 샤먼은 그에게서 온전한 살의를 읽었다. 사람이라면 누구나 가질 법한 호기심과 의문은 하나도 없다. 그는 대적을 마주한 것처럼 샤먼을 훑고는, 검날을 샤먼의 목에 들이댔다.

"죽어라."

눈썹을 쓱 올리는 것을 끝으로 사내는 입을 다물었다.

사내는 사람을 죽이면서 유언을 남길 틈도 주지 않았던 거다. 그래서 저가 죽인 것이 정확히 누구인지도 몰랐다. 사내는 손을 수직으로 그어 내렸다. 촤악 튀는 피를 손으로 대충 닦아내는 움직임은 귀찮음, 그 이상의 의미가 없었다.

'적어도 이유라도…… 이 심장이 절절히 끓어오르는 이유라도 말하고 죽을 수 있다면……'

목에서 말하지 못한 단어가 부글부글 끓는데, 샤먼의 입에서 나오는 건 피뿐이었다. 울컥, 피가 한 움큼 바닥에 떨어졌다. 그 안에 여관의 정경이 온전히 비쳤다.

이건 사람의 죽음이 아니었다. 짐승의 죽음이다. 저열하고 비겁하다. 샤먼은 붉게 물들어 가는 시야로 사내를 노려보았다. 그러다 아, 하고 비명 같은 소리를 뱉어냈다.

이 여관에서, 자신이 셀리나에게 하려고 했던 짓도 별반 다르지 않았다. 몰래 방에 침입해 목을 따, 쥐도 새도 모르게 사라지려 했었다. 세상에, 아무리 싫다고 해도 살인을 정당화했었다니. 아버지와 같은 죄를 지으려 했었다니. 샤먼은 죽음의 마지막 순간 번뜩 가슴을 치고 들어온 제 신념에 찔려 숨을 헉 몰아쉬었다.

내가 언제부터 길을 잃었더라······.

의식이 점점 멀어져 갔다. 그리고 모든 것이 끝이 났다.

피 냄새는 언제나 역했다. 특히 오늘 죽인 놈의 피는 더욱 고약했다. 놈의 피가 튀어 오를 때, 카를은 저도 모르게 몸을 뒤로 뺄 뻔했다. 하지만 놈을 확실히 죽여야 한다는 마음으로 그 역한 냄새를 참아내며 검을 박아 넣은 손에 힘을 주었다.

"끄으으윽······."

놈은 제대로 된 신음도 흘리지 못했다. 이 새벽에 비명을 질러 봤자, 도와줄 사람도 없긴 하겠지만 말이다.

아이루반은 번듯한 건물들이 빼곡히 선 아름다운 상업 도시였다. 그 화려함의 아래엔 '돈만 있으면 된다'는 물질만능주의가 자리 잡았다. 그래서인지는 아이루반엔 평범한 일을 해 근근이 먹고 사는 사람이 있는가 하면, 불법적인 수단으로 돈을 벌거나, 깡패를 고용해 경쟁상대를 죽이는 자도 있었다.

때문에 돈 좀 있는 상인들은 경호원을 고용했고, 그럴 수 없는 사람들은 밤엔 길거리를 나다니지 않았다. 야밤의 비명 소리는 특별한 것이 아니기에, 밤에 창밖을 내다보는 사람은 없었다. 낮이 되어 으슥한 골목에서 시체를 발견하더라도 누구 하나 신고하지 않았다. 그게 일상이었으니까.

영주는 영지의 실상에 관심이 없었다. 가만히 내버려 둬도 부유한 영지민이 많아서 세금이 많이 걷히는데, 신경을 왜 써야 할까. 괜히 간섭했다가 상인들이 떠나 버리면 큰일이었다.

이 모든 것은 카를이 놈을 포함해 다섯이나 되는 암살자를 죽일 수 있던 근원이 되었다. 카를은 놈을 바라보았다. 놈의 눈이 흐려지고, 제 것이 아닌 맥박 소리가 옅게 흩어지더니 어느 순간 뚝 끊겼다. 카를은 알면서도 놈의 멱을 짚어보았다. 완전히 숨이 끊겼음을 확인한 뒤엔 검을 집어넣었다.

쏴아아아— 어디선가 바람이 불어 뜨거운 피를 뒤집어쓴 카를의 몸을 말렸다. 새벽바람이어서인지 아니면 온몸이 젖어서인지 몸이 으슬으슬해졌다. 카를은 팔을 문지르다가 바닥에 어지럽게 흩어진 시체 다섯 구를 바라보았다.

카를이 이제까지 셀리나를 죽이러 온 놈들의 시체를 골목에 버려둔 것은 수습하기 귀찮아서였다. 가끔 시체를 발견한 사람들도 썩은 내에 코만 씰룩일 뿐 시체가 있다는 사실을 입에 담지 않았기에, 더더욱 시체를 수습해야 할 필요성을 느끼지 못했다. 하지만 다섯 구를 한꺼번에 골목에 두는 건 좀 아닌 것 같았다. 게다가 요즘 셀리나는 가끔 악취에 고운 미간을 찡그리며 어디서 이런 냄새가 나는지 모르겠다며 투덜거렸다.

부하 놈들의 시체도 역한데, 피에서부터 더러운 냄새가 나는 놈의 시체가 썩으면 얼마나 끔찍할까. 셀리나는 견디기 힘들어할 게 분명했다.

카를은 시체를 하나씩 이고 가 숲에 파묻었다. 아이루반엔 여러 이유로 사람을 죽인 사람들이 많았다. 그들은 영지를 빙글 둘러싸고 있는 숲에 사람을 묻었다. 숲을 오래 걷지 않아도 여기저기서 굴러다니는 뼈들을 발견할 수 있었다. 카를이 묻은 시체 몇 구는 눈에 띄지도 않을 것이다.

카를은 모든 일을 끝내고 여관에 돌아가 몸과 검을 씻었다. 피는 분명 깨끗이 씻겨 나갔는데, 몸에서는 여직 피 냄새가 나는 것 같았다.

카를은 갈아입은 옷을 들어 올려 코를 박았다. 킁킁 코를 씰룩였다. 다시 맡아보니 안 나는 것 같기도 했다. 하지만 그건 제 후각이 악취에 둔감해졌을 수도 있는 것이기에, 카를은 향수를 뿌렸다.

"이거, 필요하죠? 뿌려요."

어느 날 피 냄새를 폴폴 풍기며 돌아온 카를을 발견한 지아는, 상단의 상품 중 하나를 뜯어 내밀었다. 카를이 무엇을 하고 왔고, 왜 피 냄새가 나는지는 한마디도 묻지 않았다. 지아는 담담한 척 말했지만 입매 끝이 부들거렸다. 알면서도 침묵하겠다는 의미였다.

그래서 카를은 지아의 호의를 받아들였다.

지아가 준 향수는 지독히 달았다. 꽃과 꿀을 반씩 섞어 액체로 만든 것 같았다. 카를은 코를 씰룩였다. 이런 지독한 단내 따위, 정말 취향이 아니었다. 그래도 셀리나는 내심 좋아하는 것 같았기에 참기로 했다.

카를은 검이 허리에 걸린 것을 확인한 뒤 셀리나의 방 앞에 섰다. 시체를 파묻는 데 쓸데없이 시간을 많이 소모했기 때문에 어스름한 해가 떠오르고 있었다. 아침이 오고 있었다.

본래 이른 아침에 주인, 특히 여성의 방에 말도 없이 들어가는 것은 실례지만 카를은 개의치 않았다. 셀리나는 카를이 언제 문을 두드려도 깨어 있었다. 막 자다 일어난 눈을 부비며 맞아주는 게 아니라, 세안을 마치고 환복까지 한 모습이었다.

아마 지금도 다르지 않겠지. 카를은 문을 열고 발부터 들이밀었다. 복도와 달리, 커튼을 쳐 놓은 방 안은 어두컴컴해서 사물의 형제가 바로 보이지 않았다.

카를은 문 앞에서 눈을 끔뻑였다. 셀리나는, 그 여린 소녀는 어디에 있지? 물소리가 들리지 않는 것으로 보아 화장실에 있는 것 같지는 않은데. 혹 벌써 방 밖을 나선 것일까? 방 안은 고요하고 아무런 잡음이 들리지 않았으니, 그럴 가능성도 있었다. 카를은 마지막으로 방 안의 정경을 훑어보았다. 돌아나가려고 문고리를 잡는 그의 귀에 미력하지만 규칙적인 숨소리가 들렸다.

카를은 돌아나가려던 때와 달리 조용히 움직였다. 천천히 몸을 침대 쪽으로 기울였다. 그사이 어둠에 적응된 눈이 침대 위의 정경을 제대로 담아냈다.

별로 크지 않은 침대는 이불로 덮여 있었다. 그 중앙이 볼록 솟아 사람의 인영을 만들어냈다. 반듯이 누워 고른 숨을 뱉고 있는 아이는 셀리나였다. 폐가 느린 박자로 부풀었다가 바람을 빼길 반복했고, 소녀의 몸을 덮은 이불보도 덩달아 올라갔다 내려갔다.

카를은 침대 옆까지 살금 걸어왔다. 행여 제 발소리가 들릴까 봐, 그것이 소녀의 잠을 방해할까 봐. 목적지에 도착해선 고개만 숙여 소녀를 내려다봤다. 눈을 뜬 셀리나는 훌훌 어디론가 사라질 것 같은 불안정함을 주었는데, 눈을 감은 셀리나는 너무나 작고 여려서 제 눈앞에서 스르륵 녹아 사라져도 이상할 것 같지 않았다.

카를은 셀리나의 손을 잡았다. 제 큰 손으로 작은 손의 모양과 온기를 잡고 있으니 다소 실감이 났다. 하지만 놓으면 그대로 또 스르륵 사라질 것 같아서 카를은 손을 잡고서 가만히 있었다.

"벌써…… 아침, 인가요?"

잠에 흠뻑 취한 목소리였다. 긴 속눈썹을 반쯤만 들어 올리고서, 흐린 동공에 잠을 잔뜩 묻히고서 물었다. 셀리나의 자다 깬 얼굴을 본 것은 처음이라서, 카를은 멍하니 있다 뒤늦게 대답했다.

"……아직 아닙니다."

"그렇구나."

셀리나는 다시 눈을 감았다.

셀리나는 이제 자신의 존재를 의심하지 않는다. 가끔 의문을 표하는 눈으로 보긴 하지만, 자신을 위해 뒷자리를 남겨두고 가끔은 옆자리도 내어주었다.

이 일상은 카를에게 너무나도 달고 아찔했다. 금단의 과실을 맛본 사람의 기분이 이럴까. 절대 끊을 수 없는 미약처럼, 소녀의 존재는 카를의 머리를 잠식해 가더니 이젠 전부가 되어갔다.

사람은 알면 알수록 질린다던데 이 소녀는 그렇지도 않았다. 알수록 더욱 가까워지고 싶고, 잠깐이라도 떨어지면 애가 닳는다. 그래, 나는 아직 당신이 부족하다. 단둘이 남은 이 방 안에서도 잡은 손을 떼지 못할 만큼. 카를은 소녀의 손등을 끌어당겼다. 이제 많이 옅어진 흉터 위에 조심스레 제 입술을 겹쳐 올렸다.

제 몸에서 나는 단내 때문일까. 아니면 제 가슴에 단물이 들었기 때문일까. 카를의 입안이 미치도록 달았다.

샤먼이 보이지 않게 된 지 일주일이 넘었다. 엘렌은 아무도 없는 빈 막사에 걸터앉았다.

'처음엔 그냥 좋았지. 그래, 철없이 좋아했어.'

샤먼은 몇 달 전부터 엘렌의 소비에 트집을 잡곤 했다. 왜 필요하지도 않은 옷을 샀으며, 몇 번 걸치지 않고 보석함에 넣어둘 장신구들을 샀는지 따졌다. 그럴 때마다 엘렌은 코웃음을 치며 무시했다.

일에 미쳐 꾸미는 것과 멀어진 샤먼은 모른다. 카로틴 영양들이 치장과 유행에 얼마나 열을 높이는지. 그들에게 다가가 말이라도 어떻게든 붙이려면 내실은 몰라도 외양이라도 엇비슷하게 맞춰야 했다. 엘렌이 하는 사치는 다 필요가 있는 것이었다. 엘렌이 그리 따지자 샤먼은 그래서 귀족들에게 옷은 얼마나 팔았냐며 맞받아쳤다. 실적을 묻는다면⋯⋯ 솔직히 할 말은 없었다. 공들여 화장을 하고, 값비싼 장신구를 두르고 매일 파티장을 쏘다녀도 엘렌에게 다가오는 사람은 많지 않았으니까.

테일러의 힘을 알고 있는 귀부인들은 일찌감치 엘렌 눈이 닿지 않는 곳에 서서 자기들끼리 수군거렸다. 그들의 자식은 그 수군거림을 스펀지처럼 빨아들여 엘렌의 곁에 오지 않았다.

소문에 어둡거나, 엘렌의 악명에 호기심을 가진 사람이 간간이 그녀의 곁에 와 말을 걸었다.

엘렌은 그런 관심이라도 받는 게 제가 들인 '정성'에 의한 것이라 자부했다. 비록 아직은 정성의 효과가 나타나지는 않았지만⋯⋯ 좀 더 사교계를 쏘다니고, 친목을 만들고, 그들의 내부에서 카틴 상단의 이름을 높인다면 곧 결실을 보는 날이 있을 것이라고 말이다.

샤먼은 엘렌이 조목조목 따지자 긴 한숨을 내뱉었다. 그랬다가 살롱에서 온 청구서가 도착할 때마다 따지는 일이 반복되었다. 지겨운 도돌이표였다.

아버지는 엘렌에게 한 번도 이런 적이 없었다. 아버지는 엘렌이 무엇을 원하든 척척 사 안겼고, 때로는 그녀가 원치 않았던 것까지 사 바치곤 했다. 일 때문에 늘 바빠서 얼굴을 마주한 적은 몇 번 안 되지만, 돈에 있어서는 한 번도 인색하게 군 적이 없었다.

엘렌은 서운하고 답답도 했다. 이유도 말해주지 않은 채 무작정 쓰지 말라고만 하니까. 신관들처럼 마냥 검소를 주장하니까. 그래서 샤먼이 사라졌을 때, 엘렌은 내심 웃었다. 얼마를 밖에서 쓰고 다니든 막아 세우는 사람이 없어서 좋았다. 그러나 시간이 조금 더 흐르자 가슴 안 깊은 곳에서 몽골몽골 불안이 솟아올랐다.

혹시 무슨 변고를 당해서 오지 못하는 건 아닐까? 아니면 저가 알지 못하는 사정이 있는 걸까? 노상 투닥거리긴 했지만 그래도 엘렌에게는 하나 남은 피붙이였고, 오빠였다. 부재가 길어지자 자연스레 의문이 생겼고, 걱정을 하게 되었다.

엘렌은 샤먼이 없는 막사 안을 공연히 돌아다니거나, 그의 곁에서 오래 경비를 서던 기사에게 그의 행적을 물어보았지만 누구도 샤먼이 어디로 갔는지 알지 못했다.

작정하고 나간 건가? 그렇다고 보기엔 샤먼의 짐이 그대로 남아 있어서, 그가 이곳을 떠난 것 같지는 않았다. 이도 저도 못하는 사이 시간은 계속 흘렀고, 샤먼에게 돈을 꾸어주었던 사람들은 그가 사라지자 이럴 줄 알았다며 엘렌을 볶기 시작했다.

상단은 소란스러워졌고 엘렌은 어쩔 줄을 몰랐다. 불쾌함을 달랜답시고 쇼핑으로 시간을 때워보았지만, 기분이 좋아지는 건 한때뿐이었다. 없는 돈을 끌어모아 소비했기 때문에 상황은 더 나빠졌다.

엘렌은 한참 뒤에 장부를 펼쳐 보았다. 딱 샤먼이 사라진 날짜에 맞춰 멈춰 있는 장부는 오래전부터 마이너스를 기록했다. 고용인들 급료와 기타 생필품에 필요한 돈을 사용한 부분 사이로 엘렌이 소비한 내역이 굵게 박혀 있었다.

"이래서였구나. 이래서……."

엘렌이 후회를 하는 와중에도 빚은 계속 쌓였다. 봉급이 밀리자 고용인들은 하나씩 떠나기 시작했다. 그중엔 아버지 때부터 카턴 상단에 머무르던 자도 있었다. 충성도에 따라 머무는 기간이 조금 길었을 뿐, 결국 나중엔 모두 떠나 버렸다.

엘렌은 제 손으로 물을 떠오고 옷을 입는 일에 익숙해져야 했다. 그녀의 곁에 남은 것은 정확히 얼마인지 감도 잡을 수 없는 어마어마한 빚과 카턴 상단의 단주라는 허울뿐인 지위, 그리고 노예들이었다.

옷이 없어서 사교계에 못 가는 것, 솜씨 좋은 요리사가 만든 요리가 아니라 길거리 식당에서 음식을 먹어야 하는 것, 빚쟁이들이 찾아와서 혼란스러움을 가중시키는 것 등 엘렌은 온통 마음에 안 드는 일을 겪어야 했다. 하지만 이 상황에서 벗어날 방법은 별로 없었다. 샤먼도 그랬지만 엘렌도 공부엔 취미가 없었다. 그래도 샤먼은 장사를 익혔고 간단한 소양 정도는 알았지만 엘렌은 그마저도 몰랐다.

엘렌은 노예들을 한 명씩 팔기 시작했다. 그걸로 생활비를 만들고 빚을 갚아나갔다. 샤먼이 얼마나 많은 빚을 지었는지 노예를 팔고 팔아도 빚쟁이는 어디선가 자꾸 튀어나왔다. 모르는 척 시치미를 떼고 싶은데 차용증에 떡하니 박힌 카턴 남작가의 인장이 확고해서 그럴 수도 없었다.

마지막 노예는 오웬이었다. 그마저 팔고 나니 더 이상 빚쟁이가 오지 않았다. 빚쟁이에게 시달리지 않는 것은 좋았으나, 당장 내일 먹을 음식이 없으니 그게 문제였다.

이번에는 옷을 팔아야 할까. 엘렌은 혼자 막사에 남아 창고에 쌓인 사치품들을 보며 한숨을 쉬었다. 입었던 옷이니 헐값으로 중고 상인에게 팔아야 했다. 손해도 손해지만, 제 손으로 고르고 입어보았던 추억이 남아 있던 옷을 팔아야 한다고 생각하자 처량하고 비참했다.

그렇다고 옷을 끌어안고 있다고 답이 나오는 것은 아니었다. 엘렌은 아무도 없는 막사에서 혼자 한숨을 쉬었다. 카로틴을 넘어오면서 지었던 저택은 샤먼이 팔아버렸기 때문에 머물 곳도 없었다. 사교계를 돌아다니며 만난 귀족들과 대단한 교분을 쌓은 것도 아니었기에 그들에게 도움을 요청할 수도 없었다.

이제 어떻게 하나. 무엇을 해야 이 상황에서 벗어날 수 있을까. 엘렌은 머리를 쥐어뜯었다. 그러나 생각을 거듭한다고 돈이 나오는 것은 아니었다.

엘렌은 옷가지를 팔면서 시간을 벌기 시작했다. 그러나 여기에도 한계는 있었다. 유한한 자원은 없기에.

엘렌은 턱을 받치고서 생각을 하던 고개를 번뜩 들었다. 생각을 계속하면 답이 나오긴 한다고, 퍼뜩 머릿속을 스쳐 지나가는 생각이 있었다.

"그분에게라도……."

처음 카로틴에 들어왔을 때 카턴 상단을 반가이 맞아주던 영주가 생각났다. 그는 엘렌과 샤먼에게 어떤 대가도 받지 않고 숙식을 해결해 주었었다. 그라면, 거지가 된 엘렌의 사정을 헤아려 줄지도 모른다.

엘렌은 수레에 여남은 옷가지를 실었다. 노예들이 떠난 다음에도 계속 생활을 유지하기 위해 돈을 써왔기에 남은 것은 별로 없었다. 얼마 없을 거라 짐작은 했지만, 막상 보니 적어도 너무 적었다.

이걸로 혼자 버티는 건 역시 무리였다. 엘렌은 수레 손잡이를 끌어보았다. 노예들이 없으니 알아서 수레를 움직여야 했다.

수레를 끄는 건 어렵고 고된 일이었다. 손잡이 부분은 제대로 다듬어지지 않아서 오래 잡기 힘들었고, 별로 남지 않았다 해도 엘렌이 가지고 있는 옷들은 모두 레이스를 풍성하게 단 것들이라 무게가 상당했다. 엘렌은 마차를 조금 끌다가 포기했다. 그냥 여기서 다 팔아 돈으로 가져가는 게 나을 것 같았다.

그전에 옷을 한 번이라도 살펴보자. 엘렌은 수레 끝에 앉아 옷을 쓰다듬어 보았다. 그러다 입술을 깨물었다. 어쩌다 제 처지가 이리되었는가. 기가 막히고 처량한데, 목 놓아 울었다간 옷이 지저분해져 상인이 값을 깎을 게 분명하니 그것도 할 수 없었다.

엘렌은 주먹을 꼭 쥔 손을 제 무릎 위에 올렸다. 하지만 견딘다고 주체 못 할 슬픔이 사라지는 것은 아니라서, 그녀는 한참 몸을 떨었다.

"다행히 늦지는 않은 것 같군."

그러다 머리 위에서 떨어지는 사내의 목소리를 들었다. 엘렌은 퍼뜩 고개를 들었다. 기사는 물론 노예까지 모두 없는 상단이라 누군가가 출입해도 막을 수 없다는 건 알았다. 이때까지 엘렌이 무사했던 건 천운이었다.

엘렌은 고개를 들어 목소리의 주인공을 확인했다. 낮은 저음은 매력적이었지만, 막상 얼굴을 확인하자 하나도 달갑지 않았다. 그는 테일러. 셀리나의 뒤에 서서 엘렌이 하는 일을 죄다 망친 남자였다.

엘렌은 붉어진 눈을 쓱 훔치고는 일어섰다. 아무리 화가 났어도 테일러를 상대로 저가 할 수 있는 일이 몇 없다는 건 알았다.

"어딜 가나?"

테일러는 선 채로 물었다.

"당신이 알 바는 아니에요."

정말로, 테일러가 알 바는 아니었다. 대저택에서 자신의 부유함이나 즐기고 있을 일이지, 여긴 왜 온단 말인가. 혹시 저가 몰락하는 모습을 즐기러 왔는가? 자신이 파탄으로 내몬 가문의 결말을 확인하러 몸소 확인하러 온 거라면…… 정말 최악이었다. 엘렌은 씹어 발기듯 말했고, 테일러는 그녀의 감정을 쓱 흘려 넘겼다.

"하면 내가 맞춰보도록 할까. 옷은 얼마 전에 팔아서 당장 돈이 필요하지는 않을 테니 그건 아닐 거고, 교우관계를 맺는 사람도 없으니 누군가와 약속이 잡힌 것도 아닐 테고. 지금 사장이 급박하니 그걸 해결하기 위해 움직이는 거겠지."

테일러가 멋대로 추리를 시작하더니, 결론을 내렸다.

"……그 자로군."

뭔가를 확신하는 목소리는 단조로웠다. 테일러는 누구다라고 말을 하지 않았지만 엘렌은 소름이 돋아 걸음을 멈추고 뒤를 돌아보았다.

어떻게……? 엘렌이 소리 없는 비명을 내지르듯 입모양으로 중얼거렸다. 테일러는 피식 웃었다.

"이 카로틴에 내 힘이 닿지 않는 곳이 있을 것 같나."

"그래서 지금 그걸 자랑하려고 온 건가요?"

"이 내가 그런 쓸데없는 짓을 하러 귀한 걸음을 했을 것 같나?"

테일러가 어깨를 한번 으쓱했다. 오만하게 말하는데 이상하게 신빙성이 있어서 엘렌은 저도 모르게 고개를 끄덕일 뻔했지만 그녀는 부러 고개를 가로젓고는 테일러를 노려보았다. 독기 서린 눈으로 테일러를 서너 번 훑기까지 했다. 테일러가 다시 입을 열었다.

"망했다 해도 상단주이니 돈과 거래는 알겠지. 나는 거래를 하러 왔다."

"무슨 거래요?"

"아주 쉽고 너 같은 여자에겐 딱인 일이지."

엘렌은 미간을 찡그렸다.

"저 매춘은 안 해요."

"걱정 마라. 그런 일엔 나도 관심 없으니. 그리고 그건 쉬운 일이 아니야."

테일러의 어조는 무심하지만 똑 부러지는 데가 있었다. 엘렌은 미운 남자라 생각하면서도 눈을 번쩍 뜨고 귀를 세웠다.

"뭔데…… 요?"

테일러는 입만 끌어올려 웃었다.

"간단하게, 그 보잘것없는 이름을 빌려주는 것 정도일까."

연화를 찾아왔던 날 이후, 샤먼은 사라졌다. 정확히 말하면 행방이 묘연해졌다. 상단이 망하고 되살릴 방법은 없는 데다, 책임져야 할 부채만 잔뜩 늘어났으니 도망을 선택한 모양이었다.

어쨌든 이제 샤먼에게 신경 쓸 이유는 없었다. 망한 카턴 상단이 부활한다고 해도 시간이 걸릴 테기도 했고, 오클레앙 상단이 확실히 기반을 잡아서기도 했다.

한 번이긴 하지만, 연화와 함께 카로틴을 횡단해 본 경험이 있는 상인들은 자신들끼리도 알아서 행상을 꾸려 움직였다. 카로틴에서 혼까지의 경로가 만들어졌다. 일단 혼 왕국에 도착하기만 하면 오클레앙 이름을 단 건물에서 충분히 먹고 쉴 수 있었고, 그곳에서 문제가 생기면 통신구로 이쪽에 연락도 취할 수 있으니 부담이 없었다.

이제 남은 것은 황녀에게 보고하러 가는 것이었다. 밀수한 무기는 이미 황녀의 손에 들어갔겠지만, 돈은 아니니까. 거래의 대가 중 하나인 '도서관 출입'을 받아내려면 어차피 황녀를 만나야 한다는 이유도 있었다.

연화는 상단 사람들과 헤어지기 전 식사를 했다. 중간에 크렌이 술을 권하는 일이 있었지만, 카를이 낚아채서 마셔 버린 이후 연화에게 술을 마실 기회는 오지 않았다.

식당은 밤새도록 왁자지껄했다. 여기저기서 술잔을 비우고 다시 채우는 소리가 반복되었다. 시답잖은 농담을 뱉는 소리가 커졌다.

연화는 갈 준비를 했다. 황녀에게 줄 돈이 담긴 가방과 약간의 옷가지가 든 가방을 챙긴 뒤, 지아를 불러냈다.

"가시는 건가요?"

지아는 처음부터 술을 많이 마시지 않았다. 줄곧 맨정신이었던 데다, 원래 눈치도 빨랐기에 바로 상황을 파악했다.

"영영은 아니고, 또 올 거예요."

황녀를 만나고, 이 세계를 나갈 방법을 찾는다. 그래서 이 세계를 나갈 수 있다면 그 다음에 이 상단을 굴리는 사람은 진짜 셀리나일 것이다. 하지만 방법을 찾지 못한다면, 결국 이곳에 다시 오게 될 것이다. 미래가 어느 쪽으로 굴러가든 황녀를 돕고 상단을 굴려야 하니, 이 작은 몸뚱이는 지아 앞에 다시 서게 될 것이다.

"이건 일정표예요. 내일은 다들 술독 때문에 움직이기 힘들 테니 그 다음날부터 맞춰서 움직이면 될 거예요."

연화는 종이를 건넸다. 지아는 연화가 없을 동안, 상단을 대신 운영해 주어야 했다. 꼼꼼하고 능력 있는 그녀의 성격상 따로 일정표를 정해주지 않아도 책임만 지워주면 알아서 일을 할 터지만, 체계적인 편이 좋을 것 같긴 해서 연화는 부러 문건을 만들었다. 지아는 종이를 받았다.

세 사람은 여관 입구까지 함께 걸었다. 입구에서 형식적인 인사를 마쳤다.

지아는 다시 여관으로 들어갔고, 다시 카를과 연화만이 남았다. 미묘하게 텐션이 올라간 카를이 연화의 짐 가방 하나를 뺏어들었다.

"다시 수도로 올라갑니까?"

"일단 그래야죠."

혼 왕국에서 있었던 모든 일은 황녀의 조건을 맞추기 위해서였고, 돌아가는 방법을 얻기 위해서였다. 그 이상의 의미는 없다.

연화는 마차에 올라탔다. 상행을 하면서 가지고 다녔던 마차들은 모두 오클레앙 가의 것이었다. 마부가 힘차게 채찍질을 했다. 그 뒤로 빈 마차들이 따라 움직였다.

연화는 마차 안에서 급하게 편지를 썼다. 버스 안에서 날치기로 리포터를 만들어본 적도 있었던 그녀다. 편지 정도야 가볍게 완성할 수 있었다.

—그간 무탈하셨는지요, 전하. 만고에 더없는 영광의 한 조각을 기리고자 이 서신을 보내니…….

연화는 온갖 미사여구를 덧붙인 편지를 세 번 접어 봉투 안에 넣었다. 이 세계의 귀족들은 달콤하고 수려한 문장들을 좋아한다. 연화는 최대한 격식을 살렸다. 물론 편지가 몇 문장이든 본론은 한 줄이었다. 일을 무사히 끝냈다는 것.

연화는 수도 외곽 마을에 도착해서 심부름꾼을 하나 샀다. 본래 서신을 주고받는 일로 먹고사는 자였다. 그는 귀족가에 많이 들락거린 자답게 시종 같은 외견을 하고 있었다.

연화는 심부름꾼의 손에 편지를 들려 보냈다. 그날 저녁 답신이 왔다.

-수고했어요.

간결한 답신이었다. 연화는 황녀의 필체가 적힌 종이를 돌돌 말아 품 안에 넣고 다음으로 수도 외곽 지대로 향했다. 오클레앙 저택에 들를 차례였다.

황녀는 황성이란 고정된 위치에 있었다. 반면 연화는 계속 이동 중이었다. 그런데도 황녀의 심부름꾼은 연화를 잘도 찾아냈다.

심부름꾼이 마차를 막아서자, 연화는 그를 흘끔거렸다. 황녀의 시종임이 분명해 보이는 몰골을 쓱 본 뒤 편지를 뜯었다.

-셀리나, 한번 들르지 않겠어요? 황태자의 탄신일이 다가오니까요. 저 역시 별로 가고 싶지는 않지만…… 가서 골려주는 정도는 가능하잖아요. 재미있을 것 같지 않아요? 물론…….

발랄한 문장이 이어졌다. 황족의 탄신일은 큰 행사다. 카로틴 귀족인이라면 누구나 황성에 들를 수 있다. 황녀가 파티에서 무엇을 원하는지는 뻔하다. 그녀는 황좌에 앉을 초석을 다지고 싶어 했다. 경쟁자인 황태자의 탄신 기념 파티는 좋은 무대였다.

나쁜 일은 아니었다. 연화는 그 자리에서 간단히 답신을 썼다.

-영광입니다.

이후 황녀의 서신은 없었다.

마차는 열심히 굴러갔다. 인적이 없는 평지가 쭉 이어졌다. 곧 새하얀 섬처럼 혼자 세워진 저택이 나타났다. 오클레앙 저택이었다.

마차가 저택 앞에 멈춰서자, 마부가 먼저 안에 들어갔다. 얼마 안 있어 조셉이 튀어나왔다.

"어서 오십시오, 아가씨."

연화가 생글 웃었다.

"별일 없었죠?"

"물론입니다. 저택 관리는 저의 일입니다."

조셉은 언제나처럼 뒷짐을 지고 느긋이 걸었다. 연화는 그를 따라 저택 안으로 들어섰다. 오랜만에 본 저택은 이전과 같았다. 몇몇 사용인들이 청소를 하다 말고 인사를 해왔다. 연화는 눈인 사로 화답했다.

연화는 방으로 들어갔다. 오랜만에 들어왔음에도, 방은 어제 떠난 것처럼 말끔이 청소가 되어 있었다.

연화는 방을 둘러보다 테이블 위에 그냥 걸터앉아 황녀가 주었던 서신을 다시 꺼냈다. 웨이휠 황태자의 탄신일이 언제인지 계산해 보니, 아직 보름이나 남아 있었다. 드레스를 맞추거나 장신구를 새로 사기에 적당한 시간이었다.

"그럼 그동안 뭐 할까."

연화는 치수를 재기만 하면 된다. 옷을 만드는 건 그녀의 일이 아니었다.

나른한 몸을 일으켜 무엇을 할까 고민할 필요는 없었다. 연화의 앞으로 일거리가 밀려 들어왔다.

조셉이 손수레를 끌고 들어왔다. 서류가 잔뜩 쌓여 있었다. 연화가 없는 동안 쌓인 것들이었다.

연화는 한숨을 쉬며 펜을 잡았다. 오자마자 일이다.

맨 위의 서류 몇 장은 오클레앙 가의 예산과 관련된 것이었다. 오클레앙 가엔 안주인이 없고, 가문 예산은 조셉이 관리 중이다. 이런 서류는 조셉이 처리해도 될 텐데. 그는 굳이 주인에게 보고하길 원했다.

그 아래는 영지나 가문과 관련된 서류들이었다. 연화는 한 장씩 걷어나갔다.

서류 작업이 싫은 건 아니었다. 근래 한가한 일정을 보냈으니 일을 해도 좋을 때였다. 황무지나 혼 왕국에서 있었던 일들을 생각하면, 지붕 있는 곳에서 서류를 만지는 건 아주 쉬운 일이었다.

연화가 서류를 정리하는 동안 카를은 뒤에 가만히 서 있었다. 그의 일과는 연화를 지켜보는 것뿐이었다. 연화는 그에게 뭔가를 시키지 않았기에 카를은 저가 내키는 만큼 그녀를 구경했다.

이유는 모르겠지만, 카를은 연화의 뒤에 있는 것을 좋아했다. 이렇다 할 방해도 없었다. 연화는 그를 저지할 필요성을 느끼지 못했다.

첫날은 평온히 지나갔다. 그 다음날은 조금 시끄러웠다. 연화가 돌아왔다는 소문이 저택 내로 퍼지자, 몇몇 사람들이 그녀를 찾아온 것이다.

사용인들의 숙소는 저택 1층에 있다. 그들은 짬짬이 연화를 만날 수 있지만, 문제는 기사들이다. 많은 기사들은 아직 수습 딱지를 달고 있기에 그들은 저택에 들어올 권리를 갖지 못했다. 그들이 항의하자, 카를이 조건을 붙였다.

"시험을 통과한다면 허락해 주지."

시험은 간단했다. 한 번이라도 좋으니, 카를에게 유의미한 공격을 가하면 된다. 쉽게 생각했던 기사들은 모두 참패를 외치고 항복의 깃발을 들었다. 물론 시험에 통과한 자들도 있었다. 그들은 기다렸다는 듯 저택 본관을 제집처럼 드나들었다. 카를이 허락한 일이었기에 연화는 그냥 받아들였다. 기사들이 방해를 하지 않아서이기도 했다.

그들은 저택을 한 바퀴 둘러본 뒤, 카를처럼 연화의 뒤에 서 있다 돌아가길 반복했다. 덕분에 연화의 뒤통수가 따끔거리는 일이 많아졌다.

연화는 오랫동안 움직였던 팔을 쭉 폈다. 팔이 저릿했다. 그녀는 다시 서류에 서명을 하려고 펜촉을 종이에 가져다 댔다. 그러나 잉크가 묻어나오지 않아 잉크병을 가볍게 들었다가 내려놓았다.

"아. 잉크가 떨어졌네."

동시에 카를이 일어섰다.

"제가 가져오겠습니다."

"그걸 왜 단장님이 해요! 제가 다녀올게요. 아가씨, 까만색이면 되죠?"

세이안이 싱글벙글 웃었다. 그가 오랫동안 서 있어서 좀이 쑤시다며 자신이 가져오겠다고 했다. 서 있는 게 힘들면 돌아가도 되는데, 그는 부득불 연화의 뒤에 서 있으려 했다. 겨우 터득한 특권을 최대한 만끽하려는 것 같았다.

"네. 조심히 다녀오세요."

"잉크 한 방울을 제 피처럼 여기겠습니다."

세이안이 씩씩하게 외쳤다. 라야는 문을 닫고 사라지는 그를 한심하게 바라보았다.

연화는 등받이에 몸을 기댔다. 세이안이 올 때까지 기다릴 생각이었다. 그동안 열심히 움직이느라 통증을 호소하는 팔에 휴식을 주기로 했다. 그러나 팔의 통증이 걷히고 한참이 지났는데도 세이안은 오지 않았다.

카를은 기사들의 시험을 받아들여 주는 대신 조건을 하나 더 걸었다. 1달 내에 재도전은 금지. 혼자 개인 연습을 하는 건 상관없지만, 연습 대련은 받아주지 않았다. 귀찮은 일을 막을 수 있는 유일한 방법이었다.

시험 통과를 갈망하는 기사들에겐 연습 상대가 절대적으로 필요했다. 그러나 카를에게 함부로 덤벼들지 못했다. 카를에게 덤벼들 수 있는 방법은 오직 '시험'뿐이다. 준비되지 않은 상태로 시험을 쳤다가 떨어지면 1달을 기다려야 한다.

카를은 압도적인 실력자였기에 단 한 방이라도 공격을 성공시키는 건 어려웠다. 반면 카를의 시험을 통한 자들은 카를보다 약했다. 그들은 좋은 연습 상대였다.

시험 통과자들은 본관을 나설 때마다 기사들의 대련 신청을 받았다. 세이안은 만만해 보이는 인상과 성격 때문에 좋은 표적이 되었다. 그는 좀 무리다 싶은 요청을 받아도 쉬이 거절하지 않았다. 세이안이 늦게 돌아올 거란 건 예고된 일이었다. 하지만 예상했던 것보다 더 늦었다. 연화가 늘어뜨렸던 팔을 테이블 위로 끌어 올리자 카를이 문고리를 잡았다.

"그냥 제가 갔다 오겠⋯⋯."

카를이 열기도 전에 문이 열렸다. 얼굴이 발갛게 달아오른 세이안이 느릿느릿 들어왔다.

"많이 늦었네요."

"상대…… 헉! 상대를…… 해주느라……!"

세이안이 거친 숨을 뱉으며 테이블 앞까지 오더니, 품에 손을 넣었다. 그리곤 아주 뿌듯한 얼굴로 잉크병을 꺼내 내려놓았다.

"그래도 잉크는 무사히 지켰습니다."

일순 방 안에 있던 사람들이 어이없다는 눈으로 세이안을 쳐다 봤다.

"그랬군요. 수고했어요."

정적이 흐르는 가운데, 치하의 말을 건네는 건 연화뿐이었다.

"아, 아닙니다!"

세이안이 쑥스러워하며 뒷머리를 긁었다.

연화가 펜촉 가득 잉크를 묻히자, 방 안은 서류를 처리하는 소리로 가득 찼다. 그 후론 특별한 일이 없었다. 잉크가 떨어지지도 않았고, 펜이 부러지지도 않았다. 그렇게 몇 번의 식사 시간과 밤이 지나갔다. 굳건한 산 같던 서류 더미의 높이가 낮아지기 시작했다.

연화의 뒤에 서 있던 기사들의 수는 계속 바뀌었다. 많을 때도 있었고, 적을 때도 있었다. 그러나 카를이 있는 건 같았다.

그렇게 시간을 보냈다. 일하는 중간중간, 연화는 유명 의상실의 마담을 불러 옷을 맞추었다. 전에 입었던 옷들은 사용할 수 없었다. 유행도 지났거니와, 셀리나의 몸에 맞지도 않았다. 황무지를 거쳐 오는 동안 셀리나의 키가 자란 탓이다.

시간은 열심히 흘렀다. 멈출 수도 움켜잡을 수도 없는 것은 끝없이 흘러가 종점에 치달았다. 황태자의 탄신일이 내일로 다가왔다.

의상실 마담이 짐마차에 옷을 잔뜩 싣고 나타났다. 연화는 열

벌이 조금 넘는 옷들을 모두 입어보았다. 그중 가장 어울리는 옷이 무엇이고, 어떤 장신구를 골라야 괜찮을지 고민했다. 덕분에 사용인들이 분주해졌다.

셀리나는 차기 백작으로서 파티장에 들러야 한다. 명목상의 목적은 황태자의 탄신 축하지만, 진짜 목적은 황녀를 띄워주기다. 어린 나이에 상행을 꾸려 나갔던 그녀가 아주 무사하다 못해 화려하게 귀환해 황녀를 지지한다. 그건 명백히 황태자에 대한 도발이었다. 만약 황녀가 제위에 오르지 못할 시, 오클레앙 가는 엄청난 손실을 감당하게 된다. 연화가 재민의 소설을 읽지 않았다면 절대 시도하지 않았을 미친 짓이었다.

연화는 하얀 드레스를 입고서 거울을 보았다. 흰 드레스는 어린 영애들이 자주 착용하는 것이었다. 흰 드레스는 화려한 외양을 가진 셀리나를 조금 청초하게 보이게 했다. 잘 어울렸지만, 어딘가 모르게 밋밋했다. 연화는 이런저런 장신구를 추가해 보았지만 수수하다는 감을 지울 수 없었다.

"이번엔 저걸 입어보죠."

연화가 하녀에게 눈짓했다. 푸른 드레스를 가리켰다. 시원해 보이는 재질의 드레스였다. 드레스 옆으로는 입어보지 않은 옷들이 널려 있었다.

하녀가 연화의 뒤에 서서 드레스 끈을 풀고 있는데, 똑똑 문 두드리는 소리가 들렸다.

"들어가도 되겠습니까?"

조셉의 목소리였다. 방 안의 하녀들이 놀란 눈으로 문을 응시하자, 연화는 하녀에게 눈짓해 다시 끈을 묶게 했다. 끈이 단단히 조여들면서 흐트러졌던 옷자락이 단정해졌다.

"좋아요, 들어와요."

조셉은 복도에 서 있었다. 고개를 들어도 되는데도 그는 바닥에서 시선을 떼지 않았다.

"무슨 일인가요?"

"손님이 찾아왔습니다. 일단 응접실에 모셔두었습니다만."

연화는 턱을 긁적였다.

언질받은 적은 없지만, 짐작 가는 사람은 있었다. 황녀 아니면 테일러, 혹은 두 사람의 부하일 것이다. 둘 중 어느 쪽에게도 연통이 없었지만, 상관없었다. 두 쪽 다 불쑥불쑥 잘 찾아오는 사람이었다.

"인상착의는 어땠어요?"

방구석에서 벽을 보고 있던 카를이 말했다.

"제가 나갔다 오겠습니다."

카를이 일어섰다.

"굳이 그럴 거 있어요?"

연화가 조셉에게 눈짓했다. 간단한 특징 정도는 조셉이 말할 수 있다. 눈이 있으니 손님 안내를 하면서 봤을 터였다.

"귀족 남성이었습니다. 가문의 문장이 달린 옷을 입고 있지 않아 정확히 어느 가문의 자제분인지는 모르겠습니다."

"처음 보는 분이었나요?"

"그렇습니다. 하지만 아가씨와 면식이 있는 분이라 했습니다."

"나이는요?"

"열다섯, 아니면 열여섯? 나이가 많아 보이진 않았습니다."

연화는 눈을 깜빡였다. 일단 테일러가 아닌 건 알겠다. 하지만 그 외의 어떤 귀족 남성이라 생각하자 감이 잡히지 않아 연화는 일단 응접실로 향했다. 카를이 바로 뒤따라가는 것은 당연한 수순이었다.

응접실까지는 금방이었다. 연화의 방은 오클레앙 저택의 중앙에 위치해 있고, 그 옆엔 응접실과 집무실 등 중요한 공간까지 단걸음에 내려갈 수 있는 계단이 붙어 있었다.

단정한 백조가 붙은 문이 나타났다. 백조에 눈에 박힌 다이아몬드가 반짝였다. 조셉이 백조 부리 아래 튀어나온 손잡이를 젖혔다.

응접실 한가운데에 넓은 테이블과 팔걸이가 달린 의자가 서너 개 다닥다닥 붙어 있었고, 그중 하나에 소년이 앉아 있었다. 그가 고개를 반짝 들어 연화를 바라보았다.

"간만에 얼굴을 뵙습니다. 영애. 그간 평안하셨습니까?"

연화는 소년을 보고 아 소리를 냈다. 확실히 그와는 면식이 있었다.

그는 케이안 루만티온이었다.

금테가 둘러진 찻잔에서 김이 뿜어져 나왔다. 연화는 잔을 코 앞에 두었다. 마시지는 않았지만, 찻잔 손잡이에 손가락을 걸어 두었다. 응접실에 있는 사람은 셋이었다. 연화와 케이안은 원형 테이블에 마주 앉아 있었고, 카를은 응접실 벽에 서 있었다. 그는 기사 포지션을 지켰다.

다른 기사들이 카를처럼 응접실에 있겠다고 아우성을 쳤지만, 소란은 조셉이 그들의 귀를 잡고 끌고 가면서 끝났다. 비명 소리가 복도를 울렸다. 소란스럽기도 하고 웃기기도 한 장면이었다.

실소를 흘릴 줄 알았던 케이안은 무덤덤했다. 그는 방 밖의 일은 아예 못 들은 사람처럼 굴었다. 귀족의 매너는 그랬다. 그는 뜨거운 차를 홀짝였다가, 쿠키를 집어 먹었다가, 연화를 봤다.

"어쩐 일이신가요?"

"소식을 들어서 말입니다. 들르지 않을 수가 없었습니다."

케이안이 잔잔한 미소를 머금었다. 연화는 조금 늦게 그의 말을 이해했다.

"아, 벌써 제 소문이 퍼졌나 보죠?"

"예. 영애의 영민함은 많은 귀족 사이에서 오르내리고 있습니다. 어린 나이임에도 홀로 상단을 꾸려 혼 왕국을 다녀오셨다는 이야기는 무용담처럼 오가고 있지요."

"어머나."

연화가 손을 들어 양 뺨을 감쌌다.

"부끄럽네요. 별것 아닌 일로 이리 과한 칭찬을 받다니."

"그 나이쯤 되는 영애들은 혼자 상행을 꾸릴 생각보다는 다른 것에 더 관심이 많으니까요."

"그랬던가요?"

연화는 눈꺼풀을 가볍게 팔랑거렸다. 귀족스럽지 않다는 말로 들리는 것을 대수롭지 않은 양 받아넘기며 찻잔을 들었다. 말을 끊거나 돌릴 때 가장 좋은 수단은 뭔가를 먹는 것이다. 먹을 때는 개도 안 건드린다.

"소영주님께선 기사 수업을 받고 계시다고 들었어요."

"한미한 제 소문이 영애의 귀에 들렸다니. 유감스럽습니다."

케이안이 혀를 찼다. 연화는 과장스러운 연기를 하듯 눈을 동그랗게 떴다.

"어머, 그럴 리가요. 소영주님의 성적이 상위권이란 말을 들었는걸요."

"하하. 부끄럽습니다."

케이안이 뒷머리를 긁적였다. 순수하게 민망해하는 얼굴에선 풋풋한 소년의 모습이 보였다.

"한데, 경께서 기사가 되실 생각이신 줄은 몰랐어요."

"물론 기사가 될 생각은 없습니다. 저는 아버님의 자리를 이어 받아야 할 의무가 있으니까요. 하지만 기사 작위는 받아둘까 합니다. 아버지께서도 서임은 받으셨으니까요."

기사 서임은 자격증과 같았다. 저 세계의 컴퓨터 자격증이나 한자 자격증 같은 것이다. 자신의 능력치가 어느 정도인지를 보여주는 수단이었다.

원래 세계에 자격증을 터득해 관련 직업을 갖는 사람이 있는 것처럼, 이 세계에도 기사 서임을 직업으로 여기는 자가 있다. 그러나 먹고살 길이 정해져 있는 귀족들은 순전히 경험치를 쌓기 위해 서임을 받는다.

연화는 이해했다며 고개를 끄덕였다.

"그래서 루만티온 후작님이 그토록 듬직해 보이셨군요."

"앗, 영애. 우리 아버지께선 이미 결혼을 하셨는데 설마……?"

케이안이 장난스레 눈을 흘겼다. 카를이 못마땅한 듯 큼 소리를 내자, 케이안이 그를 흘끔 보곤 어색하게 웃었다.

"아, 아닙니다. 제 농담이 심했습니다."

"개의치 않아요."

케이안은 유머 감각이 없었지만 사람을 웃기려 하는 의욕은 넘쳐 났다. 그는 한참 동안 재미없는 농담들을 늘어놓았고 연화는 적당히 웃어넘겼다.

본론은 한참 뒤에 나왔다.

"오늘 영애를 찾아온 것은 한 가지 제의를 하고 싶었기 때문입니다."

"제의요?"

연화가 고개를 갸웃했다. 홍연화도 아니고 셀리나에게 제의라. 그것도 후작가의 장남씩이나 되는 소년이. 연화는 치밀어 오르는 회의감을 꾹 눌렀다.

"영애를 에스코트하고 싶습니다. 영애께서 황태자 전하의 탄신일 파티에 들르실 생각인 걸 알고 있습니다. 그렇지 않다면 왜 상행을 오래 끌지 않고 이 시기에 돌아오셨겠습니까."

연화는 폭소를 참았다. 사실 그녀는 황태자의 탄신일 따위 언제인 줄도 몰랐다. 연화가 탄신일 전에 수도로 돌아온 것은 어디까지나 우연이었다. 하지만 카로틴 귀족 된 자로서 그리 말할 수는 없었다.

케이안은 반짝 눈을 빛내며 연화를 보았다. 바라는 게 많은 눈이다.

연화는 쯧 혀를 찼다. 에스코트. 별것 아닌 일이다. 파티장 입구에서부터 손을 잡고 걸어가, 첫 춤을 함께하고 각자 볼일을 보러 찢어지면 된다. 문제는 그 별것 아닌 행위에 의미를 담는 사람이 많다는 것이다. 연화는 눈을 내리깔았다가 떴다.

"이런 말 참 실례되는 것을 알지만요."

연화가 빙글 웃었다.

"저와 소영주님은 대단찮은 관계가 아닌 것으로 아는데요."

첫 만남은 황녀의 탄신 파티 때 이루어졌다. 두 번째는 레온 후작가의 파티에서였다. 두 번 다 춤을 추다 헤어졌고, 그 이상의 대단한 관계 진전은 없었다. 대화도 일상적인 것들뿐이었다. 춤을 추는 남녀 사이에선 으레 오가는 것들이었다.

케이안이 싱긋 웃었다.

"관계는 만들어가면 되는 것입니다."

"소영주님. 시간은 귀한 것이에요. 그리고 카로틴엔 수많은 영애가 있어요. 저보다 더 예쁘고, 학식이 높은 영애들 말이죠. 그들과 교분을 넓혀가는 게 좋지 않을까요?"

연화는 케이안처럼 웃었다. 케이안의 에스코트를 받아들이면, 사람들 눈엔 오클레앙 가가 루만티온 가와 연합한 것으로 보일 것이다. 게다가 두 사람의 나이대는 비슷했다. 셀리나는 열둘, 케이안은 열다섯. 스캔들이 나기 딱 좋은 소재였다.

"그들과 영애는 다릅니다."

뭐가 다른데. 혹시 난 눈이 세 개라도 되는 거냐? 연화는 무슨 헛소리를 하는 거냐고 뱉어내고 싶은 걸 꾹 참았다. 그럴 리가 없다는 걸 알지만 연화는 괜히 이마를 문질러 보았다. 당연하지만 제3의 눈 같은 건 없었다.

"영애에겐 활력이 있습니다. 남이 만들어준 길을 따라 걸을 줄만 아는 사람들에겐 없는 것 말입니다."

"그것 때문에 저와 친분을 쌓고 싶으신 건가요?"

연화는 테이블 위에 두 팔을 올렸다. 깍지를 끼자, 케이안의 시선이 그녀의 손으로 내려왔다. 현란한 빛을 뿌리는 장미 반지에 닿았다가 후닥닥 떨어졌다.

"루만티온 후작님께선 현실적인 분이라 들었어요. 그런 분의 자제께서 귀한 시간을 낭비하며 내민 용건이 겨우 에스코트 신청이라니. 순수한 의도라고 보긴 어렵네요."

대다수 귀족은 파티에 참석한 귀족들과 인사를 하고 춤을 추며 친분을 쌓아간다. 케이안이 다른 방식으로 접근하려는 이유를 모르겠다.

연화는 씩 웃었다. 깍지 낀 손등에 턱을 내렸다.

"그리고 사교계에 저와 비슷한 처지의 영애가 아주 없는 것도 아니구요."

어쩔 수 없는 사정으로 부모를 잃은 영애가 셀리나만 있는 건 아니란 말이다. 물론 그녀 같은 사람이 흔하지는 않지만, 비슷한 조건을 가진 사람은 몇이나 있다.

케이안은 말똥히 연화를 보았다. 고집 있는 얼굴을 움직여 구태여 한마디를 뱉어냈다.

"아니요. 다릅니다."

이 말 또한 맞는 말이다. 이 세상에 재민과 비슷한 테일러는 있을지 몰라도, 재민은 없다. 사람을 다르게 보이게 만드는 차이점이 하나씩은 존재한다. 그것이 곧 사람의 특성이 된다.

연화는 눈을 깜빡였다. 그렇다면 셀리나의 특성은 무엇일까. 케이안이 귀찮음을 감수하게 만든 이유가 무엇일까. 무엇이 정답이라 짚을 수 없는 상황이었다. 단서들은 여기저기 어지럽게 흩어져 있었다. 꿰맞출 수 없는데도, 연화는 답을 알 것 같았다.

그건 직감이었다.

"황녀 전하."

케이안이 움찔했다. 그는 거짓말에 능숙하지 못했다.

"저는 전하 편에 선 수많은 귀족 중 유일하게 이름을 드러낸 사람이죠."

에스코트는 구실이자 수단이다. 루만티온 가가 황녀 편에 섰다는 걸 알릴 수 있는.

내정이 아니라 줄 서는 정치는 그렇다. 남들 눈에 '어떻게' 보이느냐가 가장 중요하다. 이전에 쌓은 친분이 콩 찌꺼기만 하다는 건 중요하지 않다.

"좀 이상하군요. 루만티안 후작님께선 태자 전하를 지지하신다고 들었습니다만."

"그리 보였을 뿐입니다. 아버님의 친척 중 한 분이 황태자 전하의 가신이시니까요."

"하지만 그 소문을 바로잡으시지도 않으셨죠."

"영애는 날카롭군요. 네. 그렇습니다. 아버님께서는 그 소문을 신경 쓰지 않으셨습니다. 황태자가 황제가 될 거라 생각하셨으니까요."

카로틴에 여제는 한 명뿐이다. 카로틴 법상 여성이 황제가 되면 안 된다는 법은 없었지만 여자 황제를 모신다는 게 이례적인 일이다 보니, 다들 미처 생각지 못했다.

"지금은 그리 생각하지 않으신다는 거군요."

"아버님께선 황태자 전하의 심성에 실망하셨습니다. 그는 아부받는 것을 지나치게 좋아합니다. 이는 실정을 저지른 황제들의 특징이지요. 반면 황녀 전하께선 뛰어난 능력과 사람을 끌어당기는 능력을 가지고 계십니다. 또, 생각보다 많은 귀족이 그분의 편이고 말입니다."

연화는 눈썹을 들어 올렸다.

"소영주님께선요? 후작님의 생각에 동의하시나요?"

"카로틴 역사에 여제가 한 명쯤은 더 있어도 좋을 것 같더군요."

"그래서 절 이용하러 오셨군요."

연화는 언어를 순화하지 않았다. 눈앞에 있는 케이안이 연기에 어설픈 것과 별개로, 그가 목적을 가지고 연화를 찾아왔다면 그녀 또한 순진한 영애가 되어주진 않을 생각이었다.

케이안은 어깨를 으쓱였다.

"듣던 대로군요. 영애는 알수록 놀라운 사람입니다."

"어디서 재미있는 말을 듣고 오셨나요?"

"황녀 전하께선 재미있는 지혜를 많이 품고 계시잖습니까."

케이안이 답을 뱉곤 찻잔을 쥐고 다 식은 차를 호로록 마셨다.

연화는 눈을 질근 감았다 떴다.

이상한 일이긴 했다. 연화가 수도에 온 지 일주일도 안 지났고, 그녀의 귀환을 알고 있는 사람은 테일러와 황녀뿐이다. 그 외의 사람에겐 알린 적도 없다. 게다가 연화는 정기적으로 가지는 사교 모임도 없었다. 그런 데다 오클레앙 저택은 수도 외곽에 혼자 덩그러니 세워져 있다. 그러니 그녀가 저택에 돌아왔다는 소식을 외부인이 쉬이 접할 수 있을 리 없다.

하지만 황녀가 직접 알려주었다면 얘기가 다르다.

연화는 황녀 앞에서 방법을 갈구하는 케이안의 모습을 떠올려 보았다. 케이안은 쩔쩔매고, 황녀는 우아하게 웃으면서 그를 골린다. 한참 뒤 황녀는 선심 쓰듯 방법을 던져 준다. 케이안은 넙죽 받아들여 여기에 왔다.

"그렇군요."

뻔히 보이는 것을 눈꺼풀을 몇 번 팔랑여 흘려보냈다. 연화는 케이안처럼 찻잔을 쥐었다. 향긋한 것을 목 아래로 넘기면서 케이안 뒤 창문을 보았다. 연화는 새 한 마리 날아가지 않는 정경을 보면서 무의미한 의문을 품어보았다.

지금 황녀는 무엇을 하고 있을까.

황녀는 책장을 넘겼다. 시답잖은 연애소설 표지 아래엔 제왕학 책이 있었다. 제국과 백성, 그들을 통치하는 특권 계층을 유심히 생각하면서 페이지를 넘겼다.

독서 시간은 황녀가 가장 좋아하는 시간이다. 딱 기분 좋을 만큼만 머리를 굴리면서 혼자 지식을 쌓아간다. 미래를 위한 초석을 다지기에도 좋고, 휴식하기에도 딱이다.

문 열리는 소리가 들리자 황녀는 책을 덮었다. 시녀가 들어왔다. 책을 덮자 제왕학 문구는 사라지고 유치찬란한 핑크빛 표지만 남았다.

사랑에 빠진 공주님. 황녀는 시녀와 눈을 마주하면서 책을 뒤로 감췄다. 시녀는 책 표지를 흘끔 보고는 관심을 가지지 않았다. 그녀의 눈에는 민망한 책을 뒤로 숨기는 황녀로만 비칠 터였다.

시녀는 활짝 웃었다.

"폐하께서 꽃을 보내셨어요."

"어머, 아바마마께서도 참."

황녀는 수줍게 웃으면서 꽃을 받아들였다. 수십 개의 꽃이 동그란 공처럼 피어나 있는 수국 가지는 참으로 아름다웠다. 황녀는 꽃향기를 음미했다. 그러다 시녀가 꽃을 하나 더 들고 있는 걸 발견했다.

"그 꽃은 뭔가요?"

"알레이스 후께서 보내신 거예요."

시녀가 볼을 발갛게 붉혔다. 연애소설을 읽고 있는 황녀와, 미혼의 후작이 보낸 꽃. 망상을 피워내기엔 충분했다.

황녀는 손을 내밀었다.

"이리 줘요. 내가 직접 꽂죠."

시녀는 꽃을 넘겨준 뒤 방을 나섰다. 달칵 문 닫기는 소리가 들리자마자 란이 나타났다. 그녀는 옷장 뒤 벌어진 공간을 수습한 후 황녀에게 다가갔다.

란은 황제가 준 꽃부터 잡았다.

"이건 여기 꽂아두겠습니다."

란은 창가로 걸어갔다. 창가에 꽃을 꽂아두면, 황제의 침실에서 아주 잘 보일 터였다.

"그러세요."

황녀는 흔쾌히 고개를 끄덕였다.

"이건 버리겠습니다."

란이 프리지아를 집어 들었다. 알레이스 후작이 준 꽃이었다. 그녀가 쓰레기통으로 걸어가려 했다.

"아, 잠깐. 잠깐만."

황녀는 손을 까딱했다.

"이리 가져와 봐요."

란은 말없이 걸음을 틀었다. 황녀는 꽃을 받아든 뒤, 테이블 위의 꽃병을 집었다. 노란 땡땡이 무늬가 그려진 병에 프리지아 꽃을 넣었다.

"이건 여기에 두죠."

원래 꽃병에 들어 있던 조화는 빼버렸다. 화사한 생화가 테이블 가운데에 꽂히자 방이 화사해졌다.

"어때요? 잘 어울리지 않아요?"

란은 인상을 썼다.

"알레이스 후작의 마음을 받아주기로 하신 겁니까?"

"란. 이건 그냥 꽃일 뿐이에요."

황녀가 쿡쿡 웃었다. 유난 떨지 말라는 듯한 웃음은 란이 한마디 덧붙이자마자 사라졌다.

"그는 황태자 쪽의 사람입니다."

"정확히는, 그의 어머니가 황태자의 열렬한 추종분자죠."

알레이스 대부인은 실세를 보고 노선을 정한 케이스였다. 그녀

의 선택은 틀리지 않았을지도 모른다. 웨이훠은 황태자 위에 책봉
되었고, 이변이 없는 한 그는 황제가 되어야 한다.

황녀는 눈을 느리게 깜빡였다. 숨 가득히 꽃향기를 머금었다
다시 뱉어냈다.

"그래요, 란. 나는 이때까지 확실히 내 사람이 될 것 같은 자들
에게만 손을 뻗어왔어요. 그게 안전하니까. 하지만 이제 그걸로
는 안 돼요."

황녀로 떠받들어져 살고 싶다면, 나를 좋아하는 사람들 사이
에 둘러싸이면 된다. 근심과 걱정이 없는, 행복하고 달콤한 삶은
황제 위와는 먼 삶이다. 만인을 지배하려면 적과도 손을 잡아야
했다.

"그래서. 그자와 혼인이라도 하시겠다는 겁니까."

"필요하다면."

황녀는 턱을 괴었다. 단정한 턱선과 단추 하나 비뚤게 채우지
않은 사내가 떠올랐다.

"그라면 확실히, 거절하지는 않을 테니까요."

알레이스는 황녀에게 다가온 사람 중 가장 오래된 이였다. 황녀
가 어떤 장난을 쳐도 웃어주었다. 황녀가 청혼을 하면 알레이스는
조금 놀라겠지만, 그래도 받아들일 것이다.

란의 미간에 주름이 섰다.

"전하께서 높은 자리에 오르시는 날, 그자는 역도의 우두머리
로 지목당할 겁니다. 최악의 경우, 전하의 손으로 그자를 처단해
야 하는 상황이 올지도 모릅니다."

"나쁘지 않군요. 권력을 위해 반려자의 목도 날리는 여제라. 냉
정한 모습을 보이기엔 좋겠어요."

란이 고개를 갸웃했다.

"그를…… 좋아하시지 않으셨습니까?"

"싫어하지 않았던 것뿐이죠. 바보같이 제 감정을 칠칠 흘리는 팔푼이가 드물었으니까. 솔직히 재미있었어요. 옆에 둔 건 그래서였죠. 어떻게 이런 놈이 후작이 되었을까. 왜 하고 많은 여성 중 나를 좋아할까. 그놈을 보면서 그런 생각을 하는 게 꽤 재미있었거든요."

단정한 건 외양뿐이다. 레딘 알레이스는 속내를 다 까보이고 다니는 멍청이였다. 그가 만인 앞에서 그러는지, 좋아하는 사람 앞에서만 그러는지는 알 수 없었다. 어쨌든 황녀가 아는 그는 바보였다.

"란. 걱정하지 말아요."

황녀는 자리에서 일어섰다. 방 안을 천천히 걸었다.

"그를 사랑하지는 않지만…… 어차피 황제가 되면 원치 않는 결혼을 해야 하잖아요. 역대 황제들은 다 그랬으니까요. 만약 그자와 결혼을 해야 한다면…… 그건 괜찮아요. 무엇보다 그자는 재미있고."

"그가 자신의 어머니와 척질 수 있을 거라 생각하지 않습니다."

"그러게요. 배신할 수도 있겠네요."

황녀의 걸음이 뚝 멎었다.

"그런데, 란. 우리는 황태자의 가신들이 우리 편이 되길 바라고 있잖아요. 적의 배신은 바라면서 우리 편도 아니었던 자가 우리의 등에 칼을 꽂는 건 염려하다니. 웃기지 않나요?"

란이 드물게 웃음을 내보였다.

"제 앞에서는 솔직해지셔도 됩니다."

앞면 아니면 뒷면. 늘 확실한 것을 이야기하는 황녀가 불확실한 조건이 달린 일을 밀어붙인다면 이유는 하나뿐이다.

황녀가 다시 자리에 앉았다. 그녀가 씁쓸한 눈으로 자조했다. 늘 품위 있게 유지하던 미소가 파샤삭 부서졌다.

"그를 이용하고 싶지 않았어요."

"아직 시간은 있습니다. 결정을 뒤엎으시면 제가⋯⋯."

란이 빠른 걸음으로 황녀에게 다가왔다. 황녀는 손을 들어 그녀를 막았다.

"됐어요. 이미 그 팔푼이가 서신을 받았을 테니까."

알레이스 후작가에 보낸 서신은 별것 없었다. 곧 있을 파티에 함께 가자는 것뿐이다. 즉 에스코트 요청이었다. 별것 아닌 내용은, 정세가 끼어들면서 복잡해졌다.

황녀는 제위에 오를 마음을 숨김없이 드러냈다. 알레이스 후작은 황녀의 야망만큼 선명한 연심을 드러냈다.

알레이스 후작의 집이 조용할 리 없다. 알레이스는 어머니와 자주 싸울 것이고, 옆엔 싫은 소리를 하는 가신들이 붙을 것이다. 그런데도 그는 황녀를 찾아왔다. 그녀의 옆자리를 차지하고선 실없는 웃음을 흘렸다.

이번에도 다르지 않을 것이다. 서신 한 장에 바보가 되어선 말리는 사람들 말은 듣지도 않고 곧장 달려오리라. 알레이스는 그런 남자니까.

황녀는 쿡 웃었다. 심각한 상황인데, 그가 서신을 보고 헤벌레할 걸 생각하니 그냥 웃겼다.

물론 알레이스를 좋아하는 건 아니다. 황녀는 심장에 손을 얹었다. 그를 생각한다고 심장이 빨리 뛰는 일은 없다. 정말로, 단순히 알레이스가 싫지 않았을 뿐이다. 알레이스의 멍청함과 단순함이 그를 적이라 생각하지 못하게 만들었다.

또 노크 소리가 들렸다. 황녀는 손을 내려 조금 흐트러진 옷을 정리했다.

란은 다시 옷장 뒤로 들어갔다. 란의 그림자가 감춰졌다. 그때서야 황녀는 시녀에게 들어오라 했다.

"전하, 카이스턴 공께서 오셨습니다."

공손히 손을 모은 시녀 뒤에 불퉁한 얼굴의 남자가 서 있었다.

"초대한 적 없는 손님인데요."

"내쫓을까요?"

시녀가 얼굴을 구겼다.

"일단 들여보내요."

테일러 카이스턴은 황녀의 아군 중 가장 영향력이 큰 사람이라 박대할 수 없었다.

테일러는 느리게 걸어 들어와 테이블에 앉았다. 방 주인의 허락 없이 착석하는 자세는 무례했지만, 크게 거슬리진 않았다. 참 묘한 남자였다.

황녀는 테일러의 맞은편에 앉아 다리를 꼬았다.

"무슨 일이신가요, 공."

제 몸보단 가신을 보내길 좋아하던 남자가 웬일로 제 발로 왔다.

테일러는 말없이 시녀를 눈짓했다. 시녀는 손님이 올 때 꺼내는 티팟과 잔을 들고 분주히 움직였다. 황녀는 시녀를 내보냈다. 문이 닫혔다.

테일러는 시녀의 발소리가 사라질 때까지 기다렸다.

"무슨 일을 하고 계시는 겁니까?"

심상찮은 목소리였다. 황녀는 오묘한 미소를 머금었다.

"좋은 일이죠."

그래. 좋은 일이다. 황녀는 근래 했던 일들을 짚어보았다.

여제가 되기로 공표했고, 아군을 모으기 시작했다. 적군들을 포섭하기 위해 정성을 다했다. 물론 포섭과 신뢰는 다른 문제라, 황녀는 그들의 충성심을 테스트하는 것도 잊지 않았다.

하늘에 맹세코 떳떳할 수는 없지만, 미래의 자신에겐 당당히 말할 수 있는 일들이었다.

"정말 좋은 일입니까?"

"왜 공이 화를 내요?"

이해할 수가 없었다. 테일러와 황녀는 같은 목표를 향해 달리고 했다. 황녀의 세력이 곧 그의 힘이었다.

"아군은 많을수록 좋지 않나요?"

테일러는 하 어이없다는 듯 웃다 갑자기 미소를 지웠다. 그가 긴 한숨을 뱉어냈다.

"……수단과 방법을 가리지 않으시는 전하의 처신에 탄복했습니다."

"공에게 그런 비난을 받아야 할 이유는 없다고 생각하는데요."

황녀가 방실 웃었다. 포커페이스를 유지하면서 그가 뭐 때문에 뿔이 났을까를 궁리했다. 테일러는 그녀가 추리해 낼 때까지 기다려 주지 않았다.

"풋내기 애송이에게 에스코트를 맡기다니 말입니다."

황녀는 가볍게 눈을 두 번 깜빡였다. 물론 그런 일이 있었다.

사내와 소년 사이에 선 소년은 아버지의 의중이랍시고 속내를 까발렸다. 황녀의 편에 서겠다는 건 그의 의사가 아니었다. 그러나 소녀의 에스코트를 하겠다는 풋풋한 연심은 소년의 마음이었다.

아주 잠깐, 황녀는 테일러가 그 사실을 어떻게 알았는지는 묻어두기로 했다.

황녀는 부채를 폈다. 눈만 내밀고서 부채 아래로 호호 잔망스러운 웃음을 뱉었다.

"잘 어울리는 한 쌍이지 않나요. 갓 사교계에 진입한 어린 영애와 교제 경험이 없는 어린 영식이라니."

황녀는 테일러를 살폈다. 그의 미간에 선 주름이 쉬이 사라지지 않았다. 황녀는 부채를 착 접었다. 부채 끝으로 테일러를 지목했다.

"아니면 설마, 공."

황녀의 미소가 짓궂은 곡선을 그렸다.

"한 번 더 오클레앙 영애를 에스코트하고 싶었던 건 아니겠죠?"

테일러는 침묵했다. 파란 눈에 노기가 넘실댔다. 필요 이상으로 화를 내는 모습이 재미있었다. 황녀가 아하하 웃었다. 드물게 튀어나온 진짜 웃음이다.

"나이도 그렇고, 분위기나 이미지나…… 하나도 안 어울리는 거, 알고 있잖아요?"

"모릅니다."

"공, 그거 범죄……."

테일러의 미간이 좁혀졌다. 아, 놀라라. 황녀는 과장스런 제스처를 취했다. 그래도 테일러의 표정이 변하지 않아서, 그녀는 황급히 다른 말을 붙였다.

"이미 결정된 일이에요. 그리고 그 영애는 어리지도 약하지도 않아요. 누구의 손을 잡고 파티장에 들어올지는 결정할 수 있는 머리가 있단 말이죠."

"……압니다."

테일러가 심통 난 감정을 풀풀 드러냈다.

"그러니 공께서 하신 것은 화풀이예요. 저한테 이러서도 소용없다는 말이에요."

"원인 제공자에게 하는 화풀이는 액막이입니다. 후일 한 번 더 찾아올 뻔한 악을 막아줍니다."

"저를 너무 사악하게 보시는 거 아닌가요?"

"전하께서 착한 분이셨다면 주군으로 모시지 않았을 겁니다."

테일러의 목소리는 단호했다.

"전하께서 꼭두각시가 되길 원한 적은 없습니다. 하니 오늘은 그냥 물러가겠습니다. 하지만 저열한 방법을 쓰는 협잡꾼 또한 원하지 않았다는 걸 알아주셨으면 합니다."

황녀의 눈썹이 위아래로 들썩였다.

"……충고, 받아들이죠."

테일러는 고개를 숙였다. 그러더니 말없이 방을 나가 버렸다.

쾅 소리에 나갔던 시녀가 무슨 일인가 궁금해하며 고개를 내밀었지만 황녀는 그녀를 내보냈다. 문이 닫히고 란이 다시 나왔다.

"참으로 건방진 자입니다."

"하지만 솔직한 사람이죠."

황녀가 피식피식 웃었다.

"강한 만큼이나."

테일러는 실리에 따라 움직인다. 그는 야망가였지만, 자신의 목적을 추잡한 방식으로 달성하지 않았다. 황녀는 그를 볼 때마다 욕망과 저열함이 얼마나 다른 것인지 깨달았다. 그래서 테일러는 특별했다. 수많은 귀족 중 그는 도드라져 보였다. 그가 황실을 좋아하지 않는다는 걸 안다. 하지만 한 번 마음이 끌리자 계속 시선이 갔다.

황녀는 테일러를 마음에 품었지만 그의 마음은 제것이 아니었다.

황녀는 쓰린 미소를 흘렸다. 이 순간에도 테일러가 밉지 않은 이유는, 마음 한구석에 미련이 남아 있어서일 거다.

황녀는 말없이 문을 바라봤다.

란이 다시 옷장 뒤로 사라지기 전 물었다.

"색출할까요?"

루만티온 영식이 오클레앙 영애를 에스코트하기로 했다. 테일러는 결정된 지 1시간밖에 안 지난 일을 알아냈다.

결론은 단순하다. 황녀궁에 테일러의 사람이 있다. 황녀는 픽 웃었다.

"……찾아내 봤자 다른 사람을 심겠죠. 무의미한 짓이니까 이제 내버려 둬요."

황녀가 손을 내젓자 란은 다시 들어갔다. 곧 다시 정적이 방 안에 들어찼다.

황녀는 요란한 표지의 책을 다시 들었다.

황태자의 탄신일이 되자 많은 귀족이 파티에 참석했다. 지방에서 올라온 귀족도 있었다.

황성 입구부터 파티가 열리는 홀까지 시끌벅적했다. 굳게 닫혀 있던 황성 입구는 활짝 열려서 손님들을 맞이했다.

삭막한 얼굴로 서 있던 근위병들 옆엔 사근사근한 미소를 흘리는 황실 기사단이 붙었다. 전원 귀족 자제들로만 구성된 황실 기사단은 화려한 정복을 입고 황실 행사에 동원될 때가 많았다.

귀족가의 마차가 들어왔다. 기사가 후다닥 달려갔다.

"어서 오십시오."

"파티장은 이쪽입니다."

"제가 안내해 드리겠습니다! 천천히 걸어주세요!"

수많은 마차들 사이에 오클레앙 가의 마차가 끼었다. 금장식으로 번쩍한 마차들 사이에서, 혼자 새하얀 빛을 뿜내는 마차는 눈에 띄었다. 마부가 마차 문을 열기도 전에 기사가 먼저 다가왔다.

마차 문이 열렸다. 문 아래에 훤칠한 외모를 뽐내는 기사가 서 있었다. 그는 연화를 보곤 설핏 웃었다.

"영애, 손을······."

"괜찮아요."

연화는 케이안에게 눈짓했다. 케이안이 마차에서 먼저 내려 연화에게 한 손을 내밀었다. 에스코트는 동석한 파트너의 몫이다. 그 뒤를 카를이 투구를 뒤집어쓰고 혼자 걸어 나왔다. 마부는 마차를 끌고 가버렸다. 여기서부터는 걸어가야 한다.

연화는 흰 드레스에 프릴과 장식을 덧붙였다. 프릴 끝은 붉은 리본으로 묶었다. 리본은 급하게 수선한 티를 내는 프릴을 단정히 잡아주었다. 케이안은 검은 정장을 입었다.

두 사람 다 요즘 유행에 맞는 스타일이었다. 양식이 비슷했다. 둘은 파티장까지 걸어갔다.

입구에서 파티가 열리는 본관까지 가는 길은 오르막이었다. 연화는 천천히 걸었다. 부러 굽이 낮은 신발을 신었지만, 어쨌든 구두는 불편했다.

입구와 서너 걸음을 두고 케이안이 갑자기 걸음을 멈추고는 연화를 돌아보았다.

"영애, 제 걸음걸이가 어떠해 보입니까?"

연화는 어깨를 으쓱였다. 케이안의 걸음은 특별할 것이 없었다. 팔을 흔드는 거나 발을 뻗는 각도 등이 일정한 점이 특징이긴 했지만, 무관들의 걸음은 원래 그랬다.

"소영주다운 근엄한 걸음이신데요."

"……혹 제 걸음이 빨라 영애를 곤혹케 했나 싶어 질문드린 것이었습니다."

"전혀 그렇지 않았어요."

"아버님께서 그러셨습니다. 저는 상대를 생각하지 않는다고."

연화가 과장스레 눈을 떴다.

"어머나. 루만티온 후작님께서 사람을 잘못 보신 모양이네요."

"부디 그랬으면 좋겠군요. 영애, 정말 불편하진 않습니까?"

연화는 설핏 웃었다. 인간관계 구축에 어색함을 드러내는 케이안이 재미있었고 한편으론 안쓰러웠다.

연화는 재민의 눈치를 살피면서 그가 지루하지 않은지 살폈던 자신이 떠올랐다. 과거의 그녀는 조심하지 않아도 되는 것들을 챙기느라 신경이 곤두서 있었다.

연화는 케이안의 어깨를 두드렸다.

"지금처럼 하시면 돼요. 상대를 살피고, 괜찮은지 묻고, 상냥하게 대해주면 아무도 싫어하지 않을 거예요. 사람은 누구나 그래요. 자신에게 잘해주려고 하는 사람을 어떻게 싫어하겠어요."

"……그렇……군요."

케이안이 작게 대답한다. 정치적인 목적을 가진 케이안은 마음에 들지 않았지만, 그것과 별개로 그가 풋풋한 건 귀여웠다. 연화가 손을 잡아주자 케이안은 귀밑까지 빨개져서 푹 익었다.

연화는 파티장 입구로 들어섰다. 활짝 열린 문 옆에 기사들 몇이 형식적으로 서 있었다. 귀족들은 문 안으로 꾸역꾸역 들어갔다. 역대 파티 중 가장 많은 귀족이 참석한 파티였다. 형식적으로 귀족들의 이름을 소개시켜 주던 목소리도 오늘은 들리지 않았다.

연화는 파티장 구석에 자리를 잡았다. 황태자의 탄신일 기념 파티는 특이하게 진행되었다.

처음은 황태자의 연설로 시작했다. 황태자는 홀 가장 안쪽 단위에 앉아 확성 아티팩트를 들었다. 그의 목소리가 웅웅 홀에 퍼져 나갔다.

내용은 별것 없었다. 와줘서 감사하다, 그대들의 노고를 기억할 것이다, 모두 즐기다 가라. 내용은 없는데 문장은 많아서 지루했다.

솔직한 사람들은 하품을 했고, 그중엔 케이안도 끼어 있었다. 그는 기지개까지 폈다. 누군가가 케이안의 행동을 보고 무례하다며 눈을 흘겼다. 그는 무시했고, 남자는 불만 가득한 얼굴로 몸을 틀었다.

케이안은 어리긴 했지만 루만티온 후계자나 되는 사람이었다. 대놓고 그 훈계를 할 수 있는 사람은 몇 안 된다. 케이안처럼 지루함을 느끼던 몇 사람이 킥킥 웃었다.

확성 아티팩트가 홀을 다 잡아먹고 있었기에 황태자는 웃음소리를 듣지 못했다.

연설 다음은 국가(國歌)였다. 카로틴의 영광이 어쩌고로 시작하는 노래가 늘어졌다. 연화는 모르는 노래였다. 그녀는 잠자코 있었다.

노래가 끝난 뒤엔 선물 공세가 이어졌다. 황태자가 앉은 단 아래로 귀족들이 늘어섰다. 자신이 누구고 무엇을 가져왔는지를 설명했다. 황녀는 그러지 않았다. 그녀는 선물을 주는 시간을 따로 가지지도, 선물을 보내고도 웨이휠의 얼굴을 확인하지도 않았다.

케이안은 눈을 느리게 깜빡였다. 누가 침대를 옮겨놓으면 그대로 드러누워 잘지도 모른다.

연화는 고개를 높이 들고 귀에 신경을 곤두세웠다. 황태자와 선물을 주는 귀족 외 입을 여는 사람은 없었다. 누가 무슨 선물을 주는지 들을 수 있었다.

황태자파 귀족은 어디서 구하는지 알 수도 없을 만큼 진귀한 선물을 바쳤다. 반면 욕먹지 않을 정도의 소박한 선물을 바치는 귀족도 있었다. 상황을 잘 모르는 사람들은 그들의 가문의 재정 상태가 별로인가 추측했다. 연화만 빙그레 웃음을 지었다. 그들은 모두 황녀 편에 속한 귀족들이었다.

어느 쪽에도 속하지 않은 귀족들도 있었다. 정파적인 입장을 띠고 싶지 않기에 중립이 되겠다는 소수의 귀족을 뺀 나머지는, 그냥 노선을 정하지 못한 자들이었다. 그들은 황태자파 귀족들을 흘끔 살피면서 그들 사이에 합류할지, 아니면 황녀파에 속할지 견주고 있었다.

선물을 바치는 귀족들의 줄이 차츰 줄어들었다. 곧 연화의 차례가 왔다. 황태자가 연화를 흘끔 보곤 하품을 했다.

"저는 보석을 가져왔습니다."

연화는 선물 상자를 내밀었다. 그러나 황태자가 받지 않았기 때문에 시종에게 넘겼다. 연화는 선물에 대한 설명도 하지 않고 돌아섰다. 그런데도 황태자는 무심했다.

연화는 피식 웃었다. 대놓고 황녀파를 자처한 소녀의 선물엔 관심이 안 생기나 보다. 연화가 단을 내려설 때까지도 황태자는 선물 상자에 손가락 하나도 대지 않았다.

연화가 내려간 자리를 케이안이 올라갔다. 그가 선물을 바쳤다. 황태자는 케이안의 선물도 받지 않았다. 케이안은 의례적인 인사를 바치곤 물러갔다.

연화와 케이안은 구석에서 대기했다. 모든 귀족이 선물을 바쳤고, 파티가 시작되었다. 악사들이 연주를 시작했고, 파트너를 대동한 사람들이 첫 춤을 추었다. 연화와 케이안도 춤추는 사람들 사이에 끼였다.

케이안은 자리를 잡아놓고도 한참을 머뭇거렸다. 그가 주위를 두리번거렸다. 한참 머뭇거린 뒤에 겨우 손을 내밀었다. 자세는 영락없는 춤을 신청하는 신사였지만, 목소리는 어색하기 짝이 없었다.

"영애, 저와 춤을…… 아니, 춤을 출 수 있는 영광과 축복…… 아니, 이건 너무 긴데……."

연화는 피식 웃었다. 숙맥 케이안을 곤란하게 할 생각은 없었다. 그녀가 케이안과 함께 온 것은, 황녀가 새 세력을 영입하는 데 도움이 된다고 생각했기 때문이다. 돌아가는 방법을 알기 전엔, 최대한 황녀의 비위를 맞춰줘야 하기 때문이다.

"그냥 추죠."

연화는 케이안의 손을 잡고 먼저 한 바퀴를 돌았다. 케이안은 당황스러웠는지 엇 소리를 냈다. 그것도 잠시, 그는 익숙하게 스텝을 밟았다.

⚜

연화는 춤이 끝나자마자 케이안과 떨어졌다. 춤을 추는 취미도 없었거니와, 케이안 뒤에 황녀가 서 있었다.

케이안은 어벙한 얼굴로 서 있었다. 연화는 그의 등을 두드렸다.

"두 번째 춤은 전하와 추셔야죠."

"저, 하지만……."

케이안이 항변하려 했지만, 연화는 서둘러 그에게서 멀어졌다.

황녀는 기다렸다는 듯 빠르게 그를 채어갔다. 루만티온 가가 황녀파가 되었다는 걸 알릴 기회를 황녀가 놓칠 리 없다.

연화가 혼자 남자 카를이 슬쩍 붙었다. 그가 케이안을 흘끔거리며 말했다.

"좀 더 함께 계실 줄 알았습니다."

"어머, 제가 왜요?"

케이안은 처음부터 황녀와 협력하겠다는 마음을 알리기 위해 셀리나에게 왔다. 그의 목적의 끝은 황녀와 춤을 추는 것이다.

연화는 부러 '의외다'는 감정을 과장스레 표현했지만, 카를은 같은 감정을 무뚝뚝하게 담아냈다. 그래서 그가 진짜로 의아해하고 있음을 알 수 있었다.

"좋은 상대잖습니까."

"권력이나 영향력을 생각하면 테일러가 훨씬 더 좋은 상대라 생각되는데요."

"아니요, 제가 말한 것은 '나이'였습니다."

나이라. 나이.

연화는 눈을 깜빡였다. 연화는 셀리나가 어리다는 것도 인지했고, 그걸 이용해 먹은 점도 있었다. 하지만 스스로는 20살을 넘은 성인으로 인지하고 있었기에, 케이안과 뭘 어떻게 해보겠다는 생각이 들지 않았다. 그에게 있어 케이안은 귀여운 남자아이에 불과했다. 하지만 셀리나의 실제 나이를 생각하면 케이안과 붙여놓는 게 이상한 일은 아니었다.

"생각해 본 적 없었는데."

하지만 그건 내가 결정해야 할 일이 아니기에 깊이 염두에 두지 않았다. 먼 미래는 셀리나가 알아서 결정할 일이라고 생각했기에.

연화는 방실방실 웃으며 시선을 올렸다.

"왜 그런 걸 물어요? 제가 저 사람이랑 결혼했으면 좋겠어요?"

카를이 이런 뜬금없는 질문을 한 이유는 정말로 케이안과 결혼하라는 뜻이 아닐 것이다. 그것보다는 오히려.

"아니면 결혼할까 봐? 질투가 났나요?"

이쪽에 가깝겠지.

카를은 입술을 꾹 다물었다. 여하간 이상한 곳에서 쓸데없이 귀여워지는 남자였다. 연화는 비죽비죽 웃으며 홀짝대던 음료수를 테이블 위에 내려놓았다.

카를은 말없이 연화의 뒤를 지켰다. 연화는 할 일이 없는 것을 틈타 파티장 이곳저곳을 두리번거렸다. 춤을 추는 남녀, 대화 삼매경에 정신이 없는 사람들, 음식 맛을 확인하는 시종장……

모든 것을 아우르듯 돌아다니던 연화의 시선이 멈췄다. 머리를 높이 틀어 올리고 진주 장식을 한 여성이 보였다. 귀족 여성 열 중 한 명이 택하는 흔한 머리 스타일이지만, 연화는 쉬이 눈을 뗄 수 없었다. 살짝 드러난 귓바퀴와 목선이 너무 익숙해서.

여성은 녹색 드레스 자락을 쥐고 걸었다. 20살이 안 되어 보이는 젊은 영애 여럿이 웃으며 담소하는 중간에 끼었다.

"저어, 가넷 영애?"

나지막한 목소리를 듣자 알았다. 그녀는 엘렌이었다. 가넷 영애가 웃는 얼굴을 돌려 상대를 확인하자, 그녀의 얼굴이 조금 찡그려졌다 펴졌다. 가넷 영애가 우아하게 훗, 웃곤 한쪽 팔에 걸치고 있던 숄을 어깨에 둘렀다.

"미안해요, 좀 바빠서요."

가넷 영애가 다른 곳으로 가버렸다. 다른 영애들도 그녀를 따라 움직였다. 엘렌은 미적거리는 영애에게 다가섰다.

"라리에트?"

"아, 음료수가 떨어졌네?"

라리에트 영애는 엘렌을 쳐다보지도 않았고 영애들과 함께 나누어 마셨던 음료수 잔을 집어 들더니 다른 영애들을 쫓아 사라졌다. 엘렌의 옆엔 사람이 꼬이지 않았다. 그녀를 먼저 발견한 사람들은 멀찍이 떨어졌고, 그녀를 발견하지 못하다 아는 척 인사받은 사람들은 자리를 피했다.

엘렌의 옆에 다가가는 사람은 수도 사교계 사정을 잘 모르는 귀족뿐이다.

"안녕하세요, 영애. 전 루이지 캐럿이에요. 당연히 절 모르실 거예요. 제가 오랜만에 수도에 올라와서……."

혼자 서 있는 엘렌이 이상해 보였는지 한 영애가 접근했다. 옷차림새나 머리 스타일이 모두 수도에서 유행하는 스타일이 아니었다. 지방 도시의 영애였다.

엘렌은 반색했다. 그녀가 손바닥을 펴 스스로를 짚었다.

"저는 카턴 남……."

엘렌이 자기소개를 마치기도 전에 가넷 영애가 두 사람의 사이에 끼었다. 가넷 영애를 따라 자리를 피했던 소녀들은 먹이를 중심으로 자신들만의 울타리를 형성했다. 그들은 가넷 영애를 보며 무어라 소곤거렸다.

"어머, 루이지."

가넷 영애가 활짝 웃으며 캐럿 영애의 어깨에 팔을 둘렀다. 캐럿 영애는 얼떨떨해했지만, 가넷 영애의 팔을 떨치지는 않았다. 그녀는 많은 영애들의 우상이었다.

가넷 영애는 제국에 몇 없는 공작가의 영애였다. 괜찮은 패션센스를 탑재했고, 인맥 관리도 꾸준히 했다. 수도의 영애들과는 정기적으로 티 파티나 독서모임을 가졌고, 지방에 사는 영애들과는 편지를 주고받았다. 그중엔 캐럿 영애도 있었다.

"왜 이런 곳에 있어?"

캐럿 영애가 하하 웃으며 엘렌을 눈짓했다.

"그게, 여기 처음 보는 영애가."

"상관할 거 없어."

"하지만 이분께서 입고 있는 드레스가 꽤 괜찮은데……."

캐럿 영애가 우물쭈물했다. 가넷 영애는 어색한 웃음을 흘렸다. 그녀는 엘렌을 위아래로 흘끔 훑었다. 엘렌의 드레스는 수도의 유행을 충실히 따른 디자인이었다. 즉 특별할 것이 없었다.

가넷 영애는 캐럿 영애의 손을 잡아당겼다.

"드레스 갖고 싶으면 내가 줄게. 내 옷장에서 다 가져가도 돼. 많으니까. 착하지, 루이지? 이리 와."

캐럿 영애는 눈을 굴렸다. 그녀는 주위를 둘러보았다. 정황을 파악하는 데엔 오랜 시간이 걸리지 않았다.

"알았어. 아주 짧은 만남이었지만 만나서 즐거웠어요."

캐럿 영애는 대충 손 인사를 하곤 가넷 영애를 따라 걸음을 옮겼다. 이후 엘렌에게 다가가는 사람은 아무도 없었다. 못 본 사이 사교계 공식 왕따가 된 모양이다.

엘렌은 이 세계의 주인공이었다. 이 세계는 엘렌을 중심으로 돌아가야 했다. 그러나 엘렌은 세계의 바깥 가장자리로 밀려났다. 엘렌을 사랑해 주어야 할 테일러와, 그녀가 보여주는 옷을 감탄하며 박수갈채를 보낼 영애들은 사라졌다.

이렇게 된 이유가 하나뿐이겠냐마는, 이유 중엔 연화가 큰 지분을 차지하고 있을 터였다. 미래를 죄다 주워들고 들어온 외부인은 제 편의대로 세계를 움직이고, 중심축을 제게로 끌어당겼다. 그렇다고 하나 죄의식은 들지 않았다. 엘렌이 잘 먹고 잘사는 엔

딩과 셀리나를 살리는 엔딩 중 하나만 선택할 수 있다면, 연화는 기꺼이 후자를 선택했을 것이다. 자신이 셀리나의 몸에 들어왔기 때문은 아니었다.

현실에 권선징악과 인과응보는 사라진 지 오래지만, 그래도 이곳은 소설 속 세계니까. 현실에 존재하지 않는 땅이니까, 평생을 학대받으며 살다 죽은 소녀가 행복해졌으면 좋겠다. 소녀를 괴롭혔던 사람은 벌을 받았으면 좋겠다.

현실을 제대로 닮은 이 세계는 연화의 바람을 배신하도록 만들어져 있었다. 그걸 비튼 것은 그녀였다.

그 사실을 자각하자 목이 더 탔다. 연화는 음료수를 벌컥벌컥 들이마셨다. 빈 잔을 내려놓곤 다른 것을 집어 들었다.

사실은 술이 먹고 싶었지만, 물론 무의미한 희망 사항이었다. 카를은 연화의 뒤에서 테이블 위 음식들을 재배치 중이었다. 그의 눈을 피해 술이 든 잔을 집어 든다고 해도 바로 뺏길 터였다. 그래도 이런 날엔 술을 먹어야 하는데. 연화는 속으로 혀를 찼다. 가련한 셀리나가 성공한 신데렐라가 된 것을 보면서 기념주를 마셔야 하는데. 애석했다.

연화는 애꿎은 음료수만 해치웠다. 다행히 집어 드는 음료수마다 맛이 괜찮아서 위안이 되었다.

다섯 번째 잔을 집어 들었을 때였다.

엘렌이 주위를 살피다 연화를 발견했다. 그녀가 다리를 길게 뻗어 다가왔다.

연화는 부심한 얼굴로 엘렌을 맞았다. 엘렌은 연화 앞에 서서마자 웃음 가면을 집어 던졌다.

"내 꼴이 우습지?"

만만해 보이는 사람에게 화풀이하는 꼴이란. 가당찮다. 연화는 부채를 폈다.

엘렌의 얼굴이 빨개졌다. 그녀가 손을 쫙 펴 연화를 손가락질
했다.

"다 네가……!"

"제가?"

연화는 어깨를 으쓱였다. 그녀가 움직이는 만큼 부채 끝에 달
려있던 루비 장식이 같이 흔들렸다. 엘렌은 말문을 터놓고 한참
말이 없었다. 연화는 피식 실없는 웃음을 흘리며 부채를 착 접었
다.

"제가 뭘 했다는 거죠?"

엘렌은 계속 묵묵부답이었다. 연화는 한숨을 내쉬곤 고개를
저으며 한심하다는 듯 흘겨봐 주는 것도 잊지 않았다. 가만히 있
는 제게 와서 대뜸 시비를 건 쪽은 엘렌이었다.

"영애, 똑바로 말을 하세요."

엘렌의 목울대가 움직였다. 얼굴이 붉게 달아올랐다. 그녀가
악 소리를 지를 것처럼 숨을 깊이 들이마셨다.

"네가 카이스턴 공작을 시켜서……."

"영애께선 절 카이스턴 공작을 조종할 수 있을 정도로 대단한
사람으로 보시는군요. 그거 좀 고마운데요."

연화가 피식 웃어버리자, 엘렌은 입술을 짓씹었다. '그럴 리가
없다'는 걸 알고 있는 이성이 잠깐 밖으로 나왔지만 그녀는 이성을
집어넣고 감정을 내세웠다. 노성 같은 목소리가 떨어졌다.

"가증스러운 것. 속에 능구렁이가 몇 마리가 있길래 그리 뻔뻔
하게 굴 수 있는 거지?"

"글쎄요. 황무지에 아이를 버린 사람보다는 적지 않을까요?"

"그래서 내게 복수한다고 이러는 거라고?"

"당신이 무어가 대단해서 그런 일을 해요?"

셀리나는 엘렌을 미워하고 있을지도 모르지만. 연화는 그랬다.

엘렌이 눈을 깜빡였다. 그 모양새가 퍽 우스웠다.

"아니…… 야?"

"나는 내게 필요한 사람에게만 정성을 기울이죠. 나를 괴롭혔던 사람이 아니라, 내게 필요한 것을 주는 사람에게만요. 하고 싶은 일만 하면서 사는 것만으로도 인생은 짧아요. 그런데 제가 왜 싫어하는 당신 생각을 해야겠어요? 뭐 때문에?"

연화가 엘렌을 올려다봤다. 화를 내며 항변할 줄 알았던 엘렌은 두어 발자국 물러섰다. 그녀가 우물쭈물했다.

"나는 당연히 네가 날 싫어할 줄 알아서…… 그래서……."

"물론 싫어했고, 지금도 싫어해요. 그런 짓을 한 사람을 어떻게 좋아하겠어요?"

"싫어하는 사람이 잘 안 됐으면 하는 게 당연하잖아?"

"아까도 말했지만, 영애는 제 인생에서 조금도 중요한 사람이 아니에요. 그리고 제 시간은 소중해요. 원망 따위를 할 시간도 아깝다구요."

"날 싫어해서 테일…… 아니, 카이스턴 공작에게 그런 일을 시킨 줄 알았어."

이건 또 무슨 소리인가. 연화는 황당함을 참지 못하고 크게 웃어버렸다. 몇 사람이 큰소리를 찾아 주위를 두리번거리다 연화를 발견하곤 눈총을 주었다. 연화는 모른 척 웃었다.

"그분이 제 명령대로 움직이는 분이었다면, 제 인생은 훨씬 편해졌을 거예요."

엘렌은 침묵했다. 연화의 말에 수긍하는 듯하더니 갑자기 고개를 벌떡 들었다.

"그럼 이게 뭐야! 난 왜 이 고생을 해야 하는데!"

"그건 저도 모르죠."

연화가 어깨를 으쓱거리자 엘렌은 다시 입을 다물었다. 그러다 흘끔 연화를 살피며 큼큼 헛기침을 했다.

"어쨌든. 그래서 너는 나를 용서한 거야?"

"용서? 풋. 제가 왜요?"

오늘따라 재미있는 말을 많이 듣게 된다. 연화는 몸을 들썩였다.

"셀리스티나 오클레앙은 당신을 용서할 수 없어요."

"날 용서할 수 있는 사람이 달리 있어?"

"당신은 셀리나 카턴에게 용서를 구해야 해요."

엘렌이 엑 소리를 냈다.

"같은 사람이잖아."

"달라요. 왜냐하면."

연화는 엘렌을 쿡 찔렀다.

"당신은 같은 사람이 다른 이름을 가지고 있다는 이유만으로 행동을 달리했으니까요."

셀리나 카턴을 볼 땐 언제나 모욕적인 말을 퍼붓던 엘렌은, 그녀가 귀족 소녀가 되어 돌아왔다기에 직접적인 모욕을 가하지 못했다. 손찌검을 하지 않는 것만으로도 장족의 발전이었다.

한 사람을 두고 태도가 달라지는 건 쉬운 일이 아니니, 두 사람은 다른 사람이라 해도 문제는 없을 것이다.

"내가 영원히 셀리나 카턴으로 살았다고 해도 당신이 나를 이렇게 대했을까요? 그럴 리가 없죠."

연화가 피식 웃었다. 엘렌의 눈썹이 자르르 떨렸다.

"하……! 다른 게 당연한 거잖아? 한쪽은 노예고, 한쪽은 귀족인데."

"당신이 그런 사람이니까, 나는 당신을 용서하지 않겠다는 거예요."

"그게…… 뭐야."

엘렌의 얼굴이 일그러졌다. 그녀가 입을 벌리고서 하, 바람 빠지는 소리를 냈다.

"복수를 할 생각도 없다면서…… 날 생각하면서 이도 안 간다면서…… 그런데 날 용서는 안 하고…… 이상하잖아. 시시하잖아, 그런 거."

"이상하지 않아요. 왜냐하면 제 복수는 이루어졌을지도 모르거든요."

연화는 엘렌의 소유였을 것을 하나씩 빼앗아 셀리나에게 주었다. 그녀가 이 세계에 존재하는 시간이 길어질수록 엘렌이 강탈당하는 것이 많아진다. 의도하지 않았지만, 결국은 그리되었다. 살아 있는 것만으로도 이룰 수 있다는 복수는 이런 상황을 말하는 것이리라.

"물론 셀리스티나 오클레앙으로서의 복수만을 말한 거예요."

연화가 엘렌에게서 실질적으로 강탈한 건 오클레앙 인장이 유일했다. 그마저도 원래 그녀의 것이 아니었다. 반면 셀리나는 어떠한가. 그녀는 보통 소녀로 자랄 기회를 박탈당했다. 셀리나의 기억으로 엿보았기에 확실히 알았다. 그녀는 노예로 살 운명이 아니었다.

셀리나가 왜 노예가 되는 것을 순순히 받아들였으며, 남작가를 떠나지 않았는가는 의문이었지만. 어쨌든 그녀가 부당한 대우를 받았음은 분명했다.

그 모든 것이 엘렌과 샤먼의 행동으로 일어난 일이다.

연화가 겪지 않은 과거기도 하다. 그러니 연화는 분노는 가지고 있을지언정 설움은 없다. 귀찮기도 했지만, 제 몫이 아닌 복수를 한다고 나설 생각도 없었다.

"말장난 그만하고 날 그냥 망가뜨려! 셀리스티나의 복수든 셀리나의 복수든 마음대로 하라고! 그럴 수 있잖아!"

"그러게요. 제가 왜 안 그랬을까요."

연화는 실소를 머금은 뒤 몸을 틀었다. 찡얼거리는 엘렌의 얼굴을 보니, 귀찮다는 말 한마디를 해주는 것 자체가 귀찮았다.

엘렌이 연화를 가로막았다. 그리곤 붉으락푸르락해진 얼굴을 들이밀었다.

"나를…… 동정해?"

그래서 엘렌이 불쌍하냐면, 솔직히 그렇다고 생각했다. 죄책감을 느끼거나 후회진 않지만, 사실이 변하는 건 아니니까. 연화는 이 세계에서 유일하게 엘렌이 뭘 잃었는지 아는 사람이다.

"네."

연화는 고개를 끄덕였다. 엘렌의 눈이 축축해졌다.

"내가…… 불쌍하다고 생각해?"

"네."

"내가 꼴사나워?"

"네."

엘렌이 주먹을 꽉 쥐었다. 그녀가 바들바들 떨었다. 파티장은 따뜻했고, 바람 한 점 불지 않았는데도 그녀는 휘몰아치는 눈보라를 맞고 있는 사람 같았다.

"왜?"

울음과 먹먹함이 담긴 한마디가 튀어나온 것은 조금 뒤였다.

"불쌍한 건, 꼴사나운 건, 그래서 동정을 받아야 하는 건 너인데? 내가 지긋지긋하게 괴롭혔던 너인데?"

어쩌면 너는. 불현듯 떠오른 생각이 있었다. 연화는 엘렌을 새삼스러운 눈으로 보았다.

저쪽 세계에도 그런 사람이 있었다. 자신보다 약해 보이는 사람을 건드려서 자신의 존재감을 입증하려는 사람이. 실제의 자신은 형편없다는 사실을 덮기 위해 남을 끌어내린다. 남을 밟고 올라선 것만으로도 저가 대단한 사람이 되었다고 착각한다.

순진하며 어리석은 이기심에서 나온 가학심이다.

이런 사람을 상대하는 일은 몇 번이나 해보았다. 얼마나 많이 해보았냐면, 엘렌이 그런 류의 하나라는 사실을 알자 이골이 날 정도였다. 연화는 씩 웃으며 스스로를 가리켰다.

"제가 불쌍해 보이나요?"

"너 잘살잖아. 뭐가 불쌍해."

"그러니까요."

엘렌이 헛웃음을 지었다.

"하…… 그래. 전락한 건 나쁘지."

연화는 제 허리에 손을 짚었다.

"나 재수 없죠?"

"엄청."

"기분 나쁘죠?"

"많이."

엘렌은 제 얼굴을 쓸어내렸다. 예쁘게 발라놓은 분과 립스틱이 번지는지도 모르는 것 같았다. 손가락에 덮이지 않은 코에서 긴 숨이 새어 나왔다.

"하아…… 젠장."

다시 마주 본 엘렌은 뭔가 해탈한 얼굴이었다.

"너…… 내가 왜 널 싫어했는지 알아?"

엘렌은 난간 위에 세워놓은 잔을 집어 들었다. 연화는 음료를 마신 엘렌의 얼굴이 조금 붉어지는 걸 보고서야, 그게 술이라는 걸 알았다.

"상단에 노예가 한 명뿐이었어? 너보다 어린애가 없었을 것 같아? 일 못하는 게 너 하나뿐이었을까?"

엘렌의 눈썹이 파르르 떨렸다. 연화는 말없이 그녀를 바라보았다. 엘렌이 다 마신 술을 다시 창가에 올려놓았다.

"왜 아무것도 안 물어봐?"

"……"

"왜 아니라고 안 해? 왜 내가 틀렸다고 안 하는데? 사실 내가 틀렸잖아! 네가 옳고, 내가 나쁜 년이잖아?"

"그러면 뭐가 달라지나요?"

연화는 피식 웃었다.

"그러면 과거가, 기억이, 시간이 사라지나요? 아니면 그것들이 아름다운 추억으로 포장되나요?"

연화가 겪었던 아픔들이 사라지지 않듯, 엘렌이 셀리나에게 한 일은 사라지지 않을 것이다. 시간은 계속 흘러가기에 과거의 사건은 과거에 남는다. 현재의 그녀를 쫓아오지 않는다.

그러나 과거는 추억이 된다. 머릿속에 영원히 남는다.

"착각하지 말아요, 귀하게 자라신 아가씨."

엘렌은 의표를 찔린 얼굴을 했다.

"용서와 관용은 과거를 잊게 해주는 마법의 단어가 아니에요. 과거의 잘못을 인정하고 포용하겠다는 의미죠."

"……"

"저는 당신이 제게 한 일을 잊지 않을 거예요. 물론 용서하지도 않을 거예요."

"……"

"그래서 저는 당신이 제게 왜 그런 짓을 했는지 궁금하지 않고, 당신이 얼마나 불쌍한지도 알고 싶지 않아요. 제가 그런 것을 왜 이해해야 하나요? 그런 것이 제게 무슨 의미가 있죠?"

"하지만 나는……!"

엘렌이 무어라 항변을 하려고 했다. 연화는 그녀의 손을 잡았다. 뜻밖의 온기에 엘렌이 말하려던 것을 잊고 입을 헤 벌렸다.

"당신이 세상에서 가장 불쌍한 사람이라고 생각하지 말아요. 당신 사정을 내게 밀어붙이지도 말아요."

연화는 엘렌을 살짝 끌어당겼다. 그녀와 딱 붙어 섰다. 그대로 살갑게 입꼬리를 끌어올렸다. 그녀와 악수를 했다. 멀리서 보면 두 사람은 화해를 한 것처럼 보일지도 모르겠다.

"어린 노예 계집 셀리나의 사정을 알아주는 사람은 아무도 없었잖아요."

그러니 네 사정을 알아주는 사람 또한 없을 거야. 네 마음대로 해. 연화가 작게 속삭인 말을 엘렌은 분명 제대로 알아들었을 것이다. 연화는 그녀에게서 떨어졌다. 다시 올려다본 엘렌의 눈이 조금 흔들렸지만, 이내 침착해졌다.

"나는…… 사과하지 않을 거야. 물론 후회도 안 할 거야."

"좋은 패기네요."

"그러니까 다른 사람들에게 날 나쁜 년이라고 말해도 돼."

"그럴 필요가 있을까요. 이미 모두 그렇게 생각하는 것 같던데."

연화가 주위를 가리켰다. 수군거리는 사람들 대부분은 엘렌을 힐난하고 있었다. 그들의 목소리가 들리지는 않았지만, 눈치만 있으면 분위기는 읽을 수 있다.

"흥."

엘렌은 콧방귀 소리와 함께 사라졌다.

사과도 용서도 없었던 대화였다. 나아진 것은 하나도 없고, 상황은 꼬인 채로 방치되었다. 그러함에도 엘렌의 발걸음은 홀가분했다. 당연했다. 그녀는 처음부터 사과를 할 생각으로 접근한 게 아니었으므로. 어중간한 죄책감에서 나온 어그러짐을 털어내고 싶었을 뿐이다.

연화는 엘렌의 뒷모습을 바라보았다. 몇 분 뒤엔 발소리를 들었다. 익숙한 보폭이었다. 연화는 말없이 뒤로 손을 내밀었다. 카를이 그녀의 손을 잡아주었다.

"이야기를 길게 하시더군요."

"그럴 만한 주제가 있었죠."

내 인생도 아니고, 셀리나의 인생에 대한 이야기다. 연화가 멋대로 결정지을 수 있는 게 아니다. 그러니 이 주제로 이야기를 하면 결론이 나지 않을 수밖에 없다.

셀리나의 과거는 모두 암울한 색으로 칠해져 있다. 그녀의 인생에서 복수를 빼놓을 수는 없을 것이다. 셀리나가 제 입으로 '난 그런 것에 관심 없다'라고 말하는 걸 듣지 않은 이상에야. 연화는 제 손으로 복수를 완결내지 않을 생각이었다. 최종 마무리는, 직접 학대를 받았던 셀리나가 해야 하는 것이었다.

연화는 파티장 중간을 흘끔거렸다. 케이안은 황녀에게서 해방되었다. 그가 연화와 눈이 마주치자마자 어설프게 웃었다. 그의 앞에 벌써 다른 여성이 춤 신청을 하고 있었다. 아무래도 쉬이 빠져나오긴 힘들 것 같다. 연화는 잘하라는 의미로 손을 흔들어준 뒤 발코니로 향했다.

대단한 일을 한 적은 없는데 조금 피곤했다. 감정적으로 격양되었던 게 오랜만이라서 그럴지도 모른다. 연화는 발코니 바람을 맞으며 조금 쉬었다.

달빛이 모양을 일그러뜨려 칙칙한 형광등이 되었다. 천장에 붙은 마법 등이 수명을 다해 정신없이 깜빡거렸다.

창문은 열려 있었지만 바람은 불지 않았다. 덥지도 습하지도 않았다. 대화하기 딱 좋은 날, 연화는 가만히 서 있었다. 제 앞에서 감정 하나도 똑바로 잡지 못하는 남자를 떠올렸다.

"나는…… 네가 그렇게 될 줄은 몰라서……!"

남자는 중학교 2학년 담임교사였다. 청남색 캐주얼 정장을 입은 남자는 말쑥한 사내로만 보였다.

사실 남자는 사회적으로 성공한 사람이었다. 명문대를 나왔고, 임용고시를 통과해 중학교 교사가 되었다. 연화를 붙들고 시답잖은 말을 늘어놓지만 않았다면, 연화는 그를 큰 어려움 없이 잘 사는 사람이라 생각했을 것이다.

연화는 사복을 입고 있었다. 사복 혼용 기간을 제외하면, 참으로 오랜만에 입는 사복이었다. 연화의 집엔 다양한 옷들이 있었다. 가격과 스타일, 원단 등 모두 제각각 달랐다. 그녀의 아버지가 의류 산업에 관심을 가져 보라는 의미로 사다준 것들이었다.

연화는 모든 옷을 한 번씩 입어보았다. 멋지게 코디한 적도 있었다. 하지만 사복 차림으로 외출한 적은 손꼽을 만큼 드물었다. 그녀는 시선을 받는 걸 싫어했고, 과시욕도 없었다. 그렇기에 오늘 연화의 차림은 이례적이었다.

흰 블라우스에 까만색 짧은 치마를 입고, 부담스러울 정도로 높은 굽을 자랑하는 까만 구두를 신었다. 평소 단정하게 묶고 다녔던 까만 머리는 풀었다. 깔끔하지만 어딘가 모르게 눈길을 끄는 차림이었다.

미용사는 어디 좋은 곳 가시나 보다 웃으면서 다가와 화장을 해 주었다. 입은 옷이 그리 화려하지 않았기에, 화장 역시 수수하고 옅었다. 하지만 안 한 것보다는 나았다.

연화는 눈썹을 내려 남자를 보았다. 남자는 움찔했다. 평소와 달리 귀티가 나는 차림새 때문인지, 아니면 그의 상황이 썩 좋지 않아서인지는 모르겠다.

"뭐가 문제인가요, 선생님?"

연화는 훗 웃었다.

네 일은 네 일.

남자는 연화의 상황을 알고 있었지만, 귀찮은 일에 연루되기 싫다며 모른 척 방관했다. 쉬쉬하면 넘어갈 줄 알았던 일은 결국 폭탄이 되어 터졌다. 사실 피해자인 연화가 전학을 가야 할 이유는 없었다. 그러함에도 전학을 하기로 한 이유는, 방관만 하는 '배움의 장'이 싫었기 때문이다. 그러자 담임이 연화의 발목을 잡았다. 평소 그토록 꼿꼿하게 들고 다니던 고개를 어설픈 각도로 숙이고선 연화의 눈치를 보았다.

재미있었다. 홍연화. 그 이름 석 자에 걸린 배경을 알았다고 태도를 이리 달리하다니. 그까짓 게 뭐가 중요하다고. 연분홍색 립스틱을 바른 입술이 비틀린 심사를 내뱉었다. 교사는 제 귀로 들었을 텐데도 큼큼 헛기침을 하며 외면했다.

정말이지 웃기지도 않았다. 그 세화의 외동딸이란 사실이 그렇게 중요한가. 몰랐던 사실을 안다고 뭐가 달라지나. 이리 뒤집어도 저리 까도 저가 홍연화라는 사실은 그대로인데.

"아니면 제 아버지가 누구인지가 그렇게 중요한가요?"

연화는 피식 웃었다. 정곡을 찔렸는지 남자가 켈룩 큰기침을 했다.

웃으면서 남의 속을 후벼 파는 건 연화의 특기였다. 그녀는 허리에 손을 짚었다.

"아, 중요하긴 했겠어요. 내가 닥쳐 주면 고맙고 안 닥치면 성가신, 하찮고 무의미한 피해 학생이 아니라 걸어 다니는 돈 가방이라서. 그래서 신경을 썼어야 했는데 못 써서. 그래서 선생님 이력에 안 좋은 꼬리표가 붙게 되어서. 그게 다 제가 말 한마디를 안 해서 일어난 일이라니."

연화는 고개를 숙였다. 남자의 귀에 살짝 속삭여 주었다.

"정말 유감스러운 일이에요."

남자의 미간에 주름이 졌다. 상황을 생각하고 인내하고는 있지만 그래도 약은 오르는 모양이었다. 연화는 실실 웃었다.

"그런데 제가 왜 그 사정을 생각해 드려야 하죠? 선생님은 저를 생각해 본 적이 있었나요? 제 기분이 어떨지, 제 상황이 어떨지 한 번이라도 고려해 본 적이 있었나요?"

물론 없었을 것이다. 상황을 해결하는 것보단, 그저 덮기를 원했던 사람은 바로 그가 아니었던가. 남자는 이마를 짚었다. 엄지로 미간을 문질러 찡그렸던 것을 폈다. 연화와 눈을 마주하곤 한숨을 내쉬었다. 그리곤 눈썹을 늘어뜨렸다.

"네가 날 원망하는 거…… 그래, 이해해. 한다구. 하지만 전학은…… 심하잖아. 응?"

"풋. 자신감이 너무 넘치시는 거 아닌가요? 혹시 근자감이라고 아세요? 요즘 애들이 그런 말 쓰던데. 선생님 그거 가지고 계신 것 같아요."

연화와 남자가 있는 곳은 교무실이었다. 교사들을 위한 공간이었지만, 그때는 쉬는 시간이었던지라 학생들이 두 사람을 구경하고 있었다. 여기저기서 낄낄거리는 웃음소리가 새어 나왔다.

"제가 선생님 때문에 전학을 한다구요? 아, 물론 저는 선생님을 싫어합니다만. 제가 선생님 한 명 때문에 이 학교를 피할 리가 없잖아요? 설마 선생님. 자신을 그렇게 대단한 사람이라고 생각하고 계셨던 건가요?"

"그럼 걔들 때문이야?"

남자의 눈이 흔들렸다. 그 모습을 보자 연화는 고깝다는 생각이 올라왔다.

"걔들이 불쌍하다고 생각하세요?"

"……."

"나는 입 닫고 있어야 했는데 입 연 재수 없는 년이지만, 걔들은 구원받아야 할 애들이라서?"

"걔네들…… 이제 15살이야."

"저도 그래요."

연화는 손바닥으로 스스로를 짚었다.

"저도 열다섯이라구요. 열넷도 열여섯도 아닌 열다섯. 걔네들과 똑같은 동갑내기."

"너는 자퇴서를 쓰지 않았잖아."

"아하하. 제가 왜 그런 짓을 해요? 뭘 잘못했다고?"

이 남자, 혹시 작정하고 나에게 엿을 먹이려고 이런 소리를 하는 게 아닐까. 연화는 의심 가득한 눈으로 남자를 훑었다. 연화의 발목을 잡아보겠다는 건 부차적인 행동일 뿐이고, 쓸데없는 말을 늘어놓아서 그녀의 시간을 낭비하는 게 진짜 계획이 아닐까. 그렇다면, 빨리 이 바보 같은 대화를 마무리하는 게 이득일 것이다. 연화는 말을 빨리했다.

"걔들은 그런 곳에 처박혀도 싼 애들이고. 전 아니잖아요. 전 피해자잖아요. 그런데 왜 내가 걔들과 같은 선 위에 서 있어야 하죠? 그리고 왜 걔들의 사정을 생각해 줘야 해요? 걔들은 나 괴롭힐 때 내 생각 엄청 해주면서 괴롭혔대요? 놀라운 일이네요."

"네가…… 착하잖아. 네가 이해해야지."

"그래서 놀랐어요? 얌전하게 입 다물어줄 줄 알았던 애가 안 그래서?"

연화는 눈을 치켜세웠다. 뭐라 더 말할 줄 알았던 남자는 조용해졌다. 반박할 말이 없는 모양이다. 연화는 피식 웃었다. 그리곤 주위를 둘러보았다.

놀란 눈으로 저를 보는 교사들과 의미 없는 울음을 뱉는 새, 호기심 어린 눈을 빛내고 있는 학생들이 보였다. 이 모든 정경은 오늘로 마지막이 될 거다.

"본인의 희망 사항 그만 이야기하시구요. 어떻게 말해도 전 전학 갈 겁니다."

연화는 핸드백을 뒤졌다. 엄지손가락보다 조금 큰 열쇠를 찾았다. 남자의 책상 위에 올렸다.

"이거 제 사물함 열쇠구요. 안에 제 교과서 다 들어 있으니까 가지시든지 버리시든지 알아서 해주세요. 아, MP3도 있는데 그것도 가지세요. 그건 비싼 거니까 팔아도 돼요. 신고 안 할게요. 그럼 전 증명서 떼러 행정실 가봐야 하니까 더 잡지는 마시구요."

학교폭력으로 인한 전학 수속을 밟는 것과 달리, 이사로 인한 전학 신청은 매우 간단하게 이루어진다. 전에 다닌 학교에서 교과서 반납 증명서와 재학증명서를 뗀 뒤, 교육청에 전학 신청만 하면 끝이었다. 물론 이사할 새집이 필요하긴 하지만, 어릴 때부터 연화는 돈이 아주 많았기에 그건 큰 문제가 되지 않았다.

연화가 돌아서자, 남자는 잡지는 않았다. 앉은 채로 구시렁거렸다.

"그런 지저분한 소문 따라다니는 거…… 너한테 손해잖아."

그냥 가면 되는데. 이런 짜증 나는 남자 따위 무시하고 가버리면 되는데. 자꾸 치기 없는 감정이 피어올랐다. 늘어놓아 봤자 나아지는 건 하나도 없다는 걸 알면서도 연화는 자꾸 비효율적인 말들을 하게 되었다.

"그럼 아무 일도 없었던 것처럼 굴까요? 어머, 세상은 아름다워. 모든 사람은 호의적이고, 나에게 일어났던 일은 한 여름밤 꿈일 뿐이야. 그러니 전학 갈 필요는 없어. 그렇게 생각할까요?"

"……."

"그렇게 생각하면 뭐가 달라지는데요? 내 기억이 사라지나요? 내가 겪었던 일을 없앨 수 있나요? 시간이 거꾸로 돌아가나요?"

"……."

"선생님. 착각하지 마세요. 제 입을 닥치게 하고, 아무 일도 없는 척 구는 게 최선은 아니에요. 오히려 최악이죠."

연화는 픽 웃었다. 제 가슴을 짚었던 손을 떼 남자의 가슴께를 쿡 찔렀다.

"나중에 또 같은 일이 일어날 때, 선생님은 피해자만 조용히 하면 모든 일이 해결될 거라고 생각하실 테니까요. 전에도 똑같이 해결했으니까. 전 그런 전례로 남고 싶지 않아요."

"그래서 네가 정의의 사도라도 된다는 거야? 그래서 나서는 거라고?"

"정의의 사도가 뭐 어때서요? 비겁한 침묵자보단 폼도 살고 멋지고 좋은데요."

네가 뭐라도 되는 줄 아냐. 이 말은 상황을 바꿀 용기가 없는 자들이, 다른 사람의 용기를 가로막을 때 쓰는 말이다. 소란 일으키지 말라는 뜻이기도 하다.

"제가 전학 가고 싶은 진짜 이유는요. 선생님, 당신같이 생각하는 사람들이 이 학교엔 바글바글해서 그래요. 그래서 아주 진저리가 나요."

침묵해야 할 때는 입을 열어 쓸데없는 훈계를 하고, 용기를 내야 할 때는 침묵을 한다. 그들은 약한 자를 상대로만 목소리를 높이는 법을 가르친다. 그래야 세상이 조용해지고, 자신이 있는 작은 세계가 유지될 것이기에. 그것으로 모든 게 잘 돌아갈 거라고 한다. 가진 자의 논리다.

그때까지 가만히 있던 남자가 벌떡 일어섰다.

"그게 정상이야! 네가 특이한 거라고!"

"아, 그래요? 그건 몰랐네요. 그럼 저는 특이한 사람이니까 정상인으로 가득 찬 학교에서 꺼져 줄게요. 어쩌겠어요. 저는 그런 '정상'은 죽어도 되고 싶지 않은데."

비겁한 자가 정상이라면, 기꺼이 비정상인이 되어주겠다.

연화는 피식 웃었다. 마구 퍼부어주긴 했지만, 사실 담임을 원망하는 건 아니었다. 그는 일에 맞서 싸우기보단, 요행을 바라는 쪽을 택했을 뿐이었다. 그 또한 문제를 해결하는 방식이다.

게다가 저 또한 잘한 것은 없었다. 문제를 해결할 카드가 자신의 손에 있다는 걸 알면서도, 그걸 꺼내들 생각을 안 했다. 가만히 있으면 모든 게 끝나지 않을까 기대하던 요행은 자신의 마음속에도 있었다.

물론 나쁜 것은 언제나 가해자이니, 과거의 일을 가지고 이랬으면 어땠을까, 로 시작하는 수많은 도돌이표를 그리는 건 그만두기로 했다. 그래봤자 자학밖에 안 될 터이니. 자조의 웃음소리 사이로 벨 소리가 들렸다. 연화는 휴대폰을 꺼냈다. 재민의 번호가 보였다. 단번에 받았다.

[오늘 학교 간다면서.]

재민의 목소리에서 걱정이 묻어나왔다.

"이미 갔다 왔어."

[아, 그래?]

정확히 말하자면, 갔다가 나오는 중이지만. 연화는 상세한 설명은 생략하기로 했다.

재민이 침묵하는 사이 연화는 교문을 나왔다. 가로수가 심어져 있는 길을 무심하게 지나쳤다. 연화가 교차로 앞 신호등 앞에 섰을 때 재민이 불쑥 말했다.

[전학 갈 거야?]

"어."

[그럼 나도 같은 학교 갈까.]

뭔가를 기대하는 목소리였다.

[아예 새로운 학교에서 새로 시작하는 거야.]

힘주어 말하는 목소리가 어쩐지 꿈같았다.

"새로……."

[그래. 새로.]

재민이 웃었다.

[아무도 널 모르고, 너도 아무도 모르는 곳에 가는 거지. 물론 내가 아는 사람도 없을 거야. 그런 곳에서 새로 시작하는 거야.]

겨우 옆 동네로 이사 갈 건데 무슨 말이 그렇게 거창할까. 연화는 재민의 넉살이 우스웠다.

"그렇게 멀리는 가지 않을 거야."

[그래? 아쉽네.]

재민은 쯧 혀를 차며 기죽은 척 굴었다가, 다시 발랄해졌다.

[그래도 새로 시작하는 게 좋지 않아?]

"어디를 가든 나에겐 새로운 곳이야."

[음……, 그거 맞는 말이네.]

연화는 친구가 없었다. 친구를 사귈 필요성을 느끼지 못한 소녀는 사람들에게 다가가는 법 또한 배우지 않았다. 결여된 상태는 계속 이어졌다. 소녀는 혼자 남겨졌지만, 그것을 새삼스러운 일로 여기지는 않았다. 그녀는 원래 그러했으니까.

재민의 웃음소리를 들으면서 횡단보도를 건넜다. 재민은 중간중간 시시껄렁한 농담을 건넸다. 연화는 헛웃음을 지었다.

과거를 잊는다. 새로 시작한다.

낭만적인 단어였다.

모든 사람들은 달라지는 것을 원한다. 누구나 자신이 가지고 있는 특성 중 마음에 들어하지 않는 게 하나는 있고, 그 점을 없애려고 노력한다. 종래엔 외부적인 힘이 작동해서 상황이 저절로 바뀌길 원한다. 저에게도 그런 욕망이 없을 리가 없었다. 아니, 사실은 아주 많았다.

그런 일을 재민이 함께하자고 한다.

'그렇다면 나는 기꺼이.'

연화는 주먹을 쥐었다.

달라질 수 있다면 정말로 달라지고 싶었다. 새로 시작할 수 있다면, 그 또한 좋았다. 과거를 버려야 달라진다면 기꺼이 그럴 것이다. 미래를 움켜쥐어야 상황이 나아진다면, 그러지 못할 이유가 없다.

연화는 마지막 신호등 앞에 섰다. 그때 재민이 또 쿡쿡 웃었다.

[그래서 병원은 언제 와?]

"지금."

코앞에 병원이 보였다. 그곳의 입원실에 재민이 있다. 맛없는 병원식 대신 패스트푸드가 그립다고 찡얼댈 모습이 선했다. 연화는 병원을 잠깐 올려다보았다가, 발길을 틀어 피자집으로 향했다. 몇 번 드나들었다고 직원이 연화의 얼굴을 기억했다. 밝게 인사를 건넸다.

그때의 연화는 어렸다. 나약했으며, 그래서 달라지길 갈구했다.

연화는 잔잔한 미소를 지웠다. 담임교사의 얼굴이 엘렌으로 변했다. 어쩌다 보니 담임교사와 엘렌에게 같은 말을 했지만, 두 사람은 완전히 달랐다. 성별이나 나이의 문제는 아니었다.

가장 큰 차이는 생각이다. 담임교사는 상황을 되돌리고 싶어했지만, 그뿐이었다. 그는 자신이 잘못했다고 생각하지는 않는다. 이후 같은 일이 발생할 시 그는 똑같이 행동할 것이다. 반면 엘렌은 셀리나에게 사과를 빌지 않았지만, 과거를 후회하고는 있었다. 눈곱만큼의 죄책감이긴 하지만 어쨌든, 자신의 잘못을 인지했다.

물론 그렇다 해서 엘렌이 좋다는 얘기는 아니다만.

연화는 눈을 떴다. 뻐끔, 바깥의 불빛이 들어왔다. 음료수를 가져왔는지 카를이 한 잔을 연화에게 내밀었다.

"고마워요."

연화는 음료를 홀짝이면서 발코니 난간에 걸터앉았다. 불어오는 바람을 집어삼킨 드레스는 빵빵하게 부풀었다. 카를은 연화를 등지고 서서는 애꿎은 커튼만 노려보았다. 투구는 벗어서 옆구리에 끼웠다.

연화는 다 먹은 음료수 잔을 난간 아래에 내려놓았다. 드레스 단을 잡고 난간 아래로 내려왔다. 딸깍, 구두 굽이 바닥에 닿는 소리에 카를이 뒤를 돌아보았다.

투구를 벗은 카를은 평범한 귀족 영식으로 보였다. 저토록 잘난 얼굴을 볼 수 있는 사람은 연화뿐이었다. 그녀는 그 사실이 아까우면서도, 이상하게 만족스러웠다.

연화는 손을 내밀었다.

"춤, 출래요?"

카를은 다시 몸을 틀었다. 연화는 그의 뒤에 바싹 다가갔다.

"싫어요?"

"피곤하신 게 아니었습니까?"

"그렇게 보였다니. 제 연기력이 대단했던 모양이네요."

아까는 정말로 피곤했던 게 맞지만. 연화는 애써 그런 말은 삼갔다.

연화는 커튼 주름을 잡았다. 커튼을 살짝 걷어 올리자 홀의 빛 일부가 발코니로 들어왔다.

"저는 도망친 거예요."

연화는 커튼을 놓았다. 불빛이 사라졌다.

"저 화려한 불빛이 짜증 나서."

그제야 카를이 뒤를 돌아보았다. 연화는 다시 손을 내밀었다.

"약한 저는 흥미가 안 생기나요?"

"그럴 리가요."

카를은 연화의 손을 잡았다. 작긴 하지만, 홀을 가득 메운 음악 소리는 발코니 안으로도 흘러 들어왔다. 연화는 박자에 맞춰 발을 옮겼다. 카를은 연화의 허리에 손을 올렸다.

"카를은 춤을 누구한테서 배웠어요?"

두 바퀴쯤 돌았을 때였다. 연화는 의미 없는 질문을 던져 보았다.

"동생에게……."

연화는 눈을 두어 번 깜빡였다.

"동생이 있어요?"

"예."

카를이 웃었다.

"여동생입니다."

잔잔한 미소를 보건대, 사이가 나쁘진 않았던 것 같다.

"카를과 많이 닮았어요? 그렇다면 굉장한 미녀일 것 같은데."

"저와 닮았는지는 모르겠지만, 미녀는 맞습니다."

"여동생, 보고 싶지 않아요?"

카를이 고개를 저었다.

"많이 친하지는 않아서…… 그리고 무엇보다……."

연화는 또 한 바퀴를 돌았다. 벌써 세 바퀴째였다.

"그 아이를 보면 내가 짊어져야 할 짐이 무엇인지 알게 되어서 괴로웠습니다."

"그래서 도망쳤나요?"

"예."

카를은 담백하게 인정했다. 그는 시선을 내려 까만 동공에 연화 하나만을 오롯이 담았다.

"아가씨를 만나기 전엔 이 사실을 자각하는 게 무척 힘들었는데…… 지금은 아무래도 상관없다는 생각이 듭니다."

카를의 연화의 뺨을 쓸어내렸다. 별것 아닌 감각인데도 연화는 심장이 두근거렸다.

"약해도 상관없고, 하잘것없는 자가 된다 해도 상관없습니다. 싸움에서 패해, 영원한 패자로 남는다고 해도…… 지금 이 순간, 제가 원하는 시간을 보내고 있다면 저는 적어도 불행하지는 않은 것이지요. 저는 그것으로 됐다고 생각합니다."

카를의 미소는 편해 보였다.

"아가씨에게도 동생이 있습니까."

"없어요. 전 외동이거든요."

"그렇다면 부모님은……?"

"아버지가 계세요."

말을 하고 보니 연화는 새삼 궁금해졌다. 아버지는 뭘 하고 있을까. 평소처럼 회사 일에 쫓겨 바쁜 시간을 보내고 있는지, 아니면 저를 찾기 위해 헛된 시간을 낭비하고 있을지.

"그리우십니까?"

"글쎄요."

연화는 또 한 바퀴를 돌았다. 춤이 끝나가고 있었다.

"불효녀 소리를 들어도 할 말이 없지만, 솔직히 그립지는 않네요. 아버지는 좋은 분이었고, 제가 많은 것을 누릴 수 있게 해주셨지만…… 제가 누린 것들의 대가를 지불하길 원하셨으니까요."

"도망치길 원하지 않습니까?"

도망.

현실에서의 회피.

달콤한 단어였다. 연화가 잠깐 머뭇거리자, 카를이 고개를 숙여 입술이 닿을 만큼 가까이 얼굴이 내려왔다. 카를이 씩 웃었다.

드물게 짓궂은 얼굴이다.

"오클레앙 영애로 산다면, 고통을 잊을 수 있을지 모릅니다."

"확실히 그럴 수 있겠지만…… 원치 않아요."

오클레앙 영애로 산다는 건, 이 세계에 눌러앉음을 뜻했다. 이 세계가 싫은 것은 아니지만, 그래도 연화는 이 세계에서 살아가고 싶지는 않았다. 홍연화로서의 인생이 아주 행복하지 않았음에도.

"왜입니까?"

"저는 아주 못돼 빠졌거든요."

연화는 카를보다 몇 배는 더 짓궂게 웃었다.

"나를 불행에 빠뜨린 놈이 행복해지는 꼴은 절대 못 두고 볼 것 같단 말이죠."

그때 춤이 끝났다. 카를은 연화의 손을 놓아주었다. 연화는 치맛단을 잡고 무릎을 굽혀 인사를 했고, 카를은 가슴에 손을 얹고 맞인사를 했다.

연화는 멀어지려는 카를의 손을 다시 잡았다.

"그래서 돌아갈 거예요. 그놈 다리를 잡고 거꾸러뜨리려고요."

내가 가져야 할 것을 홍진수가 가지게 둘 수는 없다. 이 세계에 떨어질 때부터 많은 것을 변했지만, 변치 않은 생각이 있다면 이것이었다.

"제가 아가씨의 복수에 협력해서, 그래서 아가씨 하는 일에 도움이 된다면. 그리되면 함께할 수 있습니까?"

"카를은 이미 도움이 되고 있어요."

정말이었다. 이 세계로 오고 난 뒤부터 카를은 늘 든든하게 옆을 지켜주었다. 연화가 가는 곳은 거의 어디든 따라오면서. 어중간한 마음으로는 할 수 없는 일이다.

"늘 고마워요."

카를을 원래 세계로 데려가 홍연화 옆에 둔다. 몇 번이고 생각해 보았다. 카를과 함께하는 것을. 이곳에서 카를은 연화의 정신 축이 되어주었다. 처음엔 그가 자신을 지탱하기 위해 연화의 곁에 머물렀을지 몰라도. 어느 순간 연화도 그가 익숙해졌다.

그와 함께 대화하고, 함께 머무는 시간들이 일상이 되었다. 홍연화가 되면, 그래서 카를이 없는 세계로 돌아가면 나는 꽤 많이 아쉽겠지만 차마 그곳으로 가자는 말이 나오지 않는 것은, 카를에게 이 세계를 포기하라 할 수 없기 때문이다.

연화가 저쪽 세계에 이루어놓은 것이 있듯, 카를에게도 이 세계에 남아 있는 게 있을 것이다. 어떻게 그 모든 것을 포기하고 나를 따라오라고 할 수 있을까. 연화는 저도 못하는 것을 그에게 강요할 수는 없었다.

"그래서 늘 미안해요."

아는데, 너무 잘 아는데 연화는 자꾸 카를에게 쓸데없는 제안을 하고 싶어졌기 때문에.

카를은 말이 없었다. 그는 오랫동안 연화에게 손을 잡힌 채로 가만히 있었다. 그리고 연화는 끝내 '같이 가자'는 단순한 말을 건네지 못했다.

⚜

파티가 끝난 뒤엔 다시 일이었다. 셀리나는 저택으로 돌아와 정신없이 일했다. 케이안 루만티온을 놔두고 와버렸다는 사실도 잊었을 만큼. 그래서 연화는 자신이 얼마나 인기가 많은지 자각이 없는 듯했다. 하지만 셀리나와 한 발자국 떨어져 있는 카를의 눈엔 모든 것이 보였다.

저택에 들어올수록 그 사실이 더 자각됐다. 저택은 셀리나의 왕국이었다. 사용인들은 그녀의 방에 한 번이라도 더 들어가기 위해 저들끼리 순번을 정했고, 기사들은 카를의 시험을 통과하기 위해 맹연습 중이었다.

정원사나 요리사처럼 셀리나와 직접적으로 마주칠 일이 없는 자들은 귀동냥으로라도 셀리나의 소식을 접했다. 조셉은 그들이 채신머리없게 군다고 나무랐지만, 사실 셀리나의 소식 하나하나에 귀를 세우는 건 그였다.

그 모든 사실은 카를이란 벽에 가로막혀 셀리나의 귀에 들어가지 않았다. 카를은 모든 것을 알면서도 모르는 척했다. 그녀는 바쁘기에 그런 시답잖은 일에 신경 쓰게 하고 싶지 않았다. 저를 좋아하는 사람에겐 상냥해지는 그녀의 성격상, 사용인들의 이야기를 들으면 절대 가만히 있지 않을 것이다.

셀리나는 서류 기둥을 쌓아두고서, 참고 자료를 뒤졌다가, 펜 촉에 잉크를 묻혀 뭔가를 끼적이길 반복했다. 그러다가 몸이 뻐근한 듯 어깨를 으쓱이거나 목을 젖혔다. 팔을 주무르기도 했다.

셀리나의 손에서 펜이 떨어졌다. 펜은 책상 모서리를 맞고 카를의 발 앞에 떨어졌다. 카를은 펜을 주워놓고도 머뭇거렸다. 셀리나가 펜을 가져와 달라고, 부드럽게 부탁하는 걸 듣고 싶었다.

"카를, 그 펜 부러뜨려 줄래요?"

그러나 이번의 셀리나는 다른 부탁을 했다.

셀리나가 푸우우 한숨을 내쉬면서 책상에 엎드렸다. 그녀가 책상에 앉을 때는 한낮이었지만, 지금은 해가 지고 있었다. 카를은 서류더미를 바라보았다. 많이 줄긴 했지만, 그래도 아직 산더미였다.

셀리나가 저 일을 다 해야 할 필요는 없었다. 저 중 몇 개는 조셉이 처리해도 될 것들이었다. 조셉은 저택 내부의 일이 많으면 셀리나가 좀 더 저택에 오래 머물지 않을까 하는, 시답잖은 생각을 하고 있었다.

생각이 쓸데없이 길었다. 카를은 뚝 소리에 자신의 손을 바라보았다. 두 동강 난 펜이 보였다. 연화는 배시시 웃었다.

"농담이었는데."

"제가 실수한 겁니다."

"아, 그럼 새 펜을 가져다줄래요?"

"갑자기 다리가 아파져서, 못 가져올 것 같습니다."

카를은 바닥에 주저앉았다. 황무지에서 하루종일 걸어도 아프지 않았던 다리다. 지붕 있는 방에서 좀 서 있었다고 아플 리가 없다. 누가 봐도 뻔한 핑계였다. 셀리나는 피식 웃었다.

"그게 뭐예요."

"이참에 쉬자는 겁니다."

"카를 요즘 눈치 빨라졌다는 말 안 들어요?"

"들은 적 없습니다."

카를은 셀리나 외의 누군가와 제대로 된 대화를 하지 못했다. 온종일 셀리나 옆에 붙어 있어서이기도 했고, 저택 내 다른 사람들이 카를을 어려워해서이기도 했다. 원체 표정 변화도 잘 없는 과묵한 인상이니 더 그런 모양이다만, 카를은 크게 신경 쓰지 않았다. 그는 사교적인 것과 거리가 멀었다. 사람들이 말을 걸어주지 않고 적당히 무시해 주는 쪽이 더 좋았다.

"하긴, 다들 카를의 예전 모습은 모르니까요."

카를의 인간관계를 잘 모르는 셀리나는 방싯 웃었다. 카를은 진실을 감추고 그녀를 따라 웃었다.

"아가씨, 카이스턴 공작저에서……."

조셉이 등장했다. 한 번이라도 더 셀리나 곁에 들어오려는 노인에게 핑곗거리를 준 게 하필 테일러라니. 편지 한 장도 도움이 안 되는 놈이었다. 조셉은 나가다 말고 부러진 펜을 발견했다. 그가 새 펜을 가져다주는 동안 셀리나는 편지를 읽었다.

"무슨 내용입니까?"

"직접 볼래요?"

셀리나가 편지를 그대로 내밀었다. 위험한 내용은 없다는 것이겠지. 혹은 그런 것을 신경 쓰지 않을 만큼 카를을 믿고 있거나. 어느 쪽이든 상관없었다. 면상도 싫은 남자의 필적을 왜 굳이 보아야 한단 말인가. 카를은 고개를 홱 돌렸다.

"아니요."

"그냥 초대장인데요."

셀리나가 턱을 받치고서 쿡쿡 웃었다. 초대장이라면 공작이 직접 쓰는 게 아닐 것이다. 카를이 편지를 받아들자, 셀리나가 장난스럽게 한마디를 덧붙였다.

"장례식 초대라는 게 좀 색다르긴 하지만요."

장례식이 열리는 건 일주일 뒤였다. 장소는 카이스턴 저택이었고, 오클레앙 영애는 카이스턴 공작과 가까운 사이로서 초대받는 것으로 되어 있었다.

장례식은 사람의 죽음을 추모하기 위한 것이다. 망자의 넋을 기리는 마음으로 엄숙히 식장에 들어가는 게 도리였다. 고인과 면식이 없는 사이라 할지라도. 하지만 연화는 옷만 검은색일 뿐 기분은 산뜻했다. 이유는 단순했다. 실제로 죽은 사람은 없으니까.

-로아넨 영애의 장례식장에 와라.

테일러는 명령하듯 한 줄을 적었다. 그 다음엔 일자를 적었다.

아무리 약혼녀라지만 장례식을 공작저에서 하다니. 이례적인 일이지만, 테일러가 '약혼녀에 대한 사랑'을 밀어붙였기 때문에 이견을 다는 사람이 없었다. 물론 있지도 않았던 약혼녀에게 진짜 사랑이 생겼을 리는 없다. 로아넨 저택이 머니 그냥 자신의 저택에서 하는 것이리라.

어쨌든 테일러는 자신의 재력을 동원해 장례 절차를 밟겠다고 했다. 약식으로 한다면 장례 절차는 하루 만에 끝난다. 하지만 테일러가 나섰기에 장례는 길고 지루한 '정식' 절차를 밟게 되었다.

이 세계의 장례는 보통 5일 동안 치러진다.

첫날은 시신을 씻기고, 단장한다. 이 세계엔 수의라는 개념이 없다. 보통은 고인이 생전 좋아하던 옷을 입힌다. 둘째 날엔 고인의 친척이나 친구 등 가까이 지냈던 사람들이 방문한다. 외부인의 출입이 허용되는 것은 셋째 날과 넷째 날이다.

다섯째 날은 발인일이다. 시체를 매장할지, 화장할지는 가문의 방침에 따라 알아서 정한다.

-둘째 날에 오도록.

연화는 외부인으로 가는 것이므로 첫날엔 가지 못한다. 그러니 테일러가 허락한 사람들만 올 수 있는 둘째 날에 와서 '로아넨 영애'에 대한 이미지를 제대로 만들어보라는 의도였다.

테일러는 연화에게 '로아넨 영애'와 관련해서 귀찮은 일은 없게 하겠다고 했다. 그는 확실히 그 말은 지켰다. 황녀를 제외하고 누구도 연화가 로아넨 영애 행세를 했다는 것을 알아내지 못했다.

하지만 로아넨 가는 사정이 달랐다. 로아넨 영애는 감춰도 '카이스턴 공작의 약혼녀'가 있는 가문을 숨길 수는 없었으므로. 로아넨 남작은 없는 딸을 있는 척 가장하느라 애를 썼다. 다행히 사람들에게 로아넨 영애는 매우 몸이 아프다고 알려져 있었기 때문에 모습을 드러내지 않아도 크게 이상하지는 않았다. 하지만 계속 모습을 감출 수는 없었다. 권력자의 아내와 연줄을 만들고 싶은 사람은 많으니까.

테일러는 종지부를 위해 연화를 필요로 했다. 로아넨 영애를 필요로 한 사람은 테일러였지만, 만든 건 연화였다. 연화는 기꺼이 승낙했고, 장례식 둘째날 오클레앙 앞에 마차가 섰다. 연화는 카이스턴 가의 문양을 흘끔 쳐다보다 마차에 올랐다. 그 뒤를 카를이 따라왔다.

안에 동승자가 있었다. 중년 남성이 연화가 들어오자 몸을 틀었다. 유쾌함을 풍기는 인상은 낯설었지만, 재킷에 수놓아진 물방울 문양은 익숙했다.

"처음 뵙겠습니다, 로아넨 남작님."

남자는 연화를 보자마자 웃었다.

"있지도 않은 딸내미 때문에 이리 속앓이를 하게 될 줄은 몰랐지 뭡니까."

"아하하하."

순간 웃음이 터졌다. 근래 우울함에 젖어 있던 게 거짓말 같았다.

로아넨 남작은 첫날부터 장례식장에 있었다. 그가 연화와 함께 마차를 탄 것은, 로아넨 영애 행세를 한 연화와 말을 맞추기 위해서였다. 연화는 그가 띄운 화두를 받았다.

"다들 호기심이 많으신가 봐요."

"말도 마십시오. 그놈의 딸내미와 차 한잔하겠다는 놈은 왜 이리 많은지……."

남작은 관자놀이를 꾹꾹 눌렀다. 농담처럼 흘린 말에 피로가 담겨 있었다. 그동안 얼마나 많은 사람에게 시달렸는지 알만했다.

마차가 출발했다. 행선지는 당연히 카이스턴 공작저였다. 몇 번이나 본 길이 익숙했다.

"기분은 어떠세요? 이제 따님분이 남작님 속을 썩일 일은 없을 것 같은데."

"시원섭섭합니다."

"시원하다는 건 이해하겠는데, 섭섭하다는 쪽은 이해를 못 하겠네요."

"보잘것없는 영지에 귀한 분들이 많이 찾아오는 경험을 언제 또 할 수 있겠습니까."

연화가 눈을 동그랗게 뜨자, 남작이 줄줄 말을 늘어놓았다.

어느 귀부인은 선물을 들고 찾아왔고, 어떤 영식은 얼굴 한 번만 보고 간다며 창문에 매달렸다. 심지어 사용인 중 한 명을 매수해 로아넨 영애의 얼굴을 그려오게 시킨 일까지 있었다고. 찰진 입에서 나오는 무용담이 무척 흥미로웠다.

"듣자하니 태자전하께서도 찾아가셨다던데."

"아, 황태자 전하 말씀이십니까. 그렇지요, 그렇고말고요. 까만 머리가 파뿌리가 될 때까지 뛰어와선 매달리시는 모양새란…… 어찌나 애잔한지. 백 년 전에 식었던 사랑에 불이 붙어 천 년 넘게 타오를 것 같았습니다."

감동스럽다는 말과 비웃는 얼굴은 어울리지 않았다. 그 괴리감에 연화는 웃음을 멈출 수가 없었다. 근래 웃을 일이 없어서 그랬던 걸지도 모르겠다.

마차는 신나게 굴러갔다. 바닥이 덜컹거리지 않는 게, 도시의 매끈한 길로 올라온 모양이었다. 이대로 좀 더 달리면 카이스턴 저택이 나온다.

남은 시간은 남작의 농담을 듣거나, 황태자 앞에서 로아넨 영애가 어떻게 했는지를 이야기했다. 카이스턴 저택에 가까워져 갈수록 후자의 비중이 더 늘어났다.

"……목소리는 그런 식이었고, 손은 모으고 있었어요. 이렇게요. 괜히 눈에 띄면 안 되니까."

연화는 시범을 보여주었다. 남작은 곧잘 연화를 따라 했다.

"이렇게 말이군요."

"네. 그리고 베일이 흘러내릴까 싶어 몇 번 잡아당기기는 했는데…… 그런데 로아넨 영애께선 가족과 함께 있을 때도 베일을 쓰지는 않으셨겠죠?"

"예. 아무래도 집인 만큼 편하게 있었겠지요."

로아넨 남작은 딸을 애교가 많은 성격으로 두고 싶어 했다. 딸을 두지 않은 아버지의 로망은 다 거기서 거기인 모양이다.

"한데 연애소설을 많이 읽는다는 말이 있던데."

"시간을 때울 시간은 누구나 필요하잖아요."

로아넨 남작 영애는 저택에 틀어박혀 몸이 낫길 기다리는 아가씨다. 아주 아파서 드러누워 지내기만 한다면 모를까. 부축을 받으면 걸을 수 있다. 자연히 그녀가 혼자 축적한 시간 동안 뭘 했는지 궁금해지기 마련이다.

"덕분에 책을 사느라 고생 좀 했습니다."

남작이 혀를 내밀었다.

"읽어보셨나요?"

"딸의 물품에 함부로 손을 댈 수는 없지요."

"저런."

"그래도 읽은 티는 내야 했기에…… 집사가 애를 좀 먹었습니다."

남작이 허허 웃었다. 이후 남작과 연화 사이에는 시답잖은 대화가 몇 번 더 오갔다. 그사이 마차는 도시를 벗어나 다시 비포장도로 위를 달렸다. 마차는 서너 번 덜컹거리더니 멈췄다. 카이스턴 저택에 도착했다.

저택 입구엔 노집사가 서 있었다. 이전에 면식이 있는 자였다. 그는 지극히 사무적인 얼굴로 연화를 에스코트했다. 바닥에 발을 딛는 순간, 연화는 올라갔던 입꼬리를 내렸다.

안에서 장례식이 치러지고 있다. 로아넨 남작 또한 표정을 갈무리했다. 죽은 사람은 그의 딸이었다. 그는 시무룩함을 가장하며 느릿느릿 건물 안으로 들어갔다.

관은 1층 홀에 있었다. 평소엔 텅 비어 있어야 하는 홀은, 관과 관 주위를 장식하는 꽃으로 빽빽이 채워졌다.

장례식은 전체적으로 썰렁한 분위기였다. 오늘이 둘째 날이었다. 본격적으로 북적이는 건 셋째 날부터였다. 까만 옷을 입은 사람들이 홀 주위를 어슬렁거리더니 관에 꽃을 놓고 갔다. 얼굴을 보니 모두 테일러의 가신들이다.

연화는 관 앞에 섰다. 보통 장례식에선 관 뚜껑을 열어놓는데, 이번 장례식엔 관뚜껑이 닫혀 있었다. 시체가 없으니 보여줄 게 없긴 하겠다만.

연화는 묵례하듯 관 옆에 서 있다가 돌아섰다. 연화를 따라온 로아넨 남작이 정원에서 꺾어온 꽃을 관 위에 올려놓았다.

고인이 좋은 곳으로 가길 기도해야 하지만, 고인은 없으니 다른 것을 기도하기로 했다.

이 바보 같은 장례식을 끝내고, 어서 이 세계를 나가는 방법을 찾을 수 있도록. 만약 이 세계에서 내가 해야 할 일이 있다면 빨리 끝마칠 수 있도록. 연화가 던진 꽃은 금방 다른 꽃에 파묻혀 밋밋해졌다. 그 위로 꽃이 계속 쏟아졌고, 얼마 안 있어 연화의 꽃은 사라졌다.

그 모습을 바라보는데, 연화는 이유 없이 마음이 홀가분했다.

직감이지만, 어쩌면 소원이 이루어질지도 모른다는 생각이 들었다.

연화는 하루 카이스턴 가에서 머무르기로 했다. 오클레앙 가와 멀어서라든가, 뭔가 문제가 생겨서는 아니었다. 로아넨 영애 이미지를 전도하는 데 너무 열중하다 보니 시간이 늦어서 이리된 것일 뿐이었다.

연화는 일전에 사용하던 손님방을 받았다. 익숙한 가구 배치를 확인하고 있는데, 카를이 낯선 발소리를 듣고 경계했다. 얼마 안 있어 문이 열렸고, 남자가 나타났다. 테일러였다. 찻주전자와 찻잔 세 개를 들고 있었다. 영주관에서 봤을 때와 비슷한 광경에 피식 웃음이 샜다.

테일러는 방문을 닫고 걸어왔다. 찻잔을 테이블 위에 놓았다.

"테일러 씨. 진짜 하녀로 전업한 거 아니죠?"

"설마."

테일러는 단번에 부정했다. 연화는 쟁반에 흩어진 찻잎들을 발견했다. 솜씨 좋은 하녀가 할 법한 짓은 아니었다. 자세히 보니 테일러의 소매에도 찻잎 부스러기가 붙어 있었다. 하여간 이 남자. 가끔 웃기다.

"그럼 이 차는 누가 끓인 건데요?"

"내가."

연화가 오묘한 표정을 짓자, 테일러가 황급히 덧붙였다.

"……머리털 나고 이런 짓을 한 적은 딱 두 번뿐이다."

"그 두 번을 제가 다 보게 되었군요. 영광이에요."

테일러는 어깨를 으쓱거렸다.

찻잎이 마구 날릴 때부터 의심을 해야 했는데. 찻물은 연했다. 그래도 티를 내지 않고 홀짝였다.

테일러는 차를 한 모금 머금더니, 흘끔 연화의 눈치를 봤다. 그리고 억지로 몇 잔 들이켰다. 그 짓도 오래 하진 못했다. 그는 차를 내려놓았다. 처음 한 모금을 먹은 뒤 정자세로 있는 카를을 불렀다.

"어이, 변태."

카를이 테일러를 노려보았다.

"뭡니까."

"이번에도 호칭을 정정할 기회를 줄까 하는데. 어떤가."

카를의 눈썹이 꿈틀했다.

"검…… 입니까."

"그때처럼 장난을 치면 평생 변태로 불러주마."

카를이 몇 초간 침묵했다. 그가 눈을 잠시 감았다. 과거를 회상하듯 감아졌던 눈은 불현듯 또렷한 빛을 감고 다시 떠졌다.

"아가씨에게 어떤 위해도 없다면."

테일러의 얼굴이 구겨졌다. 연화는 빈 잔을 내려놓았다.

"테일러 씨는 여전히 신용이 낮네요."

"아무럼 변태만 할까."

테일러가 피식거렸다. 카를은 테일러를 노려보더니 일어섰다. 그가 갈 준비를 하자, 테일러가 그럴 줄 알았다며 어깨를 으쓱했다. 카를은 문을 나서다 말고 뒤를 돌아보았다.

"검을 하나 주시죠."

"네놈 허리에 차고 있는 것으로는 불충분한가?"

"제가 아니라 아가씨에게 주시죠."

미묘한 침묵이 흘렀다. 날 그리 못 믿냐고 큰소리쳐야 할 것 같은 테일러는 웬일로 고개를 끄덕였다.

"……그러지."

세 사람은 연무장으로 내려갔다.

✤

연무장은 서늘했다. 차가운 밤의 공기가 몸을 얼싸안아서 그런 것일지도 모른다.

카를과 테일러는 형식적으로 인사를 했다가, 검을 뽑자마자 달려들었다. 심판이 없었기에 신호도 없었다. 그래도 본능적으로 알 수 있었다. 이때 덤벼들면 되겠다는.

검 두 개가 챙 소리를 내며 부딪쳤다. 테일러의 이마에 땀방울이 맺혔다. 카를은 힘으로 밀어붙였고, 테일러가 주춤했다.

변태라는 호칭이 싫은 건 아니었다. 계속 그리 불리다 보니 이제 귀에 딱지가 앉은 것일지도 모른다. 그러함에도 카를이 테일러와 검을 섞은 이유는 하나였다. 저 얄궂은 얼굴을 주먹으로 치고 싶었다. 영주관에서와 같은 이유였다.

전에는 그럴 수 없었지만, 지금은 사정이 달랐다. 카를은 검에 힘을 실었다. 테일러가 주춤했다. 제대로 실력을 까보인 지금, 그는 과연 나를 이길 수 있을까. 카를은 자신의 검 실력이 어느 정도인지 확인한 적이 없었다. 대부분의 사람들은 전력을 다하지 않아도 간단히 이길 수 있었으니까.

마음껏 검을 휘두른 건 아주 어릴 때뿐이었다. 검술 선생의 잘한다는 말에 우쭐해져선 열심히 검을 연습했다. 형 역시 열심히 검을 휘둘렀지만, 검술 선생은 형에겐 매번 핀잔을 주었다. 자세가 비딱하다거나, 검날이 향하는 방향이 불안정하다거나. 형에겐 재능이 없다고도 했다. 그럴 때마다 형은 카를을 죽일 듯이 노려보았다.

카를은 형의 눈치를 보게 되었다. 검을 휘두르는 것 자체가 좋았기에 몰래 연습은 했지만, 스승에게 배우는 것은 그만두었다. 대련이나 무술 대회처럼, 대외적인 방식으로 실력을 드러내는 일 또한 포기했다. 카를이 누구랑 대련했고, 누구를 이겼다는 소문이 돌면, 형을 자극하게 될 테니까. 그렇게 평생, 자신의 실력의 끝을 확인하는 일은 없을 줄 알았다. 하지만 희망은 이런 식으로 결국 닿아서 결말을 만들어내나 보다.

테일러의 검이 아래로 파고들었다. 카를은 자세를 숙이면서, 테일러의 검을 쳐올렸다. 테일러는 검으로 주는 타격이 몇 번 가로막히자 주먹을 뻗었다. 검날 사이를 비집고 들어오는 주먹은 카이스턴 가 사내들의 특징이다.

카를이 검날을 아래로 내렸고, 테일러는 손목이 날아가기 전 주먹을 물리고 검을 단단히 쥐었다. 서로의 검이 꽉 맞물렸다. 카를은 검날 사이로 보이는 얄궂은 얼굴을 보면서 힘을 주었다. 테일러도 밀리지 않기 위해 힘을 주었다. 지금 이 순간만큼은 셸리나도 보이지 않았다.

테일러의 이마에 맺혔던 땀방울들은 이제 흘러내렸다. 자신에게 유리하지 않은 상황인데도, 그가 픽 웃었다.

"확실히…… 그렇군."

"무슨 소립니까."

이 공작이 또 무슨 소리를 하고 싶어서 이러는 걸까.

"한 번 더 붙으니 알겠다. 네 놈의 검법, 황가의 것이군."

카를은 놓칠 뻔한 검을 단단히 움켜잡았다. 황가의 검법. 어릴 때부터 익혀온 검술을 알아볼 사람이 분명 있을 것이다. 예상했던 일이다. 당연히 변명거리는 준비되어 있었다.

"그게 뭐가 대단합니까? 황실 기사단엔 저와 비슷한 검법을 쓰는 사람이 널렸습니다."

"기사들은 황족들이 쓰는 검법의 극히 일부만 배울 뿐이다. 황가의 검을 제대로 배운 자는 황족뿐이다."

다 알았다는 듯한 테일러의 미소가 불길했다. 카를이 주춤했다.

"카를로스 카로틴. 그게 네놈의 이름이지."

검을 잡은 손이 축축해졌다. 검이 손에서 미끄러지더니 바닥에 떨어졌다. 쩔그렁 소리가 크게 울렸다. 카를은 멍하니 검을 바라보았다. 검이 떨어진 것처럼, 그의 마음 역시 덜컥 내려앉았다.

테일러는 허리를 구부렸다. 카를은 그가 주워 준 검을 쥐면서 정신을 차렸다. 하지만 비밀을 들킨 심장은 아직 제 박동을 찾지 못했다.

"언…… 제부터……."

"제대로 안 지는 얼마 되지 않았다."

테일러가 검 끝을 주시했다. 황성을 나올 때부터 한시도 제 몸에서 때어놓은 적이 없는 검이었다. 검 손잡이에 작은 부엉이가 음각되어 있었다. 카로틴 황실의 상징이다.

"네놈에 대해 알려진 건 하나도 없었다. 하지만 그 수상하게 지워진 족적이 오히려 도움을 주었지."

"……"

"검은 머리에 파란 눈. 황실의 검을 쓰고, 황가에 대해 자세히 알고 있으며, 황족 앞에서는 얼굴을 가리는 자."

"……"

"게다가 공교롭게도, 그자의 이름은 카를로스 황자의 이름과 흡사하지."

카를은 입술을 깨물었다. 감추려고 카를로스의 이름을 버린 게 아니었다. 황자로서 살고 싶지 않았기에, 황성에서의 시간들이 무의미했기에 버린 것이다. 인정받고 싶었던 유일한 사람에겐 무가치했던 내 존재가, 여리고 작은 소녀에겐 의미가 있을 것 같아서. 처음엔 그런 마음으로 시작했다. 소녀를 지켜주고, 소녀가 저를 필요로 한다면 그걸로 다 되었다고.

시간이 좀 더 흐르자, 소녀가 자신의 정체를 알면 부담스러워하지 않겠나 싶었다. 아무리 담력이 센 소녀라도 황자씩이나 되는 저를 신하 부리듯 막 대할 수는 없겠지. 소녀가 황녀와 친분을 쌓아갈 때 카를은 정말로 입을 꾹 다물게 되었다. 자신의 존재가 소녀에게 해가 될까 봐.

소녀가 차원을 넘어갈 방법을 찾는다는 확신이 섰을 때는, 더욱 사실을 말하기 어려워졌다. 소녀가 정말로 필요로 하는 것을 가지고 있으면서 입을 꾹 다문 자신을, 소녀가 용서할 것 같지 않아서.

안 되는 이유만 잔뜩 쌓여, 이도 저도 아닌 상태까지 왔다.

카를은 주먹을 꽉 쥐었다. 그래, 테일러에게 들키는 건 괜찮다. 셀리나에게 들키는 것보다야. 카를은 눈을 질끈 감았다 떴다.

"아가씨는 아무것도 모릅니다."

"그렇기에 이리 따로 불러내서 말하고 있지 않나."

복잡하게 엉켰던 머리가 조금 맑아졌다. 테일러가 입을 나불거릴 기회는 많았다. 하지만 그는 굳이 침묵해 주었다. 이야기를 들어보니, 바로 어제 안 것도 아닌 것 같은데 말이다.

"그 사실을 말해주시는 이유가 뭡니까."

이제와 황자 대접을 해주려고 그러는 것은 아닐 터였다. 그럴 거였다면 최소한 변태라는 호칭을 뗐겠지.

"이 세상에 영원한 비밀은 없다. 진실을 캐고자 하는 자에겐 결국 비밀이 들통나기 마련이지."

카를이 눈을 깜빡였다. 그는 잠깐 셀리나를 돌아봤다가, 한껏 목소리를 낮추었다.

"황실에서 아직도 저를 추적하고 있습니까?"

"황제는 황태자를 끌어내리려 하고 있다. 황녀는 2황자의 장례식을 치르지 못하게 막고 있다. 이게 무엇을 의미하는 것 같나."

황제가, 그리고 황녀가 카를로스의 죽음을 인정하지 않았다. 황실이긴 하나 어쨌든 가족이기도 해서, 누군가가 자신을 찾고 있다는 게 카를의 가슴 언저리를 몽골몽골하게 만들었다. 누군가에게 잊혀지지 않았다는 건 이토록 기쁜 감각이었다. 하지만 한편으론 몸서리가 쳐졌다. 그의 존재는 완전히 지워지지 않아서, 결국 족쇄처럼 길게 늘어져 벗어날 수 없게 만드니까. 그토록 식상하고 무의미했던 황자의 굴레에서.

"저는…… 갈 수 없습니다."

"아직은 떼를 써도 괜찮지. 신이 남아 있으니까. 하지만 나중에는? 누군가가 네 존재를 눈치채면 어떻게 할 거지?"

테일러는 쯧 혀를 찼다. 잠깐이지만 누군가를 걱정하는 얼굴도 했다. 하지만 그건 절대 카를을 위한 것은 아니었다.

"너는 셀리나의 기사로 행동했다. 황자를 기사로 부린 소녀라니. 어떤 처분이 기다릴지 네놈도 잘 알고 있겠지. 네 진짜 신분이 밝혀졌을 때, 네놈에게 셀리나를 지킬 힘은 있나?"

"있습니다."

"입으로만?"

테일러가 비아냥거렸다. 사실 황실이 진심으로 셀리나를 진창에 처박으려 마음먹는다면 싸움이 어렵긴 할 것이다. 하지만, 그렇다 할지라도.

"없더라도, 내 영혼을 걸어서 진심으로 지킬 겁니다."

전력을 다한다면 작은 소녀 한 명은 지킬 수 있을지도 모른다. 그러기 위한 배운 검은 아니었지만, 결심은 오래전에 굳었다.

"그러니, 당신이 상관할 바는 아니야."

카를은 떨어진 검 대신 주먹을 말아 쥐었다. 이곳에 오기 전부터 무척 하고 싶었던 것이었다. 가볍게 말아 쥔 주먹은 테일러의 턱밑을 치고 들어갔다.

테일러는 근육질 몸매의 소유자답지 않게 뒤로 나가떨어졌다. 참으로 시원한 일격이었다.

18
비밀

카를은 테일러를 때려눕히고 매우 후련해졌다. 남아 있는 감정이 한 방에 풀리는 건 아니지만, 그랬다. 테일러는 한 방에 나가떨어진 자신이 어이없었는지 넘어진 자세로 눈만 끔뻑였다.

카이스턴 저택의 기사들은 모두 무인이었다. 테일러에게 충성하는 사람들이긴 했지만, 영주관 기사와 달리 테일러를 위협했다며 카를에게 위협적으로 덤벼들진 않았다. 대신 '공작을 때려눕힌 방법'을 전수해 달라며 모여들었다. 테일러는 누구의 기사인지 모르겠다며 투덜거렸다.

다음 날 셀리나는 저택에 돌아왔다. 저택에 없었던 사이 이런 시선이 도착해 있었다. 발신자가 황녀라서 카를은 괜히 움찔했다. 셀리나의 뒤에 서서 편지 내용을 보았다.

-약속, 지키고 싶어요.

카를이 불안해한 것과 달리, 내용은 단순했다. 황실 도서관을 구경시켜 주겠다는 게 전부였다. 셀리나는 조사할 것이 있어서 가겠다고 말했지만, 그 조사할 내용이 무엇인지는 카를도 어느 정도 알고 있었다.

셀리나는 아침 일찍 일어나 출발 준비를 했다. 그날 마부는 아프다며 출근하지 않았다. 마부 대신 카를이 앞자리에 앉아 말을 몰았다. 황성에 들르는 것이었기에 투구는 필수였다.

말이 달릴 때마다 온몸이 들썩였고, 투구 또한 철커덕 소리를 냈다. 셀리나는 이따금씩 마차를 멈추고, 투구를 벗고 편히 마차 안에 들어가는 게 어떠냐 물었다. 카를은 고개를 저었다.

몇 번 그런 일을 반복하면서 황성에 도착했다.

황녀는 황실 도서관 앞에서 기다리고 있었다. 다른 사용인은 없었다. 셀리나는 기대감 충만한 눈으로 문이 열리는 걸 바라보았다. 황녀는 열쇠를 벽면에 난 홈에 꽂았다. 어두워졌던 내부가 팟 소리를 내며 밝아졌다.

"해가 지기 전엔 나와야 해요."

"감사합니다."

황녀는 문을 닫아주고 사라졌다. 카를은 황녀가 떠나는 발소리를 들으며 숫자를 셌다. 숫자가 열이 넘어가고 난 뒤엔 투구를 벗었다. 꽉 틀어 막혔던 공기가 확 풀어졌다.

셀리나는 말없이 웅장한 위용을 뽐내는 책장들을 바라보았다. 황실 도서관은 카로틴 건국과 역사를 함께했다. 이곳에 놓인 책이 몇 권인지는 카를도 모른다.

카를은 투구를 내려놓았다. 쩔그렁 소리에 셀리나가 화들짝 놀라며 뒤를 돌아보았다.

"세계수에 대해 찾으면 되겠습니까?"

"네, 부탁해요."

셀리나를 고개를 끄덕이곤 왼쪽 책장으로 걸어갔다. 카를은 뒷짐을 지고 그녀의 뒷모습을 바라보았다. 셀리나는 까치발까지 서면서 책들을 훑었다. 그러나 그쪽에 꽂힌 건 일반서뿐이다.

코끝으로 책 냄새가 들어왔다. 황성 도서관엔 창문이 없다. 마법 도구로 일정량의 산소를 유지하고 있지만, 제대로 환기가 되는 건 아니었다. 이곳의 공기는 늘 같은 냄새를 풍겼다.

카를은 엄지로 관자놀이를 꾹 눌렀다. 이전에도 맡았던 향기를 폐 속 깊숙이 끌어당기자 현기증이 일었다.

감았다 뜬 눈 위에 흐리멍덩한 잔상이 보였다. 잔상은 점점 뚜렷해졌다.

카를의 허리에도 안 오는 어린 소년이 웃으며 도서관 안에 뛰어들어 왔다. 새로운 장소를 발견한 소년은 그저 신이 났다.

"뛰지 말라고 했잖느냐, 카를."

소년의 뒤로 편한 옷을 입은 황제와 황후가 들어왔다. 황제는 엄한 목소리를 냈지만. 표정은 부드러웠다. 어린 카를이 뛰어서 황제에게 돌아가자 황제가 예끼, 혼내는 시늉을 했다. 그러다 피식 웃으며 카를의 머리를 쓰다듬었다.

카를은 눈을 깜빡였다. 저 때부터 몇 년이 지났더라. 저 때의 카를은 5살이었고, 지금은 22살이었다. 그러니 자그마치 17년이 흐른 셈이다. 과거에 숫자가 매겨지자 더 아득하게 느껴졌다.

황제는 어린 카를 앞에서 많이 웃었다. 그는 황후를 사랑했고, 황후를 사랑하는 만큼 카를도 사랑했다.

카를로스는 2대 황제이자, 카로틴을 부국강성으로 이끈 황제의 이름이었다. 황제는 아들에게 이 이름을 내리고 흡족해 했지만, 황후는 너무 길다며 싫어했다. 황후는 이 이름을 카를로 줄여 불렀다. 황제도 황후 앞에서만큼은 아들을 카를이라 불렀다. 황후가 죽은 뒤엔 누구도 그를 카를이라 부르지 않았다.

추억과 함께 묶였던 이름은 현재와 미래를 버리면서 되찾게 되었다.

"카를, 이곳이 뭐 하는 곳인지 아느냐?"

어린 카를은 고개를 갸웃했다.

"남의 위에 서는 자는 정보를 통제해야 한다. 초대 여제께서는 이 사실을 누구보다 잘 알고 계셨지."

황제는 큰 보폭으로 걸었다. 그 뒤를 황후와 어린 카를이 느리게 따라갔다.

"이곳은 정보를 통제하는 곳이지만, 여제의 시간이 담겨 있는 곳이기도 하다."

황제는 오른쪽 책장 앞에 쪼그려 앉았다. 그대로 허리를 숙이더니, 어린 카를에게 손짓했다. 어린 카를은 쪼르르 다가갔다.

황제가 했던 것처럼 몸을 숙이자, 책장 아래의 버튼이 보였다. 황제가 그것을 누르자 책장이 밀리면서 책장 뒤의 공간이 나타났다.

어린 카를은 공간으로 들어갔다. 가장 먼저 보인 것은 책상이었다. 책상 앞엔 의자가 하나 놓여 있었다. 책상 뒤엔 책꽂이가 가득했고, 앞엔 벽난로가 있었다. 오랫동안 사용하지 않은 듯 벽난로는 차가웠다.

황제는 그곳이 여제가 사용했던 집무실이라 했다. 여제는 자신이 떠난 뒤에 집무실을 없애라고 했지만, 2대 황제는 여제를 존경

하는 마음에서 집무실을 보존해 두었다. 집무실 주위에 벽돌과 책을 쌓아 도서관으로 만든 것도 2대 황제의 짓이었다.

　책상엔 여제가 즐겨 읽었던 책 몇 권과 일기가 꽂혀 있었다. 황족 중에서도 허락받은 소수만이 이곳에 들어와 여제의 일기를 읽을 수 있다. 여제가 이세계인이며, 이곳을 떠날 때까지 젊음을 유지했고, 마지막엔 그녀가 이 세계를 버렸다는 것까지. 여제를 우상화하는 제국민들에겐 알릴 수 없는 비밀들이 가득했다.

⚜

　투두둑. 육중한 물체가 바닥에 떨어지는 소리가 들렸다. 카를은 빠르게 눈을 깜빡였다. 신비한 장소를 발견했다는 것에 흥분했던 어린 카를도, 카를의 머리를 자상하게 쓸어주던 황제도, 둘의 모습을 흐뭇히 바라보던 황후도 사라졌다.

　셀리나는 세계수를 찾는 이유를 카를에게 설명하지 않았다. 말하지 않았기에, 오히려 이유는 뻔했다. 차원 이동.

　신이 함께했다던 신성 시대에 남겨진 신물 중 하나인 세계수는, 신이 떠난 이후로 힘을 조금씩 잃어가는 중이었다. 그러나 각 세계를 잇는 통로 역할은 유지했다.

　황족들이 숨기고 싶어 했던 비밀은 수면 위로 드러나는 중이었다. 몇 학자들이 세계수가 차원의 문과 닿아 있을 거라는 가설을 제기했다. 세계수의 정확한 위치만은 영원한 비밀로 남아 있었다.

　셀리나가 움직이는 동기는 세계수와, 떠난다는 것에 맞춰 있었다. 오클레앙 영애로서 여러 일을 벌여놓긴 했지만, 그건 자신이 떠난 뒤에 남겨질 사람들을 위한 배려에 가까웠다.

　셀리나는 아주 먼 곳으로 떠난다고 했다. 지도에 나와 있지 않은, 머나먼 땅이 고향이라고 했다. 망상으로 치부하기엔 그녀의 이야기가 지나치게 구체적이었다.

이해할 수 없는 단서들을 묶을 수 있는 단어는 세계수였다. 셀리나를 차원 이동자로 놓고 보면 모든 것이 설명된다. 아마 본래 세계로 돌아가는 방법을 찾고 있는 것일 거다. 여제가 원했듯이. 그러나 셀리나가 원하는 비밀은 저 책장 너머에도 없다.

세계수의 위치나 이 세계로 넘어가는 방법은, 황족들의 머릿속에만 각인되어 있다. 셀리나는 혼자 힘으로는 절대 원래 세계로 돌아가지 못한다. 그녀가 원하는 것을 얻지 못한다는 사실이 심장을 서걱거리게 하는 한편, 안도감이 피어올랐다. 이렇게 못난 자신이라니. 카를은 자조를 삼켰다.

사실 카를은 셀리나에게 떠나지 말라고 말하고 싶었다. 제발 이 세계에, 자신의 곁에 남아달라고. 하루라도, 1시간이라도, 일 분이라도 더. 하지만 본인이 살던 세계로 돌아가는 것을 저지할 수는 없었다. 비난은 더 할 수 없었다. 그래서 카를은 그냥 입을 꾹 다물었다. 이 현실을 조금만 더 누리기 위해서.

"카를, 이쪽으로 와줄 수 있어요? 나, 키가 안 닿아서."

물론 영구히 입을 다물 생각은 아니었다. 언젠가는 소녀에게 마지막 진실을 가르쳐 줄 터였다. 자신이 좀 더 준비가 되었을 때, 세계수가 있는 곳으로 소녀를 배웅해 줄 것이다. 소녀가 이 세상을 떠나기 전 마지막으로 보는 건 자신일 테니까. 그 마지막 모습을 보고 눈에 담는 것으로 아마 평생을 살아가야겠지.

테일러는 이 상태가 계속 유지될 수 없으니 카를더러 떠나라고 했다. 그의 비밀이 들키든, 그녀가 저쪽 세계로 돌아가든 결국 끝날 관계다. 결국 불완전한 행복이었다. 그런 만큼 더욱 살뜰히 즐기고 싶었다.

"카를?"

셀리나가 카를을 재촉했다. 카를은 빙긋 웃으며 그녀의 목소리가 들리는 곳으로 향했다.

"예."

소녀는 아직 카를을 필요로 했다.

그렇기에 그도 아직은 소녀와 함께였다.

✤

황제는 폐궁에 틀어박혔다. 카를로스가 사라지기 전엔 1년에 한 번 갈까 말까 할 정도로 뜸하던 폐궁 출입은 근래 들어 잦아졌다. 요즘은 1달에 한 번 꼴로 들렀다. 사람들은 전 황후를 꼭 닮은 아들, 카를로스를 잃은 황제가, 그리움을 이기지 못해 폐궁에 들르는 게 아니겠냐고 했다. 물론 틀렸다. 황녀는 피식 웃었다.

직접 확인하지 않아도 알 수 있다. 황제는 폐궁에서 카를로스를 찾을 방법을 강구했다. 그가 노력하는 것과 달리, 카를로스의 행방은 잡히지 않았다. 황제의 노력을 비웃을 생각은 없다. 권력과 시간이 조금만 더 있었다면 황녀 또한 카를로스를 찾는 데 시간을 기울였을 것이다.

황제는 폐궁에 틀어박혀 대신들과 모임을 가졌다. 황제는 오후가 되어서야 폐궁을 나왔다. 그날 하루만큼은 웨이휠도 조용했다. 자신이 죽인 동생을 찾는 아버지라니. 유쾌하지는 않을 터였다.

두 사람 다 얌전한 오늘은 비밀 손님을 불러오기에 딱이었다.

황녀는 셀리스티나를 불렀다. 소녀는 황실 도서관 다섯 글자에 눈을 반짝였다. 황녀는 도서관 문을 열어준 뒤 소녀와 기사를 떠밀었다.

"해가 지기 전엔 나와야 해요."

소녀는 웃었다. 이렇게 책이 많으니 세계수와 관련된 책은 당연히 있겠거니 생각하는 듯했다. 황녀는 문을 닫아주었다. 세계수와 관련된 정보는 황족 중에서도 아주 극소수만 알고 있다.

황제는 선황제에게 들은 비밀을 카를로스에게 알려주었다. 카를로스는 황녀에게 비밀을 알려주었다. 웨이휠은 비밀을 듣지 못했다. 입에서 입으로만 전해지는 비밀이었다. 소녀가 알아낼 방법은 없었다.

황녀는 자신의 방으로 돌아왔다. 창가에 올려놓았던 꽃병을 들고 앉았다.

황제가 준 꽃을 창가에 꽂아둔 게 괜찮은 효과를 거둔 모양이었다. 황제는 매일 꽃을 보내왔다. 황녀는 시들한 이파리들을 떼어낸 뒤 꽃대만 남은 것을 꽃병에 가지런히 넣었다.

꽃꽂이는 귀족 소녀들이 배운다기에 따라 배웠다. 꽃을 싫어하지는 않지만, 좋아하지도 않았다. 꽃은 향기가 다할 때까지 향취를 즐기고 버리면 그만이다.

기왕 황제에게 무언가를 받는다면 꽃이 아니라, 옥으로 시작하는 물건이었으면 했다. 옥좌라든가, 옥새라든가. 그러나 이런 속내를 비칠 수는 없는 노릇이다. 황녀는 쓰게 웃었다.

꽃병을 들고 창가로 걸어가다 손목을 보게 되었다. 뭔가 허전하다 했는데.

"팔찌가……."

없었다.

황녀는 입술을 깨물었다.

그저께, 황녀는 알로이스 후작에게 팔찌를 선물 받았다. 후작은 수줍은 연심을 얼굴 가득 묻히고서 가지고만 있어도 된다고 말했다. 황녀는 그의 눈앞에서 팔찌를 차주었다. 팔찌가 마음에 들어서는 아니었다. 그와 손을 잡았다는 것을 의미하는 징표일 뿐이었다. 후작은 다 알면서도 웃었다.

어쨌든 그 팔찌가 없었다.

황녀는 액세서리를 모아두는 서랍장을 열었다. 역시나 싶게도 팔찌는 없었다. 시녀 중 누군가를 의심하진 않는다. 감히 누가 저의 물건을 건드릴까. 그러나 황녀궁 밖에서 물건을 잃어버렸다면 이야기는 달라진다. 바닥에 떨어진 물건에 임자를 따지는 사람이 어디 있을까.

황녀는 일어섰다. 오늘 외출해서 들른 곳은 도서관이 유일하다. 느리게 걸어 도서관까지 왔다. 바닥을 샅샅이 훑어봤지만, 팔찌는 보이지 않았다.

코앞에 도서관이 있었다. 살짝 열린 틈에서 불빛이 새어 나왔다. 황녀는 문을 열었다. 팔찌를 봤냐고. 한마디만 물어볼 생각이었다.

문을 열자마자 셀리나의 뒤통수가 보였다. 그녀는 분주하게 움직였다. 그 모습을 보자 비뚜름한 실소가 새어 나왔다. 백날 찾아봐라. 있나. 셀리나의 기사는 오른쪽 책장 앞에 서 있었다. 버릇처럼 쓰고 다니던 투구를 벗은 채였다. 낯익은 뒤통수에서 시선을 떼기 힘들었다. 황녀는 숨을 죽였다.

투구 사이로 본 눈동자는 파란색이었다. 투구에 가려졌던 머리카락은 검은색이었다. 이유 없이 심장이 두근거렸다. 남자는 심한 화상을 입어서 얼굴을 가리고 다닌다고 했다. 그랬었다.

남자가 고개를 틀었다. 익숙한 귓바퀴가 보이고, 단정하게 다물린 턱선이 보였다. 화상의 흔적은 조금도 없는 맨얼굴이 보였다.

　그토록 찾아 헤맸던 얼굴이, 살아 있기를 바랐던 사람이 있었다.

　"오라버니?"

　저도 모르게 목울대를 타고 올라간 목소리가 입 밖에 샜다. 황녀는 황급히 자신의 입을 막았다. 머리는 아득해지는데, 신기하게도 사내의 얼굴은 잘 보였다. 틀림없는 카를로스였다.

　카를로스는 황태자 따위에게 충성을 바치겠다고 베일을 뒤집어썼다. 그러기 전 그의 얼굴이 어땠는지 황녀는 똑똑히 기억했다.

　가로로 선하게 뻗은 눈썹과, 가지런한 턱선 등 기억 속 카를로스는 아직 여물지 않은 모습이었다. 다시 본 카를로스는 어른이 되어 있었다. 기억 속 여린 선들이 강렬해졌다. 맹목적인 충성심을 담고 황태자를 쫓던 눈은 이제 소녀를 품었다.

　"제가 아무래도 상관없다면."

　완전한 성인이 된 남자의 목소리는 굵었다. 하지만 절절했다. 계속 엿보고 있으면 안 될 것 같았다. 황녀는 뒷걸음질을 쳤다. 발끝에 뭔가 걸렸다. 팔찌였다. 황녀는 팔찌를 주우면서 다시 안을 들여다봤다.

　소녀와 카를로스는 손을 잡았다. 자신들끼리 대화를 하느라 황녀의 존재를 눈치채지 못했다.

　황녀는 뒤로 물러났다. 일단 지금은 그러고 싶었다. 도서관의 두 사람이 보이지 않게 되었을 때, 뒤로 인기척이 잡혔다.

　"전하……?"

　시녀였다. 그 짧은 시간, 사라진 자신을 찾아 내려왔나 보다.

황녀는 도서관의 틈새를 가로막듯이 섰다. 그녀가 팔찌를 내보이며 웃었다.

"이걸 찾으러 왔었어요. 다시 올라가죠."

시녀는 그러냐며 황녀를 따라 웃었다.

황녀는 평소와 같은 얼굴을 유지했다. 그러나 마음은 콩밭에 가 있었다. 낯익은 뒤통수가, 카를로스가 뒤를 돌던 그 모습이 자꾸 떠올랐다. 잘못 본 건 아니었다. 이 세상에 그렇게 닮은 사람이 또 있을 리도 없었고.

황녀는 눈을 감았다. 카를로스의 모습을 지우자 금발 소녀가 떠올랐다. 아무렇지 않은 척 구는 데 도가 튼 얼굴로 제 앞에 머리를 숙이던 모습이 선했다.

'날 속였나.'

황녀는 주먹을 꽉 쥐었다. 하지만 이내 긴 한숨을 내뱉으며 힘을 풀었다.

소녀는 교활하다. 카를로스를 부하로 묶어두고 싶었다면, 황족들에겐 절대 내보이지 않았을 거다. 내보이더라도 투구 같은 어설픈 도구로 숨기지도 않았을 거고.

결론은 하나였다. 소녀 또한 속았다는 것.

소녀가 카를로스의 정체를 모른다고 생각하면, 오히려 이해하기 쉬워진다.

카를로스는 자신의 정체를 말하지 않았다. 소녀 입장에서는 검 잘 쓰는 충직한 호위기사가 생기는 것이니, 마다할 이유가 없다.

비밀이 있다 한들 어떤가. 검 쓰는 놈 중, 남에게 얼굴을 보이면 안 되는 사정을 가진 자는 널렸다. 란만 해도 그렇지 않던가. 추리가 끝났음에도 확신할 수는 없었다. 미더운 구석이 있어서가 아니었다. 돌다리를 두들겨 보고 싶었을 뿐이다.

다음 날, 황녀는 다시 소녀를 불렀다. 잠을 설쳤는지 눈 밑이 퀭했다. 원하는 것을 얻은 자의 얼굴로는 보이지 않았다. 알면서도 물었다.

"찾았나요?"

"고견을 탐식할 기회를 주셔서 감사하나 아직……."

소녀가 고개를 숙였다.

"그렇군요. 도서관 문은 기회가 닿을 때 한 번 더 열어드릴 테니, 천천히 찾아봐요. 영애가 원하는 대로 되었으면 좋겠군요."

"감사합니다."

담백하게 대답하는 모습에선 거짓말의 기운은 느껴지지 않았다.

찾지 못했다. 카를로스가 아무 말도 하지 않았다는 뜻이었다. 도서관을 다시 열어주겠다는 황녀의 말에, 소녀는 조금 웃었다. 아직 부질없는 기대를 걸고 있는 거겠지.

'그러고 보니.'

황녀는 턱을 긁었다. 소녀는 기사를 카를이라고 불렀다. 이전에는 아무 생각 없이 들었던 이름이었지만, 곱씹을수록 웃음만 났다.

카를은 카를로스의 애칭이었다. 10년 넘게 사용되지 않는 호칭이긴 했지만, 어쨌든. 이렇듯 쉬운 힌트가 놓여 있었는데 눈치채지 못했다. 등잔 밑이 어둡다는 건 이런 거겠지. 어이없는 한편, 소녀에 대한 연민이 피어올랐다. 매일 끼고 다니는 기사에게 속은 건 소녀 역시 매한가지일 터다.

말똥한 눈이 황녀를 바라보았다. 왜 갑자기 웃냐는 듯이. 황녀는 차를 마시면서 표정을 갈무리했다.

"그런데 영애."

"네."

"세계수를 찾는 이유, 뭐라고 했었죠?"

소녀가 몇 초간, 어벙한 얼굴을 했다. 그러더니 그린 듯한 미소를 만들어냈다.

"부모님을 뵙고 싶어서라고, 전에 말씀드렸습니다만."

"아, 그랬지요."

다시 들어도 참 어이없는 변명이었다. 세계 정복을 위해 세계수가 필요하다는 말이 더 그럴듯하겠다. 이제 할 말은 없었다. 황녀는 소녀를 내보냈다. 탁 문 닫히는 소리를 듣자 웃음이 터져 나왔다.

소녀가 세계수를 찾으려는 이유는 하나뿐이다. 이 세계를 떠나는 것. 카를로스 역시 이 사실을 뼈저리게 알고 있을 터였다. 알면서도 입 벙긋하지 않는 이유도 뻔하다. 알려주기 싫으니까. 소녀가 떠나지 않았으면 하니까. 서 있는 곳은 다르지만, 황녀와 카를로스는 같은 목표를 가지게 된 셈이다. 그러나 영원히 카를로스가 입을 다물어줄 거라 기대할 수는 없다.

소녀가 카를로스의 비밀을 알아내는 건 시간문제였고, 결국 카를은 소녀를 데리고 세계수 앞으로 가게 될 거다.

상황을 저지할 방법은 단 하나, 카를로스를 잡아들이는 것이다. 그러다 소녀나 테일러와 척을 지게 될 수 있으니 그게 문제였다. 근래 늘어나긴 했지만, 황녀파 귀족들의 수는 적었다. 한 명 한 명이 아쉬운 지금, 유능한 인재를 잃을 수는 없었다.

그렇다면 어떻게 할까. 고민이 담긴 황녀의 손가락이 탁자를 도로록 두드렸다.

⚜

연화는 문이 닫히자마자 숨을 토해냈다. 대단한 이야기가 오가지 않았는데도. 황녀와의 대화는 늘 벅차다. 오늘은 그 정도가 더했다.

연화는 등줄기로 흐르는 땀을 느끼며 걸어갔다.

문 앞에 시녀가 있었다. 그녀가 연화를 보며 웃었다.

"안내해 드릴까요?"

"괜찮아요."

일단 웃었다. 아직은 황녀궁이다. 보는 눈이 많았다. 그러나 걸음이 이어질수록 웃는 얼굴이 흐려졌다.

세계수의 위치. 집으로 돌아가는 방법. 처음부터 쉽게 얻을 수 있을 거라는 생각은 안 했다. 이 세계를 떠나고 싶다고 말하면 방해하는 사람이 있을 것도 예상했다. 그래서 엉뚱한 핑계를 댔다.

허술하긴 했지만, 그래도 12살 어린애가 댈 핑계로는 적합하다고 생각했는데. 오묘한 미소를 짓는 황녀를 보고 알았다. 다 망했다는 걸.

당연한 일이긴 했다. 황녀와 연화 중 누가 세계수를 잘 알고 있느냐 하면, 두말할 것 없이 황녀였다. 연화는 바깥 세계에서 흘러들어온 이방인이었다. 그러나 황녀에겐 이 세계가 현실이었다. 연화가 떠나간 뒤에도 그녀는 이곳에서 살아갈 것이다.

"완전히 놀아났네."

당연한 것을 왜 몰랐는지 모르겠다. 황녀에겐 오클레앙 영애를 붙들어두어야 할 확실한 이유가 있었다. 그런 사람에게 집으로 가는 길을 물었다. 멍청한 짓을 했다.

"그래도 수확은 있었어."

아예 돌아가는 방법이 없었다면 황녀는 세계수의 모든 정보를 오픈했을 것이다. 어쩌면 세계수가 있는 곳을 보여줬을지도 모른다. 차원 이동과 관련된 것이 아니더라도. 뭔가 대단한 비밀이 있으니 이토록 숨기려 드는 것이리라. 그러니 아직 희망은 남아 있다. 비록 실패했지만, 단서는 얻었다. 다시 시작하고 다시 시작하면 된다. 원하는 것을 얻어 돌아갈 때까지.

"어차피 시간은 많으니까."

죽을 위기는 넘겼다. 오클레앙 일도 대강 처리했다. 상단은 알아서 잘 굴러가고 있고, 엘렌은 더 이상 셀리나를 괴롭히지 않는다. 사라진 샤먼이 나타날 일도 없다. 연화가 며칠 쉬어도 모든 것이 망가지지 않는다. 그러니 돌아가는 것에 정신을 집중해도 괜찮았다.

다시 시작하기 좋은 때였다. 연화는 눈을 감았다 뜨며 스스로를 다독였다.

그래, 다시 시작할 수 있어.

셀리나는 근래 늦게 자고 일찍 일어나는 생활을 이어갔다. 황무지를 횡단할 때나, 상단 일을 할 때는 수면 시간을 줄여야 할 이유가 있었다. 하지만 오클레앙 저택에서는 그럴 이유가 전혀 없었다. 조셉은 부러 셀리나가 무리하지 않게 일 양을 자의로 조절해서 들고 왔다. 그는 가문의 부흥을 바라긴 했지만, 인정사정없는 사람은 아니었다. 셀리나가 성장기의 아이란 점을 감안했다.

셀리나가 늦게 자는 건 오직 자의였다. 책. 세계수나 차원 이동과 관련된 책을 무더기로 가져다 놓고 읽었다. 오클레앙 저택에도 서재가 있긴 했었지만 그리 크진 않았다. 셀리나는 필요한 책을 따로 구매해 읽었다. 새 책들은 둘 곳이 없다는 핑계로 침대 옆에 쌓아두고 읽었다. 셀리나가 밤잠을 설치며 책을 읽을 수 있는 동기가 만들어진 셈이다.

그리고 오늘로 셀리나가 책을 잡은 지 일주일이 되었다. 셀리나는 침대에 걸터앉은 채 종이를 넘겼다. 그러다 가끔 목을 돌리거나 어깨를 주무르곤 했다. 그녀의 상태가 어떤지 알려주는 행동들이다.

카를은 탄식하면서도 셀리나를 보는 것을 멈추지 않았다. 작은 고개가 활자를 읽으며 작게 까딱까딱 들렸다.

사실은 진실을 까발리고 싶었다. 당신이 원하는 것은 그 안에 없을 거라고. 이제 그만 포기하라고. 하지만 한 장이라도 더 읽으려는 몸부림을 보자, 차마 그 말들을 뱉을 수가 없었다.

뱉지 못한 말들은 카를의 가슴을 갉아 먹었다. 일이 이렇게 된 건 모두 자신의 죄였다. 셀리나의 발목에 족쇄를 걸어 묶어둔 제 이기심 때문이었다.

"아직 깨어 계시는가?"

노크 소리 뒤엔 조셉이 작게 속삭였다. 혹 셀리나가 잠들었을까, 하는 미력한 희망이 담겨 있다. 카를은 말없이 문을 열어주었다. 조셉은 셀리나를 보곤 숨을 조금 들이켰다. 그는 팔과 다리를 같은 방향으로 내뻗으며 침대까지 걸어갔다.

"무슨 일이에요?"

셀리나는 책에서 눈을 떼지 않았다.

"혹 잠자리가 불편하십니까?"

"아니에요."

"그럼 고민거리가 있으십니까?"

"없어요."

"아니면 밤에 악몽이라도……."

"안 꿔요."

셀리나는 대답하면서도 계속 책장을 넘겼다. 조셉이 책을 뺏어
들었다. 그제야 셀리나가 그를 보곤 입꼬리를 살짝 올리고 눈치를
살폈다.

"숙면은 건강과 관련이 있습니다."

"네, 알아요."

"책은 모두 치우겠습니다."

"그냥 놔둬요. 내일 아침에 마저 읽을 테니."

조셉은 제 주인을 이기지 못했다. 그는 뱃속 깊숙한 곳의 숨을
끌어내어 뱉더니, 숙면에 도움이 되는 차를 가져오겠다며 자리를
떴다. 조셉은 방을 나가기 전 잠깐 카를과 눈이 마주쳤다. 카를을
메다 꽂아버리고 싶다는 듯, 그의 시선이 빠른 직선을 만들었다.

셀리나에게 책을 가져다준 것은 카를이었다. 셀리나가 일찍 잠
들길 바라긴 했지만, 그만큼 그녀가 원래 세계에 갈망하고 있다는
것을 알기에 그녀가 바라는 것을 거절하지도 못했다. 이 어중간한
마음이 문제를 만들었다. 자신은 힐난받아도 쌌다. 카를은 어깨
를 들썩이며 이마를 짚었다.

카를은 가슴이 들썩이도록 크게 숨을 들이쉬었다 내뱉었다. 차
가운 밤공기가 카를의 호흡을 따라 폐 속 깊숙이 들어왔다 빠져
나갔다.

셀리나가 잠이 들었다는 것을 확인한 카를은 검을 차고 밖으로
나왔다. 셀리나에겐 말한 적 없지만, 그는 밤마다 오클레앙 저택

주위를 돌며 경비를 확인했다. 다른 기사들이 추측하듯 '단장 노릇'을 하기 위해서는 아니었다. 그저 셀리나를, 자신이 보호해 왔던 소녀를 계속 지키고 싶었을 뿐이다.

셀리나가 오클레앙 가주로서 제대로 일하고, 황녀의 편이 될 노선을 확실히 세우자 반 황녀파 귀족들이 암살자를 보내왔다. 일부는 염탐꾼을 보냈다. 오클레앙 가는 빈 부지 가운데에 혼자 세워져 있기에, 외부인이 접근하면 바로 알 수 있었다. 침입하는 입장에서 절대적으로 불리했다. 게다가 오는 놈들의 실력은 어찌나 허접한지.

"으억!"

카를이 검을 뽑지 않은 채로 발로 걷어찼을 뿐인데 상대는 쉬이 나가떨어졌다.

"한심하군."

"단장님이 쓸데없이 센 거예요!"

세이안이 입을 벌리고서 항변했다. 세이안은 암살자의 얼굴 위에 손을 흔들어보다가, 숨을 쉬는 걸 확인한 뒤엔 뜨억 소리를 내며 카를 뒤를 졸졸 따라왔다.

"한 방에 기절시키다니…… 진짜 사람 맞아요?"

"네가 약골인 거다."

"약골은 무슨……! 단장님보다 키가 작아서 그렇지, 저도 근육은 상당하거든요?"

세이안이 자신의 팔을 들이밀었다. 카를은 혈관이 튀어나온 근육을 심드렁하게 쳐다보곤 그를 지나쳤다. 세이안은 다리 근육도 자랑하다가 저만치 멀어진 카를을 보고 다시 후다닥 쫓아왔다.

세이안은 밤마다 카를을 쫓아오는 사람이었다. 입으로야 '저도 기사니 이런 일은 할 수 있습니다.'라고 했지만, 큰 도움은 되지 않았다. 대부분의 침입자는 카를이 때려눕혔으니까. 세이안의 일은 어쩌다 카를의 사각에 놓이게 된 복면들을 처치하면서, 어떻게 하면 카를만큼 강해질 수 있는지 꼬치꼬치 캐묻는 것이었다. 세이안처럼 밤에 움직이는 기사는 열이 더 있었지만, 그중 세이안이 유독 카를의 눈에 띈 건, 그가 카를의 보폭까지 맞춰 따라오는 유일한 사람이었기 때문이다.

"알았으니 방해하지 마라."

"방해라니! 어제도 제가 네 명이나 잡은 걸 확인하셨잖아요? 아니면 벌써 잊으셨나?"

"네놈이 네 명을 잡을 동안 난 몇 명을 잡았지?"

세이안은 입을 꾹 다물었다가, '그래도' 따위를 주절거렸다.

"솔직히 단장님이 괴물인 거지 나도."

"뭐?"

카를이 걸음을 멈추고 눈매를 사납게 올리며 세이안을 노려보았다. 세이안은 근육미를 뽐낸 사람답지 않게 몸을 움츠렸다가 아하하 웃으며 황급히 말했다.

"괴물이 싫으면 초인이라고 하죠. 한계점을 넘은 사람요."

"난 평범한 사람이다."

"그 말, 숙소에 있는 기사들이 들으면 되게 슬퍼할 것 같지 않아요?"

카를과 함께 밤 운동을 하는 기사들은 모두 '카를의 시험'을 통과한 사람들이었다. 카를이 실력자라는 것을 알게 된 기사들은 이제 그를 싫어하지 않았다. 아니, 어떻게든 건수를 만들어 친해지려 했다. 하지만 낮엔 고용주 곁에 붙어 아무 말도 하지 않는 카를에게 말을 거는 건 어려운 일이었다.

고용주가 잠든 밤엔 카를이 나오니, 기사들은 카를을 따라 경계를 선다는 핑계를 대고 함께 공적을 세우며 말 한마디씩을 붙일 생각이었다. 하지만 카를은 '실력이 안 되는 자들이 돌아다녀 봤자 침입자와 헷갈릴 뿐'이라는 말로, 시험에 통과하지 못한 자들이 밤에 밖을 나가지 못하게 했다.

이 때문에 미달 기사들이 더욱 훈련에 정진하고 있다는 건, 기사들의 비밀 아닌 비밀이었다.

"노력하면 될 일이다."

"그 말 전해주면 진짜 울 텐데……."

"울어도 안 봐준다는 말도 전해라."

"우와, 완전 얼음덩어리! 냉혈한! 아가씨도 당신이 이러는 거 알아요?"

세이안이 과장스레 말끝을 올렸다. 하지만 카를이 또 휙 노려보자 찔끔 입을 다물었다.

"……."

가식적이란 말을 들어도 상관없었다. 카를은 셀리나 외엔 누구에게도 관심이 없었다. 관심이 없기에 마음을 쓰지 않았고, 마음을 쓰지 않았기에 그들에게 어떻게 보이는지 신경 쓰지 않았다.

"어쨌든, 단장님 노려보면 엄청 무서운데, 알고 있어요? 한겨울에 알몸뚱이로 설산에 남겨진 기분이라구요. 숨도 못 쉬겠어!"

"잘됐군. 쉬지 마라."

"살인자!"

세이안이 몸서리를 쳤다. 뒤에서 그들의 대화를 듣고 있던 기사들이 쿡쿡 작게 웃었다. 카를도 나중엔 슬며시 입꼬리를 올렸다. 셀리나 외의 사람들과 실없는 대화를 하는 건 재미없었지만, 세이안을 놀리는 건 재미있었다. 덩치를 가진 사내가 찌르는 대로 이리 펄쩍 저리 펄쩍 하는 모습을 구경하는 맛이 있었다.

밤이 더 깊어갔다. 암살자가 서넛이 담을 넘었다. 하나는 담 근처에 서 있던 기사가 때려잡았고, 나머지 셋은 카를이 검집째로 검을 휘둘러 눕혔다.

"크헉!"

"캬흐억!"

"으갸악!"

멀리서 들려오는 소리도 있는 것으로 보아, 다른 곳에서 선전하는 사람이 있는 모양이다. 카를은 검을 다시 허리에 매곤 소리가 들린 방향으로 뛰었다. 세이안은 카를을 따라가려 했지만, 카를이 기절시켰던 암살자들이 눈을 뜨는 바람이 발목이 잡혔다.

카를이 없었던 쪽엔 실력자가 들어온 모양이었다. 기사들이 이곳저곳 쓰러지고 엎어져 있다 카를을 보곤 반색했다. 카를은 그들을 걷어차 준 뒤, 금속의 마찰음 소리가 울리는 곳으로 향했다.

담을 넘은 침입자 앞에 라야가 붙었다. 소리는 그곳에서 나고 있었다. 라야는 카를의 시험을 두 번째로 통과할 만큼 대단한 실력자였다. 그녀는 유연성이란 장점으로 검날을 세웠다 눕히길 반복하며 상대의 틈을 노렸다. 하지만 상대도 노련하게 잘 받아쳐주고 있어 좀처럼 승부가 나지 않았다.

다른 때라면 카를은 두 사람의 싸움을 관망했을 것이다. 지켜보는 것만으로도 배울 것이 있는 싸움이었다. 하지만 라야의 상대는 침입자였고, 물리쳐야 할 적이었다. 카를은 쓰러진 기사의 검을 투창처럼 잡았다.

쉐엑—

공기를 날카롭게 가른 검이 라야와 침입자가 맞닿은 검에 튕겨 떨어졌다. 두 사람의 시선이 모였다. 적을 제대로 맞췄다면 좋았겠지만, 이쪽도 소득은 있었다.

침입자가 카를을 보고 머뭇거리는 사이, 라야가 검으로 침입자의 허벅지를 벴다.

"아악!"

침입자가 비틀거리며 검을 놓쳤다. 허벅지를 한 손으로 쥐고서 물러나려는 것을 라야가 발을 걸어 넘어뜨렸다.

"얼마나 잘난 면상이길래 날 고생시켰나 보자고."

라야가 검 끝으로 상대의 복면을 끌어내렸다.

비명을 들을 때부터 짐작했지만, 침입자는 여성이었다. 날카롭게 찢어진 눈매로 라야를 노려보다가, 시선을 돌려 카를을 바라봤다. 라야는 놀라며 뒤로 물러섰고, 카를은 입을 벌렸다.

"너는……."

햇볕을 잘 보지 못해서 새하얀 피부에, 눈 아래에 그어진 검상 두 개. 활동하는 데 불편하지 않게 하나로 틀어 올린 머리카락. 그 모든 것이 익숙했다. 서로 대화를 나눈 적은 없지만, 카를은 그녀를 본 적이 있었다. 황녀는 고아 중 뛰어난 검격을 보이는 사람을 자신의 수하로 삼았다. 이름은 란. 황녀가 비밀스러운 일에 사용하는 사람이다.

그런 사람이 이곳에 있었다.

카를을 봤다. 아니, 카를로스를 확인했다.

"언제부터?"

황녀가 아무 이유 없이 제 부하를 오클레앙 저택에 집어넣었을 리 없다. 분명 확신이 섰으니 보낸 것이다. 시기를 알 수는 없지만, 그는 들킨 것이다. 제 정체를.

란은 이를 악물고서 일어났다. 검을 지팡이 삼아 일어날 때와 달리, 빠르게 몸을 이끌고 사라졌다. 라야가 뒤늦게 정신을 차리고 고함을 질렀지만 이미 늦었다. 카를이 다른 기사의 검을 주워

던졌지만, 란이 있던 자리만 허무하게 뚫고 지나갈 뿐 그녀는 잡을 수 없었다.

"얼굴이 하얘요, 단장님. 귀신 봤어요?"

세이안은 그제야 나타났다. 피 묻은 손을 대충 털고선 카를 앞에 고개를 내밀었다. 카를은 시선을 돌렸다. 그를 상대해 줄 힘이 없었다. 격한 운동을 할 때도 가쁘지 않았던 숨이 턱턱 막혀왔다.

테일러는 카를에게 이런 일을 경고했었다. 황실에서 아직 그를 찾고 있으니 조심하라고. 그 경고를 귓등으로 넘기고 셀리나의 곁에 남아 쓸데없는 욕심을 채운 건 제 잘못이었다. 제 어리석음이 이 상황을 만들었다.

"단장님?"

세이안이 토끼처럼 따라와 또 얼굴을 들이밀었다. 카를은 그를 무시하고 저택으로 냅다 달렸다. 들켰다면, 그래서 셀리나가 이곳에서 안전할 수 없다면, 해야 할 일은 하나뿐이었다.

며칠 새 밤을 새웠기 때문일까. 눈이 절로 감겼다.

이불에 머리를 눕히자 귀에 닿는 소음이 점차 줄어들었다. 잠에 빠져드는가 싶던 의식이 두둥실 떠올랐다. 다시 눈을 떴을 때는 풍경이 달라져 있었다.

이번이 세 번째였다. 왜 봐야 하는지 모르겠지만, 아무것도 못 하고 견디기만 해야 하는 지나간 시간들. 셀리나의 추억들.

세 번째로 본 셀리나는 저번보다 더 어려져 있었다. 셀리나의 기억은 거꾸로 거슬러 가는 모양이었다.

6살…… 아니, 5살은 되었을까? 통통 뛰어다니는 게 귀여운 셀리나가 복도를 가로질러 갔다. 윤기가 흐르는 금발은 양갈래로 예쁘게 묶은 뒤, 끝에 리본 장식을 해놓았는데 셀리나가 달릴 때마다 앙증맞게 흔들렸다.

복도 끝에 여인이 서 있었다. 셀리나가 엄마, 하며 여인에게 답싹 안겼다. 여인은 셀리나를 마주 안아주었다. 연화는 눈을 찡그렸다.

셀리나의 어머니라면 앤이라는 여자일 것이다. 전에 봤을 때는 병석에 누워 있었는데. 지금은 멀쩡히 서 있었다. 문득 얼굴이 보고 싶었다. 셀리나처럼 그녀도 이쁜가 해서. 병의 기운이 가신 얼굴은 어떨까. 그런데 앤의 얼굴은 잘 보이지 않았다. 역광을 받은 것처럼 시커멓게만 보였다.

"뛰지 말라고 했잖니."

앤이 셀리나의 머리를 쓰다듬었다. 죽을병에 걸려 다 기어가는 목소리가 아니었다. 맑고 생기 있는 생명의 목소리. 셀리나가 고개를 들었다. 순간, 거짓말처럼 앤의 얼굴이 보였다. 병자의 기색이 완전히 지워진, 살이 적당히 붙은 여성의 얼굴. 동글동글한 귀염상이었지만, 셀리나와는 조금도 닮지 않았다. 어떻게 된 거지?

따각따각 새 구두 굽이 바닥에 부딪치는 소리가 났다. 남성용 신발의 소리. 셀리나는 질겁을 하며 여성에게 안겨들었다. 앤은 셀리나의 머리를 연신 쓰다듬었다. 앤의 옷자락을 꽉 쥐고 있던 셀리나가 천천히 고개를 돌렸다.

"앤."

한결 젊어진 남작이 보였다. 아니, 자세히 보니 젊어진 게 아니라 단장을 한 거였다. 머리를 깔끔히 정돈하고, 새 옷을 입었다.

남작은 몇 걸음을 남기고 멈췄다. 그의 시선이 셀리나에 닿아 있다.

"셀리나, 아버지잖니."

앤이 웃었다. 셀리나는 앤에게 매달리기만 할 뿐, 남작은 보지도 않았다.

앤이 셀리나의 손을 떼어내려 할 때, 남작이 푸우 한숨을 내쉬며 손을 내저었다.

"됐소."

남작은 바쁜 것 같았다. 그는 빠른 걸음으로 두 사람을 스쳐 지나갔다. 남작의 뒤로 열이 조금 안 되는 사용인 무리가 따라갔다. 저마다 귀물을 하나씩 들고 있다. 남작이 기분이 좋아서 사용인들에게 선물을 안겨준 게 아니라, 남작가에 온 귀한 손님의 비위를 맞추기 위해 준비한 물건이었다.

앤은 사용인들이 지나갈 때까지 복도 옆 한쪽에 비켜서 있었다. 사용인들이 지나가다 말고 앤을 흘끔거렸다. 셀리나를 보는 시선엔 적의 비슷한 것이 아른거렸다.

앤이 무슨 연유를 가졌건, 사용인들 눈에는 귀족을 꼬셔 팔자 핀 요망한 년에 불과할 것이다. 앤은 셀리나를 끌어안았다. 꾹 다물린 입술 끝에서 살짝 피가 엿보였다.

복도는 금방 조용해졌다. 앤은 복도에 둘만 남게 되었을 때, 셀리나를 자신의 품에서 떼어냈다.

"왜 그랬니?"

왜 그 쉬운 한마디를 하지 못해서 그분을 떠나가시게 만들었니. 아이를 제대로 탓하지 못하는 여성의 푸념은 바람처럼 얕게 흩어졌다. 어쨌건 남작가에 들어온 이상, 그의 비위를 거스르지 않는 게 나았다.

셀리나는 반성하는 아래처럼 고개를 숙였다. 앤은 한숨을 쉬고는 셀리나를 꼭 끌어안아 주었다. 말썽꾸러기를 달래듯이.

'싫으니까.'

셀리나는 여성에게 순순히 안겼다. 그래서 그녀가 중얼거리는 목소리를 조금 늦게 알아들었다.

'뭐가 싫은 건데?'

셀리나가 대답할 걸 기대하고 물어본 건 아니었다. 셀리나는 앤의 치맛자락에 자신의 뺨을 비비적거렸다. 어린아이들에게서 쉬이 볼 수 있는 행동이었다. 하지만 속으로 중얼거리는 속마음은 아이답지 않았다.

'파렴치한 인간.'

그냥 싫다, 혹은 짜증 난다 정도가 아니었다. 꼴 보기도 싫고, 영원히 안 봤으면 좋겠는데, 어쩔 수 없이 마주 보아야 하니까 더 싫고 신경질 나는.

왜 그렇게 싫어하는 건데.

연화는 남의 일에 관심 끄자는 주의지만, 이건 정말 궁금했다.

셀리나가 자의로 남작가에 남는 미래를 봤기에 더 그랬다. 남작이 그렇게 싫으면 떠나 버릴 것이지. 남는 건 또 뭔가.

'나는 견뎌야 하니까.'

작은 목소리였다. 울먹거리는 것도 한탄스러워하는 것도 아닌, 모든 것을 내려놓은 어조.

첫 번째와 두 번째 기억에서 본 셀리나는 사람을 답답하게 만들었다면, 지금은 답답함이 지나쳐 이해할 수 없을 정도였다. 진상 호구도 이 정도는 아닐 거다.

'뭘 견뎌야 하는데?'

묻는 순간, 셀리나가 뒤를 돌아보았다. 대답은 않고 먼 허공을 가리켰다. 쭉 뻗은 끝에 유리 꽃병이 놓여 있었다. 저게 뭐. 연화가 꽃병을 들여다보자, 꽃병에 잔잔한 금이 갔다.

꽃병뿐만이 아니었다. 앤도, 복도도, 천장도, 초가 몇 개 꽂혀 있는지 알 수 없는 샹들리에도 다 뭉뚱그려져 사라졌다.

모든 것이 하얗게 반짝 점멸된 뒤엔 새카만 어둠만 남았다. 코끝에 피비린내가 스쳤다.

사방이 어두운데, 이상하게 사물은 다 보였다. 이곳은 옷장이었다. 위로 남성용 재킷이 걸린 옷걸이가 늘어서 있고, 그 아래에 갓난아기가 누워 있었다. 처음 보는 아기였다. 숱 적은 금발 머리를 단 아기가 자홍빛 눈을 느리게 끔뻑였다. 왠지 아기의 이름을 알 것 같았다. 신기하게도.

'셀리나.'

이름을 말한 것이 시발점이 되었다. 갓난아이가 된 셀리나가 코를 씰룩이더니 갑자기 으앙 울기 시작했다. 헐레벌떡 달려오는 사람이 있었다. 밭은 숨을 내쉬는 목소리와 푸념은 영락없는 앤의 것이었다. 얼마 안 있어 발칵 문이 열렸고.

"여기 있었구나."

앤이 갓난아기를 끌어안았다. 실내 드레스 한쪽이 쥐 파먹은 듯 찢겨 있고, 어깨엔 피가 묻어 있다. 이 몰골은 뭔가 싶었는데, 앤 뒤로 보이는 풍경은 더 가관이었다. 방의 잡기들은 다 엎어졌고, 종이들은 엉망으로 흩날렸다. 앤은 갓난아기 외엔 아무것도 안 보이는 척 굴었지만, 연화의 눈엔 쓰러져 있는 사람들이 다 들어왔다.

하인과 하녀와, 귀족으로 추정되는 남자. 남자는 부서진 책장 모서리에 엎어져 있었다. 축 늘어뜨린 손끝에서 핏방울이 떨어져 바닥에 피 웅덩이를 만들었다. 얼굴을 확인하지 않아도 알겠다. 그는 죽었다.

사방이 시체였다. 하나같이 얼굴이 일그러져 있다. 그중 편안하게 저세상으로 갔겠구나 싶은 건, 여인 한 명뿐이었다. 소파에 편안히 앉은 채로 죽은 여인은 입가로 흘러내리는 피를 제외하면 멀쩡해 보였다.

연화는 여인을 유심히 봤다. 분명 어디서 봤었다. 낯익다는 생각을 곱씹는데, 번개처럼 초상화가 스쳐 지나갔다. 오클레앙 가의 숨겨진 통로에서 봤던 여인의 초상화. 그녀는 오클레앙 백작 부인이었다.

앤은 여인을 무심히 지나쳤다. 그녀가 소파를 넘어 문으로 다가갈 때, 셀리나의 손이 여인의 뺨을 살짝 건드렸다. 행동은 셀리나가 했지만, 감각은 연화도 느낄 수 있었다. 미지근한 체온이 묻어 있었다. 죽은 지 얼마 안 됐다는 소리다.

한 가지 단서가 확실해졌다. 무슨 이유에서인지는 모르겠지만, 셀리나는 변고가 일어난 날 오클레앙 별장에 있었다. 앤은 신속하게 아이만 구해서 빠져나가는 거로 보아, 이 변고를 알고 있었던 모양이다. 앤은 범인이거나, 범인과 연관이 있는 사람이다.

앤이 아무리 정신이 나갔어도, 방 안에 시체가 가득 찰 걸 알면서 옷장에 제 애를 집어넣고 외출하진 않았을 거다. 그러니 결론은 하나뿐이다. 셀리나는 처음부터…….

연화는 눈을 문지르고 싶어졌다. 자신이 움직일 수 있는 육신은 잠들었는데도, 급격한 피로감이 몰려왔다.

이 세계에 떨어진 처음부터 지금까지 이상한 일투성이였다. 생각해 보면 그랬다. 귀족 사칭죄는 보통 중죄가 아니다. 잘못 걸리면 모가지가 커팅 되어 성벽에 내걸리는 건 예사인 그런 죄인 것이다.

그런 죄를, 오클레앙 백작 부인과 닮았다는 이유로 피해갈 수 있을까? 인장을 가졌다는 것만으로 오클레앙 영애 행세를 할 수 있을까? 심지어 그 인장은 카턴 영애에게 뺏은 것이었다. 엘렌이 보복 한 번 안하는 건 확실히 이상했다.

엘렌은 셀리나의 과거를 잘 알고 있는 사람이다. 응당 복수심이 들었을 것이다. 엘린이 어리석다 해도, 셀리나의 과거를 가지고 흔드는 일이 효과적인 복수란 건 알 거다. 사실이 들통 나는 순간 셀리나는 목숨을 잃게 될 테니까. 한데 엘렌은 마주칠 때마다 욕을 하거나 물을 뿌리는 등 소심하기 짝이 없는 복수나 했다.

복수라는 단어를 붙이는 게 미안할 정도로 유치한 행동이었다.

비밀을 알고 있으면서 이상하게 행동한 건 테일러 또한 마찬가지다. 연화는 그에게 셀리나의 손을 보여주었다. 야위고 마른 데다 상처투성이인 손을. 지금이야 손목의 흉터 하나 빼고는 말끔해진 손이다만, 그때는 변명의 여지도 없이 노예의 손이었다.

테일러는 모든 것을 알면서도 영주에게 입 벙긋하지 않았다. 게다가 셀리나가 오클레앙 인장을 사용할 수 있게 도와주었다. 거래란 방법으로. 네 비밀을 다 불어버릴 수 있다고 협박할 수 있었는데도.

마지막으로 떠오른 사람은 조셉이었다. 그는 오클레앙 영애를 기다리면서 홀로 저택을 관리했다. 저택의 다른 곳만큼은 희뿌연 먼지가 쌓이게 방치했지만, 초상화가 있는 통로만은 매일 청소했다. 그만큼 오클레앙 백작 부부를 충심으로 섬겼지만, 가문의 부흥을 위해 셀리나를 받아들이겠다고 했다.

연화는 이곳저곳에 얼굴을 팔며 셀리나를 오클레앙 영애라 박아둔 상태였다. 이제 와서 모든 게 다 뻥이었다고 할 수는 없는 노릇이다. 조셉의 제의에 응할 수밖에 없었다. 그래서 오클레앙 가가 흥했냐 하면…… 그렇다고 대답할 수는 없었다. 사람이 있는 가문과 없는 가문은 본질적으로 다르기 때문에, 이전과 비교해서 뭔가 달라진 게 있냐면 있긴 하지만…….

지금의 오클레앙을 조셉이 원했는지는 모르겠다. 일단 연화는 전 오클레앙 백작처럼 불법적인 일에 관여하지는 않으니까 전처럼 돈을 갈퀴로 벌어들이지 못하는 건 분명했다.

조셉은 한마디 불평도 늘어놓지 않았다. 조셉은 정말 충실한 집사가 된 것처럼 착실히 연화의 명령을 들었다. 연화가 없을 때는 집안의 일을 간단히 처리해 주기도 했다. 그러고 보니 테일러가 조셉더러 뭐랬더라. 흐릿한 과거를 떠올리기 위해서는 시간이 필요했다. 연화는 먼 허공을 바라보았다. 과거의 형체가 잡히기 시작했다.

"……그만큼 오클레앙에 집착했다는 의미기도 하지. 그랬던 놈이 어디서 굴러먹다 왔는지 모를 개뼉다구를 받아들인다고? 오클레앙 가를 부흥시킬 수만 있다면 다 괜찮다면서? 그게 말이 된다고 생각하나?"

연화는 조셉과 손을 잡기로 했고, 테일러는 그를 조심하라 경고를 했다. 그러면서 했던 말이 저거였다. 조셉이 정말 가문의 부흥을 위해 널 받아들였을 것 같냐고. 그래서 연화는.

"12년 전 사건의 정황을 기억하는 사람은 아무도 없고, 오클레앙 가를 아는 사람도 거의 죽거나 흩어졌어요. 이런 상황에 진실이 뭐가 중요하고, 혈통에 무슨 의미가 있죠? 그리고 제가 진짜 오클레앙 영애라는 증거도 없잖아요."

이렇게 말했다. 테일러는 연화의 얼굴을 가리켰다.

"증거가 왜 없어? 여기 있잖아. 그리고. 세상 어떤 놈이 가짜
를 위해 그렇게까지……"

답답한 듯 말하던 목소리가 새삼스럽게 들렸다. 테일러는 그때
부터 뭔가 알고 있었던 것 같다. 그러니 제 나름대로 힌트를 주려
한 거겠지.

수 많은 조각들이 떠올랐다. 엘렌이 씩씩대면서도 인장을 내주
던 모습, 샤먼이 인장을 두고 미련 없이 돌아서던 모습, 테일러가
셀리나의 얼굴을 가리켰던 것, 카를이 초상화 속 여인과 셀리나
가 닮았다고 말했던 일…… 모든 상황이 한 가지 단서를 만들었
다.

이때까지 셀리나라고 생각했던 사람은, 사실 셀리나가 아니었
다. 소녀가 진실로 가져야 했던 이름은…….

'셀리스티나.'

하나 아직 풀리지 않은 의문이 남아 있었다. 연화가 여러 정황
을 놓고도 셀리나가 셀리스티나일 거란 사실을 알아맞히지 못한
이유는 앤 때문이다.

앤은 셀리스티나를 자신의 친딸처럼 키웠다. 그렇다면 셀리나
는 어디로 간 걸까. 앤이 낳았다던, 그녀의 친딸 셀리나는 어떻게
되었을까. 앤은 왜 친딸을 두고 셀리스티나를 거둬 키운 걸까. 추
측은 덜 끝났는데, 흐릿했던 안개가 싹 개였다. 콱 막혀 있던 숨
도 갑자기 확 트였다. 연화가 생각에 빠진 동안 앤이 별관을 나왔
다.

앤은 셀리스티나의 코 아래에 손을 대보다가, 입 옆을 가볍게

찔러보았다. 셀리스티나는 입을 벌리더니 손가락을 쪽 빨았다. 앤은 갓난아기의 행동이 귀여운지 후후 웃었다.

"그 애는 왜 데려왔지."

앤과 셀리스티나만 보느라 뒤로 사람이 다가오는 걸 몰랐다. 사내의 목소리는 딱딱했다. 아기를 달가워하지 않는 티가 났다. 그가 가까이 오자 피 냄새가 났다. 셀리스티나가 사내를 보고 목을 움츠렸다. 울지는 않았지만, 그래서 더 셀리스티나가 겁먹었다는 걸 느낄 수 있었다.

사내는 남작이었다. 한 손에는 오클레앙 인장을, 다른 손에는 검을 들고 있었다. 검에서 마르지 않은 피가 뚝뚝 흘러내렸다. 검뿐만이 아니었다. 얼굴과 머리카락 등에도 검붉은 피와 살점이 붙어 있었다.

누가 봐도 헉 소리를 내며 얼어붙을 광경인데, 앤은 놀라는 기색이 없었다. 셀리스티나를 보는 눈은 마냥 다정하기만 해서, 외려 소름이 끼쳤다. 피만 안 묻었다 뿐이지 그녀도 공범이었다.

"봐요. 이 애, 배고픈 것 같지 않아요?"

"그게 무슨 상관……."

앤이 남작의 입을 찰싹 때렸다. 남작이 읍 소리를 내며 입을 다물었다.

"그런 재미없는 말은 하지 말구요. 애 앞이잖아요."

"하……?"

남작의 눈썹이 꿈틀했다. 불편한 심기가 보이는 게, 여차하면 들고 있는 검으로 앤을 쑤실 것 같았다. 그는 미간을 꾹꾹 누르거나 숨을 깊이 들이쉬었다 내뱉으면서 감정을 가라앉히려 노력했다.

앤은 셀리스티나와 눈을 맞추고서 까꿍 놀이를 했다. 눈을 감앉다가 크게 뜨면서 혀를 베어 내밀었다. 셀리스티나는 호응해 주었다. 꺄르르 맑은 웃음소리가 들렸다.

앤은 셀리스티나를 안고 걸음을 옮기려 했다. 남작은 앤의 앞을 가로막았다.

"애는 데려갈 수 없다. 데려가 봤자 어차피 화근이 될⋯⋯."

앤이 또 남작의 입을 때렸다. 이런 여자가 5년 뒤에는 남작의 눈치를 보며 셀리스티나를 채근하게 된다. 보고도 믿을 수 없는 광경이다.

"봐요. 당신과 저와 같은 금발이에요."

앤이 셀리스티나를 높이 들었다. 남작은 코만 씰룩였다.

"당신과 저의 아이가 태어났다면 이랬을 것 같지 않아요?"

태어났다면⋯⋯?

미묘한 뉘앙스가 걸렸다.

남작은 침음성을 뱉으며 이마를 짚다가, 몸을 틀었다. 아래로 내려가기 시작하는 남작을 앤이 뒤쫓았다.

"소원 한 가지만 들어주신다고 하셨잖아요. 오클레앙 별관으로 통하는 통로를 알려주기만 한다면, 그러면⋯⋯."

남작이 '소원'이란 말에 우뚝 멈춰 섰다. 그가 선 자리에서 긴 한숨을 내뱉었다. 앞서 내뱉었던 한숨이 '이 인간을 어떻게 설득하지'였다면, 지금은 '나도 모르겠다.'에 가까웠다. 앤은 그 미묘한 변화를 눈치챘다. 그녀가 헤실 웃으며 남작을 따라 발을 빨리했다.

언덕 중턱에 마차가 있었다. 가문의 문양이 없는 마차는 밋밋했다. 돈 좀 있는 평민이 타고 다닐 것처럼 생겼다. 모든 일을 끝마친 남작이 타고 갈 마차였다.

마부는 오웬이었다. 그는 피범벅이 된 남작을 보고서도 침묵했다. 어서 타라는 듯 손짓만 했다. 남작은 마차에 올라탄 뒤, 앤에게 손을 내밀었다. 앤과 셀리스티나까지 완전히 태운 마차가 덜컹거리며 언덕 아래 뒷길을 내려가기 시작했다.

잘 내려가던 마차에 검은 줄이 하나씩 그어졌다. 마차뿐만이 아니었다. 언덕과 길 위에도 검은 줄이 그어졌다. 검은색은 점차 넓어졌고, 결국 모든 것을 집어삼켰다.

까맣게 사라진 공간은 새로운 기억을 내어놓지 않았다. 볼 필요는 없었다. 이후의 일은 모두 연화가 예상하는 그대로 흘러갔을 것이다.

이곳에서 보아야 할 것은 다 본 것 같았다. 한데 꿈에서 깨지는 않는다. 일단은 걸었다. 지금 할 수 있는 일이 그것뿐이니까. 답답한 꿈의 끝을 보고 싶기도 했다. 까맣던 주위가 조금 열어졌다. 사물 분간이 될 정도의 빛이 쏟아졌다. 자박, 흙과 돌 밟히는 소리가 들려서 아래를 보니 길이 있었다. 길은 외길이었고, 앞으로 이어졌다.

길 끝에는 소녀 한 명이 등을 보이고 서 있었다. 그 외엔 아무것도 없었다.

연화는 느리게 걸어갔다. 양 갈래로 땋은, 귀여운 금발 머리. 연화는 이 소녀의 이름을 알고 있었다. 알면서도 왠지 조바심이 났다. 답이 맞는지 확인해 보고 싶어서. 내뻗어진 손이 소녀의 어깨에 닿을 때, 소녀가 말했다.

"앤의 아이는 태어나지 못했어."

연화는 소녀를 돌려세우려던 손을 내렸다. 담담한 어조를 듣자, 왠지 기다려야 할 것 같았다.

"태어나지 않기를 바라는 사람이 많았거든. 그래서 세상의 빛을 보지 못했어. 안타까운 일이야."

"그거, 오클레앙 백작 부부를 죽인 거랑 관련 있는 일이야?"

"글쎄. 그건 나도 모르지. 알 필요도 없다고 생각하고."

하긴. 아무리 좋게 생각해 준다 해도 결국 남의 사정이었다. 연화가 고개를 끄덕이자, 소녀가 웃었다.

"근데 왜 남작만 싫어했어?"

셀리나가 셀리스티나였고, 그래서 부모님을 죽인 남작을 미워했다면 공범인 앤도 미워해야 맞았다. 앤이 없었다면 남작은 변고를 일으킬 수 없었을 테니까.

"두 사람 다 미워하기엔 카틴 가가 너무 넓었어."

"……"

"바보 같겠지만…… 나도 의지할 사람이 필요했어. 사랑해 주고, 사랑받는."

소녀가 천천히 몸을 틀었다. 흰 드레스는 어떤 장식도 없었다. 그 밋밋함이, 오히려 소녀를 더 화사하게 만들었다. 소녀는 뒤로 깍지를 끼면서 연화를 올려다봤다. 예상했던 그대로의 얼굴이 있었다.

똘망똘망한 눈과 오똑한 코, 반듯한 입. 잠들기 전 세수를 하며 보았던 얼굴이기도 했다. 살이 적당히 붙고, 눈꼬리가 예쁘게 휘어 눈웃음이 잘 어울리는 소녀.

"직접 보는 건 처음이지?"

이 모든 것이 망상이고, 눈 뜨면 사라질 허상이라 해도 사실은 사실이었다. 연화는 고개를 끄덕였다.

셀리스티나가 바짝 다가왔다. 소녀의 정수리가 연화의 가슴팍에 닿았다. 앤에게 그리하듯, 셀리스티나가 연화의 허리춤에 뺨을 비볐다. 검은 원단이 익숙했다. 연화는 고개를 숙였다. 셀리스티나를 내려다보고 있다는 생각이 들 때부터, 뭔가 이상함을 느끼긴 했는데…….

'이건 나.'

연화는 홍연화의 모습을 하고 있었다. 작지도 크지도 않은 키, 160cm에 몸무게 또한 표준. 사무실에서 일하기에 적합한 검은 정장을 입고, 머리는 염색 없는 반듯한 단발을 유지했다.

커리어우먼의 이미지를 풀풀 풍겨서인지 아니면 연화 본인의 인상이 차가운 편이어서인지는 모르겠지만, 사람들은 그녀가 차가워 보인다고 했다. 하지만 연화는 자신의 외양에 큰 불만이 없었다.

세상을 살아가기엔 이 정도가 딱 적당한 것 같아서. 특별히 못나지도 않고, 그렇다고 어디 가서 호구 취급당할 일도 없을 것 같은. 워커홀릭 냄새를 풍기는 도시의 여성.

셀리스티나가 손을 뻗었다. 뺨을 잡고 싶어 하는 것 같길래 고개를 숙였더니, 가벼운 뽀뽀를 하고 떨어진다. 성적인 의미는 하나도 없는 감사의 뜻을 담은 가벼운 접촉. 볼이 간질간질했다. 내가 한 게 뭐가 있다고.

"나는 모든 것을 알면서도, 아무것도 할 수 없었어."

셀리스티나는 고개를 저었다. 연화의 대답을 듣기라도 한 듯이.

"나는 셀리스티나가 될 수도, 그렇다고 셀리나로 살아남을 수도 없었지."

셀리스티나가 손을 모으고서 기쁜 듯 중얼거렸다. 그래서 구원자를 기다렸어. 누군가가 와주길 기다렸지.

"하지만 아무도 나 따윈 도와주지 않을 거라고 생각했어."

자홍빛 눈에 습기를 머금고 깜빡였다.

"그런데 거짓말처럼 네가 느껴졌어."

셀리스티나가 연화의 손을 끌어당겼다. 작은 온기가 느리지만 또렷하게 손을 데웠다.

"먼 곳에 있는 사람이, 얼굴 한 번 보지 못한 나를 신경 써주었어. 내가 불쌍하다고 생각해 주었어."

아, 그거.

재민이 읽어보라며 소설을 던져 주었을 때, 연화는 엘렌의 이복동생으로 스쳐 지나가는 셀리나의 존재가 덧없다고 생각했다. 그래서 짧게 스쳐 지나가듯 말했었다. 불쌍하다고.

그 순간 짧게 뱉을 수 있는 간단한 동정이었다. 지하철을 지나다니다 발견한 노숙자에게 불쑥 지폐를 꺼내준 것과 같은 변덕이었다. 그런 것을 소녀가 들었다고 한다. 그런 말 한마디에 끌려 자신을 동아줄로 잡았다고 한다.

왜냐하면…….

'도와줄 사람이 없었을 테니까.'

가슴 언저리가 확 달아올랐다. 굳이 먼 세계의 사람을 끌어와야 했던 이유는, 이 세계의 사람은 소녀의 사정에 관심이 없었기 때문이다. 소녀는 원작대로 이어지면 황무지에서 죽어 시체가 될 운명이었다. 엘렌은 테일러의 사랑을 받아 행복하게 잘 먹고 잘 사는 순간에도 셀리나 이름 석 자 한 번 떠올리지 않고, 죄책감에 시달리는 일 또한 없었겠지.

연화는 셀리스티나의 손에 힘을 주었다.

"늘 미안했어. 네가 날 원망하고 있을 것 같아서. 누가 이런 곳에 서, 이런 고생을 하고 싶겠어."

"……."

"그래서 이곳에서 웅크리고 있었어. 죽은 듯이, 네가 날 모르게. 너와 만나는 게 두려웠거든."

물론 지금은 아니야. 셀리스티나가 고개를 설핏 저었다.

"갑자기 나타난 이유는?"

"할 말이 있어서."

"어떤……?"

"일단은, 감사 인사."

내가 감사받을 게 뭐가 있다고. 거절하기 위해 물러서려는 연화를 셀리스티나가 붙들었다.

"너는 모든 것을 시작할 수 있게 만들었어. 무한한 가능성을 내 앞에 놓았지. 이제 나는 상단주로 일할 수도, 여백작이 될 수도, 황녀의 최측근이 될 수도 있어. 그 모든 발판은 네가 놓은 거야. 내가 무엇이듯 될 수 있다고, 그리 생각하도록 만들었어."

"……."

"하지만 제대로 매듭을 짓고 싶다면, 내 생을 네게 줄게. 이 육체가 숨을 거두는 날까지 살아도 좋아."

"아니."

더 시간을 보내지 않아도 알았다. 이 세계는 자신의 세계가 아니었다. 연화는 현실에 놓고 온 것들을 잊을 수 없었다. 한순간도.

"나는 돌아갈 거야."

"그것도 좋겠지."

셀리스티나가 웃었다.

"너는 검은 머리가 잘 어울리니까."

셀리스티나가 연화의 머리카락을 가리켰다.

연화는 기억하는 것과 하나도 달라지지 않은 제 모습이 조금도 낯설지 않았다. 하지만 이 모습은 허상에서 얻을 수 있을 뿐, 현실에서는 얻을 수 없었다. 연화가 고개를 숙였다.

"하지만 난 돌아가는 방법을 몰라. 돌아가고 싶지만, 그게 언제 일지는 모르겠어."

"걱정 마. 곧 알게 될 거니까."

셀리스티나가 연화의 두 손을 모으고서, 그 바깥을 자신의 손으로 감싸 쥐었다가 뗐다.

"내가 웅크리고 있던 시간이 끝났듯, 네가 이 세계에 머무는 시간도 끝났으니까."

셀리스티나가 연화의 허리에 팔을 둘렀다. 온몸으로 안겨 오는 소녀는 뭉클했다. 연화는 소녀를 마주 안아 주었다.

"마음대로 끌고 와서 미안했어."

연화는 그저 빙글 웃었다. 이 세계에 와서 겪은 일들이 모두 멋진 경험이었냐고 말한다면, 절대 그렇다고 할 수 없을 것이다. 혼자 황무지를 돌아다니던 때나, 테일러를 포함해 셋이서 국경 마을에 도착하겠다고 길을 헤매며 걷던 일을 생각할수록 아찔한 마음만 들었으니까. 하지만 이미 지난 시간을 '그러지 말았어야 한다'고 생각하고 후회해 봤자 의미 없는 일이다.

현재를 기반으로 밟고 있는 사람은 지나간 과거를 바꿀 수 없다. 할 수 있는 것은 판단뿐이다. 그래서 겪은 일이 지금 도움이 되었는가. 아니면 헛고생이었는가.

셀리나란 이름을 달고 움직였던 과거들을 되돌려 보자면…… 솔직히 홍연화로 사는 데엔 큰 도움이 안 되는 일들이었다. 하지만 이 여리고 작은 소녀가 앞일을 살아가는 데 제 미래가 도움이 된다면, 그것만으로도 충분히 잘된 일이라 생각하기로 했다. 그게 최선이니까.

"안녕."

작게 웅얼거리는 목소리는 완전한 끝을 고하고 있었다. 이제 다시는 못 보는 거겠지. 진짜로 만난 건 처음이지만, 이 처음이 정말로 끝인 거겠지.

마지막으로 한 번만 얼굴을 보았으면 좋겠다. 그러나 얼굴이 보이지 않았다. 까만 풍경이 일그러지고 있었다. 세 번째로 모든 것이 일그러진다.

사라진 풍경으로 새하얀 빛이 들어왔다. 손이라도 뻗어 잡아보려고 했지만, 아무것도 닿지 않았다.

"아……."

아쉬움과 초조함에 내뻗어진 연화의 손끝이 힘없이 떨어졌다. 결국 닿지 못했다. 연화는 입술을 깨물었다. 한숨을 내쉬면서 얼굴을 감쌌다. 흐리멍덩했던 시야가 밝아지기 시작했다.

연화는 침대에 앉아 있었다. 자기 전에 확인했듯, 테일러의 손님방이었다. 연화는 손을 내렸다. 왠지 목이 말랐다. 테이블까지 걸어가는데, 누가 앉아 있었다. 시커먼 형체가 고개를 돌렸다. 진짜 깜짝 놀랐다.

"카를. 왜 그러고 있어요?"

연화는 팔딱 뛰어오르던 가슴을 쓸어내렸다. 자러 간다고 사라진다던 사람이 왜 여기 있는 건지 모르겠다. 잠을 안 잤나? 눈이 붉었다.

"아가씨."

카를이 천천히 일어섰다. 방 안은 불빛 한 점 없는 어둠이었지만, 창문 밖으로 희미하게 들어오는 달빛 덕분에 카를의 얼굴을 볼 수 있었다. 꾹 다물린 입술과 또렷한 눈빛이 비장해 보였다.

"왜……."

그러냐고 묻는 순간, 카를이 연화의 손목을 잡았다.

"달리기…… 좋아하십니까."

카를이 무슨 말을 하는지 모르겠다. 갑자기 달리기는 무슨 달리기. 연화는 피식 웃었다. 카를은 피로를 주렁주렁 단 얼굴이었다. 그가 하는 말이 잠꼬대처럼 들렸다. 그래도 질문에는 답해주었다. '네' 하고. 연화는 운동 신경이 좋은 편이었다. 대부분의 운동을 좋아하는 편이었고, 달리기는 큰 노력 없이도 할 수 있는 운동이었기에 더 좋아했다.

카를은 대답이 끝나자마자 연화의 손을 잡고 냅다 달렸다. 이해할 수 없었다. 달리기를 좋아한다는 대답이 왜 지금 달려야 한다는 결론을 끌어낸 거지? 묻고 싶었지만, 굳게 다물린 입술을 보자 왠지 물어선 안 될 것 같았다. 그래, 달리는 게 뭐가 대수일까. 연화는 카를을 따라 별관을 내려갔다. 하지만 카이스턴 저택 담을 넘는 카를을 보자 눌러뒀던 의문이 튀어나왔다.

"카를, 왜……."

결국 담 앞에서 멈췄다. 밤이어서인지, 아니면 장례식이어서인지는 모르겠지만 돌아다니는 사람이 없었다. 달리느라 꽤 요란스러운 소리가 났는데도. 그래도 이건 아니다. 나가고 싶으면 낮에 당당하게 저택으로 넘어가야지, 왜 죄지은 사람처럼 야반도주를 하나.

연화가 안으로 들어가자며 눈짓하자, 카를이 연화의 손을 끌어당겼다.

"나중에."

마른침을 삼키는 목울대가 꽤 절박해 보였다. 연화는 홀린 듯이 카를의 얼굴을 바라보았다.

"나중에 다 설명해 드리겠습니다."

카를은 연화가 담을 넘어갈 수 있게 담 옆에 엎드렸다. 야밤에 이게 대체 무슨 짓인지. 이해할 수 없었지만, 다른 방법도 없었다. 연화는 그의 등을 타고 담 아래로 뛰어내렸다.

여기서 안 된다고 하는 순간, 카를이 혼자서라도 훌쩍 사라질 것 같았다. 일단은 따라가고, 그가 진정된 뒤에 연유를 물어보기로 했다. 문제는 그 '기회'가 언제 올지 모른다는 점이랄까.

카를은 긴 다리를 이용해 단숨에 담을 넘었다. 그런 뒤 연화의 손을 잡고 다시 달렸다. 휙휙 풍경들이 빠르게 지나갔다.

오클레앙 저택처럼 카이스턴 저택도 외딴 부지에 홀로 서 있었다. 위를 잠식한 어둠을 뿌리칠 빛이 없었다. 보이는 것은 달빛뿐인데, 카를은 혼자서 척척 길을 찾아갔다. 얼마나 걸었는지 모르겠다. 수도 외곽 마을이 나타났다. 마차로 스쳐 지나가면서 본 마을이었다. 연화에겐 낯선 길을, 카를은 익숙히 누볐다. 그의 걸음엔 망설임이 없었다.

몇 번이나 모퉁이를 꺾었을까. 끝없이 늘어설 것 같던 상가가 뚝 끊겼다. 커다란 공터가 있었고, 공터 너머에 새하얀 건물이 있었다. 여신과 하얀 새의 동상을 보고 이곳의 정체를 알았다. 교황청.

직접 본 것은 처음이지만 책으로는 많이 보았다. 세계수는 아리아드네 여신이 남기고 간 성물로 묘사되는 만큼, 교황이나 교황청과 엮어 설명되곤 했다. 카로틴의 국교는 아리아드네 교였다. 수도와 조금 떨어진 곳에 교황청이 있는 건 당연했다. 그곳이 이곳일 줄은 몰랐지만.

"들어가시죠."

카를이 교황청을 눈짓했다. 연화는 문을 흘끔 쳐다보았다.

"닫혀 있는데요."

"정문을 이야기하는 것이 아닙니다."

그럼 뭐, 또 넘어가자고?

설마는 사실이었다. 카를은 교황청 정문 옆으로 돌아가더니, 무표정한 얼굴로 담을 넘었다. 교황청 담은 카를의 무릎에 겨우 닿을 정도로 낮았다. 그래도 담은 담이었다.

연화는 괜히 목을 움츠리면서 걸었다. 늦은 시간 돌아다니는 사람은커녕 인기척도 느껴지지 않았지만, 간이 쪼그라들었다.

교황청 안은 온통 새하얬다. 그러고 보니 아리아드네 여신의 색이 흰색이라던가. 연화는 어딘가에서 주워들었던 지식을 떠올렸다. 석상이 하얀 거야 그렇다 치고, 건물 지붕이나 창문을 가리는 커튼까지 흰색 일색인 걸 보면 맞는 말이었던 것 같다.

흰색 잔치는 카를이 교황청 본건물 뒤로 들어가면서 끝났다. 흰 벽 옆을 담쟁이가 덮고 있었다. 본건물 뒤는 꽤 높은 담이 쳐 있었는데, 카를은 그 뒤가 숙소라고 했다. 교황을 비롯한 신관들이 머무는 곳.

"카를은 그걸 어떻게 알아요?"

"전에 와본 적이 있습니다."

그러니까 왜 와봤냐고. 카를은 아리아드네 교의 충실한 신자도 아니었다. 종교나 신에 대한 이야기를 한 건 테일러와 투닥거릴 때뿐이었다. 그렇게 얕은 신앙심을 가진 사람이 왜 이렇게 교황청 구조를 잘 알고 있는 걸까.

연화는 애써 물음을 삼켰다. 그것 말고도 물어야 할 것이 한 바가지였지만 기다리는 수밖에 없었다. 강제로 입을 열게 할 수는 없는 노릇이니. 카를은 연화를 자신의 뒤에 세웠다. 그가 왜 그러는지는 조금 뒤에 알았다. 벽과 건물 사이 난 길이 좁아지고 있었다. 셀리나야 워낙 체구가 작으니 상관없었지만, 카를은 어깨를 움츠려야 했다.

통로 끝엔 담쟁이로 덮인 철문이 달려있었다. 연식이 꽤 되어 보였다. 밀어보았지만 꿈적도 하지 않았다. 그게 잠겨서인지 아니면 단순히 오래돼서 경첩이 망가진 건지 분간이 되지 않았다. 연화가 철문 근처를 기웃거리는 동안 카를은 담쟁이 잎 몇 개를 떼어냈다. 그러자 있는지도 몰랐던 손잡이가 나타났다.

손잡이 아래에 문양 두 개가 음각되어 있었다. 하나는 세계수의 잎을 문 새. 교황청에서 사용하는 것이다. 다른 하나는 부엉이였다. 이 세계에 떨어진 이후로 몇 번이고 보았던, 카로틴의 황금부엉이.

카를은 검을 뽑았다. 검 손잡이를 거꾸로 잡더니, 검 손잡이에 양각된 문양을 철문에 맞췄다. 익숙하게 넘겨왔던 것이지만, 카를의 검엔 황금부엉이가 양각되어 있었다. 뭔가 맞춰지는 소리가 나더니 문이 스르륵 밀렸다. 오래된 철문이 옆으로 밀려 들어갈 줄은 몰라서, 연화는 몇 초간 어벙히 서 있었다.

철문 너머는 풀 천지였다. 셀리나 키만 한 풀이 한가득이었다. 건물이나 벽 같은 건 보이지 않았다. 이곳이 정말 교황청이 맞나 싶을 정도로, 공간은 넓었다. 발아래로는 돌이 깔린 외길이 쭉 이어졌다. 연화는 카를이 잡은 손을 끌어당기자 정신을 차렸다.

"이 너머에 뭐가 있어요?"

"가보시면 압니다."

그리고 또 침묵이었다. 그래, 여기까지 와놓고 무르는 것도 우스운 꼴이지. 연화는 돌길을 걸었다.

머리카락 위를 툭툭 두드리던 잡초가 어깨 아래로 내려갔다. 잡초는 연화가 걸어가는 만큼 낮아졌다. 나중엔 발목 정도의 높이가 되었다. 돌길도 그쯤에서 끝났다. 연화는 잡초를 살피느라 내렸던 고개를 들어 올렸다.

큰 나무가 있었다. 높이는 교황청 건물과 엇비슷하고, 둘레는 장정 셋이 손을 모으고 서면 감싸 안을 수 있을 정도. 크긴 하지만 대단히 큰 나무는 아니었다. 카로틴을 여행할 때 저만한 나무는 많이 보았다. 그러함에도 나무에서 쉬이 눈을 뗄 수 없는 건 나무에서 나오는 빛 때문이다.

나무의 가장 높은 곳에서 동그란 빛무리가 하나씩 올라왔다. 빛무리는 나무에서 멀어지는 만큼 옅어지더니 아예 사라졌다. 연화는 빛무리를 잡아보았다. 따뜻하고 몽글몽글한 감각. 작은 생명체를 잡고 있는 것 같기도 했다. 빛무리는 연화의 손에서 사르르 녹아내렸다. 연화는 바닥으로 흩어지는 빛 부스러기를 바라보다 나무에게 천천히 걸어갔다.

카를은 이곳이 어디인지 말해주지 않았다. 근처엔 흔한 팻말 하나 없었다. 그러니 이 장소도, 저 나무도 당연히 몰라야 함이 마땅했다. 한데 연화는 왠지 알 것 같았다. 여기가 어딘지.

"곧 알게 될 거야."

잠에 깨기 전, 아른하게 스쳐 지나갔던 셀리스티나의 목소리가 다시 들리는 듯했다. 개꿈은 아니었던 걸까?

"저거……."

세계수 맞죠? 목소리가 떨렸다. 너무 놀라면 말이 제대로 나오지 않는다던데, 과연 그랬다.

카를은 흐릿하게 웃었다.

"돌아가고 싶지 않습니까? 저기, 방법이 있습니다."

그토록 찾아 헤맸던, 원래 세계로 돌아갈 방법. 홍연화의 삶을 살 기회. 저기에 방법이 있다. 저 나무에. 홀린 듯 나무로 다가갔다. 나무 주위로 바람이 불었다. 빛무리 몇 개가 내려오더니, 나무 바로 앞에서 뭉쳤다. 공간이 열렸다. 마법 책으로만 보았던, 평생 상상으로만 존재하는가 싶었던 차원 이동의 문.

저곳으로 나가면 이 세계를 떠날 수 있다. 내뻗으려던 연화의 걸음이 우뚝 멈췄다.

뒤로 따라와야 할 발소리가 없었다. 카를은 가만히 서 있었다. 연화는 카를에게 떠난다는 암시를 꾸준히 주었고, 카를은 따라오고 싶다는 눈치를 보냈다. 그걸 적당히 무시하거나 모르는 척 외면한 건 사소한 이유 때문이다. 내가 낯선 세계에 떨어진 것을 후회하듯, 카를 역시 그럴 거라는, 그런 사소한 역지사지.

연화는 카를을 설득할 생각이었다. 설득하지 못하면 그냥 훌쩍 떠날 생각이었고, 연화가 훌쩍 사라지면 카를은 당연히 원망하겠지만, 결국은 적응하게 될 것이다. 카를은 이 세계의 사람이니, 홀연히 나타났다 또 홀연히 사라진 저 세계의 사람은 금방 잊을 터였다. 하지만 살던 세계를 떠나 다른 세계에 정착하라는 건 차원이 다른 문제였다.

카를은 이 세계에 남는 게 나았다. 나를 위해서가 아니라, 그를 위해서. 이 모든 생각은 한 가지 가정을 달고 출발했다. 세계수를 찾는 목적과 방법, 그리고 결실까지 모두 연화 혼자서만 알고 있을 것. 그래야 떠나는 날짜나 장소, 시간 모두 연화가 자율적으로 조정할 수 있으니.

연화는 카를에게 세계수나 차원 이동에 대해선 입도 벙긋하지 않았다. 그렇다고 필사적으로 숨기지도 않았지만. 힌트를 흘린다고 카를이 설마 알아채겠나 싶었다. 이 세계에서 차원 이동해, 다른 사람 몸에 철컥 빙의한 사람이 있고, 그게 바로 나라니. 누가 믿어주겠는가.

비현실적인 일을 믿어준다고 해도 달라질 건 없다. 세계수와 관련된 비밀을 카를이 알 리가 없으니. 카를은 황족이 아니라, 황족을 모시던 사람 중 한 명일 뿐이다. 황족만 아는 고급 정보나, 이 세상에 대한 대단한 비밀을 알 리가 없다.

그러니 세계수나 돌아가는 방법에 대해서도 당연히…… 알 리가 없다고…… 생각을…….

"카를."

카를이 시선을 돌렸다. 괜한 시선 회피. 눈을 맞추지 않으려는 모습에서 연화는 비밀을 엿보아 버렸다. 느리게 돌아가던 머리가 멈췄다. 지나친 생각으로 꽉 막힌 머리가 다시 맑아지기 시작했다. 상황이 어디서부터 꼬였는지 알겠다.

카를은 비밀을 알고 있었다. 연화보다 먼저. 정확한 세계는 모르지만, 연화를 만나기 전이란 건 분명했다. 모든 것을 알고 있었으니, 연화가 말해주지 않아도 단서 몇 개를 대충 주워 눈치챘을 거다. 어디로 떠나려 하는지. 어떻게 떠나야 하는지.

비밀을 알면서도 함구한 이유도 대충 알겠다. 연화가 계속 혼자 떠나겠다고 하니까. 야속함에 입을 다물어 버렸겠지. 여기까지는 이해할 수 있다. 카를이 어떻게 세계수의 위치나 비밀을 알게 되었는지는 궁금은 하지만 이해는 갔다. 세상엔 저가 모르는 사정이 널리고 쌓였으니까.

연화가 이해할 수 없는 건 한 가지다.

카를은 여전히 돌길이 끝나는 곳에 서 있었다. 연화를 따라오지 않는다. 이제와서 그를 데려가야겠다는, 그런 마음을 먹은 건 아니었다. 그냥 카를이 무슨 생각을 하는지가 궁금했다.

"카를은 그곳에 있을 건가요?"

"예."

카를은 고개를 끄덕였다. 억지로 떼어놓아도 저 멀리서 달려올 것 같은 사람이 저렇게 굴다니. 연화가 고개를 갸웃하자 카를이 웃으며 덧붙였다.

"막아야 할 것 같으니까요."

뭐를.

의문을 담은 목소리는 목 끝까지 올라왔으나, 결국 뱉어지지 못했다. 대신 목 아래에 다른 것이 닿아왔다. 서늘한 금속의 감속. 검이다.

연화는 눈만 올려 앞을 바라보았다. 나무 뒤에서 까만 무복을 입은 여자가 연화를 겨눈 채 다가왔다. 란이었다. 연화가 흠칫하자 란이 검 끝을 추켜올렸다. 목 아래가 따끔해졌다.

"움직이지 마십시오."

란이 왜 여기에 있었는지는 조금 뒤에 알았다.

잡초가 흔들리더니 까만 머리카락이 일어났다. 황녀였다. 그녀가 헤실 웃으며 카를의 옆에 섰다. 카를은 딱딱히 굳었다. 황녀는 끌 혀를 차더니 천천히 카를의 주위를 돌았다.

"목적지는 처음부터 알고 있었어요."

"……."

"이곳에 올 줄 알고 있었단 말이죠."

"……."

"이렇게 빨리 올 줄은 몰랐지만."

황녀의 걸음이 카를의 앞에서 멈췄다. 두 사람의 눈이 맞닿았다. 몇 초간의 정적이 흐른 뒤, 카를이 한숨을 쉬며 미간을 꾹꾹 눌렀다.

"내 정체는 언제부터 알았지?"

"얼마 안 됐어요."

무척 친근한 대화. 카를은 격의 없이 말을 낮추고 있었고, 황녀는 조곤조곤히 대꾸했다. 두 사람 사이 흐르는 기류는 매서운 편이었지만, 반가움이나 그리움 같은 은근한 감정이 숨어 있었다. 단순히 오래 알고 지낸 사이로는 설명할 수 없는, 그런 감정들.

"그래서 함정을 파놓고 기다리고 있었나?"

"대기한 거죠. 길 잃은 토끼 두 마리가 굴러 들어오지 않을까 하고."

황녀가 히죽 웃었다. 그런데 정말 굴러들어 올 줄 누가 알았어요.

카를은 아까보다 더 긴 한숨을 내쉬었다.

"나는…… 상관없다. 하지만."

카를이 연화 쪽을 눈짓했다. 정확히는 연화의 목에 검을 겨누고 있는 란에게. 황녀의 말만 들을 것 같던 란이 카를의 눈치를 보고 검을 슬며시 내렸다. 대신 연화의 왼팔을 붙들어 도망가지 못하게 잡았다.

연화는 얼떨떨한 얼굴로 목에 손을 올렸다. 손에 피가 묻어나왔지만, 아프다는 생각이 들지 않을 정도로 이 상황 자체가 놀라웠다.

"저분은…… 저 사람은 지나갈 수 있게 해주어라."

"그럴 마음이 있었다면, 진작 이곳을 가르쳐 주었겠죠. 제가 왜 비밀을 함구했다고 생각하시나요?"

황녀가 찬웃음을 뱉었다.

"두 사람은 거래를 했다고 들었다."

"황실 도서관에 대한 것뿐이었어요. 차원을 넘어가도록 내버려 둔다는 조항은 어디에도 없었어요."

"말장난으로 사람을 속일 셈이냐."

"글쎄요. 사람을 속인 게 어디 저뿐이던가요?"

황녀가 어깨를 으쓱였다. 은근한 눈빛을 던지는 게 심상치 않았다.

"당신도 진실은 깊숙한 곳에 숨기고, 진짜 알아야 할 비밀은 굳게 다물었잖아요. 저 아이를 이 세계에 묶어두기 위해서."

"……."

"그걸 보고 생각했어요. 과연 우리가 닮긴 했구나."

황녀가 카를의 양 뺨을 쥐고 이마를 맞대었다. 한 사람은 빳빳이 굳어 있고, 한 사람은 입이 찢어져라 웃고 있다. 표정은 달랐지만, 확실히 두 사람의 외모는 무척 닮았다. 새카만 머리카락과, 시릴 듯 푸른 눈동자에, 콧선이 자리 잡은 모양까지.

아무 사이도 아닌데 저렇게 얼굴이 비슷할 리가 없겠지. 명쾌해지는 진실이 경종을 울렸다.

"그렇죠, 오라버니?"

확인 사살이 떨어졌다. 연화의 입이 벌어졌다. 카를은 눈을 질근 감았다.

✤

카를은 방 안을 뱅글뱅글 돌았다. 황녀궁엔 언제나 손님을 맞을 수 있게 준비된 방이 몇 개 있었다. 황녀궁답게 방 안의 가구는 모두 최고급이었고, 카를의 발이 밟히는 바닥에도 최고급 러그가 깔려 있었다.

방의 격이 높은 만큼, 황녀는 아무 손님이나 받지 않았다. 손님방에 들어올 수 있는 사람은 예의범절에 찌든 귀족이 많았다. 손님방이 신기하더라도 얌전히 앉아 눈으로만 방을 구경할 줄 아는.

방엔 시녀가 대기 중이었다. 감시와 수발을 겸하기 위해서였다. 시녀가 카를을 묘한 눈으로 흘겨보았다. 카를은 시녀의 시선을 눈치챘지만 신경 쓰지는 않았다. 내 사정이 급한데 남의 시선이 무슨 상관인가.

몇 시간 전, 밤. 카를은 세계수 앞에서 황녀와 조우했다. 스쳐 지나가는 사이로 만날지언정, 직접 대면하지 않길 바랐던 친동생과 버리고 나갔던 인연이 밟히는 것도 싫은데, 카를에 이어 연화까지 덤으로 붙들리고 말았다.

그대로 끌려와 황녀궁에 갇혔다. 카를은 이 방에, 셀리나는 다른 방에 갇혔다.

카를이 이 방에서 할 수 있는 건 아무것도 없다. 밖엔 장정이 지키고 있고, 안엔 시녀가 감시하고 있다. 보이는 감시인을 때려 눕힌다 해도 복도에 다른 감시인이 있을 것이다. 두 가지를 무찌르고 간다고 해도 문제인 게, 카를의 셀리나가 어디 있는지 모른다. 황녀 또한 이를 염두에 두고 두 사람을 떨어뜨려 놓은 것일 터다.

어릴 때의 황녀는 그랬다. 묘한 곳에서 머리를 잘 굴렸다. 사람들은 황녀가 영특하다 칭찬했지만, 그건 사실 '황녀'로 지내기엔 충분히 똑똑하다는 뜻이었다.

황성에서 귀하게 자라다 혼기가 차면 팔려 나갈 보석. 세간에서 황녀를 보는 눈은 그랬다. 사람들은 황녀의 명석함이 정확히 어느 정도인지를 몰랐다.

카를이 지금의 상황을 생각하지 못한 건 그 때문이었다. 사람들이 황녀를 은근히 무시했던 것처럼, 카를의 마음에도 그런 무시가 있었다. 셀리나를 세계수까지만 데려다놓으면, 일이 알아서 잘 풀릴 줄 알았다.

카를은 황녀가 교황청에 사람을 심어놓은 건 몰랐지만, 한 가지는 확실히 알았다. 황녀가 셀리나를 옆에 붙들어두고 싶어 한다는 거다. 셀리나의 능력이 탐이 나서기도 하겠지만, 그보다 더 큰 이유는 어딘가 모르게 사람을 끌어당기는 묘한 면이 구미를 자극해서일 것이다. 카를의 신경을 자극시킨 바로 그 부분.

그런 점에서 황녀는 확실히 옳은 말을 했다. 우리는 닮았다고. 확실히 그랬다.

카를은 셀리나가 이 세계에 남아주었으면 했다. 하지만 그녀가 불행해지는 것을 원하지도 않았다. 그녀는 원치 않은 시간을 이곳에 흘렸다. 원래 세계로 돌아가기 위해 충분히 발버둥 쳤다.

셀리나는 이 세계에 정착할 수 없는 사람이었다. 결국은 보내주어야 했다. 그런 사람을 제 욕심 때문에 붙들었다. 그 죄책감이 발목을 사로잡았다. 세계수 앞에서 셀리나를 따라가지 않은 건 그래서였다. 셀리나가 정말로 고향으로 돌아가길 바란다면, 이곳의 일은 완전히 잊고 행복하게 살길 원했다. 하지만 결국은 이렇게 되어버렸다. 하루만 더 그녀의 곁에 머물길 바라는 마음이 쌓여 긴 꼬리를 만들고, 결국 그 꼬리 끝을 황녀가 밟게 만들었다.

모든 것을 자신이 망쳐 버렸다. 카를은 숨을 푹푹 내쉬었다. 생각을 거듭할수록 한숨밖에 나오지 않았다. 이 방에서 지금 할 수 있는 게 생각뿐이라, 그것이라도 계속했다.

"오라버니."

여기서 나갈 수 있는 생각을, 아니, 그게 안 되면 황녀를 설득할 수 있는 방법이라도 생각해야 했다.

"오라버니, 다리 안 아프세요?"

황녀는 어릴 때부터 물물교환을 좋아했다. 내가 가진 것과 남이 가진 것을 맞바꾸는 것. 이곳에서 나가고 싶다면, 그녀에게 생떼를 쓰는 게 아니라 자신이 가지고 있는 카드를 제시해야 한다. 그러면 나는 어떤 카드를 제시하는 게 좋을까. 나를 여기서 내보내 주면, 아니, 셀리나를 원래 세계로 보내주면 뭘 줄 수 있다고 말해야······.

"오라버니?"

옆으로 훅 들어오는 목소리에 깜짝 놀랐다. 카를이 물러서자, 황녀가 까르르 웃었다.

"무슨 생각을 그렇게 하세요?"

"별로 대단한 생각을 한 건······ 그런데 넌 언제 온 거지?"

"아까 전부터 와 있었어요. 오랜만에 차 한 잔 같이 들고 싶어서. 그런데 오라버니는 아는 척 인사도 안 해주시네요. 저 섭섭해요."

황녀가 찻잔을 가리키며 입을 삐죽였다. 심통 난 얼굴을 보자, 그 기분을 풀어주겠다고 애쓰던 때가 생각났다. 그러나 지금은 두 사람 다 성인이었다. 어린애처럼 행동하기엔 나이가 너무 많이 들었다. 카를은 선 채로 팔짱을 꼈다.

"지금은 사이좋게 인사를 나눌 때가 아니라고 생각하는데."

"그럼 이야기부터 할까요? 그것도 좋아요. 전 할 말 엄청 많거든요. 궁금한 것도 많구요."

황녀가 테이블에 앉았다. 김이 모락모락 올라오는 찻잔을 놓으며 맞은편 의자에 눈짓했다. 카를은 요지부동이었다. 황녀는 카를에게 더 권하지 않았다. 찻잔을 들더니 한 모금을 맛보았다. 쌉싸름한 것이 목 아래를 달구었다. 뒷맛이 달았다. 쓴맛 아래에 감춰진 달큰한 진실처럼.

"어떻게 이렇게 오래 제 눈을 피해 숨어계실 수 있었죠? 정말 놀랍네요."

"피한 적 없다. 네 편견이 나를 알아보지 못한 거겠지."

애타게 찾는 물건은, 당연히 손 닿는 곳에 있지 않을 거라는 그릇된 확신에서 파생된 편견. 코앞에서 몇 번이고 스쳐 지나갔는데도, 의심 한 번 해보지 않은 건 그 때문이다.

황녀는 조금 분한 듯 입술을 깨물었다. 카를은 그녀를 등지고 섰다.

"어쨌든. 난 여기서 꺼내주겠다는 말 외엔 할 말 없다."

카를은 아직 황녀와 맞교환할 물건을 찾지 못했다. 일을 어떻게 해결할지 방향을 잡지도 못했다. 자신이 가진 패는 없고, 상대는 교활하다. 상대를 설득할 자신이 없으면, 상대의 페이스에 휘말리지만 않아도 본전은 건진다. 셀리나와 함께 있으면서 재미있는 지식이 많이 쌓였다.

답답함을 토로할 것 같았던 황녀는 돌연 웃었다.

"제 앞에서 그리 입을 다무신다면, 제가 할 수 있는 건 없겠죠. 하지만 아바마마 앞에선 입을 여셔야 할걸요?"

황녀는 카를을 자극하는 방법을 잘 알았다. 동요하지 말아야 했다. 너무 잘 알고 있지만, 하지만…….

"폐하께 내 이야기를……."

머리보다 몸이 먼저 반응하고 말았다. 휙 돌아간 고개가 황녀를 바라보았다. 황녀는 우아한 손으로 찻잔을 입에 머금고 넘겨냈다.

"오라버니께서는 참 정이 없으시네요. 아바마마께선 이 제국의 누구보다 오라버니를 애타게 찾으셨어요. 자식 된 도리로 당연히 안부를 전해 드려야 한다고 생각하지 않으세요?"

카를은 입을 다물었다.

어머니가 돌아가신 날부터, 성을 나오기 전까지. 같은 피가 흐르는 남매는 서로에게 의지했다. 홀로서기엔 황성은 너무 넓고 외로운 공간이었으니까. 황태자가 다정한 태도를 치우고 모멸감을 드러낼 때도, 황녀는 늘 같은 태도를 유지했다. 그 태연함이 좋았다. 넓은 황성에 자신의 자리가 있다는 걸 자각시켜 주는 것 같아서.

카를은 황녀와 많은 시간을 보냈다. 세계수 이야기도 꺼낼 정도로. 그러다 이 모양 이 꼴이 되긴 했지만, 어쨌든 황녀가 원하는 것은 거의 들어주었다. 이야기든 물건이든 뭐든. 그래서 그녀를 충족시킬 정도로 잘 대해주었냐면, 그건 모르겠다. 하지만 카를의 기준에서 못 해준 게 있다고 생각하지는 않았다. 하지만 황제는, 아버지에게는 아니었다. 황녀는 그 점을 찌르고 있는 것이다.

정확한 이유는 모르지만, 황제는 카를에게 황위를 물려주려 했다. 세간에 알려진 것처럼 황태자 위에 웨이훨을 올려둔 건 임시방편이었다. 황후 파의 귀족들이 드세니 잠깐 그들의 편을 들어준 것이다. 웨이훨이 돌변한 건 이 사정을 알았기 때문이다. 그는 카를을 동생이 아니라 경쟁자로 인식했다. 언젠가는 자신의 자리를 빼앗고, 제 목숨도 빼앗을 동생.

카를은 웨이훨에게 몇 번이고 말했다. 자신은 그럴 마음이 없다고. 물론 믿지 않았다. 카를의 마음이 어떻든 상관없다고도 했고. 황제가 카를을 황제 위에 올릴 마음이 있는 건 분명했으니. 카를은 웨이훨과 다투고 싶지 않았다. 정말로 그와 친하게 지내고 싶었다. 함께 들판을 뛰놀다 넘어지면서도 웃던 그때가 그리웠다. 그래서 웨이훨의 아래로 들어가겠다고 했다. 그가 진심을 알아주길 바랐다.

황제는 혼자서 물밑 작업을 해나가고 있었다. 황후파의 세력을 천천히 죽여 나갔다. 웨이휠의 세력은 눈에 띄게 약해졌다. 정치나 정파를 잘 모르는 카를의 눈에도 확연히 보일 정도였다.

황제는 카를을 황제로 만들 준비를 해나가고 있었던 거다. 웨이휠은 황태자 자리를 지키기 위해 고군분투했다. 황성은 차가운 전쟁터였다. 그 중심에 카를이 있었다. 웨이휠이 카를의 말만 믿고 그렇구나 안심하는 게 이상한 상황이었다.

상황은 점점 나빠졌다. 결국 웨이휠이 카를을 죽이려고 황무지로 빼냈지만, 그게 아니더라도 카를은 결국 황성을 나왔을 거다. 그런 점에서는 웨이휠에게 감사했다. 그가 카를이 죽었을 거란 정황을 만들어준 덕분에, 오랫동안 황실에 들키지 않을 수 있었다.

카를은 카를로스의 이름을 버리면서 홀가분해졌다. 하지만 황성에 남은 사람들은 그처럼 편해지지 못했다. 특히 황제는 카를을 위해 더 많은 시간을 써왔다. 카를은 황제 위에 오르지 않겠다는 말로 그의 요구를 외면하다, 죽음이란 방패를 두르고 도망쳤다. 살아서 황녀를 보고 있는 지금도 황위에 오르고 싶지 않은 건 여전했다.

이 상태로 황제를 봐봤자 싫은 소리를 해야 했다. 그 사실이 무척 껄끄러웠다.

카를은 시선을 돌렸다. 황녀는 혀를 차며 일어섰다. 작은 손이 카를의 어깨를 토닥였다 떨어졌다.

"어쨌든, 더 할 말이 없다니 전 일어날게요. 하지만 오늘 저녁에는 입을 열어야 한다는 건 알아두세요."

이곳을 빠져나가야 할 이유가 하나 더 생겼다. 카를은 황녀가 나간 뒤 몸을 틀었다. 손가락 반만 한 창문이 보였다. 이곳으로는 절대 빠져나갈 수 없다. 이 방이 얼마나 잘 짜여진 감옥인지 실감이 났다.

카를은 긴 한숨을 내뱉었다. 저녁이 오기 전에 이곳에서 나가야 할 텐데. 그럴 수 있을지 모르겠다.

벌써부터 걱정이 밀려왔다.

✤

연화는 탁자 앞에 앉았다. 시녀가 마시라고 찻잔을 가져다 놓았다. 강제로 이 방에 갇히긴 했지만, 방 안의 정경이나 시녀의 대우를 보아 최악의 상황은 면한 듯싶었다. 어쨌든 살아남았다. 연화는 찻잔을 바라보았다. 셀리스티나의 얼굴이 비쳤다. 넋이 나간 얼굴. 왠지 웃음이 나왔다.

새벽에 잠이 덜 깬 상태로 달리기를 했고, 카를의 정체를 알았다. 그리고 난 다음이 지금이었다. 태연한 얼굴을 유지하는 게 이상한 일이다. 그래도 정신을 차려야 했다. 이 세계에 떨어진 이후로 이상한 일의 연속이긴 했지만, 이성을 유지하는 것만으로도 대부분의 일을 해결할 수 있었으니까. 연화는 찻잔을 움켜쥐었다. 뜨거운 것이 내려가자 속이 조금 가라앉았다.

연화는 코로 깊이 숨을 들이마셨다 내쉬었다. 진정하자 생각했지만, 카를의 얼굴을 떠올리자 울컥해졌다.

카를이 2황자였다. 카를로스 카로틴. 재민이 집어넣었다는, 연화의 과거를 담은 캐릭터.

뜬금없는 상황이 덜컥 튀어나온 게 아니었다. 이제까지 '설마'란 단어로 덮어놓고 외면하던 상황이 한꺼번에 덮쳐와 진실을 가리겠을 뿐이다. 은연중에 그럴지도 모른다고 생각했던 게 사실이었다. 연화는 그래서 더 충격이었다.

왜 카를이 황무지에 있었는지, 카를이 가지고 다니는 검엔 왜 부엉이가 새겨져 있었는지, 테일러는 왜 2황자의 시체를 못 찾았는지, 카를은 2황자의 실종 사건을 듣고 왜 그리 동요했는지, 웨이휠 황태자와 카를의 이야기는 왜 그리 잘 알고 있었는지 등등 사소한 증거들이 모여 진실을 이루었다. 셀리나가 셀리스티나임을 알았을 때와 같았다. 반박의 여지도 없었다. 카를이 카를로스였다.

미리 알 수 있었음에도 몰랐던 건 잘못된 판단을 내려놓고, 뒤이어 나오는 정황증거를 짜 맞춰 넣었기 때문이다. 카를이 2황자가, 내 과거가 아니길 바랐던 마음이 진실을 보지 못하게 만들었다.

여기서 재민이 말하는 연화의 '과거'란 재민과 친해지기 전의 그녀를 뜻했다. 밤에는 청소함에 갇히는 꿈을 꾸고, 낮에는 외로움에 찌든 머리를 굴려 홍진수와 함께했던 과거 속에서 희끄무레한 애정을 찾아내던 불쌍하고 가여운 홍연화.

학우들에게 따돌림당하는 자신을 외면하는 사람들을 싫어했으면서, 본인 또한 상황을 외면했다. 문제에서 눈을 감고 고개를 돌리자 속이 허황해졌다. 텅 빈 속을 메우기 위해서는 매달릴 게 필요했는데, 마땅한 목표가 없었다. 그래서 대기업을 물려받아야 한다는 아버지의 기대를 자신의 이상으로 삼고 매달렸다.

크게 후회하지는 않지만, 돌아보고 싶지는 않은 날들이었다. 지금의 위치에서 과거의 기억을 뒤적여 볼수록, 그때의 자신이 얼마나 하찮고 볼품없었는지 깨닫게 되어버리기 때문에. 그래서 2황자를 만나고 싶지 않았다. 하지만 카를를 보면서 스스로를 비참하게 여긴 적은 없었다. 카를은 카를이었다. 따스함, 친절함, 다정함은 물론 외로움과 애달픔에 서러움까지 가진 다른 인격체.

카를이 '홍연화의 과거'를 기반으로 만든 캐릭터였다는 사실은, 그를 잘 이해할 수 있게 해줄 뿐이었다. 어쩌면 연화가 아는 만큼, 카를도 그녀를 알고 있지 않았을까. 연화에게는 카를이 잊고 싶었던 과거지만, 카를에게 연화는 닿고 싶었던 미래였다.

문득 황무지에서 없었던 생의 목표가 생겼다며 맹목적으로 따라오려던 카를이 떠올랐다. 어쩌면 그건, 이 때문이 아니었을까.

'그리고……'

셀리나가 그랬듯, 카를 역시 본래 죽어야 하는 캐릭터였다. 그는 웨이휠을 폐위시키기 위한 장치로 목숨을 다해야 했다. 하지만 연화가 난입했기에 그가 살았다. 이 세계에 자신이 자리가 없다는 그의 말은 틀린 말이 아닐지도 모른다.

'데려가자.'

그렇다면, 자신이 책임져야 한다면, 데려가면 그만이었다.

이때까지 연화는 카를을 위한다는 명목으로 그를 이곳에 놔두려 했다. 하지만 그의 결심이 확고하고 상황이 명료하다면 그를 데려가는 게 낫지 않을까. 도망이 꼭 나쁜 것도 아니고 문제와 싸워 이길 자신이 없다면 도망가는 게 맞다. 피떡이 되도록 싸운다고 원하는 것을 꼭 손에 쥐는 것도 아니니까.

게다가 카를을 데려가기 싫었던 것도 아니었다. 이곳에 있으면서 그와 많은 정이 들었다. 많은 도움도 받았다. 홍연화는 셀리스티나보다 많은 것을 베풀 수 있는 사람이니, 카를에게 줄 수 있는 것도 많아진다. 그곳에서 카를에게 은혜를 갚는 것도 좋겠다. 카를이 저쪽에서 자신을 계속 도와주어도 좋겠고.

연화는 돌아간 뒤의 일은 여러 번 생각해 봤지만, 이런 미래를 그려본 건 처음이었다.

카를과 함께 간다. 그와 함께. 심장이 뛰었다. 홍진수의 뒤통수를 후려치는 계획 앞에 한 문장을 추가했을 뿐인데 미래가 산뜻해졌다. 이제 연화에게 남은 일은 확인뿐이다. 일단은 이곳을 나가서 카를을 만나야 한다. 만나야 손을 잡고 같이 뛸지 혼자 뛸지 결정할 테니까.

연화는 주위를 둘러보았다. 크고 호화로워 보이는 방이지만, 자세히 살펴보면 사람을 감금하기 위해 만들었음을 알 수 있다.

방의 출구는 하나뿐이다. 정면이 뚫린 네모난 문이 그것인데, 연화가 나가려는 시도를 할 때마다 문 앞에 선 기사가 가로막았다. 그렇다고 창문으로 나갈 수도 없는 게, 창문은 셀리나의 얼굴보다 더 작았다. 빠져나가는 건 고사하고 환기는 제대로 될지 의심스러울 정도였다.

게다가 방의 구조는 정방형. 사각이 없고, 시야를 가리는 높은 가구도 없다. 문 옆에서 연화를 지켜보는 시녀의 눈을 피해 뭔가를 할 수가 없다.

이 방에서 할 수 있는 건 생각뿐이다. 시간과 정신의 방이 이런 모양일지도 모르겠다.

연화는 책상을 두드렸다. 도로로록, 톡. 무의미한 박자가 작아졌다. 연화는 손장난을 멈추고 고개를 젖혔다. 뻐근한 척 뒷목을 주무르며 살펴본 천장엔 특별한 문양이나 구멍 같은 건 없었다. 진퇴양난이다.

연화는 창문 너머로 기울어져 가는 해를 보면서 시간이 얼마나 지났는지 가늠했다. 차를 마시면서 시간을 보내는 것에도 한계가 있다. 서너 번 화장실을 들락거린 뒤에는 차를 마시는 것도 포기했다. 혹시나 하는 마음으로 화장실도 확인해 봤는데, 이 방에 딸린 화장실은 창문이 아예 없었다. 치맛단을 적시며 확인한 배

수구는 셀리스티나 손목만 했고. 화장실에도 탈출구는 없는 셈이었다.

연화는 맥 빠진 얼굴로 테이블에 앉아 기다렸다. 그래도 식사는 넣어주는 것에 희망을 걸기로 했다. 말려 죽일 생각은 없는 모양이다.

어쨌든 셀리스티나는 황녀에게 줄 수 있는 게 있었고, 황녀는 그것을 가지고 재협상을 하려 들 가능성이 컸다. 이 세계에 묶어 두는 대신 부귀영화를 누리게 해주겠다고 어르지 않으려나. 무엇이든 연화는 기다려야 하는 처지였다. 그녀는 의자에 앉은 채로 눈을 감았다. 가만히 있다가도 짜증이 울컥 치밀어 오르는 상황이었던 지라 잠은 자지 못했다.

하지만 미동 없이 눈을 감은 소녀는 수면의 세계에 들어가 있는 것처럼 보였던 것 같았다. 시녀가 눈을 감은 연화의 앞에서 휘휘 손을 흔들었다. 연화는 색색 고른 숨을 내쉬어주었다.

시녀는 안심하고 뒤돌아섰다. 연화는 눈을 떴다. 시녀는 문 쪽으로 이동했다. 연화는 발꿈치를 들고 시녀를 따라왔다. 시녀는 뒤 한 번 돌아봐 주지 않았다. 감사하게도.

시녀가 똑똑똑 세 번 문을 두드렸다. 밖에서 다른 시녀가 대꾸하는 소리가 들렸다. 아, 그랬다. 연화는 감탄사가 나오려는 입술을 깨물었다. 사람을 감시하는 건 꽤 힘든 일이다. 교대를 할 거라고는 생각했다. 그게 지금일 줄은 몰랐지만.

연화는 품속에 손을 넣었다. 단검이 기다렸다는 듯 잡혔다. 황녀는 어리석게도 연화의 몸을 뒤지지 않았다. 얌전히 보호만 받을 것 같이 생긴 소녀가 품에 무기를 숨기고 있을 줄은 몰랐겠지. 어쨌든 방심해 줘서 고마웠다.

연화는 뒤돌아서 있는 시녀의 뒤에 바짝 다가갔다. 기회는 딱

한 번뿐이다.

연화는 단검 모서리를 거꾸로 잡고 시녀의 뒷목을 가격했다. 시녀는 연화보다 키가 조금 큰 정도였기에, 공격을 시도하는 데에 큰 무리는 없었다.

"컥!"

다행히 제대로 먹혀들었다. 시녀가 고꾸라졌다. 연화는 무너지는 몸을 잡았다. 의식을 잃은 사람은 무거웠다. 이를 악물고서 시녀를 질질 끌어 문 옆에 가져다 두었다. 그런 뒤 빠른 속도로 제 옷을 벗었다.

복잡한 드레스는 시중을 받지 않으면 입지 못할 만큼 번거로웠는데, 벗는 것도 쉽지는 않았다. 연화는 등을 조이고 있는 매듭과 씨름하다 단검으로 끈을 끊어버렸다.

드레스를 대충 구석에 구겨놓은 뒤 쓰러진 시녀의 옷을 벗겼다. 시녀들의 옷은 단출했다. 검은 드레스에 흰 앞치마. 이 세계에서 흔히 볼 수 있는 하녀들의 복장과 비슷했다. 시녀와 다른 점이 있다면, 앞치마에 달린 프릴이 하녀들보다 훨씬 풍성하다는 것 정도? 어쨌든 드레스에 비하면 입기 쉬운 편이었다.

"아직 멀었어?"

연화는 빨리 손을 움직였는데도, 밖에서는 뭉그적거리는 걸로 느껴진 모양이다. 드레스 끈을 푸는 데 쓸데없이 시간을 들였다. 연화는 목을 가다듬었다. 저 시녀의 목소리가 어땠는지 기억해 냈다.

"다 되어 가."

익숙했을까, 아니면 어색했을까. 연화는 손을 빠르게 움직이면서 문밖의 사정에 귀를 기울였다.

"감기 걸렸어?"

다행히 아주 이상하지는 않았나 보다. 연화는 대답 없이 콜록 잔기침을 뱉었다.

"전하께 오늘은 좀 힘드니까 빼달라고 하지 그랬어. 전하께서는 우리 말을 잘 들어주시는 편이잖아."

"그러게……."

"그런데 뭐 때문에 늦는 거야? 문고리 고장 났어?"

"아니, 그게 아니라. 찻주전자를 챙기느라고. 좀 많아서."

연화는 심심함을 달래기 위해 다른 종류의 차를 여러 번 주문했다. 방 안에는 주방이 없었기 때문에, 시녀는 방 밖에서 차를 가져와야 했다. 밖에선 몇 번 방 안으로 찻주전자가 들어오는 게 보였을 거다. 변명거리로는 딱이었다. 시녀는 혀를 찼다.

"하여간, 손님들은 다 극성맞아. 주는 대로 마시기나 할 것이지 따지긴. 그래서 아직도 멀었어?"

"아니. 다 됐어."

연화는 문 옆 벽 뒤에 섰다. 문을 열고 들어오는 시녀에게는 연화가 안 보일 터지만, 연화는 시녀를 잘 볼 수 있는 곳이었다. 다른 시녀가 문을 열고 들어왔다. 연화는 시녀가 방 주위를 두리번거리는 틈을 타 문을 닫았다. 쾅 소리에 시녀가 뒤를 돌아보았다. 연화와 눈이 마주친 고개가 갸웃한다.

"누구……."

시녀의 눈에 경악이 서리기 전, 연화는 거꾸로 든 단검으로 그녀를 배를 찔렀다.

"크읍……!"

체중도 실었기 때문에 제법 아팠을 거다. 시녀가 허리를 숙였을 때, 그녀가 비명을 지르지 못하게 입을 틀어막고 무릎으로 그녀의 명치를 쳐올렸다. 으으읍 짐승의 소리와 닮은 울부짖음이 손가락 사이로 새어 나왔다.

아까의 시녀와 달리, 지금 들어온 시녀는 키가 컸다. 단번에 기절시켜 주지 못해서 미안하다. 연화는 제 허리 아래로 떨어진 시녀의 목 뒤를 쳐 주었다. 기절한 시녀를 질질 끌어 앞서 기절시킨 시녀의 옆에 나란히 눕혔다.

모든 일이 끝난 뒤엔, 연화 자신이 먹은 찻주전자를 모두 챙겨 나왔다. 사뿐하고 차분한 걸음으로.

문을 열자 기사가 있었다. 기사는 연화를 흘끔거렸다. 연화는 부러 고개를 숙이지 않았다. 아무렇지 않은 얼굴로 기사 앞을 스쳐 지나갔다. 사람들은 제복을 입은 사람의 얼굴을 제대로 보지 않는다. 기사는 큰 의문을 표하지 않고 연화를 놓아주었다.

연화는 찻주전자를 들고 걷다가, 모퉁이를 돌자마자 쟁반을 내려놓았다. 이제 카를을 찾아야 했다.

황녀의 궁은 넓었고, 손님방 역시 무수히 많았다. 하지만 이 많은 방 중 카를이 어디로 갔는지는 추측할 수 있었다. 연화와 카를은 같은 계단을 걸었는데, 연화는 2층 복도로, 카를은 위로 올라갔다. 그러니 카를은 3층, 혹은 4층에 있을 것이다. 긴 복도를 돌아다니다 기사가 붙어 있는 방이 있으면 그곳에 카를이 있을 거다. 연화가 갇혀 있는 방이 그러했으니.

황녀는 연화가 나올 가능성은 배제하고 있었던 듯했다. 다른 방엔 기사가 없었다. 연화는 자유로이 돌아다녔다.

계단을 밟아 오르는 연화의 발걸음이 조심스러웠다. 3층은 황녀의 방이 있는 곳이다. 기사들은 연화의 얼굴을 모른다지만, 황녀는 그렇지 않을 것이다. 들키면 끝장이다.

연화는 황녀가 있을 방을 스쳐 지나갔다. 황녀의 방 앞은 조용했다. 어쩌면 밖에 있는 것일지도 모르겠다.

"어이, 너."

모퉁이를 돌아 넘어갈 때였다. 시녀장이 연화를 불렀다.

"네."

연화는 차분한 척 대꾸했다. 양손을 공손히 모으고서 시녀장 앞에 가 고개를 조아렸다.

"내가 부르면 '네, 시녀장님'이라고 대답해야 한다고 하지 않았나?"

"죄송합니다. 제가 미숙하여 미처 익히지 못했습니다."

"낯선 얼굴이군. 이름이 뭐지?"

심장이 두근두근했다.

연화는 황녀궁의 시녀 이름 따위 모른다. 잘못된 대답을 했다간 당연히 의심을 살 텐데, 정답을 맞출 확률이 지극히 낮았다. 연화가 숫기 없는 척 대답을 회피할 때, 저 끝에서 살가운 소리가 들렸다.

"어머, 시녀장님."

연보라색 드레스 자락이 여자의 걸음에 맞춰 출렁거렸다. 약간 어리게 들리는 목소리가 익숙했다. 시녀장은 연화에게서 시선을 떼고 영애를 맞았다.

"여기서 뭘 하고 계시나요?"

"미숙한 아이가 제대로 교육을 받지 않은 듯하여 지도해 주고 있었습니다."

끌끌 혀 차는 소리가 연화의 목덜미 아래로 내려앉았다. 연화는 정말로 송구스러운 듯 입술을 씰룩이며 고개를 숙였다. 영애는 부채로 얼굴의 반을 가리며 시녀장처럼 혀를 찼다.

"저런. 참으로 송구하기 그지없습니다. 제가 보낸 아이가 시녀장님의 눈에 차지 않는다니. 미숙한 아이를 보낸 것 같아 내 마음이 불편합니다. 해서 그런데."

차가운 손이 연화의 뒷덜미를 어루만졌다. 부드럽고 매끄러워야 할 손에 굳은살이 맺혀 있다. 채찍을 열심히 휘두르느라 생긴 살.

연화는 고개를 더욱 깊숙이 숙였다. 어쩐지 목소리가 낯익다 했더니만, 하필 상대가 엘렌이었다. 그녀가 이곳에서 뭘 하고 있는지 모르겠다. 이곳은 황녀궁으로, 황녀와 정치적 협력 관계를 맺은 사람만이 오갈 수 있다.

테일러는 공식 파티에서 카턴 가와 척지는 발언을 했고, 그 상태는 계속 이어지는 중이었다. 그리고 황녀는 테일러 편이고. 테일러와 아무 관계가 아닌 사람들도 엘렌을 멀리하고 있는데, 테일러와 한배를 탄 황녀가 엘렌을 끌어들일 리 없다.

이해할 수 없는 정황인데, 익숙한 손아귀의 모양새는 뒷목을 계속 어루만지고 있었다. 혼란스러웠다.

"이 아이가 미덥지 않다면 다른 아이로 보내도록 하겠습니다. 황성은 늘 손이 부족하지 않습니까?"

"영애의 노고에 감사하나, 그럴 필요는 없습니다."

아니면 시녀장과 엘렌 사이에 다른 관계가 있었던 걸까.

재민이 쓴 소설에 묘사 엘렌은 가만히 있어도 사방에서 도와주는 사람이 튀어나왔다. 셀리스티나의 귀환으로 없어진 줄 알았던 연결고리가 아직 남아 있었던 걸지도 모른다. 소설이 제대로 흘러간다면, 황녀와 친분을 쌓는 건 셀리스티나가 아니라 엘렌이었을 테니까.

그 연결고리가 테일러나 황녀 본인이 아니라 시녀장일 수도 있었다. 만약의 만약은 있을 수 있는 상황이라서, 연화는 '그럴 리 없다'는 말을 집어넣었다.

엘렌과 시녀장은 연화를 이곳에 둔다, 안 둔다의 문제로 오랜 입씨름을 했다. 대화는 엘렌이 한숨을 쉬면서 끝났다.

"하면 잠시만. 아이에게 해줄 말이 있습니다. 진, 잠시 따라오거라."

엘렌이 연화에게 손짓했다. 시녀장은 거기까지는 말릴 수 없었는지 쯧 혀를 차고는 연화를 보내주었다. 연화는 잔뜩 위축된 폼으로 엘렌을 따라갔다.

황녀궁이 큰 만큼 복도는 길었다. 조용한 복도에 엘렌과 연화가 걸어가는 소리만 크게 울렸다. 엘렌이 자신을 알아봤을까, 아니면 못 알아봤을까? 연화는 앞서가는 엘렌을 흘끔거렸다. 함께 지낸 세월이 12년이다. 모르는 게 이상한 일인데, 엘렌은 정말 시녀 아이를 대하듯 태연했다.

결국 연화가 멈춰 섰다.

"저기⋯⋯."

"벌써 시녀를 그만두려고?"

엘렌이 코웃음을 치며 돌아섰다. 내려 보는 게 익숙한 시선이 연화를 위아래로 훑었다.

"네. 생각보다 재미없어서요."

"왜? 계속하지. 정말 잘 어울리는데. 얼마나 어울리냐면, 나도 깜빡 속았을 정도야."

"칭찬에 감사드립니다. 하면 계속 가서 마저 업무를 보도록 하지요. 제가 좀 바쁜 몸이라서요."

연화가 돌아섰다. 두어 걸음 떼기도 전에, 엘렌이 빠르게 다가와 연화의 손목을 움켜쥐고 돌려세웠다.

"진은 어쨌지? 죽었나?"

"진이 누구죠?"

"그 옷을 입었던 애."

연화는 고개를 숙였다. 가슴팍에 붙은 명찰이 뒤늦게 보였다. 연화는 명찰을 만지작거리다가 씩 웃었다.

"어땠을 것 같아요?"

"……살아 있을 것 같아."

"그렇게 생각하는 이유는?"

"너는 살인을 한 사람으로 보이지는 않으니까."

"저런. 영애께선 살인을 한 사람을 보신 적이 있나 봐요."

연화가 코웃음을 쳤다. 엘렌의 얼굴이 딱딱하게 굳었다. 그 단순하고 뻔한 반응에서 알았다. 그녀가 본 '살인자'가 누구였는지. 연화는 셀리스티나의 기억을 본 뒤에야 카틴 남작의 범행을 알았다.

연화는 셀리스티나가 아니었으니까. 하지만 엘렌은 다르다. 남작이 범행을 저질렀을 때 엘렌은 인지능력을 가진 꼬맹이였다. 왜 이걸 몰랐는지 모르겠다. 엘렌은 처음부터 모든 것을 알고 있었던 사람 중 한 명이었다.

엘렌이 주먹을 꽉 쥐었다. 그녀의 어깨가 위아래로 들썩였다.

"너는 처음부터 아버지를 싫어했지. 너 혼자 피해자인 척! 아무것도 모르는 척! 순진하고 떳떳하게!"

"그 사건으로 무엇을 잃었는지 아는 제가, 어떻게 그분을 좋아할 수 있겠어요?"

"그래도 아버지는 네게 잘해주려 하셨어!"

"정말 잘해주시려 하셨다면, 제게 인장을 돌려주셨어야죠."

연화는 피식 웃었다. 셀리스티나는 남작을 경멸했다. 그녀의 감정은 무척 짙고 어두워서, 남작마저 눈치챌 수 있을 정도였다. 남작이 정말로 사람이었다면, 자신이 지은 죄를 뉘우칠 수 있는 사람이라면 모든 것을 원래대로 되돌리려는 시도를 했어야 했다.

"카턴 남작가의 첩이 낳은 딸로 살아가는 것보단, 제 본래의 신분으로 살아가는 게 훨씬 괜찮은 삶이잖아요? 실제로도 그렇고."

"네가 그렇게 말할 것을 알았어. 그래서 네가 싫었어."

엘렌이 잠시 숨을 골랐다. 연화는 그녀가 감정을 가다듬을 때까지 기다려 주었다.

"너는 처음부터 다 알고 있었으니까. 그래서 늘 그런 눈으로 우리를 보았겠지……! 우리에게 속죄를 바라는 듯한 그 눈! 지금도 진저리가 나."

"그래서 날 괴롭혔나요?"

"그래!"

엘렌이 크게 고개를 끄덕였다. 당연한 것을 수긍하는 그 태도에 연화도 질려 버릴 참이었다. 하하하. 연화의 입에서 헛바람 나오는 소리가 샜다.

"그래서 나는 너를 싫어했던 것…… 후회하지 않아. 아버지가 했던 일도…… 나쁘다고 생각하지 않아. 그때엔…… 12년 전엔 큰돈이 필요했으니까. 상단을 살리기 위해서! 네가, 너희 아버지가 나쁜 거야. 우리 아버지가 오클레앙 백작을 얼마나 도와줬는데…… 혼 왕국의 기밀을 빼오는 거, 본인의 힘으로 가능했던 것 같아? 다 우리의 도움이 있었던 거라고. 그런 일에 비하면…… 목숨을 걸어야 하는 그런 일에 비하면…… 돈 좀 주는 거야 어려운 일도 아니잖아? 심지어 그냥 주라는 것도 아니고 빌려주라는 거였는데! 안 그래?"

뭐 대단한 말을 했다고 숨을 헐떡이는지. 엘렌은 긴말을 토해낸 뒤 심호흡까지 했다.

"그렇게 생각했으면서, 왜 절 도와준 거죠?"

"끝내고 싶어서……."

엘렌이 고개를 떨구는가 싶더니, 다시 희번덕거리는 눈을 올렸다.

"그런 복장을 하고 있는 거……. 사정이 있어서 그런 거겠지? 그것도 아주 곤란한 사정 말이야."

"그렇지요."

"나는 속죄 따위 하지 않아! 내가 뭘 잘못했길래! 그냥 난 네가 지긋지긋할 뿐이야. 아버지랑 오빠가 네게 계속 뭔가 잘못했다고 생각하는 이 상황이 짜증 난다고!"

엘렌이 발로 맨땅을 걷어찼다. 그러다 말고 뒤를 살피며 행여 다가오는 사람이 있는지 돌아봤다. 그 어수룩한 행동에 웃음이 났다. 과연 코앞에 있는 이 여자가 엘렌이 맞기는 한 모양이었다.

그녀는 나약한 데다 의지도 굳건하지 않았다. 제대로 된 사과를 할 마음은 없으면서, 상황을 완전히 외면해 나쁜 사람이 될 용기도 없었다. 그녀의 양심은 어중간한 곳에 걸쳐져 있다. 엘렌이 혼란스러워하는 건 이 때문이다.

연화가 엘렌의 곤궁함을 풀어줄 이유는 없다. 그녀는 연화의 손으로 굴릴 수 있는 장기말이 되기 위해 스스로 굴러들어 왔다.

"그래서 아가씨께서는 저를 도와서 모든 빚을 청산하고 싶으셨군요."

엘렌은 느리게 고개를 끄덕였다.

엘렌은 끝까지 순진하고 어리석었다. 아직도 제 앞에 있는 사람이 누구인지 못 알아보는 것을 보면. 하지만 그 순진함이야말로 지금 연화에게 가장 필요한 것이었다.

연화는 손을 내밀었다. 엘렌이 얼떨결에 손을 마주 내밀었다. 연화는 엘렌을 손을 힘주어 잡았다.

불안정한 사람을 달래어 꼬드기는 일 정도야. 어려운 것도 아니었다.

"그래요, 저는 아가씨의 도움이 절실히 필요한 사람이에요."

엘렌의 눈이 반짝였다.

"한데, 그전에 아가씨가 얼마나 대단한 사람인지 알고 싶어서 말이죠."

연화는 입꼬리만 끌어올렸다. 불이 꺼진 복도는 조금 어두웠다. 창밖으로 들어오는 햇볕이 있긴 했지만 어스름했다. 이런 곳에서 작위적인 미소를 지어 보이는 소녀. 꽤 음산해 보일 텐데도 엘렌은 고개만 대차게 끄덕였다.

"내가 뭘 하면 되는데?"

✦

해가 지고 있었다. 저녁이 다가오기 시작했다. 좀 더 시간이 지나면 해를 발라먹고 달을 걸어놓은 요사한 어둠이 몰려올 것이다.

카를은 방 안을 돌아다녔다. 벌써 몇 시간째 다리를 움직이고 있는지 모르겠다. 그동안 시녀가 한 번 교대를 했다. 새로 온 시녀도 카를에게 미묘한 시선을 보냈다. 카를은 이번에도 그녀에게 관심을 두지 않았다.

이대로 있으면 황제와 만나게 된다. 다시 만난 황제가 어떻게 나올지는 뻔했다. 찾아 헤매던 아들이 사지 멀쩡히 살아 있으니, 이번에야말로 황위에 올리려 하겠지. 카를에게 황위를 물려주는 건 황제의 오랜 꿈이었다.

거기서 저항하려면, 탈출해야 하는데…… 카를은 여전히 방을 나가지 못하고 있었다.

마음 같아선 미친 척 날뛰어 이 방을 나가고 싶었다. 시녀 하나와 기사 몇을 상대하는 게 대수일까. 방에 감금되면서 검을 빼앗기긴 했지만 상관없었다. 카를은 체술도 배웠다. 사람을 쓰러뜨리는 건 자신 있었다.

문제는 카를의 방식이 꽤 요란하다는 거였다. 셀리나는 카를이 강하다는 걸 알면서도, 그의 힘으로 문제를 처리하는 걸 후순위로 두었다. 시작이 조용해야, 마무리도 조용하다. 셀리나가 한 말 중에 틀린 것은 없었고, 카를 역시 이에 동의했다.

카를이 어찌어찌 탈출에 성공할 때쯤에는, 황녀궁에 있는 모든 사람들이 카를이 밖으로 나왔다는 걸 눈치챌 것이다. 문제는 여기서부터 시작된다. 카를은 어딘가에 갇혀 있을 셀리나를 찾아야 하는데, 황녀는 카를이 무엇을 원하는지 알고 있다. 셀리나와 함께 탈출하는 건 고사하고, 황녀가 셀리나를 이용해 저를 협박하는 모습을 보게 될 가능성이 컸다.

카를은 푸우우 긴 한숨을 내쉬었다. 힘이 풀린 다리가 스르르 바닥으로 내려앉았다. 철퍼덕. 바닥에 엉덩방아 찧는 소리가 크게 들렸다.

어릴 때는 황자로서의 체면을 지킨다고 바닥에 앉지 못했다. 그러나 셀리나와 함께 별일을 다 겪어본 육체는 바닥에 퍼질러 앉는 것을 이상하게 의식하지 않았다. 시녀의 얼굴은 이루 말할 수 없이 일그러졌다.

딱딱한 바닥에 다리가 닿는 순간, 왜인지 모르겠지만 황무지 생각이 났다. 어디가 길인지 알 수 없고, 시간이 얼마나 지났는지도 알 수 없지만 무작정 걷고 또 걷기만 했던 그 시간들. 황무지엔 바닥도 천장도 없었다. 발 디디는 곳이 길이었고, 다리를 쪼그려

앉는 곳이 의자였다.

웨이휠의 부하는 카를을 죽이려 데려갔으면서, 결국은 카를의 목을 내려치지 못하고 놓아주었다. 일주일 황무지를 같이 헤매면서 정이 들었던 것일지도 모른다. 아니면 그냥 죽일 생각이 없었거나. 황무지에 버려두면 카를이 알아서 죽겠거니 생각했던 것일 수도 있겠다.

카를은 황무지에서 자신의 죽음을 기다렸다. 셀리나는 카를이 죽음의 문턱을 넘어갈 때 나타났다. 거짓말 같은 등장이었다. 소녀는 그에게 손을 내밀었다. 도움이 필요한 어린아이의 손. 놓을 수 있을 리 없다.

이곳도 황무지와 크게 다르지 않을지도 모른다. 벽 있고 지붕 있는 호화로운 방과, 척척한 황무지는 엄청난 차이가 있지만, 분명 공통점은 있었다. 바닥에 드러누워 무의미하게 시간을 죽여야 한다는 거다.

이곳에서 나는 남의 꿈을 그러안고 살게 될까, 아니면 우연의 기회를 얻어 원하는 삶을 살게 될까. 카를은 문을 바라보았다. 기적과 닮은 기회가 한 번 더 떨어졌으면 좋겠다. 생과 사중 어느 쪽을 택할지는 알아서 결정할 테니.

셀리나가 하늘에서 뚝 떨어지듯 제 앞에 나타나도 좋고, 이 문 밖을 나갔을 때 그녀가 탈출했다는 소식이 들려도 좋겠다.

카를은 손을 꿈지럭거리면서 귀를 기울였다. 문밖에 새로 어슬렁거리는 인기척이 있었다. 보폭이 짧고, 여린 소녀.

똑똑똑. 새로운 인기척은 문을 두드렸다. 저 노크 소리는 시녀들이 교대를 할 때 상대를 부르는 수신호였다.

"벌써?"

시녀가 카를을 흘끔 쳐다보고는 문으로 다가갔다. 카를은 엉거

비밀 363

주춤 자리에서 일어났다. 깨끗한 바닥에 좀 앉아 있었다고 바지가 더러워질 리 없지만, 습관적으로 엉덩이를 털었다.

시녀는 카를이 일어난 줄도 모르고 문을 열었다. 그녀가 기지 개를 켜면서 밖으로 나갔고, 밖에 서 있던 시녀가 안으로 들어왔 다. 새로 들어온 시녀는 작았다. 시녀는 들어오자마자 문부터 닫 았다. 결 좋은 금발 머리가 익숙했다. 카를은 심호흡을 했다. 그 런 하찮은 것에 눈을 두었다간, 일을 처리할 수 없다. 시녀가 뒤 를 돌아서기 전에 한 번에 깔끔하게.

카를은 시녀의 뒷목을 가격하기 위해 손을 들었다. 그대로 내 려치려는데 손이 붙들렸다.

"어머나."

시녀가 웃으며 뒤를 돌아보았다. 카를은 눈을 휘둥그레 떴다. 익숙한 목소리였다.

"사람 생각은 다 똑같은 것 같아요, 그렇죠?"

시녀는, 아니 셀리나는 눈을 접듯이 웃었다. 셀리나가 카를의 손을 놓아주었다. 그 멀어지는 온기가 아쉬워서 카를이 괜히 손 을 꿈지럭거렸다. 만지고 싶은데, 확인하고 싶은데 손이 내밀어지 지 않았다. 이게 환상이라면, 영원히 깨지 않았으면 좋겠다. 만져 서 없애고 싶지 않았다.

셀리나는 카를의 상태를 눈치챈 듯했다. 그녀가 먼저 손을 내 밀어 카를의 손을 맞잡았다. 따스한 온기에 정신이 확 들었다.

"정말…… 정말로……?"

카를은 소녀의 등장을 바라긴 했지만, 그 소망이 실제로 이뤄 질 가능성은 낮다고 생각했다. 소녀는 카를처럼 방에 갇혔으니 까. 자력으로 빠져나오는 것을 넘어, 시녀로 변복을 하고 앞에 나 올 줄은 정말로 몰랐다.

생각해 보면 소녀는 늘 그랬다. 언제나 카를의 예상을 뛰어넘었다.

"순진한 아가씨가 도와주었어요."

"다행입니다."

카를은 자꾸 올라가려는 입꼬리를 갈무리했다. 기쁨은 나중에 만끽해도 된다.

카를은 문고리를 잡았다. 나가서 기사를 쓰러뜨리고, 그 외에 달려드는 놈들도 다 쓰러뜨리고. 할 일이 많았다. 여기서 뭉그적거리는 게 아까웠다. 카를은 소녀를 잡아끌었다.

"어서 나가죠."

"할 말이 있어요."

셀리나가 문 앞을 버티고 섰다. 카를은 어쩔 수 없이 고개를 내렸다. 똘망똘망한 눈이 카를을 꿰뚫을 듯 바라보았다.

"저는 이곳의 사람이 아니에요. 이거…… 알고 있었죠?"

"예."

"한데 저는 12살도 아니에요. 이것도 알고 있었나요?"

당연히 몰랐다. 셀리나는 다른 세계의 자신이 어땠는지는 한 번도 이야기해 주지 않았으니까. 카를은 천천히 고개를 저었다.

"저는 원래 세계로 돌아갈 거예요. 제가 살던 곳으로, 제가 이뤄놓은 결실들이 기다리는 그곳으로. 그곳의 저는 12살이 아니라 스물두 살이에요. 다 큰 어른이란 말이에요. 그래도…… 상관없어요?"

셀리나가 마지막 선택이라는 말을 덧붙였다. 잘 결정하라는 그 목소리가, 깊은 망설임으로 들렸다. 카를은 그저 웃었다.

셀리나를 따라간다. 그녀와 함께 이 세계를 떠난다. 바라 마지않던 미래 앞에서, 결정은 오래전에 끝났다. 셀리나가 망설이는 것을 외면하고 싶을 정도로. 카를은 셀리나와 맞잡은 손을 힘주어 잡았다.

"저는 아가씨를 만나서 미래가 생겼습니다. 이전의 저는 지난 과거만 곱씹고 있었습니다. 이랬다면 어땠을까, 이러면 좀 더 나아지지 않았을까 고민만 거듭했습니다. 그랬던 제 인생에, 아가씨는 새로운 미래를 선물해 주셨습니다. 아가씨께서 어디로 가시든, 누구시든 상관없습니다. 아가씨가 계시는 곳에 제 미래가 있을 겁니다."

셀리나의 손이 느리게 올라왔다. 셀리나와 눈높이를 맞추느라 살짝 내려온 카를의 뺨에 닿았다. 오른쪽 눈언저리부터 뺨까지 쓸어내리는 손이 다정했다.

"저는 카를을 만나면서 과거를 되짚어보게 되었어요. 이전에는 앞만 보고 정신없이 뛰기만 했어요. 어떤 일을 이루어야만, 기분 나쁜 과거를 잊어야만 내가 대단한 사람이 될 줄 알았거든요. 그런데 막상 과거와 직면하고 보니 별거 아니란 걸 알게 되었어요. 과거의 나는 그냥 나였을 뿐이었어요. 그때의 나는 불쌍하지도, 나약하지도 않았죠. '그러지 말았어야 했던' 일들은 사실 '그럴 수밖에 없는' 일들이었어요."

셀리나가 카를의 손에서 뺨을 뗐다. 한 번 더 카를과 맞잡은 손을 확인하더니, 잡은 손에 힘을 주었다.

"함께 가요, 카를."

바라 마지않던 대답이었다. 카를은 맞잡은 두 손을 당겼다. 가녀리고 여린 몸이 딸려왔다. 놀라 물러서려는 몸을, 남은 손으로 꼭 끌어안아 탁 붙였다. 두근거리는 심장박동이 닿았다.

자신을 버린 줄 알았던 신이 또 한 번 기적을 내려주었다. 카를은 한 번 더 미래를 얻었다. 이번에는 전보다 더 오래, 그리고 확실한 방법으로.

카를은 굳은 입매를 올려 웃었다.

"이 손, 절대 놓지 않을 겁니다."

✤

홍 회장은 낮엔 홍진수를 만나주지 않았다. 업무에 방해된다
는 이유로. 홍 회장이 본사의 회장실에서 종일 업무를 처리하는
건 명백한 사실이라서, 홍진수는 따지지 않았다. 대신 본사 입구
가 잘 보이는 카페에서 해가 떨어지길 기다렸다가, 퇴근하는 홍
회장을 쫓아왔다.

홍 회장은 늘 두엇의 경호원을 대동하고 다녔다. 경호원이 반사
적으로 다가서는 사람을 막아섰다가, 얼굴을 확인하고 주춤거렸
다. 경호원의 업무는 홍 회장을 경호하는 것이었지만, 그도 듣는
귀는 있었다. 사내에 홍진수가 세현을 물려받을 거란 소문이 파
다했다.

"괜찮네."

홍 회장은 경호원에게 눈짓했다. 경호원은 기다렸다는 듯 홍진
수에게서 손을 떼고 두어 발자국 물러섰다. 기사가 리무진을 몰
고 회장 앞에 멈췄다. 경호원은 차 문을 열어주었고, 홍 회장에
이어 홍진수가 올라탈 때까지 기다렸다가 차 문을 닫았다.

"기다리고 있을 줄은 몰랐는데."

차 안엔 냉장고가 있었다. 크지 않은 냉장고엔 생수와 음료수
몇 개가 들어 있었다. 술은 없었다. 홍 회장의 철칙은 업무 시간
에는 음주를 하지 않는 것이었다. 그는 차를 타고 이동하면서도
서류를 만졌다.

홍 회장이 생수병을 따며 홍진수를 흘겨보았다. 태평한 시선에 홍진수는 약이 올랐다.

"그러면 안 됩니까?"

"본사엔 벽에도 눈이 붙어 있다지. 자네는 그 사실을 유념하고 있다고 생각했어."

해석하자면, 쓸데없이 성급하게 군다는 뜻이다.

홍진수는 이를 악물었다. 후계자 문제에 목을 매게 된 건 홍 회장 때문이었다. 연화가 사라진 지 보름이 다 되어 가는데도 미련을 버리지 못하는 그의 어리석음 때문에.

홍진수는 주먹을 살짝 쥐었다 풀었다. 후계자 결정권은 전적으로 홍 회장에게 달려 있다. 화를 내면 안 된다.

"확답 시기만 알려주십시오. 기자들을 준비하는 건 제가 하겠습니다."

"기자들까지 불러올 필요가 있나?"

"사람들이 궁금해하지 않습니까."

기자들 앞에서 확답을 하면 후에 번복하기 어려워진다. 홍진수는 속내를 감추기 위해 그린 듯한 미소를 보였다. 홍 회장의 눈이 느리게 두어 번 깜빡였다. 홍진수를 보는 눈은 또랑또랑했으나, 속내를 읽을 수는 없었다.

"그 사람들에는 자네도 포함되나?"

"물론입니다."

홍 회장이 팔짱을 꼈다. 그가 피식 웃었다.

"자네는 세현을 물려받을 자격이 있다고 생각하나?"

기사에 경호원까지 동승한 차 안이 싸늘하게 가라앉았다. 홍진수는 어깨를 움찔 떨었다. 가슴 깊은 곳을 찌르는 듯한 질문이었다. 홍 회장은 창문 밖 지나가는 풍경을 보고 있었다. 까만 동공

사이로 가로수가 빠르게 지나갔다. 그러한데도, 홍진수는 그가 제 속을 들여다보고 있다고 느꼈다.

당연한 일일지도 모른다. 홍 회장은 오랫동안 세현을 이끌어왔다. 세현은 그의 대에서 몸집을 부풀렸고, 사방에 위용을 떨쳤다. 이제 세현은 혼자서 꾸려나가기에 지나치게 큰 집단이 되었다.

홍 회장은 입버릇처럼 경영자는 사람을 굴릴 줄 알아야 한다고 했었다. 사람의 능력을 파악해 적재적소에 파악해야 한다고. 그는 본인이 뱉은 말의 정점에 올라있는 사람이었다.

홍 회장은 홍진수가 연화를 죽였다는 걸 알고 있을 것이다. 홍진수는 연화를 음습한 창고로 꾀어내 범행을 저질렀다. 목격자도 공범도 없었다. 하지만 재민은 그를 범인이라 단정 지었다. 그만큼 인과 관계는 확실한 범행이었다.

홍 회장이 재민보다 머리가 나쁠 리 없었다. 그러함에도 홍진수가 희망을 거는 이유는, 홍 회장이 홍진수를 살인범으로 지목하지 않았기 때문이다.

홍진수는 마지막 시험을 두고 연화와 경쟁했다. 연화가 사라진 지금, 그녀를 대체할 수 있는 사람은 홍진수 외엔 없다. 홍 회장이 부정(父情)을 접고 세현을 위해 비정해지겠다 마음먹는 순간, 그는 홍진수를 선택하게 될 터였다.

번화가를 벗어나 달린 차는 전원주택이 늘어선 골목으로 접어들었다. 골목 끝 2층짜리 단독주택은 홍 회장의 집이었다. 집 주위를 둘러싼 담장은 허락받지 못한 외부인에게 내부를 보여주지 않았다. 홍 회장의 속내와 닮았다.

홍 회장은 차가 저택 앞에 주차하는 것을 보고서야 팔짱을 풀었다. 차로 오는 30분 동안 열을 내고 감정을 소모했던 건 홍진수뿐이다. 홍 회장은 확답을 주지 않았다. 그럴 수 있었다. 아직 시간은 홍 회장의 편이니. 하지만 그 여유도 이제 바스러져 갈 것이다.

"언젠가는 결정하셔야 할 겁니다."

홍진수는 연화의 뒤통수를 각목으로 후려쳐 기절시킨 뒤, 손과 발을 꽁꽁 묶어 자루에 집어넣었다. 그녀가 가지고 있던 휴대폰은 진작에 망치로 깨부쉈고, 귀걸이 같은 날붙이 장신구는 해체했다.

정상적인 사람이라면 당연히 포박을 풀지 못하고 죽을 것이지만, 혹시나 해서 자루를 넣은 창고를 쇠사슬로 칭칭 감고 자물쇠를 서너 개나 달아놓았다.

홍진수는 심심할 때마다 창고 앞을 가보았다. 창고 앞은 적막 그 자체였다. 쇠사슬과 자물쇠들은 홍진수가 감아놓은 모양 그대로 있었다.

창고엔 창문이 없다. 출입구는 오직 문뿐이다. 연화가 창고를 빠져나가지 못한 건 분명했다.

보름 전 연화는 살아 있었을지 모른다. 그러나 지금은 죽었을 거다. 보름 동안 공기도 통하지 않는 자루에 묶여 있던 사람이 멀쩡히 잘 살아나올 리 없으니. 그러니 홍 회장은 무의미한 기다림에 시간을 허비하고 있는 것이다.

홍 회장은 아무 말도 하지 않았다. 턱짓으로 경호원에게 신호했다. 경호원은 홍 회장 쪽 문을 열면서 홍진수를 흘끔거렸다. 홍진수는 꺼지라는 신호를 기차게 잘 알아들었다. 그는 가볍게 목례한 뒤 돌아섰다. 홍 회장의 집을 지나쳐 자신의 집으로 들어갔다.

홍진수의 부모는 홍 회장의 저택과 가까운 곳에 둥지를 틀었다. 땅값 비싼 동네에서 부지를 사들여 고급 저택을 지었다. 당연히 이루 말할 수 없을 만큼의 큰돈이 들었다.

사람들은 홍진수의 집을 보고 그가 어지간히 잘 사는구나 라고 생각하지만, 홍진수의 부모는 절대 부자가 아니었다. 30년 전엔 수십 억에 달하는 유산을 보유한 부자였을지 모르지만.

홍진수의 부모는 호화로운 생활을 자제할 줄 모르면서, 돈을 벌어오지도 않았다. 그 많은 돈은 다 까먹었고, 빚이 쌓이는 중이었다.

호화로운 저택 여기저기엔 거미줄이 내려앉았다. 화단을 장식했던 꽃은 죽고 잡초가 그 자리를 차지했다. 저택을 관리하던 청소부는 몇 달 전에 관뒀다. 남은 사용인은 주방일을 비롯해 가사 전반을 책임지는 가정부 한 명뿐이다.

홍진수는 초인종을 눌렀다. 띵동 소리와 함께 몇 초간 정적이 흘렀다. 안에 없나? 홍진수가 쾅쾅 문을 두드렸다. 조금 더 기다리자 안에서 우당탕 달려 나오는 소리가 들렸다.

"아이구, 도련님 오셨어요?"

올해 여든이 되어가는 가정부는 듬성듬성 빠진 이를 드러내며 웃었다. 홍진수는 콧잔등을 찡그렸다. 어깨로 가정부를 밀치고 들어갔다.

가정부는 노골적으로 혀를 크게 찼다. 홍진수는 적당히 모른 척했다.

홍진수의 부모는 돈이 떨어져 간다는 사실을 알고 지출을 줄이기로 했고, 제일 먼저 고용인들의 인건비를 삭감했다. 하루아침에 월급이 반토막 난 고용인들이 반발하다 저택을 떠났다. 가정부 혼자만 오랫동안 이 집에서 일해온 정 때문에 못 떠나겠다고 하면서 남았다. 하지만 노쇠한 그녀가 다른 저택에서 일자리를 구하기 힘들어서 그렇다는 것을 모르는 사람은 없었다.

홍진수와 가정부는 서로의 사정을 잘 알았다. 서로 불만이 쌓여 있지만, 돈이라는 자질구레한 것 때문에 인내하는 중이었다.

"왔나?"

거실에 놓인 소파 위에 중년 남성이 드러눕듯 앉아 있었다. 그가 홍진수를 보고 희미하게 웃었다. 그의 동공이 느슨하게 풀려 있다. 졸려서 그런 게 아니었다.

홍진수는 남자에게 다가갔다. 소파 앞 테이블에 갈색 액체가 든 주사기가 보였다. 성분을 확인하지 않아도 뭐가 들었는지는 알았다. 헤로인. 홍진수는 주사기를 부러뜨릴 듯 쥐었다.

"내버려 둬라. 이 재미없는 인생, 이렇게라도 낙을 찾아야지."

키들키들 웃는 목이 쉬어 있었다.

"어머니는요."

아버지는 말없이 눈을 위로 까집었다. 그가 마약에 손댄 지 10년이 넘는다. 말릴 수 있는 상황은 오래전에 지났다. 홍진수는 한숨을 쉬곤 계단을 올라갔다.

"진수 왔니?"

1층이 부엌과 거실을 비롯한 공용 공간을 위한 데라면, 2층은 개인 공간을 위한 곳이었다. 계단 앞에서 시작한 긴 복도 사이로 방이 붙어 있었다. 맨 안쪽 골방은 창고였고, 계단과 가까운 순서대로 아버지의 방과 어머니의 방이 붙어 있었다. 홍진수의 방은 복도 끝에 떨어져 있었다.

어머니는 자신의 방 화장대에 앉아 있었다. 토닥토닥 흰 분칠을 하는 손을 멈추지 않으면서 홍진수를 불렀다.

"무슨 일이시죠?"

"봐봐. 이 정도면 화장 적당한지."

어머니의 아버지는 이름을 대면 다 아는 기업을 운영했다. 어머니는 어릴 때부터 미용사가 머리를 손질해 주는 게 익숙했다. 커서는 개인 코디네이터를 두었지만, 지금은 자금 사정 때문에 전문가의 손질을 받을 수 없었다.

유행 지난 드레스를 입는 것과 화장을 하는 것 모두 그녀 스스로 한 것이었다. 서투른 손길로 펴 바른 분은 균등하게 발리지 않았고, 입술을 그린 선은 삐딱했다. 그래도 마약에 손대는 아버지보다는 나았다.

적어도 그녀는 제정신으로 보였으니까.

"어딜 가시려구요."

"세현 본사에. 기자들이 카메라를 들이대며 네 사진을 찍어갈 날이 멀지 않았잖니."

……착각이었나 보다. 저 꼴을 하고 기자들 앞에 서겠다고? 자기 객관화엔 지능이 필요하다지만, 이건 너무 심했다. 홍진수의 입매가 딱딱하게 굳었다. 어머니는 붕 떠오른 잔머리를 정리하기 위해 빗을 들었다. 경직된 아들을 발견한 건 조금 뒤였다.

"물론 지금 당장 가겠다는 건 아니야."

홍진수의 부모는 그가 회장이 되길 고대하고 있었다. 홍진수도 그들의 야망을 이해했다. 세현의 회장이 되기만 하면, 카드 돌려막기 같은 구차한 짓은 하지 않아도 될 테니까. 하지만 본사 앞에서 소란을 피워 소문 거리가 되는 건 문제라고 생각했다.

다행히 두 사람은 홍진수가 만류한 이후로 본사 앞에 찾아가지 않았다. 하지만 행동이 없다고 열망까지 사라졌을 리 없다.

홍진수의 부모에게, '홍진수가 세현을 계승한다'는 건 소원이 아니라 확정된 사실이었다. 광신도가 보지도 않은 기적을 보았다고 말하는 것과 비슷했다. 믿고 또 믿다 보니 절대적인 진리가 된 것이다.

"생각해 보겠습니다."

홍진수는 지끈거리는 머리를 눌렀다. 안 된다고 엄포를 놓으면 어머니가 어떻게 나올지 알 수 없었다. 어머니는 그것으로 만족했는지 그를 놓아주었다. 홍진수는 복도 끝 방으로 들어갔다.

그들의 소원의 뿌리는 30년 전을 기반에 두고 있었다.

홍진수 아버지의 이름은 홍성태였다. 그는 7남매 중 장남으로 태어났다. 그가 성인이 되기 전부터 세현은 큰 회사였다.

홍성태는 먹고 싶은 것, 입고 싶은 것 모두 얻으며 풍족하게 살았다. 또래 아이들이 자신을 부러운 눈으로 쳐다보는 것도 좋았지만, 그보다 더 좋은 건 세현 본사에 놀러 가는 것이었다.

저보다 나이가 곱절은 많은 어른들이 그가 회장의 아들이란 걸 알고 허리를 숙이거나 악수를 청해왔다. 차기 계승자에게 보이는 호의였다. 홍성태는 기꺼이 어른들의 악수를 받아주었다.

홍성태는 어릴 때부터 사교 모임에 나갔다. 그가 만나는 또래들은 다 아버지가 사장 혹은 회장인 아이들이었다. 그중 차기 후계자로 낙점돼 수업을 받는 아이도 있었다. 대개의 경우 장남이었다. 적장자가 우선 계승 받는다는 조선시대의 풍습이 짙게 남아 있을 때였다. 홍성태는 당연히 자신이 세현을 물려받을 줄 알았다.

홍성태의 아버지는 이례적으로 '시험'을 통한 승계를 원했다. 7남매를 똑같이 시험하고 분별했다. 길고 고된 시험은 장남을 밀어뜨렸다. 선택된 건 막내아들이었다. 홍성태보다 10살이나 어린 동생. 홍성태는 승복 못 하겠다고 울고불고 떼를 썼지만, 사람들의 웃음거리만 됐다.

홍성태의 아버지는 비정한 아비는 아니었다. 자식들을 잘 파악했을 뿐이다. 그는 홍성태가 그룹을 물려받아 키울 가능성보다,

지배욕과 허영에 찌들어 살 가능성이 큼을 꿰뚫어보았다.

홍성태의 아버지는 보유한 현금 절반을 홍성태에게 넘겼다. 대신 세현의 주식은 조금도 넘겨주지 않았다. 씀씀이가 헤픈 아들이 돈이 곤궁해지면 주식을 팔아버릴 거라는 게 그 이유였다. 넘겨준 재산 양이 상당하니 부수입이 없어도 어떻게든 먹고 살겠거니 생각한 것도 있었다.

설마 그 큰돈을 그렇게 빨리 날려 버릴 줄은 몰랐겠지.

홍성태는 투기판에 끼어들었다. 남아도는 게 돈이니 돈놀이를 해보기로 했다. 대박이 나면 좋고, 안 나도 푼돈 잃는 거니 상관없었다. 나이가 더 든 뒤엔 도박에 빠져들었는데, 거기서 엄청난 돈을 잃었다. 도박꾼들이 그렇게 안달한다는 '본전'을 건져 보려다, 결국은 포기했다.

그제야 재산이 확 줄어 있는 걸 봤지만, 정신 차린다고 상황이 달라지진 않았다. 젊었을 때 일다운 일을 하지 않았으니 쌓인 경력도 없다. 회장이 된 동생에게 굽실하면 자리 하나를 얻을 수 있을지도 모르지만, 그러기엔 자존심이 너무 높았다.

홍성태는 하고 싶은 일과 하기 싫은 일 사이에 얼마만큼의 거리가 있는지 살펴보다가, 모든 것을 놓아버렸다. 홍진수가 10살이 되었을 때의 일이었다.

결국 홍성태는 마약에 손을 대기 시작했다. 자존심과 고집으로 억눌려 있던 입에서 막내동생과 아버지를 탓하는 푸념이 새어 나오기 시작한 것도 그때였다.

홍진수는 아버지의 슬픔에 공감하지 않았다. 그의 한탄은 지루했다. 그가 원망하는 대상은 그를 신경 쓰지 않은 지 오래되었다. 아버지의 원망은 홍진수가 목표에 가까이 다가갈 수 있게 해줄 수 있는 발판, 그 이상도 이하도 아니었다.

홍진수가 성인이 되었을 때, 회장이 된 막내아들은 시험으로 후계자를 뽑겠다고 했다. 운이 좋았는지 실력이 받쳐 줬는지 모르지만, 홍진수는 마지막 시험 관문 입구까지 갈 수 있었다.

마지막 시험은 경영. 직접 쇼핑몰을 꾸려보란 거였다. 거기서 모든 일이 뒤틀어졌다. 연화의 쇼핑몰은 승승장구하는데, 자신의 쇼핑몰은 어떻게 해도 매상이 오르지 않았다. 노출도가 적어서 그런 걸까? 아니면 상품을 잘못 선택한 것일까?

홍진수는 홍 회장이 바라는 실적을 내기 위해 안달했다. 홍 회장은 사업 자금으로 500만원을 내주었지만, 턱도 없는 금액이었다. 상품을 사고, 창고를 대여하고, 광고를 좀 내자 돈이 뚝 떨어졌다. 그 와중에 연화는 척척 매상을 내고 있으니 환장할 노릇이었다.

홍진수는 아버지에게 손을 빌렸다. 아버지는 기꺼이 자신의 명의로 빚을 더 내주었다. 홍진수는 그 돈으로 매출표를 조작했다. 성적만 보면 홍진수가 연화를 앞지르는 것 같았다.

모든 것은 잘 되어가고 있었다. 아니, 그렇다고 생각했다.

"빚더미 가게를 굴리는 기분은 어때? 좋아?"

연화가 제 속을 뒤집어놓지만 않았다면.

상대는 궁지에 몰려 쓴 최악의 수를 간파했다. 홍진수는 뼈가 튀어나와 보이도록 주먹을 꽉 쥐었다. 꺼져. 으르렁거리던 목소리는 제가 듣기에도 힘이 없었다. 연화는 피식 비웃음만 남기고 사라졌다.

멀어져 가는 작은 머리통을 보는데, 목덜미에 오소소 소름이 돋아났다. 연화가 안다면 홍 회장도 아는 것이다. 홍 회장이 무표정하게 매출표를 받아들이던 얼굴이 떠올랐다. 홍진수는 몸을 주체하지 못하고 벽에 기댔다. 그 무표정이 홍 회장의 포커페이스란 걸 왜 잊고 있었는지 모르겠다.

홍 회장은 일이 잘 되어도 안 되어도 늘 같은 얼굴을 유지했다. 그가 원하는 대로 일이 돌아가고 있다면, 지그시 입을 다물었다. 뭔가 말을 하는 건 일이 어긋날 때뿐이다.

홍 회장은 연화가 자신의 자리를 이어받길 원한다. 홍진수 또한 안다. 연화는 세현을 물려받기에 적합한 머리를 가졌다는 걸. 하지만 연화가 없어지면 그 다음 순서가 자신이란 것도 알았다. 연화를 죽여놓고 자신만만히 홍 회장 앞에 걸음을 한 건 그 때문이었다. 하지만 만약, 홍 회장이 나를 끝까지 후계에 올릴 생각이 없다면, 그래서 비정한 세현의 회장이 아니라 연화의 아버지가 되길 선택한다면, 나는 어떻게 되는 거지? 홍진수의 입술이 떨렸다. 그의 얼굴은 잿빛으로 칙칙해졌다. 연화가 사채의 존재를 언급했을 때와 같은 오싹함이 느껴졌다.

지금은 홍 회장이 가만히 있지만, 그를 계속 믿을 수는 없었다. 그는 사람 머리 꼭대기 위에 앉아 있으면서 아닌 척 시침을 떼는 사람이다.

홍진수는 옷걸이에서 모자 달린 코트를 집었다. 추운 날씨는 아니지만, 얼굴을 가리는 데는 용이하다. 티비에 나오는 범죄용의자들이 그러하듯 홍진수는 얼굴의 반을 가리는 마스크까지 꼈다.

나가기 전 잠깐 시선이 책상 위에 올려둔 열쇠 꾸러미에 닿았다. 연화를 가둔 창고의 열쇠들이었다. 큰 열쇠는 쇠사슬에 달린 자물쇠를 해제하는 열쇠였고, 작은 열쇠 세 개는 쇠사슬 위에 추가로 달아놓은 자물쇠의 열쇠들이었다. 열쇠고리 옆에 따로 나와 있는 열쇠는 창고 문을 여닫는 것이고.

홍진수는 열쇠들을 집었다가 고개를 저으며 내려놓았다. 창고 앞으로 가서, 열쇠가 제대로 달려 있는지만 확인하면 모든 일이 끝난다. 쓸데없이 문을 열어서 시체가 썩고 있는 광경을 구경할 필요는 없다.

홍진수는 계단 아래로 내려갔다. 약에 취한 아버지는 반응이 없었고, 가정부는 홍진수의 외출에 의문을 달지 않았다.

홍진수는 저택가를 나와 큰길가에 섰다. 택시를 타고 30분 정도를 달렸다. 택시 기사는 백미러로 홍진수를 계속 흘끔거렸다. 온몸을 꽁꽁 싸매고 있는 몰골이 수상해 보이는 모양이다. 알려 줄 의무는 없었다. 홍진수가 백미러로 기사를 노려보자, 그는 어깨를 움찔 떨더니 시선을 내렸다.

홍진수가 내린 곳은 번화가 끝에 위치한 빈 상점가였다. 한때는 반짝거리는 상점들이 늘어서 있었을지도 모르지만, 지금은 모두 비어 있었다. 연도를 추측할 수 없을 만큼 촌티 나는 간판이 눈에 띄었다.

홍진수는 회색 시멘트 길을 따라 쭉 걸었다.

홍성태는 젊은 시절 소위 '그린벨트'에 속하는 변두리 땅을 산 적이 있었다. 후에 규제가 풀려 땅값이 오를 거라는 말에 혹해서 샀는데, 오르긴 개뿔. 땅값은 10년 전과 비슷한 금액을 유지했다.

홍성태는 땅을 팔려고 했지만, 땅을 사겠다는 사람이 나타나지 않았다. 땅은 아무도 사용하지 않는 부지로 버려져 있었다.

땅 위엔 조그만 창고가 지어져 있었다. 땅 주인이 농사지은 작물을 보관하기 위해 지은 것이었다. 그는 한 해 농사를 완전히 망치자 부잣집 얼간이로 보이는 홍성태에게 땅을 팔아버렸다. 창고 주위엔 아직도 밭농사를 지었던 흔적이 남아 있다.

홍진수는 손을 주머니에 집어넣고서 걸었다. 이 근방에는 학교도 회사도 없다. 창고 때문에 이 근처를 기웃거리는 홍진수 말고는, 누구도 이곳에 오지 않는다. 한데 주위를 서성이는 발소리가 들렸다. 그 뒤엔 쇠문을 쾅 걷어차는 소리가 뒤따랐다. 발을 놀릴수록 확실해졌다. 소리는 창고에서 들리고 있었다.

설마 홍연화가?

온몸을 저릿하게 하는 감각이 정수리에서 발끝까지 빠져나갔다. 확인하고 싶지 않지만, 확인해야 했다. 홍진수는 괜히 휴대폰 액정을 들여다 봤다. 메시지 함이 비어 있는 걸 확인하곤 다시 집어넣었다.

창고 앞에 남자가 서 있었다. 키는 홍진수만 했고, 덩치는 조금 왜소했다. 남자는 한 손에 돌을 들고 있었다. 창고문 손잡이에 걸어놓은 쇠사슬을 내려치려다, 그걸로 안 되니까 창고 문을 발로 걷어차고 있었다.

홍진수는 남자와 서너 걸음 떨어진 곳에서 멈춰 섰다. 별안간 상대가 뒤를 홱 돌았다.

"역시 여기였군."

번뜩이는 눈과 기괴한 선을 그리며 올라가는 입술. 이재민이었다. 그는 돌멩이를 꽉 쥐고서 홍진수에게 다가왔다. 그의 손이 피로 엉망이었다.

"무슨 말을 하는 건지 모르겠군. 네가 여기 왜 있지?"

홍진수는 느긋한 척 팔짱을 꼈다. 사실은 다리가 덜덜 떨렸고, 어깨를 움츠리고 싶었다. 저놈이 여기를 어떻게 안 건지 모르겠다. 이곳은 아버지도 오래전에 사놓고 까먹은 땅이었다.

재민의 입꼬리가 느리게 내려갔다. 노을이 지는 하늘을 배경으로 선 남자는 하늘 아래에 무서울 것이 없어 보였다. 그 떳떳함이 부러웠다. 자신의 값어치를 아는 눈이 탐이 났다. 하지만 그는 끝내 홍진수에겐 손 한 번 내밀지 않았다.

"여시죠."

홍분기가 가신 목소리는 정중해졌다. 하지만 끝이 뾰족한 돌멩이는 위협적이었다.

"버려진 창고를 확인해서 뭘 어쩌겠다는 거지?"

"구할 겁니다."

재민은 창고를 눈짓했다. 희망과 흥분이 섞인 눈동자가 춤을 췄다.

"연화, 저 안에 있잖습니까."

"열 수 있으면 열어보든가."

돌멩이로 종일 내려쳐도 쇠사슬에 흠집은 낼 수 없을 거다. 그렇다고 장비를 가진 사람을 부를 수는 없는 게, 그러려면 정당한 이유가 있어야 한다. 이재민에게 명확한 증좌가 없는 한 창고 문을 열 수는 없다.

홍진수는 턱을 치켜들었다. 키가 엇비슷한 상태인데도, 재민을 내려다보는 듯한 우월감을 느꼈다. 재민은 불확실한 심증 하나만을 들고 쳐들어왔다. 홍진수는 방어만 하면 된다.

재민의 눈썹이 불룩 솟았다. 그가 숨을 들이마시는가 싶더니, 주먹을 내뻗었다. 기습을 예상 못 한 홍진수는 얻어맞았다. 입술이 터져 피가 흘렀다.

홍진수는 화끈거리는 입가를 쓸었다. 재민의 주먹이 그의 배에 내리꽂혔다. 재민은 운동 신경이 나쁜 편이었지만, 힘은 보통 남성 이상이었다. 홍진수는 비틀거리며 주저앉았다. 배가 화끈거렸다. 몸이 강제로 위로 끌어 올려졌다. 재민이 홍진수의 멱살을 잡지 않은 손으로 주먹을 말아 쥐었다.

"여시죠."

재민의 무력행사는 무의미한 짓이었다. 홍진수는 파들거리는 입꼬리를 억지로 끌어올려 웃었다.

"못 열어. 열쇠가 없으니까."

"뭐?"

"날 두들겨 패도 소용없다는 말이지."

히죽 올라간 입꼬리 옆에 주먹이 내리꽂혔다. 거름망 하나 없이 표출되는 분노가 기꺼웠다.

"저 창고 문을 열어도 소용없을 것이고."

"소용없는지는 내가 판단할 겁니다."

"홍연화가 사라진 지 보름이나 되었다지. 사람 하나가 죽고도 남을 시간이라고 생각하지 않나?"

이번 주먹은 꽤 셌다. 턱주가리가 얼얼했다. 홍진수는 뒤로 나가떨어지면서 침을 뱉었다. 침에 붉은 기가 도는 게 노을 때문은 아닐 것이다.

홍진수는 넘어지면서 주머니에서 빠져나온 휴대폰을 집었다. 다시 챙겨 넣는 척하면서 긴급전화 버튼을 눌렀다. 아직까지도 연화의 실종 처리는 되지 않았다. 사정을 모르는 사람에겐 재민이 강짜를 부리며 홍진수를 일방적으로 때리는 것으로 보일 것이다.

재민은 별다른 의심을 하지 않았다. 홍진수와 멀어진 만큼 다가와 그를 걷어찼다. 홍진수는 윽윽대면서 통화를 종료했다. 요즘은 신고자 위치 추적이 된다고 했던가. 참 좋은 세상이었다.

재민은 탐나는 패였다. 그러나 끝내 제 편이 되지 않을 패였다. 그의 맹목적인 충성이 제게 닿지 않았다는 사실이 안타까웠지만, 별수 없었다. 활용하지 못하는 패는 버려야지.

재민을 폭행 사건에 엮을 경우, 그와의 사이는 틀어지겠지만 이 의원을 제게 붙들어두기는 좋을 터였다. 홍진수는 부러 재민에게 손을 대지 않았다.

경찰 조사를 받게 될 경우 불리해지는 건 당연히 재민이었다. 합의 혹은, 이 사건을 덮는 조건으로 홍진수가 이 의원에게 협력을 요구한다면 이 의원이 외면할 수 있을까. 또, 이 의원과 손을 잡은 그를 홍 회장이 외면할 수 있을까.

아직 세현은 정치권력을 필요로 했고, 이 의원의 존재는 필수적이었다. 이 의원이 세현의 경영에 직접 관여할 수 있는 사람은 아니지만, 홍진수가 세현을 물려받는 데 도움을 줄 수 있다.

경찰이 이곳을 찾아오려면 시간이 좀 걸릴 터였다. 홍진수는 느릿하게 일어섰다. 시간을 끌자고 생각하는 것과 별개로, 욱신거리는 감각은 진짜였다.

"시체를 찾으면 뭘 할 생각이지? 네크로필리아라도 될 생각인가?"

"신고할 겁니다."

홍진수의 눈썹이 위아래로 들썩였다. 여유만만한 척 올라간 입꼬리와 달리 뒷덜미엔 식은땀이 고였다.

"당신은 돈과 지위에 멀어 사람을 죽인 살인자입니다. 남은 생은 감옥에서 보내야 할 겁니다."

"홍연화가 죽었다는 사실이 확정되면 어찌 될 것 같나? 네가 바라는 대로 될 것 같나? 천만에. 홍 회장은 필사적으로 이 일을 덮으려 할 거다. 나 외에 세현을 가질 적임자가 없을 테니까!"

모든 언론이 세현의 후계자 구도에 눈독을 들이고 있었다. 자극적인 것을 좋아하는 매체는 홍진수와 연화의 싸움을 흥미진진하게 보도했다.

연화 아니면 홍진수. 모두가 둘 중 한 사람이 세현을 물려받을 거라고 생각한다. 이런 상황이 쉬이 뒤집힐 수 있을까? 시끄러운 걸 싫어하는 홍 회장이 요란스러운 방식으로 홍진수를 내치고, 자격미달자 중 한 명을 끌어올려 후계로 삼을 가능성이 얼마나 될까?

"돈과 권력으로 모든 것을 막을 수 있는 시대는 지났습니다. 권력보다는 법이, 법보다는 정의가 더 중요해졌습니다. 사람들은 우매하지 않습니다. 손가락 몇 번 놀리면 필요한 누구나 필요한 정보를 얻을 수 있는 사회입니다. 당신의 범죄가 감춰질 거라 생각합니까?"

재민은 주먹을 말아 쥐고서 홍진수를 노려보았다. 가빠진 숨을 고르려는 듯 어깨가 들썩거렸다. 홍진수는 큭 웃었다. 재민은 확실히 정치가는 아니었다.

"물론 감춰지지 않겠지. 하지만 아무도 이 문제에 관심 없게 만들 수 있다면? 그렇다면 감출 필요가 없는 것 아닌가?"

재민의 입술이 파리하게 떨렸다.

"왜 몰랐던 사실을 들은 것처럼 굴지? 장관이나 국회의원 아들의 병력 문제가 터진 다음 날, 모든 신문 헤드라인엔 모 연예인의 병력 문제가 특종 보도되지. 한두 번 봐왔던 건 아니지 않나."

자본주의 사회에서, 돈은 도구이자 무기다. 세현은 광고 및 투자 비용으로 언론에 막대한 돈을 찔러 넣고, 언론은 세현의 돈을 먹는 대가로 입을 다문다.

가정부가 홍성태의 집을 떠나지 못하는 것과 같다. 돈으로 얽매인 관계는 질척하고 끈끈하게 유지된다. 그 돈이 보통 사람은 생각도 못할 만큼 천문학적인 액수라면 더더욱.

"비슷한 짓은 얼마든지 일어날 수 있지."

재민이 다시 주먹을 쥐었다. 달려들 것처럼 발뒤꿈치를 들었다. 홍진수는 숨을 들이마셨다. 때리면 때리는 대로 맞아줄 생각이었다. 아픔을 예고했지만, 재민의 주먹은 다가오지 않았다.

"아니, 그럴 수 없을 겁니다."

누군가 재민의 팔을 잡고 있었다. 노을이 지고 어둑해진 밤하늘 때문에 상대의 얼굴이 잘 보이지 않았다. 고개를 돌려 재민이 상대를 확인했다. 재민의 입이 헤 벌어졌다.

"아버지?"

이 의원이 재민 옆에 섰다. 그가 창고를 보고 턱짓했다.

"여시죠."

"그전에. 이것 좀 보지."

홍진수는 얼굴을 있는 대로 찌그러뜨리며 비틀비틀 걸어왔다. 가로등 하나 없는 밤이었지만, 환하게 뜬 달 덕분에 홍진수의 얼굴은 잘 보였다.

"보이지? 내 얼굴. 여기저기 얻어터진 거."

"잘 보이는군요."

"당신 아들이 한 거야."

이 의원은 재민을 흘끔 쳐다보았다. 이 의원은 사건 사고를 일으키는 걸 싫어했다.

재민은 괜히 목을 움츠렸다. 성인이 된 뒤로 처음 보는 아버지였다. 여기저기 의절했다고 말하고 다니긴 했지만, 막상 마주하고 보니 아무 사이도 아닌 척 태연하게 굴기가 어려웠다. 20년의 세월은 쉬이 옅어지지 않는다.

재민은 뒷머리를 긁적였다. 이 의원은 그냥 씩 웃었다.

"잘 어울리는군요."

"뭣?"

"이제 좀 살인자의 얼굴 같아 보여서 말입니다."

홍진수는 이 의원이 나름대로 재민을 아낀다는 걸 알았다. 하지만 이성적인 판단을 집어치울 정도로 아들 편을 들 줄은 몰랐다. 초선 국회의원도 아니면서 가족력과 관련된 사건이 정치생명에 어떤 영향을 줄지 모르지 않을 텐데……. 물론 돈으로 막을 수 있긴 하지만, 그의 뒷배는 세현이었다. 이 의원이 똥배짱을 부리는 이유를 모르겠다.

"열어라."

이 의원이 뒤를 보고 지시했다. 파란 점퍼를 입은 사내 둘이 홍진수를 제치고 창고 앞으로 갔다. 절단기나 망치 등 자물쇠를 해체할 수 있는 장비를 들고 있었다. 틀림없는 업자였다.

"부자가 폭력 행사를 하겠다고? 아주 막 나가는군. 언제는 법치 국가가 어쩌고 하더니."

"저는 법대로 하는 겁니다."

홍진수의 숨이 거칠어졌다. 함부로 창고 문을 열어젖히는 상황이 법을 따른 거라고? 개소리였다.

홍진수는 이 의원을 맹렬히 노려보다가, 거세게 몸을 틀었다. 창고 문이 열리는 건 막아야 했다. 사람들이 시체를 발견하면 끝장이었다.

조급한 발자국은 얼마 가지 못했다. 이 의원이 홍진수의 한쪽 팔을 붙들었다. 곧이어 반대쪽 팔도 붙들렸다. 경찰이었다.

경찰을 부른 건 홍진수였다. 재민을 궁지에 몰아넣기 위해서! 한데 경찰은 홍진수의 얼굴엔 별로 관심이 없는 것 같았다. 입안이 바싹바싹 말랐다. 뭔가 이상했다. 홍진수는 괜히 마른침을 삼켰다.

"보여 드리게."

이 의원이 턱짓했다. 경찰이 공문을 꺼내서 척 내밀었다.

"홍성태 씨를 마약 소지자로 체포했습니다."

"그게 이거랑 무슨 상관……."

홍진수가 눈을 뒤집었다. 약을 한 건 제 아비였지, 자신이 아니었다. 그는 몸을 이리저리 뒤틀었지만 경찰과 이 의원의 손아귀에서 벗어날 수 없었다.

이 의원이 설명을 덧붙였다.

"저곳은 홍성태 씨 소유의 창고입니다. 정황상 저 창고에 마약을 보관하고 있을 가능성이 크지 않겠습니까?"

자물쇠가 바닥에 떨어졌다. 쇠사슬이 끊어지고 있었다. 이제 모든 것이 끝이다. 다 끝났다. 홍진수는 하하 웃었다. 허탈하고 또 허망해서 참을 수가 없었다.

"이런 식으로 내 뒤통수를 칠 줄은 몰랐는데?"

"생각해 보시죠. 제 힘만으로 이런 일이 가능할 리가 없잖습니까."

홍성태가 마약에 손을 대고 있다는 건 상류사회의 공공연한 비밀이었다. 마약이 불법인 나라에서, 홍성태가 잡혀가지 않은 건 세현 덕분이었다. 돈 무서운 줄 아는 사람들이 홍 회장 눈치를 보며 입을 다물었기 때문이다.

쉬쉬하던 비밀을 창고 문을 쓰는데 이용한다라. 그것도 경찰에 업자까지 있는 자리에서 꽤 요란하게 말이다. 이 의원 말대로 그 혼자서 할 수 있는 일이 아니었다. 이런 사고를 치려면 '한 사람'의 허락이 필요했다.

"아, 그렇군."

홍진수는 피식피식 웃었다. 머리는 뜨겁고 얻어맞은 부위는 따끔거렸다. 웃을 상황이 아닌데 이상하게 계속 웃음이 나왔다. 네가 세현을 물려받을 줄 아느냐던 목소리가 떠올랐다. 그때부터 이런 일을 계획하고 있었단 말이지. 늙은이의 잔머리를 따라갈 수가 없다. 절로 이가 갈렸다.

"젠장."

홍진수는 머리를 푹 숙였다. 창고 문이 열리고 있었다.

⚜

"커헉!"

"일곱 명⋯⋯."

카를은 기절한 기사를 복도 구석에 내팽개치며 중얼거렸다. 일곱은 카를이 감금된 방에서 나오면서 지금까지 쓰러뜨린 수였다.

원래 황녀궁의 경비가 형편없었는지, 아니면 운이 좋아서인지는 모르겠지만, 카를과 연화는 큰 어려움 없이 황녀궁을 빠져나왔다. 카를의 검은 엘렌이 가져다주었다.

"너는 그⋯⋯ 악!"

황녀궁 문 앞에도 경비병이 있었다. 그가 카를을 보고 손가락질했다. 기사들에게 잡혀 온 모습을 기억하고 있었던 모양이다. 경비병은 손가락질 한 손을 제대로 펴지도 못하고 기절했다. 카를은 경비병의 머리를 내려친 검을 다시 찼다. 이제 남은 것은 도망이었다.

"달리기, 좋아하십니까?"

연화는 웃음을 터뜨렸다. 테일러의 저택을 나올 때와 똑같은 질문을 던지는 모습이 얄궂기 그지없었다.

"싫어해도 달려야 하잖아요?"

황녀는 궁에 없었다. 덕분에 궁을 수월히 빠져 나왔지만, 황녀가 두 사람의 탈출을 영원히 모를 리 없었다.

연화는 카를에게 눈짓했다. 카를이 먼저 달려 나가기 시작했고, 연화가 그 뒤를 따라갔다. 길을 아는 것은 카를이다.

담을 넘고 시가지를 달렸다. 전에 봤던 길들이 빠르게 눈앞을 스쳐 지나갔다. 벽돌담이나 바닥 등은 전과 같았다. 다른 점이 있다면 지금이 새벽이 아니라 저녁이라는 것일까. 거리는 일과를 마치고 퇴근하는 사람으로 북적거렸다. 빠르게 도망질하기엔 좋지 않은 때였다.

카를과 연화는 달리다 몇 번 사람들과 부딪쳤다. 넘어질 뻔하기도 했다. 뒤에서 쫓아오는 사람이 없어서 잡히진 않았다. 천만다행이었다.

교황청에 도착했을 때는 해가 져 있었다. 안은 고요했다. 수상할 정도로 지나가는 사람이 없었다. 연화는 뒤를 흘끔거렸다가, 카를을 따라 본건물 뒤로 왔다. 하필 황녀에게 원래 세계로 넘어가려다 들킨 지금 다른 선택지는 없었다.

카를의 검으로만 열 수 있었던 문이 열려 있었다. 그 앞에 사람한 명이 있었다. 그가 연화와 카를을 보고 팔짱을 풀었다.

"테일러……."

"이제 '씨'라는 격식은 생략하기로 했나?"

연화는 눈을 깜빡였다. 다시 확인해도 테일러가 맞았다.

"웬일이에요?"

"이게 마지막일 것 같아서."

테일러가 손을 내밀었다. 연화는 엉겁결에 악수했다.

"작별 인사를 하러 왔다."

테일러의 손은 따뜻했다. 체온이 있고 뜨거운 피가 흐르는 인간이 맞았다.

테일러가 이곳에 있는 건 정말 이상한 일인데, 연화는 왠지 테일러라면 그럴 수도 있겠다는 생각이 들었다. 테일러는 처음부터 그랬으니까.

테일러는 뜻밖의 방식으로 연화를 만나곤 했다. 이 세계를 떠나는 것은 곧 테일러와의 작별을 뜻하지만, 그를 보고 싶다는 생각이 들지 않았던 건, 그와 어떤 식으로든 다시 만날 것 같다고 생각해서일지도 모르겠다.

"떠나는 건가?"

"돌아가는 거예요."

테일러는 그렇군, 고개를 끄덕였다. 연화는 뒤의 문을 눈짓했다.

"문은 테일러 씨가 열었나요?"

"궁금한가?"

"문을 열 수 있는 건 황족과 신관뿐이라고 생각했는데요. 제가 잘못 추측했나요?"

"바로 짚었어."

테일러가 느릿한 미소를 담았다.

"테일러 씨가 연 게 아니군요. 안에 들어간 사람이 누구죠?"

"폐하께서."

카를의 눈이 트였다. 그가 문 너머 잡히는 수많은 인기척을 보며 눈을 빠르게 깜빡였다. 호흡이 가팔라지기 시작했다. 연화는 그와 잡은 손에 힘을 주었다. 황제 두 단어에 그가 왜 이렇게 예민하게 반응하는지 모르겠다. 대외적으로야 제국의 지배자지만, 사적으로는 아버지 아닌가. 테일러는 뜻 모를 실소를 터뜨렸다.

"그분께서 귀한 아드님을 영접하기 위해 몸소 나와 계시지."

"막을 건가요?"

"작별 인사하러 왔다고 했잖나."

테일러는 검을 차고 있지 않았다. 카를이 무장 상태라는 걸 알면서도 입만 움직일 뿐, 특별한 행동을 보이지 않았다.

"폐하께서도 카를을 보내줄 의향을 가지고 계신가요?"

"그분의 의중은 나도 모른다."

"진실 캐기를 중요하게 여기는 테일러 씨. 폐하의 곁에 함께 있지 않고 이곳에 홀로 계신 이유가 뭐죠?"

"시끄러운 계집애를 막아야 하니까."

테일러가 연화의 뒤를 흘끔거렸다. 뒤따라오는 발소리는 없었지만, 연화는 혹시 해서 고개를 돌렸다. 완전히 캄캄해진 통로만 보일 뿐, 역시나 아무도 없었다. 연화가 뭐냐고 눈을 치떴다. 테일러는 어깨를 으쓱였다.

"뭐, 늦게 오도록 손을 쓰긴 했지만."

황녀의 전담 시녀가 내 편이지. 테일러는 대단한 비밀을 까발리면서도 표정 변화가 없었다. 전담 시녀가 카를과 연화가 나갔다는 사실을 고의로 늦게 전달하는 것으로 황녀를 묶어둘 수 있기는 했다. 하지만 정말 전담 시녀에게만 테일러의 손이 닿았을까. 연화는 마른침을 삼켰다.

"……황녀궁에서 엘렌을 만났어요. 황녀가 직접 엘렌에게 손을 내밀었을 리는 없겠죠?"

"돈이 필요하다고 칭얼거리길래. 내 귀가 되어줄 시녀 몇 명을 황녀궁에 넣어주면 원하는 만큼의 돈을 대주겠다고 했다."

"황녀님도 알고 계세요?"

"시녀를 고용하는 건 전적으로 시녀장의 일이다."

시녀장과 대화를 하고 있던 엘렌이 기억났다. 그게 이걸 의미하는 거였나. 연화는 헛웃음을 터뜨렸다.

시험을 쳐 배정되는 본궁의 시녀를 제외하고, 황녀궁이나 황태자궁엔 귀족의 친분만으로도 배정이 되곤 했다. 물론 어디까지나 배정만 되는 거지 거기서 무슨 일을 맡게 될지는 순전히 운이다. 뿌려놓은 스파이가 전담 시녀가 될 줄은 테일러도 몰랐겠지.

"그대의 의문을 풀어주었으니, 내 질문에도 답해주겠나?"

"기꺼이."

연화는 고개를 끄덕였다.

"이곳은 정말 소설 속 세계인가?"

테일러가 스스로를, 그 다음엔 주위를 가리켰다.

"나는, 그리고 공작령은 소설 페이지에 적혀 있는 구절일 뿐인가?"

테일러의 목소리는 아까와 같았다. 하지만 그의 눈엔 무언가가 일렁거렸다. 그것은 분노일까. 아니면 허탈함일까. 모르겠다. 연화는 테일러를 살피던 눈을 떨어뜨렸다.

"사실, 저요. 이곳 사람이 아니에요. 여긴 제 친구가 쓴 소설 속 세상이고, 전 우연히 이 몸에 들어온 이방인에 불과해요. 누구도 제 진짜 이름을 몰라요. 제가 사는 곳 역시 누구도 모르는 땅이죠."

기억의 한 조각이 떠올랐다. 내가 저 말을 언제 했더라. 꽤 오래전에, 했던 말이라는 건 기억하는데. 연화는 뱉어놓고 잊었던 말을 테일러는 아직 담고 있었던 모양이다. 놀라운 기억력이었다. 연화는 배시시 웃었다.

"그게 중요한가요? 이곳이 어떤 세상이든 테일러 씨는 어제와 같은 내일을 살아갈 건데요."

"하나 그 '내일'에 너는 없겠지."

"셀리스티나는 남을 거예요."

연화가 이 세계로 돌아가고 나면, 빈 육신은 셀리스티나가 사용할 것이다. 이제까지 셀리스티나의 육신을 지켜주었던 카를은 연화와 함께 떠난다.

셀리스티나는 혼자 알아서 잘 살겠지만, 그래도 테일러가 그녀를 도와주었으면 했다. 그 미력한 바람을 테일러는 읽었을까. 일렁이던 감정이 가라앉은 테일러의 눈은 다시 고요해졌다. 그가 천천히 손을 뻗었다. 연화의 어깨를 잡을 것 같던 손이 빗겨 내려가 툭 떨어졌다.

"그래서 이 세계에서 온 이방인이었던 그대의 진짜 이름이 뭐지?"

"가르쳐 주지 않을 거예요."

"어째서?"

"이 세계에 제 이름이 남지 않기를 원하거든요."

이름이란, 생각할 수 있는 동물이 서로를 기억하기 위해 붙인 명사다. 연화는 테일러가 자신을 그리워하거나 추억할 수 있는 매개체가 남지 않았으면 했다. 카를에게 제 이름을 알려주지 않았던 것도 이 때문이다.

"대신 제 친구의 이름을 알려 드릴게요."

"남자인가. 별로 내키지 않는데."

"이 세계를 만든 사람인데요. 알아두는 게 좋지 않겠어요?"

연화는 테일러의 손을 잡아끌었다. 발로 바닥의 흙을 뭉개 글을 써봤자 보이지 않을 것이다. 연화는 손톱으로 테일러의 손바닥에 글씨를 썼다. 테일러가 한 번에 알아들을 수 있게 손을 천천히 움직였다.

"······처음 보는 글씨인데. 어떻게 읽지?"

"이재민. 나이는 스물둘. 당신과 동갑이에요."

"네 실제 나이도 그 정도 되나?"

"동갑내기 친구니까요."

테일러는 천장을 올려다봤다가 목을 젖히면서 잠시 시간을 끌었다.

"이건 그냥 묻는 건데, 이곳에 남을 생각은 없나?"

연화는 테일러를 올려다보며 헤 입을 벌렸다. 테일러에게 이런 말을 들을 줄이야.

"네게는 이곳에 소설 속 허구의 세상이겠지만, 내게는 실제의 세계나 다름없으니까. 이곳에서 나는 황제 다음가는 권력자다. 네가 이곳에 남는다면 남부럽지 않은 생을 살게 도와줄 수도 있다."

"그럴 수 없어요. 왜냐하면 진짜 저는 이곳에 없으니까요."

"······그렇군."

테일러는 눈을 내리깔았다. 시커먼 바닥을 봤다가, 고개를 들어 연화를 보았다. 그가 긴 심호흡을 한 뒤 손을 내저었다.

"가라."

연화는 테일러를 스쳐 지나갔다. 테일러는 연화가 있었던 자리를 응시했다.

연화는 뒤를 돌아보았다. 테일러는 연화의 시선을 느꼈으면서도 미동이 없었다. 꼿꼿한 목이 그의 결심 같았다. 연화는 문 안으로 들어갔다.

문에서부터 이어진 길이 끝나는 곳, 잡초가 없는 곳에 기사들이 늘어서 있었다. 기사들이 연화를 보고 투구를 벗었다. 드러난 얼굴들이 다 익숙했다. 테일러의 저택에서 봤던 자들이었다.

카를의 걸음이 점차 느려졌다. 어느 순간엔 아예 다리를 움직이지 않았다. 그의 시선이 기사들이 없는 중앙, 세계수 앞에 서 있는 남자에게 닿았다. 카를의 입술이 바르르 떨렸다.

테일러는 황제가 있다고 했다. 카를을 경직시킨 저 사내가 바로 황제일 것이다.

중년의 사내는 카를과 닮은 구석이 하나도 없었다. 카를은 미남형이었는데, 그는 그냥 평범한 인상이었다. 카로틴 부엉이가 찍힌 옷을 벗고, 보통 사람들이 오가는 길거리에 내놓으면 누가 그를 찾을 수 있을까.

황제는 뒷짐을 지고서 카를을, 그 다음엔 연화를 보았다. 상대를 관찰하는 눈. 연화는 괜히 어깨를 움츠렸다가, 다시 고개를 바짝 쳐들었다.

황제가 선한 웃음을 지었다. 카를이 뒤늦게 입술을 움직였다. 다 갈라진 목소리는 죽어가는 사람이 내지르는 비명 같았다.

"아바마마……."

카를은 운을 띄워놓고 다시 입을 다물었다. 기사들은 황제의 옆에 서 있을 뿐, 움직이지 않았다. 연화는 카를을 이끌어 한 걸음을 재촉했다. 세 걸음 떨어진 곳에서 황제를 올려다봤다.

"저희를 막을 건가요?"

황제는 고개를 저었다.

"영애가 정말 이세계인이라면 살던 곳으로 돌아가는 게 마땅할 터. 짐은 영애의 귀환을 막지 않는다. 다만."

황제가 시선을 돌렸다. 카를이 움찔하더니, 연화와 잡은 손을 세게 쥐었다.

"카를로스. 너는 완전히 마음을 굳혔느냐."

"저를 막으셔도 소용없습니다. 저는 떠날 겁니다."

카를이 검을 뽑았다. 그러나 차마 황제를 겨누지는 못했다. 그가 검을 옆으로 늘어뜨렸다.

"너는 어릴 적부터 그랬지. 황제가 되느니 유랑하겠다고. 지금 그 뜻을 이루기 위해 도피하는 것이냐."

"저는 그저 이분과 함께하고 싶을 뿐입니다."

카를이 연화를 턱으로 가리켰다.

"저 어린 소녀를 사랑하게 되었느냐? 헛된 마음이구나. 짐도 네 어미를 사랑했느니. 하나 짐의 사랑도 죽음의 신 앞에서는 지극히 무력한 것이었다. 네가 아무리 애절하고 간절한 사랑을 해도 결국은 끝이 날 것이다."

"영원한 행복을 꿈꾼 적 없습니다. 황제의 권력도 죽은 뒤엔 무상해질 테지요. 세월이 흐르면 강한 것도 옅어집니다."

움츠렸던 카를의 어깨가 천천히 펴졌다. 이윽고 카를이 완전히 고개를 들었을 때, 황제는 그를 보기 위해 시선을 올릴 수밖에 없었다.

"제가 황제가 되고 싶지 않았던 건, 혈육과 싸우며 그 자리를 얻어야 할 필요가 없다고 생각했기 때문입니다. 황제의 자리는 권력의 정점에 서 있는 자가 책임을 지는 자리일 뿐. 그 이상의 의미가 없습니다."

"네가 황위에 앉는 건 네 어미의 소원이었다!"

"제 소원은 이곳을 떠나는 것입니다. 윤허해 주십시오."

황제가 피식 웃었다.

"그곳에 가면 골치 아픈 문제가 없을 줄 아느냐. 천만에. 이세계는 지상낙원이 아니다. 그곳에서는 또 다른 문제가 너를 기다리고 있을 것이다."

"제가 왜 아바마마를 피하려 했는지 아십니까. 아바마마께서 저를 통해 어마마마를 보고 계시단 걸 알았기 때문입니다. 저는 폐하의 회상이며, 과거의 약속입니다. 저 또한 어마마마를 그리고, 그 뜻을 이루는 것이 합당하다 여겼습니다. 하나 그리고 싶지 않기도 했습니다. 폐하와 마주할 때마다 그 사실을 자각하는 것이 싫었습니다. 폐하께선 과오와 마주하게 하십니다."

보고 싶지 않았던 건. 외면하기 위해 덮어놓으려 했던 것. 잊고 싶었던 과거.

연화가 외면했던 시간은 '카를'이 되었다. 연화는 과거를 외면할 수 있었지만, 외면당한 과거에게는 도망갈 곳이 없었다. 카를이 버리고 싶었던 건 이곳에서의 자신이었다.

"황성에서는 황자로서 살아야 했습니다. 규율에 얽매인 삶. 나쁜 것만은 아니겠지요. 좋은 옷과 훌륭한 음식이 이유 없이 주어지는 것은 아닐 테니. 하나 바라던 생은 아니었습니다."

"……."

"이분과 함께했던 1년간, 저는 평범한 보통 사람이었습니다. 내가 원하는 것을 갈망하고, 마음이 이끄는 대로 행동하고, 그래도 얻지 못하는 것이 있음에 슬퍼했습니다."

카를의 입꼬리가 천천히 올라갔다. 연화의 팔을 꽉 쥐었던 손에 힘이 풀렸다.

"이분을 따라가면 저는 행복하지 않을지도 모릅니다. 하나 불행하지는 않을 겁니다. 이분과 함께하는 미래는 제 선택으로 인한 결과일 테니."

"……."

"저는 그런 미래를 얻으려 합니다."

황제는 고요했다. 분노도, 슬픔도 없는 침착함. 바람을 가르고 나온 그의 목소리는 차분했다.

"후회하게 될 것이다."

"상관없습니다."

카를이 황제의 뒤편 세계수를 바라보았다. 차원의 문이 생겼던 곳이다.

카를이 검을 올렸다. 느리지만 정확히 올라가는 검이 수려한 선을 그렸다. 마지막엔 검 끝이 황제의 목에 닿았다. 기사들 몇이 숨을 들이켰다. 나설지, 아니면 가만히 있을지 눈빛을 교환하는 시선이 부산스러웠다. 황제는 갑자기 웃음을 터뜨렸다.

"과연, 막을 수 없다는 말이 맞긴 하구나."

카를은 빠르게 검을 거두었다. 정말로 찌를 생각은 없었다는 것처럼, 검집에 검을 아예 넣어버렸다.

"죄송합니다."

"됐다. 자식놈 키워봤자 다 소용없다는 건 이미 알고 있었으니."

황제가 막지 않자 카를은 연화의 손을 놓아주었다.

연화는 황제를 지나쳐 세계수로 다가갔다. 나무 주위를 돌던 빛무리 몇 개가 연화에게 닿았다. 머리를 쓰다듬듯 연화를 스치던 빛무리가 다시 세계수로 들어갔다.

세계수 옆에 문이 열렸다. 성인 한 명이 넉넉히 들어갈 수 있을 만큼 큰 구덩이가.

연화는 홀린 듯 문으로 다가갔다. 세계수 옆에도 기사가 서 있었다. 연화와 눈이 마주치자 목례를 할 뿐, 다른 말은 하지 않았다. 연화는 구덩이 안으로 손을 넣어보다 뒤를 돌았다. 카를은 여전히 황제 앞에 서 있었다.

"카를, 빨리 와요."

카를이 연화를 쳐다봤다. 황제는 흠칫하며 연화를 쳐다봤다.

문득 황제가 미소를 지었다. 카를은 황제의 눈치를 살폈다가, 그를 따라 웃었다. 여태까지 봤던 것 중 가장 환한 미소였다.

"예."

⚜

카를로스와 셀리스티나는 차원의 문 앞에 나란히 섰다. 자연스럽게 서로의 손을 끌어당겨 깍지를 꼈다. 황제는 뒷짐을 지고서 두 사람의 마지막을 구경했다.

황제의 시선은 까만 머리에서 떨어질 줄을 몰랐다. 그의 눈시울이 붉어지자, 기사들은 그 모습을 못 본 척했다.

테일러는 뒤늦게 안으로 들어왔다. 먼저 카를이 들어간 뒤, 셀리스티나가 그 뒤를 느릿하게 따라갔다.

두 사람을 삼킨 차원의 문은 바로 닫히지 않았다. 차원의 문이 꿀렁거리더니 사람을 뱉어냈다. 테일러는 황급히 소녀를 품에 안았다. 실신한 소녀가 고른 숨을 내쉬었다.

'셀리스티나는 남는다고 했었지. 그게 이런 의미였나.'

그녀가 남긴 것이었다. 이 세계에 남을 자신에게, 마지막으로.

셀리스티나를 지킬 필요는 없다. 연화는 제대로 당부하지 않았다. 하지만 테일러는 구태여 '약속'이란 단어로 스스로를 묶었다. 그녀를 따라가지 않고 이 세계에 남은 자신에게도 명분은 있어야 하니까.

"철수한다!"

테일러는 돌아섰다. 명령을 받은 기사들이 열을 맞춰 서더니, 그의 뒤를 따라갔다. 카이스턴 저택까지 가는 길은 멀지만, 마차는 있었다.

황녀는 모든 일이 끝난 뒤에 현장에 도착했다. 홀로 남아 있던 황제가 발소리에 뒤를 돌아보았다. 황녀는 주위를 둘러보았다가, 다시 황제를 보았다.

황제는 말하지 않았지만 그것이 곧 답을 알려주는 것이었다

카를로스가 떠났다. 소녀를 데리고, 먼 길을 떠났다. 차라리 시체를 보는 게 낫겠다 싶을 정도로 기약 없는 이별이었다. 목이 콱 메고 머리가 어질했다. 카를로스가 죽은 줄 알았을 때와 비슷한 절망이 찾아왔다. 풀썩 황녀의 무릎이 꺾였다.

"왜……."

해명을 요구하는 눈이 붉었다. 황제는 아무 말도 하지 않았다. 황녀는 가슴을 쳤다가, 발작하듯 소리쳤다.

"왜 이리 쉽게 포기하셨습니까. 카를로스는 제 오라비지만, 당신의 아들이기도 했습니다!"

"하나 부질없는 짓이었다. 저 아이의 마음은 이미 저 너머에 있었으니."

석고상처럼 움직이지 않았을 줄 알았던 황제가 어느새 황녀의 뒤로 와 있었다.

"너도 신탁을 기억할 터."

"미친 여자가 지껄인 말을 왜 귀담아두신단 말입니까!"

성녀는 어린 카를로스를 보고 예언을 했다. 이곳의 사람이 아니라고. 황녀는 그 말을 듣고 목이 갈라지도록 따졌다. 성녀는 더 이상의 예언을 뱉지 않고 입을 다물었다. 이후 황녀는 성녀를 본 적이 없었지만, 그녀가 지었던 씁쓰레한 미소는 아직 기억하고 있었다. 곱씹을수록 더러운 추억이었다.

"성녀를 미친 여자라 지칭한 불경은 넘어가겠다. 하나 네가 몹시 격양되었다 해도 지성은 남아 있겠지. 너도 저 문이 언제 열리

는지는 알 것이다."

황녀는 어깨를 격하게 들썩였다. 가라앉는 듯했던 호흡이 다시 가팔라졌다.

초대 여제 유하영은 세계수를 통해 이세계로 돌아갔다. 그녀가 본디 이곳 사람이 아니었기 때문이다. 여제를 신격화하고 추앙하는 황족들이 몇 번 차원의 문을 열려고 했다. 하나 누구도 문을 열지 못했다. 이세계의 문은 이세계 사람만이 열 수 있었다.

"폐하께선 막을 수 있었습니다!"

"이세계의 힘을 빌린다 해도 달라지는 결과는 없을 터."

나무라는 듯한 눈이었다. 황녀는 입술을 깨물었다.

"그래요, 이세계 사람을 붙든 건 제 욕심이 맞습니다. 돌려보낼 수 있습니다. 하나 카를로스는! 오라버니는 아니잖습니까."

황제는 다시 몸을 틀었다. 세계수를 응시하고 있다가, 예고 없이 말문을 텄다.

"세계수와 관련된 지식이 몇 개 있는데, 역대 황제에게만 내려오는 지식이 하나 있다. 그게 무엇인지 아느냐."

"알 리가 없잖습니까!"

황녀는 그런 것 따위 궁금하지 않았다. 황제는 황녀의 상태를 신경 쓰지 않았다. 상관없다는 듯 툭 하던 말을 계속했다.

"이세계의 문을 열 수 있는 것도, 넘어갈 수 있는 것도 이세계 사람뿐이란 거였다."

황녀의 눈이 떨렸다. 그 다음엔 입술이, 손이, 그리고 전신이 함께 요동쳤다.

"거짓…… 말. 거짓입니다. 하면 오라버니가 어떻게 저 문을 넘어갈 수 있단 말입니까."

"애초부터 이곳에 묶어둘 사람이 아니었던 거겠지."

황녀는 멍하니 세계수를 바라보았다. 그런 말로 포기하고 싶지 않았다. 하나 다른 방법이 없는 것도 알았다. 세계수는 문을 열어주지 않는다.

황제는 몸을 틀었다. 졌던 해가 돌아오고 있었다. 하늘이 푸르스름했다.

돌아가는 황제의 옷자락 사이로 반짝이는 것이 떨어졌다. 황녀는 아무 생각 없이 그것을 받았다. 황금부엉이가 그려진 패. 당대의 황태자에게만 주어지는 것이다. 웨이휠이 가지고 있어야 하는 걸 왜 황제가 가지고 있었는지 모르겠다.

황녀는 눈물 젖은 얼굴로 황제를 올려다보았지만, 그는 그녀와 눈을 마주치지 않았다. 황녀는 황제의 다리를 쫓다가, 패를 만지작거렸다. 실수인 척 흘렸지만 명백한 고의였다.

황제의 의중을 알 것 같았다. 황녀는 패를 품에 안고 일어섰다. 흐릿한 눈가를 쓸어 물기를 걷어냈다. 대용이든 뭐든 황제의 뜻이 정해진 건 알겠다.

이제부터는 카를로스가 없는 세계에서 살아야 한다. 황제에게 물려받은 땅을 다스리고, 자신의 닮은 후세를 남긴 뒤, 하늘이 부르는 때에 숨을 거둘 터였다.

그 모든 것을 카를로스와 나누지 못한다. 죽은 어머니와 닮았던 그와. 하지만 그 사실이 받아들여지고 있는 이유는, 그와 함께하지 않아도 결국 이런 미래를 살게 될 것을 알고 있기 때문이다.

황녀는 황제가 나간 문을 바라보았다. 허망한 웃음이 문을 따라 넘어갔다.

⚜

차원의 문 너머는 어두컴컴했다.

차원의 문이 시커먼 구덩이처럼 보였던 것은 착각이 아니었다. 아찔한 감각과 함께 끝을 알 수 없는 추락이 기다렸다. 정신이 들었을 때는 시커먼 공간에 연화 혼자 누워 있었다. 카를은 보이지 않았다.

이곳은 셀리스티나를 만났던 곳과 비슷했다. 길은 없지만 걸을 수는 있었다.

걷는 중간중간 동그란 구체들을 발견했다. 빛나는 구체들 사이로 사람들이 보였다. 처음 보는 사람들이 각기 다른 이야기를 펼쳤다. 연화는 대부분의 것들은 대충 보고 지나쳤다. 그중 둥실 떠올라 가까이 붙는 구체가 있었다. 연화는 구체를 들여다봤다. 낯익은 얼굴이 보였다. 유하영, 재민의 어머니였다.

혹시 이 구체는 세계로 넘어갈 수 있는 문이 아닐까. 재민의 어머니는 현대 세계에 있으니까, 저 구체를 통해 원하는 곳에 닿을 수 있을지도 모른다.

연화는 구체에 손을 댔다. 순간 구체가 확 커졌다.

구체는 차원의 문이 아니었다. 차원의 틈으로 흘러나온 기억이 빠져나가지 못하고 갇혀 있는 것이었다. 구체는 오랜만의 방문자에게 기꺼이 기억을 내보였다.

연화는 사람을 잘못 보지 않았다.

구체 안에 유하영이 있는 건 맞았다. 한데 그녀가 입고 있는 옷은 현대 복식이 아니었다. 로코코 양식과 비슷한 화려한 드레스를 입고선 옥좌에 앉았다. 유하영의 옆으로 남녀가 줄을 맞춰 섰다. 그런데 딱 한 사람은 유하영의 옆에 있었다. 옥좌의 팔걸이에 걸터앉은 모양새가 불손했는데도, 나무라는 자는 없었다.

여자는 검은 머리카락과 검은 눈을 가지고 있었다. 이세계에서 가지기 드문 외형이었다. 유하영보다 더 짙은 검은 머리카락은 깊은 수렁 같았다.

[정말로 돌아가는 거야?]

장난스러운 음색이 깨끗했다. 유하영 아래 선 신하들은 말이 없었다. 대답한 건 유하영뿐이었다.

[당연하지. 이제 이곳은 지긋지긋해.]

[백 년은 눈 깜짝할 새 지나가는 짧은 시간이란다.]

[너한테나 그렇겠지. 난 보통 사람이야.]

유하영이 기지개를 켰다. 뻐근한 목을 돌리며 시녀에게 눈짓하자 물을 가져다 바쳤다. 유하영은 순식간에 물컵을 비운 뒤 빈 잔을 시녀에게 건네주었다.

[그래, 약속의 조건이 귀환이었지…… 그랬었지…….]

여자가 말꼬리를 늘어뜨렸다. 머리카락을 빙글빙글 돌리며 유하영의 눈치를 살폈다.

[무슨 문제라도 있나?]

[많아. 엄청. 이만큼!]

여자가 손을 넓게 벌려 큰 원을 그리자 유하영이 미간을 찡그렸다. 유하영은 한 팔을 팔걸이에 걸고서 비스듬히 여자를 보았다.

[이곳에서 새로운 나라를 세우라고 한 건 너였다.]

[물론 그건 내가 시킨 일이 맞는데에…… 그런데에…… 그 과정에서 죽은 사람이 좀…… 엄청, 많아서 말이야.]

여자가 실실 웃었다.

[이 세상은 인과율로 돌아가. 현생에 많은 업보를 쌓은 사람은 후생에 벌을 받게 돼. 그런데 네가 지은 죄가 좀 많아서 말이야.]

[그러니까…… 내가 이곳에서 다시 태어나서 벌을 받아야 한단 말이지?]

[간단하게 축약하자면 그렇지! 역시 똑똑해, 똑똑해!]

여자가 박수를 치며 좋아하자 유하영은 벌떡 일어서더니, 여자의 멱살을 잡고 들어 올렸다. 유하영보다 키가 작은 여자는 허공에 대롱대롱 달렸다.

[신이면서 인과율 따위에 목을 매? 말도 안 되는 소리 하지 말고 당장 날 돌려보내!]

[진정해, 진정해. 방법이 없는 건 아니니까.]

여자가 어색히 웃었다. 유하영은 혀를 차곤 여자를 내려주었다.

[한데 없는 거나 마찬가지야.]

[그럼 왜 말해?]

[방법이긴 하니까. 누군가가 너를 대신해 희생한다면, 그래서 인과율을 대신 적용받으면 너는 원래 세계로 돌아갈 수 있어.]

큰 공간이 침묵으로 가라앉았다. 유하영은 여자를 죽일 듯 노려보았다. 여자는 날개짓 하듯 양손을 파닥거렸다. 기분 좋아 보이는 것은 여자뿐이었다.

[그런데 누가 그러겠어? 엄청 고통스러운 생이 될 게 뻔한데.]

[제가 하겠습니다.]

금발 머리를 하나로 단정히 땋아 내린 여성 신하였다. 그녀가 숙였던 고개를 들어 여자와 눈을 맞췄다.

여자가 고개를 갸웃했다. 팔짱을 끼고서 유심히 내려다봤다.

[흐응?]

[제가 하겠습니다, 폐하. 여신이시여, 폐하의 바람을 들어주십시오.]

[아가야, 충성스러운 것은 좋다만. 호기롭게 외칠 수 있는 게 아니란다. 현세는 어떨지 몰라도, 후세는 고통스러울 거야. 어떤 세계에서는 '개똥밭에 굴러도 이승이 낫다'는 말이 있다던데, 그게 허튼소리였다는 걸 알게 될지도.]

[폐하께서는 피에 취해 의미 없는 생명을 거두신 게 아닙니다. 제국을 세우기 위해 어쩔 수 없이 피를 뿌린 것이었습니다. 폐하께서 세운 업적은 몇 세기를 걸쳐도 이룰 수 없는 대업적입니다. 마땅히 폐하께서 원하는 것을 얻으셔야 마땅하고, 그것이 저의 희생으로 될 수도 있는 것이라면 응당 그리 할 것입니다.]

여자는 빠르게 눈을 깜빡였다. 아이 같던 미소가 걷혔다. 몇 사람이 침을 삼켰다. 여자는 입을 뗀 가신만을 바라보았다.

[정말 후회하지 않겠어?]

[예.]

[과연 인세는 재미있군.]

여자가 자신의 턱을 쓰다듬었다. 그러다 단을 내려왔다. 시녀와 기사들이 차례대로 고개를 숙였다. 여자는 금발 머리 앞에 섰다. 발꿈치를 들어 가신을 내려다보았다.

[하면 조금 감형을 해주도록 할까.]

[어떻게…… 말입니까?]

[방식은 네가 정해야지. 자, 한번 뽑아봐.]

여자가 뒷짐 지듯 손을 뒤로 뺐다가 다시 앞으로 내밀었다. 점칠 때 쓰는 산통이었다. 꽃힌 산가지의 수는 수십 개는 족히 넘어 보였다. 유하영이 혀를 찼다.

[나는 가끔 헷갈려. 네가 신인지 야바위꾼인지.]

[어느 쪽이든 어때. 재미있으면 좋잖아?]

[사람 인생이 달린 일인데, 재미있어?]

[응, 재미있는데.]

여자가 까르르 웃었다. 유하영의 눈썹이 올라갔다. 내려가서 다시 멱살을 잡을까, 아니면 그냥 있을까. 유하영이 일어날 듯 무릎을 들썩였다가 다시 앉았다.

그사이 가신은 통을 바라보았다. 긴장한 낯빛으로 무언가를 중얼거리더니, 손을 뻗어 하나를 집었다.

[뽑았습니다.]

가신이 산가지 중앙에 적힌 글씨를 내보였다.

[흐응…… 십이라. 운이 좋네, 너.]

[무슨 의미죠?]

[네가 형별을 견디는 시간이야. 어때, 짧지 않아?]

[아니. 긴데. 내가 도와줄 방법은 없어?]

유하영이 결국 단을 내려왔다. 시녀는 그녀의 뒤를 따라왔다. 여자는 땅을 보고 있는 시녀의 머리 장식을 바라보다가, 유하영에게로 시선을 옮겼다. 그녀가 흐응, 의미 모를 소리를 냈다.

[없어. 12년은 온전히 견뎌야 해. 참고로 지독한 인과율이 적용되는 삶엔, 전생을 잊을 수 있는 배려도 주어지지 않을 거야.]

[잔혹하기 짝이 없군.]

[그래도 어쩔 수 없어. 그리고 너는 다시 이곳으로 오면 안 돼. 네가 도와주려고 이곳으로 오는 순간, 저 아이에게 넘어간 인과율이 네게 돌아갈 테니까.]

여자가 유하영의 심장을 콕 찔렀다.

[그러니까 도와주고 싶다면 다른 사람을 보내. 그 사람이 인과율로 꼬인 상황을 풀어줄 거야.]

[헛소리하지 마. 환생이 언제 이루어질지는 너도 모른다면서, 내가 어떻게 맞춰서 보내?]

[신의 안배를 무시하지 마. 적합한 때에 적합한 사람이 오게 될 거야.]

제국을 세울 사람으로 네가 선택되어 온 것처럼. 여자의 행동은 천진난만한 아이 그 자체였지만, 가끔 툭 던지는 말 한마디가 여자를 무시할 수 없게 만들었다. 그런 점이 싫으면서도 섬뜩했다. 결국 인간은 그녀가 원하는 대로 굴러가는 피조물이라는 걸 알려주는 것 같아서. 유하영은 억지로 입꼬리를 올렸다.

[그 사람은 얼마나 오래 머물게 되지?]

[1년 정도? 그 정도면 그리 긴 시간이 아니야. 그쪽에서는 말이야.]

[하면 형을 12년으로 줄이는 건 확정됐고, 문제를 해결하러 온 사람에게 베풀 수 있는 건?]

[없어.]

여자는 엉뚱한 방향으로 고개를 틀며 웃었다.

[벌써 보이는걸. 그 아이는 잘 해낼 거야.]

이건 기억의 파편이었다. 시디에 저장된 음악을 듣는 사람이 춤을 춰도 노래가 바뀌지 않듯, 연화가 기억을 들여다보며 어떤 행동을 하든 바뀌는 것은 없다. 한데 여자는 연화가 있는 쪽을 똑바로 바라보았다. 연화는 뒷걸음질을 쳤다.

여자는 금방 시선을 옮겼다. 여자가 종종걸음을 치며 가신 주위를 한 바퀴 돌았다.

[하지만 분명 꽤 놀라겠지. 응, 갑자기 이런 곳으로 끌려오면 놀랄 거야.]

여자는 종잡을 수 없는 사람이었다. 걸음을 멈춘 것도 느닷없었다.

언제부터인지 모르겠지만, 여자의 손에 종이가 들려 있었다. 여자가 종이를 유하영에게 내밀었다. 연화는 주위를 두리번거렸다. 그러고 보니 산통은? 산통은 어디로 갔지?

[이게 뭐야?]

[힌트.]

연화는 유하영의 뒤로 돌아갔다. 옆에 딱 붙어서 구경했다.

지혜에겐 자식이 둘 있으니 오만과 편견이며 판단에겐 자식이 하나 있으니 실수이다.

황태자가 가르쳐 주었던 시였다. 돌아가는 방법이 적혀 있다던. 그게 여제가 돌아간 방법이 아니라, 후에 올 사람을 위한 배려일 줄은 몰랐다.

유하영이 건성으로 고개를 끄덕였다.

[이걸 읊으면 돌아갈 수 있는 건가?]

[그런 건 아니고, 그냥 언제 돌아갈 수 있는지 알려줄 뿐이야. 말하자면 예언 같은 거지.]

[무슨 뜻인지 알아먹을 수가 없는데.]

[걱정 마. 그 아이는 알아들을 거야.]

여자가 방실 웃었다. 여자가 또 연화가 있는 쪽을 정확히 쳐다보았다. 유하영은 자신을 보는 줄 알고 오만상을 찡그렸지만, 연화는 알 수 있었다.

등줄기에 오소소 소름이 돋았다. 역시 착각이 아니었다. 연화는 뒷걸음질을 쳤다. 그러다 발이 보였다. 뒤를 돌자 그 가신이 있었다.

가신은 땅을 보고 있었다. 평평한 입술은 어떤 감정도 담지 않앉다. 연화가 자신의 앞에서 볼썽사납게 넘어지는 걸 봤다면, 저리 가만히 있을 수는 없겠지. 그러니 이곳은 기억이 맞고, 여자가 자신을 보지 못하는 건 당연했다. 한데 어떻게…….

여자를 긴하게 살피던 눈이 다시 가신에게 닿았다. 그러고 보니 익숙한 금발이었다. 연화는 고개를 숙여서 여자의 눈을 바라보았다. 상대에게 내 존재는 무의미하다는 걸 알기에 대범해질 수 있었다.

진홍빛. 고집 있어 보이는 눈매가 많이 다르긴 했지만, 눈의 색 자체는 똑같았다. 여자가 누구로 환생했는지 알 것 같았다. 연화는 헉 숨을 들이켜다가, 입을 틀어막았다. 누군가 뒤통수를 세게 후려친 듯했다.

유하영과 여자는 뭐라 조잘대기 시작했지만, 내용은 귀에 들어오지 않았다.

귀가 윙 울렸다. 잊혔던 감각이 확 되살아나듯, 주위가 시끄러워졌다. 깡깡, 뭔가를 내려치고 부수는 소리가 들렸다. 그 다음으로 들리는 것은 무척 낯익은 목소리.

"아가씨."

잊고자 했고, 잊었던 과거였다. 하나 잊어선 안 되었다.

연화가 잊은 과거는 슬픔을 담고 태어났다. 그가 연화를 부르고 있었다. 자신의 미래를. 공간이 어그러지고 모든 것이 새카맣게 가라앉았다. 하지만 그의 손만은, 검을 잡은 굳은살이 남은 손은 잘 보였다.

이걸 잡으면 원래 세계로 돌아갈 수 있을까. 모르겠다. 하지만 그럴 수 없다 해도 상관없었다. 연화는 그의 손을 잡았다.

쿵 소리는 문이 흔들리는 소리였다. 어둡고 좁은 공간을 꽉 다물고 있는 쇠문이 비틀렸다. 누군가가 문을 열고 들어오려고 하고 있었다. 문이 덜컹거리며 꺼져 가는 햇볕 한 줌이 들어와 공간을 짧게 비추었다.

"홍연화!"

재민이었다. 원래 세계로 돌아오긴 했나 보다. 가슴이 격하게 오르내렸다. 느린 미소가 만면에 퍼져 나갔다. 연화는 누워 있던 몸을 일으켜 앉았다. 일어서고 싶었지만 다리가 묶여서 그럴 수 없었다. 팔로 다리를 묶고 있는 끈을 만지작거리는데, 카를이 검으로 매듭을 잘라주었다.

깊고 파란 눈이 침착히 연화를 살폈다. 팔과 다리가 저리긴 하지만, 특별히 아픈 곳은 없었다. 괜찮다고 말하고 싶은데, 입술이 떨어지지 않았다. 연화는 입 주위를 더듬거렸다. 테이프 끝을 찾고 잡아당겼다.

"어떻게 된 거예요?"

차원을 문을 헤매고 있을 때 카를의 모습은 보이지 않았다.

"모르겠습니다. 정신을 차렸을 때는 이미 이곳이었습니다."

카를이 다 찢겨 너덜너덜해진 자루를 가리켰다.

"눈을 뜨니 자루가 있었고, 사람이 들어 있다는 걸 알았습니다."

그때 한 번 더 문이 덜컹거렸다. 이번엔 아까보다 더 많은 빛이 들어왔다. 태양이 낼 수 없는, 인위적인 새하얀 빛이었다. 빛은 자루를 조각조각 찢어내고 있는 카를과, 자루에 눕듯이 앉아 있는 연화를 비추었다. 반듯이 자른 검은 단발이 찰랑 흔들렸다.

"어때요?"

"뭐가 말입니까?"

"저."

연화는 손으로 스스로를 짚었다.

"다르잖아요."

연화와 셀리스티나의 차이점을 찾으라 하면, 수백 가지는 더 꼽을 수 있을 것이다. 다른 세계, 다른 나라, 다른 언어를 쓰던 어린 소녀가 셀리나였다.

카를이 연화의 머리칼을 말았다. 짧은 머리카락이 카를의 검지에 걸렸다가 툭 떨어졌다.

"검은색이군요."

"네."

"좋습니다."

카를이 웃었다.

"저와 같은 검은색이잖습니까."

아주 잠깐이긴 하지만, 카를이 홍연화를 보고 당황하거나 실망하지 않을까 생각했다. 셀리스티나는 보호가 필요한 어린 소녀지만, 홍연화는 다 자란 성인이니까. 하지만 자신과 시선을 마주쳐 오는 카를의 눈은 평소와 다르지 않았다. 조금 무심해 보이지만 사실은 다정함이 잔뜩 묻어나 있는 눈. 연화는 카를의 뺨을 쓸었다.

문의 덜컹거림은 점점 강도를 달리했다. 들어오는 빛의 양도 커졌다. 이제 나갈 때가 되었다. 카를이 손을 내밀었고, 연화는 바짓단을 털며 일어섰다.

"함께 갈 수 있는 겁니까?"

"그럼 여기 계속 남아 있으려구요?"

카를이 파다닥 고개를 흔들었다. 연화는 허리를 젖히며 웃었다.

삐거덕거리던 문이 떨어져 나갔다. 공간을 꽉 메우고 있던 텁텁

한 공기가 바깥에서 밀려온 새 공기와 뒤섞였다. 연화는 눈을 찡그렸다. 갑자기 확 내리쏘아지는 빛에 적응하기 힘들었다.

"홍연화!"

누군가가 뛰어오더니 연화를 끌어안았다. 연화는 눈을 가늘게 뜨고 상대를 살폈다. 재민이 그녀와 눈을 마주치자마자 크허헝 소리를 냈다. 연화는 재민의 등을 쓸어주다가, 제 옷에 그의 콧물이 묻자 그를 떼어냈다.

"젠장……."

재민의 뒤로 홍진수가 보였다. 그는 억지로 입꼬리를 끌어올려 웃었다. 그의 입에서 피식피식 바람이 샜다. 경찰이 홍진수의 팔에 쇠고랑을 채웠다. 홍진수는 끌려가면서 홍연화를 노려보았다. 연화는 부러 환하게 웃어주었다.

이야기 속 세상을 헤매면서 얼마나 홍연화가 되길 기원했던가! 그 바람이 이루어진 지금 홍진수의 원망 따위도 기껍게 느껴졌다.

"오랜만이에요."

조금 늦은 인사였다. 재민이 다시 엉겨 붙었다. 이 의원은 말없이 고개만 끄덕였다.

멀리서 경찰차와 구급차가 오는 소리가 들렸다.

✤

홍 회장은 보름 전과 같은 장소에 파티를 열었다. 모여야 하는 이유를 설명해 주진 않았지만, 아는 사람은 다 알았다. 다시 열린 파티는 전과 같이 성대했고, 북적거렸다.

"모두 어려운 걸음 해주어 고맙습니다. 내가 여러분의 귀한 시간을 뺏은 이유는……."

홍 회장이 말을 하다 말고 뒤편을 눈짓했다. 검은 정장을 입은 연화가 느리게 걸어 나와 홍 회장 뒤에 섰다.

"세현 그룹의 새 인수자를 소개하기 위해서입니다."

회장에 모인 사람들 모두 기대감을 가지고 기다렸다.

"홍연화입니다."

여기저기서 박수갈채가 쏟아졌다. 사진을 찍는 사람도 있었다. 연화는 그린 듯한 미소를 지었다. 덩어리진 반죽처럼 엉켜 있는 사람들은 얼핏 보면 똑같아 보이지만, 따로 떨어뜨려 보면 같지 않았다.

손으로는 박수를 치면서도 입으로는 뭐라 구시렁거리는 사람, 팔짱을 끼고서 연화가 어떤 사람일지 긴밀히 살피는 사람, 어딘가에 급히 전화를 하며 이 놀라운 사실을 전달하는 사람. 이곳은 다양한 인간 군상의 결집체였다. 연화는 그 모양새를 느긋이 구경했다.

카를은 무대 아래에서 다른 사람들과 함께 뒤섞여 있었다. 여자는 다른 사람들 머리 위에 서 있는 게 어울렸다. 팡팡 소리와 함께 터지는 빛을 뒤집어쓴 그녀는 누구보다 아름다웠다. 카를은 입을 벌리고 헤 웃었다. 여자와 맞잡지 못한 손이 허전했지만 괜찮았다. 이 순간을 함께 볼 수 있어서 행복했다.

파티의 목적은 후계 발표였고, 연화는 모든 일이 끝난 뒤 빠르게 그 자리를 떴다. 붙잡는 사람들은 가볍게 고갯짓으로 털어냈다.

홍 회장은 예정보다 늦게 후계자를 발표한 이유를 설명하지 않았다. 홍진수를 감옥에 가두지도 않았다. 그는 세현의 집안싸움이 언론에 노출되는 것을 꺼려 했다. 연화는 홍진수를 응징하지 않는 그가 미웠다. 그래도 이 의원이 그러길, 홍 회장이 연화를 창고에 구해주는 데 결정적인 도움을 주었다고 했다.

연화는 카를의 손을 잡았다. 카를은 사람들 손에서 갑자기 뛰어나온 손에 조금 놀랐다가, 연화와 눈이 마주치자 엷게 웃었다. 연화는 그를 잡아당기면서 몸을 틀었다. 홍 회장을 보며 고개를 숙였다.

"감사합니다."

연화가 떨쳐 낸 사람들은 홍 회장을 귀찮게 하고 있었다. 홍 회장이 자신의 말을 들었을까, 못 들었을까. 연화는 자신할 수 없었다.

연화가 볼 수 있는 건 느릿하게 올라가는 입꼬리뿐이었다.

홍연화는 보름 동안 창고에 갇혀 있었다. 홍진수를 그녀를 똑바로 포박했고, 창고 문은 날벌레도 못 들어가게 꽉 동여맸다. 창고 문이 열렸을 때 사람들은 연화의 시체와 마주할 거라 생각했다. 하지만 연화는 팔팔히 살아 있는 채로 창고 문을 걸어 나왔다.

'심지어……'

연화의 뒤엔 새카만 사내가 붙어 있었다. 홍진수는 기적을 믿지 않았다. 그 사내가 연화를 살린 것이고, 창고 문이 열리기 전 잽싸게 창고로 돌아온 것일 거다. 창고엔 창문 하나 달리지 않았고, 창고 벽 역시 온전했다. 그렇다고 바닥에 땅굴이 있는 것도 아니었지만 홍진수는 그리 생각하기로 했다.

하늘이 기적을 베풀어 두 사람을 살려주었다는 것보단 이쪽이

훨씬 믿을 만한 이야기니까.

하늘이 뭐가 이쁘다고 홍연화 같은 걸 살려준단 말인가. 살인만 안 했다 뿐이지, 홍연화도 착한 사람은 아니었다. 그런데 사내는 왜 홍연화를 살렸을까.

홍진수는 한 손으로 머리를 쓸어 넘기며 집에 도착했다. 홍진수는 살인미수로 경찰서에 끌려가긴 했지만, 형사들은 갑자기 불구속 수사를 하겠다며 홍진수를 풀어주었다. 경찰이 갑자기 마음을 바꾼 이유야 뻔하다. 세현의 입김이 들어간 것이리라. 홍 회장은 사람들이 세현을 두고 이러쿵저러쿵 입방아를 찧는 건 싫어했다.

홍진수가 체포되어 경찰 조사를 받으면 사람들이 어찌 떠들어댈지 뻔했다. 신문에 실린다면 이런 제목이 박히겠지. 〈돈을 두고 싸운 두 남녀의 싸움, 결국 범죄를 불러와.〉 뭐가 어찌 되었던지 저분한 유지창에 박혀 있느니, 집에 있는 게 백 배는 나았다. 이 순간만큼은 순수하게 홍 회장의 힘에 감사했다.

잡초가 무성한 화단도, 몇 박자 늦게 내려다보는 가정부도 그대로 있었다. 바뀐 건 집 안이었다. 현관에서부터 거실까지 시커먼 발자국이 찍혀 있었다. 소파에 앉아 헤로인에 취해 있을 양반이 없었다. 그리고 보니 마약 사범으로 체포되었다고 했었지. 홍진수는 느리게 돌아가는 머리를 억지로 굴려 상황을 이해했다. 아버지는 경찰들이 도착할 때도 헤로인 주사를 맞고 있었다고 했다. 현행범은 홍 회장도 빼내줄 도리가 없는 모양이었다.

"진수 왔니?"

계단을 내려온 발소리가 간드러지는 목소리로 바뀌었다. 직접 보지 않아도 알 수 있었다. 어머니였다. 홍진수는 미간을 꾹 눌렀다.

"왜 내려오셨습니까."

"이제 가야 하지 않을까 싶어서."

어머니는 오늘은 더 이상한 얼굴을 하고 있었다. 얼굴은 귀신보다 더 새하얬고, 마스카라는 다 번져서 눈두덩이가 아예 검은색이었다. 홍진수는 짝다리를 짚었다.

"어딜 말입니까?"

"세현에."

홍진수는 말없이 어머니를 바라보았다. 그녀가 무슨 소리를 하는 건지 모르겠다.

"티비에서 봤어. 홍 회장이 후계자를 발표했다고…… 그럼 네가 세현을 물려받는 거지. 응? 그렇지, 진수야?"

그놈의 티비. 홍진수는 이를 악물었다. 인간의 형상을 한 것들이 다 허튼소리를 뱉는 이 집구석에서 티비는 유일하게 바른말을 하는 물건이었다. 어머니가 본 뉴스는 홍연화를 후계자로 낙점한다는 내용일 것이다. 고장 난 인간이 티비를 보면 이런 일이 생기는 모양이다. 홍진수는 광대를 밀어내듯 입꼬리를 올렸다.

"그럼요."

"참으로 잘됐다, 잘됐어! 아니지, 마땅히 네가 되었어야 했어! 이제야 모든 일이 제대로 돌아가는 거야!"

어머니는 몇 번이고 고개를 주억거렸다. 기쁨을 담고 넘실거리던 눈이 거실을 훑었다. 소파 위에 있어야 할 사내의 형체를 쫓던 눈이 다시 진수에게 돌아갔다.

"그런데 이 양반은 어디로 갔대?"

경찰들이 조용히 아버지를 끌고 가지는 않았을 텐데. 기억나지 못하는 척하는 건가, 아니면 결국 맛이 간 것인가…… 어느 쪽이든 이제 상관없었다. 홍진수는 미소를 지으며 어머니의 등을 토

닦였다.

"바쁜 일이 있으신가 보죠."

"그 인간에게 일이 있기는 무슨! 집구석에서 노는 인간인데!"

어머니가 소파를 삿대질했다. 소파는 아버지가 앉았던 모양대로 움푹 들어가 있었다. 홍진수는 소파의 곡선을 훑어보다 어머니의 뺨에 돋아난 뾰루지를 가리켰다. 분으로 몇 겹을 덮어도 가릴 수 없을 만큼 어머니의 뾰루지는 컸다.

"주무셔야죠. 내일 일찍 일어나시려면."

"아, 그렇지. 맞아. 내일 일찍 일어나야 해, 일찍."

어머니는 자신의 뺨을 가볍게 때리곤 돌아섰다. 계단을 밟아 올라가는 발소리가 경쾌했다.

언제부터인지 모르겠지만, 어머니는 불면증에 시달렸다. 그녀의 화장대 서랍엔 수면제가 있었다. 오늘 홍진수가 특별히 일찍 잠들어달라고 부탁했으니, 어머니는 기꺼이 수면제를 먹고 침대에 누워줄 것이다.

상황은 어머니가 생각하는 것처럼 낙관적이지 않았다. 문제는 홍 회장이었다. 경찰도 좌지우지할 힘을 가진 세현의 회장.

연화를 회장자리에 앉혀야 하는 지금은 언론에 시끄러운 소문을 흘리고 싶지 않으니, 홍진수를 유치창에서 빼주었을 것이다. 하지만 모든 일을 마무리한 뒤엔 태도를 달리할 것이다. 냉정한 척하면서 딸을 애지중지하는 늙은이가 그이니.

홍진수는 끝을 예감했다.

홍 회장이 자신을 가만히 내버려 둔다 해도 결말은 다르지 않았다. 아버지는 체포되었고, 어머니는 미쳤고, 집은 빚더미. 살아남아 봤자 천천히 미쳐 가다, 최후엔 이 집구석에서 허무하고 어이없는 죽음을 맞이하겠지.

이 집은 너무 추웠다. 견딜 수 없을 정도였다. 홍진수는 제 팔을 감싸 안았다. 연화를 창고에 넣은 건 자신이었다. 한데 어째서인지 자신이 꽁꽁 포박당해 찬바람이 통하는 창고에 들어가 있는 기분인지 모르겠다.

불이 필요했다. 추위로 묶인 몸을 녹일 수 있는 불이.

홍진수는 고개를 홱홱 돌렸다. 집 안의 모든 가구를 뚫을 듯 노려보던 눈이 벽난로에 닿았다.

분위기를 살린답시고 몇 번 나무장작을 집어넣고 불을 피운 적이 있었다. 홍진수는 벽난로 안쪽으로 고개를 내밀었다. 오래전에 타고 남은 나무토막과 잿가루가 콧김에 후 날렸다. 벽난로는 이제 쓰지 않지만, 나중에 사용하게 될 경우를 대비해 장작과 기름이 구비되어 있었다.

홍진수는 창고에서 기름 몇 통과 장작을 한 아름 집어왔다. 짐이 꽤 많아서 창고에 몇 번이나 들락거려야 했다. 이마에 땀이 맺힐 동안 가정부는 보이지 않았다. 자러 갔나. 아니, 이제 그런 건 아무래도 상관없었다.

홍진수는 거실 한가운데에 가져온 장작을 쌓았다. 기름은 있는 대로 다 들이부었다. 텅 빈 기름통은 부엌 쪽으로 던졌다. 이제 불을 피울 차례였다.

언 몸을 녹이려면 큰불이 필요했다. 홍진수의 키만큼 쌓인 장작은 그의 소망을 충족시켜 줄 것 같았다. 홍진수는 불붙인 라이터를 던졌다. 장작더미 구석에 안착한 라이터에 내려앉은 불씨가 장작 전체를 집어먹고 거실의 가구로 손을 뻗었다. 아버지가 헤로인 주사를 올려놓던 테이블과, 소파가 불 속으로 사라졌다.

거실의 모든 것을 집어먹은 불은 따뜻했다. 이 불과 함께하면 몸이 어는 일은 없을 것 같았다. 홍진수는 기꺼이 불덩이에 손을 내밀었다.

모든 것이 불과 함께 이지러졌고, 정말로 끝이 났다.

⚜

"축하한다, 회장아."

"고맙다, 작가야."

연화는 모든 일이 끝난 뒤 사무실로 돌아왔다. 자신이 없는 동안 재민이 사무실을 굴려주고 있긴 했지만, 어디까지나 임시였다. 연화는 급한 불을 끈 뒤 재민을 불렀다. 일을 다 마쳤을 때는 이미 한밤중이었고, 재민이 도착했을 때는 새벽이었다.

재민은 아버지가 준 샴페인을 한팔에 걸고 왔다. 그러면서 자신이 아니었으면 네가 멀쩡히 살아서 돌아올 수 있었겠냐고 큰소리를 쳤다. 연화는 웃었다.

세계수를 찾은 건 카를의 덕이지만, 연화가 갇힌 창고를 찾아낸 건 확실히 재민의 능력이었다.

"그런데 쇼핑몰은 계속 굴리려고?"

"일단 시작한 일이니까."

"솔직히 경영 평가받으려고 굴린 거지, 진짜 사장되려고 한 건 아니잖아?"

"접기엔 좀 아깝잖아."

연화는 샴페인을 위장에 들이붓듯 마셨다. 제지하는 사람 없이 먹는 술이 아주 꿀맛이었다.

연화는 카를의 잔이 아직 차 있는 걸 보다가, 재민이 술을 비우자 그 잔을 채워주었다. 재민은 창고 문을 맨손과 돌멩이로 연다고 나섰다가, 손이 다 찢어졌다. 본인은 괜찮은 상처라고 우겼지만. 의사는 일주일 동안 붕대를 풀지 말라고 했다.

재민은 붕대를 감지 않은 손으로 잔을 잡고 홀짝였다.

"우리 직원이 여섯 명이나 돼."

"그럼 팔아. 사겠다는 놈 있을걸."

"누구한테? 너한테?"

"아니, 난 싫어."

재민이 손사래를 쳤다.

"잘 생각했어. 넌 경영에 소질 없더라."

재민이 습관적으로 주머니를 뒤져 담배를 찾았다. 입에 꼬나물고 불을 붙이려던 손이 멈칫했다.

"와, 너무하네. 그게 생명의 은인에게 할 말이야?"

"은인이니까 해주는 거지. 이렇게 솔직하게 충고해 주는 게 얼마나 어려운 줄 알아?"

"아, 그래. 네 똥 굵다."

재민이 입을 쭉 내밀었다. 의미 없이 투닥거리고 나니 정말로 원래 세계로 돌아왔다는 실감이 났다.

"그런데 내가 그 창고에 있는 건 어떻게 알았어?"

"내가 좀 지혜롭잖나."

"흐응?"

"홍진수 걔는 욕심만 잔뜩 있지 머리는 나쁘고."

"그래서 찍었다?"

"나의 지혜로움으로 문제를 풀었다니까?"

재민이 가슴을 탕탕 쳤다. 연화는 코웃음을 쳤다. 재민은 손을 슬며시 탁자 아래로 내렸다.

"걔 아버지 명의로 땅이 몇 개 있던데, 그중 가장 외진 곳을 골라 찍었거든. 그런데 수상한 창고가 있더라 이거지. 사람 없는 마을에 있는 창고인데, 쇠사슬을 둘러놓고 자물쇠를 세 개나 꽂아 놓다니. 엄청 수상하지 않냐? 그렇게 막아놓은 건 그 안에 뭔가 있다는 거잖아."

"결국 감이네. 찍은 거."

"아, 진짜!"

재민이 잔을 탁 내려놓으니 잔을 반쯤 채운 음료가 거세게 요동쳤다. 재민의 눈썹이 휙 치켜 올라갔다. 연화는 실실 웃었다. 테일러도 그렇지만, 재민도 놀리는 맛이 있었다.

"고마워."

"흥. 봐준다."

재민은 잔을 비웠다. 연화는 샴페인 병을 기울였다. 마지막 남은 액체를 재민의 잔에 쏟아부었다. 빈 잔은 깨지지 않게 바닥에 내려놓았다. 마지막 잔을 비운 재민의 얼굴이 달아올랐다.

"그런데 참 별일이지. 널 구해준 사람이 불법체류자였다니."

"왜 시비야?"

"시비가 아니라 신기하다는 거야. 그런데……."

재민이 카를을 보았다. 술기운을 머금어 잔뜩 흐려졌다지만, 재민의 눈초리는 매서운 편이었다. 카를이 재민을 마주 응시했다.

"뭔가 이상하게 낯익단 말이야. 형씨, 나 어디서 본 적 없어?"

"단언컨대 초면입니다.

"우리나라 그렇게 안 넓다? 좁은 땅덩어리에서 어쩌다 부딪혔을 수도 있는 건데 뭘 그렇게 단칼에……."

재민이 잔을 입가에 가져다 댔다. 그러다 잔이 비었다는 걸 알고 입맛을 쩝쩝 다시며 다시 잔을 내려놓았다. 연화는 카를의 손을 끌어다 자신의 무릎 위에 놓았다. 카를은 재민이 만든 이야기 속 세계의 주민이었다. 재민이 뭔가를 눈치챌까 봐 불안한 건 카를만이 아니었다. 연화가 카를의 손바닥으로 자신의 손을 미끄러뜨리자, 카를이 연화의 손을 잡았다. 훈훈하게 전해지는 온기가 좋았다.

재민은 눈썹을 찡그렸다. 테이블 아래에서 일어나는 일이라지만, 아무것도 모를 만큼 자신이 멍청한 건 아니었다. 그는 술기운을 몰아내려는 듯 자신의 뺨을 서너 번 툭툭 두드리곤, 가방을 열었다. 안에서 인쇄한 원고 뭉치를 내려놓았다.

"아, 기왕 지금 만난 거 이거나 가져가라."

"이거 그거야? 엘렌이 주인공인?"

재민이 근래 쓰고 있는 이야기는 그것밖에 없었다. 카를이 어깨를 움찔하다가, 원고를 불태울 듯 노려보았다.

"아니."

재민이 고개를 저었다.

"어쩌다 보니 다른 주인공을 내세우는 게 좋을 것 같아서 말이야."

읽어보면 너도 동의할 거야. 재민이 원고를 연화 쪽으로 내밀었다.

엘렌은 사라졌다. 샤먼도 보이지 않았다. 소설은 셀리나로 시작했다. 여리지만 기지는 있는 소녀는 자신의 앞에 놓인 문제를 하나씩 해결해 나갔다. 하지만 이야기는 완결되지 않았다. 그래서 결말은 모른다. 그렇기에 감히 희망했다. 셀리나가, 네가 이제 행복해지기를.

"그럼 제목도 바뀌었겠네?"

"물론"

재민이 준 원고엔 앞장이 없었다. 연화가 바닥을 살피며 혹시 종이가 떨어졌나 보는데, 재민이 가방에서 표지를 내밀었다.

새카만 색으로 인쇄된 활자들 위로, 크게 쓰인 글씨가 도드라져 보였다.

-돈의 여왕.

<Fin>

에필로그

"가요, 카를."

제 것이지만 제 것이 아닌 목소리가 옅어진다.

검은 머리의 남자가 그 말을 듣고 방긋 웃으며 손을 잡아끌었다. 손은 제게 내밀었으나 잡은 것은 저가 아니었다. 그 남자를 잡은 것은 홍연화, 저쪽 세계에 속한 자였다.

셀리스티나는 연화가 필요했지만, 그녀를 이 세계에 직접 데리고 오지는 못했다. 카로틴 초대 여제 유하영이 차원 이동을 할 수 있었던 건 특별한 경우였다. 그녀는 본래 세계와의 결속력이 약했고, 당시 아르아드네 여신이 힘도 써주었기에 가능했다. 그러나 연화는 다르다. 그녀는 자신의 세계를 사랑하며, 이 세계에 머무는 동안에도 끊임없이 돌아갈 생각만 했던 만큼 이쪽 세계와 동떨어진 사람이었다.

연화의 육체는 온전히 저 세계에 속해 있었다. 셀리스티나는 연화의 영혼만 간신히 끌어왔다. 그마저도 오래 붙들지 못하고 놓아주어야 했다. 차원의 문 앞에서 연화는 영혼이 되어 돌아갔다. 원래 세계에 제 몸이 남아 있었으니까. 그러나 카를은 자신이 사용하고 있는 육체가 하나뿐이었기에 그것을 가지고 문을 넘었다.

작별 인사를 할 틈은 없었다. 연화는 문에 당도하자마자 이끌리듯 안으로 들어섰고, 뒤 한 번 돌아보지 않았다. 어쩌면 예고했던 작별이었기에 그럴지도 모른다. 혼자 남겨진 셀리스티나는 어딘가를 걷고, 또 걷고 있었다. 어둠이 발밑에 깔려 있다는 것을 잊을 정도로 오래 걸었다.

셀리스티나의 기억 속이었다. 끝끝내 연화가 들여다보지 못한 그녀의 내면 깊은 것이었다. 셀리스티나는 연화가 머무는 동안 그 기억들을 잠가두었다. 낯선 세계에 떨어진 그녀가 제 것도 아닌 감정에 물들까 봐.

협소한 세계를 제 세상으로 삼고 살며 죽지 않도록, 신은 셀리스티나에게 전생의 기억을 선물로 주었다. 셀리스티나는 자신이 평범하지 않은 유년 시절을 가지고 있음을 알았다. 자신을 객관화하고, 타자화하여 아픔에서 멀어지려 했지만 마음이 비틀리고 생채기가 나는 것을 막을 수는 없었다. 그래도 견뎠다. 저가 선택한 과거라 생각하자 또 못 견디지 못할 건 없었다.

하나 연화에게도 그렇지는 않을 터였다. 그래서 그녀는 제 감정을 잠가두었다. 어둡고, 축축하며, 복수와 증오로 가득한 것들을 혼자서 끌어안았다. 그녀가 제 육체를 사용하는 데 방해가 되지 않도록. 마지막 순간 그녀가 본래 세계로 돌아가는 것을 택할 때, 행여 제 사특한 감정이 그녀의 발목을 잡지 않도록. 이제 연화는 떠났고 돌아오지 않을 것이다. 그렇기에 셀리스티나는 감정의 문을 활짝 열었다.

내키는 대로 그 안을 걷고 또 걸었다. 그러나 그 안은 놀랍도록 아무것도 없었다. 감정의 싸라기조차 없이 텅 비어 있었다. 셀리스티나는 헛웃음을 지었다. 연화가 제 문제를 하나씩 해결해 나가는 것을 보면서 감정의 응어리가 하나씩 하나씩 떨어진 모양이었다. 하, 하, 입가로 허망한 웃음소리가 샜다.

이럴 거라면 왜 그토록 꼭꼭 숨기고 있었을까. 이토록 쉽게 떠나보낼 수 있는 감정이었다면 왜 그토록 싸매고 다녔을까. 셀리스티나는 끝없이 이어지려는 웃음을 뚝 멈추었다.

'그래도 혼자서는 못했던 것이니까.'

셀리스티나는 저가 지우지 못한 짐을 남에게 떠넘겼다. 부모도 자식 인생을 대신 살아주지 못한다는 말이 나도는 세계에서, 다른 사람의 영혼을 불러 자신 대신 살게 했다. 그럴 수 있었던 건 천운이었고, 신이 내려준 기회였다. 세상에 그런 일을 할 수 있는 사람은 또 없으리라. 그러니 자신을 비웃을 이유도, 탓할 이유도 없다.

이제 다 끝난 것이니.

셀리스티나는 숨을 깊이 들이마셨다가 내쉬었다. 마냥 검은 공간이라고 느꼈던 것이 쪼그라들더니, 셀리스티나의 몸으로 꾸역꾸역 기어들어 왔다. 무(無) 또한 그녀의 것이었다. 그녀가 거부하지 않았기에 무(無)는 그녀의 일부가 되었다.

짹짹.

셀리스티나는 새소리에 인상을 쓰며 몸을 뒤척였다. 그러다 햇살이 눈 안을 비집고 들어오자 결국 웅, 귀찮은 소리를 내며 일어났다. 눈을 비벼 눈곱을 떼면서 주위를 살폈다. 나무 바닥에, 크림색 단정한 벽지로 이루어진 큰 방이었다. 셀리스티나가 누워 있던 침대는 컸지만, 그녀 외에 누군가가 사용했던 흔적은 없었다.

셀리스티나는 깨끗하고 뽀송뽀송한 시트와 이불에 감겨 있었다. 입고 있던 옷은 연화가 차원의 문을 넘기 전 입었던 것 그대로였다. 편한 실내드레스가 휙 올라가 있었다. 그것을 대충 끌어내리면서 침대 아래로 발을 내디뎠다. 차가운 바닥에 온전히 닿았을 때 뒤에서 시선을 느꼈다.

"……."

탁자 위에 앉은 남자가 턱을 괴고서 자신을 보고 있었다. 눈이 마주치자 고개를 미묘한 각도로 기울인다. 연화는 셀리스티나의 기억을 보지 못했다. 그러나 셀리스티나는 연화가 머물렀던 1년 동안 그녀가 무엇을 했는지 모두 기억할 수 있었다. 눈을 한 번 감았다 뜨는 것으로 셀리스티나는 그의 이름을 기억해 냈다.

"저도 테일러 씨라고 불러 드릴까요?"

테일러의 눈이 가늘어졌다. 미묘한 이질감을 느꼈는데, 이것으로 확실해졌다는 듯.

"아니. 넌 그렇게 부르지 마."

"같은 얼굴 같은 목소리로 말해줄 수 있는데요?"

"안다. 그러니까 하지 마."

"왜요?"

"네가 아닌 걸 아니까."

셀리스티나는 와핫 웃음을 터뜨렸다.

"어이없네요. 제가 진짜 셀리스티나고, 당신이 만났던 건 본래 당신과 연이 없었던, 어쩌다 들렀다 간 손님인데."

"하나 내게는 그쪽이 진짜였다. 네겐 가짜라 할지라도."

"어머, 전 그런 생각 하지 않았어요. 가짜라니."

어디에 얼마나 머물다 가더라도, 연화는 진짜였다. 자신의 이상을 목표로 삼고 그곳만을 쫓아 달려가는 맹렬한 영혼이었다. 그것에 어떻게 '가짜'란 단어를 쓸 수 있을까. 그건 모독이었다.

"어쨌든 그 여자가 내게 너를 맡기고 갔다. 챙겨달란 거겠지. 하지만 너는 이미 권력이 있고, 재산도 충분해서 내가 챙겨줄 부분은 없을 것 같군."

"글쎄요, 과연 그럴까요."

셀리스티나는 턱을 긁적였다. 연화가 워낙 잘해주고 갔기 때문에 셀리스티나는 '생존'이 아니라 '생활'을 할 수 있게 되었다. 하지만 그녀는 테일러란 카드를 놓고 싶지도 않았다.

테일러를 곁에 두는 것만으로도 얻는 부가 이득이 많았다. 하나 저 고집불통 은발머리는 제 마음에 들인 사람에게만 관심이 있는 모양이다. 그렇다면 어떤 말로 최대한 오래 제 곁에 묶어두는 게 좋을까.

"오클레앙 영애!"

발칵 문이 열리며 조금은 앳된 목소리가 뛰어들어 왔다. 셀리스티나는 상념을 관두고 턱에서 손을 내렸다. 소년에서 남자가 되어 가는 중간에 있는 남자가 빼꼼 고개를 내밀었다. 케이안 루만티온이었다. 그 뒤로 디온이 '아이고 미치겠네'라고 중얼거리며 눈을 제 손으로 덮었다. 디온은 케이안을 붙드는 것으로 이 상황을 막으려 했다. 그러나 케이안은 디온의 손이 제 목덜미를 잡기 전방으로 달음박질쳐 들어왔다.

"아프시다 들었는데……."

하지만 케이안은 기세 좋게 들어왔던 것과 달리 셀리스티나 앞에 서자 수줍음 많은 소년이 되었다. 바깥 활동을 많이 해서 그을린 얼굴에도 확연히 드러날 정도로 뚜렷한 홍조를 띄우고서 고개를 숙였다.

셀리스티나는 케이안 어깨 너머로 테일러와 눈을 마주쳤다. 아프다니. 이건 처음 듣는 이야기였다. 케이안은 입을 툭 내민 채 중얼거렸다.

"사흘 동안 깨지 않았다."

셀리스티나가 눈을 끔뻑이자, 테일러가 또 덧붙였다.

"지독한 감기였지."

그건 사실을 말해주는 게 아니라, 통보하는 것 같았다. 셀리스티나는 조금 늦게 말의 의미를 깨달았다. 실제로 셀리스티나가 감기로 고생했다는 게 아니라 사람들이 그렇게 알고 있다는 뜻이었다.

셀리스티나가 사흘이나 긴 잠을 잔 것은, 1년이란 적잖은 시간 동안 몸을 사용하고 간 연화가 떠나고 본 주인 셀리스티나가 다시 몸을 찾으면서 생긴 공백과 충격의 여파를 무마하기 위해서였다.

일은 외부적으로도 있었다. 죽은 줄 알았던 카를로스 황자는 살아 있었을 뿐만 아니라, 차원의 문을 통해 건너갔다. 이 사실을 알리기엔 좀 미묘하니 알아서 말을 바꾼 모양이다. 셀리스티나는 감기에 걸렸고, 카를은 퇴직한 것으로.

멍한 눈을 깜빡이며 생각을 정리하는 셀리스티나의 손을, 케이안이 덥석 잡았다.

"그렇게나 오래! 그래서 이리도 말라 계시군요! 사흘 내내 아무것도 드시지 못하셨을 테니까! 식사는 하셨습니까?"

셀리스티나는 케이안을 만날 때는 소매가 드러나는 옷을 입지 않았다. 그래서 케이안은 셀리스티나의 실제 체형을 몰랐다. 다른 영애들과 조금 키가 작지만 몸매는 비슷하겠거니 생각했다.

케이안과 셀리스티나는 그 정도로 친분이 없는 사이였다. 그런데 이렇게 단걸음에 찾아와 꼬리를 흔드는 개처럼 달려드는 모습이라니. 셀리스티나는 웃기기도 하고, 맹렬한 관심 뒤에 녹아 있는 마음이 훤히 들여다보여서 좋기도 했다. 누군가에게 아낌을 받는다는 것은 언제나 좋은 일이다.

"아직 안 했어요."

"이런. 식전이 한참 지났거늘!"

케이안이 뒤를 홱 돌아 테일러를 노려보았다. 그는 빠르게 고개를 셀리스티나 쪽으로 돌렸기 때문에, 테일러의 눈썹이 화산 모양으로 솟아오르는 것을 보지 못했다.

"저 남자가 부자고, 내로라하는 의원을 마음대로 부를 수 있다는 것은 알지만⋯⋯ 그래도 꼭 저런 남자의 집에서 치료를 받으셔야 했습니까? 이렇게 영애의 몸에 신경을 쓰지 않는 자인데 말입니다. 꿔다놓은 밀 자루도 이보다는 더 애지중지 대할 겁니다."

"인상이 저래서 그렇지⋯⋯ 그래도 꽤 상냥하신 분이에요."

상냥⋯⋯ 케이안이 황당하다는 듯 중얼거렸다가, 퍼뜩 정신을 차리고 눈매를 날카롭게 세웠다.

"영애께서 어떻게 생각하셔도 제가 용납할 수 없습니다. 어서 이곳을 나갑시다. 아직 몸이 불편하실 듯하니 정 간병을 받으셔야 한다면 제 저택에서."

"좋아요."

"제가 직접⋯⋯ 네?"

"좋다구요."

셀리스티나의 목소리는 또렷하게 박혔다. 하지만 그래서 더 현실감이 없게 들렸다. 케이안은 눈을 크게 뜨고서 자홍빛 눈동자를 홀린 듯 바라보았다가, 잡고 있던 그녀의 두 손을 확 끌어당겼다.

"저, 정말입니까?"

"혹시 그냥 해본 말이었어요? 그러면 좀 실망인데."

"아니, 절대! 절대로 아닙니다! 제가 어찌 감히 그런 말을 함부로! 저는 그런 실없는 사람이 아닙니다."

"어머, 정말 기뻐라."

목소리는 건성이었고, 웃음도 대강이었으나 케이안은 눈치채지 못했다. 그는 입꼬리를 끌어올릴 수 있는 대로 끌어올리며 셀리스티나를 잡아끌었다. 그러다 셀리스티나가 확 넘어질 뻔하자 손에 힘을 조금 빼긴 했지만 그래도 급하게 움직이는 건 똑같았다.

"하면 지금 바로 출발하겠습니까? 아래에 마차가 있습니다. 영애께서 괜찮으시다면 제가 바로 에스코트하겠습니다. 물론 제 손으로, 직접요."

'에스코트'라는 단어를 말하면서 케이안은 뒤의 테일러를 쳐다보았다. 잠깐 시선이 닿았을 뿐인데, 테일러는 상당한 적의를 읽었다.

"그리 해주신다면 정말 감사하죠."

셀리스티나는 입꼬리를 끌어올렸다. 케이안은 완전히 흠뻑 기쁨에 취해 셀리스티나를 확 끌어안았다.

테일러는 그 모습을 보면서 혼자 고개를 저었다.

애들은 역시 피곤했다.

❦

"어딜 가십니까, 전하?"

아이리스 황녀는 소리가 나는 방향을 바라보았다. 기다란 꼬챙이같이 생긴 남자가 염소수염을 뽐내면서 걸어왔다.

이 남자는 일주일 전까지만 하더라도 황태자에게 충을 다했던 사람이었다. 하지만 카를로스가 완전히 이 세계를 떠나자, 황제는 황녀에게 힘을 싣기 시작했다. 그러자 황태자의 세력권이 흔들렸다. 아직 판단이 잘 서지 않는 사람들은 황태자의 세력권에 남아 있었지만, 태세 전환을 할 줄 아는 자들은 이자처럼 황녀에게 말을 붙이곤 했다.

'가소로운 것.'

황녀는 삐딱하게 올라가려는 입꼬리를 힘주어 내렸다. 지금은 그들의 세력을 흡수해 황태자의 세력을 와해시켜야 하니까.

"태자 전하의 궁에요. 같이 가시겠어요?"

염소수염은 멍하니 황녀를 쳐다보았다가 뒤늦게 고개를 저었다.

"아, 아닙니다. 소신은 일과가 있는지라."

황태자의 가신이었던 그가 황녀와 함께 황태자의 궁에 가는 건, 황태자에게 자신이 배신했노라 알려주는 것과 다름없었다. 아무리 망해가는 황태자라 해도, 그런 행위를 하는 건 좀 위험했다.

황녀는 유리알 같은 눈으로 그를 쳐다보았다. 속내가 훤히 내다보였지만, 모른 척 또 한 번 웃었다.

"그럼 살펴 가세요."

"예."

그는 허리를 깊숙이 땅에 닿을 때까지 박았다가 얼른 일으키고는 행여 황녀가 자신을 끌고 갈세라 싶어 빠른 걸음으로 사라졌다.

"풋."

황녀는 터져 나오는 냉소를 손바닥으로 막았다. 간단한 심호흡을 하면서 손을 내렸다. 진심으로 웃었던 입이 적정한 각도에서 멈추고 눈이 평정을 되찾았다. 웃고 있되, 의례적인 것임이 분명

한 차가움이 풍기는 미소였다.

황녀는 목적지인 황태자궁으로 걸어갔다. 새하얀 석조건물은 멀리서도 태양빛을 잘 반사해 이 황성에서 가장 눈에 띄었다.

황제가 황녀의 말에 귀를 기울이고, 그녀의 의견에 힘을 실어주고 있긴 하지만 그녀는 아직 황족이며 황녀에 불과했다. 웨이휠은 아직 폐위되지 않았다. 그렇기에 황태자궁도 그의 소유였고, 황태자만이 누릴 수 있는 권위도 모두 그의 것이었다.

하나 그것도 곧 금방 꺼질 불씨였다. 웨이휠 황태자는 며칠째 정무회의에 참석하지 않고 있었다. 다른 황족이라면 모를까, 차기 황제로서 교육받아야 할 의무가 있는 황태자는 이유 없이 회의에 불참할 시 폐위될 수도 있었다.

이는 카로틴 3대 황제가 놀기 좋아하는 자신의 자식을 잡아 누르기 위해 만든 법령이었다. 이후 발동된 적이 없긴 하지만, 그래도 제국법을 아는 사람이라면 주시하고 있는 법령이었다. 안 그래도 황태자를 눈엣가시처럼 여기는 황제라면 이 법을 이용해 황태자를 폐위시킬 수도 있었으니까. 그래서 황녀가 황태자궁에 도착했을 때, 흰 문 앞에서 창을 교차하고 있던 병사 둘은 어물거리다가 황녀를 들여보내 주고 말았다.

황녀는 단조로운 건물 안으로 걸어 들어갔다. 황태자궁에 처음 와본 건 아니기에 그의 방이 어디 있는지도 알고 있었다. 해당 층에 올랐을 때 후다닥 뛰어오는 소리가 들리더니, 시종장이 달려 나와 옆에 붙었다.

"저, 전하께서는……."

시종장이 송구한 듯 눈을 내리깔았다가 다시 흘끔 황녀의 눈치를 살피며 조심스레 말을 늘였다. 이자가 무슨 명령을 받았을지 알 것 같아 황녀는 헛웃었다.

"아무도 들이지 말라고 하셨어요?"

"예……."

시종장이 고개를 숙였다. 황태자가 완전히 폐위가 되었다면 모를까, 그렇지 않은 지금 황태자와 황녀의 지위는 비슷했다. 그렇다면 시종장은 자신이 모시는 주인의 눈치를 더 보는 게 당연했다. 하여 황녀는 그를 이해한다는 듯이 고개를 끄덕였다.

"알았어요. 그럼 쳐들어가죠, 뭐. 란!"

시종장이 번뜩 고개를 들고 황녀를 막아서기 전 쨍강, 그의 뒤 창문이 깨졌다. 검은 복면을 쓴 여성이 창문으로 들어와 복도에 섰고, 후두둑 복도 안으로 유리 조각이 떨어졌다. 등장한 이는 황녀의 비밀 기사, 란이었다. 그녀는 유리조각을 사뿐히 밟고 서서 제 주인에게 가벼운 목례를 했다.

"잡아라!"

"침입자다! 전하를 지켜라!"

"우아아아악!"

아래층의 병사들과 해당 층의 병사들이 무기를 들고 달려들었다. 란은 서 있는 자리에서 몸을 살짝 비트는 것으로 피하곤 제 무기, 검을 뽑아 들었다. 빠른 속검으로 한 명씩 상대해 눕히기 시작했다.

좁은 복도에 적이라곤 여성 한 명이라 방심했던 병사들이 란의 검에 뒷목을 맞아 쓰러지고, 제가 공을 먼저 세우겠다고 무기를 쳐들었던 자들은 동선이 얽혀 서로를 방해하다 란의 발차기에 엎어졌다.

뒤늦게 정신을 차리고 란을 경계하는 자도 있었으나 수없이 많은 실전에 다져진 란을, 안온한 궁에 있었던 기사들이 상대할 수는 없었다. 얼마 안 가 모든 기사들이 널브러졌다. 란은 황녀의 동선을 계산한 뒤 방해될 것 같은 기사들을 발로 걷어차 치웠다.

시종장은 입술을 바들 떨고서 얼어붙었다. 실전이 아니기에 저 여검사도 사람들을 죽이지 않는 선에서 끝냈다. 하지만 황녀가 작정하고 이곳을 침범하고자 마음먹는다면 기사들과 제 목숨을 지킬 수 있을까?

란은 시종장을 지나쳐 황녀 앞에 섰다. 정자세로 기립한 채 말했다.

"다 끝났습니다."

"잘했어요. 이제 문도 열어줘요."

황녀가 굳게 닫힌 황태자 방의 문을 눈짓하자 란은 '예' 짧게 말하곤 문을 발로 걷어찼다. 경첩이 부서졌고, 나무문은 벽과 분리되어 나가떨어졌다. 탁자에 멍하니 앉아 있던 황태자의 고개가 들렸다. 그의 경악성 어린 눈이 문과 란을 훑었다. 그런 다음엔 문 뒤에서 싱글거리는 황녀와, 안절부절못하며 황녀를 흘긋대는 시종장에게 닿았다.

"무슨 일이지?"

"이야기를 할까 해서요."

황녀는 입만 올려 웃었다. 황태자는 그 얼굴을 몇 초간 응시하다가 고개를 돌렸다.

"무슨 이야기. 난 할 것 없다."

"하면 이대로 폐위되어도 상관없나요?"

"왜 그런 걸 신경 쓰는지 모르겠군. 너는 누구보다도 내가 폐태자가 되는 걸 바라고 있을 터인데."

황태자는 하, 하고 신랄한 웃음을 흘렸다. 그가 돌렸던 고개를 다시 틀어 황녀를 보았다. 지친 듯 풀어져 있던 눈매가 뾰족 각을 세웠다.

"아니, 넌 평소에도 날 찢어 죽이고 싶어 하지 않았나? 그러니 날 내버려 두어라. 권력과 황위는 네게 닿을 테니. 시간이 흐르면 모든 것이 네가 원하는 대로 될 것이다."

황제는 카를로스가 사라진 이후 완전히 황녀에게 관심을 쏟았다. 처음부터 카를로스는 없었고, 제 자식은 아이리스 황녀밖에 없는 것처럼 말이다. 카를로스라면 끝까지 거부를 했겠지만, 황녀는 아니다. 그녀는 제 야망에 날개가 달린 지금 마음껏 날아다니고 있었다. 황태자는 그 현실에 저항할 힘을 잃었다.

황녀는 숨을 크게 들이마셨다. 곧이어 쩌렁한 목소리가 방 안과 복도를 울렸다.

"나도 당신 따위 신경 쓰고 싶지 않았어요. 살인자니까, 어머니를 죽인 원수의 자식이니까!"

시종장이 흠칫하며 괜히 어깨를 곤두세웠다. 황녀와 황태자와의 사이는 민감한 주제였다. 그는 떨어진 문짝을 괜히 흘끔거렸다. 그러다 뒤를 보고 다소 안도했다. 쓰러진 기사들은 눈을 뜰 기미가 없었고, 겁 많은 시종들은 이곳에 오지 않았다. 이 총체적 난국의 모양새를 자신만 봐서 얼마나 다행인지. 그 와중에도 황녀는 계속 큰 목소리로 말했다.

"한데 그런 당신이 좋다고 오라버니는 졸졸 따라다녔죠. 모든 것을 알면서도, 형님 형님 하면서 당신을 모시려고 했어요."

가만히 듣고 있던 황태자가 '오라버니'란 단어에 눈썹을 세우고 황녀와 눈을 맞췄다.

"카를로스는 떠났지 않나."

"그래. 떠났죠. 당신 때문에 떠났어요."

"무슨 소리를 하는 건지 모르겠군. 카를로스는 여자애 하나에게 홀려서……."

"그런 건 그냥 계기일 뿐이에요. 이전부터 쭉 하고 싶어 왔던 것을, 이참에 실현할 것일 뿐이라고요. 왜 그걸 몰라요?"

황녀의 목소리가 꺾였다. 그녀는 푸우 숨을 내뱉었다. 답답한 듯 제 가슴을 한 번 주먹 쥔 손으로 내려쳤다. 황태자는 비웃음 한 번 짓지 않고 조용히 그 모습을 바라보았다.

황녀는 너털너털 걸어 황태자 맞은편의 의자를 빼 앉았다.

"폐하께서 오라버니에게 황위를 물려주고 싶다는 거, 처음부터 알 거예요. 그러니 당신은 제 자리를 지키기 위해 오라버니를 죽이려고 했겠죠. 오라버니는 그게 싫어서, 당신이 불안해하는 걸 막으려고 부러 당신의 가신이 되겠다고 했어요. 자신을 벌레보다 더 하찮게 여기는 당신을 생각해서 말이죠!"

황태자는 고개를 끄덕이지 않고 황녀를 바라보았다. 그는 얼어붙은 사람 같았다.

"오라버니는 똑똑해요. 잠깐 황성에 들른 것만으로도 알아버렸을 거예요. 당신이 어떤 상황이고, 내가 어떤 상황인지. 그래서 자신이 뭘 해야 하는지……."

황녀는 테이블에 팔꿈치를 괴고 이마를 짚었다. 그녀는 긴 한숨을 쉬고서 고개를 저었다.

"그러니까 그랬던 거예요. 알았으니까……! 내가 오라버니를 위해 정치싸움에 끼어든 걸 알았으니까, 폐하께서 당신을 미워하는 게 자신 때문인 걸 알았으니까……, 다시 자취를 감춘 거예요. 자신이 모습을 감추는 건 당신과 무관한 스스로의 의지라는 것을 보여주기 위해서! 자신 하나로 이 모든 문제가 해결되길 바라면서 그런 거예요. 황자로서의 신분과 혜택을 버릴 정도로 당신을 생각한 거라구요."

아이리스에게 카를로스가 사랑하는 혈육이라면, 웨이휠에겐 그 자체가 큰 콤플렉스이자 아이러니였다. 웨이훨은 평생 황제에게 사랑을 받고자 했으나 황제는 그를 외면하고 카를로스에게 눈길을 주었다. 그의 사랑을 빼앗은 카를로스는 웨이훨을 진심으로 따르고 사랑했다.

웨이훨은 자신의 지위를 위태롭게 하는 사람이 자신을 좋아하고 있다는 현실을 비참하게 생각했다. 카를로스는 그가 황제가 되었을 때 큰 후환이 될 수 있는 동생이었다. 하지만 카를로스는 그에게 항상 방실방실 웃으며 다가오는 유일한 사람이기도 했다. 그는 카를로스가 싫었지만, 좋기도 했다. 그래서 카를로스를 제 손으로 끝내지 못하고 부하를 시켜 죽이게 했다.

하지만 웨이훨은 그토록 죽길 바랐던 동생이 제 눈앞에서 사라져 버리고서야 알았다. 카를로스가 얼마나 순수한 마음으로 제게 손을 내밀었었는지. 그것을 뿌리치고 외면한 것은 자신이었다. 어리석음에 대한 후회를 온전히 감당하는 건 어려운 일이었다.

웨이훨을 모든 것을 놓은 채 자포자기했다. 그러던 차에 아이리스가 찾아와 카를로스 이야기를 했다. 그 바보 같은 동생이 끝까지 자신을 생각해서 움직였다고 한다.

황녀는 끌끌 혀를 찼다.

"저는 그런 당신에게 기회를 드리려 해요. 오라버니가 친동생인 저보다 더 사랑했던 당신에게."

웨이훨은 망연히 입을 벌렸다. 웨이훨에게 카를로스가 그랬듯, 황녀에게 자신은 큰 후환거리였다. 카를로스는 아예 황위에 도전을 안 했지만, 자신은 황제가 되려고 벌여놓은 일이 있었고 세력권도 아직 남아 있었다. 그런 자신을 완전히 발라먹지 않고 살려 둔다는 것 자체가 큰 모험이었다.

그런 결심을 하게 만든 주체가, 카를로스 외에 또 있을 리가.

웨이훠은 침을 꿀꺽 삼켰다. 그의 동공이 흔들렸다.

황녀는 평소와 같은 찬웃음을 머금었다.

"그러니 잘 들어요."

❦

"잘 되셨습니까?"

황녀가 황태자궁을 나온 건 불그스름한 노을이 떨어지는 때였다. 저녁 먹기 전 아슬아슬한 시간이기도 했다. 평소와 같이 기품이 뚝뚝 떨어지는 걸음을 옮기는 황녀의 뒤에 알레이스 후작이 붙었다.

황녀는 규칙적인 걸음을 듣긴 했지만 멈추지 않았다. 알로이스 후작은 뭔가 잘못되었나 싶어 눈을 도로록 굴렸다.

"황태자와의 이야기 말입니다."

"나쁘진 않았어요."

그래, 정말로 나쁘진 않았다. 황녀는 사르르 웃었다.

황태자는 확답은 주지 않았지만, 그래도 카를로스의 이야기에 귀를 기울이긴 했다. 뭔가 골똘히 생각하는 모양새로 보아, 조만간 긍정적인 결론을 내줄 것 같긴 했다.

'그런 시답잖은 정에 매달리니까.'

황녀의 입꼬리가 비죽 올라갔다. '형을 끝까지 사랑한 동생'의 이야기가 퍽 감동스러운 모양이었다. 그러니 한 치의 의심도 없이 그런 날조된 이야기를 덥석 받아들여 머릿속 한구석에 넣어두는 거겠지.

하긴, 웨이훠이 감정에 설득되는 인간이 아니었다면 황녀도 그를 써먹을 생각 따위 일찌감치 접었을 것이다.

"그렇군요. 다행입니다."

알레이스 후작은 헤실헤실 웃었다. 황녀는 그의 얼굴을 골똘히 바라보았다. 다른 때라면 저 속없이 웃는 행동을 그냥 넘겼겠지만, 오늘은 그러고 싶지 않았다. 황녀는 걸음을 멈췄고, 알레이스 후작도 먼저 두 걸음 내뻗었던 걸음을 뒤로 돌려 황녀 옆에 섰다.

"그게 왜 다행인데요?"

"네?"

"제 기분이 나쁘다고 경에게 해코지 한 기억은 없는데 말이죠."

황녀는 눈과 입을 동시에 끌어올리며 웃었다. 황녀는 노상 웃는 낯이었지만 이토록 환하게 웃는 모습을 보여준 적은 손꼽을 정도로 적었다. 알레이스의 목부터 얼굴 끝까지 붉게 화르륵 타올랐다.

"어, 그, 그게……."

알레이스는 더듬거리다가 결국 말하는 것을 포기하고 고개를 푹 떨구었다. 황녀는 조용히 '바보'라 중얼거렸다.

저를 짝사랑하고 있으면 이럴 때 제 마음을 내보이는 게 당연한 것 아니던가? 사내답게 '사랑해서 그렇다'는 화끈한 말이나, '당신의 기분이 좋으면 저도 좋습니다' 같은 달큰한 말 정도 내뱉는 건 어려운 것도 아닌데 말이다.

아니, 다 틀렸다. 그가 그런 말을 할 필요는 없었다. 황녀는 알레이스 후작의 양 뺨을 감싸 쥐었다. 펑 소리가 날 것 같다는 생각이 들 정도로 붉어진 얼굴을 보며 웃었다.

"좋아해요, 경."

"어, 어……."

"그 바보 같은 소리도 귀엽다고 생각할 만큼, 무척 좋아하고 있어요."

황녀가 다시 손을 떼고 걷자, 알레이스 후작은 엉거주춤 그를 따라왔다. 하지만 그의 시선은 황녀의 뒤통수가 아니라 바닥을 보고 있었다. 황녀는 혀를 차면서 또 멈춰 섰다.

"내가 이렇게까지 말했는데. 할 말 없어요?"

"연모…… 합니다."

알레이스 후작이 제 가슴을 손바닥으로 짚었다. 이 손바닥 아래엔 그녀의 목소리만 들어도 쿵쾅 뛰어대며 저가 살아 있노라 외치는 심장이 있다.

"이 단순하고 확연한 감정을 전하지도 못해, 전하 앞에선 바보가 될 정도로."

"잘 아네요. 본인이 바보인 거."

황녀는 픽 웃고는 그를 지나쳐 갔다.

"한데 전 바보는 사랑하고 싶지 않거든요. 그러니 알아서 해요."

서너 걸음 떨어졌을까. 알레이스 후작이 번뜩 고개를 들어 황녀를 불러 세웠다.

"저, 전하!"

"뭐죠?

"이…… 이…….'

"제 머리에 이 없어요, 공."

"그게 아니라…… 입! 입맞춤을 해도 되겠습니까?"

두 사람이 있는 곳은 황녀궁으로 향하는 길목이었다. 황녀가 조금 늦게 황태자궁에서 나왔기 때문에 그녀를 맞이하기 위해 시녀장을 비롯해서 기사 몇몇이 궁 앞에 나와 있었다. 그들이 휘둥그레 눈을 뜨곤 제 귀를 의심하며 고개를 갸우뚱하거나 서로 시선을 나눌 정도로, 알레이스 후작의 목소리는 컸다. 황녀 또한 어깨를 움찔하며 우뚝 멈췄다.

"놀라라."

"죄, 죄송합니다!"

알레이스 후작이 황급히 고개를 숙였다. 황녀가 받아줬다고 해도 그렇지, 이건 좀 심했다. 그가 후회를 곱씹듯 입안 볼을 깨물고 있는데, 황녀가 입가에 손을 대고 풋 웃었다.

"한데 왜 계속 그러고 서 있어요?"

"예?"

"안 해요?"

알레이스 후작이 눈을 크게 떴다. 황녀가 그에게 손을 까딱했다.

가느다란 손은 유혹의 몸짓이라기보단, 남을 제 마음대로 부리는 지배적인 느낌이 강했는데도, 알레이스는 홀린 듯 그녀의 손가락 끝을 쫓았다. 그러다 퍼뜩 정신을 차리곤 긴 다리를 뻗어 그녀에게 걸어갔다.

"아니요, 합니다! 해요!"

"험, 험험."

"크흠."

시녀장은 가만히 서 있었으나, 기사들은 짠 듯 서로 다른 쪽으로 고개를 돌렸다. 어색함을 덜어내기 위한 헛기침 소리가 요란했다.

그리고 곧, 두 사람의 입술이 맞닿았다.

외전

1
남겨진 세계

그녀가 이 세계에 미련이 없다는 건 오래전부터 알고 있었다.

자신의 이야기를 잘하지 않는 것이나, 지위나 사물에 집착하지 않는 것을 보면서 느끼고 있었다. 결정적인 계기는 물론 그녀가 세계수에 대해 찾아다니는 걸 보면서부터였지만. 황족들은 세계수에 대한 비밀을 잘 지켜왔다고 생각하고 있을지 모르나, 영원한 비밀은 없는 법이다. 알음알음 새어 나간 비밀은 어느 학자가 가설인 척 던지기도 하고, 호기심 많은 몇몇 귀족들이 문서로 남겨 두어 자신들의 서재 깊숙한 곳에 보관하기도 했다.

전 카이스턴 공작은 새가슴이었던 터라 자신들의 가문이 황족 중에서도 직계에게만 알음알음 전해져 오는 비밀을 가지고 있다는 사실을 숨겼다. 테일러에게 공작 위를 물려주는 순간까지도. 하지만 서류를 불태우진 않았기 때문에 테일러는 공작만 읽을 수 있는 서류들을 확인하다 자연스레 세계수의 비밀도 얻게 되었다.

테일러에게 세계수의 비밀은 좀 신기하긴 해도, 큰 의미는 없는 진실이었다. 그는 이 세계에서 공작이었고, 천재 검사라 칭송받았다. 이 세계에서 충분히 만족스러운 생을 살고 있는데 모든 것을 놓고 다른 세계로 떠날 이유가 없었다. 그녀가 저쪽 세계의 사람이라는 것을 알았을 때도 이 생각은 변하지 않았다. 그녀가 떠나는 것이 아쉽지만 그녀를 위해 제가 가진 것을 모두 포기할 자신은 없었다. 카를이 황자라는 신분과 차기 황제라는 기회를 걷어차고 그녀를 따라갈 수 있었던 건 나름의 용기가 필요한 것이었다. 그래서 테일러는 그가 부럽지만, 한편으론 부럽지 않기도 했다.

테일러는 저택 정원을 걷다가 멈췄다. 사방이 어두워지고 있는 걸 알았지만 정신을 차려보니 밤이었다. 새로 판 인공연못에 동그란 보름달이 떠 있었다. 그녀와 카를이 사라진 지 어언 십여 년이 넘었다. 단순히 봄을 열 번 맞았다는 뜻이기도 했다. 하지만 그 시간 동안 많은 것이 변했다.

황녀는 차기 황제로서의 교육을 받았다가, 선황제가 서거한 8년 전, 황제가 되었다.

카로틴에 두 번째 여제가 탄생했다는 것에 희망을 거는 사람도, 탐탁지 않게 바라보는 사람도 있었다. 새 여제는 초기 정권을 제대로 잡기 위해 부단히 노력했다. 그러는 데 전 황태자였던 웨이휠이 큰 도움을 주었다. 그는 황족으로서 성을 반납하고 황녀의 첫 번째 신하로서 온몸을 바쳤다. 많은 사람들은 폐태자인 그가 살아 있는 이유가 몸을 낮추어서라고 했는데, 테일러만은 그 말에 코웃음 쳤다. 여제가 그를 살려둔 이유는 제게 득이 되기 때문이거늘, 사람들은 단순한 사실을 꼭 어렵게 꼬아내곤 했다.

어쨌든 여제는 제국을 안정적으로 다스렸다. 두 번째 부흥기가 찾아왔나 싶을 정도로 제국은 번영했다. 그리고 여제 제위 5년,

그녀는 알레이스 후작을 부군으로 맞았다. 자식을 둘 낳았는데, 여아가 드문 황실답게 둘 다 남아였다. 여제는 부득불 여아를 보겠다고 우겨서 세 번째 아이를 뱄다. 단순히 여아에 대한 동경인지, 아니면 특별한 의미가 있는 것인지는 모르겠지만, 모두 조마조마한 마음으로 새 황족의 성별을 가늠하고 있었다.

과연 여제도 바라는 대로 세 번째 아이는 황녀일 것인가, 아니면 이번에도 황자일 것인가.

정말로 성별이 궁금하다면 마법사를 불러 감별해 보라 하면 되지만, 황녀나 부군인 알레이스 후작이나 마법이 행여 태아에게 해로운 영향을 미칠까 싶어 그건 막고 있었다.

그리고 셀리스티나.

그녀는 12살 어린 소녀에서 20대의 매혹적인 여성이 되었다. 어릴 때도 또렷한 눈매와 오똑 솟은 코에 반듯한 입매를 가져 시선을 모았지만, 어린애라서 예쁘다기보단 귀엽다는 생각이 들 때가 있었는데. 소녀는 한 해가 다르게 훌쩍 자라더니 소녀티를 완전히 벗고 성인이 되었다.

소녀 나이 열여섯, 성년이 되어 결혼을 할 수 있는 나이가 되었을 때 오클레앙 가로 청혼서가 밀물처럼 밀어닥쳤다.

오클레앙 영애는 웨이휠보다 더한 여제의 신임을 받는 권력자이자, 오클레앙 대상단의 주인이었으며, 후작가로 격상된 오클레앙 가를 이끄는 가주였다. 게다가 카로틴에서 손꼽히는 미녀이기까지 하니 결혼적령기 청년들이라면 누구나 오클레앙 네 글자에 목을 맸다. 그러나 셀리스티나는 청혼서는 거들떠보지도 않았다. 그녀가 선택한 것은 이전부터 친분이 있던 한 사람, 케이안 루만 티온이었다.

"제게 장미를 가져다주실 수 있나요?"

알레이스 후작이 황녀에게 청혼할 때 장미를 사다 바쳤기 때문에, 청혼할 때 장미를 주거나, 장미를 사달라고 요구하는 게 풍습이 되었다.

언젠가 그랬던 것처럼 얼굴 가득 홍조를 띠운 케이안은 심장에 주먹 쥔 손을 얹은 채 한쪽 무릎을 꿇고, 다른 쪽 무릎을 직각으로 세웠다. 케이안도 기사 서임을 받은 자였기에 레이디에게 맹세를 하듯 청혼을 했다.

"물론입니다. 원하신다면 매일 새 장미를 꺾어다 바치겠습니다. 영애의 침실에 꽂힌 장미는 절대 시들지 않을 겁니다."

케이안과 셀리스티나는 둘만 있는 공간이 아니라 한참 파티가 진행되는 곳에서 청혼을 했다. 그냥 있어도 사교계의 이목을 모으는 두 사람이 그러고 있으니 당연히 시선이 모였다. 사람들이 환호와 부러움 섞인 감탄 소리를 내뱉으면서 파티장은 그야말로 아수라장이 되었다.

그날은 전 루만티온 후작이 작고해 장례식을 치른 뒤로 딱 3개월이 되는 때이자, 케이안이 새 가주가 되는 것을 축하하는 자리였다. 두 사람이 사교장에서 소동에 가까운 일을 벌인 것에 눈살을 찌푸리는 사람도 있었지만, 극히 일부였다.

오클레앙 후작은 원체 유명인사이니, 조용한 곳에서 청혼을 했다하더라도 나중에 소문이 일파만파로 퍼져 나가 소란을 만들었을 것이다.

셀리스티나가 자란 만큼 케이안도 자랐다. 그는 테일러보다 이

마 하나가 더 컸다. 단호하게 각진 얼굴에 시원하게 뻗은 콧날과 호감형 미소를 만들 줄 아는 입 등은 틀림없는 미남이었다. 그래서 그가 웃을 때마다 여인들이 술렁이곤 했다. 그런 두 사람이 결혼을 하고 부부로서의 언약을 맺었다. 여제가 알레이스 후작을 맞이했을 때보다 더한 충격이 카로틴에 내려앉았다.

눈물로 베개를 적시며 전하지 못한 마음을 후회하는 자들이 있는가 하면, 현실을 받아들이지 못하고 헛된 마음을 전하는 자도 있었다. 그러나 두 사람의 결혼을 받아들이고 진심으로 축하하는 사람도 있었다. 두 가문에 딸린 가솔들, 오클레앙 상단 사람들과, 두 사람을 마냥 좋아하고 아꼈던 지인들이 그랬다.

올해는 두 사람이 결혼을 한 지 꼭 2년이 되는 해였다. 셀리스티나는 자녀 계획보다는 자신의 야망을 실현하는 데에 관심이 많았기에 둘 사이에 아직 자식은 없었다.

테일러는 30대가 되었다. 많은 사람이 변했고, 일부는 죽기도 했지만, 테일러는 그대로였다. 그는 여전히 공작의 업무를 보고 있었고, 공작부인의 자리는 공석이었다.

"결혼 생각이 있긴 한 거예요?"

간혹 테일러를 향해 이렇게 묻는 사람이 있었다. 그럴 때마다 테일러는 정해진 대답을 꺼내놓듯 이렇게 대꾸했다.

"꼭 해야 하나? 사람의 인생이 꼭 결혼하고 새끼를 치는 것으로 마무리되어야 할 이유는 없다고 생각하는데?"

테일러는 습관처럼 중얼거리다 연못이 동동 떨어지고 있던 꽃잎에서 고개를 들었다. 테일러의 뒤, 큰 벚나무 아래에 셀리스티나가 서 있었다. 그녀가 테일러와 눈이 마주치자마자 손 인사를 했다.

"언제 들어왔지?"

"좀 됐어요."

테일러는 셀리스티나의 주위를 쓱 훑은 뒤 물었다.

"루만티온 후작은?"

"당연히 따돌리고 왔죠."

"당연히……?"

"카이스턴 공작의 '카'만 나와도 의처증 후작님이 되어버리는데 어쩌겠어요. 몰래 오는 수밖에."

"이곳에 안 오면 되는 거 아닌가?"

"그냥 놔두면 연못에 콱 빠져서 죽어버릴 것 같은데 어떻게 안 올 수 있겠어요?"

셀리스티나가 연못 앞에서 한참 서 있던 테일러를 흉내 냈다.

"그런 생각 안 했다."

"그래요? 그럼 말고."

셀리스티나는 맑게 웃으며 걸어왔다.

연못 주위론 큰 공터가 있었고, 공터 주위를 두르듯 나무들이 있었다. 밖에서는 이 연못이 안 보이지만, 연못 앞엔 긴 의자가 놓여 있어 제법 주위가 여유로웠다. 셀리스타는 의자에 앉아 다리를 쭉 폈다. 테일러는 살짝 드러난 맨다리에 혀를 끌 찼다가, 결국 도리 고개를 젓고는 그녀 옆에 앉았다.

셀리스티나는 밖에서는 야무진 가주였지만, 테일러 앞에서는 묘하게 풀어졌다. 테일러는 그녀를 그냥 내버려 두었다. 셀리스티나는 그녀를 추억하는 몇 안 되는 사람이므로. 정작 셀리스티나는 그녀보다는 혼자 남겨진 테일러에 더 신경을 쓰는 것 같긴 하지만 말이다.

셀리스티나는 실없는 소리만 하는 것 같으면서도, 테일러의 기분을 살살 풀어주는 재능이 있었다. 그래서 디온이 셀리스티나를 많이 좋아했다. 그녀가 다가가면 테일러가 갑자기 의욕이 샘솟거나, 못 자던 잠을 자는 신기를 발휘하곤 하니까.

테일러는 셀리스티나가 방문한다는 말을 들은 적이 없고, 그녀가 들어오는 걸 허락한 기억도 없었다. 그러니 오늘도 디온이 멋대로 판단해 그녀를 들여보낸 것이리라. 그러나 누구를 탓할 수도 없다. 테일러는 옅게 웃고는 의자 등받이에 몸을 기댔다. 그렇다면 조금 같이 있어줄까 하였다.

셀리스티나는 구두를 벗어 벤치 옆에 내려놓았다. 발끝에 축축하게 젖은 흙이 묻는 것도 아랑곳하지 않았다. 그녀는 치마를 살짝 걷어 드러난 종아리를 손으로 통통 내려쳐 조금 뭉친 근육을 풀더니, 무언가를 발견하고 번뜩 고개를 들었다. 그녀가 발끝으로 그것을 가리켰다.

"이건 뭐예요?"

테일러가 서 있던 자리의 진흙이 긁혀 있었다. 읽을 수 없긴 했으나, 그건 문자였다.

"나랑 닮았다는 남자의 이름."

테일러는 툭 내뱉었다. 그러나 셀리스티나의 발끝을 따라 시선을 옮겼을 때, 찰나지만 그의 눈은 그리움으로 흐려졌었다. 셀리스티나는 저런, 감탄사를 내뱉으며 혀를 찼다.

"아, 애잔해라. 본인의 본명도 아닌 것을 십 년째 새기고 있다니. 당신, 결혼하지 않는 건 그녀 때문이죠?"

테일러는 대꾸하지 않았다.

"한데 그녀는 돌아오지 않을 거예요. 어쩌겠어요. 이곳 사람이 아닌 것을. 그러니 그냥 이곳에서 적당한 여자를 만나 결혼해요. 그러고 싶지 않더라도요. 당신이 그냥 죽으면 여러 사람 고생해요. 카이스턴 가에 속한 재산이 오죽 많나요."

"그래서 너처럼 살란 말인가?"

테일러가 울컥 내뱉었다. 셀리스타나는 핫 하고 웃음을 터뜨렸다.

"그거 좀 섭섭한데요. 이래 봬도 저랑 후작님은 연애 결혼한 거라구요? 마음이 없이 조건만 보고 결혼한 것과는 다르죠."

"하나 네 마음이 루만티온 후작에 비하면 한없이 작고 얕다는 건 알지."

"그러면 안 되나요?"

아니라 반박할 사람이 아닐 줄은 알았지만, 수긍하고 반박할 줄은 몰랐다. 순간 말문이 막힌 테일러가 다시 입을 다물었다. 셀리스타나는 정말로 궁금하다는 듯 두 눈을 크게 뜨고서 고개를 갸우뚱 기울였다.

"마음을 받았으면 꼭 마음을 돌려주어야 하나요? 나를 좋아하는 사람이 있으면 나도 딱 그만큼 좋아해 주어야 하고, 나를 싫어하는 사람이 있으면 나도 그만큼 싫어해야 하나요?"

물질이라면 모를까 마음은 측정할 수도, 돈처럼 딱딱 계산해서 내어줄 수도 없다. 그러니 셀리스타나가 마음이 없다면 그것을 나무랄 수는 없다. 다만 물을 수는 있었다.

"하면 왜 그 놈이랑 결혼을 했지?"

"좋아는 해서요."

"흐음?"

테일러가 눈썹을 밀어 올렸다. 셀리스타나는 다리를 까딱거리면서 웃었다.

"그는 저를 볼 때마다 늘 소년처럼 얼굴을 붉히고, 우물쭈물하죠. 그리고 작은 말을 하면서 늘 눈치를 살피고, 조금이라도 인상을 찡그리면 행여 기분이 상했나 물어봐요. 제가 거기서 입을 완전히 닫아버리면 완전히 어린애가 되어서 어쩔 줄 몰라하다가 눈시울을 붉히며 훌쩍여요. 아하하, 당신보다 더 큰 남자가 말이죠."

셀리스티나가 눈앞에 그를 그려보고 있는지, 허공 먼발치를 보며 헤실헤실 웃었다.

"……웃겨서 좋다는 건가?"

"뭐, 그것도 있지만…… 근원적인 이유는 아니에요."

작은 목소리도 용케 주워들은 셀리스티나가 살포시 고개를 저었다.

"저는 케이안이 저를 좋아해 주는 모습이 좋아요. 세상에서 가장 소중한 사람인 양, 조심조심 살살 대하고 있다는 게 보여서요. 그래서 좋아요."

"하면 케이안의 마음이 식으면 네 마음도 식는 건가?"

"그럴지도요. 한데 그게 당장 내일일 것 같지는 않네요."

그게 뭐람. 테일러는 미간을 찡그렸다. 그는 자신이 사랑을 한 적은 없어도, 사랑이 영원하고 불멸적인 존재라고 믿었다.

아예 하지 않는다면 모를까. 어중간한 마음을 가지고서 '좋다'고 말하는 게 이해가 되지는 않았다. 하지만 세상 사람들이 모두 진실되고 순결한 사랑을 하는 것은 아닐 터였다. 그리고 셀리스티나가 말했듯, 그가 죽은 뒤의 일도 생각해야 했다. 적당히 많은 재산이면 그가 죽을 때까지 사용할 돈이거니 내버려 두면 되지만, 카이스턴 가의 부는 한 사람이 작정하고 쓴다고 거덜 날 정도가 아니니까. 테일러는 긴 한숨을 내쉬었다. 하지만 역시, 원치 않는 사람과 결혼을 하는 것은 내키지 않았다.

테일러가 서 있던 자리에 떨어진 꽃잎들은 물결을 밀어내는 바람을 따라 연못 중앙에 떠 있었다. 잠깐 한눈을 팔았던 꽃잎들이 바람을 이기지 못하고 떠밀려 갔듯, 테일러의 시간 또한 끝없이 흘러 그가 원하든 원치 않았든 목적지에 도달할 터였다.

셀리스티나는 맨발로 흙을 긁거나 걷어차면서 놀고 있었다. 테일러는 흰 발에 묻은 흙을 바라보았다. 눈 깜짝할 사이에 저 발도 자라 성인의 것이 되었다.

"너도 언젠가 아이를 낳을 테지."

"이곳에서, 결혼을 하면 아이를 낳는 건 의무니까요."

셀리스티나는 즉각 대답했다.

"최소 둘은 낳겠지?"

"글쎄요……. 그건 두고 봐서? 그런데 왜요?"

"둘 이상이면 하나는 달라고 하려고."

"아……?"

셀리스티나가 입을 벌렸다. 짧게 뱉었던 경악성은 눈으로 번져 나갔다.

"카이스턴 가를 제 아이에게 주신다구요?"

"남아라면 강골 체질일 테니 검을 가르치기에 좋을 거고, 여아라면 명석해 공부를 잘할 테니 더욱 좋을 것 같다만."

"왜 있지도 않은 자식을 달라 마라예요? 하, 참. 어이없는 양반일세."

셀리스티나가 코웃음을 치며 고개를 돌렸다. 테일러는 앉은 채로 눈만 끔뻑였다. 그는 진심으로 납득이 안 간다는 얼굴이었다.

"나쁜 제안은 아니지 않나?"

"공작님에게야 그렇겠죠."

테일러는 미간을 좁혔다. 카이스턴 가가 뭐 어때서. 세간에 알려지지 않은 재산을 모두 긁어모으면 오클레앙 가의 몇 배나 되는 거금이 모일 거다. 카이스턴 가에 충성을 바치고 있는 가신들의 수도 많아서, 카로틴 밖에 따로 제국을 하나 세워도 될 정도였다. 하지만 그런 이야기를 해서 무엇할까. 테일러는 입술을 씰룩이다 말았다. 제 집 물건을 자랑하는 꼬맹이가 된 기분이다.

셀리스티나는 발장난을 멈추었다. 양 허벅지 옆을 짚고서 몸을 젖혔다. 쏴아아, 바람이 흩날리면서 셀리스티나의 긴 머리칼을 흩트렸다.

"온전히 잊기는 힘들 거예요. 하지만 잊은 것처럼, 그냥 마음에 품고 살 수는 없는 거예요?"

"네 눈에 난 어리석어 보이겠지만…… 그래. 그러지 못하겠다."

테일러가 바닥을 보며 쓸쓸히 웃었다. 여느 때라면 그를 비웃었을 셀리스티나는 이번엔 고개를 끄덕였다.

"그렇다면, 어쩔 수 없는 것이겠죠."

"갑자기 말을 바꾸는군. 위로인가?"

"설마요. 전 그렇게 상냥하지 않아요. 그저, 전 사실을 말할 뿐이에요."

"……사실?"

테일러가 멈칫했다.

"그녀의 영혼이 머물 수 있었던 이유. 생각해 본 적 없어요? 답은 하나, 이 세계와 그녀의 세계가 연결되어 있으니까 그런 거예요. 언제든 통로로 넘어갈 수 있을 정도로 두 세계가 붙어 있어서 그런 거라구요."

그런 생각은 한 번도 해본 적이 없었다. 테일러가 홀린 것처럼 고개를 들어 셀리스티나를, 그 다음엔 연못을 보았다. 잔잔한 표면은 평소와 같은데 왜인지 그 안에서 그녀를, 그리고 카를을 본 것 같았다.

"문이 열려 있고, 연이 완전히 끊어져 있지 않으니 그리움 같은 감정이 남아 있어도 이상하지는 않죠."

저쪽 세계에 있는 사람을 그리워하고 추억하는 사람은 또 있었다. 초대 여제 유하영이 차원의 문을 넘어간 지 몇백 년이 지났음에도, 황족들은 세계수 주변을 지키며 혹 누군가 이곳으로 넘어오지 않을까, 그들이 여제를 그리워하는 것처럼 여제도 이곳을 그리워하여 다시 돌아오지 않을까 기다렸다.

초대 여제를 모시던 가신들은 모두 흙으로 돌아갔고, 그녀의 직계 자손들 또한 이제 없었다. 하지만 그들이 가지고 있던 그리움은 아래로 내려가 계승되었다. 여제를 직접 보지 않은 후손들은 여제를 신처럼 떠받들었다. 왕조 국가라면 으레 나타나는 전통성 확립이라 보기엔 좀 과한 감이 있었다.

어쩌면 그 또한 세계가 연결되어서 일어난 일일지도 모른다.

테일러는 말이 없었다. 셀리스티나도 대답을 바란 건 아닌지 후, 짧은 한숨을 내쉰 뒤 뒤돌아섰다. 갈 것처럼 멀어졌던 그녀가 다시 뒤를 돌았다.

셀리스티나가 있었던 자리를 보는 테일러의 눈이 몽롱히 풀려 있었다. 셀리스티나는 그가 뭘 하고 있든 아랑곳하지 않고 기지개를 쭉 폈다.

"아, 참. 본래 목적은 이게 아니었는데. 당신, 폐하의 부름에 몇 번이나 항명했다면서요? 뭐 때문에 삐졌는지 모르겠지만 재깍 달려가 줘요. 폐하께서 인내심이 그리 강한 분이 아닌 건 알잖아요."

"......."

"이 말을 하러 온 건데. 쓸데없는 소리가 늘었네요. 그럼 전 가볼게요. 케이안이 잔뜩 기다리겠네."

타박타박, 셀리스티나가 멀어져 갔다. 테일러는 그녀가 가는 방향은 쳐다보지도 않고 가만히 서 있었다.

연결되어 있다.

끊어져 있지 않다.

그녀와.

테일러는 주먹을 꽉 쥐었다. 그래서 뭐 어쩌란 말인가. 언제라도 저 세계로 넘어갈 수 있다 해도, 그는 넘어가지 않을 것이다. 다만 그립고, 또 그리울 뿐이었다. 얼굴도 이름도 몰랐던 사람의 형체가 그리워 가끔 견딜 수 없을 것 같은 기분이 들 뿐이었다.

문득 저 멀리서 떠오는 형체가 있었다. 테일러는 수면 위를 떠도는 자홍빛 형태를 노려보았다. 테일러의 주먹만 한 형태는 연못을 가로질러 와 그의 발치 앞에서 멈추었다. 시커먼 그림자와 같던 것이 달빛을 받아 어스름한 형체를 드러냈다.

"붉은 연꽃······."

활짝 피어 수줍게 외양을 드러낸, 고결한 꽃이었다. 테일러는 꽃을 꺾어 들었다. 후둑, 물에서 피어나는 꽃답게 연못의 물이 떨어져 테일러의 상의를 더럽혔으나 테일러는 아랑곳하지 않고 꽃을 조심스레 양손에 담았다.

[연화.]

문득, 그리운 울림을 담은 목소리가 전해져 오는 것도 같았다.

테일러는 연꽃을 꼭 담고는 중얼거렸다.

만약 그녀가 이 말을 들을 수 있다면, 이곳과 그곳이 연결되어 있다면.

"행복하기를."

그녀가 꼭 이 말을 듣기를 바랐다.

2
그의 이야기

　연화가 본래 세계로 돌아온 지 5달이 지났다. 그건 바꿔 말하면 카를이 이 세계에 적응하려 노력한 지 5달이 되었다는 뜻이기도 했다. 그 5달 동안 연화는 치열하게 살았다. 기업을 물려받을 준비를 하고, 시험 차 운영했던 쇼핑몰을 어떤 젊은 사업가에게 팔아넘기고, 방화를 한 홍진수의 시체를 수습했다.

　홍 회장이 바로 경영 일선에 뛰어들라거나 냉큼 기업을 가져가라고 하지는 않아서, 그녀의 아직 여유가 있었다. 연화는 그 여유를 '카를'을 위해 썼다.

　카로틴은 신분제 사회이긴 했지만, 이민엔 관대했다. 먼 나라 여행자가 오면 거의 받아주었고, 제국에 아예 눌러앉아 산다고 할 경우, 카로틴에서 범죄를 저지르지만 않았다면 흔쾌히 받아주었다. 그러나 한국은 다르다. 카를이 이 세계에 살려면, 그의 국적과 신분, 나이 등을 증명해야 했다.

　이 세계의 입장에서 카를은 뚝 떨어진 사람이나 마찬가지였다.

신고 당하지 않았을 뿐 불법 체류자 신분으로 연화 곁에서 머물고 있었다. 없던 신분까지 만들어 그를 연화의 곁에 붙여두느라 적잖은 시간이 소요되었다.

다행히 연화가 세현을 물려받을 게 확실해졌기에, 그녀에게 뒷줄이 되어주고 싶은 사람 몇이 손을 써주었다. 그렇게 일을 끝냈다. 그리고 오늘, 숨을 돌릴 짬을 찾은 연화는 하루 스케줄을 통째로 비웠다.

그동안 카를은 연화의 뒤에 서 있었다. 저쪽 세계에서 그랬듯이. 오도카니 서서 아무것도 묻지 않았다. 연화는 그게 늘 고맙고 미안했다. 내색하지 않았다 뿐 낯선 세계에 떨어져 적응하는 데 힘이 들 터인데, 조용히 참아줘서.

오늘 연화는 겨우 얻은 하루를 카를과 함께 쓰기로 했다. 그 2달, 승용차라는 것에 적응한 카를은 차 밖으로 굴러가는 풍경이 여느 때와 다르자 눈을 홉뜨고 운전석에 앉은 남자를 노려보았다. 중년 남자가 시퍼런 서슬에 놀라 딸꾹질을 했다. 연화는 카를을 안심시키기 위해 어깨 위를 다독였다.

"번화가에 한번 들를까 해서요."

카를은 엉거주춤 일어서려다 허리에 힘을 빼고 다시 앉았다. 차는 빠르게 시가지를 달려 옷가게에 도착했다.

카를은 이 세계에 맨몸으로 왔다. 그가 가지고 있는 것은 걸치고 있는 옷 한 벌. 그것도 이 세계에서는 코스프레 취미가 있나 의심받을 정도로 사극풍이 펄펄 넘치는 요상한 옷이었다. 다행히 세현은 의류로 시작한 기업이라, 연화는 원하는 만큼 샘플용 의복을 얻을 수 있어 그렇게 얻은 옷들을 카를에게 주었다. 하지만 언제까지 옷을 그렇게 얻어 입을 수는 없는 노릇이다. 무엇보다 카를은 서양적인 체구를 가지고 있어 미묘한 곳에서 핏이 어긋났다.

가만히 있으면 샤프하고, 웃으면 얼음꽃이 녹아내리는 듯한 미형의 남자가 남의 옷을 빌려 입은 사람처럼 엉성한 몰골로 제 뒤에 서 있는 걸 볼 때마다 마음 어딘가가 뒤틀렸다.

참 잘난 사람인데, 어디 내놓아도 빠지지 않는 사람인데. 그런 사람에게 옷 한 벌 사주지 못하다니. 내가 열심히 일을 하는 이유가 대관절 뭐길래. 연화는 욱 치밀어 오르는 욕망을 몇 번이나 내리눌렀다. 일정이 연화의 사지를 꽉 붙잡고 있었기에. 그녀가 욕구를 참는 방식은 강제에 가깝긴 했지만 어쨌든 그러다 기회가 왔고, 그녀는 쭉 그녀의 신경 한구석을 거슬리게 했던 문제를 해결했다.

고급 양품점에 가서 맞춤형 의복을 내키는 만큼 주문하고 돌아섰다.

예상했던 대로 시간은 1시 가까이 되어, 점심을 먹을 때가 되었다. 예약했던 식당이 있는 곳으로 발을 돌리려는데, 주머니에 대충 꽂아두었던 휴대폰이 신나게 진동을 했다. 연화는 길 중간에 서서 액정 화면을 확인했다. 이재민. 회사에 온 연락이 아닌 걸로 보아 일과 관련된 전화는 아닌 것 같다만, 이쪽도 그리 달갑진 않았다.

오늘 연화는 무려 카를과 2달 만에 외출을 했다. 언제 또 이 여유를 누릴 수 있을지 모르는데, 이걸 쉬이 포기하게 될지도 모르는 사람의 연락이 달갑지 않았다. 통화 버튼을 누르고 척 휴대폰을 귀에 가져다 대는 연화의 얼굴엔 미미한 짜증이 서려 있었다.

"무슨 일?"

[친구가 보자는데 무슨 일이 있어야 보냐?]

재민의 목소리는 늘 그랬든 유쾌했다. 연화는 더 따지지 못하고 그를 따라 픽 웃어버렸다.

[것보다, 너 지금 밖이라면서? 아직 식전이면 같이 점심 먹자.]

그걸 어떻게 알았지? 연화는 재민이 그럴 사람이 아니라는 걸 알면서도 괜히 주위를 두리번거렸다. 수상한 검은 봉고차 같은 것은 보이지 않았다.

"그 어이없는 이야기의 출처는 어디야?"

[수민 씨에게서 들었지.]

연화가 쇼핑몰 사업에서 손을 뗐을 때, 다른 직원들은 그대로 새 사장이 운영하는 쇼핑몰에 남았지만, 수민만은 그녀를 따라왔다. 연화는 마침 제 사람이 필요하다고 생각해서 그녀를 비서로 받아들였다.

수민은 착실하고 꼼꼼하며 성격이 밝아, 사무실 분위기를 띄워 주었다. 하지만 그 사교적인 성격이 가끔 엉뚱한 일을 불러올 때가 있었다. 지금이 그랬다.

재민은 적이 아니라 친구였기에, 연화는 그녀가 제 일정을 재민에게 알리는 것을 제지하지 않았다. 오늘도 그녀는 아무 생각 없이 재민의 전화에 응답했을 거다. 그래, 내 팔자를 내가 꼰 것을 어쩌겠나 하며 연화는 짧게 혀를 찼다. 재민은 수화기 너머로 들리는 차 소리와 사람들 소리를 보고 완전히 실외임을 확신했다. 그가 한결 목소리를 밝게 키우고서 물었다.

[그래서 어딘데?]

"나 오늘 바빠."

[그래? 괜찮으면 우리 어머니랑 같이 한 끼 하자고 하려고 했는데.]

재민의 밝음이 조금 수그러들었다. 연화는 통화 종료 버튼에 가려던 엄지를 뗐다.

보통 친구, 그것도 이성 친구의 부모를 만나는 건 매우 부담스러운 일이다. 하지만 연화는 재민의 어머니를 만나기로 마음먹었다. 그녀가 카로틴을 만든 여제라는 것을 알았기 때문에.

재민이 아버지와는 연을 끊었어도 어머니와는 간간이 연락을 이어가고 있는 것을 알았기에 넌지시 말을 흘렸다. 해주면 좋고, 아니어도 상관은 없었다. 그녀가 어디에 사는지는 알고 있으니.

시작은 카로틴 초대 여제의 이름이 '유하영'임을 알면서부터였다. 물론 동명이인이 있을 수도 있고, 아예 이 땅에 사는 사람이 아닐 수도 있었다. 하지만 연화는 역사서가 가리키는 여제가 그녀일 것이라 단정했다.

근거는 하나, 시간이었다.

연화는 저쪽 세계에 1년간 있었다.

그동안 이곳에서는 보름이란 시간이 흘렀다.

그리고 초대 여제 유하영은 카로틴을 100년간 지배했다.

연화가 머물렀던 시간대로 '1년=보름'으로 계산하면, 저쪽 세계의 100년은 이쪽 세계의 4년 2개월이다.

공교롭게도, 재민의 어머니가 실종되었던 기간과 같다.

이런 우연이 또 있을까 싶지만, 연화는 의심을 섣불리 확신하진 않았다. 로또 1등 당첨 확률이 814만 분의 1이라던데, 그 희박한 확률을 뚫고 당첨되는 사람이 매주 꼭 나오곤 했으니까.

대신 넌지시 재민에게 이 이야기를 전했다. 재민은 연화의 말에 그렇다, 아니다 답하지 않았다. 그가 말한 것은 조금 다른 이야기였다. 재민이 연화에게 보여주었던 이야기의 초고를 짜게 된 배경이 유하영, 그녀의 어머니 때문이었다. 어머니가 준 세계관대로 이야기를 썼다고 했다.

그렇다면 그녀는 이미 이 세계를 알고 있었다는 소리. 가설이 현실이 되는 순간이었다. 연화는 재민의 어머니 이야기를 하긴 했지만 만나고 싶다는 말은 하지 않았다. 사귀는 사이라도 상대의 부모님을 만나는 건 꽤나 부담스러운데, 심지어 재민과 연화는 잠깐 사귀었다 헤어진 적이 있는 사이였다. 하지만 말 속에 느껴지는 미묘한 뉘앙스를 눈치챘는지, 재민이 기억해 두었다가 연락한 모양이었다.

연화는 카를을 보았다. 언젠가 카를에게 초대 여제는 재민의 어머니란 말을 한 적이 있었다.

카를은 파란 눈에 이채를 띄고서 휴대폰을 보았다. 보고 있는 건 휴대폰이라는 물건인데, 그는 소리의 모양새를 훑고 있는 것 같았다. 그 정도로 연화와 재민의 목소리에 신경을 세우고 있었다.

저 정도면 양해를 구하지 않아도 되겠지. 연화는 핏 웃고는 휴대폰을 고쳐 잡았다.

"아냐, 짧게 시간 내는 정도면 가능할 것 같아."

[와, 치사해…… 나보다 우리 어머니가 더 좋다 이거야?]

재민은 서운하다 툴툴대면서도 장소를 알려주었다. 목적지는 어느 식당이나 가게가 아닌 재민의 어머니가 홀로 사는 집이었다.

[밖에 나가는 게 귀찮으시다나, 뭐라나.]

아쉬운 쪽은 이쪽이었기에, 연화는 군말 없이 승용차에 올라탔다. 차로 이동하는 시간은 연화가 유일하게 손에서 서류를 놓는 때였다. 재미없는 말이라도 걸어 연화의 시선을 붙들어 두었을 카를은, 차 문에 바싹 붙어 바뀌는 풍경을 하염없이 바라보았다.

매끄러운 도로를 달린 차는 목적지에 도착했다. 붉은 지붕을 덧씌운 흰 2층집 주위로 얕은 담장이 둘러져 있었다. 유하영은 집 뒤편에 놓인 야외 테이블에 앉아 있었다. 파라솔이 만들어낸 음영이 여성의 얼굴을 가려놓았다. 하지만 앉은 채로 고개를 들고 자세를 고쳐 앉는 것에서, 그들이 우리를 봤음을 알았다.

카를은 문 앞에서 안내하려는 사람을 대충 지나치곤 집 뒤로 들어갔다. 사박, 풀이 카를이 밟는 대로 누웠다. 카를은 테이블 앞까지 가지 않고, 몇 걸음 떨어진 곳에서 멈췄다. 파란 눈이 작은 집의 정경을, 아기자기하게 심어진 꽃을, 테이블을 보다가, 유하영에게 향했다.

흰 드레스를 입은 여인은 겨우 30대 후반으로 보였다. 재민에게 말을 듣지 않았다면, 재민과 나이 차이가 많이 나는 누나라고 생각할 뻔했다. 그녀는 재민과 많이 닮았으나, 재민은 절대 가질 수 없는 '연륜의 무게'를 두르고 있었다.

하영은 앉은 채로 고개를 돌려 두 사람을 보았다. 손을 가볍게 흔들고 내렸다.

"왔니?"

오랜 친구를 만난 듯, 허물이 없었다. 분명 서로 초면인데, 저 얼굴이 낯선데, 어색함이나 거북함이 없었다. 그녀의 하대는 불쾌하지 않고 외려 친근했다. 그건 하영이 재민의 어머니라서 그런 것일까, 아니면 그녀의 태도에 상대를 고압적으로 찍어 눌러 우위를 선점하려는 마음이 한 톨도 없어서 그런 것일까.

연화는 일단 고개를 끄덕이며 걸어갔고 카를은 움직이지 않고 가만히 서 있었다. 제 옆자리에 앉는 연화를 흐뭇이 보던 까만 동공이 카를에게 흘러 들어갔다. 카를의 까만 머리, 시원하게 뻗은 콧날, 날렵한 턱선을 훑은 시선이 툭 떨어진다. 카를은 뱀을 만난 아이처럼 몸을 바짝 굳힌 채 서 있었다. 유하영은 턱을 짚었다.

"닮았구나, 너는."

담담하게 올라가던 목소리 끝에 작은 한숨이 담겼다. 카를은 겨우 얼어 있던 몸을 풀고서 다급히 물었다.

"누구와 말입니까?"

"내가 아는 아이랑."

반듯 웃고 있던 입매가 흐트러졌다.

"한데 두고 와서 이제 볼 수가 없어."

"돌아가면 되잖습니까?"

"그곳은 이곳과 시간의 흐름이 다르거든. 이미 죽었을 거야."

참으로 현실감 없는 대화였으나, 두 사람 다 진지한 낯으로 서로를 보고 있었기에 누구도 의문을 제기하지 못했다. 가정부는 옆에서 어색히 서 있다, 별안간 제 이마를 치더니 차를 끓여오겠다며 그 자리를 떠났다.

유하영은 가정부의 발걸음을 쫓았다가, 씩 웃으며 다시 카를을 보았다. 그녀가 한 손으로 스스로를 짚었다 뗐다.

"내 소개는 하지 않아도 되겠지?"

유하영은 입을 다묾으로써 자신이 누구인지 확실히 해주었다. 카를은 고개를 끄덕이면서 입을 열었다.

"카를로스 카로틴입니다."

"이런. 이름까지 똑같을 줄은 몰랐는데."

"폐……."

카를이 무릎을 꿇으려 했다. 그의 바짓단에 풀물이 들기 전 하영이 손을 들었다. 그가 무릎을 어정쩡하게 굽힌 자세로 멈췄다.

"이제 난 그 세계와 아무 상관 없는 사람이야. 그런 인사를 받을 이유가 없단 뜻이지."

"하지만……."

"그건 그렇고, 언제까지 거기 있을 생각이야? 널 보느라 파라솔 밖으로 목을 빼고 있으니 눈이 부셔 죽을 것 같아서 말이야."

카를은 퍼뜩 다리를 착 접어 모으고 파라솔 아래로 들어왔다.

카를과 연화가 같이 올 것을 예상하듯, 놓인 의자는 네 개였다. 빈 의자 하나가 유하영의 옆에 붙어 있었다. 연화는 의자를 곁눈질했다.

"재민은 어디 있나요?"

"못된 아이는 지각이 일상이거든."

아직 안 왔다는 뜻이었다. 주선자 없이 시작된 만남이라. 다른 때라면 어색해 몸을 꼬다가 핑곗거리를 찾아 자리를 떴겠지만 오늘은 달랐다. 궁금한 게 많았다. 연화는 깍지 낀 손으로 턱을 괴었다.

"제가 카로틴에 갈 줄 알고 계셨죠?"

"어머, 바로 돌직구?"

유하영은 놀라는 척 몸을 젖혔다가, 입꼬리를 느리게 끌어올리며 잔잔한 웃음을 만들어냈다.

"너라고 생각한 적은 없어. 적임자가 내 세계에 있겠거니 생각했을 뿐. 너도 알다시피, 너와 나는 연이 없잖아? 나는 내가 아는 사람을 생각했어. 솔직히 말하자면……."

유하영이 제 옆 빈자리를 바라봤다. 백 마디 설명보다 많은 것을 전달해 주는 시선이었다.

"그래서 재민에게 소설을 쓰라고 한 건가요?"

"아리아드네는 그 세계와 이곳을 이을 매개체를 만들라고 했었거든. 그리고 너도 알다시피 내 직업이 이러니까."

유하영은 소설가였다. 재민이 태어나기 전부터 이름을 날리고 있던 저명한 소설가. 재민은 자신의 의지로 제 직업을 선택했노라 말했지만, 연화는 내심 그의 재능이 어머니에게서 온 것은 아닐까 생각했다.

연화는 한참 빈자리를 쳐다보았다. 분명 사람은 없는데, 혼자서 원고를 쓰고 있을 재민의 모습이 반듯이 그려졌다.

유하영은 아들이 내심 문제를 해결하길 바랐을까. 생판 남이 끼어드는 것보단 그게 속 편하다고 생각했을지도 모른다. 하지만 재민은 셀리스티나에게 공감하지 못했고, 실제로 그 세계에 떨어진 것은 연화였다. 어쩌면 그가 연화에게 글을 보여주리라 마음먹은 것과, 연화가 프롤로그에 대사 한 줄 뱉지 못한 캐릭터에 관심을 가진 것은 모두 연결된 일일지도 모른다.

"내 힌트는 도움이 되었니?"

연화는 상념에서 빠져나와 고개를 들었다. 하영이 싱글 웃었다.

아, 그래. 힌트. 연화는 꿈에서 깬 사람처럼 몽롱히 중얼거렸다. 차원의 문을 넘나들 때 환상인지, 실제일지 모를 것을 봤다. 그곳에서 셀리스티나의 전생을 보았고, 웨이휠 황태자에게서 우연히 얻은 시가 역할이 있음을 알았다.

다시 홍연화가 되었고, 원래 세계로 돌아온 지금 그 세계와 관련된 진실은 큰 의미는 없었다. 알면 무엇 할 것인가. 다시 그 세계로 돌아갈 마음은 추호도 없다. 연화의 세계는 이곳이었다. 그녀는 이곳에서 숨이 다할 때까지 제가 원하는 일로 실적을 쌓다 어느 날 죽어 이 세계 아무 땅에 묻힐 것이다.

알면서도 묻는 것은 호기심 탓이다. 마음 언저리에 돋아난 찝찝함을 덜어내고 싶기 때문이다. 겸사겸사 카를의 호기심도 해결하면 더 좋고. 연화는 주머니에서 두 번 접은 A4 용지를 꺼냈다. 끝이 살짝 말린 것을 손톱으로 긁어 폈다.

지혜에겐 자식이 둘 있으니 오만과 편견이며,
판단에겐 자식이 하나 있으니 과오이다.
지혜는 자식의 얼굴을 모르며, 판단은 자식을 버렸다.
고독한 둘은 서로를 벗으로 삼았다.
판단은 지혜가 있어 올곧았고, 지혜는 판단이 있어 현명했으나,

이를 시기한 탐욕, 판단을 떼어놓고 지혜를 취하려 한다.

지혜와 판단이 없는 세계엔 열등이 있었으니,

그는 과오에 의지했고, 회상을 좋아했고, 편견을 싫어했다.

그러나 회상은 과오와 편견만을 끌어안고서 열등을 내쳤다.

이에 상심한 열등, 과오를 없애나 편견은 그의 곁에 머물며 조롱했다.

판단은 지혜가 없는 세상에서 열등과 오만을 만난다.

열등과 떨어진 과오와, 순수를 만나지 못한 오만이 판단과 함께 하나,

판단은 과오를 알아보지 못하고, 오만은 지혜로 착각한다.

판단이 오만과 지혜가 다름을 알았을 때에야 열등과 만났다.

열등이 지우고 오만이 덮었던 과오를 편견이 찾아내 판단과 떼어놓으나,

회상이 과오를 흘려 보내고, 오만이 판단에게 작별을 고하니,

자유를 되찾은 과오와 판단, 서로를 끌어안을 수 있게 되었다.

과오를 찾아 완전해진 판단은 다시 지혜와 만났고,

판단을 만나 견고해진 지혜는 탐욕을 무찔렀다.

그리하여 모두에게 진실이 내리니,

온 세상이 평화로웠다.

시를 외우려고 한 적은 없다. 그러나 연화는 원체 머리가 좋은 편인 데다, 이 세계를 나가는 데 이 시가 무슨 도움이 될까 싶어 궁리한 적이 있기 때문에 빈 종이를 대고 기억을 되짚는 것으로 내용을 떠올릴 수 있었다.

연화는 그 아래에 똑같은 시를 한 번 더 적었다. 그리고 원활한 해석을 위해 시의 단어 몇 개를 바꿔보았다.

재민에겐 자식이 둘 있으니 테일러와 아이리스이며
연화에겐 자식이 하나 있으니 카를이다.

재민은 자식의 얼굴을 모르며, 연화는 자식을 버렸다.

고독한 둘은 서로를 벗으로 삼았다.

연화는 재민이 있어 올곧았고, 재민은 연화가 있어 현명했으나

이를 시기한 진수, 연화를 떼어놓고 재민을 취하려 한다.

재민과 연화가 없는 세계(카로틴)엔 웨이힐이 있었으니

그는 카를에 의지했고, (?)을 좋아했고, 아이리스를 싫어했다.

그러나 (?)은 카를과 아이리스만을 끌어안고서 웨이힐을 내쳤다.

이에 상심한 웨이힐, 카를을 없애나 아이리스는 그의 곁에 머물며 조롱했다.

연화는 재민이 없는 세상에서 카를과 테일러를 만난다.

웨이힐과 떨어진 카를과, 엘렌을 만나지 못한 테일러가 연화와 함께하나

연화는 카를을 알아보지 못하고, 테일러는 재민으로 착각한다.

연화가 테일러와 재민이 다름을 알았을 때에야 웨이힐과 만났다.

웨이힐이 지우고 테일러가 덮었던 카를을 아이리스가 찾아내 연화와 떼어놓으나

(?)이 카를을 흘러 보내고, 테일러가 연화에게 작별을 고하니

자유를 되찾은 카를과 연화, 서로를 끌어안을 수 있게 되었다.

카를을 찾아 완전해진 연화는 다시 재민과 만났고

연화를 만나 견고해진 재민은 홍진수를 무찔렀다.

그리하여 모두에게 진실이 내리니

온 세상이 평화로웠다.

시를 연화가 다른 세계에 떨어져 겪은 일이라 생각하니, 인간이 보편적으로 겪는 감정들이 조금은 다르게 보였다. 혹 사람을 뜻하는 게 아닐까 싶었고, 그에 맞춰 몇 단어를 적어보았다.

연화가 종이를 끼적이고 있자, 카를이 몇 단어를 끼워 넣었다. 그렇게 얼추 맞춰보니 시가 완성되었고 말이 되는 것 같았다. 하지만 단 한 단어. '회상'만은 무엇을 뜻하는 건지 알 수 없었다.

연화는 며칠 전 짜증과 함께 접었던 종이를 다시 들여다보았다. 역시, 지금도 모르겠다. 연화는 종이를 그대로 유하영에게 내밀었다. 그녀는 한쪽 눈썹을 까딱 들어 올리면서 종이를 받았다. 얼마 안 가, 선홍빛 루즈를 칠한 입술이 살짝 벌어지고, 맑은 감탄사가 튀어나왔다.

"어머나."

"알아보시겠어요?"

"물론."

연화가 눈을 깜빡였고, 카를이 그녀 쪽으로 머리를 내밀었다. 유하영은 옅게 웃으며 다시 종이를 돌려주었다.

"한데 나도 해석본을 받아본 건 아니라서. 아리아드네는 나한테도 답을 알려주지 않았거든."

'회상'이 무엇을 뜻하는지는 고사하고, 연화가 해석한 부분도 제대로 된 것이 맞는지 알 수 없다는 뜻이었다. 연화가 본 장면의 유하영은 그 세계를 떠날 준비를 하고 있었다. 자신 대신 인과를 받을 사람을 정하고, 그 사람이 겪을 고난을 덜어줄 준비까지 하면서도 그 세계에 남을 생각은 하지 않았다.

어쩌면 유하영은 돌아간다는 사실에 흠뻑 취해 다른 것은 돌아보지 않았을지도 모른다. 연화 본인만 해도 그렇지 않던가. 연화는 카를이 오밤중에 갑자기 달리기를 하자는 제안을 뜬금없이 했지만, 그와 함께 도달한 세계수 아래에 차원의 문이 만들어지자 다른 것은 모두 무시하고 문을 넘어가려고 했다.

1년의 세월이 너무 길었기 때문에.

재민의 어머니라고 뭐가 다르지는 않을 것이다. 심지어 그녀는 그 세계에 100년을 있었다. 당연히 돌아가고 싶을 것이다. 어떤 수단을 사용해서라도, 무조건. 그런 마당에 아리아드네가 내놓은 수수께끼에 관심이 없었던 게 당연하겠지.

연화는 종이를 밀쳐 놨다. 받아 들긴 했으나 집어넣진 않았다.

이번엔 카를이 입술을 뗐다.

"제가 하나 여쭤어도 되겠습니까?"

"그리 말하니 내가 나이가 엄청 많은 것 같잖니. 편히 말해도 된단다."

유하영은 손사래를 쳤다. 하나 카를은 숙인 머리를 쉬이 들지 않았다. 유하영이 몇 번 재촉해서야 뒤늦게 머리를 들긴 했지만, 끝내 눈은 마주치지 않았다.

연화는 카를의 옆모습을 바라보았다. 파란 눈동자에 잠깐 일렁였던 감정은 분명 존경. 그리고 그 뒤편에 나타나는 감정은 경애.

카로틴 사람들은 초대 여제를 전설 속의 영웅처럼 모셨고, 카를도 그랬다. 쉬이 대하라고 한다고 마음속 높이 쌓았던 감정의 벽이 쉬이 녹아내리진 않을 것이다. 그건 당연하고도, 당연하다. 한데 나는 왜. 연화는 입술을 깨물었다. 이상하게 초조하고, 짜증이 나고, 애가 닳는다. 그를 이해하고 있는데, 자꾸 입안이 썼다.

유하영은 분명 매력적인 여성이었다. 새까만 머리칼을 늘어뜨리고, 옅은 화장을 한 여자는 제대로 꾸미지 않았음에도 아름다웠다. 자신이 원하는 분야에서 대가를 이루고, 다른 세계에서는 나라까지 세웠음에도 절대 자신을 내세우지 않는다. 하지만 그래서 더 우아했고 기품이 있었다. 나이가 든다면, 저렇게 늙으면 좋겠다는 생각이 들 정도였다.

그리고 카를의 눈에도 분명 하영의 매력이 여실히 보이겠지.

연화는 푹 찌르듯 들어온 생각에 헛웃음을 지었다.

'뭐 하자는 건지.'

치졸하고 못났다. 카를은 꿈에서 그리던 존재를 만나 저러는 것일 뿐인데, 옆에 앉아선 쓸데없는 생각이나 하고 있다. 정작 5달 동안 그를 방치한 것은 자신일 텐데. 연화는 흡 숨을 들이켰다. 번개가 내리치듯, 새삼스러운 사실이 팍 내려와 가슴에 꽂혔다.

카를은 저 세계에서 모든 것을 버리고 왔는데, 정작 저는 그에게 무엇을 해주었나. 홍연화가 되는 것에 심취해서, 이 세계에 돌아온 것에 기뻐서, 홍연화로서 해야 할 일에 몰두했다. 여남은 짬을 카를을 위해 사용했다고 하지만, 그에게 그 이유를 제대로 설명해 주진 않았다. 카를의 신분과 관련된 문제는, 연화가 그를 이 세계에 놔두기 위해 한 일이다.

즉 자신이 좋아서 한 일이니, 그걸 진정 카를이 바랐냐고 한다면…… 그렇다고 할 수는 없었다.

낯선 세계, 낯선 땅, 낯선 나라.

연화는 카를을 데려왔고, 먹였고, 재웠지만 그뿐이었다. 이 세계에 진실로 적응할 수 있게 돕지 않았다. 못했다. 카를은 5달 동안 무엇을 해야 할지 몰라서 연화 뒤만 따라다녔다. 연화만 맹목적으로 바라보는 그 시선은 정상적인 것이 아니었다. 비정상이었고, 고쳐 나가야 할 것이었다

알면서도, 다 알면서도 아주 잠깐, 카를의 시선이 제게 닿지 않았다고 어색해하는 자신이라니. 연화는 고개를 숙였다. 한심하고, 어이가 없었다. 자신이 생각하기에도 기가 막힌데, 스스로의 추악함을 제대로 직면하고 까발릴 용기는 또 없어서 연화는 조용히 제 감정을 곱씹고 있었다.

카를은 정리된 질문을 꺼내놓았다. 그의 목소리는 차분하고,

침착해서 제 감정과는 먼 별개의 것으로 느껴졌다. 그래서 더 그를 볼 수가 없었다. 연화는 인내의 시간을 견디는 사람처럼 잠자코 두 사람의 대화를 들었다.

"폐하께서는 카로틴 제국을 창립하셨을 뿐만 아니라, 창립한 후에도 100년이 넘는 시간 동안 제국을 통치하셨다 들었습니다. 후대엔 평화롭고 풍요로우며 자유로운 시대라 기록되었습니다. 그리 하시는 데 적잖은 노력이 드셨을 테지요. 이후 카로틴에서 황제로 지내시면 부족함 없이 여생을 누릴 수 있으셨을 텐데, 그러지 않은 이유가 궁금합니다."

"폐하라니, 그런 격식을 들을 이유 없어. 아까도 말했지만 내 손으로 집어치운 자리니까."

유하영이 고개를 젓곤, 피곤한 미소를 지으며 이마를 짚었다.

"하면 뭐라 부르면 됩니까?"

"으음. 뭐, 너는 그 아이를 닮았으니 '어머니'라고 불러도 돼."

카를이 어깨를 바로 폈다. 바라 마지않던 단서를 포착했다는 듯이.

"사실, 그것에 대해서도 궁금했습니다. 카로틴의 두 번째 황제는 당신의 친아들입니까?"

"당신……. 뭐, 그래도 오글거리는 격식체보다는 낫겠지. 그래서 대답을 하자면…… 카를로스는 내 아들이 맞아. 하지만 피가 섞이지는 않았어."

"양자란 말입니까?"

"그렇지."

카로틴 황실에선 검은색을 숭상했다. 초대 여제가 검은 머리에 검은 눈을 가졌기 때문이다. 그리고 그녀의 아들로 알려진 2대 황제는 그녀와 똑같은 검은 빛을 지녀 숭상받았다고 한다. 하지만 그녀가 여제의 핏줄이 아니라 양자였다니. 이 사실이 카로틴에 알려지면 정통성으로 유지되는 황가의 근본이 흔들릴 것이지만 카를은 이제 카로틴과 자신을 분리하기로 마음먹었는지 큰 표정 변화가 없었다.

"카로틴엔 흑발을 가진 사람이 없습니다."

황족 외에는 말이다.

"사람은 없지."

미묘한 뉘앙스였다. 카를이 미간을 좁히고서, 그녀의 말을 제 입에 머금었다.

"사람……?"

"벌써 와 있었네?"

보폭이 큰 발소리와 함께, 톤이 높은 소년 같은 음색이었다. 유하영은 웃었고, 카를은 허리를 돌려 뒤를 돌아보았다. 투버튼 정장 자켓에 넥타이까지 꽉 졸라매 답답해 보이는 재민이 들어왔다.

재민은 빈 의자에 앉자마자 손부채질을 하더니, 넥타이를 아래로 끌어내렸다. 깔끔함은 사라졌지만, 숨통은 트인다며 재민이 의자 등받이에 몸을 기대고는 후 웃었다.

"무슨 일정이라도?"

"아, 오늘 영감님 만나기로 해서."

웬 영감? 연화가 눈을 끔뻑였다. 재민은 권력이나 돈 등에 관심을 끊었고, 그래서 그의 인간관계는 초중고를 다니면서 만났던 친구들을 중심으로 구축되었다. 돈과 관련된 이해관계로 구축된 연화와는 천양지차였다.

그런 재민에게, 알고 지내는 영감이 있었던가? 연화는 아는 이들의 얼굴을 떠올려 보았지만 감이 잡히지 않았다. 하영이 아리송한 표정으로 고개를 갸웃하는 연화를 보며 웃음을 터뜨렸다.

"기왕 만나기로 마음먹은 거, 점잖은 호칭을 쓰는 게 어떠니?"

"싫습니다. 한 번 영감은 영원한 영감이니까요."

재민이 어깨를 으쓱했다. 연화는 아, 하고 중얼거렸다.

"이 의원님하고 화해했어?"

"화해는 무슨! 내가 어떻게 영감이랑! 백날 가도 그런 일 없어!"

말하는 것과 달리, 재민은 적대감을 표하지 않았다. 말끝엔 살짝 웃기까지 했다.

"그럼 그 옷차림은 뭔데?"

"오랜만에 만나는 거니까, 간지 좀 나라고 입은 거다. 어때?"

재민이 제 가슴을 툭 짚었다.

"밖에서 한잔하고 온 아저씨 같아."

"뭣!"

재민이 테이블을 양손으로 짚으며 일어서는 척했다. 카를이 어깨를 움찔 떨었다. 재민이 그제야 발견했다는 것처럼 카를을 보고 탄성을 터뜨렸다.

"쿡."

"여어, 형씨. 잘 지냈어?"

연화는 재민에게 카를의 이야기를 해주었다. 재민은 좀 얼떨떨해했지만, 연화가 보름 만에 사라진 사람답지 않게 건강한 것이나, 이 세계에 카를과 관련된 기록이 없는 점 등, 연화가 이 세계에 다녀오지 않았다면 믿을 수 없는 현상들이 많았기에 자포자기하듯 납득해 버렸다. 기실 그가 가장 납득할 수 없는 것은 자신의 어머니와 관련된 비밀이겠지만.

재민은 카를의 존재를 흥미로워했다. 자신이 쓴 캐릭터가 팔팔하게 살아 움직이는 걸 눈으로 확인하는 과정이 신기하다나 뭐라나. 반면 카를은 재민을 조금은 어렵게 대했다. 첫 번째 이유는 재민이 여제의 아들이며, 두 번째 이유로는 재민이 쓴 소설로 자신이 만들어졌다는 것을 알았기 때문이다.

재민이 프롤로그 시작 전에 셀리스티나와 카를로스 황자가 죽도록 설정을 짰다는 것을 모르기에 가질 수 있는 감정이기도 했다. 재민은 입을 다물었고, 연화는 머지않아 들통 날 비밀이라 생각했기에 구태여 입을 열어 알려주지 않았다.

"그러고 보니 댁 아버지는 어떤 사람이야? 댁이 황자랬으니 아버지도 당연히 황제겠지?"

"그렇습니다. 한데……."

카를이 잠깐 머뭇거렸다.

"궁금한 거 있어? 뭐든 팍팍 물어봐."

"카이스턴 공작은 당신의 일부를 본 딴 창조물이라 들었습니다."

"창조물이라니, 너무 거창하잖아. 하지만 아주 틀린 말은 아닐지도. 캐릭터는 다 작가의 머릿속에서 만들어지는 거니까 말이지. 하여튼 그게 왜?"

"하지만 당신을 보고 있으면…… 카이스턴 공작 생각이 안 납니다. 오히려 당신은……."

카를이 눈을 끔뻑하면서, 저쪽 세계의 기억을 헤집었다.

"공작이 아니라 그 아래에 있는 집사 같았습니다."

"뭐야…… 똘마니 같다는 거야, 그거?"

재민이 쓰읍 소리를 냈다. 그러다가 픗 갑자기 웃었다.

"한데 그 말, 아주 틀리진 않았을지도."

"왜입니까?"

"테일러는 분명 나이지만, 내 전부를 담은 캐릭터는 아니거든."

"무슨 소립니까?"

"내가 되고 싶지 않았던 나…… 내가 아버지를 따라 정치인이 되었으면 선택했을 길에 선 나…… 그게 테일러였어. 그러니 그건 나이되 나일 수 없지."

카를이 입을 다물었다. 재민은 테이블 한가운데에 있던 작은 화분의 아래를 잡았다. 이름 모를 붉은 꽃이 심어져 있는 꽃을 빙글 한 바퀴 돌렸다.

"당연하잖아. 사람은 모두 앞뒤가 있으니까. 2D가 아니라 3D란 말이지. 그중 어떤 부분은 사람에게 호감을 불러일으키기도 하고, 어떤 부분은 반감을 일으키기도 해."

"……."

"이렇게, 내가 보지 못했던 다른 부분들을 보려면 노력이 필요하지. 오랜 시간을 함께 살아도, 주의를 기울이지 않으면 내가 보고 싶은 것만 눈에 들어와 박혀."

한때 잠깐 사귀었던 여자애에게선 순진함을 보았고, 열다섯 연화에겐 과오를, 자란 줄 알았으나 아직 미숙한 자신에게선 오만과 편견을 보았다. 순진함은 엘렌이, 과오는 카를이, 오만과 편견은 각각 테일러와 아이리스가 되었다.

재민은 부분을 떼어내고 조각내 캐릭터화하는 것이 당연하다고 생각했다. 하지만 이내 깨달았다. 일부를 보고 아버지를 판단해 버렸듯, 부분만 떼어내 보는 게 제 버릇이라는 걸.

"그래서, 이번에 영감을 만나려고."

모든 부모가 좋은 사람이라는 가증을 떨 생각은 없었다. 세상엔 부모인지 범죄자인지 혼동될 정도로 아동에게 나쁜 짓을 저지르는 자도 많다. 하나 적어도 그런 이가 재민의 부모는 아니었다.

이 의원은 독선적이었다. 아들의 의견을 무시하고 제 성향을 밀어붙일 만큼. 하지만 그건 오랜 세월 한 가지 뜻을 깊숙이 품고 꺾이지 않음으로써 무언가를 얻은 전례가 있었기에 생긴 고질적인 버릇이었다.

부정의 뒤에는 긍정이 늘 붙어 있었다는 걸, 그땐 몰랐다.

재민은 눈을 아래로 떨구면서, 씁쓸히 웃었다.

"그래서 이번 기회에 완전히 화해할 거야?"

"아니…… 아직 거기까진 아니고. 솔직히 몇 년간 생까면서 살았는데 그게 바로 될 것 같아?"

재민이 뒷머리를 긁적거리면서 항변했다. 그사이 가정부가 재민의 것까지 네 잔의 음료를 챙겨 각자 앞에 놓았다. 세 사람은 재민의 입맛에 맞춘 키위 주스, 유하영 혼자만 커피였다. 하영은 뜨거운 김을 후 불다가, 잔 끝을 입에 가져다 대면서 웃었다.

"변명이 길구나."

재민이 움찔했다. 하지만 그는 반박의 말 한마디 얹지 않고 조용히 앉았다. 두 사람은 모자지간이란 말이 딱 들어맞듯 상당히 닮았다. 그러나 둘의 관계는 고압적인 구석이 하나도 없다. 서로 농담을 주고받는 게, 허물없는 친구 사이 같아 보이기도 했다.

재민은 제 유년 시절이 퍽 불행한 듯 말하지만, 그래도 부모님이 모두 멀쩡히 살아 있다. 카를은 제 몫으로 주어진 유리잔을 잡았다. 새큼한 키위 냄새를 맡으며 눈을 감았다.

그러고 보니 제 유년은 어떠했더라.

시작은 나쁘지 않았다. 분명 어릴 때는 행복했었다. 어머니가 살아 있고, 아버지가 행복히 웃는 그런 유년 시절이 있었다. 내일을 걱정할 이유가 없고, 두려운 것 또한 없으며, 온 세상이 꽃밭인 줄만 알던 그런 때가 있었다. 하지만 그 시절은 오래가지 않았다.

"저는 폐하의 회상이며, 과거의 약속입니다."

아버지는 친혈육이었으나, 황제였다. 그는 자신이 사랑하던 여인에게 주지 못했던 사랑을 카를에게 주려고 했다. 카를은 황제가 쥐어주는 짐 때문에 형과 사이가 멀어진다고 믿었다. 그래서 형에게 매달리고, 달아나다, 결국 버림받아서야 자신의 처지를 이해하게 되었다. 자신이 이 무간지옥에서 벗어나려면 어떻게 해야 하는지 알게 되었다.

선택의 결과로, 카를은 아버지를 만나지 못하게 되었다. 재민처럼 나중에라도 마음이 바뀌어 황제를 만나러 갈 수도 없게 되었지만 후회는 없다. 온전히 자신이 한 선택일지니.

문득 바스락거리는 것이 카를의 손끝에 닿았다. 연화가 꺼내두었으나 챙기지 않은 시였다. 카를은 종이에서 유일하게 물음표로 남아 있었던 회상의 자리에 '황제'를 적어넣었다. 그리고 완성된 시를 보면서 흡족히 웃었다.

완전히 이곳에 뿌리를 내린 듯한 기분이 들었다.

재민이 이 의원과 저녁 식사를 하러 간다고 일어섰다. 연화는 목을 뒤로 젖혀 하늘을 바라보았다. 해는 물러갔고, 그 자리를 보름달이 차지했다.

그토록 밝았던 하늘은 어느새 어두워져 짙은 남색 빛을 띠었다. 연화는 재민을 따라 자리에서 일어났다. 호기심은 거의 다 해결했고 더는 볼일이 없었다. 카를은 연화의 뒤를 따라 느릿하게 걸음을 옮겼다.

이곳에 도착했을 때는 분명 1시를 조금 넘긴 시각이었는데, 어느새 큰 바늘이 7시 언저리에 닿았다. 기사는 돌려보냈다. 잠깐 이야기만 하고 끝낼 일정이 아님을 알고 있었기 때문이다.

연화는 승용차 문을 열고 운전석에 앉았다. 카를이 엉거주춤 그녀를 따라와 조수석에 앉았다. 연화는 시동을 걸면서 말했다.

"어쩌다 보니 많이 늦었는데…… 식사, 하고 갈래요?"

연화는 잠을 자는 것 빼고 하루 대부분을 회사에서 보냈다. 당연히 요리 따위 하지 않았고, 그래서 집엔 흔하다는 식은 밥조차 없었다. 어쩌다 보니 점심 식사 대신 키위주스 하나만 삼키게 된 배가 저녁때를 맞아 요동을 쳤다. 이대로 집에 가면 배달 음식을 시켜 먹거나, 굶고 자는 것 둘 중 하나밖에 없었다.

"그게 좋겠습니다."

카를이 동의했고 연화는 운전대를 잡았다. 그리고 적당한 번화가에 내렸지만, 밥때인 데다 퇴근시간이 겹쳐 어딜 가도 사람이 바글거렸다. 연화는 웃음소리와 차 경적소리가 섞인 한가운데에서 멍하니 서 있다가, 뒤늦게 깨달았다. 그러고 보니 오늘은 금요일 밤. 소위 말하는 '불금'이었더랬다.

연화는 술에 취해가는 사람들을 지나쳐 일직선으로 걸었다. 소음들과 멀어져 길을 이리저리 꺾다가, 옛날 기와집 모양을 한 식당 앞에서 멈춰 섰다.

식당 주위엔 집이 몇 채 들어서 있지만 다 식당 주인의 소유로, 거의 빈집이었다. 식당 앞엔 리무진이 한 대 서 있었다. 이곳은 고가의 한정식 집인데다, 번화가에서 떨어져 있어 아는 사람만 이용하곤 했다.

연화의 아버지는 이 식당은 언제 들러도 조용해 '좋은 이야기'를 나누기 좋다 했다. 그 좋은 이야기가 당연히 '사업상 중요한 거래를 성사할 때'란 뜻이란 걸 알고 있었지만, 연화는 모른 척했다.

연화에게 이 식당은 아직 단순히 식사를 하는 곳에 불과했다.

카를이 기와집 전체를 목을 쭉 뻗어 살펴보았다. 반쯤 열린 대문 위에 가게 이름이 한문으로 적혀 있었다. 보통은 이곳이 식당인 줄도 몰랐다.

"여긴 누구 집입니까?"

"아하하. 카를은 제가 어릴 때 했던 말을 그대로 하네요."

연화가 대문을 열고 들어가자마자 한복을 입은 남주인이 꾸벅 고개를 숙이며 마당을 쓸던 빗자루를 내려놓고선 걸어왔다.

"아이고, 아가씨 오셨습니까."

"아저씨는 늘 환영이 격하네요."

"그럼 손님을 홀대해야겠습니까?"

주인이 흰 이를 드러내며 웃은 뒤, 주방을 향해 크게 말했다.

"여보게, 홍가네 아가씨가 들었으니 거하게 한 상 내어 올리게."

작게 '예에―' 하는 대답 소리가 들렸다. 남주인은 그 대답으로 됐다는 듯 작게 고개를 끄덕이곤, 안으로 안내했다.

장정 10명이 드러누워도 될 정도로 큰 방엔 병풍과 큰 상 하나가 있고, 구석에 방석이 쌓여 있었다. 여기까지는 보통 식당의 모습이다.

이곳의 특별함은 들어온 문의 반대쪽 문을 열면 나타난다. 남주인이 문을 열자 작은 숲이라 칭해도 아깝지 않을 만큼 많은 나무가 심어진 공터가 나타났다. 그 한가운데에, 인공 연못이 동그랗게 파여 있었고 위에 연꽃이 무더기로 피어 있었다.

이 식당은 각 방마다 테마에 맞는 작은 공간이 딸려 있어 운치가 있었다. 연화가 안내받은 이 방의 이름은 '연(蓮)'이었다.

남주인은 카를과 연화 몫으로 방석을 챙겨주고는 나갔다. 탁문이 닫혔고, 카를이 창호지 문을 이루는 격자무늬를 훑어보다가 다시 연화를 보았다.

"이곳 주인과 많이 친하신가 봅니다."

"아버지가 단골이라서요."

연화가 눈을 접으며 웃었다. 사실 그런 말로 다 설명이 되는 건 아니었다. 연화가 아버지의 자리를 물려받아 차기 회장이 되면, 이 한식당을 자주 이용하게 될지도 모른다. 식당 주인이 그런 간단한 계산 하나 못할 리 없다. 그의 본래 성격 자체가 살가워 사람 맞는 것을 좋아하기도 하지만. 어쨌든 연화와 그의 사이는 단골손님 아버지로 이어진 것이 맞기에 연화는 그냥 입을 다물었다.

얼마 안 있어 닫혔던 문밖에서 종업원의 목소리가 들리곤, 음식을 가득 실은 카트가 나타났다. 사라졌던 남주인은 어느새 종업원 뒤에 있었다. 그는 정해진 자리에 음식이 제대로 놓여지는지, 음식 중 빠진 것이 없는지 확인했다. 그러다 멍하니 입을 벌린 채 연화를 보는 어린 남종업원을 발견했다.

남주인은 굳은살이 박힌 손으로 남자의 등을 찰싹 내려쳤다.

"뭘 보고 있는 거냐?"

"아! 예, 예."

어린 종업원은 큰 소리로 여러 번 대꾸하고는 양손에 접시를 하나씩 쥐었다. 하지만 접시를 하나씩 놓으면서도 간간이 연화를 흘끔거렸다. 짧은 단발에 크고 확고한 눈매를 가진 연화는 한눈에 시선을 잡아끄는 미인이었다. 쉬이 다가가지 못할 것 같은, 좀 차가운 분위기가 감돌긴 하지만 그래서 더 매력이 있었다. 남주인은 킬킬 웃었다.

"아가씨가 이쁘긴 허지. 한데 네놈과 어울릴 분은 아니다."

연화가 입은 옷은 물론 손목에 찬 시계와, 방석 옆에 나란히 놓인 핸드백 모두 고가였다. 이 식당에 들어온 사람 중 가난한 사람이 없긴 했다. 남종업원은 한숨을 쉬면서, 이번엔 연화 맞은편 카를을 바라보았다. 고개를 숙이고 있어서 그렇지, 그도 찬찬히 뜯어보면 연화 못지않은 미남이었다. 게다가 그가 걸친 옷도 모두 '세현'의 이름으로 나가는 명품들. 있는 놈들은 있는 놈들끼리 어울린다더니 그 말이 딱 맞았다. 남종업원은 더 바라보지 못하고 고개를 숙였다.

먹을 것을 기다리고 있던 입과 위가 음식을 만나자마자 아우성을 치는 듯했다. 연화는 수저를 들었고, 카를도 이것저것 음식을 입안에 밀어 넣었다. 한참 말없이 먹는 소리만 가득 찼던 방 안에, 카를이 수면 위에 돌을 던져 파동을 만들 듯 침묵을 깼다.

"아가씨는……."

연화가 물을 마시면서 카를을 보았다.

"늘 사람의 시선을 끄는 것 같습니다."

"제가요?"

"재민이라는 자도 그렇고, 이곳 주인인 자도 그렇고…… 심지어 주인의 아랫사람으로 보이는 자까지도 그랬잖습니까."

연화는 잠시 고개를 갸우뚱했다가, 답을 찾아내고 후 웃었다.

"그건 아마…… 제가 많이 가지고 있어서가 아닐까요?"

연화는 소위 말하는 '재벌 3세'였다. 할아버지가 세운 회사를 아버지가 물려받았고, 이제 그 회사는 그녀에게 넘어온다. 그러기 위해 노력한 것이 있다고 하나, 그 노력을 할 수 있었던 기반은 그녀가 부유했기 때문이다.

연화는 모든 것을 가지고 있는 현실이 익숙했지만, 자신이 특별한 경우이고 보통은 그렇지 않다는 것을 자각하고 있었다.

"그런데 그 말은 왜 해요? 혹시 신경 쓰였어요?"

"예."

농담처럼 던진 말인데 카를이 순순히 동의해서 연화는 조금 놀랐다. 그녀는 입가로 가져가려던 젓가락을 슬며시 놓았다.

"아가씨와 달리 저는…… 아무것도 가진 것이 없기 때문에……."

카를이 고개를 푹 떨구었다.

"왜 없어요? 팔 두 개 다리 두 개 얼굴 하나. 있을 건 다 있잖아요. 게다가 이곳 사람들이 몰라서 그렇지, 카를은 왕자, 아니, 황자잖아요. 그것만으로도 굉장하다고 생각하는데요, 전."

"그것들은 제가 노력해서 얻은 게 아니잖습니까."

"카를 검 잘 쓰잖아요."

"이곳에서 검으로 당신을 지킬 일은 생기지 않았습니다."

"그건……."

솔직히 그 점에 대해서는 연화도 할 말이 없었다. 이곳에서 검은 사극 드라마 배우들이 들고 다니는 무기였다. 그나마도 모두 가검으로, 진검은 허가받은 사람만이 소지할 수 있는 특별한 물건이었다. 남을 지키는 것을 업으로 삼는 경호원들도 검은 안 들고 다녔다. 총이라면 모를까.

"당신은 약하지 않습니다. 어리지도 않지요. 제 무력도 필요 없지요. 그런 당신은…… 왜 저를 두는 겁니까? 아가씨에겐 제가 필요 없을 터인데……."

카를이 떨구었던 고개를 다시 들었다. 파란 동공 아래 흰자위가 붉게 달아올라 있었다. 그가 흡 숨을 들이켜며, 주먹 쥔 손을 제 무릎 위에 올려두었다.

"혹 제가 불쌍합니까? 저는 갈 곳도 마땅찮고 능력도 없어 혼자 두면 살아남지 못하니까…… 그래서 당신이 책임져야겠다는 생각으로 절 데리고 계시는 겁니까? 그런 거라면, 그런 의무감으로 절 안고 계시는 거라면 전 떠나겠습니다. 전 아가씨의 부담으로 남고 싶지 않습니다."

카를이 말과 감정을 두다다 쏟아냈다. 연화는 그 퍼런 감정에 휩쓸려 간 사람처럼 오도카니 앉아 있다가 정신을 차리고 고개를 번뜩 들었다. 울지 않았지만, 카를의 눈이 당장 눈물을 떨굴 것처럼 습기를 머금고 있었다.

연화는 5달 동안 카를을 마냥 데리고만 다녔다. 그가 무엇을 하든 막지 않았다. 그 이유는 같잖은 배려 같은 게 아니었다. 그가 좋아서, 무엇을 하든 그와 함께 있는 시간이 좋아서였다. 그의 시선을 받으며 일하는 게 좋고 언제든 뒤를 돌았을 때 든든히 받쳐 주는 듯한 파란 동공을 확인하는 게 좋아서였다. 하지만 바쁘다는 이유로, 일이 먼저라는 이유로, 카를을 볼 때마다 빙긋 웃었을 뿐 언어를 전하지 않았다.

아니, 사실 그런 건 다 핑계였다. 말 한마디 건네는 게 무어가 대수일까. 그냥 저는 겁이 났을 뿐이었다. 카로틴에서 그랬듯, 이 넓은 세계 건장하고 잘난 카를이 제 자리 못 찾을 것 같지 않아서. 그가 이곳이 싫다며 훌 떠나면 미련 없이 보내주려 했다. 그래서 마음을 전하는 것을 참고, 또 참으며 어영부영 보냈다. 그러는 사이 5달이 지났다.

그 5달은 모두 미련이었다. 의무감이라니. 그런 마음 따위 한 톨도 들어 있지 않았다. 연화가 투철한 의무감과 책임의식으로 무장된 사람이었다면, 이리 쉽게 카로틴을 떠나 원래 세계로 돌아오지 않았을 거다.

카를이 속앓이를 했던 것만큼, 연화도 전하지 않는 마음을 끌어안고 있었다. 알아줄 사람이 어디에도 없다는 걸 알면서도. 결국 서로 삽질을 하고 있었던 거였다. 그래서 연화는 카를의 심각함이 마냥 웃겼다.

"무슨 바보 같은 소리를. 제가 아무 의미 없는 사람을 등 뒤에 달고 다닐 사람 같아 보여요?"

카를이 눈을 쓱 손등으로 비비고 연화를 바라봤다.

"저쪽에서도 그랬지만, 저는 뼛속까지 상인이에요. 손해 보는 일은 절대 안 한다는 뜻이죠. 짐? 부담? 카를이 그런 사람이었으면 5달이나 데리고 있지 않았어요."

"그럼 제가 아가씨에게 무슨 의……."

"좋아해요."

마음을 전하는 가장 쉬운 방법은, 미사여구도 변명도 붙이지 않고 감정의 뿌리만을 전하는 것이다. 카를이 동그랗게 눈을 떴고, 연화는 그의 손등을 잡아당겨 그 위에 가볍게 입을 맞추었다.

"꼴사납게, 나보다 스무 해를 더 산 분을 질투해 버렸을 정도로 좋아하고 또 좋아해요."

연화의 눈을, 입술을, 그 다음엔 잡힌 제 손을 따라 눈을 내리던 카를은, 연화가 손을 놓아준 뒤에도 한참 그녀의 입술이 닿았던 곳을 바라보았다. 잠시 후 그가 이를 살짝 즈려물었다.

"나는…… 내 감정은…… 그렇게 쉽고 가벼운 것이 아닙니다."

"그럼 어떤데요?"

"저는…… 아가씨가 얼마나 대단한지, 얼마나 많은 사람이 당신의 능력을 필요로 하는지 알고 있습니다. 아는데도 자꾸 아가씨의 곁에 있고 싶어서, 그 시선을 내게 붙들어두고 싶어서, 그래서 자꾸 초조하고 조바심이 납니다. 그럴 수 없다는 걸 아는데. 그러면 안 되는 걸 아는데도."

카를이 다시 주먹을 쥐었다. 아까와 달리 이번 주먹엔 힘이 잔뜩 들어가서 힘줄이 불룩 돋아났다.

"제 감정은 아가씨가 가진 것과 다릅니다. 이렇게 수줍고 예쁘지 않습니다. 오히려 음습하고 추잡하고 역겨운 것에 가깝습니다."

카를은 말 한마디를 격하게 토해냈다. 짐승이 그르렁거리는 것 같기도 했다. 연화는 뚱한 얼굴로 고개만 갸우뚱거렸다.

"글쎄요. 잘 와닿지 않네요."

"그러니까 절 버리란."

"그러니까 제가 카를의 맘을 알 때까지 함께 있는 게 어때요?"

카를이 하던 말을 꿀꺽 삼키고 연화를 바라봤다. 연화는 씩 웃곤, 아까부터 쭉 하고 싶었던 말을 건넸다.

"일단, 사귀는 것부터 하죠. 그게 가장 쉬우니까."

"제가 어떻게⋯⋯."

"그런 말은 이제 됐구요. 여기는 신분제가 없으니까요. 그러니까 극존체도, 아가씨란 호칭도 그만 써요. 우리 동갑인 거 알고 있잖아요?"

재민은 카를을 연화에게서 떨어져 나온 기억으로 단정했으면서, 카를의 나이를 15살이 아닌 스물둘로 정했다. 그래서 두 사람은 동갑이었다. 연화가 턱을 손으로 받치고서 은근한 눈으로 카를을 보았다. 카를은 입을 꾹 다물었다. 연화의 웃음이 더욱 짙어졌다.

"설마 내 이름 모르는 건 아니죠?"

"⋯⋯그건 아닙니다."

"난 카를을 꼬박꼬박 '카를'이라고 부르고 있어요. 저는 이름으로 부르는데, 카를은 저를 주인 모시듯 하다니. 이거 좀 불공평하다고 생각하지 않아요?"

"저는 그리 생각하지 않습니다."

"하지만 사귀는 사이는 주종관계가 아니라서, 전 제 이름을 듣고 싶은데요. 아니면 혹시⋯⋯ 저랑 그런 관계가 되기는 싫어요?"

카를은 다시 입을 다물었다. 그의 입술이 바르르 떨렸다. 하지만 끝내 아니란 말은 나오지 않는다. 연화는 목 안으로 웃었다.

"그럼 불러줘요."

저 붉은 연꽃(紅蓮花)을 닮은 내 이름을.

"홍연화……."

"좀 더 짧게."

"연화."

주저했던 목소리가 확고해지고, 그릇 안에 예쁘게 담긴 채 식어가는 음식을 보던 고개가 연화의 어깨를, 목을, 마지막으로 눈을 똑바로 담았다.

"카를."

짙고 파란 눈이 예뻐서, 이것을 붙들어놓고 싶은 건 저도 마찬가지라서, 연화는 불현듯 카를을 끌어안았다.

얼마 안 있어, 누가 먼저랄 것도 없이 두 사람의 입술이 맞닿았다.

[행복하기를…….]

순간, 멀리서 속삭이는 목소리가 연못 위로 작은 파동을 만들었다가 가라앉았다.

3
그리고 다시

"가져왔습니다, 이사님."

수민이 쇼핑백을 팔에 끼고서 들어왔다. 연화는 보고 있던 서류를 엎고 고개를 들었다. 연화가 칼단발을 유지하고 있는 것과 달리 수민은 머리를 허리 넘게까지 길렀고, 사무실에서는 하나로 묶어 단정함을 유지했다.

연화는 앉은 채로 손만 내밀어 물건을 받았다. 크지 않은 쇼핑백 안엔 명품 시계와, 직접 치수를 재어 만든 정장 한 벌이 반듯이 개킨 채로 들어 있었다. 연화는 물건을 꺼내 확인해 본 뒤, 여직 서 있는 수민을 보며 슬쩍 입꼬리를 올렸다.

"수고했어요."

"감사합니다. 그런데……."

수민이 바로 가지 않고 머뭇거렸다. 연화는 그녀를 물끄러미 바라보았다.

"두 분 끝나면 데이트하실 거죠?"

수민은 카를과 연화 사이를 아는 사람 중 한 명이었다. 연화는 제 개인사를 낱낱이 말하고 다니는 사람이 아니었고, 잘생겼으나 위압적인 분위기를 폴폴 풍기는 카를에게 애인이 있냐 농담으로라도 물어보는 사람은 없었다. 그래서 두 사람의 관계를 제대로 아는 사람은 정말로 몇 없었고, 둘의 연애담에 눈을 빛내는 건 수민이 유일했다.

재민은 씁쓸한 듯, 한편으로는 아쉬운 듯 아련히 연화를 보면서도 잘해보라 한마디를 남겼다. 홍 회장은 따님의 연애에 관심이 없는 사람이라 알면서도 모르는 척 입을 다물었다.

"아마도요. 오늘로 사귄 지 딱 1년이 되는 날이거든요."

"우와. 대체 언제부터 사귀신 거예요?"

수민은 새삼 놀라다 퍼뜩 뭔가 생각난 듯 고개를 들었다.

"그럼 카를 씨 오늘 일찍 퇴근해야겠네요?"

"그건 제가 따로 말할 테니까 일단 얘기하지 말아줘요."

"당연하죠. 저도 그 정도 눈치는 있어요."

데이트를 하는 건 연화와 카를인데 오히려 수민이 더 들뜬 것 같았다. 막 연애를 시작하는 사람처럼 들뜬 목소리로 말하더니, 혹 문밖으로 새어 나갔을까 싶어 제 입을 막았다.

분명 그녀 자신의 연애는 1달 전 바람을 피운 남자친구 때문에 파탄 난 것으로 아는데. 연화는 눈을 가늘게 뜨고서 볼에 헤실 홍조를 띄운 여자를 바라보았다. 사랑 따위 안 할 거라며 회식자리에서 울부짖던 모습이 아직 선연하거늘. 남의 사랑은 또 재미있는 모양이었다.

"어쨌든 카를 좀 불러주세요."

"아, 참. 그렇지. 맞아. 그래야죠."

수민은 탄성이 섞인 말들을 뒤죽박죽 늘어놓더니, 휙휙 걸어 밖으로 나갔다.

연화가 회사를 물려받기 위해 준비를 하고 있는 지금, 카를은 이제 연화의 뒤에 있지 않았다. 그렇다고 그녀를 떠난 것도 아니었다. 그는 세현 본사에 취직을 했다.

연화는 카를을 직원으로 만들고 싶지 않았다.

정직원이든 비정규직이든 되면 카를은 일을 해야 하니, 제 뒤에 붙여둘 수 없기 때문이었다.

또 다른 이유는, 카를이 저를 떠날까 봐 두려워서였다. 철저한 신분 사회에 따라 상대를 가리는 카로틴과 달리, 이곳은 호감과 마음이 있으면 언제든 말을 거는 사람이 넘치는 평등사회였다.

이 회사 안만 해도 연화보다 능력 있고 잘난 사람이 넘치는데 카를이 그중 한 명에게도 끌리지 않고 저만 바라봐 줄까. 지금은 그렇다지만, 앞으로도 그럴지…… 연화는 솔직히 자신이 없었다.

연화는 썩어 넘친다는 말이 과언이 아닐 정도로 돈이 많았고, 카를 한 명은 물론 연화 자신까지 평생 부족함 없이 먹고 살 수 있었다.

"저는 제가 당신에게 도움이 되는 사람이길 바랍니다."

하지만 그리 애절하게, 간절하게, 목소리를 낮추고서 말하는데 말릴 수가 없었다. 내 생각은 다르다 말하며 그를 붙잡아두는 게 이기적으로 느껴졌다. 그래서 연화는 한번 시범 삼아 일해보라 싶어 카를을 수민과 같은 비서 자리에 넣었다. 연화가 회사에서 가장 쉽게 만들 수 있는 자리기도 했고, 수시로 카를을 불러내 대화를 해도 이상한 보직이 아니라는 이유 때문도 있었다.

"부르셨다고 들었습니다."

연화는 상념을 하느라 잠시 감았던 눈을 떴다. 카를이 몸에 꼭 맞춘 감색 정장을 입고서 걸어 들어왔다.

후줄근한 티셔츠 하나만 걸쳐도 잘난 남자가 제대로 옷을 받쳐 입고 있으니 절로 눈이 돌아갔다. 잘나도 참 잘났다. 이 남자도 저가 잘난 것을 알고 있을까. 언젠가 탔던 엘리베이터에서 여직원 들이 카를이 잘생겼다며 수선을 떨던 것을 들은 기억이 있다.

뒤에 연화가 있었는데도 그런 말이 나왔는데, 실제로는 더하겠 지. 연화는 턱을 괸 채 발을 느리게 뻗어 제게 걸어오는 외양을 온전히 담아내듯 보았다.

"연화……?"

그 1년 사이, 연화를 이름으로 부르는 것에 익숙해진 카를이 제법 자연스럽게 그녀의 이름을 담았다. 남자 특유의 굵직한 음성 이 부드럽게 늘어지자 듣기 좋은 미성이 되었다.

연화는 홀린 듯 카를을 보다, 제 콧잔등 아래로 그림자를 늘어 뜨릴 만큼 가까이 온 그를 보고 정신을 차렸다. 다시 보니 카를은 열 장이 넘어 보이는 종이를 안고 있었다. 그에게 이런 일을 시킨 적은 없는 것 같은데. 연화가 미간을 좁혔다.

"그건 뭐예요?"

"어차피 이사실에 가는 것, 가지고 가라 했습니다."

"그래요?"

연화는 서류를 받아 하나씩 넘겨보았다. 예상은 했지만 각종 보고서들의 제출자는 카를이 아니었다. 연화의 미간에 하나둘 주 름이 늘어나자 카를이 그녀의 눈치를 보며 말했다.

"제가 가져가면 퇴짜를 안 맞는다더군요."

카를은 서류 셔틀이 된 거였다. 연화는 보고서를 팔락 빠르게 넘겨 내용을 확인한 뒤, 여전히 부실한 구석이 있는 서류는 쓰레

기통에 집어 던지고 남은 서류만 추려내 책상 옆에 쌓았다.

"다음부턴 받아오지 말아요."

"예."

카를은 순순히 대꾸했다. 버려진 서류에 대한 일말의 미련도 없어서, 연화는 조금 기분이 풀렸다. 헤실 웃고 있는데 카를이 물었다.

"한데 왜 부르셨습니까?"

"그냥 오늘은 일찍 퇴근하자구요. 그거 알려주려고 했어요."

"그런 거라면 실장님을 통해 전달해도 되었을 텐데요. 바쁘시잖습니까."

"퇴근해서 할 말이 있거든요. 하고 싶은 것도 있고. 그래서 제가 직접 부른 거예요."

"그렇습니까……."

카를이 알았다 싱겁게 말했다. 그가 주위를 둘러보다가 쇼핑백을 바라보았다.

"저건……."

수민에게 받은 것을 그대로 책상 위에 올려놓고 있었다. 연화는 머쓱 웃으며 물건을 책상 아래로 숨겼다. 연화가 수민에게 심부름시킨 건 출근과 퇴근은 물론 휴일까지 연화는 카를과 함께하고 있기에, 깜짝 선물을 할 수 없기 때문이다.

기껏 일은 벌여놓고 뒷마무리가 이렇게 엉성해서야. 연화는 하하 웃으며 카를에게 손을 내저었다.

"이따 봐요."

연화는 카를이 간 뒤 목을 젖혀 뻐근한 것을 풀면서 시간을 확인했다. 현재 시간은 3시. 6시 안에 퇴근하려면 서둘러야겠다.

그리고 생각은 했지만…….

"이럴 줄 알았으면 그때 바로 퇴근하는 건데."

퇴근 후 카를과 보낼 시간이 자꾸 머릿속에 감돌아 일을 방해했다. 연화는 하, 한숨 같은 웃음을 뱉었다. 오늘 중요한 회의가 없어서 얼마나 다행인지.

연화는 책상 아래에 내려두었던 쇼핑백을 집어 들고 엘리베이터를 탔다.

지하 주차장에 내려가자마자 연화의 차 앞에서 얼쩡거리던 카를을 만났다. 오늘은 집으로 갈 것이 아니기에 기사는 당연히 돌려보냈다. 연화는 운전석에 앉고선 카를을 돌아보았다.

"뭐 하고 싶어요? 아니, 뭐 좀 먹을래요?"

"예."

카를은 고개를 끄덕였다. 연화는 예약해 두었던 식당으로 향했다. 카를은 우두커니 앉아선 메뉴만 주문했다. 음식이 나올 때까지 아무 말도 하지 않았고, 음식이 나온 뒤에는 기다렸다는 듯 침묵 속에서 식사를 했다.

카를이 그랬기에 연화는 혼자 몇 마디를 해보다가 뻘쭘히 입을 다물었다. 그래, 배가 너무 많이 고팠나 보지. 한참 저녁때니까. 연화는 대수롭지 않게 넘겼다.

하지만 카를의 이상행동은 계속 이어졌다.

"영화를 보고 싶습니다."

"영화에 집중하고 싶습니다."

영화관에서도 꼭 필요한 말만 딱딱하더니, 영화관을 나오자마자 말을 걸려는 연화의 말을 칼같이 끊어냈다. 그리곤 바로 맞은편 3D 영화관을 가리켰다.

"저어, 카……."

"저기 가보고 싶습니다."

카를이 원한다면, 못 해줄 건 없었다. 하지만 같이 놀자고 나온 건데, 재미있고 활기차기는커녕 딱딱하고 어색한 분위기를 계속 유지하기 싫었다.

"카를, 나 좀 봐요."

연화는 결국 카를을 불러 세웠다. 혼자 3D 영화관으로 척척 걸어가던 카를이 움찔 얼어붙었다.

"저랑 대화하기 싫어요?"

"아닙니다. 하지만…… 나중에 들었으면 좋겠습니다."

"왜 그래요? 저한테 뭐 서운한 거 있어요?"

연화는 카를의 뒤로 걸어갔다. 카를은 소리로 연화가 다가가는 걸 알았을 텐데도 꿈쩍하지 않았다. 그가 어깨를 한번 들썩이더니 고개를 푹 숙였다. 침울하게 중얼거렸다.

"저와 헤어지려고 하시는 거잖습니까."

"응?"

이건 무슨 소리. 연화가 고개를 갸우뚱했다.

"저와 헤어지고 싶어요?"

"아니요! 저는! 저는 그럴 마음이 추호도 없습니다. 그래서…… 계속 당신의 입에서 나올 이별의 말을 막고 있습니다. 하지만 저도 다 알고 있으니까, 제발, 조금만, 더…… 당신과……."

그러니까 헤어질 마음을 품은 사람이 연화란 뜻이었다.

"무슨 생각을 한 건지 모르겠지만, 다 오해예요. 전 그럴 생각이 없어요."

"하지만 저와 계속 어울려 주실 수 없다는 것 정도는 알고 있습니다."

연화는 눈을 둥그렇게 뜨고서 카를의 말을 들었다.

"당신은 그 큰 회사를 물려받아야 할 사람이니까, 그러니까 돈도 대단한 뒷배도 없는 제가 아니라 비슷한 능력을 갖춘 남자를 만나 결혼할 게 아닙니까?"

"어디서 그런 말을 들었어요?"

"사무실에서……."

남의 사정을 알지도 못하는 사람들이 이러쿵저러쿵 떠들었겠지. 자세히 듣지 않아도 알 것 같아 연화는 눈을 가렸다. 없는 두통이 생기는 것 같았다.

연화는 자신이 구설수의 대상으로 오르기 좋다는 것을 알고 있었다.

젊은 여성, 회장의 딸, 재벌 3세. 학점과 스펙을 따는 데 목을 매 어렵게 입사한 직원들 눈에 연화는 딴 세계에 사는 사람 같아 보이겠지. 연화도 잘 알고 있기에 사람들 입을 막지 않았다.

없는 데에선 나라님 욕도 한다는데, 회장도 아니고 임원 중 한 명에 불과한 제 말이 오가는 걸 어떻게 막을 수 있을까. 하지만 그 일이 이렇게 이어질 줄은.

너무 어이가 없으니 생각도 뚝 끊겼다. 이게 대체 뭐지.

"그리고 그것."

카를이 그제야 몸을 돌렸다. 그가 쇼핑백을 눈짓했다. 연화는 눈을 가렸던 손가락을 벌려 그 틈새로 카를을 보았다.

"실장님에게 물었더니 그랬습니다. 이사님이 결혼 상대에게 선물하시려고 산 거라고…… 그렇다면 역시 당신은 저와의 관계를 정리하려고 저를 불러낸 게 아닙니까?"

이제 그냥 웃음이 났다. 연화는 하하하 웃었다. 제 딴에는 서글픈 듯 느릿느릿 말하던 카를이 뚝 말을 멈췄다.

"그러니까 사무실 직원들이 그런 말을 하던 차에, 제가 불러내 따로 할 말이 있다니까, 헤어지자는 말을 할 줄 알았다…… 가 카를의 머릿속에서 일어난 일이란 거군요."

"아닙니까?"

"어디서부터 해명해야 할지 모르겠지만…… 하나만 물을게요. 카를, 왜 제가 당신과 헤어지려 한다고 생각했어요?"

"저는 당신에게 필요 없는 부분이니까요."

왜 필요 없어. 연화가 눈을 홉떴고, 카를이 주춤 연화의 눈치를 살폈다.

"재민이라는…… 당신의 친구에게서 들었습니다. 당신의 과거를, 나를 당신에게서 몰아냈기에 당신이 강해졌다고. 지금의 완전한 당신이 되었다고 말입니다. 그렇다면 당신이 온전해지기 위해서, 당신의 꿈을 제대로 이루기 위해서 저를 버리는 게 좋지 않겠습니까?"

"카를, 나는 완전하지 않아요."

세상에 완전한 사람이 어디 있겠냐마는, 연화가 아는 자신은 더욱 완전하지 않았다.

"나는 일을 제대로 처리하지 못할 때마다 내가 쓸모없는 사람이 된 것 같은 허탈감에 빠지고, 분노나 짜증 같은 소모적인 감정에 사로잡혀 일을 미루게 될 때엔 제 스스로가 참 못나게 느껴져요."

연화가 과거와 자신을 분리했던 이유는, 그때의 자신이 싫어서였다. 나약했던 자신이 싫었다. 대처할 방법을 몰라서 가만히 있다가, 결국 터진 일을 수습하고, 자신과 다른 사람을 끝없는 비난 속으로 몰아넣어야 하는 자신이 미치도록 싫었다. 하지만 그런 과거가 있기에 연화는 성장했다. 그때 '그러지 말았어야 했다'는 생각을 했기에 지금 그러지 않을 수 있었다. 과거의 반성과 후회가 쌓여 현재를 만들고, 그런 현재가 쌓여 미래가 된다.

"그리고 제가 카를을 곁에 두는 이유는요, 이렇게 자꾸 붙잡아 두는 이유는……."

연화가 손을 내밀었다. 카를이 홀린 듯 제 손을 내밀었다. 연화는 카를의 손을 잡았다.

"좋아서 그래요. 이 손이, 이 손의 주인이, 카를이 너무 좋아서. 좋아서 어쩔 줄 모르겠어서."

연화는 쇼핑백에 쑥 손을 넣었다. 시계를 꺼내 카를의 손목에 착 감았다. 금줄이 반짝 빛을 내는 화려한 시계가, 운동을 해서 근육이 잘 잡힌 카를의 손목에 자리를 잡았다.

"잘 어울리네요."

카를은 시계의 금빛을 훑듯이 보다가, 다시 고개를 들었다. 파란 동공이 의문을 담고 기울어졌다.

"카를 거예요. 카를 주려고 산 거라구요. 그리고 오늘 할 말도 여기에 있어요."

카를에게 시계를 푸는 법을 가르쳐 줄 겸, 연화는 시계 줄을 풀어 뒤집었다. 옷도 그랬듯 시계도 주문 제작품이었기에 안쪽에 글씨가 새겨져 있었다. 카를이 음각된 홈을 엄지로 문질렀다.

"1년, 함께해서 정말 고마웠고 행복하다고. 그리고 앞으로도 함께해 주었으면 좋겠다고. 그 말 하고 싶었는데…… 나 참, 무슨 바보 같은 오해를 한 건지."

연화가 혀를 찼다. 카를이 입을 살짝 벌리고서 놀란 듯 물었다.

"제가 당신과 함께해도 되는 겁니까?"

"아? 혹시 싫어요?"

"아니요, 그건 절대 아닙니다. 그저, 이런 저를 원한다는 게 믿기지가 않아서……."

카를이 번쩍 들었던 고개를 다시 늘어뜨렸다. 땅의 개미가 기어가는 것을 살피나 싶을 만큼, 푹 숙인 고개에서 잔뜩 풀죽은 목소리가 흘러나왔다.

"혹 제가 꿈을 꾸고 있는 겁니까?"

이럴 때 적당한 대답은 '아니다'고 해야겠지. 하지만.

"그럴 수도 있겠네요. 꿈."

연화는 방실 웃으며 카를의 양 뺨을 슬며시 잡았다. 셀리스티나의 몸이라면 절대로 불가능했을 일이지만, 홍연화는 여성치곤 키가 큰 편인 데다 하이힐까지 신었기에 카를과 눈높이를 비슷하게 맞출 수 있었다.

"그런데 카를, 혹시 자각몽이라는 거 알아요?"

"모릅니다."

"수면 중인 사람이 꿈이란 걸 자각하는 걸 말해요. 한때 꿈을 제대로 통제해서, 현실에서 할 수 없었던 일을 꿈에서 마음대로 할 수 있다고 해서 '루시드 드림'이란 게 유행했었죠."

카를이 사륵 고개를 올려 연화를 보았다. 연화는 눈과 입을 동시에 올려 화사하게 웃었다.

"꿈이면 뭐 어때요. 카를이 원하는 꿈만 꾸면 되는 거죠."

"그렇다면, 저는 절대로 깨지 않겠습니다."

카를이 굳은 듯 선언하자 연화는 그러라는 듯 고개를 끄덕였다.

문득 카를이 제 뺨을 잡은 연화의 손을 잡고 아래로 끌어내리더니, 연화를 따라하듯 이번엔 자신이 그녀의 뺨을 잡았다. 그리고 슬며시 얼굴을 내렸다. 콧날이 맞닿고, 숨결이 맞닿고, 마지막으로 입술이 맞닿았을 때 연화는 설핏 눈을 감았다.

살짝 벌린 입술로 카를의 혀가 들어와 연화의 혀를 감았다. 감정과 감정이 얽혔고, 애정과 욕망이 뒤엉켜 진창에서 한바탕 굴렀다. 두 사람의 행위는 키스였고, 입맞춤이라 불리는 것이었다. 하지만 그 아래엔 두 사람이 나눈 감정이 있었다. 초조함을 깨고 조심스레 건넨 마음이 꼭 와닿았기에 가능했다.

연화는 팔을 넓게 벌려 카를의 등을 꼭 안았다. 가슴과 가슴이 맞닿고, 다리와 다리가 얽혔다. 카를은 멈칫했지만, 이내 한 손을 내려 연화의 허리 아래를 들치듯 안았다.

두 사람이 꼭 밀착하듯 달라붙었다. 빈틈 하나 없이 서로를 안은 둘의 모습은 완전했다.

처음부터 둘이 아니라 하나였던 것처럼.